谨以此书献给中法建交56周年

国家社科基金"十五"规划一般项目课题成果

中国书籍学术之光文库

诗学生成比较研究
以中法近现代诗学为视角

侯 洪 | 著

中国书籍出版社
China Book Press

图书在版编目（CIP）数据

诗学生成比较研究：以中法近现代诗学为视角/侯洪著. —北京：中国书籍出版社，2020.2
ISBN 978－7－5068－7819－7

Ⅰ.①诗… Ⅱ.①侯… Ⅲ.①诗歌研究—对比研究—中国、法国—近现代 Ⅳ.①I207.22②I565.072

中国版本图书馆CIP数据核字（2020）第027290号

诗学生成比较研究：以中法近现代诗学为视角

侯　洪　著

责任编辑	兰兆媛　李田燕
责任印制	孙马飞　马　芝
封面设计	中联华文
出版发行	中国书籍出版社
地　　址	北京市丰台区三路居路97号（邮编：100073）
电　　话	（010）52257143（总编室）　（010）52257140（发行部）
电子邮箱	eo@chinabp.com.cn
经　　销	全国新华书店
印　　刷	三河市华东印刷有限公司
开　　本	710毫米×1000毫米　1/16
字　　数	500千字
印　　张	25.5
版　　次	2020年2月第1版　2020年2月第1次印刷
书　　号	ISBN 978－7－5068－7819－7
定　　价	99.00元

版权所有　翻印必究

目录
CONTENTS

绪　论　走向一种文化诗学的比较之旅 1
　一、谱系性思考与"学"有所归 1
　二、论域的时空及逻辑起点 11
　三、诗学之思与相关概念性的指称说明 14
　四、从两篇经典文本的研究与传播说起 26

第一章　发生学比较：中法近现代诗学生成的历史结构及其意义 33
　第一节　欧洲的法国与亚洲的中国 33
　　一、欧洲的法国：法国诗学的精神共同体 33
　　二、亚洲的中国：东亚世界与儒家文明圈 39
　第二节　中法两国的历史想象与叙事 49
　　一、法国的历史想象与叙事 49
　　二、中国的历史想象与叙事 53
　第三节　地缘文化与诗学的生成 64
　　一、意大利之于法国的中介作用 64
　　二、日本对中国的中介作用 72

第二章　文本分析：中法近现代诗学文本生成的起点之道 85
　第一节　两国近现代诗学首篇宣言的文本细读 86
　　一、法国：《保卫》的文本形态、品质与向度 86
　　二、中国：《刍议》的文本形态、品质与向度 94

第二节　两国近现代诗学生成的文本互文性 …… 99
一、法国近代诗学生成的文本互文性 …… 99
二、中国现代诗学生成的文本互文性 …… 120
第三节　两国近现代诗学生成的生态场效应 …… 123
一、法国近代诗学生成的生态场效应 …… 123
二、中国现代诗学生成的场域论 …… 129

第三章　发展比较：中法现代诗学的演进与追求 …… 143
第一节　法国：启蒙现代性与现代诗学的开创 …… 143
一、新的跃进：诗学与启蒙精神及其现代品质的生成 …… 143
二、开放与超越：现代诗学的品质、格局与律动 …… 161
第二节　中国：诗学与民族新文化及其中国特色的探寻 …… 211
一、民族形式与文艺新时代 …… 211
二、新中国与中国特色文论的探索 …… 237
第三节　诗与思的相似与发现：一种异质性同构的映射 …… 248
一、启蒙精神与革命叙事 …… 248
二、知识分子角色的话语：中法亲缘性 …… 252
三、现实主义诗学的多维空间 …… 261
第四节　宗教与科学：现代诗学品质与向度的中法差异 …… 263
一、宗教与科学：法国诗学生成的在场与挑战 …… 263
二、科学观念与无神论：现代中国诗学生成的主导性力量 …… 292

第四章　潜对话：中法近现代诗学生成的价值域思考 …… 312
第一节　诗学生成与社会转型及中介的作用 …… 313
一、迈向现代进程的同构与差异 …… 313
二、中法地缘文化的相似性结构 …… 319
第二节　诗学生成与民族国家认同的确立 …… 322
一、民族国家认同是现代性的一个结果 …… 322
二、知识分子及教育与社团是民族国家诗学建构的主体 …… 322
三、国家、区域及超国家观念与诗学之构建 …… 323

第三节　诗学生成与民族语言和修辞的奠基 ………………………………… 327
　　一、语言革命的双重使命与意义 …………………………………………… 327
　　二、诗学语言与修辞的本体论建构 ………………………………………… 329
　　三、跨文化视野与诗学的语言世界 ………………………………………… 330
第四节　诗学生成与启蒙叙事的复调性 ……………………………………… 332
　　一、启蒙叙事与现代性 ……………………………………………………… 333
　　二、民族文化复兴的叙事 …………………………………………………… 334
　　三、现代化与国家建设和民族主义研究的视野 …………………………… 338
第五节　空间意识的表达与诗学审美的殊途同归 …………………………… 341
　　一、文学地理空间的中法叙事 ……………………………………………… 341
　　二、从文体空间到媒介空间：中法诗学的汇通 …………………………… 346
　　三、诗歌文本空间：诗与思的交融与对话 ………………………………… 361

结　语 …………………………………………………………………………… 364
　　一、比较诗学史的整体观与中法诗学生成的主体性构建 ………………… 364
　　二、诗学演进的形态与现代性品质的生成与追求 ………………………… 372
　　三、中法诗学的对望与互鉴 ………………………………………………… 376

参考文献 ………………………………………………………………………… 379

后　记 …………………………………………………………………………… 398

绪论

走向一种文化诗学的比较之旅

中法比较诗学,在比较文学的研究中,作为一种国别研究,如同其他任何国别研究一样,自有其存在的合理性和意义。然而,若考虑到它们代表了东西方不同文明体系的成果,且彼此又拥有悠久的历史文化传统并在各自的区域文明中,皆具有的一种代表性、独特性、辐射性和包容性,同时,在当今全球一体化浪潮中,也都共同面对着传统与创新,以及如何利用本国的文化资本,提升本国的软实力来构建一个多元文化共存的和谐世界的期待,那么,能站在两个伟大国家文学的理论高端,对其近现代诗学生存之道给予回顾与总结,显然是有其存在的必要性和时代感的。

一、谱系性思考与"学"有所归

(一)

我们看到,新时期以来,我国中法比较文学及比较诗学学术研究现状,在知识谱系的生产上,呈现出以下三大层次性特征:一、文学翻译与出版传媒的力量致使法国文学在中国广为普及且影响深远——法国小说、诗歌、散文与戏剧及艺术类作品和文论著作都具有系统性、规模性、完整性和时代性传播特征,这个基座数量大、市场大、影响大,是我们进行比较研究的前提条件之一;二、中法文学关系与文化交流的比较研究占据主导地位且具有标志性成果——以钱林森《法国作家与中国》《法国作家与中国文化》和《20世纪法国作家与中国——99'南京国际学术研讨会》以及《跨文化对话》这样的中法文化交流的专门刊物为代表;三、中法比较诗学研究与生产呈现出多维性与不平衡性对比鲜明的局面。当然,随着中法两国"文化年"的举办及中法文化交流的深入发展,对中法比较诗学及其中国研究和法国研究都会起到积极的推动作用。

这种多维性的呈现表现在:一方面是国内大量译介法国哲学、社会学、文化学、人类学、艺术学、电影学、美学和史学的成果,译著方面如(法)让-皮埃尔·里乌和让-弗朗索瓦·西里内利主编的《法国文化史》(4卷)、(法)多斯的《法国20世纪思想主潮》、(美)古廷的《20世纪法国哲学》,还有法国人撰写的《社会学思考》,《迪尔凯姆社会学》、梅洛-庞蒂的现象学美学著作,《波德莱尔美学论文选》,《狄德罗美学论文选》、(法)西蒙尼斯《当代美学》、(法)让－吕克·夏吕姆的《解读艺术》和法国年鉴学派布洛赫、布罗代尔的史学著作以及柏格森、萨特、巴什拉、列维－斯特劳斯、福柯、德里达、布尔迪厄、巴特、利奥塔、德勒兹、格雷马斯、热莱特、布朗肖和麦茨等为代表的庞大文论家们关于现象学、符号学、叙事学、精神分析学、结构主义与解构主义、现代主义与后现代主义文论，同时还包括19至20世纪的浪漫主义、现实主义、自然主义、象征主义等方面的译著。研究方面则有以张芝联、高宣扬、罗芃、孟华、张泽乾，以及陆扬、杜小真、莫伟民、汪民安和尚杰等为代表的对法国史学、哲学及诗学的研究著作，如《法国史论集》《法国文化史》《法国近代哲学》《当代法国哲学导论》《当代法国思想五千年》《20世纪法国哲学的踪迹》。同时还应看到国内近几年出版了包括法国、美国汉学家在内的西方和日本汉学家的大量译著：法国有谢和耐系列、于连系列、程抱一系列，郁白和艾田伯文论集以及佘敷华－德硕姆和杜明等有关中国的论著（《中国面对世界》1967、《中国向何处去》2002）；日本有学者内藤湖南、竹内好、柄谷行人、子安宣邦、莲实重彦；美国有费正清、史华慈、柯文、周策纵、王国斌等的著作问世。

另一方面，也形成了较为齐备的，包括法国文论在内的"西方文论史"和"文论选本"的译介和研究性著作体系：从韦勒克、卫姆塞特、塞尔登的西方文论史和加拿大等国学者合编的《20世纪文学理论综论》，最近出版的(英)威德森的《现代西方文学观念简史》和(俄)哈利泽夫的《文学学导论》到国内胡经之、张首映《西方20世纪文论史》、朱立元《当代西方文艺理论》、马新国《西方文论史》、董学文《西方文学理论史》、伍蠡甫《西方文论选》、章国锋《西方文艺理论史精读文献》再到法国人贝西埃《诗学史》、伊夫·塔迪埃《20世纪的文学批评》、絮佩维尔《法国诗学概论》、法约尔《法国文学评论史》、蒂博岱《六说文学批评》、瓦莱里《文艺杂谈》、普鲁斯特《驳圣·伯夫》、托多罗夫《象征理论》、热莱特《辞格》、加洛蒂《论无边的现实主义》以及苏联学者的《法国作家论文学》、美国拜尔的《朗松文论选》、白璧德《法国现代文学批评大师》等著作。

而国内学者这方面研究性的论著，是在以下几方面展开的。一、综论：钱中文《法国文学思潮》《法国文学理论流派》《法国社会学建设》(见其《文学理论：走向交往对话的时代》)，郭宏安《20世纪西方文论研究》中的"法国部分"，吴岳添《法国文学流派的变迁》；二、流派研究：柳鸣九主编的"西方文艺理论思潮论丛"(《20世纪的现实主义》)，"法国现当代文学研究资料丛书"(《叙事学研究》张寅德编选)，黄晋凯主编的《象征主义·意象派》，李惠国主编的"当代西方学术思潮丛书"(杨雁斌编选《重写现代性：当代西方学术话语》)，李幼蒸《结构与意义》，杨大春《文本世界：从结构主义到后结构主义》《感性的诗学：梅洛－庞蒂与法国主流哲学》。三、文类研究：史忠义《20世纪法国小说诗学》，葛雷《现代法国诗歌美学描述》；四、文论家个案研究：汪民安《谁是罗兰·巴特》、涂卫群《从普鲁斯特出发》、项晓敏《巴特美学思想研究》和罗婷《克里斯特娃诗学研究》，金丝燕《一种诗歌批评观念：读马拉美》。

再一方面，如果从比较文学角度研究层面看，这种多维，一是呈现在包含法国视野的中西比较诗学的整体研究中，如曹顺庆《中西比较诗学》《中外比较文论史》，黄药眠、童庆炳《中西比较诗学体系》，余虹《中国文论与西方诗学》，陈圣生《现代诗学》，王晓路《西方文论世界的中国文论研究》以及海外学者刘若愚、叶维廉、李欧梵和张隆溪分别在其《中国的文学理论》《中国诗学》《现代性的追求》和《道与罗格斯》中，将法国象征诗学及唯美主义理论和现象学诗学与中国古代及现代文学理论展开对话。

二是体现在中国近现代文学及文论研究中（以中国文学为主体织入了法国经验），如乐黛云主编《西方文艺思潮与20世纪中国文学》中，对包括法国在内的浪漫主义、现实主义和现代主义文艺思潮与中国现代文学进程的关系，做了较为全面的分析与梳理；温儒敏《中国现代文学批评史教程》中，也将法国诗学的视野投射到成仿吾、梁实秋、茅盾、李健吾和梁宗岱的文学批评研究中；而罗钢的《中国现代文艺思想家与西方文学理论》中，对曾主导中国现代文学理论阐释的茅盾和郭沫若，以及新人文主义代表梁实秋和"五四"之后二三十年代中国的现代主义的兴起（象征主义），都将法国的视野纳入其中，予以阐发与思考。另外，江弱水的《卞之琳诗意研究》，也将卞之琳及其中国现代主义诗人，对法国现代诗学的吸纳而创造中国化的象征主义诗学做了阐释；殷国明的《20世纪中西文艺理论交流史》，也从梁启超政治文化与文学、梁实秋新古典主义、茅盾的现实主义理论、创造社的浪漫主义理论，再到象征主义及意识流的兴起与中国化和后现代主义与中国当代文学理论与实践，分别以法国视野加以观照；再有像洪子诚《中国当代文学史研究讲稿》、陈平原《小说史：理论与实践》、曹文轩《20世纪末中国文学研究》、王岳川《中国镜像：90年代文化研究》、陈晓明等《结构主义与后结构主义在中国》，也都将包括法国的学术思想与诗学视野，织入到中国现当代文学的理性思辨与反思和展望中，也就是说，中国现当代文学及文论的建构与法国学术思想及文学理论与实践发生了密切的关系，法国的视野已成为中国文学及文论自身的一部分。

三是体现在专门的以中法比较诗学为题的研究中，这又集中在几个据点上：其一是流派影响研究：金丝燕《中国对法国象征主义诗歌的接受》、陆文靖《法国象征诗派对中国象征诗影响研究》、陈太胜《象征主义与中国现代诗学》、陈厚诚、王宁的《西方当代文学批评在中国》中"结构主义批评在中国"和"解构主义研究在中国"两章、朱耀伟《当代西方批评论述的中国图像》；其二是中法诗学交汇与互释专题研究：秦海鹰《中西"气"辨》、韦遨宇《中国古代文论与法国后结构主义》；其三是个案专题研究：秦海鹰《谢阁兰与中国文化：跨文化互文性写作》、杜青钢《米修与中国文化》、周宪

《德布雷与中国知识分子》、余斌《马尔罗的中国命运》、董强《梁宗岱:穿越象征主义》和江弱水《卞之琳诗艺研究》;其四是译介学及传媒研究:许钧《20世纪法国文学在中国的译介特点》。

　　以上描述反映了多维性一面,但令人担忧的是国内中法比较诗学研究的不平衡性也同时显露了出来:一是诗学理论在题材、维度及数量上大大滞后于相邻的文学研究的丰富性,也与中法文学的传播与创作实践的规模与效应极不相称;二是研究空间与思维方面的遮蔽性,它体现在两方面,其一,在中西比较或中国现代诗学的生成研究上,从法国视野出发的专题性研究显然少于美、英、苏、日等国的研究;其二,过去往往是重局部轻整体——个案研究、流派研究较多,而两国整体观之则少;重介绍轻比较——对法国诗学上至通史下至断代史与流派均有译介和研究,但关乎中法诗学比较相对较少;重接受轻对话——大都偏重现代文学及流派或文类发展中的影响研究,而深层的两种文论间的互动研究与对话,两种文论的文化自觉与发展阶段所具有的共性或相似性或独特性方面的研究着力不多;重差异轻互补——偏重独特性与不可通约性较多,关注中西或中法间共同性或相似性研究方面的历史经验较少。于是,在中法交往的又一个新世纪里,我们应在研究的范式和重点上,进一步推进,再发现与再认识,超越过去研究范式上的单一的"影响研究"和一般意义上的"平行研究",而像当今中法诗学研究的典范于连和程抱一那样,以"迂回到进入"的策略,来提升比较诗学研究的品格,曹顺庆先生近期所呼吁在"重建中国文论话语"的战略中,"西方文论的中国化"之策略①,也与上面"迂回与进入"的方法是遥相呼应的。

　　我们还注意到,在中法比较诗学的宏观与微观层面研究中,尚有许多值得开垦的领地和尚待发现的疆域:其一是,过去的中国现代文学研究中,通常只看到文学革命宣言书中胡适的"八不主义",受美国"意象派"诗论的直接影响②。然而更重要的是,民族国家观念的确立,作为指导中国现代文学转型的重要参照,是与欧洲近现代文学的崛起,尤其是意大利、法国的民族国家文学的创立的历史性感召和启迪分不开的。于是,法国文学的民族语言与诗学建构的首篇宣言,成为胡适"中国文艺复兴"即现代文学革命宣言的"启蒙老师"。而对后一点的关注和考察,在我们现在大量的文学史和文论史研究中,甚至是专论"五四"文学或胡适专题研究中,都被忽略了,就连最近出版的名为《白话文体与现代性:以胡适的白话文理论为个案》一书,在谈及胡适向欧洲文学寻找参照时,也忽略了对这个参照系作全面考察,尚未发现法国视野与胡适"文学革命"的渊源关系。

---

① 曹顺庆:《重建中国文论的新视野——西方文论的中国化》,载《理论与创作》,2004年第4期。
② 1927年,这一渊源引起了梁实秋的注意,关于这一影响的研究在王润华《论胡适的"八不主义"所受意象派诗论之影响》、殷国明《20世纪中西文艺理论交流史》和(斯洛伐克)高利克《中国现代文学批评发展史》中均有详述。

其二，在我国西方诗学研究及文论选本的出版中，基本忽略了法国近代诗学首篇经典文本这一重要理论资源。无论是《西方文论史》《西方文论史纲》《西方文艺理论史纲》和《西方文学理论史》，还是《西方文论选》《西方文艺理论史精读文献》以及《世界诗学大辞典》等文献著译，都未给作为法国近代诗学起点的《保卫与弘扬法兰西语言》以一席之地。而在西方，无论是《法语文学大辞典》，还是美国的《新编普林斯顿诗歌与诗学百科大辞典》都收录有《保卫》及"七星诗社"的词条，更不用说好些研究著作也对此有所关注。为此，有必要在探讨中法近现代诗学比较中加以特别关注。

同时我们还看到，在国内治中国现代文学与文论及比较诗学的著作中，鲜有一篇对中国现代文学史上首篇宣言做出完整的、系统的和深入的分析性文章，无论是曹顺庆的《中西比较诗学》《中外比较文论史》，童庆炳的《中西比较诗学体系》，温儒敏的《中国现代文学批评史教程》，杜书瀛等主编的《中国20世纪文艺学学术史》，还是郑家建的《中国文学现代性的起源语境》，杨联芬的《晚清至五四：中国文学现代性的发生》，以及海外治中国现代文学的学者高利克的《中国现代文学批评发生史》，李欧梵的《现代性的追求》，刘禾的《跨语际实践》等著作中，都对此语焉不详，对如此看重中国"五四"现代文学成果的我们来说，这恐怕是一个集体性的"失语"吧。（当然，曹而云《白话文体与现代性》一书问世，较为集中和系统地论述了胡适的白话文理论。）这不免使我想到邻国的日本，其学术的严谨与精细，还有远方法国之学术的洞见和尊严。

我们发现，相当长的一段时间里，我们比较文学界的一些研究选题，常专注于文学发展的自身规律或文学内部的新方法的研究，而忽视了长远的目的即民族文化与诗学的生存与发展的历史性把握。所以我们追问中法两国近现代诗学的前期阶段的生成之道及其现代性追求的进程，既是历史的，也是现在的，它具有一种历史感和时代感的双重价值。

（二）

上述我们对中法比较诗学研究现状的梳理，意在追问中法比较文学及诗学研究，可持续发展的出路在哪里？通观新时期以来的状况，我国文论研究已从过去理论方法的单一性和政治性话语压倒一切的弊端中解放了出来，在西方新批评和形式主义以及后结构主义与后现代主义的思潮作用下，开始了"审美论"转向、"主体性"转向、"语言论"转向直到"文化研究"转向的理论旅行，而那种过分专注文学"内部研究"和完全沉湎于语言的审美批评之策，在追求"文学共和国"的"普遍主义"和"纯文学"研究的模式中，就有可能遮蔽文学共相下的特殊性与差异性，也难以完整地揭示和阐释不同文明体系或非西方世界的文学文本和诗学文本生成的意义和品格，而那些仅仅跟风似的追踪西方的"后殖民理论"，又忽视了对这个"他者"的反思，并表现出与中国本土历史的脱节现象。

我们注意到，近年来所兴起的"文化诗学"研究正渐成气候，从杜书瀛、钱竞主编的《中国20世纪文艺学学术史》、王富仁撰写的《中国的文艺复兴》、南帆的《后革命的转移》和程正民他们所做的《中国文学理论现代形态的生成》系列课题来看，中国的主体性意识，以"中国经验"来参与世界诗学对话的立场，是中国现代诗学发展的正确选择。而在比较文学界，则呈现出从"中国古典诗学的现代性生成"到"西方文论的中国化之路"，来探讨中国现代诗学的建构之道的倾向。

我们还看到在面对文学的主题和研究范式上，由黄子平、陈平原和钱理群三位先生合著的学术论文《论"20世纪中国文学"》，对我们治中法比较文学颇有启发。它的意义在于不仅在治中国现代文学史应有一个"整体意识"，也就是说，不仅在所谓文学史的分期上应把近代与现代打通，而且在所谓文学研究的形态上，也应"打破'文学理论、文学史、文学批评'三个部类的割裂"，从而使20世纪文学研究"渗透了'历史感'（深度）、'现实感'（介入）和'未来感'（预测）"。[①]

而法国文学研究专家李健吾先生，在谈到法国17世纪古典主义文艺理论时，也体现了一种研究的大视野。他说，治17世纪古典主义文艺理论，一、"不能忘记先进邻国的文艺理论"，二、注意自身的继承性，"法国17世纪是继承法国16世纪的……寻找17世纪的因缘，我们必须从15世纪甚至13世纪的但丁入手"。三、"文艺理论不是一个绝缘体，看似大树一株，其实脉络贯通，仿佛中国的竹林在地下一片相连"[②]。

而在国际比较文学界，以文化诗学的视野研究成功的范式，早在20世纪的八九十年代，就已进入了中国学界的视野。苏联学者巴赫金就以《拉伯雷的创作与中世纪和文艺复兴时代的民间文化》（1965）和《陀思妥耶夫斯基的诗学问题》（1963）两部大作而引起世界文坛的轰动，并得到法国、美国、日本以及中国等多国学者的回应。其实，罗兰·巴特早在1954年和1957年就分别发表了《米什莱》和《神话：大众文化诠释》，后又有系列如《符号帝国》（1970）、《恋人絮语》（1977）、《明室》（1980）以及《巴特自述》（1975）等著作问世。美国学者卡特琳娜·克拉克等著《米哈伊尔·巴赫金》（中国人民大学出版社，2000）也是以巴氏其人的学术路径还其自身：表现出很好的文化诗学的对话性原则与对非官方的、民间文化的高度重视。日本学者西原大辅的《谷崎润一郎与东方主义：大正日本的中国幻想》（中华书局，2005）也是如出一辙。中国学者程正民也以他的专著《巴赫金的文化诗学》（北京师范大学出版社，2001）加盟这新兴的文化诗学研究大军行列之中。

---

① 王晓明主编：《20世纪中国文学史论》（卷一），东方出版中心，1997年，第20页。
② 李健吾：《法兰西17世纪古典主义文艺理论·前言》，载《外国文学研究集刊》第9辑，中国社会科学出版社，1982年，第1页。

从以上三方的学术立场和角度观之,我们认同童庆炳先生提出的关于"文化诗学"研究的五项基本原则。① 其实,国外学者在此领域早就给我们提供了相关的学术资源性参照。美国学者厄尔·迈因纳倡导的跨文化研究三大方法中的"同一性原则"②,关注多种文化中文类或文学史方面的"形式一致"的文学现象或实践主题的观点。加拿大学者库什纳,着眼于"文学的历史结构"的探寻法③,这种"历史结构"建构的"先决条件"是认识体系的确立。它首先是对应时间的概念的获得,即"历史事实"和"史学语言"的对应。史学家的意识不应完全泯灭它的历史对象,否则史学思考就完全失去了它的意义。库什纳特别强调史学家的意识,改造了它的研究对象,因为正是这种再创造的精神,塑造作者的史学言语,"从而重新获得昔日的时光",即锻造了一部真正的文学史。另外,库氏还看重撰述中,文学与历史、社会文化及民族史的密切关联。她以为至少在文学发展的第一阶段,文学史与民族意识的觉醒,与一定语言整体相联系。她特别提到欧洲国家民族文学兴起与发展,在文艺复兴时期表现得特别突出:正是在那时,通过一场"保卫"与"弘扬"乡土语言的运动,民族文学意识得以确立;同时,正是在那时,把诗的语言从宗教言语中解放了出来。库氏还强调说"很难想象16、18世纪文学史可以把文论、书信、对话、评论和百科全书的体裁排除在外",她为我们勾勒出一幅"人文学史观的图景"。而西方"新世界史"的史学观以及政治学、社会学、文化地理学和国际关系学中的地缘政治、地缘文化、地缘文明的研究视角,对我们考察作为民族国家文学基石的诗学建构也是极有参考价值的。

我们注意到当今中国诗学的研究,已从十多年前注重文学内部研究转向了更大背景的文化诗学的研究范式,特别是注重从民族这样一个更大的社会单位,一个政治文化的共同体出发来看待文学,因为相对于国家之间的政治体制分歧,承担文化的主体是民族。当西方的"普遍主义"成为一种时尚的时候,我们发现这种强势文化往往不知不觉地吞噬着种种异质文化的肌体,事实上,一个关键的问题是,文学理论的阐释最终涉及一个民族想象领导权的控制问题。

在全球化的今天,西方文化及其诗学,以一种文化资本或者象征资本的方式,在

---

① 这五项基本原则为:一是历史优先原则,也就是把讨论的问题植入原有的历史社会文化语境中去,从而摆脱那种与现实脱节的状况;二是对话原则,以实现三个层次的对话——古今主体之间、中西主体之间、研究者和研究对象之间;三是自洽原则也就是能自圆其说的观点与方法的逻辑一致性;四是联系现实问题原则也就是理论与实践相结合,以研究成果来弥补现实的不足或对现实的一种回馈;最后是理论的诗意的追求,像西方后现代史学与哲学的书写风格一样,它既是文化的也是语言的诗意的存在。童庆炳:《文艺学与文化研究丛书总序》,见程正民等:《中国现代文学理论知识体系的建构》,北京大学出版社,2006年。
② (美)迈因纳:《跨文化比较研究》,载《问题与观点:20世纪文学理论综述》,史忠义译,百花文艺出版社2002年。
③ (加)库什纳:《文学的历史结构》,载《问题与观点:20世纪文学理论综述》,史忠义译,百花文艺出版社2002年。

世界文化或者诗学中始终处于一种主导性的地位。而我们的中法比较诗学研究就是要面对其挑战,要参与到与世界性的对话或者现代性的对话中来,尽管是一种中国式的现代性,我们要从中国自身和"他者"那里形成一个话语场,以此思考中国问题、现代问题和世界问题。为此,在策略上,我们将不再充当西方文论的"他者"形象,而是从中国主体性出发作为对话的主角之一进入这个话语场,我们应以本土意识,准确地说是以"中国经验"来恢复民族的自我叙述的能力。在这里,"中国经验"既是一种现实的文化空间也是一种历史的心理空间,它指向两个维度:一是传统的记忆——古典的传统和现代的传统,后者无疑包括近代和现代两个部分如"五四"新文学运动、延安时期及新中国十七年;二是当下与未来的存在、反思及其预测与想象,以此抗拒西方文论的强制性复制,打破"普遍主义"的同质性生成。

我们看到,对中国文学现代性这一命题的追问,是近些年对中国近代文学、现代文学和当代文学研究中一个研究范式的突破。海外学者李欧梵、王德威先生将中国文学生成与发展置于一个长时段来考察,他们关注现代文学生成中的传统与延续和被压抑的现代性。① 刘禾女士则注意到现代文学研究中的局限——往往在现实主义、浪漫主义,甚至现代化上画地为牢,在现代文学自身的批评话语中去寻找答案,又设置近代、现代、当代的分期法,过于零碎,缺乏整体感——故而将现代文学置于"民族国家文学框架中来思考"。② 我们还注意到,德国现代汉学家顾彬先生的近著《20世纪中国文学史》(中译本于2008年由华东师范大学出版社出版,本论著完成稿后期修改时发现),也以其文化诗学的宽广视野来审视20世纪中国文学的现代性发生与发展,他对中国现代文学研究的结构方式与本书的思考路径有不谋而合之处:要切中一国"现代文学"生成的要害,须从"语言和国家形成"的前提入手,而"传统与现代"之关系,正是考量"现代文学"转型时表现的关键所在。

于是,我们试图阐述,这种关于"现代性"问题的追问,中法两国近现代诗学所表现出的对现代性时间(实践)与空间(场域意义的)的理解和认知,都在其起点及后来的展开与推进阶段,与民族国家文学及诗学的发展,始终是纠缠在一起的,同时它还显现出现代政治文化品格的内在相似性——法国大革命的激进主义与启蒙思想的主导性世界观。这种关于现代性经验的分享,本身就是比较诗学关注的视野。在中国

---

① 李欧梵《未完成的现代性》(北京大学出版社2005年)、王德威《想像中国的方法》(生活·读书·新知三联书店1998年),他们学术观念的启发在于,把小说或文学看成是中国现代性追求的表征。现代性观念实际上是从晚清到"五四"逐渐酝酿出来的,故一是倡导"打通"的观念,即将晚清和"五四"作为中国文学现代性追求的一个整体来看待;二是借助安德森"想象的共同体"和哈贝马斯"公共空间"的文化研究视野,将文学与民族国家叙事,文学与媒介及其社会机制等现代因素的互动与作用联系起来,形成从纯文学文本到文化文本研究的大格局。

② 刘禾:《语际书写:现代思想史写作批判纲要》,上海三联书店,1999年;《跨语际实践:文学、民族文化与被译介的现代性》,生活·读书·新知三联书店,2002年。

近现代文学研究中,突破传统模式,关注现代性问题的王德威、李欧梵和刘禾以及顾彬等学者,已将此融入中西比较文学中去,但如此集中地、整体地关注中法两国近现代诗学的起点和发展过程的比较研究似乎还没有,故本论著拟在此做一些尝试。

用一种中国学者的眼光,来审视中法近现代诗学的生成之道,虽然我们没能生活在法国的环境和语言中,亲临一个伟大文化的历史遗产,也许会对法国诗学的深层次理解带来很大的障碍,但是我们有我们观看事物的方式,正如研究中国文化的两位法国汉学家于连和谢和耐所说的那样:"研究异邦的文化,我们作为公正的观察者,具有特别优越的地位。我们既是裁判者,也是参与者,因为用我们自己的语汇和方式,有助于深化有关异邦的历史和现实的诠释。"①

于是,本论著围绕如何创建民族国家文学这一现代性目标框架,以中法近现代诗学的生成之道作为研究主体。这样在我们对中法两国近现代诗学的研究中,从深层机制上关注中法两国诗学的命运,就与中法两国存在着相似性命题的思考联系了起来。我们以为,当我们提出中法文学及诗学发展史上存在着某种相似性的结构命题,不仅是一种视角的转换和方法论上的更新,它将对我们实现"重建中国文论话语"的战略,无疑是一种策略上的有益跟进和启迪;同时,也试图提升中国现代文学与文论的一种反思与激活的品质,为中国现代文论从西方文论的话语场中解放出来,重新回到并参与世界诗学的现代建构,并且向现代世界文明进程与人类文化的多样性生存而贡献中国的智慧。当然,要让本论著以编年史的角度,全面周详地论述中法近现代诗学的发展史,并开出"如何走"的齐全良方,不是我们追求的目标。我们更多的是看中研究视角的转换,站在中法近现代诗学研究的起点与又一个新世纪的起点提问与发现,可以说这种方式本身就是一种战略的转移与崭新的对话姿态。它使我们想起法国"年鉴学派"之父布洛赫所言:"有时候揭示问题本身比试图解决它们更为重要。"他还告诫道:"要提出重大问题就必须具备更为广阔的视野,绝不能让基本特点消失在次要问题的混沌体中,甚至有时候,把视野放在整整一个民族的范围中还嫌不够;如果不在一开始就将眼光放在全法国,我们怎么能抓住各不同地区发展中的独特之处呢?推而广之,法国的发展运动只有放在全欧洲范围内来考察才能显出其真正意义。这种研究,既不是强迫同化,更不明确区分,也不是像玩拼照片游戏那样构建一个虚假的、传统的、模糊的总体印象,而是通过对比,再指出它们的共同性的同时指出其独特性。"②

事实上,国内外学界就此命题已早有所观照。陈寅恪先生就说,中法习性相近,以文立国,如出一辙③。张芝联先生在《〈法国史论文集〉序》中称:"法国与中国有着

---

① (法)谢和耐:《中国人的智慧》,何高济译,上海古籍出版社,2004年,第135页。
② (法)布洛赫:《法国农村史》,余中先译,商务印书馆,1991年,第2页。
③ 吴学智:《吴宓与陈寅恪》,清华大学出版社,1992年。

惊人的相似之处,有人称法国是欧洲的中国。"孙隆基先生在《两个革命的对话:1789和1911》中称:"民国年间对中国事变进程尤其是'五四运动'影响极大的外国历史事件,并非如人们所习惯地认为的那样是刚发生不久的俄国十月革命,而是发生于18世纪末的法国大革命。"他又说:"受到法国大革命影响的,实际上还不仅仅是民国初年的中国事变进程,而是整个20世纪的中国历史,一部几乎始终贯穿着革命话语和实践的、标准的革命史。"冯契先生也在《中国近代哲学的革命进程》中提出,中西近代哲学史有着共同的特征和相似的规律。这不由得使人想起严复在《〈天演论〉自序》中所言,中国传统思想的某些要素与近代西方思想的要素之间存在着类同问题。而法国学者艾金伯格(安田朴)的《中国化的欧洲》(又译《中国文化西传欧洲史》),于连的《迂回与进入》及一些西方学者大都认为,法国近代文明是融合了双重"他者"的文明即古希腊、罗马和东方尤其是中国的"他者文明"。法国学者勒庞(Le Bon)认为"中国革命"与"法国革命"有"相似之点"①。法国比较品性学创始者佩雷菲特,探究了中法社会后,写下了脍炙人口的论著《当中国觉醒之时》《中国已经觉醒》及《法国病症》等著作②。

在此,关于中法近现代诗学前期阶段建构的相似性,我们要着重指出两点:其一,"外来影响说",即通过地缘文化中介的输入——意大利和日本分别在两国近现代文学及诗学兴起与确立的过程中,扮演了重要的角色,它们作为民族国家文学语言的确立与现代性追求的参照系和激励机制,促进了中法两国近现代文学及诗学革命;其二,"内在发展论",即两国近现代文学及诗学的形成及其品格的确立,除了外来的显在的推动作用外,根本上还有内在的文化资源中,现代性思想意识或启蒙思想意识的内驱力及其文学与诗学精华的滋养。

在我们具备了上述比较的问题意识和眼光之后,就会看到中法诗学的历史发展,如同世界万物的生存法则一样,遵循着萌芽、开花、结果,显示出一种从孕育到成熟,以及自我更新到走向新生的螺旋式的生命轨迹。中国的现代化经历了百年历史,我们怀着从器物层面到制度层面,再到精神层面的追赶心态一路走来。中国现代化的进程,用百年的时间蹚过了西方500年的历史之河,在此意义上可以说,中国的现代化是跳跃式的、粗犷的或者说是压缩的,它还来不及消化和反思西方和自身。虽然今日的中国已是国力大增,在经济上的崛起已成为不争的事实,但文化上的自信和文化大国的地位尚有待建立和增强。我们以为,当我们的诗学不再依赖"进口",中国现代诗学的输出也能成为可能,这就是现代中国作为文化大国地位确立的标志的时候。要做到此就得放眼世界,对有代表性的、先发型的现代国家如法国甚至东方的日本予

---

① 勒庞:《革命心理学》"代译序",佟德志译,吉林人民出版社,2004年。
② 乐黛云、李比雄主编:《跨文化对话·中法文化年专号》第17辑,上海三联书店,2005年。

以观照和审视，为此，本论著试图在当今国内中法比较诗学研究上另辟一面，期许在宏观上首次将中法两国诗学以整体地加以把握，并有意把中、法、日三国现代化的起点与进程做一番比较，从而避免过去那种零敲碎打式的局部研究而带来的"见木不见林"的弊端，这样也就具有了继往开来的现实意义。

另一方面，我们以文化诗学的眼光去考察，从两国诗学的现代形态与民族 - 国家文化与审美和民主政治的高度加以观照，在方法上和理论上，就使得中法比较诗学的"内部研究""作家论"的关系研究和"影响论"的"贸易研究"，上升到了更大单位和背景的民族国家层次和区域文明的层次上，从而使诗学在个人、民族、社会与世界的表达中形成一种大气候、大格局，让西方与非西方、普遍与特殊、诗学与文化、个人与社会、历史与现实和未来，都在一个平台上相遇对话、相互发现、相互激荡，这既是作为研究者的心愿，也是一种学术的自觉，从而避免以往研究中只知有"术"不知有"国"的缺陷。

于是，本论著拟截取中法诗学历史发展中的一个横切面，即从中法近现代诗学生成的起点出发来做考察；进而又从它们发展、变化的过程，来审视两国现代诗学前期阶段建构的话语空间及其价值意义。我们以为，抓住了这样的脉络，也就抓住了中法近现代诗学的生成之道，再把它置于当今全球化的历史之思做对照，就会显现出中法比较诗学的价值意义、理论意义和现实意义。

二、论域的时空及逻辑起点

作为现代意义上的民族国家的形成、确立、发展与成熟，在中法两国都经历了一个较为漫长的过程。而两国近现代诗学的生成，始终与此相伴，民族国家是现代诗学生成的温床。故本论著论述的时间范畴应包含三个维度：一是从标志着两国近现代诗学文本生成的起点出发，即在法国以代表法国文坛第一个流派的"七星诗社"的"宣言书"《保卫和弘扬法兰西语言》（1549）和《法语诗艺简论》（1565）、《"法兰西亚德"序》以及《法语诗歌艺术》为标志，在中国以"五四"文学革命的首篇宣言《文学改良刍议》（1917）和《文学革命论》（1918）、《建设的文学革命论》（1918）、《人的文学》（1918）为标志，来考察和研究；二是辅以各自国家诗学生成之前的孕育阶段来考察发轫时诗学生成的"前理解"即历史语境，我们将看到法国中世纪后期的"修辞学派"和"里昂学派"的诗学遗产和中国晚清时期乃至晚明时期启蒙先驱者在思想文化及文学观念上的蓄势待发，由此与前面第一维度的主体部分形成对应；三是从两国诗学发展的历史进程，即各自民族国家现代诗学前期阶段的展开与发展，来看它们是怎样实践和表达其对现代性和民族性的追求的政治文化与诗学自身的建构姿态的，以此形成一个内涵丰富、阐释较为充分的、关于民族国家诗学生成的、相对独立完整的研究单元系统，从而更好地展现对中法近现代诗学的前期阶段相对完整的比较意义的建构和阐发。

　　本论著中关于"中法近现代"的历史称谓及其"经典"的命名,在此需作一点说明。若以一般史学的眼光观之,常把世界近代史即现代的早期设定在16世纪前后,但从中法两国不同文明形态和社会发展阶段来看,史学家们常把那个时段的法国定为初级的现代民族国家,而将1789年大革命后的法国定为真正意义上的现代民族国家。反观中国,虽然16世纪它已显示出是当时世界上最发达的国家之一,是一个"先进"而又"文明"的强大的帝国。但由于种种原因,直到20世纪上半叶,它才被看成是现代意义上的民族国家。可见这在社会发展形态上,作为所谓现代化国家的形成与确立,两国是有时间差异的。当然这是以现代的民族国家之概念为标准的。

　　就文学形态的存在而言,中国是具有悠久的古老文明的国度。中国文学及其诗学,按传统的古典文学、近代文学和现代文学的分法,就与法国文学及诗学的古典时期、近现代时期,在时间上是不对等的。在法国,古典文学及其诗学时期,是指从中世纪历经文艺复兴、古典主义,一直到18世纪的启蒙运动及大革命(见法约尔的《法国文学评论史》)这三个阶段;而现代时期,则是指19世纪开始的以浪漫主义、现实主义以及现代主义为标志的时期;至于后现代时期表现为对现代的一种反动,它大致指从20世纪中后期起至今的历史阶段。(在由贝西埃等主编的欧洲《诗学史》中,则把欧洲各民族国家诞生前的诗学即从古希腊、罗马到中世纪诗学称之为古代诗学。)而中国的古典诗学,则是从两三千年前的先秦时段,一直到20世纪初之近代,这样一个漫长的历史时期,20世纪以后则被看成是中国现代诗学的世纪。当然,这是以文化形态为标准而分的。

　　我们在此把两国各自认定的属于不同历史时期的经典文本作比较,主要是以表达各自民族国家文学理念的文本为参照。我们命名的中法近现代诗学的经典,是随着各自民族国家的形成而形成的,这既是一种民族国家的认同,也是一种民族身份的文化认同。故作为表现民族国家形成标志的文学理论就是经典的起源。在法国,1549年,以杜贝莱执笔的《保卫和弘扬法兰西语言》,代表着被视为"法国文学史上第一个有组织的文学流派"的"七星诗社的宣言书",它是"法国文学史上第一篇有重大价值的文论"的标识。在中国,1917年,胡适和陈独秀在《新青年》杂志上分别发表了《文学改良刍议》和《文学革命论》,吹响了中国现代文学革命的第一声号角。翌年,又有胡适的《建设的文学革命论》和周作人的《人的文学》震撼文坛,这四篇文章成了中国现代诗学起点的纲领性"宣言"。当然,随着各自国家政治文化向度的完型,在法国就有古典主义、启蒙时期以及现代前期的各阶段的诗学经典。在中国则是从20世纪头20年的"文学革命"到"革命文学",再到三四十年代的文学共同体和文艺新时代,最后是新中国的成立,从20世纪50年代至70年代末期,以社会主义意识形态为主导地位的现代诗学经典为探讨对象。

于是本论著将以两个重点时段来进行探讨：其一是作为中法诗学发展中蕴含着现代品格的历史起点，即中法近现代诗学是如何生成的；其二是两国现代诗学是如何发展和推进的。为此，我们要回答，谁？在什么时候？做了什么事？为什么要做？做的怎样？有什么意义？进而再追问，随着时代前进的步伐，它们又是怎样进行整合、扬弃和拓展诗学的空间，进而完成对现代性、民族性、革命性的历史性叙事等这样一些重任。

这里，我们要追问的是，首先，一个中心环节是身份问题，即作为现代意义的民族国家是如何创造自己的文学想象或诗学品格的，换句话说，是如何通过民族国家的诗学建构，来完成这一国家的认同、文化认同和对人类共同命运及其想象的创造和期待。这是我们将中法两国文学及诗学进行比较的逻辑起点。我们认为将中法现代诗学置入民族国家的表述中，显然"民族主义"与"现代性"是两个基本的主题。那么中法近现代诗学是如何实现对民族国家和人类命运的承诺呢？我们将在下面予以揭示。

其次，时空关系是我们首先要面对的一个问题。我们知道，中法两国本属不同文明体系，又是相距甚远的两个伟大国度，其历史文化背景迥异，国家社会形态和发展阶段也不一致。虽两国的历史源头可分别追溯到秦汉和罗马帝国，甚至更早的上古时期是先秦时代和古希腊时代，那时的政治制度形态倒有相似之处的一面。不过，从世界文明发展的轨迹来看，不同民族走向现代的进程的经验是人类可以共享的，于是在走向现代这一前提下和各自对其的理解与实践上，可显示出比较的意义的，为此，我们首先要弄明白什么是"现代"和"现代性"？

关于这两个词的含义，中外学者有诸多解说。一般的说法是，关于前者，它首先是一个时间概念，是与古代相对的，史学家们往往把1500年前后看作是现代与中古的分水岭；其次，它是一个社会学和文化学的概念，是与传统相对的，即区别于中世纪的"人的发现"和"国家发现"的新时代，这是一种文明形态的更迭，更是一种思想和文化观念的更新，即一种现代意识的确立。如果说"现代"是一个名词，它可以是静态地来看待的话，那么，"现代性"则是一个形容词，它表现为一种状态，是一种动态的、循环的、延续的、进步的、曲折的，甚至还表现为一种否定的过程。

从词源学上讲，"moderne"一词是从出现于公元5世纪末的拉丁语单词"modernus"而来的，它的意思是指已经基督教化了的"现时的"，以区别古罗马异教的"旧时代"。在整个中世纪和17世纪以前，modernus及其世俗化的moderne皆指与"往古"相对的"现今"的意思。文艺复兴之后，直到17、18世纪之交，法国发生了著名的"古今之争"，这个词除了原有的"现今"意义之外，还初步含有了"进步"的意蕴，启蒙运动以后，"现代"一词便与"进步"融为了一体。[①]

[①]（法）伊夫·瓦岱：《文学与现代性》"'现代性'一词的历史"，田庆生译，北京大学出版社，2001年。

关于"现代性",可以从两种意义上去理解:其一是强调作为思维方式和观念的现代性;其二是在历史分期意义上使用的现代性,即以传统相对的一个历史发展阶段。它更多是一个文化性的概念和一个社会性的概念,是一个东西方均有各自表述的、具有歧义的概念。① 由于西方通过资本主义的发展和民族国家的建立,率先成功地跨入了现代社会的大门,并且建构起了现代世界体系(如沃勒斯坦所言)。故就西方而言,"现代性"一词有两种说法:一是以西方为中心的现代性,是与理性、科学、民主、进步相联系的;二是把现代性视为对上述观念的否定、扬弃与超越。对中国来说,"现代性"通常是指:一是代表了以"进步"为指向的社会文化的线性发展图式;二是以西方物质文明、制度文明和精神文明为参照,符合中国发展道路的目标追求。这里需要把"现代性"与"现代化"区分开来,前者偏重于指称中国社会现代进程的文化价值体系层面,表现在生活方式、生存价值、道德、心理和艺术等方面;而"现代化"则着重指称中国社会现代进程的经济和政治制度层面。中国知识界最早提出"现代化"的口号是在20世纪二三十年代,1927年柳克述在《新土耳其》一书中,将"现代化"与"西方化"并提。1929年,胡适在为英文《基督教年鉴》撰写的《文化的冲突》一文,正式使用了"一心一意的现代化"的提法。

从发生学的角度,"现代性"对中国而言,不是原生性的,而是置入性的。中国的现代性转型,则是两种因素的合力的结果:一是鸦片战争引发的民族危机、政治危机和文化危机;二是与前面那种暴力式的撞击方式不同,它又是诱惑式的,或者说是这两种方式的混合物。而后者是以对西方新奇的器物相联系的,它似乎向中国人昭示着先进、幸福和美好。在海外学者王德威、李欧梵看来,中国的现代性是"被压抑的现代性",在刘禾那里,则是"被译介的现代性"。最近几年,皆有不少的中外学者认为(美、法、日等国的中国学研究者)不能以西方的标准来看待中国的现代性,非西方世界照样参与了现代世界形成的运动,而且,现代世界的形成正是东西方互动的结果。为此,这给我们如何看待中国现代社会的转型,即中国现代诗学生成提供了理论性参照。

三、诗学之思与相关概念性的指称说明

1. 关于专有名词"诗学"与"文论"的命名和"生成"一词的含义。纵观世界文

---

① 关于现代性的思考和论述可参见:(英)吉登斯:《现代性与自我认同》,生活·读书·新知三联书店,1998年版;汪晖:《现代中国思想的兴起》,生活·读书·新知三联书店2003年;王一川:《中国现代性体验的发生》,北京师范大学出版社,2001年;刘禾:《跨语际实践——文学、民族文化与被译介的现代性》,生活·读书·新知三联书店2002年;李欧梵:《未完成的现代性》,北京大学出版社,2005年;杨联芬:《晚清至五四:中国文学现代性的发生》,北京大学出版社,2003年;南帆:《后革命的转移》,北京大学出版社,2005年;(德)哈贝马斯:《交往行动理论》,重庆出版社,1994年;(法)列斐伏尔:《现代性导论》;(德)马克斯·韦伯:《新教伦理与资本主义精神》,生活·读书·新知三联书店,1987年;(美)沃勒斯坦:《现代世界体系》。

坛,中法两国存在着一个共同点:它们不仅都是诗歌大国,且历史悠久,就连两国人民在认识事物的方式上和生活方式上,及其对文学感觉的方式上,似乎都是以一种诗意的方式来表达的。当然,其文学观念或理论的表述,也体现出一种"诗意的存在"。

从两国文学创作层面上看,其文学摇篮里绽放出的第一朵鲜花就是诗歌。且不说在欧洲上古时期肥沃的土地上结出的硕果《伊里亚特》和《奥德赛》两大史诗。就法国而言,从中世纪的南方行吟诗人的爱情之歌,到维庸这位中世纪最后一位,也是现代早期第一位诗人所预示的文艺复兴精神的诞生,再到文艺复兴时期高扬人文精神的"七星诗社"的两位大师——龙沙写下了《法兰西亚德》之史诗,杜贝莱则唱出了《法兰西,艺术……之母亲》,尔后,是被中国读者们所熟悉的浪漫主义诗人雨果,现代主义诗人波德莱尔、马拉美、魏尔伦、瓦雷里等大师的不朽篇章,它们不仅给人以艺术的享受,而且也是对那个时代生活的发现。而在中国先秦之际,就诞生了两大民族经典"史诗"——《诗经》和《楚辞》。可以说,这是完全能与西方两大史诗媲美的不朽杰作,是中华民族诗歌艺术的第一座高峰,尔后,还有乐府民歌和汉赋的乐章,随后自魏晋南北朝到唐、宋、元、明、清,直至"五四"以后的今天,我们看到一座又一座的诗歌高峰,矗立在中国文学乃至世界文学的天堂之下。无论是《孔雀东南飞》还是李白、杜甫、王维、白居易、苏轼以及郭沫若、艾青等人所写下的"月光诗""山水诗""浪漫诗""哲理诗""怀旧诗"以及"母亲之歌""祖国之歌""民族之歌""人生之歌""苦难之歌"等,都给千百万中国人以温馨、亲情、鼓励、慰藉、娱乐、消遣、启迪、省悟、希望和力量,同时又对社会予以揭露、批判和鞭挞。

就学术层面上看,中国古代文论,虽然不以"诗学"来命名,20世纪以前,也没有"古文论"这个称谓,有的只是"诗文评"之说。① 但从先秦诸子及其后来丰赡多姿的经典文本中,我们看到《论语》《毛诗序》《典论·论文》《文赋》《诗品》,更有《文心雕龙》和《原诗》等典籍,纵论诗歌艺术、文学与社会、文学创作的形式与本质、作品鉴赏以及艺品和人品等,展示了诗与文的艺术世界和人生世界的本质与真谛。而法国及西方各国的文化源头均出自古希腊、罗马,先人们留给中世纪滞后的欧洲的文化遗产,就文学理论而言,当属从柏拉图对诗歌艺术"神性"的探讨算起,他关注诗歌与城邦民主建设的利害关系。为什么他要把诗人逐出"理想国"呢?因为诗歌给青年人的影响太大了。他理想中的国度,是以哲学家为王,而非诗人之类的"害群之马"。然而,他对西方后世文学理论影响最大的,却是流传至今的《伊安篇》《斐德诺篇》《大希庇阿斯篇》和《会饮篇》等涉及论诗的本质、功能、作用等方面的论述。而其弟子亚里士多德则写下了西方文学史上的名篇《诗学》一书,他可谓欧洲文学史及美学史上,最早对文艺理论或文艺美学方面的问题做系统论述的集大成者。在此篇经典中,他

---

① 陈伯海:《中国诗学之现代观》,上海古籍出版社,2007年,第443页。

主要讨论了悲剧和史诗,而那时的悲剧也是用诗的形式所写成的,故而,《诗学》之"诗",最先是针对作为文学或艺术这一门类中的诗歌艺术而言的,而在其论说中的"诗"之对象,又包含史诗、悲剧、喜剧、竖琴歌和阿洛斯歌等诗类的总名。这里对"诗"要强调两点,一是亚氏强调了作为共名时,"诗"所具有的自己的独特性,即诗性意识;二是他区别了作为文学之"诗"的言说和历史言说表达的两种方式的特点与本质,由此他确立了"诗艺"的本身,即"诗"的本质论、类型论、技巧论和结构论。

于是,我们可以这样理解,《诗学》中论的不是狭隘的诗的技巧,是包括戏剧、诗歌批评在内的文艺理论,可见"诗学"实际上就是文艺理论,或简称文论。其后的西方或法国文学理论,在建构的方式上和范畴上,大致万变不离其宗。于是,既然比较文学是指文学的比较,那么比较诗学就是文学理论的比较。当然,"比较诗学"一词在我国的出现,的确是西方学术术语的引进符号,众所周知,古代中国大都采用"文论"一说,从《论语》一路下来,那些彪炳史册的典籍中刘勰的《文心雕龙》、严羽的《沧浪诗话》、叶燮的《原诗》和李渔的《闲情偶寄》等都不曾以"诗学"来命名。

我们知道,比较文学的学科体系,是19世纪以后西方主要是法、德、英、美等国所创制的。美国学者韦勒克,对"文学理论"与"文学批评"的概念做了阐释,他的《近代文学批评史》(8卷,中译本可见上海译文出版社1997、2002、2006版)这部著作,是我国新时期以后最有影响的西方文论的著作之一。在这部著作的"导论"中,韦氏指出,"批评史是一个有其内在意义的课题","它完全是思想史的一个分支"。"批评是一般文化史的组成部分,因此离不开一定的历史环境。很清楚,学术空气的普遍变化,思想史甚至某些哲学思想,都会对批评产生某些影响。"当然他也看到了思想史方法弊端的一面,"它不能促使我们对个别理论家的松散结构,甚而自相矛盾的学说体系有任何概括性地了解,也不能帮助我们去认识大批评家的特性和个性,独特的态度和感受性"。① 同时,它还就"批评"这一术语的概念做了阐释,它"不仅是对个别作品和作家的评价,而更或者说主要是有关文学的原理和理论、文学的本质、创作、功能、理想,文学与人类其他活动的关系、文学的种类、手段和技巧、文学的起源、历史这些方面的思想"。②

另一位美国学者厄尔·迈纳则著有《比较诗学》(中译本可参中央编译出版社1998年版),法国、加拿大、比利时三国学者也联合主编有欧洲《诗学史》(中译本可参百花文艺出版社2002年版),俄罗斯学者哈利泽夫认为,诗学是文学的一个分支,它包括规范诗学和普通诗学,他特别指出,"诗学"是"被用来记录文学进程中特别的层面——在作品中已经得以实现的那些具体的作家、文艺思潮、流派以及整个时代的定

---

① (美)韦勒克:《近代批评史》"导论",杨岂深等译,上海译文出版社,1997年,第9、10、14页
② (美)韦勒克:《近代批评史》"前言",杨岂深等译,上海译文出版社,1997年,第1页。

位和原则"。①

　　法国学者方丹在其《诗学》一书中，首先从语言层面给予了解释，作为名词的"诗学"（la poétique）是针对整个文学而言的，而作为形容词的"诗歌的"（poétique）则是指一种狭义的诗学即"诗艺"——关于作诗法和诗歌创作的要求。作为广义的诗学被看作是"在美学和语言学的交叉点上"的"一门理论学科"。"诗学"不单是文学形式的通论，还是一种"对各种可能的文学阅读进行的探索"。②

　　国内学者也大都采取了与西方对应的命名方式，如曹顺庆《中西比较诗学》，黄药眠、童庆炳《中西比较诗学体系》，饶芃子《比较诗学》，狄兆俊《中英比较诗学》，萧华荣《中国诗学思想史》，陈良运《中国诗学体系论》，汪涌豪、骆玉明主编《中国诗学》，陆耀东主编《中国诗学丛书》和张方的《中国诗学的基本观念》。

　　我们看到，虽然中法或中西对待文学理论的命名方式不同，但其研究的疆域或界别，是大致一样的。尽管今日有学者认为，若采用"中西比较诗学"一词容易落入这一词语背后西方话语的圈套，呼吁放弃"中西比较诗学"这种"东方主义"的命名方式，以及潜在的西方中心主义立场的视角，而应在"承认双方的结构性差异的前提下"，"站在两者之间进行比较"。③ 对此良好的愿望与提醒，我表示理解和尊重，不过就本论著而言，在论题名称的命名上，我更倾向于采用"诗学"一词，因为它不单是能体现两国文学理论研究成果之所在，而且更是反映了中法两国文论（诗学），本身也是一种诗意的表达方式。我以为，唯有"诗学"一词，才能更准确地显现出中法文学理论形态之魂，即一种"诗意的存在"！

　　我们选取"生成"一词作为进行中法近现代诗学比较研究，践行一种文化诗学之旅的有效途径，是因为"生成"一词既是作者构建本书内容框架之策（作为一种方法论，相对于别的研究切入点的选择而言），也是我们阐释诗学历史与现实之关系，诗学文本话语成为可能的"动力枢纽"系统（关涉内容层面与价值作用）。记得英国数学家、哲学家怀特海在其《思想方式》一书中，谈及"偶然的是持久性"的观点，他认同笛卡尔、伽利略及牛顿合力建构的一个观点，因为"他把持久性解释为在每一个瞬间的知觉的再创造。对他来说，持久性只是瞬间事实的连续。同时笛卡尔的宇宙论也更强调运动，如他关于广延和旋涡的观点就是如此"④。这对我们的启发是，本书的视点设计就以"起点"之道和"阶段性"发展为问题的出发点和论述与叙事的基本单位，以此来窥探中法近现代诗学生成的历史。再有怀特海的"有机整体论"，也成为我们构建中法诗学生成比较的认识论基础，由此，我们搭建起"地缘文化互动观照""场域

---

① （俄）哈利泽夫：《文学学导论》，周启超等译，北京大学出版社，2006年，第196页。
② （法）达维德·方丹：《诗学·引言》，陈静译，天津人民出版社，2003年，第3、6、7页。
③ 余虹：《中国文论与西方诗学》，生活·读书·新知三联书店，1999年，第6页。
④ （英）阿尔弗莱德·怀特海：《思想方式》，韩东辉等译，华夏出版社，2003年，第129页。

价值效应""平行比较与影响比较""科际整合与边界融合"视野等维度的知识域。另外,怀氏在其代表作《过程与实在》中,强调"关系性"比"性质"和"实体"更优越,这也成为我们思考中法诗学生成比较的元语言。

2. 关于民族国家的概念。这里首先我们需要把民族、现代民族和民族国家以及民族主义这几个词区分开来。"民族"一词,从语言学上讲,在英文的"nation"一词里,同时包含有"国家"和"民族"两个含义;而中文里,"民族"和"国家"是两个完全不同的词。对"民族"一词,中文倾向于理解为"种族";而英文里,"国家"的含义要高于"民族"。

"民族"这个词在中国,是19世纪末20世纪初才进入社会文本中的,"中华民族"这个概念,并非古来有之,而是在非常近代的社会话语中才出现的。

从社会人类学上讲,"现代民族"具有以下特征:作为一个不可分割的社会集体而享有共同的集体名称、共同长期居住的地域、共同的历史记忆、传说和大众文化,共同的经济,以及适用于全体成员的、由法律所规范的、普遍的权利和义务。按西方的观点,一个民族不进入市民社会,就不成为现代民族,也不能建立和巩固自己的民族国家。

而"民族国家"则是一个政治的和法理的概念,其实质是全民主权的概念。文化人类学家安德森则认为,民族是"想象的共同体",它更多地强调民族的精神和意识形态。故,在此意义上,"民族"是文化和心理的概念,显然与"种族"完全不同。一个民族可以包括若干不同的种族,如中华民族就有几十个种族。同样,同一种族的人,也可分属于不同的民族,如汉族在中国属于中华民族,移民法国,则属于法国民族。在本论著中,我们正是从社会学和政治学意义上来定义"现代民族",而非生物学和人类学意义上的"民族"。中国的古典意义上的民族观念一直是与"华夷之辨",即以区分中原农耕人(华夏)与周边游牧人(夷狄)的形态出现的,它主要是以文化而不是以种族来区分的。

"民族主义"这个词是19世纪才在西方社会文本中出现,它的基本含义是:一个民族的忠诚和奉献,尤其是一种特定的民族意识,即认为自己的民族比别的民族优越,特别强调促进和提高本民族文化和本民族利益,以对抗其他民族文化和利益。

民族主义的形态主要包括"文化民族主义"和"政治民族主义"。文化民族主义,是指对母语文化的强烈认同,但它所涉及的主要已不再是民族国家,而是各主要文明和文明体系间的竞争,它可以同国家或民族的政治认同脱钩。而政治民族主义,是指对民族或国家强烈的政治认同,它意味着对民族、国家的忠诚可以同对民族文化的认同相分离。可以说,近代以前中国还不是一个现代意义的"国家",而是处在同一皇权下的文明社会,晚清至20世纪中叶以前的中国历史,是从文化主义向民族主义转换,即主要以儒家文化为认同符号的文化主义,最终为现代意义上区域性的民族主义所取代。而"五四"以来的中国,就是这么一种一方面激烈反对西方帝国主义的压迫与扩张,另一方面又激烈否弃本民族传统文化,同时积极引进西方文化和制度的民族主义,即典型的政治民族主义。

民族和国家是什么样的关系呢？国家需要"民族"这样一种概念,即由"民族"来确定疆域、人口和主权。对"现代民族"来说,民族国家是定义"民族"最主要的依据。反过来说,"民族"是一个国家、国家意识形态和文化价值体系的定义域,这样我们就过渡到何谓现代意义上的"民族国家"这个概念上来。它包括以下几层含义：一、"民族国家"是政治性组织,最主要的标志是,主权的行使,即国家是由人民组成的社会,具有共同的疆土,不受外来的统治,一个有组织的政府,国家权利是主权、领土和人口三个要素构成的,是现代民族国家存在的前提;二、在国家关系上,界定"我们"和"他们"的是"民族国家";而在个体间的国际交往中,则是民族身份的认同;三、民族国家的建构,对建立世界体系具有奠基性的世界历史意义,各主权国家一律平等,已成为国际法的基本原则。

最后,我们来看一下"民族国家文学"与"民族文学"的关系。前者要求揭示现代文学同现代民族国家之间的关系,并从中提取新的批评视野;后者则沿用"五四"以来关于民族文学与世界文学对立统一关系的说法。① 事实上,"五四"以来,被称之为"现代文学"的东西,就是一种民族国家文学。

3. 关于经典的话语。倘若我们把诗学文本看成经典的话,首先就会提问何谓"经典"？关于这个问题的讨论中外皆然。在我国从"五四"以来至今,对此问题的讨论经久不衰,从胡适、陈独秀、吴宓、梁漱溟、朱自清、朱光潜、闻一多、郑振铎,更不用说瞿秋白、毛泽东以及周扬等强调革命文艺的人物,都对此予以高度关注。不管怎么说,核心问题还是传统与现代的问题,当然与之相关联的就是民族文化与意识形态、东方与西方的问题。

在西方,美国著名文论家哈罗德·布鲁姆,针对后现代以来西方对经典传统的疏离,著有《西方正典》(1994,中译本,译林出版社,2005)和《批评、正典结构与预言》(中译本,中国社会科学出版社,2000),引起了极大的反响。德国文论家奥尔巴赫早在20世纪中期就写下了《模仿论》(1946,中译本,百花文艺出版社,2002)。加拿大学者弗莱也著有《批评的剖析》(1967,中译本,百花文艺出版社,1998)。在法国,对经典遗产的重视和保护始终是放在首位。从文艺复兴"七星诗社"、拉伯雷、蒙田那里,到17世纪的帕斯卡和"古典主义"诗学大师布瓦洛的正典。启蒙时代的伏尔泰、狄德

---

① 刘禾:《语际书写》,上海三联书店,1999年,第193页。与民族国家研究相关的著作有:李世涛:《民族主义与转型期中国的命运》;(法)吉尔·德拉诺瓦:《民族与民族主义》;(澳)霍尔顿:《全球化与民族国家》,世界知识出版社,2006年;(法)拉佩尔:《话说欧洲民族性》,中国人民大学出版社,2007年。(英)盖尔纳:《民族与民族主义》,韩红译,中央编译出版社,2002年;(英)霍布斯鲍姆:《民族与民族主义》,李金梅译,上海世纪出版集团,2006年。

罗和卢梭,19世纪的圣·伯夫、雨果、波德莱尔、马拉美、瓦雷里,再到20世纪的文论家们像朗松、蒂博岱、加洛蒂、罗兰·巴特、托多洛夫、福柯和德里达等人,已成为法兰西民族诗学的重要表征,也是法国文化界研究的标志性工程。我们看到,学术界、文化界通过学校和大众传媒,建立起种种文字与影像系列像:《法国文化史》(4卷,让-皮埃尔·里乌等主编,华东师范大学出版社,2006)、《诗学史》(上下卷,让·贝西埃等主编,百花文艺出版社,2002)和《法国文学评论史》(罗杰·法约尔著,四川文艺出版社,1992),以及《六说文学批评》(蒂博岱著,生活·读书·新知三联书店,2002)、《知识考古学》(福柯著,生活·读书·新知三联书店,1998)和《笑的历史》(让·诺安,生活·读书·新知三联书店,1986)等著述都对传统与现代、本土与全球、精英与大众、主流和边缘文化及其意识形态给予了高度关注,也在继承、反思与超越中展开讨论与建构。

在中国,1996年也出版了由荷兰比较文学专家佛克马夫妇合著的《文学研究与文化参与》一书,其中的重点之一,就是讨论经典在中国和西方构成的历史状况。国内比较文学界对此也有过大讨论,最近的一次发生在2005年8月,在深圳举行的中国比较文学年会暨国际学术研讨会上,对经典的维护与颠覆、对经典的变异与再生、对经典的普及与泛化、对经典与权威的关系等维度都展开了讨论。①

事实上,经典作为知识体系的时候,它与其诞生的土壤或生成机制有关,它总是与权力和信仰相连。从欧洲的历史看,正如古提斯所言:"存在着学校的文学传统、政府的司法传统和教会的宗教传统:这些是中世纪的三个世界性权力机构——教育权、地权、神权。"②这就是说,它与宗教、王权和教育及传媒的控制密切相关。在中国古代,由于政教合一,它始终受制于封建统治者的权力,被居于主流意识形态地位的儒家经典的价值观所左右。

另一方面从社会转型来看,经典又始终在这种社会转型的危机中沉浮,如中世纪向文艺复兴过渡时期、古典主义向浪漫主义过渡时期、现代主义向后现代主义过渡时期。在法国由古典主义向浪漫主义的转变,正好与旧王朝的覆灭相吻合,它表明了世俗化进程的一种延续性和对传袭下来的政权的一种侵蚀。于是19世纪就出现了这一种局面,经典的进一步多样化与扩展;它还向欧洲以外的作家开放,也就是说经典的范围扩大了,限制也较少了。在中国,现代以降则有"五四"新文化运动对传统经典的颠覆;新中国确立了社会主义意识形态的主导地位的原则,这是一条以《在延安文艺座谈会上的讲话》为核心的延续;尔后又有"文化大革命"极"左"思潮对传统经典

---

① 同年5月,北师大、首都师大和《文艺研究》杂志社也联合主办了"文化研究语境中文学经典的建构与重构国际学术会议",此后,童庆炳、陶东风在此会议论文基础上主编了《文学经典的建构、解构和重构》一书,北京大学出版社2007年出版。
② (荷兰)佛克马等著:《文学研究与文化参与》,俞国强译,北京大学出版社,1996年,第40页。

的颠覆;最后是新时期的拨乱反正。在东西方、古与今以及意识形态领域,只要对维护和弘扬中华文化有利,对推动人类文明的进步与实现和谐世界的建构目标有利的,就是评价经典的基本尺度。显然意识形态使一种严格的经典成为必要,但放弃把审美作为一个独立范畴,而专以意识形态的控制为目的,这难以使文学经典成为可能。再一个方面,科技信息的发展与媒介技术的革新,世界文化的交流带来的新发现,也关乎经典的生成、变化与流行。

总之,经典的构成或改变,一方面如上述所阐述的那样,是统治权力和知识权力合谋的结果,它们把持着对经典的认可即掌控着政府评价机构、教育机构和传媒机构;另一方面在现代社会尤其大众文化消费社会,信息与传媒的公共领域使得大众的审美时尚力量的形成成为可能,它也可从另一个方面促成或消解经典的命运。于是,当今中国的现实是三种经典的共存:官方主流的经典、精英的经典和大众的经典,而且这三者之间是相互作用的。主流的经典要体现大众化,精英的里面表现平民化,而大众的经典则是一个混合物,它交织着草根性或反现代性、传统性与颠覆性等各种要素。

然而,本论著关注的经典,显然是在民族国家总体框架下,以民族文化的建设、现代化目标的实现、文学审美功能的体现为前提的。我们以为,经典即是国家形象的文化资本、民族文化的象征资本。一方面它是文学或诗学审美标志的体现,它可以是超功利的,是"非目的的合目的性";另一方面它又是文化的,即成为一种"想象的共同体",一种文化的品牌,它弘扬民族的意志,增强民族文化的认同感;再一方面,它又是社会的,可以成为一种政治工具,它有驯化的作用,具有增强政治的"合法性"效应;最后它还是一种知识性工具,表现出对人类信仰、语言交流、信息传播、文化共享、制度反思、人类命运等的终极关怀。

4. 政治文化与地缘文化的视野作为方法论对诗学的观照。我们谈民族国家的历史与建构,是离不开政治学、社会学层面的意义。事实上,政治、文化、经济就代表着一个民族国家生存的金字塔结构。我们以为,中法两国的相似性结构,一个最明显的特征,就是体现在政治文化的"亲缘性"上,那么何谓政治文化呢?美国政治学家阿尔蒙德曾下过这样的定义:

政治文化是一个民族在特定时期流行的一套政治信仰和感情,这个政治文化是由本民族的历史和现在社会的经济、政治活动的进程所形成,人们在过去的经历中形成的态度类型对未来的政治行为有着重要的强制作用。①

---

① (美)阿尔蒙德:《比较政治学:体现过程和政策》,曹沛林等译,上海译文出版社,1987年,第29页。有关此节的两大概念还可参考:(美)劳伦斯·迈耶:《比较政治学》,华夏出版社,2001年。高毅:《法兰西风格:大革命的政治文化》,浙江人民出版社,1991年;金太军:《中国传统政治文化新论》,中国社会科学文献出版社,2006年;高全喜主编:《大国》第一期,北京大学出版社,2004年。

我们注意到他用政治文化的概念,去展示政治意识、民族气质、民族精神,以及社会的基本价值观、公共舆论和民族性格在国家体系中的作用。实际上,政治文化就包含着这三个层次的内容即认知性、情感性和评价性成分。由此来看中法两国的政治文化,我们将发现它属于两种不同的类型,前者在现代以前是典型的传统依附型政治文化,现代以后逐步迈向参与型政治文化;后者从启蒙时代以后则是典型的参与型政治文化。

我国著名政治学者储安平,曾对英法两国政治文化做过比较。他说两国制度虽然相似,但由于文化语境的不同,其精神表现也就有差异。他关注到了文化与政治之间的互动性,他将政治文化的比较点,放在了两国语言的层面上,特别引用法国人一句话"不清晰者绝不是法国式的"。法语的这种清晰、准确的特征反映在政治文化方面,是往往就概念如何得以精确表达争论不休,而忽略了一个行动胜过一打理论纲领的道理。当然这段话是储老在抗日战争时有针对性而发的。不过他精确地捕捉到了,在法国政治文化中,行动的地位低于言论,而言论则来自思想,因而法国政治家往往极重视演讲的语言。从这两点,也可激发我们反观和审思"五四"新文化运动及新文学运动的一些特征,强调语言革命,但语言本身的精确和修辞学方面却重视得不够;而"文学革命"也是以理论先行,但理论与实践之间的效果尚呈现较大的差距。

本论著之所以从政治文化的视野出发来思考,是因为它将给我们的分析、考察提供一个可行的途径即一种时间诗学的表达。准确地说,它以中法两国围绕各自民族国家在形成与发展过程中,所展示出来的关于现代化与民族主义,以及由此而形成的文学与诗学的表征这三大主题为标志,这是一种阶段性突出的过程诗学。这种变化的曲线是围绕国家统一,实现建国的目标而叙事。

我们看到诗学观念,总是随着社会变革或社会的大转型而变化的,中法两国的三次社会大转型中,均表现出政治文化向度的结构性类同,后面我们将有具体的涉及。

就地缘文化而言,①其实早在十八九世纪,法国的伏尔泰、斯达尔夫人、泰纳和维尔曼等人,都从地理文化的角度研究不同民族国家的历史、文学及其民族精神,他们成了比较文学兴起的先驱者。后来法国的地理学也在19世纪诞生了,其开拓者维达尔所著的《欧洲周围的国家和民族》(1880)和《法国地理概貌》(1903)以及《人文地理学论著》,成了标志性的作品。他告诉我们地理学首先是一门"观察科学",地理学

---

① 关于"地缘文化""地缘政治"的概念阐释可参见:阮炜:《地缘文明》,上海三联书店,2006年。另具有地缘文化视野进行跨学科研究的成果有冯天瑜等:《中华文化史》(上下册),上海人民出版社,2005年;国玉奇:《地缘政治学与世界秩序》,重庆出版社,2007年;梅新林:《中国古代文学地理形态与演变》,复旦大学出版社,2006年;胡兆量等编著:《中国文化地理概述》,北京大学出版社,2006年;郭洪纪:《地缘文化与中华民族意识的认同》,载《青海民族学院学报》,1998年第1期;曹慧民:《地缘诗学与华文文化研究》,载《华文文学》,2002年1月。

是"地域的科学"。而他提出的一些基本概念对后世影响深远,如"关联"与"综合"的概念;他从"形态"分析中引出了"分布"的概念,从"结合"的概念中引出了"环境"的概念,这就推演出地理学家应在社会学和历史学的观照下,重视对社会结构和历史事实的研究。他特别指出,自然的作用和人文现实之间,存在着人类的自由主宰力量。自然往往提供很多可能性,人类可以从中进行选择,也就是用"或然论"反对"决定论"。法国的地理学,就沿着自然地理学到人文地理学的轨迹发展。人文地理学家德芒戎把"地域范围看作为与人的相互关系",他的名著《欧洲的衰落》(1920),表明对一个国家形成真正有特色和综合性的认识,必须将它的边界疆域、民族精神、人文和经济问题等因素结合起来。他重视区域地理研究和比较研究。现代法国的地理研究,注重以人和社会为中心,一方面它既研究地方性的社会群体与环境的关系,同时也关注地域范围扩展到远距离的社会群体与环境的相互关系;另一方面它还研究人对其生存空间的感知、适应和改造的方式①。这种"新文化地理学"是20世纪70年代至今西方现代地理学与马克思主义碰撞的结果,是那个世纪80年代在英国兴起的文化地理学的共振,是法国"年鉴学派"的姊妹,是列斐伏尔(《空间的生产》《论国家》)和福柯(《地理学问题》《不同空间的正文与下文》)现代性空间批判思想的综合体。而法国当代地理学家保罗·克拉瓦尔在其新著《地理学思想史》中,不仅对法国地理学的历史沿革及其法国学派作了探究,而且从世界地理学的兴起与发展以及美国、德国学派的更大背景上来展开,并对后现代地理学以及世界地理学的前景做了分析与展望。②

在英国学派那里,文化地理学不仅关注不同民族形式上的差异即物质文化的差异,同时也关注思想观念上的不同,正是思想观念把一个民族凝聚在一起。它还特别关注在描写所谓的"外国"文化这个"确定他者"的过程中,建构起"本国"文化的思想意识,也就是对"自我"的定义,是与"他者"文化的特性相关联。这里边"特征性"的研究是一个重点,学者们首先抓住特征性的构成,一是层次上——个体、群体和全民族的层面;二是归属感问题;三是特性是建立在区分基础之上的。如果没有"他们"作参照,也就无法对作为社会群体的"我们"进行定义。他们还指出,西方的视角是有别于东方建立起来的,而东方也正是在这种西方类比东方中存在着,而且在这种关系中,它使得居于从属地位的群体成为一个知识体系中的"客体",这一知识体系剥夺了"客体"形成自己特征的权利,把它们当作被贬了值的、不受欢迎的"负极",所以在这种投射过程中,恐惧和欲望是交织在一起的。③

事实上后现代地理学,表达了对现代经典地理学僵化于"新康德历史决定论"的

---

① (法)安德烈·梅尼埃:《法国地理学思想史》,蔡宗夏译,商务印书馆,1999年,第227页。
② (法)保罗·克拉瓦尔:《地理学思想史》,郑胜华等译,北京大学出版社,2007年。
③ (英)迈克·克朗:《文化地理学》,杨淑华译,南京大学出版社,2003年。

康德式的"我思"的批判,因为在后者那里主要被还原为对事实材料进行的积累、分类以及在理论上做出的率真的表征,对地球表面的非真实区分进行描述,还原为对种种结果的研究,也就是说他们将空间处理为僵死的、刻板的、非辩证的、一成不变的地域,一个被动和可以丈量的世界,而不是具有行动和意义的世界。同时,现代地理学的不足也表现在这样一种遮蔽中:民族的爱国主义和公民身份,通常情况下与其说是包含于一种地理的同一性和意识形态,倒不如说是隐含于一种文化的同一性和意识形态。这是一种具有内在的空间性的特征,过去它一直为曾被包容于关于国家形态和政治批判的社会主义和资本主义理论①。所以,列斐伏尔批判了将空间仅仅看作是社会关系演变的静止"容器"或"平台"的传统社会政治理论,他指出生产空间主要表现在具有一定历史性的城市的急速扩张、社会的普遍都市化,及其空间性组织的问题等各方面,今日对生产的分析显示了我们已经由空间事物的生产转向空间本身的生产②。而另一位后现代批评者爱德华·索亚,又提出了一种独特的批判性空间意识,即以"第三空间",也就是说将空间性、历史性、社会性形成一种三维辩证法,来打破二元对立的思维模式,而生产出意志的包含复杂意蕴的空间表象。由此可见,后现代的空间与时间已经成了思考现代性组织与意义的媒介。

我们将地理文化学和后现代空间批判理论,作为一种视角与本论著联系起来,意在拓展中法近现代诗学生成的研究维度,其实美国文论家韦勒克在其《近代文学批评史》中,也是以一种地缘文化的视角来观察、分析欧洲文学批评的发生与发展。英国哲学史家梅尔茨在其《19世纪欧洲思想史》中,也是看到了欧洲思想的整体性和流动性。这样,我们进行的中法近现代诗学的空间比较,就是把法国置于欧洲的背景,让意大利、德国、英国的思想与之形成一种互动;把中国置于亚洲的背景中,让曾是中华文明圈的两个主要东亚大国——中国和日本,对其现代国家的生成形态与诗学观念进行相互观照,也就是说我们试图建立起这样一种叙事模式,从其自然地理性到人文地理性,这种空间的毗邻性既是历史的也是现在的,既是地理的也是精神的,从文化的亲缘性到文化的变异性(误读),当然它也包括文化的差异与交融、文化的竞争与多元文化的混合。我们最终的目的是从这种地缘文化中,看到一种诗学间的互动、对话和共享。

如果说以政治文化的视角切入我们的诗学比较,它代表的是一种时间性叙事,是历史的纵向发展,那么,从地缘文化的视野出发,这是一种空间诗学,它关注两个民族国家形成与发展的外部关系,而这些因素是与两国现代诗学的生成相关联的。一方面,法兰西语言文化的确立受意大利先驱者的启发,在欧洲的版图上"由于应用欧洲

---

① (美)爱德华·W. 苏贾:《后现代地理学》,王文宾译,商务印书馆,2004年,第55、57页。
② 包亚明主编:《现代性与空间的生产》,上海教育出版社,2003年,第47页。

若干种土语来取代拉丁语,诗学变得民主化了,先是西欧文明各异的诸国形成个别的文学,然后是形成个别的思想",①这位19世纪英国学者梅尔茨正是从地缘文化的角度提出"研究共同欧洲思想的总体",他要从法、德、英三国去追溯个别观念,从一个民族到另一个民族的迁移。另一方面,这一成功的范例对其他民族国家来说又是一个榜样,中国现代语言建设的开拓者们,正是从意大利、法国的语言革命中寻求"合法性",从而从传统的书面语言形态中解放出来,实现了现代语言形态的文言合一。而日本的古代与现代语言是分别从中国文字的借用,到法国及西方语言观念的洗礼,创立了现代日本民族语言,并在这种东方式的表意文字形态中,通过中国与自身的东方式的语言哲学的通灵,与德里达的后现代语言观达成对话的契机,这种从西方到东方,又从东方返回西方的语言对话、思想对话,不正是地缘文化视野带来的魅力吗?

5. 关于宗教与科学同文学与诗学生成的关系问题。本论著探讨的主线是"民族国家"这一现代意义概念上的诗学生成,并且把所设时空的历史起点限定在:法方即欧洲的法国由中古走向近代世界为其开端,中方则表现为由盛即衰的封建社会从其近代过渡到现代社会,或曰现代意义上的民族国家的创生为基点,这就要求我们要有一个"史"的维度和时代的维度,来透视两国近现代诗学发生发展的历程。为此,我们不能割断历史与传统文化的脉络,不能忽视各自近现代社会转型时的时代条件与现实境况。因为这两大因素必然会深刻地影响到两国近现代诗学的生命形态和质地,同时这也成为我们思考、观察和评价两国近现代诗学品格差异性的重要标志之一。进一步说,这也将体现出本论著所秉持的从文化诗学的范型,来观察和比较中法两国近现代诗学生成与发展之道而形成的研究特色。这样才有利于我们拓展诗学形态探讨的空间,也就是说,穿越文本形态的表层形式结构,而深入到两国近现代诗学建构的深层内核的精神生命中去,探讨不同文明体系的文化遗产的传统与科学技术作为生产力发展的动力,以及科学精神作为现代文明的表征,在不同文明体系走向现代的进程中的地位与作用及其价值意义,当然包括一些由此而引起的文化变异与文化误读及创新的诗学生成能力的探讨。

6. 美国、法国和日本汉学研究学术视野的启示。有一种史观与"西方中心论"正好相反,从柯文的《从中国发现历史》,罗兹曼的《中国的现代化》,墨菲的《亚洲史》,王国斌的《转变的中国》,我们看到这是西方学界对非西方的重视。中国的现代化也非单纯的"冲击—反映"模式,它是传统和现代两股力量合力的结果;一种眼光即地缘文化学视野下的区域文化研究模式,中国、日本乃至印度如何回应西方和现代化,如何保持东方的特性,而使世界文化更加丰富和多样,对我们来说尤为重要。同样,在法国谢和耐、安田朴(艾金伯格)、汪德迈等汉学家的著作里,有一种对中国文化的

---

① (英)梅尔茨:《19世纪欧洲思想史》(第1卷),周昌宗译,商务印书馆,1999年,第15页。

尊重,他们和"新世界史观"这样的美国学者一样,看到古代中国(宋明以后至19世纪中叶以前)是现代世界的一极主要力量,其经济发达不亚于西方(见谢和耐《中国社会史》);而"新汉文化圈"若能整合现代东亚的力量,将有着十分光明的前景,对亚洲乃至世界有着积极的意义(见汪德迈《新汉文化圈》)。而日本汉学家内藤湖南的《中国史通论》,子安宣邦的《东亚论——日本现代思想批判》,竹内好的《近代的超克》,莲实重彦的《反"日语论"》,高坂史朗的《近代之挫折:东亚社会与西方文明的碰撞》,对我们认识中国现代性转型——"宋代近世说",怎样认识全球视野下的现代性,如何超越"东方主义"与"西方主义",如何认识区域亚洲的相对于欧洲的独特性、整体性和内在的差异性与互补性,以及如何保持民族文学与诗学的根性,并且通过西方这个"他者"来建构自我、创造自我和创造世界,使21世纪的亚洲文化同西方文化一样,共同丰富和繁荣世界多极文化。正是以上这些西方汉学的研究成果,给予我们从事中法比较诗学,尤其是本论著一个更大的想象空间和学术空间的启发,也是在与这些学者的成果的对话中,加深了我们对中法近现代诗学生成的历史与未来的认识和思考;同时,也对他们以及国内外从事比较文学研究的学者,对中法比较诗学研究所提供的直接的或间接的学术资源背景表示敬意和感谢。

四、从两篇经典文本的研究与传播说起

下面着重介绍一下关于两篇经典文本的研究与传播的一些讯息:(1)关于《保卫与弘扬法兰西语言》(以下简称《保卫》)。据我们有限的查阅,在法国,杜贝莱(Joachim Du Bellay,1522—1560)的此文于1549年在巴黎由 Arnoul I' Angelier 出版商首版后,又分别在1553、1557、1561、1568年印行(后两版次则由 Federic Morel 推出),而笔者手里所查阅的全文是法国 L'Estrée 出版社1948年版。此外,在巴黎1914年出版了由 H. Gillot 撰写的 *La Querelle des Anciens et des Modernes en France*, *De la Défense et Illustration de la Langue Française aux Paralleles des Anciens et des Modernes* 一书,其中从历史上的"古今之争",谈到了此文在现代民族国家发展中的重要意义。到了20世纪,Bordas 出版社也于1973年出版了由 L. Tereaux 编辑的《保卫》一文;另外,由法国人让·贝西埃等主编的欧洲《诗学史》,以比较诗学的眼光,从法国与意大利及欧洲文学的互动与生成的关系出发,在创新与继承上赞赏杜氏对开拓作为民族国家的现代法国诗学的贡献与经验。在法文版的《法语文学大词典》(J. -P. De Beaumarchais et D. Couty éds. *Dictionnaire des Littératures De La Langue Française*. Bordas,Paris,1984.)中,专门收录了"杜贝莱"这一词条。在《法国文学史教程》(J. C. Payen et H. Weber, éds. *Manuel D'histoire Littéraire De La France*, tome I, Editions Sociales, Paris, 1971.)和《法国通史》(G. Duby, *Histoire de la France*. Librairie Larouse, 1970.)中均收录和评述了"杜贝莱"及其贡献。在法国,对杜氏及其"宣言"的推崇,要数圣·伯夫、朗松、吉洛(H. Gillot)和蒂博岱为甚。而美国的《新编普林斯顿诗歌与诗学百科词典》(A. Preminger & T. V. F. Brogan co-eds, *The New Princeton Encyclopedia of Poetry and Poetics*. Princeton:Princeton University Press,1993.),在"pléiade"词条里阐述了杜贝莱与"七星诗社"及其这篇宣言的主要内容。著名的美国学者布尔斯廷在其名著《发现者》(*The Discoverers*, Random House,1983.)中,也盛赞杜氏及此文的价值。记得英国批评家沃尔特·佩特(Walter Pater)在其《文艺复兴:艺术与诗的研究》(*The Renaissance*,1873)中,也专章谈论了杜贝莱。而英国新文化史学家彼得·伯克的近著《语言的文化史:近代早期欧洲的语言和共同体》(Peter Burke, *Language and Communities in Early Modern Europe*, Cambridge University Press,2004)一书中,一方面称近代早期欧洲史上"发现语言"的时代的成就之一,就是杜贝莱的这篇划时代的《保卫》,另一方面在该著作的开篇,还专列了一份"欧洲出版史年表",《保卫》一例赫然印在其中,显然作者是将出版视为"印刷资本主义"传播民族语言的标志,是"想象的民族共同体"中"想象"的核心所在。

  此文在中国的传播,据我们的查看大致是这样:它最早在蒋百里所著的《欧洲的文艺复兴史》①中出现,蒋氏在介绍"七星诗社"时提到了杜贝莱是其成员之一,并说他还与龙沙一起以"七星诗社"的名义发表了这篇宣言——《法国文字之辩护》(这是当时的译名,而杜贝莱的名字则被译作为笛倍雷);同时蒋氏还评论说,此文是表达了作者对"现代之语言改良"的立场,要"丰富之","决不能恃中古遗传来贫弱之语言与单调之方式"。他"反对不自然、无生命之技巧",提倡用本国语言写作。② 遗憾的是周作人所著的《欧洲文学史》③中,谈到法国文艺复兴时,则漏掉了"七星诗社"及杜贝莱和他的"宣言",只是在谈及17世纪德国文学时,提及诗人奥皮茨所著的《德国诗论》时说到他曾"奉法之七星派"。随后就是梁实秋在其名作《现代中国文学之浪漫趋势》④一文中,谈及新文学运动,针对白话文运动的特色时指出,其导火线是外国的影响,文字改革"如但丁之于意大利文","笛伯雷(杜贝莱)之拥护法文","他们在文学史上都是划时代的大家,他们着手处却均在文字。在我们中国的新文学运动,也是如此,其初步即为白话文运动"。接着便是胡适在《文艺复兴在中国》(1926年11月的一次演说)一书中直接地提及:但丁写了一部意大利语的辩护作,早期法国诗人们写的就是使用法语的辩护词。但在中国文学史上,却缺乏这种有意识的捍卫行

---

① 此书于1921年由商务印书馆印刷发行,在14个月曾连续三次再版。现在我们所看到的是东方出版社以1921年版影印本为底本的再版第1版(2007年)。
② 蒋百里:《欧洲文艺复兴史》,东方出版社,2007年,第123、127页。
③ 周作人:《欧洲文学史》,东方出版社,2007年,第208页。
④ 此文原刊于《晨报副镌》,1926年3月25、27、29日,载刘俊等编著《中国现当代文学研究导引》,南京大学出版社,2006年,第232页。

动。① 再后来是在夏炎德所著的《法兰西文学史》中专门介绍了"七星诗社"成员及其特点,其中就提到了"七星诗社"的这篇宣言即杜贝莱所起草的《法兰西文的维护与发扬》②,并对其内容作了简要的评论。新中国成立后国内出版了由柳鸣九、郑克鲁等先生主编的《法国文学史》(人民文学出版社,1979)和由郭麟阁先生编著的国内第一部用法语撰写的《法国文学简史》(Histoire condensée de la littérature française, du moyen age au XVIIIe siècle,商务印书馆,1983、2000),以及陈振尧先生主编的《法国文学史》(北京外语教学与研究出版社,1989)和李赋宁总主编的《欧洲文学史》(第一卷,商务印书馆,1999),它们都对"七星诗社"和杜氏的生平以及这篇宣言的主张、特点、作用包括局限做了一些简要的介绍。新时期以来有关杜贝莱和此文的相关背景及介绍与研究,国内翻译出版了如上面提及的佩特的《文艺复兴:艺术与诗的研究》(张岩冰译,广西师范大学出版社,2002)、(英)科林·琼斯的《剑桥插图法国史》(杨保筠等译,世界知识出版社,2004)、(法)让·贝西埃等主编的《诗学史》(史忠义译,百花文艺出版社,2002)、(法)让-皮埃尔·里乌等主编的《法国文化史》(杨剑等译,华东师范大学出版社,2006)以及上面所提及(英)彼得·伯克的《语言的文化史:近代早期欧洲的语言和共同体》(李霄翔等译,北京大学出版社,2007)等,在此就不一一赘述。特别值得一提的是,新中国成立后,《文艺理论译丛》1958年第3期刊载了由齐香先生翻译的杜氏这篇经典文本的节译。

关于杜贝莱及其此篇经典,近年来,国内给予研究的情况大致有以下四种特点:一是吴岳添先生在《法国文学流派的变迁》中,从"七星诗社"主要诗论的整体中观之,以突出整个"七星诗社"的观点为重,但尚未单独就此篇作完整的介绍与分析。不过吴先生指出了包括该篇在内的"七星诗社"诗论的内在矛盾性。二是郑克鲁先生在《法国诗歌史》中,较为详细和全面地把包括《保卫》在内的"七星诗社"诗论做了分析介绍,但仍未将它置于整体的近代诗学框架中来考察,这就为古今诗学理论的互文性研究留下了足够的空间以供后人开拓。三是梁启炎先生在《法语与法国文化》中,则从语言与民族文化关系的角度简单谈及《保卫》在法国近代诗学上划时代意义。四是叶汝琏、程曾厚两位先生分别在其《法国现代诗与古典诗》和《法国诗选》的前言中对杜氏及其"七星诗社"有所论及。特别值得一提的是,在杜贝莱作品的翻译与传播中,程曾厚、郑克鲁先生功不可没,尤其是那首《法兰西,艺术……的母亲》,以文学的形式,塑造了法国的形象。

就此篇文本名称的翻译和流传而言,杜贝莱的经典文本 La Défense et Illustration de la Langue Française. 的汉译名,我们粗略统计大致有九种之多:一是蒋百里首译的

---

① 此文收录在胡适《中国的文艺复兴》一书中,湖南文艺出版社,1998年,第101页。
② 夏炎德:《法兰西文学史》,上海商务印书馆,1937年,第109页。

"法国文字之辩护";二是夏炎德所译的"法兰西文的维护与发扬";三是齐香、李健吾两位先生采用的是"维护和发扬法兰西语言"(见《文艺理论译丛》1958年第3期和《外国文学研究集刊》第9辑,中国社会科学出版社,1982);四是柳鸣九、郑克鲁、程曾厚三位先生以及傅绍梅和钱林森所使用的"保卫和发扬法兰西语言"(分别见《法国文学史》,人民文学出版社,1979,《法国诗歌史》,上海外语教育出版社,1996;《法国诗选》,复旦大学出版社,2001;《法国文化史》,华东师范大学出版社,2006);五是吴岳添先生选用的"捍卫和弘扬法兰西语言"(见《法国文学流派的变迁》,北京大学出版社1995)。六是张岩冰译的"捍卫并光大法语的纯洁性"(佩特《文艺复兴:艺术与诗的研究》)、钱培鑫译的"捍卫与光大法兰西语言"(巴士拉《科学精神的形成》)、杨保筠译的"法兰西语言的辩护与说明"(科林·琼斯《剑桥插图法国史》)、李霄翔等译的"捍卫与解说法兰西的语言"(彼得·伯克《语言的文化史:近代早期欧洲的语言和共同体》)。看来,杜氏的这篇划时代之作的中文名称之翻译的确是五花八门,它从侧面反映出翻译与时代、翻译与文化之密切关系。在本书中,我们采用的译名是"保卫和弘扬法兰西语言"(以下论及时简称"保卫")

(2)关于《文学改良刍议》。(以下论及时简称《刍议》)胡适(1891—1962)在美国留学时,于1916年10月写就了这篇针对中国近世文学弊端之檄文,尔后投寄陈独秀主编的《新青年》(第2卷第5号,1917年1月1日)上发表,一石激起千层浪,随后几年内在此刊和国内许多刊物引起针对白话文的大讨论。此文后来收入了赵家璧主编《中国新文学大系·建设理论集(1917—1927)》(1935)中。新中国成立后,有多家出版社又重印了此套丛书,如上海文艺出版社于1981年和2003年分别影印了两次。此外,由郭绍虞主编的《中国历代文论选》(1980),作为当代中国高校文科教材也收录了该文,不过应该看到,在"文革"刚过时,该文只能在当时的话语系统中被编入此教材的附录的位置。另外随着改革开放的深入,此文还在严家炎所编的《20世纪中国小说理论资料》(第2卷,1997)、马冀等选编的《〈新青年〉选萃》(2001)、王钟陵主编的《20世纪中国文学史论文精粹》(2001)中被刊载,当然我们发现,新时期后对该文的选编,已不再是过去相当长的时间内那种居于边缘地位的编码序列。

而对《刍议》及其文学思想和主张的讨论与研究,大半个世纪以来,众说纷纭,一直不断。① 其实,早在此文正式发表前的1916年,梅光迪就把胡适这篇白话文学主张,同美国"意象派"诗歌主张相较。②而《刍议》发表后,最早评价胡适的是钱玄同,他在《新青年》第2卷第6号(1917)的通信栏中,发表了《致陈独秀的一封信》,对《刍

---

① 可参曹而云新近出版的《白话文体与现代性:以胡适的白话文理论为个案》一书(上海三联书店,2006年)第3章"胡适的白话文理论研究'四说'",较为系统地梳理和概括了海内外对胡适白话文理论的反应。
② 胡适:《藏晖室札记》,载《胡适留学日记》,安徽教育出版社,1999年。

议》的论断给予了肯定和声援。尔后他又在翌年，发表了一篇与白话文有关的针对新诗创作的文章。而刘半农也发表了《我之文学改良观》（《新青年》第3卷第3号，1917），提出了他对"文白"两种语言的看法和意见。后来，胡适在他撰写的《五十年来中国之文学》（1922）一文中，自我总结和概括了白话文运动的历史作用和功绩。这种把白话文理论命题纳入文学史的研究中，在20年代已活跃起来，赵景深、周群玉和陈子展都在其论著中①，把白话文理论视为体现了现代性的基石，是新文化运动及新文学运动的显著性标识。到了三四十年代，上海良友图书公司出版了一套《中国新文学大系》丛书，胡适和朱自清等都分别在理论集和诗歌集中，从理论和文体文类的角度，总结了文学革命十年来在白话文运动和新文学运动中的突出成果和贡献。当然，从这一时代起，也开始出现了对胡适的疏离和批判之声，从王哲甫的《中国新文学运动史》、叶青的《胡适批判》中就可以看出。而新中国成立后的50年代中期，大陆掀起了批判胡适思想的大风暴，政治意识形态冲击了文学研究本身和对历史的应有尊重，胡适被作为形式主义改良派和资产阶级学者加以批判。可在60年代的台湾，又是另一番景象，李敖出版了他的《胡适研究》，他以极为精到的语言，揭示了胡适白话文理论的微言大义。

  新时期以后，大陆对胡适的研究逐渐趋于正常。在此我们不打算细数这一过程的变化，只想抓住几个关键点进入我们的话题。首先，通过对胡适在新时期我国高校现代文学研究中所被关注的情况，来窥见出学界对待他的态度的复杂性和多样性。在王瑶主编的《中国文学研究现代化进程》（1996）中，专章论述了胡适在文学史研究上的成就，突出了他提倡白话文及其建立"国语的文学和文学的国语"的重要历史性贡献，其中还谈到了《文学改良刍议》的初创时的来历和发表情况，同时还指出了《文学改良刍议》历史进化之眼光，即以白话文为代表的文学，是一种进步的文学。而在温儒敏著的《中国现代文学批评史教程》（1997）里，也许是囿于"批评史"和"理论史"不搭界使然，全书没有给他留下专章的位置，只是在回溯现代文学批评的创建与兴起时，以三言两语谈及胡适、陈独秀和鲁迅，尔后就转入对主要对象的专章论述。这种把批评与文学理论和文学史割裂开来的做法，容易遮蔽中国文学与诗学之现代学术思想的基本形态和丰富性，难以深刻和完整地把握中国现代文学批评的气象与精神内涵。与此相关，在罗钢的《历史汇流中的抉择——中国现代文艺思想家与西方文学理论》（2000）中，虽关注到了胡适的"八不主义"与庞德"意象派"诗歌理论的关系，并对胡适文学思想的进化论倾向给予了肯定，但遗憾的是，仍未给他设置像新文学的其他几位主将那样的专章待遇。不过，后来许道明在其《中国现代文学批评史新编》（2002）中，在第二章专论胡适部分，对其在中国现代文学史上的开山之功和历史性贡

---

① 赵景深：《中国文学小史》，周群玉：《白话文学史大纲》，陈子展：《中国近代文学之变迁》。

献给予了充分肯定。纵向上突出胡适开启现代文学革命之幕——从语言文学革命到思想革命,横向上则论及他在诗歌、小说和戏剧领域的现代性开创之功。而周海波所著的《中国现代文学批评史论》(2002)里面,专章论述了胡适对"现代文学批评建构"的历史性意义。应该说胡适文学思想及其理论,是百年中国现代文学思想和学术思想研究中,绕不过的一个重镇。①

我们注意到,在杜书瀛、钱竞主编的《中国20世纪文艺学学术史》(2001,第2部下卷)中,胡适在文学革命与新文化运动中的地位和作用都得到了应有的肯定,特别是在建构"民族国家文学"和"进化的文学"中,突出了胡适的《文学改良刍议》和《建设的文学革命论》等经典文本的革命性思想贡献。而黄修己、刘卫国主编的《中国现代文学研究史》(2008),开篇就强调"先有《文学改良刍议》和《文学革命论》这两篇批评文章,才有新文学的真正创立。文学批评催生了新文学。"②另外,王富仁先生前两年的大作《中国的文艺复兴》,我以为他是从当代的角度来重读中国"五四"的"文艺复兴"。他说,"西方文艺复兴与中国'五四'的'文艺复兴'有一个明显的不同,即前者是由自我内部找到一种动力",没有任何外力,或者说"不是由东方文学的冲击而成的","而中国近现代文学绝不是从自身攫取动力的,而是从外国思想意识、政治、经济,直到文学的冲击中发展的。但这两个系统有一个共同点:向中世纪告别"③。不过,我以为,西方文艺复兴正是借助于东方,找回了古希腊的精神遗产,而中国近现代文学的现代转型,的确是以一种异质性思想为主导,但中国传统文化内部,自宋明以后,具有现代精神的特质也开始出现,并进而逐渐发展演变,于是才有不少国内外学者所说的中国传统内部有一股现代转型的潜流因子。这在本论著下面的章节中有所论述。再有,针对上面王先生所言的"告别",我赞同一半,欧洲向中世纪告别,是向由教会主宰的神权的告别,于是才有了作为现代性标志的"人的发现"和"国家的发现"。然而,欧洲的现代,也是由中世纪孕育而来的,许多西方学者对此早有论述。在对待传统与现代的关系上,"五四"新文化运动及新文学运动,以及由此而来的现代诗学的确可谓"破"字当头。但在如何"立"上却不如"破",从那以后现代诗学始终在如何"立"上做种种尝试,步履蹒跚,对此前景并不令人乐观。此外,胡明在《胡适思想与中国文化》(2005)中,也专门分别讨论了宗教与"胡适的无神论思想""胡适的科学人生观"以及"胡适与中国现代文学的转型"等诸多关乎中国哲学思想、文学、史学、教育学、经济学和中西文化比较方面的重要话题。

新时期,国外中国学研究反过来也成了中国文学及诗学研究的重要参照,像周策纵的《五四运动:现代中国的思想革命》就对《新青年》所传播的新文化与新文学思潮

---

① 陈平原:《中国现代学术之建立:以章太炎、胡适为中心》,北京大学出版社,1998年。
② 黄修己、刘卫国主编:《中国现代文学研究史》(上),广东人民出版社,2008年,第5页。
③ 王富仁:《中国的文艺复兴》,广西师范大学出版社,2003年,第3页。

给予了认真的研究和充分肯定,并对陈独秀和胡适为主导的文学革命及其相关的成果,尤其是对《文学改良刍议》《文学革命论》《建设的文学革命论》和《人的文学》以及《现代欧洲文艺史谭》和鲁迅的《狂人日记》等现代文学经典,予以了详尽的介绍,特别提供了与胡适有关的美国资源和法国资源,与陈独秀有关的法国资源和欧洲资源,以及与"文学研究会"和"创造社"等有关的法国资源、欧洲资源、俄国资源和日本资源的一些情况。

而日本汉学研究中的"京都学派",曾在其重要杂志《支那学》创刊号上,刊载有青木正儿所撰写的介绍以胡适《文学改良刍议》为中心的新文学运动的文章。新文学运动通过他们介绍、传播到日本,其中有关国语运动的成就直接被他们运用到日本的中国语教育建设中。而日本学者竹内好在其《何谓近代——以日本与中国为例》一文中,在论及同处东亚的中国与日本,在面对西方文化与现代化的进程中,表现出不同的姿态。他把日本文化称之为"转向文化",中国文化则是"回心型文化"。因为日本没有经历过革命这样的历史断裂,也就是说,不曾有过重写历史的经历。所以,从根本上看,日本的近代就是从转向开始的,日本文化总是面向外界,等待新的东西的到来。竹氏反而认为在与西方的冲突与碰撞中,中国文化则是一种向内的运动,以保持自我为本,以抵抗为媒介。当然,这是他对亚洲民族的两大主体的一家之言,同时在文中,他还说:"'文学革命'是以胡适的口语运动、欧洲近代文学的输入和传统破坏为发端的……但是,推进运动的原动力,在于由一种从内部否定该运动的更为根本的力量的存在。这个力量的核心就是鲁迅。日本的文言一致运动,没有发展出从内部否定从而超越该运动的方向,而是以二叶亭的自我分裂而告终……在日本一切都是成功的,且是一次性的。"①这里,在学术上日本学人的反思是值得称赞的。竹氏认为,相较于中国,日本没有从根上保住自己,当然不知我们中国学者是否认同。可他对日中两国在现代转型中,同样都经历了"言文一致"的运动,在胡适和鲁迅的推动下,中国成功了,而日本则陷于困惑的谈论是有价值的。另外,他对日本现代那种偶然性的成功,从更大的时空背景上看表示了相当大的怀疑,这也促使我们从多角度思考中国现代化建设与新世纪的中华文明的主体性地位。

---

① (日)竹内好:《近代的超克》,李冬木等译,生活·读书·新知三联书店,2005年,第213页。

第一章

发生学比较：中法近现代诗学生成的历史结构及其意义

当我们伫立在中法近现代诗学生成的历史文化坐标下,便仿佛看到空间诗学与时间诗学悠长的历史背影,我们不由得叩问:我们是谁？我们从哪里来？当我们眺望诗学历史的地平线,在湛蓝的地中海边,掠过中世纪的潮水,西方欧罗巴的礁石上,闪耀着一颗明珠,那就是法兰西,它迎来了西方近代文明的第一缕霞光,唱出了第一声法兰西之歌;而在东方亚细亚的东部之滨,浸润着中华文明之乳的黄河、长江,承载着中国及周边地区这个以儒家文明为中心的东方世界,唱着早熟与期盼、痛苦与坚韧之歌,在西方列强的隆隆炮声中和西方文明的碰撞与激荡里,探索着未来的方向。

在这一章里,我们将从发生学角度,比较中法近现代诗学生成的历史结构及其意义,其目的是从一个更大的背景下,展示这种诗学生成的历史语境及其相似的历史结构逻辑。为此,我们首先从区域文明的空间及历史文化遗产的维度,来阐释中法两国近现代诗学生成的背景;其次,还将考察两国作为民族国家历史的想象与叙事;再次,以一种地缘文化的眼光,来审视意大利和日本在两国诗学生成中所起的作用与价值意义。

第一节 欧洲的法国与亚洲的中国

一、欧洲的法国:法国诗学的精神共同体

谈起法国,必先了解欧洲。因为欧洲的悠久历史文化是法国诗学诞生的胎盘。欧洲文明的特征是:有共性,但同时又同源异流。它不是单一的,其内涵是"认同中有多样"(la diversité dans l'identité)和"多样中有认同"(l'identité dans la diversité),即它对外是"欧洲主义",对内是"民族主义"。从欧洲文明发展趋势看,这一特性是与通向现代化并与全球化进程相联系的。其实,反观亚洲和东亚文明,又何尝不具有这样的特性。

历史上看,近代无论是黑格尔还是汤因比,无论是马克思还是亨廷顿,也无论是

尼采,还是德里达、福柯都把欧洲作为西方文明的整体来看待与审视。今日法国哲学家莫兰在其近著《反思欧洲》中,以富有睿智的眼光,检视欧洲思想的历程,站在欧洲思想共同体的平台,来端详法国,又从法国身上去发现欧洲的丰盈。于是在我们走进法国诗学殿堂之前,需要聆听欧洲思想的母亲,历史老人除了告诉我们法国是怎样来的,更道明白滋润法国诗学的历史土壤的谱系。

　　1. 近代西方兴起的标志。首先,我们要弄清何谓"近代",何谓"西方"。① 不少学者常把欧洲的文艺复兴视为现代社会的早期或曰西方的近代②。"1500 年被历史学家普遍看作是中世纪社会和近代社会之间的分水岭。"因为这一新时代,发生了一系列不同的事件:"……宗教改革,文艺复兴,地理大发现,新大陆殖民,世界贸易以及作为欧洲政治组织最高形式的民族国家的出现。"③

　　西方现代哲学家罗素则进一步指出,近代西方兴起是以四项伟大运动为标志的(作为现代社会的过渡期,包含了从中世纪的衰落到 17 世纪的跃进)④。它们可概括为:一是意大利的文艺复兴光芒,二是一场新的文化运动的兴起即人文主义运动,三是宗教改革运动的冲击,四是科技进步的影响。

　　我们关注近代西方社会,实则就是指以欧洲为代表的世界,看中它在精神文化领域的革命——以人文主义精神为主导的文艺复兴,来对抗宗教神学和教会统治;在社会与政治领域呈现出的进化——民族国家的出现。由此,我们说中世纪与近代的差

---

① 参法国学者罗莎伊(Rosay)撰写的《西方概念史引言》一文,作者梳理了"西方"与"欧洲"两大主题词的历史沿革与今日状况,提出:一、欧洲诞生于 395 年,狄奥多西把罗马帝国一分为二;至于西方的文明则形成于 5—8 世纪,但它的基础建立于整个古代。西方的空间在 16 世纪前一直保留在欧洲,尔后一个海外西方在美洲成长起来。二、西方的概念通过对启蒙时代的继承,而在西方文明的概念中形成;西方的概念理解为欧洲的"意义";西方的概念只有通过消除它的力量的内在和外在的障碍得以确认。三、今天的西方一词通常既指欧洲国家,又指美国、新西兰以及澳大利亚,即所有西方文化的国家,有时日本也包括在内。四、法语里"西方"一词诞生于 1120 年,它描绘出基督教欧洲形而上学的轮廓;五、西方是欧洲的意义,即指基督教和天主教的意义,于是定义西方的特征,既是一个政治意愿又是建立一个意义的宗教意愿。六、西方文明的西方是自由主义和资本主义的摇篮,它还显示了与普遍主义和扩张主义之间的嫡系关系。七、两个"西方"为西方的精神而战,一个是自由民主的国家,对美国势力友好的国家,另一个是由大西洋两岸国家组成的后民族"进步"联盟(见《跨文化对话》第 17 辑,上海三联书店,2005 年)。
② 我国学者近年来也采纳了西方一些学者的新近观点:中世纪欧洲实则是近代的开端,关于这方面的论述,请参:(1)(美)斯特龙伯格:《西方现代思想史》(中央编译出版社,2005 年),他认为"中世纪不仅是现代科学理性主义的苗圃,而且在技术上也颇有成就",并且"被视为欧洲历史上最重要的思想复兴时期",他要以此来"破除历史学家所谓的文艺复兴神话"。(2)余英时:《文艺复兴与人文思潮》,载《中国思想传统及其现代变迁》,广西师范大学出版社,2004 年。(3)(荷)赫伊津哈:《中世纪的衰落》,刘军译,中国美术出版社,1997 年。(4)陈乐民:《欧洲文明的进程》,生活·读书·新知三联书店,2003 年。
③ (美)道格拉斯·诺斯:《西方世界的兴起》,厉以平等译,华夏出版社,1999 年,第 129 页。
④ (英)罗素:《西方的智慧》,崔权醴译,文化艺术出版社,1997 年,第 363 页。

异性,首先得以从语言、世俗性和民族性层面入手来探析。于是,"国家意识"与"自我意识",是欧洲兴起的文化根源和现实需求所在。

那么欧洲又是怎么来的呢?欧洲的命名①追溯到早期的希腊人。公元前7世纪,他们便开始使用"欧罗巴"这一称谓。这个词首先是地理名词,当时的希腊人认为地中海处于世界的中心,借此来区别"自己"与"其他"民族。事实上,"欧洲观念"有三个来源:一个是两希文化、基督教文明;二是因非欧洲文化(非基督教文明)与之形成的对照、对立和压力而增强起来的欧洲自我意识;三是战争频仍,因渴望和平而寻求联合之道。在中世纪,为让基督教统治整个人类世界,为了与对"基督教国"冲击最大的伊斯兰文明异质力量相抗衡,历次的冲突与战争,使得欧洲与非欧洲界限分明,立场对立,欧洲人因此增强了"我们是异于东方民族的欧洲人"的"自我意识"。于是,这便形成了"基督教国"这一地理宗教概念的欧洲。荷兰学者李伯庚在其《欧洲文化史》中说道:"两个世纪的十字军战争对西欧的影响是巨大的,西欧的民众由于反对一个共同的敌人而加深了同属于一个'基督教国'的一体意识。""对欧洲人来说,十字军不仅培养了某种程度的一体感,还认识到他们自己的文化与伊斯兰文化的不同之处。"②到了1453年以后,君士坦丁堡被土耳其奥斯曼军队攻陷,随着近代社会与民族国家的诞生,"欧洲观念"的政治内涵便特别突出,于是它以一种政治文化概念,取代"基督教国"这一地理宗教概念。19世纪中叶以后,由于各民族在经济、科技、文化等领域的交往日益密切,便越来越超越和冲破了民族界限,一种普遍流行的理念,关于建立联盟性的组织的呼吁纷纷出笼,到20世纪下半叶便正式产生了"欧洲观念"的第一个标志性的机构——欧洲经济共同体,现今已发展到拥有27个成员国的欧洲联盟。

于是从政治文化视野观之,近代欧洲具有两重性:其一是近代国家形态的出现,即"民族国家"(通向主权国家);其二反映欧洲人相互"认同感",即"欧洲观念"(通向欧洲统一进程)的形成。故要了解近代乃至当代欧洲政治哲学,必须抓住这两个观念,也可称之为"民族主义"和"欧洲主义"的观念。③

2. 宗教改革与近代资本主义。社会学家马克斯·韦伯在其名著《新教伦理与资本主义精神》中,论证了西方民族在经过宗教改革后形成的新教,对西方近代资本主义的发展起到了重大的作用。而那些没有经过宗教改革的古老民族的宗教伦理精神,对于这些民族的资本主义发展,起到了严重的阻碍作用。他指出,只有当近代资本主义与近代国家意识强大的力量联合起来,它才能够得以摧毁中世纪经济生活准则中,那些陈旧腐朽的形式。另一位西方学者也说过,由于路德的改革,国王将这种

---

① (法)罗莎伊(Rosay):《西方概念史引言》,载《跨文化对话》第17辑,上海三联书店,2005年。
② (荷)彼得·李伯庚:《欧洲文化史》,赵复三译,上海社会科学出版社,2004年,第151页。
③ 陈乐民:《欧洲文明的进程》,生活·读书·新知三联书店,2003年。

宗教反抗作为有力的政治工具,从而开创国家主义时代,国家意识取代宗教意识,爱国热情代替了宗教虔诚。

我们发现,路德的宗教改革运动在欧洲产生两种影响:其一是它的震撼力松动了思想束缚,教廷神权一统天下的局面从此被打破了;其二是路德对后世最具影响力的,是其主张在宗教仪式中,以民族语言代替拉丁语,并且在实践上把《圣经》译成德文,由此普及了德意志民族的语言。在此意义上,路德是民族主义者或民族文化语言的开拓者和守护者。另外,路德宗教改革形成的新教,其重要性不在于树立异端,而在于分裂教派,因为教派分裂造成国家教会(这就打破了罗马教廷的一统,表现了德意志民族摆脱罗马教廷控制的愿望),不过国家教会的力量构不上控制俗教政权。①

宗教改革之于法国的近代,与文艺复兴有异曲同工、相辅相成的关系作用。如果说人文主义思想是从教会外部,以世俗的力量对教会和神权发起冲击,那么,宗教改革则从教会内部,向正统权威发起挑战。在以加尔文为代表的法语国家宗教改革之前,就已有埃塔普尔在巴黎宣讲路德主义了。他先后翻译出版了《圣经》和《保罗书信》的拉丁文新译本。同时以他为核心的"莫城小组"宣扬信仰得救,并用法语做祷告。其实,加尔文起先就在伊拉斯谟就读的巴黎蒙太古学院求学。1533 年他改宗新教,因法国政府迫害便避居瑞士日内瓦。加尔文神学理论的基础,主要集中他的《基督教原理》(1536)一书中。加尔文的宗教思想主要是"预定论"和共和制教会。② 他认为人的拯救与否不靠教会,人的命运在出身之前就已由上帝决定,上帝把他的臣民分为"选民"和"弃民","选民"注定得救。加尔文还呼吁信徒节俭、奉献,依靠个人职业发财致富。可见加尔文教更好地反映了资产阶级在经济上发达,在政治上参政的愿望,它深受法国广大中下层资产阶级的拥护。于是一个与天主教平行的新教——"法国新教牧师大会"(1559 年)在法国盛行开来,此教派在法国又被称为"胡格诺派"(意为"结盟者"),其主体大都为资产阶级分子。值得强调的是新教除了反映新兴资产阶级思想愿望外,它在法兰西民族语言地位的确定上发挥了积极的推动作用,它用法语代替拉丁语,反对罗马教皇对法国教会的控制,这与后来杜贝莱在法国文坛上振臂一呼有异曲同工之妙。

另外,由于法兰西斯一世后来对新教采取镇压政策,一场在天主教和新教之间的斗争,演变成了封建贵族争权夺利的宗教战争,史称"胡格诺战争",这场持续了三十余年的战争,一度削弱了王权,动摇了君主专制制度,给百姓带来了巨大灾难,可以说它给法国社会造成了巨大的破坏性。这种战争的因素,无论在民族国家的建立,还是民族文学的创作中,都打上了深深的烙印。

---

① 同上引。
② 罗芃等:《法国文化史》,北京大学出版社,1997 年,第 41 页。

3. 知识与思想的生产。从思想史的更大背景看,欧洲近代政治思想史的产生,是以法国突出表现出两大贡献为基础的:一是"国家利益"高于一切,并由此实行宗教宽容。我们看到,早在16世纪初佛罗伦萨人马基雅维利就撰写了《君主论》(1512)。他首先论述了"国家"这个概念,并提出了优先地位的是"国家利益"的观点。由于马基雅维利与法国的密切关系以及对法国抱有同情的考察,尤其是对以国王法兰西斯一世的法国为典范的君主政体和以古罗马为典范的共和政体的结构对比,使得他的君主论学说思想,为法国乃至欧洲一些国家的学者和人文志士,提供了资源性的文化资本。另一大贡献,是法国宗教战争出现了另一种重要思潮,即以人民主权、社会契约和反暴君论为核心的社会政治理论学说。可以说,16世纪的宗教改革和宗教战争,导致了欧洲政治生活中出现了两种需要:加强民族国家权力和反抗封建暴政的统治,这主要表现为形成中的资产阶级要求进行的宗教改革。我们还看到"近代政治思想是遵循两条途径产生的:一是世俗的、理性的、讲究逻辑推理的、强调主权不可分割性,另一条是宗教的、道德的、喜欢援引历史实例,强调国家的目的应是为人民谋福利。"①而16世纪法国政治思想史上,另一位代表人物波丹(Jean Bodin 1530—1596)于1576年发表了他著名的《国家论》(6卷),他的贡献在于在欧洲近代思想史上,首倡了"国家主权"理论,其目的在于为法国君主制建立一个立足点,以反对封建时代宗教大一统的思想,以及教权至上对现实政治的桎梏。他认为有三种国家形式,即君主制、贵族制和民主制,而君主制是最合时宜的政治形式,"主权"的君主制则是他赞赏的行政管理型的现代君主制。

我们看到,从马氏的《君主论》到波丹的《国家论》,根本点在于"国家利益"的思想有助于巩固当时的封建君主制度,并促进近代民族的形成,可见国家主义的进步意义在于其与以教权为中心的宗教大一统思想相对抗,因而具有开创历史新时代的巨大进步意义。它使社会个体从家庭中乃至从宗教的束缚和支配中解放出来,成为以国家为政治单位的公民即国民。同时,我们还看到,正是在国家主义的驱动下,才把世俗国家的政治权力从中世纪宗教权威的统治下解放出来,并把当时人们各自分散的忠诚最大限度地集中于以国家为名的君主手中,也才实现了近代资本主义国家的统一和独立。波丹的这一国家理论还直接影响到了英国的霍布斯,后者将国家主权学说发展到了极端,他的《利维坦》被认为是关于国家主义的一部最有名的著作。霍氏的名言是:"人所有的一切价值、一切精神的实在只能经由国家而有之。""个人的最高义务即在安守其职责,成为国家的好公民。"②据此可见,国家主权及法律制度高于一切,高于任何宗教组织和教会。另一方面我们也看到"宗教宽容"则是思想自由

---

① 王加丰:《法国宗教战争与欧洲近代政治思想的产生》,载陈崇武主编:《法国史论文集》,学林出版社,2000年,第39页。

② 何新:《论政治国家主义》,时事出版社,2003年,第40页。

及党派活动合法的基础,这两者都对近代欧洲政治思想产生了深远的影响。

在法国,布代(G. Budé,1468—1540)被视为法国人文主义的先驱之一和伟大哲学家。他不仅是希腊语和亚里士多德著作的研究者,还是国王秘书和法兰西学院的创始人之一。他对后世影响深远的两部著作(《罗马法论文注释》1509 和《君主论》1547)都贯穿着这样一根主线:一是法国的制度是独特的,可以与古罗马的制度相比美;如果说巴黎的议会类似于罗马元老院的话,那么法国君主的形象可与君主制的真正创建者朱利奥·凯撒相提并论;二是法国君主制在 16 世纪初就成为典型的君主国,成为十全十美的君主政体的典范。君主制不仅将确立自己的法律,而且会加强王国的团结;三是对君主权利进行赞颂时所使用的主要政治论点,是从早在 13 世纪起就对教皇权展开论战的法国公法学家那里借用过来的,事实上,中央政权权威的确立已主要具有了反封建的意义;四是塞赛尔撰写的《法国君主制》一书(1519),确立了君主的形象,即君主要尊重宗教、司法和传统。宗教、司法和传统这三项约束可以防止君主变为暴君,作为一个整体,这三者还是一个管理良好的君主国的"根本性法则";五是在 16 世纪初,以遵守法律为原则的法国君主制变成了一种"政治模式",法兰西斯一世的政府被视为民族政府的样板,被视为忠实于法国传统和习惯的十全十美的君主制形式。①

4. 民族国家在欧洲。国内学者陈乐民先生指出:"民族国家"通常是一种政治概念,意思是"民族"从它的自然状态转变为"国家"的政治形态,结束了中世纪基督教文明"西方帝国"时代的"国"界模糊的状态。但是,"民族国家"不但不脱离基督教文明,而且民族愿望常常是通过基督教的"民族化"表达出来的。由此可简单概括为:"民族国家"成为普遍的政治现实,是欧洲近代时期的事,但它的观念在中世纪已自发地存在;"民族国家"的观念是政治的、经济的以及文化的(宗教、语言等)综合观念;"民族国家"的普遍出现结束了"只知有教,不知有国"的神权大一统时期;古典意义的"帝国"观念从此让位给近代国家观念;"民族国家"产生的过程,也是民族主义产生的过程。从法兰克王国"一分为三"(9 世纪)到 30 年战争结束后的"威斯特伐利亚和约"(17 世纪),现在的欧洲政治地图基本划定,"民族国家"的欧洲至此已经定型。② 而且欧洲的民族国家往往是由单一民族组成的国家。另一方面,就语言与民族国家关系而言,自欧洲中世纪拉丁语消失之后,就没有一种统一的语言,各国使用的语言,是由一种选定的方言同文学传统结合而成的,通过政权中心的精英们的强制,才慢慢成为通用语言。

美国学者查尔斯·梯利(Charles Tilly)在其《西欧民族国家的形成》(1975)一书

---

① (意)马斯泰罗内:《欧洲政治思想史》,黄华光译,社会科学文献出版社,1998 年,第 18 页。
② 见陈乐民:《欧洲文明的进程》,生活·读书·新知三联书店,2003 年。

中,为我们总结了民族国家形成的遗产来源:

1)罗马帝国——法律至高无上,违法必究,公民身份观念;

2)基督教会,及其后的天主教会——在罗马帝国衰落与16世纪之间的牵连中,精英们的语言及意识形态的同一;

3)日耳曼帝国——召开立法、司法会议的习惯;

4)封建制度——领土集中,领地的管理;

5)中世纪及文艺复兴时期的独立城邦——重新启动东西方贸易及南北交通网;

6)文艺复兴——混合,保留传统,返璞归真,新社会关系的创立。通过印刷术和宗教改革,繁荣地方语言,成为民族语言。①

法国学者吉尔·德拉诺瓦在谈到欧洲民族国家形成时,总结出以下几大要素:第一,确定领土边界;第二,通过语言、宗教及随后的教育统一,建立政治认同;第三,建立有参政、执政及在野党的政治体制,其形式无论是权威的还是民主的,在大众政治中都是不可或缺;第四,每个国家都按以下三个层面发展:军事领域——以军官和行政官员作为中介,通过军队、警察和行政手段实行强制管理;经济领域——以商人和资产阶级为中介,通过货币,借助城市与运输网;文化领域——借助教士、作家、教师和科学家,通过在宗教、作品和学校起作用的文字。以上这些层面的有机结合,便具有了民族性和国家性。②

这样我们就在更深的层次上,看到了法国近代诗学建构开端的社会历史诉求的语境:法国诗学历史性开端,正处于欧洲近代社会的历史转型,即现代民族国家的兴起之时,是建立在人文主义的高扬、民族意识的崛起和主权意图相联系的政治现实的国家现实基础之上的;是宗教改革及新教的建立使法兰西民族语言的地位得以确立;是民族战争使法兰西民族意识得以确立和维护;它也体现了"国家意识"和"自我意识"是欧洲兴起的文化根源和现实需求所在。

二、亚洲的中国:东亚世界与儒家文明圈

美国后现代历史学家海登·怀特在其名著《元史学:19世纪欧洲历史的想象》中,向我们揭示出:一、元史学从事的是历史研究的研究,历史学家不过是表达一种哲学理念,历史是一种阐释;二、其副标题"欧洲历史的想象"这根红线,使此书被视为后现代史学的开山之作。在他看来,"史学家的想象必须从两方面展开",其一是"批判"的,其二是"诗性"的。前者喻示着史学观念的反思和超越,后者代表着西方当代

---

① (法)吉尔·德拉诺瓦:《民族与民族主义》,郑文彬译,生活·读书·新知三联书店,2005年,第73页。

② (法)吉尔·德拉诺瓦:《民族与民族主义》,郑文彬译,生活·读书·新知三联书店,2005年,第65~66页。

的史学研究新的发展阶段,即通过探寻19世纪欧洲"历史的生成结构",指出后现代历史的叙事是"诗性"的,换句话说,后现代史学是文学的,或曰文史哲的大融合,它破除了过去这三界间的界限,即让历史与文学、过去与现在、真实与虚构融为了一体。由此,他告诉我们现在的文学理论,有必要成为关于历史、历史意识、历史话语、历史书写的一门理论。也是基于此,怀特的后现代史学理论在西方文论界也颇有影响力。

还有一个事实是,第二次世界大战以后,随着民族解放运动和争取民族独立的成功,使得各殖民地国随之终结,从而,使人民意识到,非西方人民也有其历史;另一方面,随着战后亚洲的崛起,先是日本的现代化和经济的迅猛发展,其后亚洲"四小龙"的奇迹,再后是以中国和印度为代表的后发型民族国家的现代化的逐步实现,经济的高速增长和综合国力的大大提升,使得那种世界史和西方史、现代化和近代化的"合理化",或曰西化的历史"定见"已受到质疑,发生了动摇,且逐步失去了市场,这一观念的革命性转变在史学界、文学界和哲学界等社会科学和人文科学领域,都产生了巨大的震撼力和冲击力。

我们注意到,最早向西方社会学界"发展理论"提出挑战的,是欧洲的"世界体系理论"家,他们对"现代化就是西方化"这种发展模式提出了批评,他们将发展中国家的发展也纳入世界整体来研究。早期的代表人物是以其名著《现代世界体系》(3卷本,1974—1989)而著称的沃勒斯坦,在他的理论概念里,不是以单个的国家为基本的分析单位,而是主张以世界体系为研究单位。这里首先就要确认世界体系形成的时间与地点。沃勒斯坦就是把欧洲世界体系的形成作为起点(他的《现代世界体系》的副标题就已标明"16世纪资本主义农业和欧洲经济的起源"),而另一位美国学者埃里克·沃尔夫,试图跨越不同人文学科之间的界限,消除西方历史与非历史的分野,在其论著《欧洲与没有历史的人民》(1983)中指出:"必须超越我们用来描述西方历史的惯常手法,必须考虑西方人民与非西方人民是如何共同参与这个世界性进程的。""我们再也不能仅仅满足于只书写一种'胜者为王'的历史。"[1]我们还看到,在美国社会学家阿布鲁的眼中,[2]世界体系形成于1250年东方的中国,而非西方,到1350年才开始衰落,这被视为不以欧洲为唯一的现代世界体系形成的主体。阿氏注重更大范围长时段的整体运动,重估人类活动与社会结构之间的关系,以"社会空间"而不是"国家"作为审视历史的基本单位。近些年,西方史学界还兴起了一个新流派——"新世界史观"派,美国学者罗伯特·B. 马克斯在其《现代世界的起源》(2002)中指出,从1400年至1800年间,世界经济最发达的地区在亚洲,特别是在中

---

[1] (美)埃里克·沃尔夫:《欧洲与没有历史的人民》"前言",赵丙祥等译,上海世纪出版集团,2006年,第1~2页。

[2] Janet Abu-Lughod, *Before European Hegemony: The World System A. D 1250—1350*, New York: Oxford University Press, 1989.

国和印度。要理解现代世界的起源,需要一种全球性视野,首先是广阔的亚欧大陆以及非洲是如何相互联系的。如果我们不能理解亚洲的发展,就无法理解现代世界如何并且为什么形成了现代的面貌。

在一本吸引我们目光的学术著作《亚洲史》(2003)里,美国历史学家罗兹·墨菲富有洞见的观点颇有启发。他说对中国、印度和日本等主要亚洲文明的研究,"不如把他们看成是更大的整体亚洲的一部分,就像我们在研究法国史,把它放到欧洲内部来考察,同时也把欧洲史看成是由其各个部分来组成"。① 看来欧洲的多样和同一的特征也适用于我们作亚洲的区域性研究。在墨菲眼里的亚洲是"季风亚洲"的区域性概念,其研究模式②是以地理、气候、环境的整体性及区域文化的差异性为坐标体系,"季风亚洲"的四个主要次级区域为印度、中国、东南亚和日本。③

日本学者们对现代性的反思和"亚洲世界"的情结,以及国内学者汪晖先生的"新亚洲的想象",④都使我们着力思考这样的命题——"东方的近代不可能在西方的意义上完成",应从"中国发现历史",也就是说,"如果承认东方内部也有不同形态的现代化模式,那就无法简单否定何谓'先进',何谓'落后'"。当然,日本学者竹内好的提醒也是中肯的,"即使我们在理论上否定了西方中心论,也不等于找到了自我表达的有效方式,更不等于建立了多元意义上的自我判断标准"。⑤ 为此,当我们诘问中国现代诗学生成的现代性追求的历史价值标准,就应摆脱西方经典史学的尺度,来看亚洲的世界及其现代性,同时,将孕育现代中国诗学的历史条件,和东亚文明共同体的区域意义结合起来,以此形成中国现代诗学生成的世界意义与诗学的亚洲意识、文化意识和民族意识,并以此提供反观和回应当代诗学生成、发展及其后现代性境域的挑战。

1. 亚洲的概念与近世东亚文明。(1)亚洲的概念。亚洲有自身的历史吗?对这一问题的回答,并不产生于对这一历史的具体叙述,而是产生于对世界历史的重构。作为观念形态的亚洲,在历史上,它其实属于一种欧洲的观念,它是在欧洲启蒙运动和殖民扩张下构建出来的新的历史图景,它是在与欧洲的对比中建立起来的:无论是在黑格尔的眼中,虽然世界历史是从"东方"到"西方",但亚洲只是世界历史的"起点",欧洲才"绝对是历史的终点";还是在马克思《中国革命与欧洲革命》和列宁关于

---

① (美)罗兹·墨菲:《亚洲史》第4版,黄磷译,海南出版社,2004年,第16页。
② 墨菲从地理文化学高度将亚洲的南部和东部的边缘地带看成是与中亚和西亚完全不同的历史地理和文化地理的区域,即"季风亚洲"。
③ (美)罗兹·墨菲:《亚洲史》第4版,黄磷译,海南出版社2004年,第21页。
④ 汪晖:《亚洲想象的谱系》,载《现代中国思想的兴起》下卷第2部,生活·读书·新知三联书店,2004年。
⑤ (日)竹内好:《近代的超克》,孙歌编,李冬木等译,生活·读书·新知三联书店,2005年,第57页。

亚洲乃至中国的论述(《亚洲的崛起》)中,其视角的出发点仍然是亚洲的近代乃欧洲的产物,它的意义只有在与先进欧洲的关系中显现出来,于是便有了与民主欧洲相对应的专制主义的亚洲,与欧洲近代国家相对应的多民族帝国的亚洲,与欧洲资本主义相对应的封闭的小农经济为主体的传统封建帝国的亚洲。

如果说,长期以来是西方赋予亚洲的作为政治文化和社会发展史及历史进化论下的近代进化论的"老亚洲"的想象的话,那么"新亚洲"的概念早在20世纪下半叶,随着战后日本经济的奇迹,亚洲"四小龙"的腾飞,中国及印度等后发型现代化国家新兴经济体的崛起,"亚洲人的亚洲","新的亚洲想象的谱系"正在逐步形成。

看来,亚洲的概念及其叙述,已从儒教主义的亚洲(文明论,它是一个在文化上高度同质化的地域概念,颇具文化主义的特点)转向突破欧洲中心主义的"世界历史"的框架,迈向一个真正的世界史谱系(区域论),即注意地域内部的历史演变、互动关系、文化多样性和历史活动主体的建构。在这一方面,日本一些现代学者的研究是颇有见地的。

其实对亚洲概念的自主性这一命题的思考,核心问题是对殖民主义和资本主义的现代性的思考。我们认为有两大关键因素值得注意:一是亚洲的自主性不应以建构内部的整体性为目的,它需要在一种广泛的全球联系中,展开亚洲论述和区域实践,也就是说,既从其他区域的视野出发来发展亚洲的论述,也可通过展开亚洲的视野来重构理解欧洲,因为亚洲的概念从来就不是一种自我规定,而是这一区域与其他区域互动的结果。对欧洲中心主义的批判不是对亚洲中心论的确认,而是破除那种自我中心主义的、排他主义的、扩张主义的支配逻辑;二是文化的共同性和文化的异质性相互作用和辩证统一:一方面,"季风亚洲"或曰东亚概念具有共同的历史文化背景、地域的经济发展的互补性和整体性;另一方面,文化的高度异质性并不妨碍多种文化的共存、包容和融合。因此,让亚洲内部文化共存的制度经验,在民族—国家范围内和在亚洲区域内部,发展出能够让不同文化、宗教和民族之间平等相处的新型民主模式,并且通过区域性联系为纽带,使亚洲的整体性依赖于新的政治/经济关系和结构,并且使之能够容纳各种文化和社会形态的多样化。于是,亚洲的概念既是一种文化的概念也是一种政治性概念和经济性概念。

另外,值得说明的是,在19至20世纪初期,亚洲的概念就包含两种不同的含义:一种是以日本帝国主义为代表的亚洲主义——"大东亚主义""泛亚洲主义";而另一种则是被压迫民族的民族自觉要求。关于前者,下面我们将要谈及,而后者则有孙中山著名的《大亚洲主义》——首先,它的核心内涵"亚洲民族"的整体性建立在主权国家独立性的基础之上;其次,它强调文化的异质性,即把帝国文化中的多元主义和民族—国家中的新型关系结合起来,从而抵抗帝国主义的殖民政策和现代民族—国家的高度的文化同质倾向,这仍然是我们今天"新亚洲"想象的动力性思想资源。

（2）近世东亚文明。首先，对"近世"一词的追问是出自当今的日本学界，他们把"modern"这个西方的词汇分解为代表两个时期的符号，前期为"近世"，后期为"近代"。而中国的学界，则多用"近代"一词来对应"modern"，而少用"近世"一词。我们在此是借用日本学者内藤湖南的"近世"一词的含义，因为他把中国的现代化进程的起点锁定在"唐宋之变"的宋代以后。

其实，"近代"一词从英语"modern"这个词的含义来看，在中文中有"近代"和"现代"两个对应词，按西方史学界的通用说法，"近代"就是西方现代进程的早期。从时间上说，它是指1500年前后，西方摆脱中世纪的封建领主制而进入工业革命的时代；从观念上说，它是指从非理性的、非科学的宗教主义或专制主义的束缚中解放出来的时代。可以说"近代"在东西方看来，蕴含着不同的含义。就东方而言，"近代"的最大特征体现为"世界成为了一体"，它始终纠缠着西方话语霸权的意味。在与西方的抵抗中，"近代"一词生成了三个基本内涵：一是来自西方的"近代"，即带有原初意义的、作为西方文化之整体体现的"近代"；其二是东方人眼中认识的"近代"，即带有东方视野的、具有异质性的"近代"，它是以自身的文化价值体系来解释它，标示着自身民族或者国家发展之必需的"近代"；三是融合东西方文明，走向世界的立场所界定的"近代"，即带有普遍意义的民族国家世界体系的"近代"。

那么，我们关注东亚文明在这里有四个概念需要说明：其一，它作为区域文明是以中华文明为中心的文明圈，是亚洲三大文明圈中从未间断过的，并且至今仍具活力的最有代表性的地域文明。因此，中国近现代诗学的生长、演变是以此为基础的。它一方面具有东方文化诗学的代表性，同时，在此区域内部，又有多民族国家或多元文化精神的激荡、互补和丰富性；其二，日本近世的"东亚文明"是一个歧义的概念，需要厘清它与我们所称的"东亚文明"的关系，同时，注意它可能带来的观念性启发；其三，作为文明论或文化史论的"东亚文明"主要关涉儒家文明和东亚近现代国家现代化之间的传统与现代的关系问题。其四，我们以近现代为时间坐标，东亚文明不能简单视之为古代的概念，而是要让它活起来，具有现代的意义。按近年来在西方兴起的"新世界史观"，①有几点值得我们注意：一、在现代世界形成的早期，即1400—1800年间，世界经济最发达的地区是在亚洲，特别是在中国和印度，那时西欧相对来说是落后的；二、现代世界的基本构成要素，不是"文明"，而是民族国家和全球资本主义，故东西方对现代的理解及其研究就不会是以同一标准视之。"欧洲文化中心论"强调西方文化的优越性，而"非欧洲中心论"则注重区域体系，即"多中心"，因为如果我们不能理解亚洲的发展，就无法理解现代世界如何并且为什么形成了现在的面貌。

我们试图通过审视近世东亚文明的建构，来看儒家文化和现代化，及其作为区域

---

① （美）罗伯特・B. 马克斯：《现代世界的起源》，夏继果译，商务印书馆，2006年。

文明框架内的中、日、韩的发展关系,或曰现代性诉求及他们之间的关系。

  首先,我们将从他者的视角来审视这一命题,以期对文化的自主诉求有所启发。东亚概念在此有三层含义,最早提出这一历史性命题的是日本人,我们知道近代以来,日本是亚洲第一个迈向现代化具有独立主权的国家。在 20 世纪二三十年代,随着日本"脱亚入欧"和现代转型的实现,作为新型现代国家的日本自信心大增,这样,企图作为亚洲新中心的日本需要新的自我定位和向外扩张与发展,一些具有近代学术视野的学者,展开了有关东亚地区文化史的叙述。在其中一本名为《东亚文明的黎明》(滨田耕作,1928 年讲稿、1930 年出版、1939 年修订再版)的书中,提出了地域性的东亚文明的概念划分,它包括了以支那为中心并视朝鲜、日本也即东亚文明的起源为研究对象。这实则暗含了以"东亚文明"代替"中华文明",构成了近代日本所谓"日本式近代东亚"的概念,这种文化史的"东亚"与政治上的"东亚"是互为表里的。我们看到,随着日本对外殖民扩张野心的膨胀,1937 年中日战争和 1947 年的太平洋战争的爆发,"大东亚"和"大亚洲"作为"东亚新秩序"的理念,吞没了前面那个文化概念的东亚,在日本的支那学者矢野那里将南太平洋这一新地域所覆盖的"南方圈"也囊括进了"大东亚"的范围,并由此形成了"大东亚共荣圈"理念。在东亚意识形态这个富有政治性的东亚概念背后,真实意图是重新建构日本与亚洲的内在关系,通过确立日本作为海洋国家的特殊地位,来改变以中国为中心的亚洲地缘关系,建立起以日本为主导的"大东亚共荣圈"。这一理念的资源性背景是"海洋理论",即直接从欧洲资本主义海洋扩张中,获得了对大陆的优越地位为目的。当然,日本的这一图谋随着第二次世界大战日本的战败而扫进了历史的垃圾堆。不过,东亚这一概念也并非都是负面的意义,它仍有其积极的一面,这就是最后一层的含义:1965 年,日本获准加入联合国,随着日本战后经济的复兴和经济大国地位的确立以及东西方冷战时代的结束,新一轮世界秩序的倾向导致重组的动向使日本就自身的定位问题重新思考,一个新的文化概念的东亚:即"中华文明一元指向"而又相对化的概念,它立足于以中华文明为起源的广泛地域的共同性上,同时,又企图继承地域内多元文化发展的文化地域概念。这里,东亚概念就将原来的帝国话语的"东亚"转换成了方法论上的"东亚",即具有多元性视角文化的"东亚"。

  2. 东亚世界与儒学的盛衰。(1)从地缘文化学上讲,东亚世界当指以中华文明起源为中心,以"汉字文化"为纽带,从中国本土而扩展开去的朝鲜半岛、日本列岛以及东南亚一带的越南等国,经历千年而形成的一个文脉一以贯之而内涵极为丰富的多元形态的"文化共同体"①,这个东亚文化圈具有文化和地理的双重概念。语言和宗教是文化圈最基本的因素,在整个文化发展过程中,汉字和汉文成了东亚共同的文

---

① 张哲俊:《东亚比较文学导论·序言》,北京大学出版社,2004 年。

字和语言(类似于拉丁文之于中古的欧洲)。日本学者加藤周一也这样说道:"东北亚地区属于汉字文化圈,历史上以中国为中心,特别是朝鲜半岛及日本引进了汉字。日语词汇中的一半以上属于"汉语"词汇,直到江户时代末期,日本人所受的教育完全是汉字文化,日本文化的根基无不受中国古典的影响。"①当然,随着近代以降,中国国力的衰退,汉字和汉文失去了作为东亚共同文字和语言的作用。回顾过去,中国隋唐的统一使中国文化圈开始形成,一元化的东亚世界得以出现。中华文明是居主导地位,正如钱穆先生所言,因为中国文化是文明古国中唯一至今尚存的最优秀的文化。所以,中华文化的持久性是中华文化圈生成的前提,而中华文化所具有的农业文化与和平文化的特色促使其在周边地区广泛接受,并使其成为东亚世界生成的主要成分。

众所周知,"东亚文化圈"包括汉字、儒教、律令、中国科技和中国佛教五大要素。近代东亚不存在西方意义上民族国家,而是一个具有内在机制的有机整体,这就是与国家相对立的"中心—周边"地域机制和与此相应的"朝贡—册封"关系。因此,我们对东亚的整体性理解应摆脱欧洲思想中建构起来的帝国与国家二元论及其衍生形式——"朝贡体系"与"条约体系"之争。故清代既是一个民族情况复杂的帝国,也是一个国家制度极为发达的政治实体。实际上,晚清以降是帝国建设与国家建设相互重叠的过程,而朝贡关系不是单纯的经济关系,包含了不同文化和信仰的、社会群体之间形成的礼仪和政治关系,体现了朝贡关系的多重内涵,并从这一多重性中发现其与现代资本主义相互重叠或相互冲突的部分。

我们注意到,日本学者沟口雄三把诸子学的传播理解成为近代的谱系,把诸子学和阳明学视为现代思想的起源。在方法论上,他把长途贸易和跨区域的文化传播看作是理解"亚洲近代"的关键环节。而另一位日本学者宫崎市定,则运用"资本主义"和"民族国家"的视野,来阐述宋明两朝构成了中国近代性的象征。而正是这一时期,新儒学的兴起与发展以及作为儒学士大夫的政治文化在思想层面和社会层面扮演了重要的角色。

然而,如果说中国文化在进入近代之后已是高度发达的文化,并且相对欧洲文明,中国文明的确是一个"早熟"的、高等的文明,而且直到19世纪以前,仍是世界经济发达的地区和经济强国,但在这种"华丽"和"繁荣"的背后,已潜伏着巨大的危机,终于在1840年后,被西方列强的"坚船利炮"所摧毁。传统文化遭遇西洋文化的冲击,最终导致帝国的解体。西方文化的冲击,传统思想文化的崩溃即儒学的没落,中国近现代诗学正是在这样的历史语境中出场。

(2)儒教的没落。这里特别提及,作为儒家文明体系中思想核心之儒学,在几千年的封建社会的发展中起着决定性的作用,它使"大一统"的中国及其文明社会成为

---

① (日)加藤周一:《21世纪与中国文化》,彭佳红译,中华书局,2007年,第287页。

可能,并且新儒学的兴起与发展,也在知识及政治、文化、思想层面对宋明两朝具有的现代性因子,起到了积极作用的一面。然而,儒学,更准确讲儒教在面对东西方文化的冲突,和以中国为中心的"东亚文明圈"的解体,以及日本的崛起和包括日本在内的西方列强对中国入侵的打击的种种厄运时,正是在这种东西方文化的激烈碰撞,封建社会在现代转型的这个巨大的存在中的失败,它的价值体系被颠覆了,被消解了。

我们看到,与影响欧洲社会的基督教相比,儒学之于中国,类似于一种准宗教,它在过去几千年的历史进程中,俨然已成为一种指导全社会的道德哲学。统治者把它作为合法统治的理论基础,也把它视为建构制度、稳定社会的"根本法"。在民间,即中国乡村社会,儒家文化深深地根植其中,它提出了个人与社会的关系指南,一方面是社会伦理的"三纲五常",一方面是认识论到主体意识上的关怀——"人人皆舜尧",由"内圣而外王"及"修身、齐家、平天下"的家国意识或"天下普世情怀"。其实,孔子之前原始儒教就早已存在,《汉书·艺文志》引其《别录》说,儒家者流,最早可能出于"司徒之官",其功能是助人君顺阴阳明教化。其特征是游文于"六经"(即《诗》《书》《礼》《乐》《易》《春秋》)之中,留意于仁义之际,祖述尧舜,宪章文武,宗师仲尼,以重其言,以道为高。刘歆还说,唐虞之隆,殷周之盛,儒学的功能,实以获得相当的成功。冯友兰在其《原儒墨》一文中则说:所谓儒是一种有知识、有学问之专家;他们散在民间,以为人教书相礼为生。但因贵族政治崩坏以后,以前在官的专家,失其世职,散在民间,或有知识的贵族,因落魄而也靠其知识生活。的确,原始儒教与孔教及早期儒学是有区别的。① 然而,自汉代起,董仲舒独尊儒术,儒学便与官方结合,逐渐成了一种儒教,即统治者手中的工具。虽然先秦时,孔子的儒学是政教分离,它被誉为"素王"。② 反观欧洲在迈向近代的过程中,皇权和王权曾经历过激烈的交锋,但最终各国逐步实现了政教分离,宗教得以独立并受到尊重,当然是在承认王权主导地位前提下的。

历史表明,儒教作为政权或统治者的外衣,在"五四"时期被彻底撕碎了,那么作为封建思想的价值体系和伦理原则被颠覆的原因何在呢? 大致有内外两方面的因素

---

① 日本服部宇之吉的《孔子教大义》有一定的参照意义,他主要从以下四个方面来看差异性:(1)原始儒学中所谓道有从天道方面来立论也有从人道方面来立论,孔子教所谓道乃是人之道(老子之道则是天道)。(2)原始儒学中的礼有自律说和他律说,孔子取其自律说(墨子取其他律说)。(3)原始儒学中含有许多宗教的因素,孔子则将其改造为伦理性的。(4)原始儒学中德治主义和法制主义并存,孔子教的政治思想则为德治主义。

② 何光沪先生指出"汉代以后的儒教,实质上就是我国古代的国教",是"温和的政教合一形式"或"特殊的儒教与特殊的中国专制政治的结合"。另外,美国汉学家戴梅可(Nylan)的最新研究认为汉代儒学更多的是与"五经"联系在一起,而"五经"作为当时知识阶层所共同享有的文化遗产,与孔子的学说并没有必然的联系。(蔡亮:《重构与解构:对美国汉学界早期儒学研究的一些回顾和思考》,载《中国学术》第 24 辑,商务印书馆,2005 年,第 236 页。)

使然;内因上,它作为封建统治思想,在社会层面的制度上的保守性、封闭性;在认知层面上,它的非科学性;在道德伦理层面的乌托邦精神,使儒教演化为一种虚伪,进而成为一种"吃人的礼教",一种"精神鸦片"。这样儒教在几千年的演变中,被统治者推到了极致,它已不能回答和解决近代以降中国被迫面向西方将沦为殖民地、"天朝"不将、"帝国"不将的严峻现实(后来"五四"激进主义者们将中国的停滞和沦丧,归咎于儒学为代表的传统文化)。外因方面,一是1840年中国"天朝"的大门被西方列强撞开,西方文化浩浩荡荡涌入中华,包括马克思主义在内的各种西方文明成果,被引介进来,在先进与落后、启蒙与救亡的心理层面和现实层面下,中国人觉醒了,西方模式与传统模式显然不可同日而语,他们选择了西方的科学与民主,最终找到了马克思主义与中国革命相结合的现代化之路;二是作为欧亚大国的苏联"十月革命"的胜利和日本这个东方邻国,原本是中华文明的附庸国,由于明治维新选择了一条欧化的道路,转瞬间成为亚洲第一个现代的国家,并和西方列强平起平坐来瓜分入侵中国的成果。中国身边这两个邻国的巨大作用力,使中国近代面向世界的先驱者们直到"五四"新文化运动的健将,无不要反思和极力推倒使中国停滞不前,受人欺负,即将沦为殖民地境地的、作为统治者驯服人民的以儒教为代表的传统文化。

　　当然,我们这里评述儒教的没落,是着重它作为封建统治阶级意识形态的主体而言的,同时也应该看到,即使在"五四"时期及其前后,在中国怎样面对现代转型这个重大"存在"的问题上,"五四"新文化运动中的新潮派(当然也包括过去不少清际与民初人士),其实在他们身上也都体现出了儒学及中国传统文化与新思想运动之间的一些正面关系。这从严复、康有为、章炳麟、梁启超以及"甲寅"和"学衡"派,再到胡适、傅斯年、张君劢、梁漱溟等人那里,都可发现传统文化中优秀的养分和具有中国特色的东方文明的优势的一面,这是自工业革命和第一次世界大战以来,西方文明所不能解决的问题,他们呼吁,要理性地看待东西方文化的长短。我们注意到,余英时先生的《"五四运动"与中国传统》一文值得一读。在他看来,康有为、章炳麟两人对新思想运动的风气的形成,有创始之功;许多反传统的议论,也直接从他俩那里发出,如《孔子改制考》《国故论衡》;再有戴震"以理杀人"之说,在近代首先是由章炳麟发现的,到了"五四"时代更自然而然地和"吃人的礼教"的口号合流了。

　　当然,从更深层次上,我们注意到,这种文化的转型是给包括"五四"新文化运动参与者在内的,晚清以降的追求中国现代化命运的先知者们的内心世界,带来了在历史与价值之间的极大张力和不平衡。也就是说,它们在感情上认同儒家的人文主义,而在理智上则认同西方的科学价值。正如海外学者史华慈在评论列文森的《儒教中国及其现代命运》一书所说的:"他认识到,某一民族、社会的存活,需要一种新的异质'真理',此种'真理'将否定他们自己所拥有的传统价值,为此,他会经历一种巨大的精神迷失。"而另一位汉学家墨子刻在其《摆脱困境:新儒学与中国政治文化的演进》

一书中则认为，儒教中国固有的思想脉络与问题，不仅仅是西方的"冲击"决定着中国近现代思想的发展，也决定着中国思想家对西方思想的选择及其回应方式。所以，我们就不难理解郑家栋先生所言，"当一位中国现代思想家，宣称他在历史上的儒家思想中，发现了对于我们的时代，乃至将来仍然具有生命力的思想、真理与价值时，或许就不应当被简单的认定只是根源于某种'浪漫的民族主义'"。

抚今追昔，儒学与儒教是有区别的。如果说儒教在"五四"后已死，那么儒学的发展与研究仍延续至今。从宋明新儒学（可上溯到唐代韩愈、李翔）的转向，再到20世纪下半叶的儒学的复兴——20世纪的新儒学，由于日本和亚洲"四小龙"，乃至今日中国的崛起，在面对国家社会与现代化之关系上，以及全球一体化的语境下，如何看待东西方不同的发展道路，及其对世界文明的贡献，由港台及海外华人学者熊十力、牟宗三、唐君毅和徐复观，以及杜维明、余英时等人，还包括费正清、柯文、列文森以及墨子刻等美国汉学家，形成了一场持续至今的关注儒教与现代中国命运的学术浪潮。

当我们站在新世纪的起点，面向并审视后现代社会人类的共同命运，那么西方与东方，对现代性问题的思考，虽有不同的方式和角度，但殊途同归，都集中在这个焦点上。不过，在对待这个命运的共同体，无论是传统与本土的资源，东方文明的特色优势，还是西方的科学与民主，只要对这个目标的探讨有利，就值得我们去发掘、去发现、去比较和弘扬。这在文化层面的研究中如此，若它能渗透到中国现代诗学发展的脉络中去，进而又将给中法比较诗学研究带来新的视野和后续探讨的空间，那么在本论著研究中，我们把中国近现代诗学的出场，它在东亚文明圈地缘文化的关系，以及与包括法国在内的西方文明的关系，再延伸到对今日诗学发展的展望，做一个整体性来思考，就绝非是就事论事的坐井观天，而是诗学生成的文化探索之旅。

3. **东亚民族主义**。正如我们前面讨论"近代"一词一样，东亚民族主义也是亚洲现代民族国家兴起后才具有其自身的意义。我们认为此词有几层含义：首先，它是与现代民族国家的命运相联系，于是反抗帝国主义的侵略是该词的首要之意，即表现出与西方的对抗性；其次，是在亚洲内部，东亚民族主义的意义，是日本明治维新以后建立起现代民族国家所引起的反应，一方面是对它"脱亚入欧"后对亚洲身份的反思，另一方面是企图颠覆过去以中国为中心的朝贡体系，建立以日本为中心的东亚文明圈，这就表现出此词的歧义性。

当然我们首先要追问何谓"民族主义"。著名文化人类学家本尼迪克特·安德森把"民族"视之为"想象的共同体"，法国学者勒南则把它看成是一种文化、历史传统和情感意识的共同体。当民族被赋予了意识化，就形成了民族的自觉。民族意识取决于时间，包括集体记忆，共享的现实和拥有未来共同的愿望。

事实上，亚洲的"民族主义"不单是针对殖民地统治的抵抗运动或者针对异文化的"攘夷运动"（如晚清排满兴汉的反异族统治与反对帝国主义的殖民统治），还表现在欧洲帝国主义的海外掠夺与殖民地的重新瓜分所导致的亚洲传统秩序的破坏,从而促进了新的阶级的形成。而这个新的阶级,成了国家独立运动的承载者,也就是说,这就是现代化的对立的符号。与欧洲单一的民族国家不同,亚洲的民族国家大都表现为多民族统一的形态。东亚民族在面对西方入侵时,表现出一种维护自身民族身份与自我独立的意识,这种精神的共同体在中国表现为天朝思想,君临天下,一种强烈的"夷夏观"——中华文化的自负,与中央大国的心态相交织,这也成了日本的"尊皇攘夷"、朝鲜的"卫正斥邪"思想的源泉,这是一种文化民族主义传统的延续。

另一方面,也要看到,亚洲的民族主义对"西方"的两个方面进行了对抗:一是基督教,二是资产阶级的帝国主义。事实上,在日本、朝鲜和中国这种对抗形成了不同的表现形式,但具有面对以上两大主题的共同性:日本拒绝接受基督教,以模拟宗教式的天皇制为近代国家的精神支柱,放弃了儒学的国家体制;朝鲜则是被日本殖民化,以抵制日本帝国主义的形式接受了基督教;而在中国的晚清,一开始就以基督教为媒介发展成了反封建斗争的意识形态,进而又发展成为反对帝国主义的抵抗运动,最终升华为共产主义运动。

在东亚民族主义与民族语言的形成上,它不似法国或欧洲其他国家,宗教改革与民族语言的形成起到极大的推动作用。就中国而言,现代汉语及白话文的确立是在"五四"新文化中,由于西方文化的冲击,现代性的民族国家的诉求,通过理论先行和政策手段,同时文人们利用了由传统相袭而下的、宋代话本发展而来的白话文资源,从而在内外因素、古今因素的合力下,促成了现代文学的语言革命。而日本、韩国的语言则是从汉语文化圈的汉字衍生而来。当然,这与儒家文化的浸润有关。

第二节　中法两国的历史想象与叙事

一、法国的历史想象与叙事

1. 法国形象的塑型。首先作为一个历史的概念,从词源学上看,"法兰西"一词源自"法兰西亚",后者系指"法兰克人"的王国和文化领域。"法兰克人"一词代表法国人,而"法兰西亚"一词指从塞纳河到洛林边界地区。

其次是赋予作为神话与传说的文化概念。"从中世纪初几乎一直到文艺复兴,法国流传着一种叙事,一种历史,即法国人是法兰克人的后裔,法兰克人是特洛伊的后裔。"① 这里并不是真的讲述过去或起源,更是讲述权利,"即法国国王对他的臣民们

---

① 福柯:《必须保卫社会》,钱翰译,上海人民出版社,1999年,第106页。

继承了罗马皇帝对他的臣民的权力的权力,国王的权力就是皇帝的权力。中世纪,王权以皇权的形式发展,于是说法国继承帝国,也就是说法国,罗马的姊妹或表妹,对罗马本身有合法权利"。①

再次是作为民族形象的文化与人格化修辞:一是"可爱的法兰西";二是"自由的法兰西";三是"勇敢忠诚的法兰西";四是"虔诚基督的法兰西";五是"赋有文化底蕴的法兰西";六是"井然有序的法兰西"。② 这种文化人格化修辞的背后,还提示我们:法国文明的优势在于其民族和文化融为一体,法国人通过启蒙运动和大革命,使自己的民族性格和民族文化上升为一种更高境界的文化形态。法国人变成了一个文化民族,也就是说,法国人的民族性和"人生形式"是通过文化风格而不是民族主义或国家神话而得以表达的。

最后,法兰西形象的"四阶段说"的阐释:第一是民族主义阶段,进行了统一国家的尝试,形成了一个协调的整体;大家使用同一种语言,接受同样的教育,也有共同的理想:自由、平等、博爱;第二阶段是国际主义,这是一种平衡的人道主义和帝国主义的混合物,它弘扬了法国文明的感染力;第三是多元主义阶段,抵制少数人的权力;第四是多元主义后阶段,在此个人想安排自己的命运。③

另外,作为历史地理概念和政治概念。法兰克人公元 3 世纪即有史载,他系生活在莱茵河下游东岸的一个日耳曼部落,3 世纪中叶东进至罗马管制下的高卢地区。在旷日持久的争斗中,法兰克人逐渐受到罗马文明的影响。公元 5 世纪全面侵入的西罗马帝国,统治着现法国北部、比利时及德国西部地区,建立了中世纪初西欧最大的基督教王国。法国(法兰西)的名字即源于该处。

查理曼大帝于公元 708 年至 814 年为法兰克国王,经过多年征战,几乎将西欧所有的基督教国家统一到一个超级国家里。公元 800 年接受皇帝称号:神圣罗马帝国的查理一世和法兰西的查理一世。在位期间除扩张政治权力之外,他还推动文化复兴。

卡佩王朝时期,即中世纪 987 年到 1328 年的法兰西王朝。其历代国王通过扩大并巩固王权,为法兰西民族国家奠定了基础,王室统治范围开始越出巴黎周围的狭小领地。

伐卢瓦王朝即 1328 年到 1589 年的法兰西王朝,时值中世纪晚期和文艺复兴时期。此间经历了英法百年战争,宗教改革和胡格诺战争及文艺复兴的发展与辉煌。也正是在此间,里昂、蒙彼利埃、普罗旺斯、洛林及布列塔尼均先后并入法国,今日法

---

① 福柯:《必须保卫社会》,钱翰译,上海人民出版社,1999 年,第 106 页。福柯关于法国形象塑形的神话传说,让我们看到它与杜贝莱的"宣言"的文化抱负的内在关联。
② 陈文海:《法民族形象的多元化与人格化》,载《法国史》,人民出版社,2004 年。
③ (英)泽尔丁:《法国人》,严颉芸等译,上海译文出版社,1998 年。

国的版图轮廓已基本定型,随着法国领土的基本统一,百年战争促成的民族凝聚力,共同的法兰西文化开始形成,在巴黎西岱岛方言基础上,诞生了法兰西共同语言——法语。

2. 法国的民族主义与爱国主义。我们知道"民族"一词本身的构成,对国家来说,民族是一个值得一试的补充性概念。民族观念的模棱两可性表现在民族总是夹在"人民"与"国家"之间,民族一词所含有的大众、传说、情感的意思就是通过这种极具包容性的方式而获得。现代的民族,实际上是公民和民众的崇拜取代了神权下的君主制,爱国主义的仪式,国家的纪念性建筑,国庆节被加进来,或者取代了以往的圣地和宗教节日。统治者们似乎认为他们自己就是民族,他们的语言中没有"我"或者"法国人",而直接就说"法国"。

我们知道公元843年,查理曼帝国三位继承人,通过《凡尔登条约》将帝国分为三个国家:莱茵河以东归日耳曼路易,称东法兰克王国;莱茵河以西归秃头查理,称西法兰克王国,洛泰尔虽承续了帝位,但无权统辖两个弟弟的王国,这就是近代欧洲的三个国家即德国、法国和意大利的来历。然而真正具有统一的法兰西民族国家的形成,是处于近代十五六世纪欧洲的文艺复兴时期。

法国是欧洲近世民族国家出现最早的国家之一,这时期的社会政治形态,是法国封建君主政体逐渐巩固,资本主义开始萌芽与兴起的时期。也就是说,法国从中世纪中后期到16世纪,从封建统治割据逐步过渡到国家统一的局面,经历了封建领主制到封建地主制的体制性转变,并且逐渐形成了封建等级君主制(即三级会议)。尔后,又发展到路易十四的绝对君主制。不过,民族国家是渐进发展的,绝对君主制并不代表民族国家的完成,而法国大革命才给世界带来了民族国家。十六七世纪,民族国家成了至高无上的绝对君主,国家利益超越了超国家的教会,国家将教会变成了自己的附庸,国家主权使教会主权屈服于自己。从此,民族国家凌驾于宗教,拥有无上的权威。

我们以为,法国民族身份的确认与民族文化的认同,主要是由以下几个方面来完成的:首先是民族神话创生以及城市和国家形象的塑型。虽然15世纪以前,"国家"这个名词的现代含义在法语中尚未出现,不过它已经指一个祖国、一个民族了。中世纪后期,圣德尼修道院修士普里玛特用法语汇编的《法兰西大编年史》(1461),以"特洛伊神话"将法兰西人联系了起来。十五六世纪法兰西民族的神话又有了新说法,不论是特洛伊人还是法兰克人,其祖先都是高卢人,它不仅迎合了法国追求"同宗同源""土生土长"的民族心理,而且将宗教与世俗两个原本互不相干的系统成功地联系了起来,它使法兰西成功地提升了自己在欧洲世界中的地位,值得一提的是,阿里·夏蒂耶在其《论贞德信》(1429)中首先提出了法兰西民族的概念,而罗贝尔·加甘出版了《法兰克人的起源》和《功绩概要》(1495)。

51

另外,通过城市的塑型和国家形象的塑型,来体现民族文化的意蕴。十二三世纪,巴黎开始成为西欧的文学艺术中心。巴黎人通过历史的探源,借托上古时期的一位哲人,彼日仍被视为修道院和国家庇护神的圣德尼之口,将艺术"中心转移"至巴黎的秘密公之于世:圣德尼让其信徒将信仰、知识和科学财富带到巴黎,这为最为虔诚的基督教王国即法兰西国家的稳定奠定了基础。此外,人们还在国家形象的命名上大做文章,于是,便有了文化政治概念的法兰西形象——可爱的、自由的、勇敢忠诚的、虔诚基督的、富有文化底蕴的、井然有序的法兰西和甜蜜美好的"法兰西花园"。

其次,是民族语言的确立与传播。中世纪前期的法国语言,存在着许多大大小小的方言。拉丁语作为宗教神学的语言和王室的官方语言,是欧洲的通用语言。中世纪后期,随着王权的壮大,民族观念的形成,出自法国政治中心、代表民族声音的方言,开始走出巴黎西岱岛,向各地辐射。另一方面,学者们也开始了对法语的"寻根运动",他们从语源考证拉丁语是法语的来源,而拉丁语又属于希腊语系,故而法语的最终源头仍是希腊语。14 世纪中叶以后,学者们从语言学角度开发法语的内在美,要让法语成为最丰富和精确的语言。同时一些政治家和学者也据理论证法语的统一性的必要性,当然,也有学者认为,各地方言的多样性,正体现了法国的多样性,两派观点针锋相对。

再次,三次关涉法国王权和法兰西民族生死攸关的战争,即布纹战争(1214)——法兰西民族与反法盟军之战,英法百年战争(1337—1453)以及法国向哈布斯王朝挑战的"30 年战争",都极大地促成了法兰西民族主义和爱国主义生成的客观条件,有力地促进了法国政治的统一,封建王权(军权)的巩固,从而使法国在十六七世纪成了西欧最强大的中央集权制国家。在此特别值得一提的是,抗敌入侵的民族女英雄贞德,已成为法兰西爱国主义精神的象征。

最后,是文学创作中的民族主义和爱国主义意识的表现:人文主义者们通过吸纳意大利文学的先进性,来振兴法兰西民族文化。一位与修辞学派有血缘关系的国王查理·德·奥尔良的《眺望法兰西》(1433)是最受法国人称颂的诗歌名篇之一,它是法语诗歌中民族叙事抒情的典范,同时他的诗还体现了法国从古至今始终存在的两大传统的理想统一,即把吕特博夫和维庸的自我抒情以及马硕的修辞学派重在寓意和技巧的倾向相交融。另一位诗人西蒙·格雷邦在其《悲歌》(1466)中,明确了文学叙事中法兰西主体地位:"诗人们的真诚选择/是高贵的法兰西国家。"[1]最后,我们将看到,作为"七星诗社"的两位主将龙沙和杜贝莱,在理论与诗歌创作中同样确立了民族国家叙事的主导性话语风格。亨利二世 1554 年批准了龙沙撰写《法兰西亚德》史诗,诗人试图以"宏大叙事"来创建法兰西的民族史诗,以此塑造民族神话的"圣

---

[1] (法)让·贝西埃:《诗学史》,史忠义译,百花文艺出版社,2002 年,第 165 页。

经"。而杜贝莱则有系列关于乡土和国家的名篇诗作问世,如《法兰西、艺术、军事以及法律的母亲》,以个体的视角,形象化的语言抒发了个体对祖国的深情,突出了祖国是文学的主题。

今天来看,法兰西民族主义传统的来源是十分丰赡的,从中世纪的中后期直到近现代,它还有三个重要的环节:经历了路易十四的盛世,法国大革命的群众性民主运动和拿破仑不可一世的统治。众所周知,大革命中的法国,是第一个完全的民族国家的典型,为了加强民族意识的形成,大革命将人民至上代替了国王至上。民族国家的国家"宗教",实质上就是母亲式的爱国主义,于是我们看到,"祖国家园意识"的发展,和"同种同族"概念的出现,人民、国家、民族形成了民族国家的三位一体。民族国家由此取得了政治军事和神学宗教的双重强权。当然,米什莱看到了民族的相对性,他说,一个人学习了解这个民族,透过自己的民族去热爱全人类,民族是了解世界必不可少的起点。后来的启蒙思想和浪漫主义,使"民族"一词又获得了更为广泛的意义:民族与自由和独立的政治权利,民族文化的尊严和价值及文化的多样性,再到20世纪下半叶民族与人类命运共同体的理念的新内涵。法国学者德拉诺瓦还告诫人们说:"不要让爱国主义走向民族主义,这与不能让教会落到过分虔诚的人手中,不让将军们控制军队是一样的道理。因此,真正的爱国主义和好的民族主义的存在,纯粹是为荣誉、为自由、平等以及那些伟大而不空泛、广阔而具体、大胆而不失谨慎的东西服务的。"①

二、中国的历史想象与叙事

1. 何谓中国。关于中国的称谓,"中国"这一名词从商代到秦汉统一以前,作为一个地理名词、文化名词和种族名词,实际上已形成了共识。从词源学上讲,"中国"一词,先秦古籍记载标其意义者有五类:"一谓京师之义,二谓国境之义,三谓诸夏领域之义,四谓中等之国之义,五谓中央之国之义。"②从地理学上讲,古代中国泛指黄河及淮河流域之大部分(三星堆考古发现成都平原可谓上古中华文明的又一发源地),秦之后不但有三十六郡,东南至于海,北至于塞,西接流沙之广阔地域。谭其骧教授在《历史上的中国和中国的历史疆域》中又说道:"到了十七八世纪,历史的发展使中国需要形成一个统一的政权,把中原地区和各个边区统一在一个政权之下……中国在18世纪中叶至1840年稳定的版图内实现了政治的统一,这时中国作为一个地理名词已涵盖了满、蒙、藏、维、汉等各个民族以及所有这些民族的文化。"

从古代意义的国家概念讲,秦朝是中华民族第一个统一的封建王朝的中央集权

---

① (法)吉尔·德拉诺瓦:《民族与民族主义》,郑文彬译,生活·读书·新知三联书店,2005年,第222页。
② 王尔敏:《中国近代思想史论》,社会科学文献出版社,2003年,第371页。

国家,它标志着中华文化共同体的基本形成:统一了疆域,政令,军令,改变了战国时代文字混乱的状态,以小篆文学为标准文字,隶书为日用文字;同时还统一了货币单位和度量衡标准,故秦帝国是封建王朝叙事的一块基石。直到今天,西洋的"China",东洋的"支那"都是"秦"的音译。而且,从秦汉直到清朝,封建王朝的版图才最终定型,现代中国的版图基本承袭了清朝的疆域,只是蒙古国从内蒙古独立了出去。

然而,虽然中华文明的历史已有五六千年,但通常认为,古代的中国并没有现代意义上的民族国家这样的概念。诚如柳诒徵先生所言"中国乃文明之国之义,非方位、界域、种族所得限",这实则只是一个"文化中国"的概念。民族和国家只是为文化而存在,种族概念让位于民族概念——"中国而夷狄之,则夷狄之,夷狄而中国也,则中国之。"(韩愈《原道》)这种"华夏中心论"的中国观,必然有"天处乎上,地处乎下,居天地之中曰中国,居天地之偏者曰四夷"。(宋代理学家石介《中国论》)儒家文化所强调的这种"夷夏"之辨、"用夏变夷"有很强的文化认同作用,但也必然导致中国文化优越感。所以"中国人常把国家观念消化在天下或世界观念里。人们把国家和民族当作一个文化机体。民族的融合即是国家的凝成,这一任务在先秦时代已完成"①。所以梁启超先生指出:"国人只知有朝廷,而不知有国家;只知有天下,而不知有世界。"不过,葛兆光教授等一些人认为:中国式的近代民族国家,大概从宋代就开始形成了。"从文化意义上说,近代民族国家的疆域和近代民族国家意识的兴起,在中国反而比欧洲早。""宋代中国就有了国境存在和国家主权的意识",所以,"在中国,并非从传统帝国到民族国家,而是在无边'帝国'的意识中,有着有限'国家'的概念,在有限'国家'的认知中,保持了无边'帝国'的想象"②。

然而,近代以降,关于"中国"一词的建构,虽有魏源、黄遵宪之说,他们都将中国置于近代世界体系中观察和体认。然有明确的国家之统称的中国观,最早是章太炎和梁启超提出的,如"中华民国"③和"中华民主国"④的国体意识解。当然影响最大且最终形成现代国家实体的,还是孙中山领导的辛亥革命,及其前后所形成与确立的现代国家意识。孙中山在《同盟会总章》(1905)中就明确提出"驱除鞑虏,恢复中华,创立民国,平均地权"的主张。辛亥革命后孙中山进一步提出了"五族共和"的大民族主义的"中华民国观",成为中国近代民族主义思潮的主体理论。

2. 民族主义与中国。这个问题我们在前面绪言里就有所涉及,在后面的章节里将有论述的展开。在中国历史上,有几个重要时刻值得记住:从先秦诸子中的"天下观",到秦汉时为统一中国而战,再到宋代它已不像之前的唐帝国那样"对外关系"中

---

① 钱穆:《中国文化史导论》,商务印书馆,1994年。
② 葛兆光:《国境、国家和中国》,载《南方周末报》,2007年8月23日。
③ 章太炎:《中华民国解》,载《民报》第15号,光绪三十三年刊。
④ 梁启超:《新中国未来记》,载《新小说报》创刊号。

能一统天下,中国与周边"诸国"的关系已发生了很大变化。正是在那时,民族和国家边界意识的形成强烈了起来。"爱国"在政治、社会和文学中,都得以强烈的表现并具有绝对的正当性。而北宋历史上的"正统论"、儒学中的"攘夷论"、理学中的"道统说",都从不同角度重新建构着汉族文明的边界。明代的民族主义和具有近代国家意识自不待言。清代是中华文化同化的结果,文化的、民族的清王朝,成为一个文化的共同体,以"朝贡体系"施惠于周边诸国。鸦片战争以后,孙中山领导的旧民主主义革命,它一是"反帝",二是"排满",是典型的政治民族主义和文化民族主义的伟大力量的体现。事实上,中国民族主义思想的形成经历了这样一个漫长历史阶段:天下观→种族观→民族观→中华观,即从文化中国、民族中国,到政治中国的想象性谱系。当我们把现代民族国家概念的中国在20世纪的形成,以社会学和现代政治学观之,并把它置于中国在现代世界体系较为中心位置来考察,这个中国观形成的历史叙事,是以政治民族主义和文化民族主义共生共长为标志的,到20世纪末及21世纪则又增添了经济民族主义的鲜明色彩。

当然,关于中国民族主义问题,学术界是有争论的。我们赞同以吕思勉、葛兆光、汪晖等有学者为一方的观点,认为中国民族主义的诞生早在宋代。吕思勉先生就曾说,自宋以后,受异族的压迫渐次深了,所以民族主义,亦渐次勃新。海外一些学者,则认为中国的民族主义兴起于19世纪。胡适认为,"民族主义有三个方面,最浅的是排外;其次是维护本国固有的文化;最高又最艰巨的是,努力建设一个民族的国家"。海外学者王国斌认为,明清时期中国认同的文化建构,对我们理解20世纪中国民族主义的性质十分重要。文化将人们结合起来,是明清中国社会的一个特征,不论是满人征服中国以前或以后,国家和社会精英都根据宋明理学的策略来创造公共秩序。不过,这一时期中国认同的文化建构还是相当弱的,大多数人所认同的乃是地缘或血缘等较小的群体。到了20世纪初年,国家危机的概念并没有被大部分农民所接受。所谓的国家危机,是被中国城市精英所承认,所以,这种新的民族主义,直接挑战了先前中国认同的形式。[①]

[①] (美)王国斌:《转变的中国:历史变迁与欧洲经验的局限》,李伯重等译,江苏人民出版社,1998年。

3. 近现代思想文化及知识的转型。(1)近现代的历史叙事①与中国社会的转型。关于中国社会发展的历史性转折的描述,即对它迈入近现代的进程的历史观照,中外学者们存在着两种不同的进路:一是"内部发展论",②即从中国或亚洲社会内部,发现亚洲的现代的多元动力,从而以一种真正的世界史框架取代欧洲中心主义的"世界历史"框架。正如思想史学者汪晖所言,中国至少从北宋时代起就已包含了民族主义的认同模式、商业主义的经济关系、繁荣昌盛的城市文明、高度发达的行政系统、超越社会阶层的社会流动模式、平民主义的社会文化、源远流长的科学技术传统和世俗化的儒学世界观,以及四通八达的国际交往形式——在对这些历史现象的调查和描述中,中国提供了一种平行于欧洲近代文明的现代性模式。③ 而日本京都学派内藤湖南的假说——"唐宋转变",指出这一转折时期是中国进入近代社会的标志:因为这一时代是"平民发展的时代",贵族阶层没落了,君主和平民才同时从贵族手里解放出来,君主得以建立独裁政治,中国官僚群体最终形成,平民也有了通过考试晋升官吏的权利,文化回归到百姓手中;另一方面,进入宋以后,政治的重要性在民族国家的生活要素中,也不再像以前那样重要了,人们并不把从政看作是终身目的,这一历史现象与法国跨入近代的门槛,作为现在民族国家的形成中所经历的君主独裁专制政体的历史进程,有其相似性的一面,从路易六世到菲利浦四世,再到法兰西斯一世,最终到路易十四,形成了封建专制的鼎盛时期。当然,内藤此说是试图将以

---

① 汪晖先生认为,关于中国历史的描述存在着两种不同的中国叙事,即帝国的中国叙事和民族国家的中国叙事。另外关于中国范畴的现代性是一种混杂性的,在历史互动中生存的中国形象。晚清民族主义叙事的两种主要模式:一是康、梁的中华民族主义;二是孙、章的汉民族主义。然而与欧洲历史上帝国分裂为主权国家的形式不同,中国近代的民族运动和国家建设,将前19个世纪混合型的普遍主义帝国体制的若干特征和内容直接地转化到民族-国家的内部结构之中(见《现代中国思想的兴起》,生活·读书·新知三联书店,2003年),此外,(美)杜赞奇先生在关于民族主义话语与中国现代史研究中,认为在19世纪后期之前,存在着启蒙运动的叙述话语和中国本土的"封建"的叙述结构,而只有现代民族国家话语,最终才消灭了此种混杂的话语局面(见《从民族国家拯救历史》,社会科学文献出版社,2003年)。
② 持这一观点的学者,有日本京都学派的宫崎定市(《东洋近世》)、内藤湖南(《概括的唐宋时代观》);美国新一代汉学家柯文(《在中国发现历史》)的"中国中心论";在美国社会学家阿布鲁(《欧洲霸权之前:1250—1350的世界体系》)的13世纪的世界体系中,中国就是现代世界体系形成之前的主体;国内学者则以汪晖先生的《亚洲的想象谱系》(见《现代中国思想的兴起》)、王正毅先生的《世界体系论与中国》为代表。
③ 汪晖:《现代中国思想的兴起》上卷第1部,生活·读书·新知三联书店,2004年,第2页。

中国为中心的东亚区域建构为一个具有自身现代性动力和轨迹的历史世界。①

二是"外部动力"的"文明挑战论"。尽管中国具有独特文化与相对自主的文明，但由于缺乏内发的资本主义动力，中国的现代进程是在鸦片战争遭遇西方文明挑战的语境中展开的，故而鸦片战争被视为中国现代性发生的分水岭。②

以上两种对立的现代性叙事，前者不以欧洲现代文明的知识框架为唯一尺度来看待中国或亚洲的"世界体系"，正如美国学者杰费里·哈佛所言："一般普遍的近代性是不存在的。有多样的民族国家，每个民族国家是以各自独特的方式转变为近代性社会的。"③后者则以欧洲现代文明为标准，把中国或亚洲置于现代与传统、先进与落后的二元对立的模式中，我们认为，中国的近现代之路，应是"内部发展"与"外部动力说"两股力量相互作用的结果。

我们注意到：作为帝国历史叙事中，经济领域的"资本主义萌芽"和文化领域的"启蒙思想"，自宋明以后一直潜伏于帝国统治的内部，并且应对着19世纪以后外来挑战。可以说中国社会近现代之路，经历了从文化近代化到社会近代化的发展之路：从明中叶与晚明社会的开启到晚清洋务运动，再到辛亥革命，尔后之于五四运动近现代知识的确立，最后是中国特色的民族国家的确立。

历史学家黄仁宇先生在他的《中国大历史》中也把现代的转型置于明代：一、明朝属中国历史上一个即将转型的关键时代，是一个中央集权的朝代；二、从明朝城市建设或都市发展看，故宫已成为中国传统建筑的最大标志之一，再加上南北大运河的创建，增强了城市的流动和经济的发展。陈序经先生在其《中国文化的出路》中从更大的背景观之："有明中叶因欧亚海道已通，中外商业因而日盛，因通商而牵到宗教的输入。宗教的输入在中国人的宗教上的影响固不待说，然因宗教的输入又影响到中国人的科学智识。从此以后，所有一切的政治革命，及各种维新事业，没有一件不与通商上有多少关系。"④从世界体系大背景来看，美国学者阿布鲁就注意到：现代世界体系之前，13世纪的世界体系也是个"先进体系"，在11世纪之后就存在这个体系，它将亚洲和

---

① 关于中国具有"早熟"的现代性并且参与现代世界的形成的观点可参（美）罗伯特·B.马克斯：《现代世界的起源》，商务印书馆，2006年；（美）吉尔伯特·罗兹曼《中国的现代化》，江苏人民出版社，2003年；（美）芮乐韦·韩森：《开放的中国》，江苏人民出版社，凤凰出版传媒集团，2007年；（美）柯文：《在中国发现历史》，中华书局，1989年；（美）王国斌：《转变的中国》，江苏人民出版社，1998年；（法）谢和耐：《中国社会史》，江苏人民出版社，1995年；汪晖：《现代中国思想的兴起》，生活·读书·新知三联书店，2004年。

② 这路认知包含两种观念：一是中国的马克思主义学派以生产方式的变化为考察主体的历史进化论与列宁的帝国主义与民族自决权理论相结合，一方面发掘中国社会内部的资本主义萌芽，同时将资本主义力量看成是历史发展的必然过程，另一方面又对欧洲殖民扩张和帝国主义行径予以批判；二是以韦伯、费正清和列文森为代表的"挑战—回应"模式的历史叙述。

③ （日）子安宣邦：《东亚论》，赵京华译，吉林人民出版社，2004年，第250页。

④ 陈序经：《中国文化的出路》，中国人民大学出版社，2004年，第18页。

中东的农业帝国和欧洲独立的城市连成一个体系,并在13世纪达到了高峰。①

我们再把眼光回到国内,近年来一些学者受法国"年鉴派"的史学影响,从社会生活史层面看明代社会的转型。陈宝良先生指出:从中明以后社会生活的多样性和新的社会风气的形成看,明代呈现出"近代化社会"的风貌,而这种近代性体现出商业化与世俗化的趋向特征,具体而言,它表现出:一、自我的扩张与自我的个性化的生活,其背后是李贽"童心说"和江盈科"真我说"的观念影响;二、从"杭州风"看城市文化与风尚:其一表现为民间舆论空间的扩大,其二是城市风尚的浮诞与虚伪;三、生活的艺术化与享乐化,如"苏意""苏样"等崇尚"时玩"风尚的世俗化和文学的俗化,明代小说、戏曲的盛行,俗文学及俗文化的崛起,此后与雅文学各领风骚,②它表现出"这个时代的社会生活与传统社会生活的断裂"。李欧梵先生也很看重晚明与现代性的关系,把晚明作为一个观察点向现代作投射。③难怪周作人在《中国新文学源流》中,也把"五四"新文学与明末文学运动联了起来。而现代中国文学与文论的主要建构者之一的郑振铎,在其作为中国人所写的第一部具有世界文学通史性质的著作《文学大纲》里,也将明中后期看作是近代中国的开始。再看日本学者竹内好也持相同的"东亚近世观"的看法,他说东洋在很早以前开始,在欧洲尚未入侵之前,就产生了市民社会,市民社会的谱系可以追溯到宋,尤其是明代市民文学发展到了足以打造与文艺复兴时期相近的自由人类型的程度(明代市民文学又影响到日本江户文学)。④

就启蒙思想的现代性而言,晚明是中国的文艺复兴之发源地、启蒙思潮和儒家新阶段的标识。胡适先生在《中国的文艺复兴时期》中指出:(中国的近世)"中国的'文艺复兴时期',当自宋起,宋人大胆疑古,小心考证,实是一种新的精神。"从思想史上讲,这就是新儒学的历史意义,而明代王学之兴则开启了新儒学的现代意义。其实早在《中国哲学史》中,胡适就说:"明代以后的中国近世哲学便完全成立。"文化的近代化,主要表现在启蒙思潮的涌动。由此,我们追溯宋明以后社会思潮的知识转型,来看"五四"文学与文论出场和成立的历史之维。

(2)启蒙思潮与知识世界的转型。①明清之际的中国早期启蒙思想⑤。当我们把中国现代诗学的诞生置于"五四"新文化与新文学运动这一历史的胎盘,它的"受

---

① 王正毅:《世界体系论与中国》,商务印书馆,2000年。
② 陈宝良:《明代社会生活史》,中国社会科学出版社,2004年。
③ 李欧梵:《徘徊在现代与后现代之间》上海三联书店,2000年。
④ (日)竹内好:《近代的超克》,李冬木等译,生活·读书·新知三联书店,2005年,第182页。
⑤ 侯外庐先生称明清之际的一批思想家为"早期启蒙主义者"(《中国启蒙思想史》)。萧萐父、许苏民先生在其《明清启蒙学术流变》(1995年)一书中,系统总结了从16世纪30年代至19世纪30年代,这三百年中国启蒙思想演变史,突破了把启蒙运动仅局限于"五四"前后的传统观念。

孕"与"出世"自然与中国传统思想文化的近现代转型的内部发生论有关,也与外来异质文明的冲击与挑战有关。中国的启蒙主义,从广义上讲是以"人的觉醒"为核心的人文思潮,它往往具有超前的文化批判精神和思想重建的意识。中国近现代出现了两次大规模的启蒙运动,即明清之际的近代启蒙与晚清和"五四"的现代启蒙。①

中国近现代启蒙主义文学思潮,从根本上说,是适应中国文化与时代的内在需求而产生和发展的,它有着民族文化发展的内在动力。在此意义上,中国历史文化中叛逆性思想传统,无论是外部对正统儒学的补充和解构,还是内部萌生异化与对峙,都为近现代的启蒙提供了民族自身内在的思想资源和动力,②我们姑且将其资源视为"前启蒙"。梁启超先生曾将中国近现代之交学术思想发展最初动因,归于"残明遗献之复活"。③

中国近现代启蒙主义的发端,可上溯到晚明时期。那时的知识分子为主体的"主情反理"倾向,体现出强烈的人文主义精神和一定的启蒙意向。李贽的"童心说",作为中国第一篇启蒙精神的宣言书,站在封建正统意识形态的对立面,明确反对"灭人欲"并且承认"私心"的合理性,否定"无心之为"。其"假心说"的揭示,动摇了封建统治的思想基础。那么,李氏的"童心"是什么呢?是未受封建思想浸染的原初思想,这与他"私心"说一道,对抗和消解封建专制的政治理念和社会心理,重新开启被封建意识形态遮蔽的赤子之心,从而为市民思想的正当性与合理性鸣锣开道。

此外,作为新生的市民史学的代表,李贽的《藏书》不论在史学史上还上思想史上都有极大的价值:它否定了"四书""五经"的权威性和神圣性,不在乎"正统论"和"夷夏"之说,反对道德论,重视人的生命价值,呼吁生灵高于道德。

我们还注重到,陈确的《私说》也提出君子有"私"的一面,"君子知爱其深而爱之

---

① 不少学者将中国早期启蒙思潮同西方近代启蒙之文艺复兴进行比较,胡适先生的"中国文艺复兴"说将其起点设定为宋代。张芝联先生在德国召开的"18世纪启蒙运动研讨会"上(1999年),把中国启蒙运动分为两个阶段:第一阶段即未受外来影响时期——"内源时期",为17世纪中叶到19世纪初;第二阶段为"外源时期",即受外来思想与强权冲击时期——19世纪中叶至20世纪中叶(张芝联,《20年来演讲录》,生活·读书·新知三联书店,2007年)。曹顺庆先生在"关于14—16世纪中外文化与文论思潮比较"中,将明代的思想反叛浪潮之于中国比之于西方文艺复兴而观之(见曹顺庆:《跨文化比较诗学论稿》,广西师范大学出版社,2004年)。

② 张光芒先生分析了这种传统思想资源对启蒙发展的推动表现在三大方面:一是形形色色的非儒学派为启蒙文化提供了内在的逻辑生长点;二是对儒学思想本身进行价值重估和重构,使其发生现代性转换;三是承接并扬弃明末以来以"主情反理"为核心的人文主义文学精神。它们分别从精英文化与民间文化、主流文化与非主流文化的各个层面改变了传统文化的结构,构成了现代启蒙的思想资源,并表现出"托古改制"到"以复古为解放"的运动规律。从某种意义上说,传统思想资源是对中国近现代启蒙的启蒙。(见张光芒:《启蒙论》,上海三联书店,2002年,第4页)。

③ 梁启超:《中国近三百年学术史》,中华书局,1985年。

无不至边",肯定私领域的合理性,联系到爱其身,个体生命与治平之道就合二而一了。它与李贽的"私心说",王夫之的"公天下"和"公私义利之辩",顾炎武的"自私自利"是人之本性的见解,表明了"私"的个体意识的萌动,形成中国近代人文思想启蒙的先导。

事实上,李贽深受王阳明心学的影响。如果说李贽的非儒学论是从外部冲击儒学正统,那么明代中后期王学的崛起,便是主流意识形态的儒学内部的分化与对峙。它所表现出的反叛思想,以"心"即"理"的主导性原则,对抗程朱的"性"即"理"为核心的道德他律原则。他强调世俗的人心与超越之心的合一,实则是把拯救的权力从外在转移到内心自我的启发和觉悟上来。王氏学说的核心——"致良知",就主要不是在外部世界知识中寻找道德提升和心灵澄明的途径,而是追求回归原本清净澄明的"心主体"。王学后起者王畿则更进一步追求完全绝对的自由、自然与自适,是对正统儒学道德世界、制度化的意识形态的封闭与僵化及其对知识垄断所造成的压抑的消解。我们看到以"泰州学派"为代表,"心学"真正做到了把"俗人与圣人,日常生活与理想境界,世俗情欲与心灵本体彼此打通,并且肯定日常生活与世俗情欲的合理性,把心灵的自然状态当成终极的理想状态,把世俗民众当成圣贤,从而肯定人的存在价值与生活意义"。① 在此,特别提及作为人文启蒙先导的王艮的"百姓日用之说"的意义。首先它使经典之教平民化,这无疑使缺乏个体意识的封建伦理的空间增添了个性化色彩,这在当时是难能可贵的,其次他以人的自然性自尊,人得此欲作为其日用之学的内核,从生活方式的发端处去考察人文伦理,把"身"与"道"联系在一起,尊身即尊道,把身提高到道的地位,这种身体政治学成为后来"五四"个性解放与人的文学的思想资源。当然从思想史看上去,朱子学与王学作为新儒学的代表,有一点是共同的。通过思想的一系列具体化,世俗化努力,使儒学真正进入了民众的日常生活世界,这正是新儒学现代性转换的标志。

再看,作为近代启蒙思想的先导,明清之交的思想家们萌生了从非君到抑尊的中国政治思想领域的革命性跨越。黄宗羲的《明夷待访录》和唐甄的《潜书》具有了近代思想启蒙的价值,提出了君道的失落,使君主与天下人为敌,以及"抑尊自弊"的主张,若比照法国诗学出场的思想背景,马基雅维利的《君主论》和波丹的《国家论》(六卷),具有政治思想领域的先进性一面,它更接近后来孟德斯鸠的权力思想。在此意义上说,没有西方政治思想的影响,中国本土也能萌发近代民主思想的火花。当然,另一方面,明代黄景坊也开始洞悉西洋政治的一些特点,以西方"他者"反思自我:他追问西方政教分离制度是否劣于中国政治宗教和文化高度合一的皇权政体。②

---

① 葛兆光:《中国思想史》第2卷,复旦大学出版社,1998年,第429页。
② 徐宗泽《明清间耶稣会士译著提要》卷3,中华书局,1989年,第153页,转引自葛兆光:《中国思想史》第2卷,复旦大学出版社,1998年,第589页。

此外，我们还发现明清人国家观念的近代演化。古代先秦，"国"与"家"分别指诸侯与大夫的封地。秦统一中国后，朝廷就等于国家，忠君就是忠于朝廷和国家。明代统治者的腐化及其党争，使致明清之际忠君观念受到极大冲击，具有近代色彩的国家观念开始萌芽。顾炎武有"亡国"与"亡天下"之别，认为"保天下"优于保其国，天下兴亡匹夫有责，这样把家天下与公天下区分开了，君主与国家的概念开始剥离，表现了鲜明的近代民主意识。总之明清之际启蒙思想资源维度里面，还应当包括经世致用思想，民族主义思想，民间文化传统中的浓郁的世俗精神，它们都成为现代性转化的文化资源。从近代启蒙先驱龚自珍、魏源到康有为、梁启超再到"五四"时期，它们实际上成为启蒙的现代性力量，我们不难发现其思想内质的同一性，关于晚清以降至五四启蒙的话题后面有描述。

②晚清至"五四"前夕近代启蒙思潮。如果说明清之际早期启蒙是中国近代化内部自身发展的需要，那么，19世纪中叶以后，随着社会危机和民族危机的愈演愈烈，晚清之际近代启蒙则把民族危难与国家存亡放在了首位，"救亡"与"图存"在西方资本主义对东方的海外扩张冲击下，成了这一时期中国被迫应对西方挑战的主旋律。不过也应看到，在文化中国与政治中国的现代建构中，传统中国文化与西方的碰撞、冲突与对立、转化与交融，自"五四"乃至今天的新千年之初，都处于一个巨大的存在之链：有的在这一巨大转型期被西学吞吃而中断了；有的则顺应时代潮流，消化了西学或融进了"新知"，可以说像龚自珍、魏源、黄遵宪等近代启蒙先驱，更是从"旧学"的传统中走出了传统，迈向了新学。难怪梁启超论《中国学术思想变迁之大势》中说"数新思想的萌蘖，其因缘不得不远溯于龚魏"。我们把宋明尤其晚清，作为中国近现代转型的一个整体来看待，意在力显中国近现代诗学的出场，并非像有的学者所论为"断裂论"或"移植说"，因为这一持论忽视从"内在变化"寻找传统与现代之间的关系。①

我们看到，龚自珍首先从哲学高度推荐"自我"，指出"天地，人所造，众人自造，非圣人所造。圣人也者，与众人对立，与众人为无尽。众人之宰，非道非极，自名曰我"。② 把"我"作为世界第一原理提出来，他由此而倡导心力，"心无力者，谓之庸人"，③批判推崇"天命"、扼杀个性的正统派儒家思想。其次与上面所倡的"心力说"在文学观念上相契合，便是龚氏的"尊情说"。他借佛学打开了通向童心的大门，以尚

---

① 这方面余英时先生和陈伯海先生均有较好的论述，可分别参见余英时：的《中国思想传统及其现代变迁》，广西师范大学出版社，2004年；陈伯海：《近四百年中国文学思潮史》，东方出版中心，1997年。
② 龚自珍：《壬癸之际胎观第一》，《龚自珍全集》第1辑第12~13页，转引自黄曼君：《中国近百年文学理论批评史》，湖北教育出版社，1997年，第82页。
③ 龚自珍：《壬癸之际胎观第四》，《龚自珍全集》第1辑第15页，转引自黄曼君：《中国近百年文学理论批评史》，湖北教育出版社，1997年，第82页。

真、尚完和尚奇为核心，上承李贽下启现代启蒙新学。而魏源则在强国与经世之用的观念上，即他的"师夷之长技以制夷"启发来者，为此后的中西之争与古今之争，为历史的进化观和从忧愤意识而"多难兴邦"的"违寐而知觉"，"革虚而之实"的知行之辩上，提出了与近代认识论与民族解放运动相关的先声命题。另外，他还以"人皆有私"的观点来解释国家制度的起源。

  当然我们也看到，西学东渐与新学之创立有着更为直接而明显的关系，正如有学者所指出：西学东渐并非单纯是外国人输入，而且经历了中国人从被动到主动吸纳的过程，它走过了四个阶段：一从"师长技"到"采西学"；二从中体西用到尽变新学；三从西学为新学到自建新学；四以梁启超"新民说"为开端，以"文界革命"和"革命文学"为主潮，中经严复、林纾的西方学术思想和文学翻译之推动，而形成的"新民"启蒙运动。然而真正实现现代文化的转型，建设民族国家新文化与新文学的任务，则是由"五四"新文化运动来完成的。①

  这里，我们有必要对"新学"做一番简要梳理：从中国学术文化发展的内在演进看，梁启超先生在其《清代学术概念》和《中国近三百年学术史中》富有洞见地指出："近代'新学'是传统中学在兼取西学基础上形成的一种新的学术文化类型，它由三种元素组成：一是经义之学；二是诸学之学；三是西学。其特点为：一是以复古为解放；二是无选择地输入西学；三是创获新知。"②陈寅恪先生也认为，新学的创立，"一方面吸收外来之学，一方面不忘本来民族之地位"。可见，"新学"是传统中学的转型，它不等同于西学。

  另一方面，从中国近现代的历史进程看，洋务时期的"中西之争"、戊戌时期的"新旧之争"、辛亥革命后"新文化与旧文化之争"，作用于近代社会与文化的"新学"比西学有着更为复杂深广的历史内容。由此，我们以康、梁为中心，审视新学思潮对于现代诗学出场的历史性关联。作为资产阶级维新派领袖康有为在近代哲学的革命进程中，率先迈向了近代化的阶段。这主要体现在：一、提出了他的"历史进化论"。以其"三世说"指出，封建专制制度必将被资产阶级民主制度所取代，历史不是一种循环论，而是面向未来的；二、其《大同书》展现了以近代人文主义为内容的资产阶级社会理想的乌托邦。他以资产阶级天赋人权说和自由、平等、博爱之学说反对封建主义。尤其值得注意的是，在促进中国的国家建设过程中，否定本质主义的"夷夏观"和汉族单一性，反对帝国分裂为多个民族国家，强调内部的统一即种族、语言、文化和政治制度的高度一体化，同时含有强烈的极权倾向，这样可将帝国直接转化为主权国家，进而，以统一的"中国"置身于"列国并争"的世界体系之中。

---

① 钱竞等：《中国20世纪文艺学学术思想史》第1部，上海文艺出版社，2001年。
② 王先明：《近代新学》，商务印书馆，2000年。

梁启超作为中国近代资产阶级思想启蒙的领军人物,正是以"新民说"为核心,发起一场以"新民为今日中国第一急务"为中心的资产阶级思想启蒙运动,和以唤起"国民性改造"为己任的建设现代民族国家的文学——"新民说",他分别以《夏威夷游记》(1900)、《新史学》(1902)和《论小说与群治之关系》(1902),开启民智而政治文化救国。梁氏在《新民说》中指出:

> 凡一国能立于世界,必有其国民独具之特质。上自道德法律,下至风俗习惯,文学美术,皆有一种独立之精神。祖父传之,子孙继之,然后群乃结、国乃成。斯实民族主义之根柢源泉也。我同胞能数千年立国于亚洲大陆,必其所具特质,有宏大高尚完美厘然异于群族者,吾人所当保存之而无失堕也。虽然,保之云者,非任其自生自长……惟其日新,正所以全其旧也。①

可见以国民自任的中国人,才是真正的中国新民。作为资产阶级的政治家和社会活动家,梁氏固然首先从政治文化层面而开启中国近现代启蒙之幕,但他敏锐地觉察到文学的情感力量以及对中国民众广泛而深刻的影响,他将政治引入文学以启民智,尤其重视政治小说,并且进行了尝试,著有《新中国未来记》。他的《论小说与群治之关系》正式提出了"小说界革命"的口号,"欲新一国之民,不可不先新一国之小说"。这与他的《译印政治小说序》(1897)中所强调的小说的社会作用,以及由此而来的小说地位与价值的提高是一脉相承的。他将传统中国文学中居于边缘的不入主流文坛的小说,提高到前所未有的高度,奠定了近现代小说的理论地位。我们注意到,除"小说界革命"以外,梁氏还提出了"诗界革命"和"文界革命"以及"史界革命"的口号。另外作为中国新史学之父,他所倡导的"史界革命",他所奠定的现代史学观,在中国史学思想史上有着划时代的意义,同样在中国近现代知识的转型上也有着极为重要的作用。在此意义上,他的"史界革命"与"文界革命"一样意义重大,功不可没。② 他的贡献主要在于:一方面以西方启蒙思想批判中国传统的正统史学,声称"勿为中国旧学之奴隶",他指出了旧史学的"四弊二病",即"知有朝廷而不知有国家","知有个人而不知有群体","知有陈迹而不知有今务","知有事实而不知有理想";以及"能铺陈而不能别裁","能因袭而不能创作"。③ 进而试图建构起进步的国民的新史学。另一方面又声称"勿以西人新学之奴隶",强调从中国自身的社会历史,分析中国社会发展的道路和前途,他注意到文化的多样性和本土文化的意义。以上两

---

① 梁启超:《新民说》,载王忍之等编:《辛亥革命前十年间时论选集》卷1〔上〕,生活·读书·新知三联书店,1960年,第122页。
② 陈平原先生在其《"元气淋漓"与"绝大文字"》一文中(见《新史学:多学科对话的图景》,中国人民大学出版社,2003年),尤为重视从史学史和文学史打通来看梁启超在现代中国思想学术界的贡献。而钱茂伟先生《明代史学的历程》,也试图将文史哲打通来通观明代"知识的世界"与"人文的世界"。
③ 梁启超:《新史学》(1902),载《梁启超全集》第3册,北京出版社,1997年,第737页。

个支撑点实则是他前后期思想的中和,即国家主义和世界主义的调和,尤为值得注意的是梁氏新史学中,贵"活动"思想与胡适《刍议》的内在联系。在此"活动"有四义:一以历史为"有生命"之物,至变而又至动;二以史著应为往事活态之再现;三以史家能事在活化僵迹;四以史籍宜为活人而作,非为死人而写。①

我们以康、梁作为晚清与民国初年思想启蒙的中心人物,无论是康、梁对"中国"的现代阐释与想象,还是梁氏的"四大"革命口号及论述,都意在为"五四"新文化的出场,中国现代诗学的诞生,勾勒出现代诗学与现代思想文化,在追求中国现代性的进程中的内在一致性。所以,王德威先生曾说"没有晚清,何来五四"。由此,也展示了梁启超"是中国现代文学的重要先驱,是中国现代文学和现代文学理论最重要的奠基者"。②

第三节 地缘文化与诗学的生成

一、意大利之于法国的中介作用

从地缘文化角度观之,在近代欧洲的版图中,有古代法兰克王国一分为三的国家——法国、德国和意大利,不仅在地理位置上相互毗邻,而且在走向现代的进程中,也是相互影响和促进。文艺复兴的火炬从意大利传到法国,大革命的政治文化及其现代国家体系从法国扩展到包括意大利和德国在内的整个欧洲。而现代主义和后现代的思潮在德国、法国和意大利此起彼伏,而今日的欧盟更是以法德为主轴。然而,要了解近代欧洲诗学史,实则是要把握它经历了"一个缓慢的自我解放运动","尤其不能忽视意大利自15世纪即开始的文艺复兴运动领欧洲各国风气之先的历史事实"③。

是的,作为法国的文艺复兴兴起的思想基础,两次人文主义运动的涌现都与意大利有关,当然也受到佛兰德的影响。法国第一次人文主义的诞生,是以王国掌玺部门的书吏把文化作为提高自身社会地位的一种希望方式而出现的。它似乎与教会和国家的官僚主义化现象以及两处高度集中的大的权力机构在阿维尼翁和巴黎的发展密不可分。我们知道,法国的人文主义者首先是从模仿诗人彼特拉克为代表的14世纪末意大利文化样式的意愿中产生出来的。当然我们会看到,从那时起就出现了"借鉴与盲从"和"借鉴与创新"两种接受姿态的斗争。彼特拉克是以宫中大使的身份于

---

① 许冠三:《新史学九十年》,岳麓书社,2003年,第35页。
② 旷新年:《中国20世纪文艺学学术史》下卷第2部,上海文艺出版社,2001年,第6页。
③ (法)让·贝西埃等主编:《诗学史》,史忠义译,百花文艺出版社2002年,第200~201页。

1361年来到巴黎,结识了国王身边的一群人,他向那些企图维护法国本土意识的人说"在意大利之外几乎找不到什么演说家和诗人",这恰好使他成了"从文化的同一性产生出法国情感的催化剂",曾担任阿维尼翁教皇秘书的克拉芒热,就不承认意大利对他的书信体作品有任何影响。他为法国写出了质量同等的作品,就像彼特拉克为意大利所写的一样。而另一位年轻人吉尔松1389年用拉丁文写了一篇论文,他力图模仿彼特拉克的论文风格,但他同时指出巴黎已成了世界文化最主要的发源地。从此以后,法国人在这个领域就完全与罗马人和希腊人平分秋色。再一位人物让·默雷作为阿维尼翁教皇主事室的秘书,翻译了薄伽丘的《论卡西布斯》和《十日谈》。当然,人文主义从总体上并没有渗进巴黎大学,法国的第一次人文主义没有足够的时间在这里树立威望,随着勃艮第人1418年进入巴黎,就敲响了人文主义运动的丧钟。

法国的第二次人文主义的根基仍是意大利,它所尊奉的典范人物已不再是彼特拉克,而是洛伦佐·瓦拉。① 法国人菲舍于1471年出版了他翻译的瓦拉的《优雅的拉丁语》和《修辞学》(1472),而塔尔迪夫则撰写了被称之为"由法国人写的第一部真正的人文主义的语法书"——《语法基础》,另一位巴黎大学法令学院的院长加甘,则于1495年出版了《法兰克人的起源和功绩概要》,这是描述法兰西民族的第一部人文主义式的历史著作。有人认为巴黎的第二次人文主义浪潮,从15世纪70年代末期使法国人在语言修辞学和诗歌领域中,也许再没有羡慕意大利人的了。虽然后来的文化史家指出这是一种错觉,但有一点是事实,法国的人文主义在16世纪初仍然是处在开路先锋者的前哨阵地上。不过它当时代表的几乎是一种脱离社会的边缘文化。这种文化在社会中扎下的根,远不如在意大利那么深。

事实上,以文化地理学而观之,法国中世纪"里昂派"诗学受到意大利的影响是明显的。因为此派就诞生在里昂,而里昂位于法国东南部,在16世纪是最具意大利化的城市,可谓是法国通向意大利的门户。它与意大利的交往频繁,尤其在社交、艺术、庆典等方面都深受意大利的影响。由此,"里昂派"诗学对法国文艺复兴又产生了积极的影响。其实,回过头去看,意大利的修辞学是通过书信写作技巧和正式公开演讲艺术的结合得以发展兴旺的。在此期间,教授修辞学以及修辞学家的自我形象开始相应地具有了甚至更为公开的和政治性的性质。我们还看到,15世纪初期的佛罗伦萨的社会和政治学说极为盛行,它是两种知识传统的产物:一是中世纪书信写作技巧,二是14世纪晚期"彼特拉克派"人文主义的传统。其实,人文主义者大都是修辞学的倡导者和职业教师。人文主义运动之所以得到发展,是由于它有能力深化并延续当时意大利各大学中的教学传统,同时也由于它对经院哲学研究这种较新的知识

---

① (意大利)洛伦佐·瓦拉(1407—1457),意大利文艺复兴时期著名的哲学家、历史学家、语言学家和人文主义者,其著作主要有《论君士坦丁赠礼》与《论自由意志》。

正统的一种反作用和有意识的抵制。人文主义者首先在方法论上对经院哲学进行了直接抨击，这有助于明确人文主义者的最具代表性的价值和态度。它使我们可以理解，为什么人文主义者尽管有着强烈的文学爱好，留下的遗产却使后人对实验性科学和实用艺术越来越感兴趣。由于他们否定经院哲学的抽象，他们急切地主张一切知识都应该"有用"，所以，15世纪初期的意大利人文主义者有着这样的信念：有智慧的生活必须不仅包括沉思默想，还包括谨慎的行动；并可发现他们相应的坚持，绝对恬淡闲适、沉思默想的生活即使对于一位诗人或圣贤也永远绝不可能相称。另外，人文主义者在同经院哲学的斗争中，产生了一种特别自信的意识，他们认为，人类势态的发展过程可能表现为按一系列循环周期运行。那时，他们首先创造了"中世纪"这个概念——他们认为："中世纪"也就是"黑暗"时代。像瓦拉的《优雅的拉丁语》和彼特拉克的《论他本人的无知》，都预示着艺术和文学研究方面的再生、复活与复兴。他们深信：他们已使黑暗时代宣告结束，并开创了真正的文艺复兴。他们认为"近代人"比"古代人"优越。①

　　此外，我们还注意到，作为16世纪上半叶法国文学最重要的作家，同时也是"在欧洲文学的伟大缔造者行列中居最前沿地位之一"的拉伯雷创作，也与里昂和意大利有关。二十余年来，他的行医生涯一直以里昂为中心，后来还先后四次游历了罗马（1533，1535，1539，1547），使他有机会接触意大利社会与现实，研究罗马文化与东方草药。他的那部"人文主义艺术化的百科全书"《巨人传》之头两部，就是在里昂创作并出版的（1532，1534）。他的著作中，最重要的课题"民间狂欢节的书写"，使我们不仅可以从上溯薄伽丘的《十日谈》，下至歌德的《意大利游记》，寻觅和发现其中潜藏的渊源关系和差异性。此外，大量的古希腊罗马的名人与经典，以及意大利民族的谚语也浩浩荡荡地大量涌现在这部巨著中。还有，他对古罗马的由来，对以钟鸣岛指代其心中的理想之乘——罗马，都表现出对意大利文化的娴熟与热爱。

　　从文化输出和接受对象看，巴黎人文主义大都熟悉并欣赏薄伽丘和彼特拉克的拉丁语作品，意大利文学成为巴黎人文主义者们的参照。但丁作为中世纪过渡到文艺复兴的意大利伟大民族诗人，同时也是位具有开拓精神的诗学家。他的重大贡献首先在于，看到文学作为民族国家的统一和民族叙事的重要性。这正是他建立民族国家文学的基础，其先决条件就是要确立民族语言的地位。在他看来，俗语与文言是相对的，前者是自然的，后者是人为的。对于正在形成的民族国家而言，母语是俗语而不是经典的拉丁语，他的《神曲》就是用托斯卡纳方言所作，但俗语必须经过提炼然后为诗。这就是"光辉的意大利俗语"（他的著名的《论俗语》可谓中世纪诗学的一

---

① （英）昆廷·斯金纳：《近代政治思想的基础》上卷：文艺复兴，"修辞学与自由"和"佛罗伦萨的文艺复兴"，奚瑞森等译，商务印书馆，2002年。

部划时代之作,写于14世纪初叶,但直到16世纪才被发现)。他把用俗语写诗的人叫作诗人,这有利于确立俗语在文学创作中的地位,同时也强调了俗语的性质是"崇高的俗语",也就是用最大的俗语来表现最伟大的主体。此外,但丁还将世俗诗抬高到了与科学的霸权地位相比肩的地步。总之,用俗语书写,实则是包含了对拉丁语＝罗马教会＝帝国支配之政治性的抵抗的政治民族主义的诉求。而薄伽丘一方面倡导吸取古希腊、罗马文学的遗产,另一方面用自己祖国语言写作,熟记各民族的历史。彼特拉克也用俗语写下了誉满欧洲的《歌集》,这种继承了普罗旺斯抒情诗和"温柔的新体"的传统的诗歌,被后人称之为"彼特拉克十四行诗体",为文艺复兴时期的法国诗人龙沙等"七星诗社"诗人们所模仿,同时他还写下了歌颂意大利祖国的爱国激情的篇章。意大利诗人斯佩罗尼则肯定各种语言的独特性并强调"丰富和发扬"民族语言词汇的重要性(见他的《关于语言的对话》1542)①,这些都在杜贝莱的《保卫》及"七星诗社"的诗歌中,体现出一种跨越国界的民族文学建构的互文性影响,其间典范的展示性和借鉴的隐蔽性交织在一起。我们看到,杜贝莱在其宣言中不仅直接引用了斯佩罗尼的话,更重要的是他改造典范文本而呈现出的再生产意义对法兰西民族文学建构具有重要价值。一位法国学者在《诗学史》中曾说道,"当文艺复兴时期的诗学如此围绕典范概念而建构时,它并不要求我们研究典范本身,而是研究后者作为文本源泉时变动典范的系列改编现象"。我们以为,这一观点对研究杜贝莱与意大利诗学之关系很有启发意义。此外,我们还看到意大利文学对"修辞学派"和"里昂派"均有影响,而后者又为法国近代诗学的确立,对"七星诗社"诗学形式的形成,具有资源性的背景参照。当然,"七星诗社"诗人们的优秀作品,尤其是杜贝莱和龙沙的诗篇,都受彼特拉克"十四行诗"的影响。杜贝莱也正是在经历了罗马之行后,才写下了后来的两部名诗集《追思集》和《罗马怀古集》。而龙沙也曾作为随从出使过意大利,那首最脍炙人口的抒情诗《致卡桑德拉》,就是献给他心仪的意大利少女的情诗。

当然,从空间上看,巴黎和阿维尼翁也都是意大利和法国文化交往中的重镇。意大利作为"(近代)文学的发祥地",既是"人文主义之乡",也是"诗歌之乡"。当年彼特拉克以外交使者的身份来到巴黎,使人文主义思潮在那里蔓延开来,使法国的诗歌艺术大受启发。后来他又曾长期客居阿维尼翁,它作为意大利和法国文化的交汇处,那里的教皇宫廷和普罗旺斯勒内"国王"的宫廷成了扩大意大利影响的渠道。法兰西斯一世更是一位意大利艺术的爱好者,他将意大利艺术家、画家、学者引入法国,他创建了王家学院(即后来的法兰西学院);安布瓦斯、布卢瓦、尚博尔、阿扎勒里多和神农索等宫殿与城堡,充分证明了意大利风格的成功移植。

如果说意大利给法国王室带去了文艺复兴风格和价值观,作为回报,法国国王则

---

① (法)让·贝西埃等主编:《诗学史》,史忠义译,百花文艺出版社2002年,第200、226页。

将战争出口到意大利半岛。从 1494 年持续到 1559 年,法国封建君主开始了向欧洲争霸的第一次尝试。15 世纪末到 16 世纪中叶,连续多次发动了对意大利的争夺战,这在客观上促进了法国吸取意大利所代表的古典文化与文学遗产,也使意大利文艺复兴的成果,被法国所吸纳。有一点应值得我们注意,意大利对法国文化的影响,已大大超出了人文主义的范畴。佛兰德编年史家科明尼斯的回忆录是参照意大利的样式写成的。它抛弃了中世纪编年史的一些特征,秉持功利和实用主义的观念,确立了作家和读者之间一种新型的关系:历史不再是从道德和精神的角度对世人起教化作用,而是用来表现人的才干和生存的艺术。这种观点就为马基雅维利和部分世俗化的历史观念打开了大门,它赋予心理和物质的要素在世界进程中以一种新的重要作用。而这种现实的精神对法国人是颇有启发的。

此外,意大利也为当时文坛的三件大事而欢呼:第一部评论《诗学》的拉丁语著作的发表(F. 罗伯泰罗的《亚里士多德的诗艺诠释》,1548)、第一部俗语译本的发表(B. 塞尼,1549)和第一部以俗语写成的系统评论《诗学》的著作的发表(L. 卡斯泰尔维特罗:《亚里士多德的诗学译评》,1570)。

我们还注意到意大利文艺复兴时期,出现了保守与革新的"古今之争",前者有伟大的《论诗艺》(1527),丹尼罗厄的《诗学》(1536)以及朗屠尔的《论诗艺》(1564),他们都把古典诗学看成是不可改变的法典,认为新文学不符合古典文学的规则;而后者如钦提奥的名篇《论传奇体叙事诗》,高度重视建立意大利民族文学的终极目标,他指出诗人不能迷信于古典权威,就是描写古代也应适应当代需要。意大利民族的托斯卡纳诗,不但可作为文学语言,而且跟希腊、拉丁语有同等重要的价值,因此要沿着以本民族语言写作的优秀诗人开辟的道路前进。可见意大利文坛的"古今之争"与法国文艺复兴乃至古典主义的"古今之争"形成一种诗学共同体的振动。

实际上,法国 17 世纪古典主义的"三一律"也是"进口货":最早提出这个问题的是一群意大利学者,其中对法国古典主义时期影响最大的有两个意大利人,一个是斯卡利格(Scaliger),一个是卡斯特尔维特罗(Casterlvetro)。前者有一部《诗学》,发表于 1561 年,他虽然没有正面提出"三一律",但已有一个朦胧的概念。而真正从观众立场出发要求戏剧遵守时间和地点一致的,却是后者。在他的那本《诗学》注释中,明确地谈到了这个问题。两年后,法国人达依在他的《悲剧艺术》里再一次把"三一律"正式提出来,与布瓦洛在其《诗的艺术》中的名言"必须永远在同一天,同一时间和同一地点表现故事或者演出"几乎是如出一辙。[①]

事实上,法国近现代文学及诗学的大家,多与意大利历史文化遗产及文艺复兴时

---

① 李健吾:《法兰西 17 世纪古典主义文艺理论·前言》,载《外国文学研究集刊》,中国社会科学出版社,1982 年。

期的成果有关。除了前面谈及的法国中世纪后期的"修辞学派"和"里昂学派",文艺复兴前期的代表人物拉伯雷以及"七星诗社",特别是法国近代首篇诗学宣言的炮制者杜贝莱、龙沙外,法国近代诗学精神的奠基者之一、文艺复兴后期的重要代表蒙田及其《随笔录》,法国近代哲学的开启者之一与诗学精神的塑造者帕斯卡及其《思想录》,对法国近代文学及诗学精神的生成曾起到关键作用的代表人物卢梭,对法国现代文学与艺术批评作出重要贡献的司汤达、泰纳,他们都与意大利有着直接的或间接的关系。我们看到,蒙田的父亲曾参加过征服意大利的战争,后来就成了意大利文化的狂热崇拜者。与拉伯雷和杜贝莱一样,在蒙田成长的过程中,他熟读古希腊、罗马大家的作品,如普鲁塔克、塞涅卡、塔西陀等,当然,他还翻译了西班牙哲学家雷蒙·赛帮的《自然神论》。另一点不可忽视的是,蒙田还游历了瑞士、意大利和德国。这一切对他的《随笔录》的形成和最终完善,都起到了十分重要的积极作用。由此,在这部大书中大量有许多古代先哲们的经典名言,游历也极大地丰富和拓展了他的人文经验,促使他思考"习俗对个人和国家起到的支配作用",①并笃实了他的相对主义观。在帕斯卡《思想录》中,我们也瞥见了意大利耶稣会士卫匡国的《中国史》(1658)这颗流星的划过,②由此是否折射出帕斯卡对当时天主教的"中国礼仪之争"有相当地了解。卢梭知识与思想的形成有诸多因素,其中有两条特别值得注意:一是古希腊、罗马的思想资源,如苏格拉底的人学传统,普鲁塔克的《希腊罗马名人传》对他影响甚大,此外文艺复兴以来的先哲蒙田、帕斯卡的人文主义思想也是他爱自由、爱共和思想形成的源泉;二是赴意大利的经历,对其人生与信仰及其人文艺术的影响。在都灵期间的经历,使他在道德观和宗教观上得到洗礼;同时,对拉丁语和意大利语的学习,培养了他在文学上的鉴赏力和趣味,也对他未来从事写作提供了很大帮助。在任法国驻威尼斯大使期间,一方面沉醉于水都的风光、意大利美妙的音乐中,另一方面又目睹了那里共和政治的腐败和外交官场的颓废,萌发了撰写改革政治制度著作的念头。他写了一个引言,这就是后来题名为《社会契约论》的最早胚胎。把米兰视为第二故乡的司汤达,与意大利有着挥之不去的情缘。早在18岁(1800年)他就作为一名军人随部队开到了意大利,多年后他又一次去了意大利,在米兰旅居七年。在那里,他读书、旅行、欣赏意大利绘画和音乐,并正式从事写作。就在他的晚年,还被任命为驻意大利特里雅斯脱领事,虽后来夭折而去了教皇管辖下的意大利勒尼安海边(地中海西部)一座小城——西雅达-维基亚任领事,直到谢世。可以说,意大利古代的文化遗产、意大利文艺复兴的多维成果、意大利19世纪民族解放叙事的浪漫主义运动,都是司汤达文学思考与理论话语的意大利情结所在,在此,他把"自由主义、爱

---

① (法)P. 米歇尔:《一个正直的人》,载《蒙田随笔全集》上卷,潘丽珍等译,译林出版社,1996年,第16页。
② (法)巴莱西·帕斯卡:《致外省人信札》"译序",上海社会科学院出版社,2002年,第5页。

国主义和浪漫主义联系起来"。① 由此看来,他的著作好些都与意大利直接相关,他首次以司汤达为笔名发表的《罗马、那不勒斯、佛罗伦萨》(1817)的旅行随笔作品,是以随笔作家、政论家、文艺评论家的姿态展露于文坛的。此书再现了19世纪初意大利的生活风貌。它的批判色彩浓郁,矛头直指统治意大利的奥地利帝国政府和反动教会,并对意大利在异国军队占领下受奴役的现实加以展现和揭露。同年他还出版了《意大利绘画史》,后来又分别写下了《论爱情》《罗西尼的一生》《罗马漫游》和《意大利遗事》。于是,我们从司汤达对意大利国度的描绘领略到了他的艺术理想、政治态度和情感心理,感受到了意大利历史与现实的存在,同时这也成为映照法兰西的一面镜子。可以说,司汤达的丰赡的艺术世界与意大利情结,对后来的泰纳、瓦雷里、巴什拉、让·皮埃尔-理查等文论家的文学思考与研究,提供了对象或参照,因为"这位怀疑主义者相信爱情,这位捣乱分子是爱国主义者,这位抽象的记录者对绘画感兴趣。他自命为实证主义者,却对激情怀有一种神秘主义的观念"。② 于是,我们在司汤达那里,看到了运动、热情、敏捷和活力。这样,"也许自我意识的增长以及对自我的长期观察,最终的结果就是认识自己和使自己变得多样化"。所以"在某种意义上,他是启发了自然主义、巴那斯派和象征主义的'奥义'的始祖"。在瓦雷里眼里,他是"抽象而热烈的文学大师",是"文学中的半神之一",这位具有哲学气质的文人使我们也在其崇拜者、作为诗人和文论家的瓦雷里那里找到了他的栖息之地——伴随着《海滨墓园》的涛声,让人难以忘怀。至于泰纳,也与意大利有着不解之缘,他不仅精通意大利文,而且遍游意、德、英、荷等诸国,对其艺术有着切身体会和透彻地了解。最能说明问题的是,他撰写的两部与意大利文化艺术直接相关的著作——《意大利游记》和《艺术哲学》。后者不仅是一部欧洲艺术发展史,也是一部纵论意大利艺术与欧洲艺术(包括法国艺术)的相互交往与影响,并促进欧洲艺术生成与发展之书。尤其是第三编——"意大利文艺复兴时期的绘画",就从地缘文化资源与民族精神气质的角度,形象而又深入地阐明了意大利古代与近代文化艺术的特征与影响力。当然,在该书其他部分,还以意大利和法国为对象,探讨了音乐对现代精神和文化的作用与关系。就意大利而言,音乐文化之于欧洲,已然成为世界性的普遍艺术。在他看来理想之艺术的最高典型,是一种既有完美的肉体又有高尚的精神,这在意大利的水乡威尼斯就能看到。而到佛罗伦萨,就会发现近代艺术最完美的典型。因为在米开朗基罗、拉斐尔以及雷奥那多等人的作品里,人物的头、脸、整个形体,不是表达意志的坚强卓越,便是表达心灵的柔和与永恒的和平,或者表达智慧的精微玄妙。当然,他还补充到,佛罗伦萨不过是第二个美的乡土,雅典则是第一。所以我们在意大利欣赏艺

---

① (美)雷纳·韦勒克:《近代文学批评史》卷二,杨自伍译,上海译文出版社,1997年,第298页。
② (法)瓦雷里:《文艺杂谈》,段映红译,百花文艺出版社,2002年,第119页。

术只是爱奥尼阿的月桂移植到另一个地方所长的芽,但长得不及原来那么高、那么挺拔。我们看到泰氏对待艺术的双重尺度——事物的特征和艺术品的价值,都根据这个双重价值分成等级。特征越重要越有益,占的地位就越高,而表现着特征的艺术品地位也就越高。他对艺术的把握,一方面着眼于万物的本质,另一方面着眼于万物的方向。因为以万物为对象的艺术,不论表现的是万物的内在要素的一个深刻的部分,还是万物发展的一个高级的阶段,都是高级的艺术。

后来,布尔迪厄在谈到现代文学艺术的生成时,也考察了意大利文艺复兴的表现。他说:"对15世纪的意大利人而言,美的经验就其神奇性来说,来自建立在社会化个人和社会客体之间的相互进入关系,这个社会客体看来是为了满足所有在社会意义上建立的意义,不仅有视觉的意义和触觉的意义,还有经济意义和宗教意义。"从这个视角出发,就是他所说的对"15世纪意大利观点"的乐趣的自身历史条件和历史影响的认识就这样形成了。这个认识无疑可以导致艺术自身满足的不变和超历史原则。历史世界萦绕着历史习性,历史习性居于历史世界之中。①此外,从中古的意大利来看,以下三点也很有结构性的参照意义:一是它的第一次文艺复兴的契机便是复兴教育。法国社会学家涂尔干(杜尔凯姆)在其论著《教育思想的演进》中,也指出法国近代教育的革新,便成了文艺复兴的组成部分。二是意大利天主教势力影响很大(法国主要是个天主教国家),但中世纪后期人们对传统神学体系产生了怀疑,逐步形成新的思潮,其核心就是人文主义。故有学者把意大利的人文主义称之为世俗的人文主义。当然,意大利除了这种"公民人文主义"(强调积极活跃生活的理想)外,还有新柏拉图主义的"沉思与神秘理念"的宗教人文主义。于是,意大利式的柏拉图哲学对法国文艺复兴影响颇大。三是文艺复兴时期意大利对于艺术与科学之间的关联有其特有的更加广泛的兴趣,所谓"科学"是指画家在观察中结合对数学的寻求,也就是说为了追求自然主义,绘画必须受制于"数学科学",于是寻求一种关于人体比例的数学理论,既要满足新柏拉图主义对人与自然和谐的连续性的信念,又要满足古典派对对称的信念。可见意大利文艺复兴时期,艺术家的这种对观察自然、描绘自然、表现自然三者的结合,一直被认为是人文主义科学家伽利略所开始的科学创新大爆炸所不可缺少的先决条件。②

总之,一方面意大利对法国的影响,不仅仅是在思想和文化方面(在本章第一节里"知识与思想生产"部分,论述了马基雅维利作为"国家主义"理论的创始人,对欧洲中世纪走向近代的启迪意义),其影响的范围和规模也是巨大的。它还表现在技术

---

① (法)布尔迪厄:《艺术的法则:文学场的生成和结构》,刘晖译,中央编译出版社,2001年,第381页。
② (英)阿伦·布洛克:《西方人文主义传统》,董乐山译,生活·读书·新知三联书店,1997年,第52页。

和工业方面,以及金融、商业和建筑领域。当然,还包括服装时尚、餐具和园艺。然而这种影响首先还是从人们的生活方式开始的。另一方面,"无论从宗教、经济和文化的角度,意大利参照都不是唯一的","法国并没有也从来没有意大利化,虽然在艺术创作方面与意大利的关联的确占主导地位"。① 最后需补充一点,事实上,在文艺复兴至古典主义时期对法国艺术和知识生活的影响,除了意大利还有西班牙和佛兰德。

最后,还有一个现象,从地缘文化与文化交流的角度来看颇有意思。近代中国最早与西方的交往是由意大利传教士们开辟的,像罗明坚、利马窦,西方近代的知识从此传入了中国,同时也使18世纪欧洲的"中国热"成为可能。这种近代以降,法、意、中三国间的文化交往,以及"五四"前后意大利文学艺术对中国的影响,在我们探讨"五四"新文学及其文学理论与批评的建构时,是值得注意的:我们不能忽视从梁启超的《意大利建国三杰传》②到胡适等人对意大利方言及民族文学创建的重视;同样,如果把中国与西方的关系的审视换位在中国与日本的地缘文化关系中,则又添加了另一种中介因素,即法国的角色。这样也形成了一个东西三角关系:中国通过日本认识法国,由此折射出法国对东亚近现代文学艺术的影响与互动性。

以上是从发生学角度,审视法国近代诗学生成时与毗邻诸国间更主要是意大利的文化与诗学间的交往与互动关系,然而法国诗学的成熟及其后的发展当然不止上述这一线索,它还与荷兰、西班牙、瑞士、英、德、俄、美等国间存在着广泛且富有深度的相互启发与联系,限于篇幅本书只是主要抓住它在早期生成时的这一重要线索而已。

二、日本对中国的中介作用

近代以降,在西方现代文明不可抗拒的猛烈冲击下,古老的东亚文明共同体面临着解体,中日两国由"同文同种""一衣带水"的睦邻变成了竞争对手,一个率先"脱亚入欧",一个继而要"全盘西化"。我们知道,中日两国的近代化以鸦片战争和培理来航为契机,共同以19世纪四五十年代为各自的出发点,当然后来两国近代化的发展速度有很大的差异。不过虽然同处"东亚文化圈",中日两国在追求近现代化的进程中,也有诸多的相似之处,尽管各自选择了不同的社会制度和不尽相同的发展方向。实际上日本现代性追求的早期与后期的实践,对中国现代民族国家及其民族文学与诗学的创建,以及现代化的后续发展,有着重要的参照意义。我们看到,法国汉学家谢和耐在其《中国社会史》中,指出了日本对中国的地缘文化的影响,因为维新人士都认为,已成为现代民族国家的日本是中国走向现代时的榜样。不过,谢氏在书中只

---

① (法)让-皮埃尔·里乌等主编:《法国文化史Ⅱ》,傅绍梅等译,华东师范大学出版社,2006年,第109页。
② 徐鹏绪等:《〈中国新文学大系〉研究》,社会科学文献出版社,2007年,第125页。

用了很小一点的篇幅,谈及梁启超及其留日学生们通过日文而接触到西方文化知识的情况。国内研究中法比较文学的学者钱林森在其专著《法国作家与中国》中,谈及日本与中国现代文学及诗学的关系时也持这样的观点:"日本文艺界构成了中国远眺法国的透镜。"①日本研究中日两国近代化的学者依田憙家,则关注到两国间的互动情况:"福泽谕吉的《西洋事情》的出版发行,显示欧美知识进入东亚的窗口从香港、上海渐渐向日本转移。明治维新以后,包括思想在内的欧美知识有许多是经过日本进入中国的。"②于是我们在本节的观察视角,应先投向日本,然后再回到中国自身。

明治维新(1868—1912)是日本告别传统走向近代的起点,它使日本从封建的藩国体制过渡到资本主义近代国家,继而跻身于世界强国的行列。③ 在此变革过程及其后的岁月中,当时在日本思想界与学界,就存在着两种前后对立又互为表里的认知与思潮,即"脱亚论"(明治时期)与"兴亚论"(大东亚战争期)④。前者的基本观念是,力主向西洋文明看齐,批判和摆脱传统思想观念的束缚,尤其是对中国儒家文化的全面检讨与扬弃。此派代表人物是作为近代日本启蒙思想家的福泽谕吉。他于1885年发表了名噪一时的《脱亚论》。他认为要向日本国民进行西方新思想的启蒙,最大的障碍就是传统汉学给予日本人的中国儒学思想观念。此篇可谓是日本近代思想界与中国决裂的宣言书,这一理论演变成一种社会思潮,与日本明治以来不断增强的追求国家利益、谋求国权、领土扩张的思想密切相关。此文有两段关键句值得注意,其一,"若不思改革,于今不出数年,必亡其国,其国土必为世界文明诸国分割无疑";其二,"与其待邻国开明,而兴亚洲之不可得,则宁可脱其伍,而与西洋文明国共进退"。前一段表现出强烈的国家民族主义,指出了不改革就是亡国的救亡思想;后一段表现出鲜明的文明观,即选择西洋文明,唾弃中国文化,来发展日本的现代化。当年日本的这种觉醒和文化的选择,对一衣带水的中国的维新人士,从洋务派到革命派,再到"五四"新文化运动,对中国近代意义的革命与现代民族国家的建立,产生了深刻的影响。

与上述西化论主流思想相对立的另一种思潮,则是立足于日本和东亚,要求与西

---

① 钱林森:《法国作家与中国》,福建教育出版社,1995年,第322页。
② 钱国红:《走近"西洋"和"东洋":中日世界意识形成的比较研究》"代序",商务印书馆,2009年,第4页。
③ 明治时代的主要价值与做法的细表,请参见(英)韩歇尔:《日本小史:从石器时代到超级强权的崛起》,李忠普等译,世界图书出版社,2007年,第132页。
④ 日本学者竹内好认为存在着福泽的"脱亚论"与天心的"兴亚论",但在追求近代性上都一样。"脱亚"与"兴亚"的视点战前是相连的。

洋文化相抗衡的民族主义、亚细亚主义的呼声,即"兴亚论"思潮。① 一些民间知识分子,提出反对全面西化,保存国粹,弘扬日本文化、东亚文化。这代表了日本在近代国家形成之后,要求在思想文化上抵御外来文化的侵袭,确立自我认同,提升民族主体意识的追求;同时还表现出,在思想根源上,更多与中国文化的贴近,强调日中同处一个文化共同体,应相互提携,共同振兴东亚,并且认为率先吸取了西方文化强大起来的日本,现在应该回报中国,帮助它摆脱困境,实行改革。"兴亚论"中的一位代表冈仓天心,提出了"亚洲一体论"(《东洋的理想》)。他认为,"虽然,喜马拉雅山脉把两个强大的文明,即具有孔子的集体主义的文明与具有佛陀的个人主义的印度文明相隔开,但没能阻隔亚洲民族那种追求'终极普遍性'的爱的扩展。"在亚洲,存在着一种贯穿于各种文明之间的基本精神,这就是追求普遍性的、宗教性的"爱",以及亚洲式的"和平"。他还认为"日本、印度乃至中国为代表的亚洲,在共同面临欧洲的文化侵袭和政治侵略这一点上,也是一个命运共同体"。当然,这是基于冈氏本人对于东方亚洲文化价值的充分肯定和深切坚信。不过,值得提醒的是,在20世纪上半叶那场日本的侵华战争时期,"兴亚论"的观念大都被时代所利用,成为日本帝国主义侵略扩张的理论支柱,这与那些论者当时的本意已相去甚远。

如果说上面着重从日本走向现代的转型中的一个历史性选择来考察的话,那么,我们还应从政治层面及民族国家的现代性目标追求来看日本的特性。据国内研究日本政治的学者孙政考察,②日本在建立近代国家体制的时候,在考察了欧洲各国资本主义的历程与状况的前提下,选择了以德奥式的国家主义理论为其政治理论的基础,并以德奥为样本,开始了日本近代国家体制的建设。这种理论在日本建立近代国家之初,体现了它的功用,帮助了日本完成其国家战略目标,即抵御外族侵略,追赶欧洲先进的资本主义国家,获得与此平等的地位,进而加入其队伍中去。但另一个后果是,日本却由此开始了被称之为"丧失了国民的近代",并进而开始对其他亚洲邻国野蛮的侵略。事实上,日本大致说来是单一民族的国家,即大和民族的利益就是日本国家的利益追求。战前日本可谓是极端国家主义即以天皇制国家原理作为其特质,把天皇作为国家终极价值的绝对体现者。而日本的现代化是一种追赶型的现代化发展,国家以及政府的积极推动对现代化发展起了主导性作用。在这种现代化发展模式下,不论是日本的国家体制还是日本的政治传统,都决定了政治对日本社会发展具有重要影响作用,政治上的任何变化和发展都会对整个社会发展产生直接的影响。所以日本的新国家主义可以说就是"以政治牺牲道德"的一种做法。当我们把日本

---

① 我们须认清其背后的真正意图:一是企图相对淡化日本对中国政策的侵略性,另一是指责中国的民族主义不是去批评西洋列强,反而批评保护亚洲的日本的做法是错误的,以此来回答中国国民的反日情绪。

② 孙政:《战后日本新国家主义研究》,人民出版社,2005年。以下论述均参考此书。

的国家主义同欧洲国家(包括法国)相比较,就不难看出日本也走过了差不多的历程。幕府后期,以天皇王权对抗幕府封建割据统治,就像欧洲近代前期王权崇拜一样,有着十分重要的意义。王权同封建幕府的斗争,迫切需要资产阶级和市民社会的支持,而市民社会的工商业活动也需要打破封建领主之间的割据局面,要做到这一点就必须加强王权,所以以天皇王权作为民族统一的象征,对外可以保护民族利益不受外来势力的侵害,对内则能够成为民族团结的民族力量。的确对王权的限制也一度成为日本民主革命的目标,但近代日本显然没发展到民权战胜王权的地步,相反天皇作为权利顶端,建立了极端国家主义体制,将日本推向了自由民主的反面。事实上日本战前极端国家主义,也是西方国家主义在东方的一种表现,因此它具有国家主义的普遍性特点,即国家利益高于国民利益而存在。但是,之所以称为极端国家主义是因为它又具有与西方国家主义所不同的特征。所以在建设现代化的过程中发展为极端国家主义,就其根本最主要的原因有以下几点:一是日本国家的形成历程有其特殊性,形成了日本国体的特异性以及日本人国家观念的特殊性;二是日本在形成近代国家的同时,没有形成与此一致的国民,而是形成了无条件服从于天皇的"臣民";三是近代以来日本对侵略战争在此过程中的推波助澜;四是两次民族运动高潮的不测定性与妥协性。另外一点值得注意,日本和中国的"国家"观念是有明显不同的。中国人的"国家"除了家乡、家园意义之外仍含有纯粹政治的意念,多民族国家不断融合的历史,使中国人的国家或者民族感情并不总是寄托于唯一的一个君主身上,国与家并不完全重叠,因此对国家的感情在中国人的心理上,也并非等同于对家庭的感情。所以在道德层面,对"国"或皇上的"忠"与对家族的"孝"在理性层面是有冲突的,这就是所谓的"忠孝不能两全"的道德困境。而对日本人来说,国家的最高象征和家族的最高象征是重叠的,所以在心理上就不存在"忠"与"孝"的分离与冲突。于是这种日本式"忠孝合一"的心理过程形成了日本式独特的国家观念。

最后,我们还应深入到日本文化的内核中去做一番探究。作为大和民族的日本文化的核心,主要体现在"和魂汉才"与"和魂洋才"的有机结合上。我们看到,中文的"和"传入日本后意义发生了微妙的变化。从原初的"温和""和谐""总和"等意思,派生出"混合""调和""使一致"的含义。从文化层面看,日本的"和",表现为对外来文化的吸收所采取的兼收并蓄的姿态。虽然日本文明起步较晚,但它却以一种包容的气魄创造出日本文化的自主特色。在宗教上,神、道、佛、耶共存;在文化上,和、汉、洋并行;在文化符号上,假名、汉字、外来语掺杂,形成了一种混合型的"杂种文化"。在这里边,最令人称道的是,日本人将两种根本对立的因素调和在一起,由此构成日本人的"和"的最高境界。当然,日语中"魂"一词既表示精神上的意思,也表示身体上的意思。在日本人的宗教精神中,常将身与心放在一起来思考,这不仅有表层的佛教与传统身心观的联系,而且更深层的(被隐藏了的)是儒教的身心观的浸润。

在他们对死亡的意识中,尸体并不是"物",而往往是与"灵"相伴的,是一种拥有意识与情感的东西。日本学者加地伸行认为,在日本人将死者的灵魂看成是身体的思考方式的潜意识中,并存着"只凭借佛教教义所无法约束的传统意义上的重视遗体的思想和佛教意义上自我牺牲的思想"。从更深层次上讲,它的根深入到具有重要意义的"宗教意义的孝的问题"意识中——儒教与招魂再生以及祖先祭祀的联系。因为在中国人的生活世界里,认为活着很快乐,所以他们对死都不抱有不安与恐惧。对此,儒教用"孝"的观念教会人们在亲人死后"慰灵"。正是这种与生死观相结合后产生的观念,才是"具有宗教意义的孝",这远远超越了我们所一般理解的孝,即子女对父母服从那种所谓的"道德上的孝"。"如果我们用现代的语言来形容这种具有宗教意义的孝,那么这既是'对于生命连续的自觉',也是'对于永远的现在的自觉'。"①由此说来,中国古代的宗教对日本文化的影响是至深的。

在近代以降中日文化交往的渊源中,值得我们关注的是日本方面对晚清与"五四"时期开创者们的思想影响。美国研究东亚的历史文化的学者佛格尔曾指出,中国"五四"时期胡适对中国传统文化的反思,即鸦片、小脚、宦官、姨太太的说法,就是源自日本桑原隲藏《东洋史说苑》的影响。另一方面,像桑原在《东洋史说苑》中所发现的《中国人食人肉的习俗》《中国的宦官》《中国的文弱与保守》《中国人的妥协性和猜疑心》等篇,所描述的中国历史文化形象和中国国民性的篇章,对像陈独秀、鲁迅这样的"五四"健将们,就中国的国民性及传统文化的反思与批判,应有着历史的渊源关系。

当我们近观日本还有一点是值得注意的。日本的现代化从"明治维新"开始,现代教育革命的起步,可追溯到1872年明治政府颁布了近代新学制。它以法国国民教育体系作为主要参照对象,要求在全国范围内分学区建立大学、师范学校以及新式中小学校。随之,各种洋学塾、专门学校纷纷兴起。这是一个标志性的转折,它表明以汉学为中心的传统学问知识体系被现代的西洋学术体系所取代。

日本近代第一所大学东京大学于1877年成立,在其学科设置中,文学部设第一科,即史学、哲学、政治学;第二科为和汉文学。前者完全按照西方的理论和方法来建构,所讲内容也只限于西方的学问体系。而后者泛指包括日本、中国古典在内的经学、诸子、史学、诗文等传统学问内容,即相当于江户时代的国学与汉学。可见,这是从在新时期保护和维持本国传统学术的目的出发,"批判性的继承本邦旧来文化"。在这个"本邦固有的学术"中,传统汉学早已参与、黏着到日本思想文化中去了。后来,东京大学于1886年改为帝国大学,文学部改为文科大学,分设哲学、和文学、汉文

---

① (日)中村雄二郎:《被隐藏了的儒教与道教》,载《日本文化中的恶与罪》,孙彬译,北京大学出版社,2005年。

学、博言学四科。汉文学科于1889年改为汉学科,但没有招生,形同虚设。在史学方面,日本有了第一个具有近代学术意义的学术组织——史学会。甲午战争前后,日本人正式提出应把日本人以外的外国史分成西洋史和东洋史两部分,这样,东洋史要研究的在地域上是以东亚中国为主,兼涉与东亚历史有关的南亚、中亚的历史沿革;在内容上是以中国历史为主,还宽泛的包含了地理、经济、宗教、艺术、政治等诸多领域内的大历史。可见,西洋、东洋的两分法代表了当时日本人意识中世界文化的两大阵营①。东洋学的确立意味着:"一、日本人要把中国历史作为一门外国史来对待,它是'他者',是世界史的一部分,而不是本国史的宗祖;二、在世界的范围内,以中国历史为主的东洋史,是与西洋历史相对应,分庭抗礼的世界史的一部分;三、标志着文化教育界和学术研究者的关注对象,从古典的传统中国转向于现实的'东洋世界'。"②

日本近代的第二所大学是1897年成立的京都帝国大学。其文科大学于1906年才正式开学,1919年改为文学部。它的功绩有二:一、把中国文学、哲学、历史分成三个独立学科,改变了东京大学把中国研究统归于汉学科的做法,体现了近代学术分科意识,奠定了"京都学派"中国学研究的基本规模和发展方向;二、在中国"五四"新文化运动鼓舞下,1920年一批年轻学者如青木正儿发起成立了"支那学社",表现出对中国古典和日本汉学的批判态度,以及对以西洋文化为旗帜的中国新文化运动的礼赞和对中国现实和未来的强烈关心。③

接下来,我们把目光投向日本现代文学的发展脉络。当我们追寻日本现代文学的起源,自然与日本的明治维新改革联系在一起的,它是一种对欧洲文明的选择,也是摈弃儒家文化的决策。历史上,日本的两次飞跃,都与它对先进文化的选择密切相关。第一次是对古代中国文化及其印度佛教文化的选择和吸纳;第二次,则是19世纪中后期对西方文化的选择和吸纳。正如同第一次飞跃一样,此次日本也是以翻译西方文艺思潮及俄国"十月革命"以后的社会主义艺术论与革命文学为先导。我们看到,这一过程中,最早影响日本近代文学的当是"启蒙主义"文艺思潮,由此产生了最初的、具有现代意识的日本近代文学理论——坪内逍遥的《小说神髓》(1885)被视为"与旧时代的文学诀别的宣言"。④ 事实上,平氏早年就受到中国古籍的熏染,后来又醉心于英国文学,从而写下了对日本近代文学的诞生具有重大催生作用的这部文艺理论著作。它的突出特点在于:一、倡导西方小说尤其是现实主义小说及其创作观

---

① 本节有关日本现代教育改革的研究资料,参考了钱婉约:《从汉学到中国学》"近代大学建制与传统大学的式微",中华书局,2007年。
② 钱婉约:《从汉学到中国学》,中华书局,2007年,第27~28页。
③ 钱婉约:《从汉学到中国学》,中华书局,2007年,第35~36页。
④ (日)长谷川泉:《日本近代文学思潮史》,第8页。转引自曹顺庆主编《世界文学发展比较史》(下册),北京师范大学出版社,2001年,第642页。

念,以反对传统的小说观和功利观;二、张扬小说的价值,抨击明治维新后封建旧文学意识依然统治小说界的时弊,宣告了封建旧文学的终结;三、他的理论只是日本文学传统与西方近代写实手法相结合的日本式写实主义,还未达到西方现实主义文学精髓的高度,于是,只能说是一种改良主义的文学主张。然而,日本现代文论家炳谷行人在其《日本现代文学起源》一书中,把夏目漱石探索文学本质的重要理论著作《文学论》(1907),视为日本近代文学理论的真正代表,认为他首先怀疑了英国文学是普遍的这一观念。漱石说,我不认为日本文学一定要沿着与从雨果到巴尔扎克再到左拉这样的法兰西文学同样性质的道路发展。文学并非只有一条发展道路。我们看到,漱石也是一位深受中英两国思想文化浸润的日本文学家,故而他成为柄氏诗学思考的主角——以理论家漱石开篇,又以小说家漱石结尾。显然,其背后的深层意义是,柄氏通过追溯"起源"的方式进行批判,同时也对"起源"进行批判,本质上是提出作为民族国家的日本现代文学的坚守与超越的思考。

历史地看,20世纪上半叶,日本近代文学经历了从写实主义到浪漫主义,再到唯美主义和日本无产阶级文学以及后来的新感觉派等,这样一种流派的更迭。同样地,中国近现代文学前期的发展,大致也有类似的经历。我们看到,日本的自然主义文学思潮与法国的自然主义文学思潮有着密切的联系。左拉的理论便是他们关注的对象,而日本最早介绍"浪漫主义"的是《维氏美学》。日本唯美主义大家谷崎润一郎,一方面深受法国唯美主义文学的影响,另一方面,中后期的作品又回归日本古典和东方传统,同时,他还对中国和印度有着浓郁的感情。今天的日本学者西原大辅著有《谷崎润一郎与东方主义》一书,展示了诗人的东方情调和中日近代文学间的互动关系。

我们谈论地缘文化的影响,不应只看到从日本到中国这种单一的、线型的影响渊源关系,还应注意到中国的反馈的作用。近代日本的中国语教育的学科性进展就受到中国新文化运动的影响,尤其注重汲取新文化运动的成果。在京都的中国学研究的重要杂志《支那学》创刊号上,就刊载有青木正儿所撰写的介绍以胡适《文学改良刍议》为中心的新文学运动的文章。新文学运动通过他们介绍、传播到日本,其中有关国语运动的成就直接地被他们运用到日本中国语教育建设中。而黎锦熙的《国语语法》也被频频使用。再往深处说,正如日本著名学者内藤湖南所言"日本民族未与中国文化接触以前,是一锅豆浆,中国文化就像碱水一样,日本民族和中国文化一接触就成了豆腐",事实上在近代以前,日本主要靠汲取中华文明成长,故其文化思想自然不脱东亚文明圈的范畴。就是日本的明治维新,"一方面也是在中国思想的影响下实现的","维新运动指导者西乡盛隆的思想原则则出自阳明学",在西乡盛隆看来,如果没有中国及朝鲜的革命同时进行,日本的明治维新则是不能成立的。① 我们看到,中国的现实与中国的影响,还催生了日本近代文学史上具有世界性影响的一位重要作家诗学观念上的转变,芥川龙之介1921年上半年的中国之行,②一方面是对中国传统文化的仰慕,另一方面,乱世中国的现状对他触及和感动尤深,遂使过去始终持有的"艺术至上"的文艺观发生转变,也是他萌发社会意识的一个明显的转折点。他回国后,除了创作《竹林中》(后来日本导演黑泽明据此小说改编成电影《罗生门》)等历史题材的小说外,还将写作题材逐步扩大到现实领域,写下了《中国游记》③和涉及中国现实题材的小说《南京的基督》《湖南的扇子》。

现在,我们把目光再转回自身。近代以降中国人对日本的发现,首先当属黄遵宪那本《日本国志》(1887),它是在中日签订丧权辱国的《马关条约》(1895)那一年才正式出版。他希望中国能像日本那样,通过学习西方达到自强,所以才有了这部百科全书式的著作的出现。黄遵宪对日本的认识包含了现代世界意识,他改变了以往中国人写史书时那种"华尊夷卑"的观念,采取了尊重对方,相互平等的写作姿态。在他眼里,"日本之为国乃独立大海中,旷然邈然不与邻接,由东而往凡历一万五千余里,乃至美利坚。由西南而往,凡历两三千里,乃至上海、台湾,即最与邻近之朝鲜,亦历数百里而后能至"。④ 就日本历史文化的特点及发展、演变,他又说道:"日本之为国,独立大海中,与地球万国均不相邻,宜其闭门自守,民至老死不相往来矣。然而入其国,问其俗,无一事不资之外人者。中古以还,瞻仰中华……暨乎典章制度、语言文字,至于饮食居处之细,玩好游戏之微,无一不取发于大唐。近世以来,结交欧美……无一不取发于泰西。"⑤而在鲁迅先生那里,虽然没有留下一篇专门论述日本的文章,但他对日本的论述散见于杂文、随笔、书信中,其内容无不与改造国民性有关。在他看来,"日本文化没有独创的文明","日本文化先取法于中国,后来便学了欧洲"。而胡适对日本近代看重的一番话,表现在《敬告日本国民》中:"日本国民在过去六十年中的伟大成绩,是日本民族的光荣,无疑地也是人类史上的一桩'灵迹'。任何人读日本国维新以来的光荣历史,无不感觉惊叹、兴奋的。"⑥而周作人在他那篇《日本与中国》

---

① (日)柄谷行人:《日本现代文学起源》,赵京华译,生活·读书·新知三联书店,2003年,第32页。
② 在此期间鲁迅将他的早期代表作《罗生门》《鼻子》译成了中文,分别连载于《晨报副镌》上(1921年5~6月),这是芥川龙之介小说最早的汉译。
③ 1925年11月由日本改造社出版,中译本由秦刚译出,2007年中华书局出版发行。书中记叙了他拜访过中国共产党的创始人之一的李汉俊,也与辜鸿铭、胡适相见,谈及白话诗、创作自由和中国戏曲的改良。
④ 黄遵宪:《日本国志》,载李兆忠编著:《看不透的日本》,东方出版社,2006年,第8页。
⑤ 黄遵宪:《日本国志》,载李兆忠编著:《看不透的日本》,东方出版社,2006年,第6~7页。
⑥ 李兆忠编著:《看不透的日本》,东方出版社,2006年,第191页。

(1925)发出了同样的信号:"中国在他独殊的地位上特别有了解日本的必要与可能,但事实上却并不然,大家都轻蔑日本文化,以为是古代模仿中国,现代模仿西洋的,不值得一看。日本古今的文化,诚然是取材于中国和西洋,却经过一番调剂,成为他自己的东西……还当特别注意,因为他有许多地方足以供我们研究古今文化之参考。"他还说:"日本新文学也足以供我们不少的帮助,日本旧文化的背景前半是唐代式的,后半是宋代式的,到了现代又受到欧洲的影响。这个情形正与中国的现代相似,所以他的新文学发达的历史也与中国仿佛,所不同者只是动手得早,进步得快。"①戴季陶在他的那本毫不逊色于《菊与刀》的《日本论》中,对日本的历史、文化及其精神作了如下的判断:"(日本)是一个岛国,而且在文化历史上年代比较短。它的部落生活,到武家政治出现才渐渐打破。直到德川时代,造成了统一的封建制度,才算是造成了现代统一的民族国家基础。""日本到了现代,还没有完全脱离君主神权的迷信,就近代科学文明来看,日本的学问固然较中国进步了许多,这不过是最近五六十年的事实,除却了欧洲传来科学文明和中国、印度所输进的哲学宗教思想外,日本固有的思想,不能不说是幼稚。""日本的明治维新就是神权思想的时代化,所以他们自称是王政复古。""日本人的国体观念大都由这一民族的神权思想而来。"最后,他总结到日本民族的特点及其发展进步的原因是:"第一、我确实相信日本具有一种热烈的'信仰力'……能够为主义而牺牲一切,能够把全国民族打成一片……第二个特点,我就举出好美这一件事来,这和信仰同样是民族最基本的力量,有了这两个力量,一个民族一定能够强盛,一定能够发展。"②

就中国而言,日本和俄国是中国吸收西方文化的中介。在它走向现代化进程中,中国对日本是爱恨交加。19世纪下半叶日本"明治维新"后,很快就取得了现代身份,"脱亚入欧"宣告成功,这使在古代东亚文明圈中曾居于边缘地位受中心辐射的日本逐步走向中心;它在军事上向东亚扩张,甲午战争以日本胜利告终,这都使中国人猛然醒悟,学习日本怎样走向现代,走向强大。在这一历史的转折时期,近邻的日本对中国现代革命和现代化进程的参照就显得尤为重要。在19世纪末20世纪初,一大批有识之士、青年学子漂洋过海,梁启超、蒋智由(观云)——鲁迅、周作人、陈独秀、郭沫若等新潮人物,都曾纷纷负笈日本,而作为西方文明代表的法国思想与文化,正是从日本而传入中国。③ 而这些对"五四"新文学的主力军——鲁迅、周作人、郭沫若以及留学日本的"创造社"成员们都极为重要。

---

① 李兆忠编著:《看不透的日本》,东方出版社,2006年,第52~53页。
② 李兆忠编著:《看不透的日本》,东方出版社,2006年,第165~167、179页。
③ 周策纵在《五四运动:现代中国的思想革命》中说:中国现代文学对西方的模仿多半是"五四"时期经由日本中介而来的,因为留学生们接触到日本先于中国经历的新思想、新文学的浪潮。另外郭延礼《近代西学与中国文学》也有一节专门谈及中国近代自日本翻译的西书的情况。

<<< 第一章 发生学比较:中法近现代诗学生成的历史结构及其意义

从思想史角度看,王韬参考日本人冈千仞《法兰西志》和冈本监辅《万国史记》而编写的《重订法国志略》(1890),首次引进了"法国革命"这一概念。① 在书中,他将世界政体分为三类,认为"法国当时本系国君主政,自1792年易为民主之国"。而他根据英文资料编写了《普法战记》,则谓日本学者自欧洲返日在上海所购得。它是日本方面借助中国汉译本而吸取西洋文化翻刻本中最后的一种,该书是第一部由中国人编写的欧洲当代专史,它专门介绍了发生于1870年的普法战争是19世纪欧洲乃至世界格局的重大战争。正如日本学者冈千仞他所说:"《普法战记》传于我邦,读之者始知有王紫诠先生,之以卓化伟论,鼓舞一世风痹,实为当世之伟人矣。"②

《新小说》——中国第一种近代新型小说刊物,是梁启超东渡日本所创办,同时它也是梁氏"小说界革命"的阵地。其间有雨尘子的《洪水祸》③即法国大革命演义,关涉卢梭、孟德斯鸠的民权思想。蒋智由的法国视野从推崇拿破仑到高乃依的悲剧,几乎与王国维同时阐述悲喜剧问题。他的《卢梭》一诗是"诗界革命"的标志,"力填平等路,血灌自由花"。④ 在中国现代美学发轫初期,他还将日本人从法文译就的《维氏美学》转译述为中文《维朗氏诗学论》,⑤从而对中国文学由传统迈向现代具有促进意义。马君武还转译日本人福本诚的《法兰西近世史》。周作人的《论文章之意义暨其使命因及中国近时论文之失》(1908)发表在《河南》杂志第4、5期上,文中他提倡文学表现"国民精神""时代精神",这与他所推崇的法国文学家雨果、大仲马、左拉及文艺理论家泰纳的思想是相通的。

我们再以卢梭的《民约论》(《社会契约论》)为例,看其在中国的传播。《民约论》早期在中国的传播,一是日本人高桥二郎根据法国史家著作,用中文译出了《法兰西志》(1879)一书,在书中述及了罗苏(卢梭)著书,其中介绍了《民约论》的一些见解;二是日本人中江笃介,1882年在日本出版附有注释的流利的汉译本《民约译解》。⑥ 黄遵宪在出使日本时最早读到它时说道:"仆初到日本……明治十二三年时,民权之说报盛,初闻颇惊怪,既而取卢梭、孟德斯鸠之说读之,心志为之一变,以谓太平世必在民主……"⑦

中国人自己的译本最早是由中国留学生杨廷栋根据中江译本转译了全卷,定名

---

① 陈建华:《中国革命话语考论》,上海古籍出版社,2000年。
② 周振环:《影响中国近代社会的100种译作》,中国对外翻译出版公司,1996年,第79页。
③ 刊于《新小说》第1号、第7号,转引自王运熙主编:《中国文论选》(下),江苏文艺出版社,1996年,第347页。
④ 《新民丛报》第3号。
⑤ 王运熙主编:《中国文论选》(下),江苏文艺出版社,1996年,第95页。
⑥ 该书1889年在上海同文书局刻印出第1卷,中文节译本书名谓《民约通义》,后由上海译书局出版。
⑦ 见黄遵宪致梁启超书,载《新民丛报》,第13号,1902年8月4日。

为《路索民约论》，1900年由《译书汇编》刊出；后来马君武以法文原文译成中文版文言本《足本卢梭民约论》，中华书局1918年出版。另外，1901—1902年间梁启超先后在《清议报》与《新民丛报》上刊出《卢梭学案》，称赞《民约论》的"天赋人权"和"主权在民"的思想。而邹容在东京同文书院学习时（1902）也精读《民约论》，写下了被誉为中国第一本"人权宣言"的《革命军》一书，书中热情讴歌法国启蒙运动与大革命："吾幸夫吾同胞之得卢梭民约论、得孟德斯鸠万法精理、弥勒约翰自由之理、法国革命史、美国独立檄文等书译而读之也……我祖国今日病也，死也，岂不欲食灵药投宝方而生乎？尚其欲之，则吾请执卢梭诸大哲之幡宝，以招展于我神州土。"①

作为传播西学第一人的严复，也曾最早用卢梭的观点批评君权神授论，他在《辟韩》中认为"人民才是天下之真主"。

民国前期，在日本生活了七年的鲁迅（1902—1909）反映其早期文学观及对"国民性"之看法的《摩罗诗力说》和《文化偏至论》，也是直接通过日本人而得悉西方近现代学说思潮，如尼采的"超人"意志和"反道德主义"以及法国大革命和达尔文主义等。日本文艺思想家厨川白村的《苦闷的象征》，最早是在《时事新报》副刊《学灯》（1921）上刊载了前两部分，由署名明权译出，后由鲁迅译出在《晨报·副镌》上连载（1924），并由新潮社出版单行本。另《东方杂志》也有仲云节译其第3章发表（1924年第21卷20号），还有丰子恺留学日本归来，由商务印书馆1925年编入"文学研究会丛书"首版印刷。最后，是《民铎》（1927）第8卷第4号，连载任白涛的缩译本。总之，此书对中国人了解柏格森生命哲学、弗洛伊德主义、法国象征主义、现实主义和自然主义文学，以及文学创作与欣赏、社会观与艺术观、改造国民性等问题，都起到了积极作用。

此外就梁启超和鲁迅等人对"国民性"的焦虑与反抗而言，日译本的明恩溥（斯密斯 Arthur H. Simth）之《中国人的素质》，不仅影响了日本人对中国国民性的言论，也对鲁迅"国民性"改造的思想产生了影响。

关于日籍的翻译与传播，我们还看到②：一、康有为1897年8月底编成《日本书目志》，将所收录的日本明治维新以来的图书分为生理、理学、宗教、国史、政治、法律、农业、工业、商业、教育、文学、文学语言、美术、小说、兵书15类，类下又细分出246个子目，仿《汉书·艺文志》体例，每类作序，农、工、商3类则设一总序。该书1897年由大同书局刊印；二、梁启超1902年在日本横滨出版《新民丛报》双月刊，《东籍月旦》即连载其上。另外梁氏1896年主编《时务报》，第3号起也设有翻译栏，分为英、法和东文（即日文）三部分；三、留日学生也主办了《译书汇编》杂志（月刊，1900年创刊），

---

① 《辛亥革命》第1册，"中国近代史资料丛刊"，上海人民出版社，1981年。
② 彭斐章：《中外图书交流史》"日籍传入与翻译"，湖南教育出版社，1998年。

在创刊号上 10 篇译文中就有 3 篇关涉法国——孟德斯鸠《万法精理》、卢梭《民约论》、伊耶陵《权利竞争论》;四、冯自由主持出版《开智录》,每月两册,共出 10 余册,其中就有冯自由译《贞德传》(节译);五、谭汝谦《中国译日本书综合目录》中对 1896—1911 年所译日本书籍进行统计,共译日文图书 958 种,其中名例前 5 位的种类分别是:科学 249、技术 243、史地 238、政法 194、语文 133。

事实上,中国现代语言的兴起与建立,也离不开像留学巴黎的马建中和一批旅居与留学日本的有识之士(如章炳麟等),他们在那里接触到西方现代语言学说,从而使中国的现代语言学从古代语言学重文字研究而转向重语言层面的更大范畴的研究,并且尤为重视活语言的研究。

另外还需说明,在中国现代文学与诗学的创建之生成要素及其后的发展中,从地缘文化与意识形态观之,俄罗斯及苏联以及英、德、美、意和印度等国都对之产生过积极影响,这种诗学与文化间的跨文化、跨文明的交流与互动,是中国现代诗学生成与发展,世界诗学丰富与繁荣不可或缺的重要因素和条件。

总之,就影响源作回望,可以看出邻国日本担当起了"媒人"的角色作用,从中国现代新思想、新文化的先驱者王韬、黄遵宪和梁启超等人,到"五四"新文化运动与新文学运动的主将,如陈独秀、鲁迅、周作人、郭沫若、成仿吾,都通过日本与法国结下了渊源。这里特别需要提及,早在 1873 年,《马赛曲》及"大革命"事件,就由海归后的王韬翻译引进了过来;后来中华人民共和国的国歌文本,也透露出马赛曲话语的痕迹,而它的词曲作者也都曾东游日本。再看,中国人自行撰写的文学理论著作如夏丏尊《文艺论》(1924),马宗霍《文学概论》(1925),都是汲取了像厨川白村的《苦闷的象征》(鲁迅将此书翻译成中文出版)等日本的文学理论成果,而这些日本现代文学理论又大都受法国影响为重。事实上,日本在走向近现代的过程中,法国文化艺术的影响是颇大的,同时我们也不应忘记,在日本形成新的世界意识的过程中,来自西洋的影响固然重要,但来自亚洲方面的知性刺激也具有十分重要的作用。江户幕府末期,日本知识分子广泛阅读吸收来自中国的有关世界形势的信息和传达西洋文明的各种著作(魏源的《海国图志》,徐继畬的《瀛环志略》)。中日两国在走向世界,走向近代化的过程中,总是相互影响,相互作用。这是种"对应共生关系,也可说是近代化的'同志'国家"[①]。那时的大学者佐久间象山就主张"东洋的道德和西洋艺术"的对立统一。明治以后,"和魂洋才"也是建筑于"和魂汉才"基础之上。

以上地缘文化的视角还给了我们一种启迪,一些国家虽相隔遥远,但存在着相似的社会发展与民族统一的生存背景,这是时代特征的使然,如启蒙思想在法、德的传

---

① 钱国红:《走近"西洋"和"东洋":中日世界意识形成的比较研究》,商务印书馆,2009 年,第 12~14,367 页。

播效应,使德国对于中国有了可接近性,使中国找到了思想边界的通道。从19世纪前后的德国的民族主义诞生的背景看,它首先源自启蒙运动的原则所引起的深刻感受。启蒙运动有助于民族感情在日耳曼世界形成,有趣的是,尽管革命的法国与拿破仑的法国自诩为启蒙运动的真正传人,但其扩张主义却在德国产生了悖论。换句话说,启蒙运动理想的传播帮助德国人树立起建立民族国家实体的愿望,这种自信使这个民族变得强大。然而,德国的民族主义在实现民族团结的同时,却损害了自由的理想,也就是在个人与集体的关系上,国家主义占统治地位。事实上民族意识形态的形成,被以如此的方式归结为国家的绝对权力,在此背景下集体同一性与个性的概念被同化为国家机构,这又可能为强权政治开启方便之门。德国的历史学派,一方面弃绝了启蒙运动所给予的自然权力的理论,而给予传统以中心地位,拒绝认可启蒙运动之结果的传统的破裂,也拒绝承认现在与过去的断裂;另一方面,他们又参与了启蒙运动的理想所肇始的德国民族自身意识的建构进程,他们强调在历史中寻本溯源的重要性,确认历史在决定个体及集体的思想、选择、行动与同一性时所发挥的重要影响,①当我们把中国的现代性追求之路即"中国经验",作为一个等式来与上述"德国经验"相较思考,这种地缘文化的研究也许就摆脱了静态模式而进入动态的互动中。

---

① (法)让-马克·夸克:《合法性与政治》,佟心平译,中央编译出版社,2002年,第166~170页。

第二章

文本分析:中法近现代诗学文本生成的起点之道

据文学史上记载,《保卫和弘扬法兰西语言》(以下简称《保卫》)是"法国文学史上第一个有组织的文学流派",①"七星诗社的宣言书"。② 它被视为"法国文学史上第一篇有重大价值的文论"。③ 从诗学史自身看,这篇奠基性的"宣言"当属法国诗学发展史上的"古典文学评论时期",④是"法国文学第一篇宣言"。⑤ 从社会发展史角度看,法兰西作为新兴的民族国家,跨入了欧洲近代社会的大门,这就意味着它在思想及知识领域已孕育出一个崭新的形态,故《保卫》被称之为法国文论史上"第一部近代的文艺批评宣言"⑥是理所当然的。

而胡适的《文学改良刍议》(1917),陈独秀的《文学革命论》(1917)在《新青年》杂志上发表,吹响了中国现代"文学革命的第一声进军号角"。⑦ 随后胡适的《建设的文学革命论》(1918)和周作人的《人的文学》(1918)的发表,共同构筑起中国现代诗学四大纲领性"宣言"。这时的中国是处于从半殖民地、半封建社会,向具有现代意义的统一的民族国家转型的历史时期,是走向现代化历史进程的开创期。这些诗学文本显然反映了一个崭新的时代的开端,是现代诗学思想与形态的起点和标识。

本章我们将以实证的方式论述中法近现代诗学前期起点阶段的文本生成,它将在三个层面展开:一是将两国近现代诗学首篇宣言的文本做细读式的分析,展示其全方位的空间意义;二是围绕两国首篇诗学文本做辐散式的、跨文本性的互文式解读;

---

① 吴岳添:《法国文学流派的变迁》,北京大学出版社,1995年,第26页。
② 柳鸣九:《法国文学史》,人民文学出版社,1979年,第115页。
③ 郑克鲁:《法国诗歌史》,上海外语教育出版社,1996年,第33页。
④ 法国文学批评史家罗杰·法约尔就批评史的分期问题,将16—18世纪的法国文学批评视为"古典文学评论时期",见《法国文学评论史》,怀宇译,四川文艺出版社,1992年。
⑤ 《法语文学词典》,波尔达斯出版社,1984年,第227页。
⑥ (法)罗杰·法约尔:《法国文学评论史》,四川文艺出版社,1992年,第10页。另外关于"第一篇"之说,洛桑大学让·克·穆勒塔莱教授认为,中世纪修辞派诗人纪尧姆·德·马硕的《序诗》,是"法语的第一篇诗学宣言"。见《诗学史》,史忠义等译,百花文艺出版社,2002年,第147页。
⑦ 周策纵:《五四运动:现代中国的思想革命》,江苏人民出版社,1996年,第379页。

三是以文化生态学的眼光,来建构两国近现代诗学起点的生成时,经典文本出场的文化资本与价值论的场域意义。

第一节 两国近现代诗学首篇宣言的文本细读

一、法国:《保卫》的文本形态、品质与向度

法约尔教授曾说:"任何文学批评要成为可能,前提是先要有一种好胜心,而中世纪的法国尚无这种情况。在后来的'七星诗社'的诗人们看来是那样重要的个人考虑,争比才能高低的好胜心和对个人荣誉的孜孜以求,在那个时代是没有人或者说几乎没有人领会的。"①只有"欧洲在形成不同的共同体之后,才在促进各民族文学形成的同时,在这些文学之间引起了一种有利于批评的比赛和竞争精神"②。作为法兰西文学史上"第一篇有重要价值的文艺批评论著",《保卫》就是这样一部作品。它在法国近代民族国家文学的形成与确立中,起到了奠基性、开创性的作用。它的诞生,是面对新世纪的来临——近代欧洲的历史性生成与现代性之路和法国民族文学在近代欧洲的地位而思考和呐喊的。面对欧洲就是回应宗教社会和世俗社会两个层面的挑战,一方面,在人文主义运动和宗教革命的旗帜下,法兰西民族的个性和声音,借着古希腊、罗马悠久的历史遗产、伟大存之链的光环,冲击基督教欧洲中古时期天主教教权的绝对统治的一统天下,脱离中古欧洲统一的官方语言和宗教神学语言;另一方面,又是近代世俗社会的形成过程中,欧洲列国中意大利的佛罗伦萨、威尼斯等城邦,在思想文化、技术与工业和商业以及建筑领域和文学艺术方面的率先发展与繁荣而步入了现代社会的早期,这一现实对法兰西民族具有很大的挑战和启迪性。

促使法兰西民族诗学文本生成的另一个历史维度,是英法之间的百年民族战争。正是在法兰西跨入现代社会的门槛之际,它遭遇了英国的入侵。于是反对外国统治,谋求民族独立和法兰西国家的成立,法兰西民族意识与精神的形成就显得尤为重要。而民族国家的认同,首先就是民族文化的认同,诗学则是引导法兰西文学生成的灯塔,作为一种精神文化产品,它已然成为法兰西民族文化的重要组成部分。于是,这部由杜贝莱(1522—1560)执笔,代表"七星诗社"观点的《保卫》诞生了,它首先是一种民族文学精神的觉醒和确立。下面,我们将对这部论著进行解读,它由两卷组成,

---

① (法)罗杰·法约尔:《法国文学评论史》,怀宇译,四川文艺出版社,1992年,第4页。
② 同上引。

每卷12章,共24章,它体现了以下几个层面的开创性与奠基性的划时代意义。

第一,倡导民族文学的自主性与尊严的文化战略。

开篇从"语言的起源"说起,杜贝莱借用《圣经》文学中语言的"巴别塔"概念,以人文主义的眼光把语言视为代表人类主体地位的标志,"人类语言的不同和丰富性正是人类的天性使然",即"人类所共有的与生俱来的想象力,也就是人类的所独有的智慧(esprit)——理解力与知识"。① 他以富有语言学和文化学的意味,②论述"所有的语言都出自人的天性即想象力,都能体现意义的价值"。"各民族语言都能诉说哲学问题","都能表达诸种概念,在一方被视为深邃的东西,在另一方看来就可能是肤浅的"③。在此的首要问题是要解决民族语言的地位问题,这种人文主义的理念,显然是服务于法兰西民族主义的振兴与现代性追求这个中心任务的,杜氏一方面宣扬"古老的马赛,雅典第二",试图追述和阐明法兰西民族神话塑型中作为希腊、罗马人后裔的"合法性"与"先进性";另一方面又"劝告法国人用自己的语言著述来歌颂法国"。④ 他更进一步说法国在"艺术以及科学,如音乐、绘画、雕刻及其他,并不比古希腊、罗马逊色"。⑤ 这与他在后来的《追思集》中所写下的一首名篇里所言——"法兰西,艺术……的母亲"——如出一辙。其实早在杜氏之前,一些先驱者就积极倡导使用法语,修辞学派代表之一的诗人马罗主张用法语作诗,"七星诗社"成员之一的勒芒人雅克·佩尔捷在其《抒情诗》里唱出了"我用母语写诗/竭力把它发扬光大/让它千载永垂……"。而作为"里昂派"主要代表塞弗的朋友拉伯雷,早在16世纪30年代就用法语写下了影响法国乃至欧洲的巨著《巨人传》的头两部,第三、四部也在《保卫》发表前3年和同年出版。

在杜氏对法国新时代的诗学憧憬中,也隐含着一种进化论的意识,这表现在他"反对那种声称我们的语言(今人)不能与古人等而视之的观点,因为大自然也并非

---

① Du Bellay, *La Défense et Illustration de la Langue Française*. Paris, 1948. PP. 12~13.
② 法国中世纪专家盖鲁-雅拉贝说:"直到15世纪,'文化'一词的含义还纯粹限于农事方面,只是到1538年,法国中世纪学者和印刷家埃蒂安纳(Estienne,1503—1559)才在他编纂的《拉丁—高卢语词典》中采用了'开发智力'(cultiver l'esprit)这一词语意思。过一些岁月,杜贝莱作品中'文化'一词在法语中才开始在智力意义上经常使用它,因此'文化'一词的现代概念是从16世纪起在复兴古代文化的背景下,逐步铸造成的"(见《〈中世纪法国文化史〉序言》,载《跨文化对话》第17节,上海三联书店,2005年)。我想,法国学者所指的这种"智力"意义,正好在《保卫》中的这个"开篇"里明确地展现了出来,在此意义上说,杜贝莱是"文化"一词现代意义的开拓者和推广者。
③ Gillot, H. *La Querelle des Anciens et des Modernes en France, de la Défense et Illustration de la Langue Française aux Paralleles des Anciens et des Modernes*. Paris, 1914.
④ 杜贝莱:《保卫和弘扬法兰西语言》(节译),齐香译,载《文艺理论译丛》,1958年第3期,第21页。
⑤ 杜贝莱:《保卫和弘扬法兰西语言》(节译),齐香译,载《文艺理论译丛》,1958年第3期,第21页。

如我们以为的那样一成不变"。① 他要人们"把古希腊、罗马的著作束之高阁……要把死的语言变成活的语言",因为"新世纪向我们展现"的是"人类的进步","现代智慧要超越古代之巅",他看到革新与进步的祖国背后,便是自由与进步的人文主义。

在《保卫》中还浸透着强烈的爱国主义的民族意识。这表现在首先倡导"用法语来写作",用民族语言"完全可以写出我们满意的最好最美的作品","不要使用拉丁或希腊固有名词",在翻译外国人名字时,尽量用符合本国习惯的译名,"不要怕创新新词"。② 在对待意大利文化时,一方面深受意大利诗歌及由此而来的古希腊、罗马人文主义知识的影响,另一方面也表达了民族自尊,"法国,可爱处远过于意大利"。③ 因为后者只是一味模仿,但没有自己的东西。所以,他呼吁"用别的笔"来润饰我们的民族语言,而模仿古人并不是"当墙壁粉刷工",而是像建筑工人那样去建设民族语言。在杜氏看来,"为民族国家而骄傲,就能与古人比肩并超越他们;为现代而自豪,就敢与传统决裂而创新"。④ 正是《保卫》中所体现的民族主义,促进了法国俗语文学的勃兴,《保卫》不愧是一部坚定的民族主义诗学。

另外,我们还注意到在《保卫》中,杜氏也对当时法国的科学发展状况表示了他的不满和担忧。为什么法国的科学发展不如古希腊和罗马繁荣呢?"这是因为研究希腊文和拉丁文的缘故。如果我们把花在学习上述两种语言上的时间,用在科学研究上,那么大自然肯定不会变得如此毫无生气,以至于不能产生我们时代的柏拉图和亚里士多德……在二十、三十年的时间里,我们只做了一件事儿,那就是学习说话,这个学希腊语,那个学拉丁语,另一个又学希伯来语。"可见,在法国近代诗学一开篇,科学发展已是一个民族生存的必要条件,同时也暗示了法国文学即语言的发展,应走自主创新之路,而不该一味地照搬模仿。

在《保卫》中翻译问题也作为一个重要问题而提出,它体现了语言工具层面的作用,又有文化抉择的思想观念层面的意义。于是杜氏通过翻译手段的具象来演绎人们对法国诗歌艺术在传统与现代、模仿与创新上的决策思维,他形象生动地抓住翻译中的两个关键词来作比喻:如果这个人是消化或同化对方,而不被其所俘虏,就可称为"意译家"(paraphraste);相反如果他亦步亦趋,则只能算个"翻译匠"而已(traducteur)。⑤ 英国浪漫主义大家佩特在其名著《文艺复兴:艺术与诗的研究》中,敏锐地指出"杜贝莱的目的要调和现存的法国文化与重现的古典文化"。用杜氏自己的话来

---

① 杜贝莱:《保卫和弘扬法兰西语言》(节译),齐香译,载《文艺理论译丛》,1958 年第 3 期,第 21 页。
② 同上引。
③ 同上引。
④ H. Gillot, *La Querelle des Anciens et des Modernes en France, de la Défense et Illustration de la Langue Française aux Paralleles des Anciens et des Modernes.* Paris, 1914.
⑤ Du Bellay, *la Défense et Illustration de la Langue Française.* Paris, 1948. P. 60.

说就是"用希腊、罗马的竖琴和谐地配合着当今的竖琴来演奏"。① 于是,由翻译而进入"模仿"问题的思考,杜氏提出,法国诗歌不能仅指望通过模仿古典作品,就能达到"十全十美"。杜氏从他的老师佩尔蒂埃(Pelletier),即贺拉斯《诗艺》的法文译者那里受惠,"诗人的职责就是模仿旧事物中能增加新质和美的东西"。由此,我们更进一步看到《保卫》中,"保卫"的实质,就是不崇拜任何古今语言,"弘扬"则是拒绝这样的态度:认为只要把优秀的古典作品译成法语,法国文学就会自动提升,就会自然而然地与古希腊、拉丁文学及意大利文学平起平坐。② 然而,重要的是,不论古典还是现代文学资源,都应最终成为接受者自己的东西,把外来的东西融入法语当中,并最终造就法国人自己才是最为重要的。

第二,对诗歌艺术本质与形式的思考。

如果说欧洲的文艺复兴开启了对自然和人性的重新审视,它体现了一种双重性,向古典的回归和向自然的回归。那么,作为法国文艺复兴时期第一个重要的文学流派,"七星诗社"在其"宣言"中,③相较于作为主体部分的民族语言与文学诗歌体裁与技巧的论述,就诗歌艺术本质的思考的篇幅是有限的,所涉的"自然""模仿""狂兴"和"天赋"等问题,都是古希腊、罗马的回声:"自然通常为艺术所表现","自然应为所有的语言和人类所赞扬"。④ 另外"自然"还有修辞学上的意义,它与"造作"相对,自然的语言赋予说话者和作家更真切的形象,因此,自然性是艺术的精妙产品,其完美性在于不留任何痕迹。就"模仿"这一概念而言,有两层意思:一是"遵循"即对文学典范的再生产模式;二是"相似于"即"任何诗如果不与大自然相似,都不能自诩完美"。这不外是亚氏"模仿说"的翻版,当然前述翻译问题已涉及模仿中的创造性内核。"没有辨别就不能模仿古人",在"宣言"中杜氏看中这种后天的习得。再有关于"狂兴说",在"宣言"中仅出现一次,在卷2中第9章里,它指的是对灵感兴起时所写文字的修改,作者提及它,大概仅仅是为了肯定艺术的必要性,即模仿的必要性,换句话说,没有对前人的模仿,我们就不可能达到"弘扬法语"的目的。至于"天赋论",杜氏赞成一句熟语"诗人是天生的,演说是学成的",这一点与意大利卡斯泰尔维特罗观点相似,"在自我完美过程中,接受艺术并能理解艺术的诗人,永远优于仅靠完美天赋之人"⑤。

此外,"宣言"中还专章论及了涉及法国诗歌表现形式的重要元素之韵律,与它的历史成因和发展趋势。它首先指出法国诗歌韵律的特征性,它不同于希腊、罗马诗

---

① 杜贝莱:《保卫和弘扬法兰西语言》(节译),齐香译,载《文艺理论译丛》1958年第3期,第17页。
② 《新编普林斯顿诗歌与诗学百科大词典》(Princeton University Press,1993),Pléiade 词条,普林斯顿大学出版社,1993年,第914页。
③ 即《保卫和弘扬法兰西语言》。
④ Du Bellay, *La Défense et Illustration de la Langue Française*. Paris,1948. P. 60.
⑤ (法)让·贝西埃:《诗学史》,史忠义译,百花文艺出版社,2002年,第232页。

歌的格律是靠长短音节的差别,而是靠音节的数目。法国诗是音节诗,所以用韵方面的原则是"我们诗人的韵律应当是自愿的,而不是勉强的;是信手拈来的,而不是千呼万唤始出来的;是固有的,不是外来的;是自然的,不是移植的;总之,韵律应当如此:诗句落下来要悦耳,不亚于和谐美妙、达到十分完善程度的音乐"①。这表明韵律的使用中,意思的特性先于声音的特性来考虑,同时,它又是自然的、悦耳的和和谐的。这里,杜氏使用了几个关键词——"自愿的""固有的"和"自然的",来强调韵律是诗歌艺术内在的、不可分割的、有机的本质性特征。他特别排斥"简单的韵"(因为叠韵是民间的、通俗的,它以为众人所知;而韵律则是贵族的、文人加工而成的,显示出智慧与才情),而倡导韵律的独特性和丰富性,并说"不要过于迷信或局限于押韵的泥淖"即沉湎于"诗匠的工作"。在他看来,韵律一是关乎声音,"只要最后的两个音节相同就行";二是牵涉词汇的拼写,"假如书写者没有破坏法文拼写,那么大多数的词的声音和形式是统一的"。他提出用"耳朵判断",即注意诗的听觉效果,强调和谐是诗句至高无上的规律。我们看到,文艺复兴时期,为了保卫和纯洁法语,语法家及文人就以什么原则来使拼写法规范化形成了两种意见:一是路易·梅格雷等人主张按语音学的原则;二是贝里戎、埃蒂安纳等人则主张按词源学原则。最后第二种意见占上风,使得拼写规范化问题得以解决。杜贝莱在此论著中抬了上面梅格雷的见解作为招牌,后来蒙田也是认同语音拼写法。

另外在涉及韵律的篇章中,杜氏还从修辞学派代表——处于文艺复兴前夜的诗人及编年史家让·勒梅尔·德·贝尔日那里汲取养分,借其散文《高卢的名人与特洛伊的奇异》,来阐述了法国诗歌韵律产生的历史渊源和法国诗艺继承与创新的历史使命。他还探讨了韵律的基本种类与类型,以及诗歌语言的修辞问题。

此外,我们还注意到,"宣言"还提及诗歌中感情以及音乐的要素,杜氏指出"我在我们的语言中寻找真正的诗人,要能使我愤怒、平静、快乐、痛苦、热爱、憎恨、欣赏、惊奇,总之,要能牵制我的感情,左右我的乐趣。这就是你用来衡量一切诗歌的真正的试金石"。②

《保卫》中还用了部分篇幅关注"诗体""长诗"的形式问题。杜氏轻视法国本土中世纪出现的"回旋诗、谣曲、复句歌、功德歌、歌谣等各种杂货诗体",因为"它们腐蚀语言的品格",而欣赏和倡导"古希腊罗马的哀歌、颂歌、牧歌、史诗、悲歌、喜剧及意

---

① (法)杜贝莱:《保卫和弘扬法兰西语言》"第七章关于韵律以及无韵诗",齐香译,载《文艺理论译丛》,1958年第3期,第20页。
② 郑克鲁:《法国诗歌史》,上海外语教学出版社,1996年,第37页。

大利的十四行诗",他与龙沙一道使法国近代诗歌在亚力山大诗体①和十四行诗体上大放光芒,使之成了法国诗歌主要表现形式,以上观点反映出杜氏诗歌理论的悖论与不成熟之处:他一方面不要中世纪修辞学派的诗歌,宣称今人不亚于古人,另一方面,又主张模仿古人;一方面提倡用法语写民族新诗,另一方面又蔑视本民族文学传统,把中世纪那些"杂货诗"抛弃,而在这一点上,论敌萨比耶与他观点相左,这便开启了法国诗学史上最早的文坛之争。②

第三,民族语言的现代性创构:语言革命。

《保卫》中大量的篇幅是讨论民族新诗的语言。它的重要性在于创建一套有别于拉丁语官方系统的新体系——借鉴但丁的"俗语"革命之思,让中古法语走向近代法语,注重近代法语诗歌语言层面的开拓:对法国诗从韵律及格律、语法形态、词汇、做诗技巧等方面,全面论述。他指出"诗人的韵律应当是自然的",词汇应当符合"新事物必须有新词","不要用拉丁或希腊的固有名词",抱着"使法语高尚化,使其优雅、丰富、完美的努力"。③ 创建本民族的诗歌语言,他真切地认识到语言的力量和尊严,"在寻找法语的高贵性时,他不仅要寻找学者的趣味,而且寻找其自由、冲动和真实性,不仅在文学中寻找这些特性,也从日常语言中寻找"。④ 这反映出杜氏一开始就不仅强调民族语言的品质和地位,也重视语言的功能性和表现性作用。他这种净化语言的主张,在后来古典主义诗学中,得到了继承和弘扬。这种具有贵族精英文化品位的法语优越论的观念,也促使后来者雅克·塔于罗总结道:"从没有任何语言像我们的语言这样准确的表达思想观念;从没有任何语言如法语这般柔美悦耳,这般流畅动听;从没有任何语言具有法语词汇的干净洗练。"⑤因此,《保卫》的重要就在于"它把促进法语,革新其用法及其表达形式的各种努力综合起来,全盘考虑,且这种思想所表达的情感从此成为主导"⑥。

我们注意到这个时代(16世纪中叶开始)加尔文的《基督教原理》于1541年译成

---

① 亚力山大诗体以《亚力山大的故事》为代表,于12世纪末叶问世,亚力山大诗体便由此而得名。诗学史上此诗体又叫"六音步诗",也叫英雄诗体,因为它首先是用来歌颂历史上的英雄。事实上,该诗体具有多样性:史诗体(12世纪的英雄史诗),抒情诗体(杜贝莱《怀感集》、龙沙《爱情集》等),悲剧诗体(古典主义悲剧),讽刺诗体(雨果的《惩罚集》),教训诗体(布瓦洛、伏尔泰的《书简诗》),通俗诗体(缪塞的诗)[见(法)让·絮佩维尔:《法国诗学概论》,洪涛译,四川文艺出版社,1990年,第191~192页]。
② 关于"七星诗社"理论与实践的矛盾性,吴达添先生在其《法国文学流派的变迁》中有讨论。
③ (英)佩特:《文艺复兴:艺术与诗的研究》,张若冰译,广西师范大学出版社,2002年,第203页。
④ 同上引。
⑤ (法)让-皮埃尔·里乌等主编:《法国文化史Ⅱ》,傅绍梅、钱林森译,华东师范大学出版社,2006年,第120页。
⑥ 同上引。

法语出版,波丹的《国家论》也是先以法语问世的,尔后,埃蒂安纳的《法兰西语言的优越性》出版。这些都标志着法语在那个时代已经占领了一块阵地。另一方面,也应看到,在民族语言的发展应走什么道路上,相当长一段时间存在着两种论调。杜贝莱代表的一方是贵族精英文化的立场,他主张净化语言,反对引入口语的表达方式,包括地方特色的表达法。而拉伯雷则以发扬民间文化传统的立场辩护道:"我们的通俗语言没有那么低贱、那么愚蠢、那么贫乏、那么令人鄙夷。"实际上,从拉伯雷到"七星诗社"再到蒙田以至古典主义文学及其诗学的历程,显示了苏联学者巴赫金所独具慧眼发现的拉伯雷在法国文学及其语言发展史上的重要地位与作用的巨大意义。他指出,拉伯雷作品开创的民间诙谐文化,在"决定法国文学以及法国语言的命运,而且在决定世界文学命运上,都起到了重大作用"。① 学者们惊呼:"法语的成功是法语和拉丁语结合的成功,而它本可以是法语、拉丁语和地方口语结合的成功","是巴黎大区和卢瓦尔河流域法语的胜利"。② 也有人说是"宫廷和巴黎语言的胜利"。我们还注意到法国诗学家让·絮佩维尔所言:"法语的历史演变告诉了我们,民间拉丁语(即通俗拉丁语)在法语的形成过程中占有举足轻重的地位,民间拉丁诗更像法国诗的源头",③这为我们理解从拉伯雷到杜贝莱以及"七星诗社"的创新与语言观,找到了语言本身发展的内在性要求。事实上,文艺复兴时期的早期代表拉伯雷,早就以其《巨人传》展示了法国民间语言与文化的力量和魅力。正如法国历史学家兼文学家米什莱所言:"拉伯雷从古老的方言、俚语、格言、谚语、学生开玩笑的习惯语等民间习俗中,从傻瓜和小丑的嘴里搜集智慧。一个时代的天才及其先知般的力量,通过这种打趣逗乐的折射,得到淋漓尽致的展示。"④

在杜氏的语言革命中,特别要提到他具有诗歌革命的现代性和民族诗学文化认同的名句:将古希腊、罗马的"死语言"变成现代"活的语言",这是对待新旧文学的改造与选择的文化态度问题,另一方面在语言的修辞和风格上热情倡导"法语应具有和谐和甜蜜"的语言效果。这同后来中国新文化运动及"五四"文学革命中,胡适们用"活的语言"(白话文),取代"死的语言"(文言文)的语言革命的策略如出一辙。同时,我们还注意到,无论杜贝莱还是拉伯雷、蒙田这样一些文艺复兴时期的主将们,大都具备广博深厚的古希腊、罗马文化的知识底蕴,他们精通希腊文、拉丁文、意大利文,在创造民族文化和新语言时,与时俱进,努力实践,返本开新、推陈出新。这里边

---

① (苏联)巴赫金:《拉伯雷的创作与中世纪和文艺复兴时代的民间文化》"导言",载《巴赫金文论选》,佟景韩译,中国社会科学出版社,1996年,第96页。
② (法)让-皮埃尔·里乌等主编:《法国文化史Ⅱ》,傅绍梅、钱林森译,华东师范大学出版社,2006年,第120页。
③ (法)让·絮佩维尔:《法国诗学概论》,洪涛译,四川文艺出版社,1990年,第17页。
④ (苏联)巴赫金:《巴赫金文论选》,佟景韩译,中国社会科学出版社,1996年,第95页。

体现出了一种继承与创新的张力,在文化上表现出一种延续;在语言上,它是一种创新,一种民族语言文化认同的生成。而从我国"五四"时期现代文学与诗学生成的景观看,那批革新者们自身也具有十分深厚的古典文化与语言的功底,但他们却选择了西方近代文化为革新的方向,这一历史性转变的革命性,首先是通过作为现代汉语言的白话文的创生,但同时也是一种思想革命的创生。

在杜氏的语言革命中,不应忽视一个重要的诗学语言革命的历史性生成背景,即对"修辞学派"和"里昂派"诗歌理论与实践的吸纳(尽管他轻视修辞派的诗歌),从而使近代诗学奠基有了坚实的语言学和修辞学基础。这是法国近代诗学建构中最显著的特点之一。在中世纪走向近代的过程中,"修辞学派""里昂派"起到了连接中世纪和现代早期的桥梁作用。正是他们奠定了法国近代诗歌注重文字美和音乐美的基石,而且格律诗体也是经他们之手铸成。法国史学家帕基埃在其论著《法国之研究》(1607)一书中,敏锐地捕捉到了14—15世纪法国文学中出现的重大变化,并且看到它与16世纪法国文艺复兴的内在性及承续关系,这就是后来我们称之为连接中世纪和文艺复兴的纽带的法国最早的文学新流派——"修辞学派"和"里昂派"。20世纪法国学者一改过去对这片"空白"时代的轻视,认为"修辞学派"的时代是法国诗歌史上第一个辉煌的时代,其中一些堪称法国最优秀的诗人,①法国学者让·絮佩维尔就说:"由于不公正对待15世纪的"修辞学派"所引起的不良后果,经过16世纪诗人的努力,情况大为好转。"②"修辞学派"确定了诗歌格律,从而为文艺复兴时期诗歌繁荣奠定了基础,并且在当时就已经开始了对古代研究,同时受到意大利文艺复兴的影响,这一背景可以说就是后来文艺复兴的龙沙、杜贝莱为代表的"七星诗社"文学生产和诗学建构的"先验经验"。帕基埃还特别回应杜氏"宣言"中的文学建构的精神——建立民族文学的自信心,他指出我们的法语在美的诗歌特征方面并不比拉丁语差,而且那些模仿拉丁诗人的法国诗人,常常赶上并有时超过了他们。

贝西埃主编的《诗学史》,也为我们勾勒了杜贝莱"宣言"出场前法国诗学形成的最初端倪:14与15世纪之交,"初级阶段"的法国诗学关注两个层面的问题:其一是俗语诗的身份地位问题;其二是诗艺的技术性问题。"修辞学派"人物是这一时期诗学主流话语的代表,马硕(Machaut,1330—1377)不愧为此派的先驱。他的《序诗》开创了法国关于诗的本质的思考,被有的学者称之为"法语的第一篇诗学宣言"。③ 此文探讨诗人的灵感,抒情文本的形式建构,重点是语言的加工及修辞问题,同时,关注世俗文学功能及其风格。而他的弟子德尚(Deschamps,1344—1404)写下了法国第一部关于法语诗体的论著,《作诗吟歌之艺术》(1392),重在诗歌文本的书写及语言层

---

① 吴岳添:《法国文学流派的变迁》,北京大学出版社,1995年,第16页。
② (法)让·絮佩维尔《法国诗学概论》,洪涛译,四川文艺出版社,1990年,第415页。
③ (法)让·贝西埃等主编:《诗学史》,史忠义译,百花文艺出版社,2002年,第147页。

面的观照;他还借用寓意和隐喻的修辞手段来与现实抗衡,曲折表达他的内心的不满;他运用音乐技巧对语言进行第二次语言修辞,他认为"愉悦"不仅与旋律相关,而且与决定抒情诗之创新性的韵律相关。①"文字建立的秩序同时受理解力、情感和想象的制约",②看来他们两人均表现出共同倾向,注重诗歌的形式和修辞技巧,德尚看到诗的音乐性应该从"格律和韵脚"中寻找。另外还有图卢兹人编写的《情诗规律》(1330—1356),其中第二卷专论"第二修辞方法"和勒格朗(Legrand,15世纪初人)的"第二套修辞艺术",也作如是观。当诗学演进到16世纪,作为"修辞学派"代表之一,让·勒梅尔(J. Lemaire,1433—1516)在技术上很下功夫,并著有《两种语言的和谐》(1511),他也从语言的角度入手,让人看到法语诗歌的建设方向。就是在杜氏"宣言"之后,这一注意诗歌语言形式的风尚,还可在埃蒂安纳的《法语与希腊语的一致性》(1565)和《法兰西语言的优越性》(1579)中看到。前者论证了法语可与"语言皇后"的希腊语媲美,后者更指出法兰西优于意大利,旨在提高法兰西民族文化的历史地位与自信心。

二、中国:《刍议》的文本形态、品质与向度

谁会想到这篇被视为"新文学运动的第一次宣言书"③,吹响了"中国文学革命的第一声进军号角"④,作为现代诗学建构的发轫之作的檄文——《文学改良刍议》,是以海外通信的方式,在中华大地一炮打响呢? 该文以其朴实简洁的文风,但又内涵丰富,充满历史的反思与时代使命感,为中国新文化与文学的未来"开风气之先",从而独具开创性与革命性之功。我们知道,新文化运动及新文学运动,是近百年来整个中国现代化运动中的第一个阶段,它标志着中国现代文学真正迈出了第一步。胡适(1891—1962)在此文中倡导的"白话文为中国文学的正宗",不仅预示着这是一项伟大的语言革命,更是一场全新的文化形态的革命。它意味着中国的全部文化都必须面向现代化这一新的历史图景。只要我们稍加关注,就会发现这篇宣言的"八不主义"已勾勒出了胡适及"文学革命"理论的未来宏图的"路线图"。

首先让我们从《刍议》发表的形式上去审视,它体现出新文学运动的"第一声"的初创性特征:一、标题所显示的话语权立场与姿态及策略——"文学改良"即自由主义的温和革命,"刍议"所显的对话与商榷性,体现了西方民主意识,尔后陈独秀《文学革命论》则以法兰西革命式的姿态,坚定地提升、拓展和巩固了"刍议"的作用;二、"刍议"仍以文言为载体,这本身就透露出发难者的文化策略——渐进式革命的改良

---

① (法)让·贝西埃等主编:《诗学史》,史忠义译,百花文艺出版社,2002年,第147页。
② (法)让·贝西埃等主编:《诗学史》,史忠义译,百花文艺出版社,2002年,第149~150页。
③ 胡适:《谈新诗》,载《中国新文学大系·建设理论集》,上海文艺出版社,2003年,第294页。
④ 周策纵:《五四运动:现代中国的思想革命》,周子平译,江苏人民出版社,1996年,第379页。

主义风格,以旧瓶装新酒,以"化腐朽为神奇",显露出了近代诗学现代转型的尾巴;三、文学革命的风暴并非由身处主流意识形态官方权威中心,而是以革命风暴边缘的北美之邦的一介留学生来点燃这一烽火,但却起到了星星之火可以燎原的划时代作用,这正体现了发难者的"筚路蓝缕"之历史功绩。

当我们从《刍议》的内容上考察,更会发现该文本的多重结构性意义的"微言大意":

第一,提出新文学的本质论——言之有物,这个"物"针对传统文论的"文以载道"说,这种新的文学本质虽不是"新的发明",却是"新的发现",它从我国古代诗学第一块丰碑即第一篇专论诗的理论文献《诗大序》中寻找传统与现代的"接力棒",使之成为中国文学现代性的内驱力,它要讲文学特质的绝对律即区别于非文学或科学的关键是"情感","情感者,文学之灵魂",同时也将现代美学的"美感"意义融入美学特质的首要意义之中。另一方面,它申明了文学形式与内容关系上,"文学以有思想而益贵",强调文学的思想性意义的重要性。再一方面就文学形式的追求上,"今日而言文学改良,'当先立乎其大变'",不宜在"文学末技"上下功夫。就上述命题的提问方式和阐释角度而言,《刍议》的出发点和主体意识是继往开来,返本开新,是中国新文学的"中国性"的坚守。当然,在此,新文学之新性质的确切含义尚不十分明确。①

第二,确立新文学的认识论基础——进化论的文学发展观即追求"文明进化""历史进化"的意义。所以,"一时代有一时代之文学","今日之中国,当造今日之文学","以今世历史进化眼光观之,则白话文学之为中国文学之正宗","决不可谓古人之文学皆胜于今人也",反对崇古与迷古。后来他的《历史的文学观论》(1917),也从中国白话文学在历史上的演进角度来论证,进化论的目的指向便是"白话文为中国文学的正宗"。他的《谈新诗》(1920)也是以"自然进化"的观点来阐释中国古代文学的发展。我们注意到,从《历史的文学进化论》所确立文学的进步观念、发展的观念,树立白话文为中国文学之正宗的新观念,到《文学进化观念与戏剧改良》(1919),是在《刍议》开拓的正确方向的总目标下的深入化与具体化的推进,并且也显示出与严复早期思想,即《天演论》社会达尔文主义的渊源关系。

---

① (斯洛伐克)高利克在对《刍议》的评论中说道:"胡适没有进而详尽地写出他所理解的'文学价值'或思想概念是什么来。"(见《中国现代文学批评发生史》,社会科学文献出版社,1997年,第9页)这里有两种情况,一是新文学的思想性与美学尺度,胡适当时尚未思考清楚,因为是理论在先,创作实践在后,胡氏这一不明朗性由后续的陈独秀的《文学革命论》和周作人的《人的文学》来阐释清楚了。同时鲁迅的《狂人日记》等作品的发表,才使得新文学创作与理论趋于统一和谐的发展。二是此篇显示出对传统与中国主体性的思考,与后来胡适的"整理国故"与"中国的文艺复兴"的观念是一脉相承的,即在他的解构中仍潜伏着中国性的建构意义、价值的重估与再造文明是统一的。所以我们倾向认为既不要拔高,也无须贬低"开风气之先"的功绩。

我们以为它体现了以下三大成果性价值:其一,是胡适以比较文学的眼光,重点阐述了"文学进化观"的"四层意义"①:第一层是文学的进化"随时代的变迁,故一代又一代之文学";第二层是文学的进化是一个发展的过程,一方面它是从低级到高级的缓慢的逐渐进化,另一方面它又不只是直线发展,有迂回、停顿和局部突进的不同形态出现;第三层是文学进化诞生的"遗形物",当它以合法化名义经过最初的移植后,这种"遗形物"就不应成为阻碍新事物发展的障碍而应扬弃;第四层是外来文学的影响是促进本民族文学进化的动力。其二,也是以进化论为出发点,重点论述了"悲剧的观念"的社会学与美学问题。他一针见血地指出:"中国文学最缺乏悲剧观念,无论是小说、是戏剧,总是一个完美的结局。"这便是"说谎的文学",因为它"不能教人有深层的感动","彻底的觉悟"和"反省"。他要文学产生社会效果,即用文学来做唤醒社会大众和改造社会现实的工具。要"使人觉悟到家庭专制的罪恶,使人对于人性问题和家族社会问题产生一种反思"。这分明是启蒙思想与现实主义精神的体现。虽然胡适没有直接明确提出现实主义的术语来。但中国现实主义及批评一开始,便有了强烈的关注现实,推动中国社会改革的工具论特征。其三,特别就戏剧这一文类,论述戏剧的观念与创作原则即"三一律"对戏剧发展的重要性,这一点被胡适称之为"文学的经济法"而特别置入戏剧进化观中。

　　第三,推行语言革命与"活的文学"(白话文学)。"八不主义"中第三、五、六、七、八,都主要集中在"语言"有关的思考、反省与建设上。首先是以西方现代语言学为标准,以科学主义和实证主义理论为依据,倡导纯粹语言的"文法"与写作的"结构"。其次,关于"套话""用典"和"对仗",皆从文化与修辞层面,破旧立新,它关涉文学模仿、真实、语体的文艺美学意义和社会学意义。再次主张文言合一的白话,倡导"活的文学",并以历史主义的进化观眼光,推断"白话文学之为中国文学之正宗",为文学革命,中国文学现代转型指明了方向。这里"活的文学"就与前面述及的梁启超新史学贵"活动"的思想有着"家族相似性"。对于语言革命的重要性,它不仅仅是工具层面上的一种现代转型,而且更重要的是语言表达方式可以影响到人们的思路、思考和行为。从这个意义上来看,由《刍议》而引发的"语言转折"和价值系统的转换关系,就具有了深远的语言文化学、语言政治学和语言社会学的意义。②

　　第四,以世界文学与比较文学的眼光来建构中国现代文学。这表现在:一、"白话小说"堪与世界"第一流"文学而比肩,体现中国文学的主体性与世界性襟怀,同时也提高了白话文学在中国文学中的地位;二、以欧陆国家尤其是意大利、法国等的民族国家文学的建构实践为参照,以新兴的本土俗语取代中世纪一体化的拉丁文言为例

---

① 胡适:《文学进化观念与戏剧的改良》,载《中国新文学大系·建设理论集》,上海文艺出版社,2003年,第377页。
② 周策纵:《胡适对中国文化的批评与贡献》,载《传记文学》,第58卷第1期,第69页。

证,倡导中国白话文的语体革命,并以"活的文学"取代"死的文学"成为新文学革命的目标追求——从文学工具的革命走向思想的革命。三、此后,他又提出了被他自己称之为"思想革命"的宣言书的《易卜生主义》(1921),则引出了社会革命与思想革命的大讨论。

更深层次看,说《刍议》的发表是"中国文学革命运动的首篇宣言",[①]在于他从梁启超的"新民说"与"新文体"基础上,为中国现代诗学的发展找准了方向:其一在语言层次上,倡导白话文与白话文学,使之成为中国文学现代性的主题,使中国现代文学与诗学形态与传统的文言文和旧文学的狭窄空间泾渭分明;其二是初显后来"文学的国语与国语的文学"的民族国家文学目标追求的端倪。随后他在《建设的文学革命论》(1918)发出了明确的呼吁:

我的《建设新文学论》的唯一宗旨只有十个大字:"国语的文学,文学的国语。"我们所提倡的文学革命,只是要替中国创造一种国语的文学。有了国语的文学,方才可有文学的国语。有了文学的国语,我们的国语才可算得真正的国语。国语没有文学,便没有生命,便没有价值,便不能成立,便不能发达。这是我这一篇文字的大旨。[②]

由此,我们发现胡适的文学革命的理论建构,经历了从"破坏"到"建设"的两极:以"真文学"与"活文学"对抗"假文学"与"死文学";从消极的"八不主义"到积极的"四条"主张——"要有话说,方才说话;有什么话,说什么话,话怎么说,就怎么说;要说我们自己的话,别说别人的话;是什么时代的人,说什么时代的话",[③]再到《历史的文学观论》和《文学进化论与戏剧改良》。这样胡适现代文学的诗学建构,完成了从语言工具层面的革命到思想层面的方法论革命的重任。

这里,还要特别提及一点,这一细节长期是被我们的文学史和文论史研究一直所忽视了的。通过重新细读胡适在中国现代诗学建构的早期文本后,我们发现,胡适在创建民族国家文学的诗学文本中,除了美国的经验主义和北美思想学术外,还有一条贯穿着欧洲和法国视野的线索。如果说,在《刍议》中谈起欧洲近代民族国家文学兴起的实践,还只是流于泛泛而论的参照,那么,在后来的《文艺复兴在中国》(1926)及《中国的文艺复兴》(1933)中,胡适所作的进一步阐释,表明他的中国文学的现代性追求的首篇宣言书,正是得益于欧洲乃至法国的文学革命的历史性经验。有两条线索为我们提供了明证:第一点,他列举欧洲现代民族语言的创建需要的两个基本条件:其一,民族语言首先必须而且总是该国所有方言中使用最广,理解人群最众的方

[①] 胡适:《中国的文艺复兴》,湖南人民出版社,1998年,第100页。
[②] 赵家璧主编:《中国新文学大系·建设理论集》"发难时期的理论",上海文艺出版社,2003年,第128页。
[③] 胡适:《建设的文学革命论》,载《中国新文学大系·建设理论集》,上海文艺出版社,2003年,第128页。

言;其二,是它要产生其相当多的文学作品,于是他以意大利语起源于托斯卡纳方言,现代法语起源于巴黎西岱岛方言来说明,并且还描述了现代法语作为统一的国语,一是靠国家行政命令的干预,二是靠伟大文学作品的存在——"七星诗社"的诗歌和拉伯雷、蒙田的散文来共同实现的。①

其次,他还指出,欧洲现代文学的崛起,表现出以捍卫民族的语言来实现民族文学的振兴,但丁"就写下了一部意大利语的辩护作,早期法国诗人们写的就是使用法语的辩护词。但在中国文学史上却缺乏这种有意识的捍卫行动。因此新文学运动的先驱者们试图通过下决心只用这种新语言写作来满足这一需要"。② 这里所说的"使用法语的辩护词"就是指《捍卫和弘扬法兰西语言》这篇宣言。可见,胡适在炮制他这篇"白话文学"的辩护词作为文学革命的宣言时,法国的经验一开始就织入了中国现代文学及诗学话语的建构之中。

说到胡适的学术视野与方法和学术背景,以往大都认为,他主要受美国哲学家杜威的实证哲学即实验主义的影响。胡适的文学理论从《刍议》及其他系列的文本,在方法上都是以其老师的实验主义方法为其归依的。正如他所说:"我在1915年的暑假中,发愤尽读杜威先生的著作……从此以后,实验主义成了我的生活和思想的一个向导,成了我自己的哲学基础……我写《先秦名学史》《中国哲学史》都是受那一派思想的指导,我的文学革命主张也是实验主义的一种表现。"③

其实,当我们把眼光投向美国时,从一个更大的背景看,大西洋彼岸的法国,从左拉的自然主义文学的科学主义,到其后的文学史家朗松所追求的实证主义与科学主义精神和历史主义,那个时代,法美之间形成了一个共同的话语场。据美国纽约大学教授昂利·拜尔介绍,朗松曾有两次去过美国,一次是在20世纪初,他在美进行了三个月的教学活动,致使许多美国人转向法国的方法和精神,一些美国大学把视线转向了巴黎。还有一次,是1917年同美国总统罗斯福在纽约同台演讲,④可见朗松在美国的影响力有多大。我们无从考证他关于《文学史的方法》《文学史与社会学》《文学与科学》等文章以及杜贝莱的那篇宣言,与胡适有无直接的联系,但有一点是肯定的,那就是朗松和胡适在"实证""科学"和"历史主义"与"进化论"等方面大体是一致的。无独有偶,另一位与"五四"文学和胡适有关的现代文学批评家梁实秋,在美深受白璧德教授的影响,而白氏深谙法国文学与诗学,他著有《法国现代批评大师》一书,其中论及的圣·伯夫和泰纳也都具有实证科学的精神。由此观之,胡适的学术背景

---

① 胡适:《中国的文艺复兴》,湖南人民出版社,1998年,第49页。
② 胡适:《文艺复兴在中国》,载《中国的文艺复兴》,湖南人民出版社,1998年,第101页。
③ 胡适:《留学日记·自序》,商务印书馆,1985年,第5页。
④ (美)昂利·拜尔《方法、批评及文学史》,徐继曾译,中国社会科学出版社,1992年,第7、14页。

和思想背景与北美和欧洲都有广泛的联系,而其中的法国线索是我们所不能忽视的。而现在的文学史或文论研究,一般都只看到胡适的"八不主义",与美国意象派诗歌理论家庞德的关于诗歌语言的"八项规定"的关联,同时又指出,胡适的文学主张更接近19世纪的西方的浪漫主义。① 然而我们认为此说尚显宽泛且不全面,如把它与我们上述的考察和分析联系起来,也许会对胡适的文学思想和主张,带来更深入更全面的认识。

通过以上的引证和分析,把《刍议》与胡适早期诗学文本联系起来的一条内在理路,清晰地呈现了出来,它使中国现代文学与诗学有了自身的规定性:白话文学的主体地位、民族国家文学的身份确认,具有启蒙思想的进化论的历史观与认识论,并且在世界文学发展的格局中去寻找参照,法国的视野与现代学术方法如同美国的一样,融入他的创造和构思当中,从而确立了其中国现代文学及文学理论的位置和品性。由此我们说,《刍议》在中国现代文学史及文论史上,具有开创性和革命性的地位与价值是符合历史事实的。

第二节 两国近现代诗学生成的文本互文性

一、法国近代诗学生成的文本互文性

我们把《保卫》作为法国近代诗学的标识,是因为它作为文艺复兴时期崭新的诗歌流派"七星诗社"的第一篇"宣言"的历史作用与意义使然。事实上,法国诗学近代性是一个漫长的过程,"七星诗社"的理论建构还包括龙沙的《诗艺简论》及《〈法兰西亚德〉序》和杜贝莱《橄榄集》第二篇序言。另一方面从法国近代诗学生成的历史景观看,除了具有浓郁的民族文化认同精神外,它还具有鲜明的论战性品格。人文主义者和翻译家萨比耶早于《保卫》一年,就出版了他的《法语诗歌艺术》(1548),明确提出了不同于《保卫》的诗歌发展策略,掀开了法国近代诗学史上最早的文坛之争。然而客观地讲,正是这种论争丰富了法国近代诗学的维度并形成了它的统一性与差异性特征。这一点正是法国近代诗学建构中内在张力的有力体现,是我们所不能忽视的。

以历史文化的眼光看,法国现代史的早期阶段的完型,终结于18世纪末。法国文化历史学家把文艺复兴到启蒙运动与大革命,看成是两次近现代史上发展的高潮,

---

① 如罗钢在《历史汇流中的抉择》中就用一节专门介绍分析胡适与意象派之关系。而曹而云新近出版的《白话文体与现代性:以胡适的白话文理论为个案》一书,也基本上没有把法国视野置入对胡适文学思想和主张的全面考察中。

而衔接这两者之间的则是被称之为"伟大时代的古典主义时期"。在新近出版的《法国文化史》(法文版1997、1998,中译本2006年)中,在分期上就把"文艺复兴"划至1580年,而1580—1660年则是被称之为走向"古典主义"阶段(1660—1720)的"过渡时期"。这也正好与我们在此采用的将法国现代诗学建构前期第一阶段的第一环,即把"文艺复兴"到"古典主义"看作是一个完整体的长时段发展观相吻合。因为法国近代史上最辉煌的"伟大时代"即路易十四统治的时代正逢其时,这是法国封建社会的鼎盛期,它在语言文化的精神文明和政治、经济及军事等社会物质文明方面都居于欧洲的前列。

就语言方面,"古典主义"是伴随着近代法语的形成而形成的,是在法国封建社会顶峰的重要阶段产生的,直到当代,法国人的生活行为方式和精神行为方式,在相当大的程度上,仍然受到古典主义文化传统的影响。就文学领域而言,古典主义在17世纪是占主导地位的主流文艺思潮,它信奉"自然"和"理性"的创作指导思想和原则,以古希腊罗马的文艺为典范,主张按民族规范语言,按"三一律"进行创作,它所体现出的规范化、整一化、稳定化和均衡化的文化特征与绝对君主制的政治理念相吻合。正是由此,法国的古典主义文化发展到了欧洲的最高水平。我们把"七星诗社"的努力与古典主义的理想,作为一个先后连续的两个环节来作整体思考基于以下三点:其一,从政治文化层面看,从文艺复兴到古典主义诗学都是在维护王权与民族国家的统一上,逐步由开启民智到成为王权的服务工具,法国诗学的政治文化品质也随之塑型完备;其二,在统一的法兰西语言的建设和完整上,两家都是目标一致的,"七星诗社"早期的努力,应该说是古典主义的先声,"他们在法兰西语言文学方面开始的工作,到17世纪才为古典主义作家而完成"。① 如果说"七星诗社"让法语站起来,丰富起来,古典主义则使法语纯洁和完整起来;其三,在文艺理论方面,"七星诗社"和古典主义都主张重新发现古希腊、罗马文化,核心问题是通过发现,"把法兰西民族文学推向欧洲,进而成为欧洲现代化的先锋"。"七星诗社"通过"发现",使法语诗歌及其语言进入了现代,在欧洲文学上实则是法国身份的确认;古典主义则是通过"发现",终究成了欧洲文学的典范。就模仿问题而言,两家并未超过亚氏诗学理论和意大利卡斯特尔维特罗《诗学》诠释的高度,但在促进民族语言文学发展壮大与完善上,它们起到了极大的作用。"模仿"理论的实质,是要把"古代的光辉"与"现代的优雅"结合起来,就此而言,古典主义发展和完善了"七星诗社"关于模仿的理论。② 于是到布瓦洛《诗艺》,作为法兰西民族国家文学的近代诗学所追求的现代性和国家认同,已完成了它所赋予的历史使命。

---

① 杨周翰主编:《欧洲文学史》上卷,人民文学出版社,1964年,第143页。
② 吴岳添:《法国文学流派的变迁》,北京大学出版社,1995年,第42页。

1. 论敌萨比耶(1512—1589)的对垒。在《法国文学评论史》和《法语文学词典》中,法国学者都注意到法国近代诗学的奠基存在着开放性与封闭性及新与旧的对峙局面。在应走什么样的发展道路上,杜、萨两人的目标是共同的,但在怎样走的问题上却存在着分歧。矛盾焦点集中在萨氏认为"法语诗歌已经臻于尽善尽美",法兰西诗人中已有自己的"典型"。而杜氏则指出这种观点的夜郎自大性,他认为法国中世纪以马罗等为代表的诗歌尚显不足,法国应当"立志与意大利争雄,使其具有引以为豪的文学"。显然,在要不要借鉴模仿古希腊、罗马文学及意大利诗歌,并且在具有创新性与文化竞争意识上,后者更注意法国诗歌现代性追求的方法论与理论性的关键问题,不过在终极目标上杜贝莱与萨比耶都期望建立法兰西民族诗歌形式。而且前者更看中近代与中世纪的承续性及传统的价值作用。这里"地方经验"(本地性、土里土气的、外地的)与"当代性"(当朝传统诗人)与古希腊、罗马所代表的普世性艺术和"七星诗社"所标榜的现代性,实则是新与旧,激进与保守的思想的交锋。于是争论中的现代性意义凸现了出来:一方面"保卫"最终导致放弃"受中世纪传统影响的当朝诗人";另一方面,对法国诗歌传统的质疑,又可视为对更古老的源头——古希腊、罗马的赞颂,这样,托古而开新,从而体现出杜贝莱诗歌革命的特色。不过,也有西方学者对此颇有微词,认为杜氏过于夸张赞美伟大的诗(即模仿古代的诗)。① 萨比耶的《法语诗歌艺术》并非一无是处,也有其合理一面。萨氏把"构思、布局和措辞等修辞学概念等都融入了专论诗的言语之中",②提升了把诗艺仅当成技术工作或言语表达手段的品质。萨氏向柏拉图和西赛罗借鉴灵感信条,他借助西赛罗式演说术的修辞学和柏拉图的"狂兴说",推动诗歌艺术的发展。

2. 龙沙(1524—1585)的《诗艺简论》及《〈法兰西亚德〉序》。龙沙作为"七星诗社"的领袖,除了与杜氏共同构思了"七星诗社"的"宣言"外,他还极大地丰富和完善了法国近代民族国家诗学的奠基工作。首先,在确立了民族语言和民族文学的发展战略,倡导一种统一的而又丰富的法兰西语言,要用"祖国的语言"创作。在语言基本规范方面关注语法、韵律、方言,指出通过外国语言"用它来丰富祖国的语言",③"将各地方言很有意义的词汇巧妙选择,适当加以利用"。另外"不要过于拘泥于宫廷语言","要从行业手艺人生活中,获取美丽生动的比喻"。④ 他也强调用本国特有的语言写作,用"现在通俗的语言写作"。在修辞方面,论述词句的选择。在诗歌创作上写

---

① (法)让·贝西埃:《诗学史》,史忠义译,百花文艺出版社,2002年,第211页。
② 同上引。
③ (法)皮埃尔·德·龙沙:《诗艺简论》,曾觉之译,载《文艺理论译丛》,人民文学出版社,1958年第3期,第29页。
④ (法)皮埃尔·德·龙沙:《诗艺简论》,曾觉之译,载《文艺理论译丛》,人民文学出版社,1958年第3期,第27页。

下了法兰西民族的史诗。他以神话叙事的方式,塑造了法国是古希腊、罗马的传人,以此确立法兰西民族的"先进性"和"神圣性"地位。这样从强调法语的地位到民族国家叙事,龙沙与杜贝莱牢牢地抓住了建设近代化法兰西文学的主动权。

其次,在民族文学的另一大维度,即在诗歌艺术方面提出了系列基本理论主张:

第一,是关于诗歌创作艺术的特征。论述了"天赋"与"创造"的特质与关系,指出"诗艺的精神性远高于表达性"。①"天赋比艺术(即技巧)优越得多"。② 诗体主要之点是创造,创造出自天赋的优美本性和对古代优秀作家的学习,而创造的特质又是什么呢?"创造不是别的,就是想象的优良本性",诗歌艺术表现的本质特征,就是"创造或表现凡是真的,或凡可能是真的东西"。③

第二,关注诗歌创作的形式特征:"创作必是按条理清楚和结构精密。""结构是在于把创造的事物,组成完整美好的条理秩序。""巧妙地把所有事物各各安排编制在适当的位置上。"④另外还特别重视诗歌的叙事手法,根据体裁的不同,"长诗(史诗)写作决不从故事的开始写起,也不在故事的结束时结束……高明的好手是从中间开始写它,并知道怎样从开始和中间相联结";而"短诗,开始要突如其来,难以预料……"⑤还有在写作中要避免天然现成的形容词,也要"避免意大利诗人写的方式,他们通常在同一诗句中连用四五个形容语";再有,在"论韵"中,阐明"韵不是别的,就是落在诗句后面的缀音的谐声和节拍"。同时提醒,不要做押韵者,而要做诗人,并且还探讨了作诗与音乐的和谐问题。最后还特别论述了"亚力山大诗体"和"普通诗体"。在龙沙时代,他最早认识到曾在中世纪出现后又被法国人遗忘的 12 音节的亚力山大诗体,在近代诗歌发展的优越性。他指出,"亚力山大体在我们语言中的位置,好比英雄史诗在希腊人和拉丁语中的地位一样"。经他的倡导与实践,"七星诗社"成员创作了大量的亚力山大体诗歌,以致后来这一诗体与十四行诗体,成为法国诗歌的主要形式。

第三,在诗歌美学与伦理层面,继承了从柏拉图到贺拉斯和朗吉弩斯的"崇高论"与诗的神圣性品质说,他说"缪斯只愿留在善良、圣洁和有德性的灵魂中"。诗人要"充满高尚精神,只有超人的和神圣的事物在你智慧中。你一定要有高超、伟大、美

---

① (法)让·贝西埃:《诗学史》,史忠义译,百花文艺出版社,2002 年,第 229 页。
② 同上引。
③ (法)皮埃尔·德·龙沙:《诗艺简论·论创造》,曾觉之译,载《文艺理论译丛》,人民文学出版社,1958 年第 3 期。
④ (法)皮埃尔·德·龙沙:《诗艺简论》,曾觉之译,载《文艺理论译丛》,人民文学出版社,1958 年第 3 期,第 29 页。
⑤ (法)皮埃尔·德·龙沙:《诗艺简论·论诗》,曾觉之译,载《文艺理论译丛》,人民文学出版社,1958 年第 3 期,第 30 页。

丽和不卑下的思想"。① 就"七星诗社"的诗歌语言实践来看,"现在是典重高雅了"。

第四,关于诗与历史观念的本体论建构。他认为史诗与历史不同,历史是以已经发生的事实为依据,是不可改写的;而史诗的选材是真实或可能的事实,随诗的意图灵活安排。因此,他说:"写现有存在事实的诗人,其价值比不上创造事实而不象历史家那样的诗人"。② 他看中"把作品建立在真实上,而不是在事实上"。③ 当然龙沙这一表述也不出亚氏"诗比历史更真实"这一诗学观左右。

通过以上陈述,可见龙沙是从"七星诗社"内部补充、丰富和完善了以《保卫》为主导的"七星诗社"诗学主张。他在诗学精神层面,体现了法国文艺复兴时期,近代诗学的人文主义的现代性追求和民族国家文学意识的觉醒;在诗学话语的范畴层面,反映了近代诗学建构的三大主体:一,诗人品质与诗歌话语特征;二,文本生产与文本典范关系;三,文学语言与真实、现实和事件的关系。当然这样说,也是出于对古人的同情和理解的角度,即一种"寻美的批评"使然,"真正的批评与人、作品、世纪和文学创造运动相吻合",我们不能拿今日已臻于完善和体系化的理论水准来要求古人。事实上,放眼望去,16世纪的法国近代诗学不能与同时代的意大利诗学的繁荣局面相提并论,因为前者不成体系,并且由于诗歌创作在当时最受重视,故而此时的诗学内容则主要是关注它本义对象的诗歌与语言而已。再往高处看,"七星诗社"诗学理论由于历史的局限,还未抵达到诗学思想和艺术高峰,正如法国批评家蒂博岱在《六说文学批评》中所言,16世纪"诗歌艺术无法达到尽善尽美","在那个时代,诗人不是思想家,法兰西精神得以完整表现的是在散文家身上"。故"七星诗社"诗学中思想的部分稀释,要以拉伯雷和蒙田文学思想精神来弥补与提升,也许这样才是文艺复兴时期近代法国诗学精神的完整体现。

3. 三泰斗与近代诗学的精神高地。法国近代诗学的生成,实则是一种精神文化的生成。前面我们以杜贝莱执笔发表的法国近代诗学史上首篇"宣言"为起点,做了较为深入和全面的考察。现在我们再把视野放宽,从更大的生存与发展空间看,在《保卫》一文之前有拉伯雷《巨人传》中所渗透的民间文化的传统与光芒,后有蒙田《随笔录》中精辟的哲学认识论及其知识建构和生活哲学的学说,最后定格在帕斯卡作品中的辩证思想及其人的哲学之高地。他们与《保卫》一道奠定和促进了法国近代文学与诗学的理论基石和多侧面的思想维度。这样一个丰赡的诗学空间是非常值

---

① (法)皮埃尔·德·龙沙:《诗艺简论》,曾觉之译,载《文艺理论译丛》,人民文学出版社,1958年第3期,第25页。
② (法)皮埃尔·德·龙沙:《〈法兰西亚德〉序》,曾觉之译,载《文艺理论译丛》,人民文学出版社,1958年第3期,第34页。
③ (法)皮埃尔·德·龙沙:《〈法兰西亚德〉序》,曾觉之译,载《文艺理论译丛》,人民文学出版社,1958年第3期,第35页。

得我们关注的,因为这体现了法国近代文学与诗学生成的思想前提和他们的精神文化品质所在。

(1)弗朗索瓦·拉伯雷(1493—1553)。① 我们知道,法国近代诗学的生成离不开三项基本条件:一是印刷术的发明使文本的大面积传播成为可能;二是促成了民族文化共同体与民族国家认同的交流工具即民族语言的确立与沟通;三是有一批具有近代意识与先进文化指向的知识阶层的崛起。拉伯雷在法国近代文学与诗学生成的前期阶段,正是这样一位知识阶层的代表人物。从其身世与身份看,他既作为见习修士尝试过本笃会修道院的苦行生活,又是一位研习过希腊文、拉丁文、法律和科学的学者,同时还研究医学。他表达了法国新兴市民阶级的意愿,准确讲,是推崇民间文化精神与力量的倡导者,是"16世纪的伏尔泰",可以说"他不仅在决定法国文学和法国文学语言的命运上,而且在决定世界文学的命运上都起到了重大作用"②。

人民性与颠覆性。在法国文学批评史家法约尔看来,"法国文学批评的最初萌芽,是从中世纪的传奇作品和传奇故事中来的"。由此我们有理由在考察法国文艺复兴时期的诗学思想史时,把拉伯雷的《巨人传》当成是考察和发现法国近代诗学品质生成的最佳资源性标本。因为,透过这部巨著(它塑造了文艺复兴时的新人形象,对中世纪以来民间语言的吸收与运用以及作者的直白——致读者与作者前言),显现出这位法国近代文学与文论思想的开拓者,具备了三大标志性特征:人民性即民主性;他同民间文化源头有着更密切更本质的联系性;对封建权威即宗教神圣的颠覆性,这就在一个方面奠定了法国文学与诗学的精神向度与品格。

我们看到,在杜贝莱《保卫》问世前后(《巨人传》头两部先于它17余年问世,后几部也与《保卫》同时或稍后些出版),风靡一时的是拉伯雷的《巨人传》。相较于《保卫》,我们以拉氏为起点和参照,一方面显示出近代法兰西民族文学及诗学生成的初期,在文类上的开创性和丰富性,这不仅反映在传统的诗歌领域,在散文及长篇小说领域也是建树颇丰——《巨人传》作为法国长篇小说的起点,突破了中世纪民间故事和史诗的格局,率先塑造了近代小说的"个性化"人物典型即法国文学中第一个"市民典型",并以"庞大固埃主义"为标志,显现了法兰西民族别具特色的文化观念——

---

① 关于拉伯雷,正如其研究专家巴赫金所言:"在西方过去400年历史上的'正宗文学'代表人物当中,他显得如此形单影只,和同任何人都不相似。"除了在浪漫派文学和历史学家米什莱那里,要真正进入拉伯雷,是世界文学所有古典作家中最难研究的一个。因为要理解他,靠过去经典常态化模式是不够的,只有从千百年来民间文化发展脉络去追踪,才能确立拉氏在文学史上积极的、富有独创性的和不可替代的深远的影响和作用。这一研究格局的巨大转变是直到20世纪才出现的。苏联学者米哈伊尔·巴赫金,据他的博士论文《拉伯雷在现实主义历史中的地位》修改而成的名为《拉伯雷的创作与中世纪和文艺复兴时代的民间文化》的出版为标志(1965,英文版为《拉伯雷与他的世界》,1968年,法文版为1970年)。

② (苏联)巴赫金:《巴赫金文论选》,佟景韩译,中国社会科学出版社,1996年,第96页。

享乐人生也积极进取。在那里,高卢民族性格特征表露无遗:乐观、机敏、轻松俏皮,充满着戏谑的却又是自信与深邃的洞见,这里面寄托着人文主义者对"人"的理解——身心两方面的和谐发展。

用民间活的语言振兴法语。另一方面,更重要的是,在诗学观念上展示了两种理念的对峙与并存,它们随法兰西民族语言的确立与发展产生了重要影响。在法兰西民族语言的建构上,以拉伯雷为代表为一方,主张用民间活的语言振兴法语语言文学,他大刀阔斧地从社会上的口语入手,借用大量的种种行话、习语、俚语、谜语中的新词汇,融入法语文学语言。事实上,拉氏生活在一个语言史的特殊时期,官方与非官方在你争我夺着话语权:一方是拉丁语,另一方是民族语言。那时方言对抗的不是一种,而是两种拉丁语:中世纪欧洲的口头通用语(由意大利语构成,混合了法语、西班牙语、希腊语和阿拉伯语,在地中海各港口通用)和经院哲学家接近古典规范的拉丁语。所以在拉伯雷研究专家巴赫金看来,"拉氏之所以重要,不是因为他革新了语言本身,而是因为他叛离了当时愚蠢的、矫揉造作的官方语言,大量使用狂欢节的更有活力、更多姿多彩和更富于变化的语言"。① 同时,更进一步,另一位研究者美国人卡特琳娜·克拉克指出:"拉氏的重要,不尽因为他让巴赫金能够论述语言的进化和文学语言同方言的相互关系,而且还因为他让巴赫金能够一再地回到他平生的总主题,即语言的对话性质及其与世界的对话性质的关系。"②

这样,它就与以杜贝莱及其后蒙田为代表的贵族化、正统化的语言发展观形成了对峙,不过在要求首先使用法语,用本民族语言来写作这一首要的、全局性的问题上,它们的战略观是一致的,只是在怎样发展上,在方法与策略上是各有主张的。应该看到,民族语言与拉丁语言的抗争是一个相当的过程,其实直到17世纪中叶,"法语才第一次被允许在法国中等教育里扮演某种角色"。17世纪法国语言学家兰塞洛特曾指出:"拉丁风格仿佛已经用拉丁的思想和表述覆盖了法语,如果我们希望解救法语,确立起充分的原创性,就不能让拉丁语全程领跑,教育得从法语开始。过度的拉丁化将会摧残法语。"③然而,也正是在17世纪,"法语开始具备自身独有的面貌,获得了使它有别于其他古代或现代语言的那种规整有序的逻辑、自身的明晰性以及几乎是数学般的精确性"。④

拉伯雷语言观和创作思想所体现的人民性、民间性意识,表现出他具备的民主倾向是不同于杜贝莱等"七星诗社"的贵族化倾向的。从拉氏所创作的作品来看,他吸

---

① (美)卡特琳娜·克拉克等:《米哈伊尔·巴赫金》,语冰译,中国人民大学出版社,2000年,第409页。
② (美)卡特琳娜·克拉克等:《米哈伊尔·巴赫金》,语冰译,中国人民大学出版社,2000年,第411页。
③ (法)杜尔凯姆:《教育思想的演进》,李康译,上海人民出版社,2003年,第374页。
④ (法)杜尔凯姆:《教育思想的演进》,李康译,上海人民出版社,2003年,第377页。

取了中世纪及文艺复兴以来的民间文化传统资源——民间传奇故事、骑士小说的滑稽模仿,薄伽丘《十日谈》(1353)(戏谑风格及其对当时流传的民间故事的改写),伊拉斯谟的《愚人颂》(1511、1514)(狂欢节式的诙谐文学,以戏谑的口吻为愚人唱颂歌,以幽默妙语嘲讽僧侣、神学家、君主和贵族)以及托马斯·莫尔的《乌托邦》(1516)(发现新世界的主题的启发),将人民群众喜闻乐见的形式——谜语、童话、寓言、稗史、笑剧、打油诗等形式元素,同多种古语、希腊语、拉丁语、地方语、外来语、行话、科诨戏谑等成分熔为一炉,使其作品成为民间诙谐文化在文学领域的集大成者,他以其独特的"非文学性"——偏离占统治地位的文学标准规范,和"非官方性"与绝对主义、教条主义、权威观念的格格不入所建立起来的艺术世界(民间诙谐文化),同教会和封建中世纪的官方与严肃文化相抗衡,从而开创了"怪诞现实主义"的新纪元,他以一种调侃式的戏仿体语法,以"正反同体性"的特征,以世俗化的力量颠覆了宗教神权中世纪的上层文化,塑造了文艺复兴时期大写的人的理想,所以它被誉为"一部民间文化的百科全书"。也只有从民间文化的姿态与角度,才能够真正理解拉伯雷的历史地位与重要作用,也才能把握他对后来的浪漫主义文学和后现代主义文学产生的深远影响。

拉伯雷文学思想的三大特征。我们看到拉伯雷正是以他的"笑"——诙谐和嘲讽与戏谑,来反抗教会与神权及封建制度的压制与束缚,从而奠定了在法国文学中挑战权威(教会—绝对真理)的嘲讽戏谑的话语风格(修辞形式与表现形式)。正如《巨人传》第四部中维庸通过魔法戏弄并除灭了老古董,即那些仇视笑并且属于停滞的、一本正经的、势利的官方意识形态人们,同样拉伯雷通过《巨人传》,按照维庸的方法形式,运用了丰富的大众节目形象——拥有年深日久而固定下来的自由特权,用它们去严厉打击他的敌人。他抨击了基督教义和圣礼,抨击了中世纪意识形态的神圣性。我们还看到,在《巨人传》开篇第二章,拉氏就借在16世纪就流行的一种"谜诗"体文字,即《防毒歌》来抨击罗马教会,声称要"用粗的绳索/把骗人的店铺(教皇的势力)一起捆牢"。而在第五部接近末尾时的第46章中,又以吟诗的方式表达了对修士及其教会的蔑视:"哦,天主圣父/你曾以水变作杯中奶/请把我的屁股/变成灯笼为我邻居照路。"到诗末,诗人更是吼道:"可恶的东西(指修士及教会)/让你像毒蛇一样贬入地狱/而我却像竖琴升入天庭/可怜的家伙告诉你/我要尿你个淋漓。"诚然,拉氏不曾否定上帝的存在,但否定上帝在人间的权利。除对宗教外,中世纪法律及司法机构也是他批判嘲弄的对象。拉氏与中世纪基督教会和封建文化的官方及严肃气氛相对抗,最强大的武器就是利用狂欢节。而狂欢节的重要意义就在于它所体现的那个世界的独特意义:因为他是罗马天主教会的霸权所鞭长莫及的为数很少的领域之一,它不仅不属于官方的宗教信仰,也不遵循官方的审美规范,它是生活本身依照某种游戏规则构成。显然,通过狂欢节,民众摆脱了那些阴郁范畴的压迫,例如"永恒的""不可变动的""绝对的""不可改变的"。他们面对着世界快乐和自由地笑,连同其未完成的、开放的性质,连同变化和新生的快乐。另外,狂欢节的所有方面,都有助于人们凝聚为一个共同体,所以相对于官方世界的空间和时间所强加的限制性,狂欢节事件的时空坐标则导向自由和无为,这样拉氏便把事件和身体两大因素同狂欢节体系联系了起来——他显示了肉体通过吃喝、排泄和性交在性质上发生的变化,而怪诞的肉体就是变化的场所。在这里,他突出了自然的互文性,拉氏使我们看到身体丰富的自然方面,这样,狂欢节和怪诞都具有了这样的功能,即把确定性置于多义和不确定之中。最后,巴赫金通过拉伯雷还告诉我们,自由戏弄神圣的事物是中世纪怪诞酒宴的基本内容,酒肉的力量解放了人的语言,因为"'酒'意味着力量和能耐。它有能力使人的灵魂充满真理、知识和学问"。"真理就在酒中。"①难怪,庞大固埃诗云:"酒酿成思想……以其笑……使心荡漾。"(第五部46章)于是,狂欢节之笑的特征,就在于"与自由不可分离的和本质的联系","权力、镇压和权威却无法以笑的语言发话"。

当然,我们注意到奥尔巴赫对拉氏的评价是十分到位的:"拉伯雷思想的革命性,其实并不在于反基督教,而在于他拿那些事物开玩笑所造成的对所看、所感、所思的动摇。这种动摇将读者直接请入世界及其丰富多彩的现象中。当然有一点拉伯雷是早已确定下来了,即原则上反基督教的方式。对他来说,遵循自己本性的人和自然的生活,无论是人还是事物,都是善的。"在拉伯雷那里,已不再有原罪和末日审判,于是也就没有了对死亡的超验恐惧。拉伯雷的爱,他对知识的渴求,他的语言模仿力,都属于人和大自然的充满生气的生活,借此他成了诗人,他的现实主义的模仿,针对的是凯旋的尘世生活,而且这完全是反基督教的。因而,他的背离中世纪,也恰恰在他中世纪的文本里,表现得最为突出。②

最后他还指出,《巨人传》虽然表面上看起来是一部粗俗的通俗型作品,但我们不应被表面现象迷惑。拉伯雷甚至后来的蒙田都一样,他们是在一种"苏格拉底式的"文体下想象出一些自由的东西,一些自然的东西,一些接近日常生活的东西,拉伯雷甚至想象出了近于诙谐的东西。这种混用文体特别适合于拉伯雷,因为在粗俗之极的闹剧中,充溢着渊博的学识,哲学伦理亮点出现在猥亵的话语和故事里。它使他得以在一种玩笑和严肃之间道出对那个时代的反动力量来说,是有伤风化的东西,这让他在危急时刻,能够轻而易举地逃避承担全部责任。当然更重要的是,拉氏的这种混用文体,完全符合他的秉性,因为这首先服务于他的目的即一种创造性的讽刺,他打乱了常规,让现实出现在超现实中,让智慧显露在愚蠢里,让愤怒表现在惬意的、有刺激性的生活欢快中,让自由的可能性闪亮在可能性的游戏里。"因而人们也许可以

---

① (法)弗朗索瓦·拉伯雷:《巨人传》下,成玉亭译,上海译文出版社,1981年,第1096页。
② (德)奥尔巴赫:《模仿论》,吴麟绶等译,百花文艺出版社,2002年,第303页。

将他这种文体混用,将他这种苏格拉底式的诙谐称作一种崇高文体。"为此,他要人们"在使人快活的文字里,体会出更高深的意义。"要"拿出精于搜索、勇于探求的精神","把作品好好的辨别一下滋味,感觉一下、评价一下",然后"经过仔细阅读和反复思索,打开骨头,吮吸里面富于滋养的骨髓"。①

通过以上陈述与阐释,拉伯雷无愧于法兰西文化的奠基者之一。《巨人传》不仅是一部小说作品,有无可争辩的文学意义,而且它还具有语言学的意义,更具有政治学和文化学的意义。拉伯雷不仅是人文主义作家、艺术家,更是一位伟大的思想家。在他那里"实现了文化、思想和想象之间的融会与综合。在他充满自信与感性的作品里,事件(现实)观念和形象得以自然生动地呈现,借此我们可以去把握人类存在的理由与尊严"②。

(2)蒙田(1533—1592)。在杜贝莱《保卫》问世30年之后,蒙田用古法语写下了这部不仅是法国人的而且也是西方人的名著《随笔录》(1580—1595)。它不仅开启了法国随笔体散文的先河,而且本身就是一部哲学和政治社会思想的论著,它不仅标志着法国近代文学个人化叙事的开端——相对于杜贝莱"宣言"的民族性叙事,而且还昭示了文学评论的一种新功能——"通过对文学作品的思考去真正寻找自己。"③这是一种"精神世界探寻"的批评模式,在其《随笔录》中,我们发现他对杜贝莱是那样的推崇,并与《保卫》的精神有着某种内在的一致性。

主体性的弘扬与怀疑精神。在诗学的人学建构方面,他从理性的高度倡导人的主体性建构与自主意识。在谈到如何对待知识与学问以及人的塑造时,他责难道:"我们只注重将记忆装得满满的,却让理解力和意识一片空白。我们的学究就像鸟儿有时出去寻觅谷粒,不尝一尝味道就衔回来喂小鸟一样。"他还说:"我们的父辈花钱让我们受教育,只关心让我们的脑袋装满知识,至于判断力和品德则很少关注。""尽管学问和判断力都不可或缺,两者应该并存,但事实上,判断力要比学问更宝贵。""如果丰富知识的目的不能使学问享有信誉,那么你就能看到学问的处境会和从前一样凄惨。如果学问不能教我们思想和行动,那真是莫大的遗憾!'自从出现了有学问的人,就没有正直的人了。'"④于是,他就特别推崇"我们正直的杜贝莱"了。⑤ 他还援引了杜贝莱一席话——"我尤其憎恨迂腐的学问。"他发问道:"为什么知识奥博的

---

① (法)弗朗索瓦·拉伯雷:《巨人传》(上)第一部前言,成钰亭译,上海译文出版社,1981年,第7页。
② J. C. Payen et H. Weber eds, *Manuel D'histoire Littéraire De La France. Tom I*, Paris, Editions Sociales,1971,P. 443.
③ (法)罗杰·法约尔:《法国文学评论史》,怀宇译,四川文艺出版社,1992年,第12页。
④ 以上几段引自(法)蒙田:《蒙田随笔全集》(上),潘丽珍等译,译林出版社,1996年,第150~156页。
⑤ 以上几段引自(法)蒙田:《蒙田随笔全集》(上),潘丽珍等译,译林出版社,1996年,第147页。

人,却缺乏敏捷活跃的思想,而一个没有文化的粗人不加修饰,天生就具有最杰出人物才有的真知灼见。"在他眼里,杜氏的伟大就在于力主法语写作,其背后就是法兰西民族语言与文化自主性的追求。由此,他看重方言并"不再把拉丁语用作活的语言",而真正用法兰西民族语言思考。在他看来:"用法语写作的作家,我觉得他们将这门艺术提高到了从未有过的水平,而龙沙和杜贝莱擅长的那种诗,我并不认为它们同古代诗歌的完美有很大的距离。"①同时,他还看到民族语言的作用与国家的互动关系。他说:"应该有有益的优秀作品把语言固定在作品身上,语言的信誉会随着国家的气运而上升。"②当然,在蒙田的语言观里,存在着贵族化的倾向,他还声称:"我只为少数人写作。"

蒙田说,他有生之年遇到过的"最伟大、最高尚"的朋友是拉博埃西,因为后者为"追求自由和反对暴君"而写下了《反对一个或论甘愿受奴役》(1548,这也是在《保卫》发表的前一年)。这种"对奴役问题的首次分析以及要求民主的逻辑结论,同卢梭的思想一道为两百年后法兰西民族特性重要部分的建设确立了明确的信标"。③可见在《随笔录》中,无论是蒙田对上面两位"正直的"和"高尚的"人物的称道,还是大量引经据典,而且那些先哲们的话也已成为他自己的思想。这样,蒙田一方面与现实和同时代保持密切接触,另一方面他又从古代历史及希腊、罗马丰富的文化遗产中汲取养分,并发扬光大。在他看来,关键一点就在于"我们的思想徒劳无益地听凭别人的想法摆布,受它们的奴役和束缚。我们脖子上被套了根绳索,也就步履沉重,失去了活力和自由",但"如果学生想通过思考来掌握色诺芬和柏拉图的观点,那就不再是他们的观点,而是他自己的了"。④ 看来,蒙田一开始就为法国近代诗学的建构,在思维方式和文化决策上确立了正确的方法论:自主性与独立性。所以他认为判断力比知识更重要,而要做到此,他引用了但丁的名言:"我喜欢怀疑并不亚于肯定。"当然,判断力的养成,在他看来一方面要有民族的和祖国的意识——要注意到"祖国和父母对我们有什么要求","我们为什么存在,为什么出生?"另一方面,他又以苏格拉底为榜样:"有人问苏格拉底是哪里人,他不说'雅典人',而回答'世界人'。他比我们有更丰富深湛的想象力,视宇宙为自己的故乡,把自己的知识投向整个人类,热爱全人类,与全人类交往,不像我们只注意眼皮底下的事。"他的这种开放胸襟与文化包容的心态,还向我们展示了:"一个国家和另一个国家生活方式的差异,在我身上仅仅体现为我对多样化的爱好。"可见,在蒙田,民族与世界的观念是并存的,这一核心思

---

① (法)蒙田:《蒙田随笔全集》(中),马振骋等译,译林出版社,1996年,第368页。
② (法)蒙田:《蒙田随笔全集》(下),陆秉慧等译,译林出版社,1996年,第237页。
③ (法)让-皮埃尔·里乌等主编:《法国文化史》(卷二),傅绍梅等译,华东师范大学出版社,2006年,第117页。
④ (法)蒙田:《蒙田随笔全集》(上),潘丽珍等译,译林出版社,1996年,第167页。

想一直贯穿于后来18世纪的启蒙运动,直至当代法国诗学精神之中。难怪奥地利作家斯蒂芬·茨威格把蒙田称之为"一个自由的思想家和世界公民,他是一个讲思想自由和讲宽容的人,他不是某一个民族和某一个国家的儿子与公民,而是一个超越国家和时代的世界公民"①。

精英意识与道德哲学。透过《随笔录》,我们还注意到蒙田思想蕴藏着法国近代诗学的精英意识一面,这既体现在他的道德哲学和生活哲学上,也体现在知识建构和认识论层面上。在此,我们特别强调他在道德层面上的建树。首先,他的伦理道德观是建立在本能和良知(理性)两股力量的平衡基础上的,也就是说德行是"以天性作为向导","人应当遵循最正常的生活规则,但不应当成为规则的奴隶,除非强制服从某种规则于人有益"。同时,"只有理性才能引导我们的种种心理倾向"。于是权衡伦理道德的标准,就在于我们行动中的理性和自由的分量,这是一种建立于意志的伦理道德,重要的是要"珍惜自己的意愿","要懂得自己做自己的主人",也就是追求良知的独立自主性,它是美德的基础,一个人的生活,不管它看起来是如何平凡,只要它是自己的产物,这生活就有伦理道德的价值。当然,行动与规则应是一致的。他认为行动中的伦理道德才是一切。在蒙田那里,既不要像英雄那样,也不要跟圣徒一般,良知和理性在他身上是经过文化修养精炼出来的天然能力,这是绝大多数有文化修养而不愿遵从任何教派的伦理道德的人们奉行的伦理道德。蒙田心目中的道德生活,是正常的、完整的人生的一个方面,它跟组成生活的乐趣与痛苦一起交织在人生的天然底部上。在蒙田那里,道德和天性并不相互排斥和对立,它与宗教精神主导的伦理学是相对立的,它不是一门学说,而是一门艺术,一种方法,"是文艺复兴时期所作的努力的终结和汇集。他继伊拉斯谟、拉伯雷及欧洲人文主义者之后,提出不以神秘主义为基础,不追求神秘主义的发展的一种合乎理性的生活,是现代有文化的人所祈愿的,也是能够实现的生活。"②正如法国文学史家朗松所言:"再也没有哪种伦理道德比《随笔录》所提出的更富有法国色彩的了。我们法国人是在良知指引下取得平衡的民族,我们首先要把什么都看得清楚,认为坏事主要出自错误,缺乏理性,滑稽可笑,认为人之所以行善和作出牺牲,最主要的是因为伦理道德认识到这种善事确实是真的善事,这牺牲显然有必要作出。"③

奠基性贡献及精神高度。蒙田带给文艺复兴诗学思想乃至现代与后现代诗学的贡献是巨大的:第一,他的怀疑论哲学,实则是强烈的自我意识,此乃他全部学说的根

---

① (奥地利)斯蒂芬·茨威格:《蒙田》,舒昌善译,生活·读书·新知三联书店,2008年,第30页。
② (美)昂利·拜尔编:《方法、批评及文学史:朗松文论选》,徐继曾译,中国社会科学出版社,1992年,第185页。
③ (美)昂利·拜尔编:《方法、批评及文学史:朗松文论选》,徐继曾译,中国社会科学出版社,1992年,第193页。

基。怀疑论只是前提和出发点,而自我意识支配下的判断才是其精神实质。这不正是对基督教神学的教条主义和权威性的独断论的批判吗?在蒙田那里,"认识自我,就是与自我对话,就是对他所是的,他期望从它获得回答的这一不透明的存在的提问"。① 实际上,蒙田向我们显示了确信来自怀疑,进一步说,怀疑显示了确信。所以"认识你自己",至今仍是西方人反思批判的动力;第二,由怀疑论走向了相对论,由此"在人那里存在着偶然性和未完成性"。② 这是对绝对性和普遍性的挑战,人类在任何领域知识都是相对的,有限的,没有确定的真理。由此,又延伸出蒙田关于"美"是相对的美学思想,他认为美的差异性是绝对的,同一性是相对的。某一民族认为美的东西,别的民族并不视为美,甚至视为丑;就是同一民族中的人也有不同的审美趣味和标准,这种相对论观念不仅超越了文艺复兴时期的思想,而且也超越了古典主义和启蒙主义运动的宏大叙事的普遍性;第三,赞赏伊壁鸠鲁的幸福论伦理学,借此反对中世纪基督教禁欲主义道德观。伊壁鸠鲁派观念认为,人的本质应当是自由的,人的目的就是要从痛苦和恐惧中解放出来,求得快乐;一切导致快乐的就是善,导致痛苦就是恶;感性快乐是基础,但精神快乐高于感性快乐。这样蒙田不仅颠覆了中世纪基督教禁欲主义伦理观,也让我们看到了文艺复兴与浪漫主义文学观的内在脉络,即对自由,感性和人性情感的推崇;第四,上述哲学观与美学观落实到蒙田的诗学观上,他指出,运气和灵感是诗歌创作中美的显现的主要原因,审美的判断不是理性的推论,而是"诗人的判断力",即"这种在我们心中天生存在的十分强烈的感受",于是,诗歌之美应是自然之美,而非人为的矫饰之美。

所以,蒙田在法国文学史和诗学史上的影响是巨大的,具有很高的地位。大哲人孟德斯鸠称他为"思考的人";在19世纪批评大家圣·伯夫那里则被视为古典主义者,因为他"始终是节制的谨慎和折中的化身",他还把《随笔录》誉为"随笔集的教科书"。而法国现代文学批评家蒂博岱在其《批评生理学》中,就极有见地地指出:"精神自由主义之父的蒙田当然可以作为批评精神之父。""蒙田学派必将汇聚为笛卡尔学派和帕斯卡学派。""蒙田的话语式批评即一种寻美的批评。"美国文论家布鲁姆在其《西方的正典》中也极为重视蒙田,他指出蒙田不仅对莫里哀、帕斯卡及其后的法国作家和诗学有影响,而且还对培根、莎士比亚、爱默生、尼采、T. S. 艾略特等欧美作家和诗人产生深远影响。奥地利作家茨威格则把蒙田看作是"莎士比亚的老师""法语的光荣""人间一切自由思想的守护神"。③ 其实启蒙运动的思想家们早就把他视为"自由派思想的宗祖"。而倡导民族文化,重视民间文学的德国学者赫尔德,也把蒙

---

① (法)梅洛—庞蒂:《哲学赞词》,杨大春译,商务印书馆,2000年,第195页。
② (法)梅洛—庞蒂:《哲学赞词》,杨大春译,商务印书馆,2000年,第199页。
③ (奥地利)斯蒂芬·茨威格:《蒙田》,舒昌善译,生活·读书·新知三联书店,2008年,第26页。

田称作"代表着民族的陶醉和对自然的回归"。所以,蒙田不仅是近代欧洲散文的创始者,也是欧洲近代诗学的创始者。在他身上汇聚着法国乃至欧洲近代文论思想的三大思潮特征:人道主义、自然主义和个性主义。难怪中国现代文学与诗学的开创期胡适的文论中所涉的法国视野,除了关涉杜贝莱"宣言"的语言学和文化学上的革命性意义外,就把目光锁定在作为文学方法论的及观念意义上的参照点的蒙田身上了。

(3)帕斯卡(1623—1662)。17世纪不仅是近代法兰西语言及文学与诗学的进一步成熟与丰富的世纪,也是法国近代哲学的诞生和耀眼的世纪。近代法国哲学正是在吸收了拉伯雷、蒙田为代表的16世纪人文主义思潮和哥白尼与伽利略为代表的新兴自然科学思潮,并经历了宗教改革运动的洗礼之后,确立了自己的哲学基调——以笛卡尔为代表的理性主义与科学主义和以帕斯卡为代表的非理性主义与宗教哲学,从而铸就了法国人特殊的思维方式和理论风格。也正是由于笛卡尔、帕斯卡以及培根的散文,使得17世纪中哲学第三度变成文学。

我们在这里关注的是近代法兰西民族文学与诗学的形成和发展,离不开16世纪的人文主义思潮和近代科学精神的浸润和洗礼。作为法国近代哲学之父的笛卡尔的理性主义,不仅是17世纪法国的主流,同样也主宰着17世纪法国古典主义文学及诗学的观念,但同时帕斯卡也以其敏锐的洞察力,看到了理性的局限与科学的无能,强调直觉、感情和本能等非理性因素的作用。他还把哲学、科学与宗教作为是一个动态的联系来看待,开辟出了非理性主义及其人学的哲学之路。为此,我们试图选择这位既是文学家、科学家又是哲学家的帕斯卡与前面提及的拉伯雷和蒙田一道,作为标志法兰西近代文学与诗学精神高地的代表,来考察法国近代哲学与法兰西文学及诗学精神之间的互动关系与作用。其实,拉伯雷、蒙田、帕斯卡,他们的著作本身既是文学作品,也是哲学名篇,成了法兰西文学史、诗学史和哲学史上不灭的记忆和经典与伟大的传统。

散文写作与风格的民族特色追求。从文学与诗学层面来看,在《法国文学评论史》中,法约尔教授主要从下面两点来强调帕斯卡的文学及诗学成就:一是从修辞学和文学批评的角度来看他对"说服艺术"的贡献,称其"表现出对理性判断的完全依赖和对趣味与真实的一贯关注"——论文《说服的艺术》(1657)、书简《致外省人的信札》(1657);二是探讨了文学创作的根本问题——在其《思想录》(1670)中,他首先就以"关于精神与文风的思想"的论说作为开篇的第一编,提出了"几何学思想"(l'ésprit de géométrie)与"敏感性精神"(直觉精神,l'ésprit de finesse)的著名论说。前者是指逻辑思维与推理活动,后者是与之相对立的心灵之直觉,它具有三个特点:一、它与日常生活有着密切的关系,是人的一种良好洞见力;二、它是敏锐的感受而不是证明;三、是直觉而不是推论。可以看出,敏感性精神是一种直觉的与整体性的把握,是一种特殊的、自然的推理。不过,帕氏更强调这两种精神并不相互排斥,而是可以兼容和互补。当然,帕氏突破了笛卡尔理性主义的局限性,就在于他看到直觉的精神比几何精神和理智、理性更为重要。实际上,直觉的精神就其认识论基础而言,它就是人心或内心,它可以等同于感性、意志或者本能,其根本的意义就是,强调直觉及对真理的直接把握。在帕氏看来,认识真理不仅需要理智,而且还需要内心的能比理性更深刻地洞见实在的本质。由此可见,这一命题不仅是一个哲学认识论的问题,也揭示了文学创作的根本性特征的本质。拉伯雷的《巨人传》不就是对真理的直观把握吗?后来的柏格森、巴什拉乃至梅洛-庞蒂及其后现代诗学,都是从帕氏这一"直觉精神"中走来的。

在欧洲《诗学史》里,关于17世纪诗学的探讨中曾说,帕斯卡书简文章的"论战风格"体现了法国批评的特色。我们看到《致外省人信札》,这部用法文写就的"书简",以一种文学思维的方式代表了从故事性到修辞学的胜利。在那里,汇聚着讽刺、引证、雄辩术。帕氏寓诙谐、变化于庄重、严谨之中,确立了近代法国文学典雅语体散文的典范。他以其明晰、敏锐、巧妙有力的辩护方式,体现着语言与智慧的力量,能在与强权的话语论战中,以弱胜强。请看帕氏的笔法:

你们从罗马获得了一纸针对伽利略的通谕,谴责他的地动说,这也是劳而无功的。像这样的一种论证根本不足以证明地球是静止的。如果能够根据确实可靠的观察证明是地球而不是太阳旋转,就是人类全部的努力和论证加在一起都不能妨碍我们的地球旋转,也不能妨碍他们本人同地球一起旋转。①

从事实与温和的讽刺转入对问题的明辨与澄清:

神父啊,看这些人是怎样做的,他们对事不对人;而你们却是对人不对事……我现在还要重复一遍,粗鲁和事实互不相融。你们的指责越是甚嚣尘上,你们的对手就越是清白……你们越是处心积虑要人相信,你们的争论涉及信仰问题,整个争论涉及的只是事实问题,就越是昭然若揭。②

通过以上的例证、对比和辨析,帕斯卡以其无可争议的雄辩性点出了这场宗教内部争论的要害处:

神父啊,你应当看到事实问题的本质到底是什么了,应当根据怎样的原则解决问题了……如果五大命题不是詹森提出来的,那就根本不可能从他的著作中概括出来……你们的对手在事实问题上是无可指责的,就像他们在信仰问题上是毫无过错的——教理上合乎天主教,事实上合乎理性,在这二者上都是清白的。③

---

① (法)巴莱西·帕斯卡:《致外省人信札》,姚蓓琴译,上海社会科学院出版社,2002年,第329页。
② (法)巴莱西·帕斯卡:《致外省人信札》,姚蓓琴译,上海社会科学院出版社,2002年,第319页。
③ (法)巴莱西·帕斯卡:《致外省人信札》,姚蓓琴译,上海社会科学院出版社,2002年,第329~330页。

以上洋溢着实证的、实践性的、有说服力的精神,其实就是"几何学精神"和"直觉的精神"的体现。在这里面,我们仿佛又看到蒙田式的怀疑的微笑,淋浴着清澈的文风而倍感自然与亲切;又仿佛听到伏尔泰式的笑之力量和对强权及经院哲学庸俗话语的鞭挞。难怪法国古典诗学大师布瓦洛赞誉帕氏之作为法国近代散文的开山之作。而启蒙运动的泰斗伏尔泰则称帕斯卡"创造了法国的优美散文"。是的,在帕斯卡的书写中,我们看到了法兰西民族精神的特点——怀疑与批判的精神、机智敏锐、幽默诙谐、敢于反抗暴政与偏见和愚昧。从拉伯雷、蒙田、帕斯卡到伏尔泰,这种精神一脉相承,已然成为法兰西文学与诗学精神的底色。

另外,《思想录》也是法国箴言与絮语体式散文的开山之作,是帕斯卡书写艺术与风格的体现,它具有这样的特色:一、体现了箴言式叙述散文的文体特征——节奏简练快捷,感性的宣泄中闪烁着自信的火花,具有不可抗拒的磁性的魅力的语言,有说服力和信任感的对话,交织着论战式的修辞风格和自然隽永的表达常态;二、与经验主义的理念有关,首先是对人类生存状态具有具体生动的体验,融会在他的想象与书写策略之中——对比观照、引证与事实说话、隐喻与暗示,从而在世界与意识之间,在物质与精神之间,搭建起一座桥梁,以诗人的情怀吟出富有哲学色彩的宇宙之诗;三、以宗教的品格,辩证思维的逻辑,重视整体与差异,表达了对信徒和怀疑者的同样迷恋。

哲学品格与精神向度的遗产。帕斯卡著作中体现出文学与哲学、科学和宗教的多维层面的交织,其灵魂是辩证法与整体性的哲学思维。有了这根主线,我们看到在其作品中,信仰与科学并行不悖,宗教与现代科学各司其职,有机协调。当然,主轴仍然是我们前面已谈到的非理性主义、直觉精神和人学思想的创建。法国著名文论家吕西安·戈德曼对帕斯卡的研究和评价是值得我们注意的。他认为走进帕氏的关键,就是抓住他的辩证法和整体性思想。因为它在"哲学思想史上,开创了一个新的篇章"。在帕斯卡身上存在着两个最明显的特征,即他的超越性和矛盾性。我们看到他始终在自然界和抽象科学中探求真理,也曾希望真理在教会内获得胜利,宗教在世俗社会中获胜。然而,最终在《思想录》中,我们看到了从理性主义到辩证法思想的转变,这一辩证思想的核心,即帕斯卡认识论中的中心思想,就是从部分到全体,从全体到部分,并且面向个别整体的结构的新兴思想,排除一切最终的、完全有根据的认识。在戈德曼看来,这就初步奠定了辩证思想的轮廓。因此他致力于批判原子论、怀疑论,尤其是笛卡尔主义的认识论。在他看来,认识论方面是由两个极端展开的:原则的一端,整体性为一端。用帕斯卡的话说,就是从两个无限发展起来的。"矛盾既不是荒谬的标志,不矛盾也不是真理的标志。"[①]因此,他说:"没有什么纯粹真确的……

[①] (法)巴莱西·帕斯卡:《思想录》,何兆武译,商务印书馆,1997年,第171页。

我们只不过具有部分的真和善,同时却掺杂着恶与假。"①"这种相对整体性的科学认识的初步基础,就是帕斯卡在现代哲学和科学思想史上所取得的主要成就之一。"当然,整体性范畴所包含的首先就是理论与实践的综合的要求,帕氏的辩证法思想始终贯穿在他的人学理论中,这在《思想录》第六编"哲学家篇"和第七编"道德和学说篇"中,有明确的表现。他说:"我们不能想象人没有思想,那就成了一块顽石或者一头畜生了。"人的本质和属性就在于"本能和理智"是人的"两种天性的标志"。唯有"思想形成人的伟大","人只不过是一根苇草,是自然界最脆弱的东西;但他是一根能思想的苇草"。于是,"人的全部尊严就在于思想"。"由于思想,我能囊括了宇宙。"人性由于他的"两种无限即自然的无限和道德的无限",可以做出同样的事情,既可以贬低我们的骄傲,又可以抬高我们的屈辱。于是,"卑贱的情绪是必须有的,但不是出自天性而是出自忏悔……伟大的情绪是必须有的,但不是出自优异而是出自神恩,并且是在已经经历了卑贱之后。"他还指出,"人性并不是永远前进的,它是有进有退的,激情是有冷有热的,而冷也像热本身一样,显示了激情的热度的伟大……延续不断会使人厌恶一切;为了要感到热,冷就是可爱的。"他还提醒:"人既不是天使,也不是禽兽;但不幸就在于想表现为天使的人,却表现为禽兽。"因此,在他建构的道德哲学中提出了"中道"的观念——"我们保持我们的德性,并不是由于我们自身的力量,而是由于两种相反罪恶的平衡,就像我们在两股相反的飓风中维持着直立那样。取消这两种罪恶中的一种,我们就会陷入另一种。"于是他说:"除了中庸之外,没有别的东西是好的……脱离了中道就是脱离的人道。人的灵魂的伟大就在于把握中道;伟大远不是脱离中道,而是决不要脱离中道。"同时,他还从蒙田的《随笔录》中转引名句增添说服力:"每一个人最合适的东西也就是对他最好的东西。""最可耻的事莫过于还不认识就先肯定。"另外,他还注意到:"思想逃逸了,我想把它写下来;可是我写下的只是它从我这里逃逸了的。"同时,面对人性的发展与人类的命运,他还提出了"通人"的理念——"通人既不能成为诗人,也不能被称为几何学家或其他的什么;但他们却是所有这一切人,而又是这一切人的评判者。"这就是说人类的理想并不是由通晓某一个领域(例如诗歌或数学)而对其他领域一无所知的专家来体现的,而是由在各个领域都有擅长的通人来体现的。因为对一切都懂得一些,要比懂得某一件事物的一切更好得多;这种通博是最美好不过的,我们若能两者兼而有之,当然更好。这是否就是后来莱辛、康德以及歌德所说的"自我完美的人"和马克思所指的"全面发展的人"呢? 不过,在戈德曼看来,"'通人'的思想必然要随着由悲剧思想超越唯理论或怀疑论的个人主义而出现"。这是否也与拉伯雷人文主义的"博学"思想产生对接呢? 正如法国社会学家杜尔凯姆在其名著《教育思想的演进》中所言:"对于拉伯雷来讲,无

---

① 同上引。

知是令人厌恶的。在他看来,知识所发挥的作用完全类似于人文主义的眼中写作技艺所发挥的作用,因此知识教育被理解成一种审美教育。"当然,在杜氏看来,拉伯雷的学说似乎是受到一种道德气息的激发,这种道德气息总的来说,更为高远,更为有力,终极的目标就是实现一种不受任何限制的广博知识,这成了没有人能够达到的高远理想,但迫使人们不再局限于自身而看得更高,望得更远。是的,要成功地理解万事万物,就必须站在自身之外,就必须和我们周遭的现实世界保持接触。就凭这一点,拉伯雷也好,蒙田和帕斯卡也好,都认识到自己在这个世界中占据什么样的位置,会理解到自己不是世界的全部,而只是其中很小的一部分,他不再会陷入微小的境地,把自己看作世界的中心,所有一切都得与自己相关联。相反,他会领悟到自己属于一个巨大的体系,体系的中心在他之外,无限地超出了他的限度。

从上面帕斯卡思想的展示,我们看到他一方面继承和发扬了笛卡尔"我思故我在"理性主义传统,以理性来批判一切。同时,另一方面,他又在一切真理都必然以矛盾的形式来呈现这一主导思想之下,指出理性本身的内在矛盾及其局限。再一方面,也见出他深受蒙田人文主义思想的影响。蒙田使人看清了人自身的弱点,认识到人类本性的无力与局限性。总之,在帕斯卡的哲学精神遗产里,我们感到在人的形象中,除去传统的感觉和心智两个范畴之外,更准确地说,除去传统的感觉能力和理性能力之外,又出现了第三种能力,其特点正是它要求或是推动人去实现一般对立物的综合,即把物质和精神、理论和实践结合起来的能力,一种帕斯卡称之为内心或仁爱的能力,也是康德、黑格尔和马克思称之为理性的能力。因为,"感受到上帝的乃是人心,而非理智"。和"这两个极端(两个相反的无限)乃是由于相互远离才能相互接触与相互结合,而且是在上帝之中,并仅仅是在上帝之中才能发现对方的"。这里帕斯卡所说的人心,如同康德、黑格尔和马克思所说的理性一样,有迫切和永久要求对立物综合的功能,这是唯一真正的价值,它可以使个别的人生和历史演变的总体具有意义。①

4.《诗艺》及古典主义是近代诗学的又一个高峰。17世纪古典主义的确立与繁荣,经历了三个阶段的发展过程,实际上是对文艺复兴民族诗学的调和与完善。首先是马莱伯(1555—1628)针对16世纪诗歌语言的丰富与放任自流,提出整顿和规范法语诗歌语言,要求它向"纯粹、高洁、和谐和庄重发展"。② 后世语言学家布律诺在《马莱伯学说》中指出,马氏为策应加强中央集权,提出了建立法语的"权威,要求朴素、易懂、精确、明晰的全民的法语"。③ 他还首次用明确的术语为亚力山大诗体制定严格的规则。马莱伯开启了一个转型:文艺复兴的智慧诗人让位于现代的"音节技师",职

---

① (法)吕西安·戈德曼:《论帕斯卡》,载《隐蔽的上帝》,蔡鸿滨译,百花文艺出版社,1998年。
② 郑克鲁:《法国诗歌史》,上海外语教育出版社,1996年。
③ 梁启炎:《法语与法国文化》,湖南教育出版社,1999年,第101页。

业代替了狂兴,即诗从诗律、语法或习惯、逻辑和理性三方面遵从规则。①

其次夏普兰(1595—1674)为古典主义诗学立法,他秉承官方旨意撰写的《法兰西学院关于〈熙德〉的意见》,其中所述逼真性、激情、理性与"三一律",成为古典主义文艺理论的重要组成部分,后来布瓦洛不过是对他的这一理论的总结罢了。而沃日拉的《法语刍议》(1647),提出要完善法语,标准只有一个,即"习惯用法",也就是"正确用法",他所理解的原则,"纯洁"实则是建立在习惯用法的基础上,也就是只使用正确的语汇和句子。另外,他还讨论了"不规则语言"的问题。故此书成为文学语言的法典。最后,到集大成者布瓦洛的《诗艺》(1674)将古典主义诗学理论系统化,并完成了古典主义诗学理论的建设。

布瓦洛(1636—1711)所代表的古典主义诗学的意义及其贡献在于:第一,总结了近代诗学的古典主义美学原则,我们以四个关键词来表述:一、理性第一。布氏的理性即笛卡尔的理性,它是人与生俱来的良知即判断是非辨别善恶的能力;而艺术的理性则是达到真实的最佳向导,它既是文学的基础也是其目的。它所强调的理性,其实就是形式要符合内容的理性要求,因而必须合乎情理,恰如其分。这实则是一种中庸。当然,在让·贝西埃等主编的欧洲《诗学史》(上)中,对布瓦洛的"理性"概念还有一种说法:"布瓦洛的'理性'概念脱离平庸而自负的'正常'思维,相反与精神的升华能力、与严谨精神(在《奥德赛》中被'削弱'的罗马)、天赋('神秘影响')和冒险精神('不满荆棘的职业')相联系:这是品达洛斯的奇妙理性。"这里,诗人的理性是超自然之理性,要求读者去感觉;而批评家的理性,则是敏感的理性,是正直准确思想的理性,是精神的窗口。二、文艺模仿自然。这里自然有两层意思:一层是体现在事物中的"情理",即"情常理";二层是"自然人性",包括人的社会和人的本性。布氏模仿自然的原则,实际上是主张借自然表现情理。在他的自然里实则是"城市、宫廷和人性"。在布氏的审美中,"艺术装饰自然,因为它是以特定的诸形式来表现自然,而这些形式的目的,既是为了求真,也是为了求美";②三、崇尚古典。这里指的是理性的和自然的作品,即古希腊、罗马的作品为典范。当然模仿古典"并非不要文艺创作的现代化,正如马克思在评论法国大革命时所指出的那样,法国古典主义是'穿着罗马的服装,讲着罗马的语言,来实现当代的任务','使死人复生是为了赞美新的斗争,而不是为了勉强模仿旧的斗争'"③。布瓦洛还有一大贡献,他还将朗吉弩斯的《论崇高》译成了法文。因为此书不仅具有修辞学上的意义,更是一部美学专著。当然,在布瓦洛眼里的"崇高",是一种简洁之美、自然之美,它并非仅指超越"平庸的完美"即

---

① (法)让·贝西埃等主编:《诗学史》,史忠义译,百花文艺出版社,2002年,第325页。
② (美)拜尔编:《方法、批评及文学史:朗松文论选》,徐继曾译,中国社会科学出版社,1992年,第333页。
③ 潘翠菁:《西方文论辨析》,中山大学出版社,1984年,第92页。

常规之美的手段。崇高不等于自我,却具有无可比拟的奇妙,这种难以捕捉的、无可名状的境界是一种复数的优美。四、讲究完美道德。这里的道德是艺术的最高理想即理性,真、善、美的统一,同时我们要看到在布氏那里审美趣味与道德完善是合二而一的,布氏道德信条中带有较强的封建王权专政主义色彩的道德原则。

第二,为新文化确立了创作原则与目标:把希腊、拉丁文化传统与法兰西民族特点创造性地结合起来,从而推动文艺复兴以来民族文学的法语向前发展。正如法国文学史家法盖所说:"古典主义时代的批评是给明确的思想以明确的说法。"古典主义的进步意义在于,它巩固和加强了法兰西民族的观念,对国家的责任感,提升了法国语言和民族文化的现代性生存的能力。强调文学对社会的功能作用,主张文学面向现实,倡导积极参与生活,以乐观的精神创造生活。古典主义的这种现实性被文论家朗松提炼为一种"现实主义艺术,它为布瓦洛的诗歌所有"。① 事实上,古典主义自身包含着一对矛盾:一方面它崇拜古典文化,主张效法古人,另一方面又怀疑古典文化的权威地位,试图摆脱古人桎梏,返本是为了开新,这又进一步引发了17世纪80年代末90年代初的"古今之争",它标志着以贝洛为代表的新兴理性主义时代的开始,预示着启蒙思想时代的来临。

总的来说,法国的古典主义诗学,在政治文化向度上,在促进法兰西民族国家的统一和确立上具有历史的进步意义。因为17世纪在法国形成专制政体期间,王权一要应付日耳曼帝国和西班牙的外患,二要面对国内的两大分裂势力;一方面是要遏制各大领主的分裂活动,另一方面又要整顿宫廷内的政治秩序。在民族语言向度上,它使16世纪"七星诗社"开创的民族语言的伟业得以完善,在规范上、精细上追求语言的纯洁性。在诗学本身的建构上,最早提出"三一律"的达依也曾受到"七星诗社"的影响,当然,他更多地是从意大利卡斯特尔维特罗的《诗学》中受到影响。事实上,有着"古典主义大师"封号的布瓦洛并非是"三一律"的创立者,但他却借此来达到了与首相黎世留所推行的统一国家的政策的高度的政治上的一致,这可称得上是文化上的"软实力"的建构。不过,这位古典主义的大师却贬低"七星诗社"的领袖龙沙,压抑他所代表的16世纪的激情与理性,却以自己的"理性第一"统治法国文坛,同时又讲究"逼真"及"可能性",这似乎又成了后来19世纪现实主义的渊薮。在思维方式上,那个时代是笛卡尔理性主义占统治地位的时代,于是,对理性主义的普遍认同,就为文学的规范化从观念上铺平了道路。最后,我们借用法国现代批评大师蒂博岱的一句话来做结语:"对法国人来说,古典时期不是两个,是三个,即希腊时期、罗马时期和17世纪的法兰西时期。古典主义的概念并不仅仅是从古希腊时期发展到法兰

---

① (美)拜尔编:《方法、批评及文学史:朗松文论选》,徐继曾译,中国社会科学出版社,1992年,第333页。

西时期,它并且包含由法兰西时期上溯到希腊时期。"①

在结束17世纪近代诗学生成的互文性思考时,有三个维度还须强调一下:一方面我们之所以强调近代诗学的整体观,就是要用"长时段"的眼光去动态地把握,法国民族文学及诗学早期建构的语言诗学与政治文化诗学的品格。我们看到法国近代诗学形态的确立,经历了三次高潮的推动:一是中世纪后期"修辞学派"及"里昂派"的诗歌语言及诗体的奠基性贡献;二是文艺复兴时期,"七星诗社"的民族语言与民族文学的开创性成就;三是古典主义时期提升和完善了"七星诗社"所追求的民族语言和民族文学的现代性。第二方面,17世纪的"古今之争"对近代诗学之成熟的建构与贡献,不仅表现在围绕歌剧、传奇内容和铭文语言而展开的争论,更重要的是它是"新时代的标志"——它使"自早期人文主义以来,主导整个文学生产原则及作品的模仿及其所体现的古代社会建立的规范受到质疑"②。这主要体现在:一是以理性与文明进步相结合的名义,把一个世纪以来主导其他知识领域的精神扩展到文学领域。因为仅仅肯定自然科学的准确性可供文学借鉴,反之亦然,文学之优雅亦可供自然科学借鉴,这是不够的,还要接受两者建立在共同原则即哲理性基础之上的观念;二是就进步的观念而言,古代派应该放弃不仅把古代奉为典范而且奉为美之标志的"古老体系"。相反,他们应该采纳新的体系,新体系全面考察世界,视世界犹如一个独立的人,有自己的童年、青年和成熟年华。然而更重要的是,它应确立民族文学和民族语言的自主方向——"每个人都应了解自己和民族的力量,任何人都不能容忍别人把这种力量贬低为一种弱势。当我们的国家有权出击时,无动于衷、一任错误评价流行,无异于懦夫的形象;对希腊语和拉丁语的过分热爱,即使它们试图贬低我们的语言,我对此甚感遗憾。"③第三方面,只有将法国诗学生成史上真正的起点即《保卫》这一首篇"宣言",置于自文艺复兴至古典主义时期这一更大历史背景与思想背景来综合考察,才能完整地、更好地把握法国近代诗学生成的精神风貌与内核,更完整地理解法国近代诗学的精神文化品格属性。为此,在近代诗学史上具有举足轻重地位的三位泰斗的奠基性、继承性和创新性和革命性贡献与作用,应该得以阐明,他们三人与《保卫》之关系、三人之间的关系、他们与后世文学与诗学发展的关系,都是值得我们注意的。如果说拉伯雷代表的是民间文化的力量,他以民间狂欢节形式塑造人民的主体形象,确立了人民语言的主体地位;蒙田则展示了贵族精英文化的品位及其理性的力量和怀疑主义的精神,而帕斯卡哲学思想的辩证法及其人学的哲学的研究,更加升华

---

① (法)蒂博岱:《六说文学批评》,赵坚译,生活·读书·新知三联书店,2002年,第181~182页。
② (法)让·贝西埃等主编:《诗学史》,史忠义译,百花文艺出版社,2002年,第380页。
③ 《希腊、拉丁和法国诗人述评》,转引(法)让·贝西埃等主编:《诗学史》,史忠义译,百花文艺出版社,2002年,第374页。

了法国近代哲学的精神与文学及诗学的精神。这样我们就避免了以往对法国诗学研究的封闭性、片面性和零碎感,形成一种诗学文化与诗学语言美学的大视野观照。

二、中国现代诗学生成的文本互文性

1. 诗学与《新青年》的互文性。《刍议》作为现代诗学的火种可以燎原,不是梁启超也不是王国维的文学革命,使致中国现代文学及文论的真正转型成为可能,胡适个人的因素也许是偶然的,更重要的在于《刍议》及其随后的四个现代诗学纲领性文本,正好得益于"五四"新文化运动的作用力。胡适也曾说,"'五四运动'以后……对于新潮流,或采取欢迎的态度……文学革命运动因此得以自由发展"。当然这是就现代诗学产生的文化社会与政治哲学的历史语境而言,另外还有一个不可忽视的重要因素,那就是作为现代社会标志之一的现代传媒的兴起,《刍议》及文学革命理论上的成功正是得益于新文化运动的中心刊物——《新青年》的推动力和影响力使然。

《青年》是由陈独秀1915年9月在中国现代第一大都市的上海创刊。第2卷第1号起改为《新青年》,第3至第7卷,主要由北大同人联袂主办。北京作为中国的政治文化中心,与"五四运动"及《新青年》都具有空间文化地理学的意义。作为一份新文化的同仁杂志,它在出满9卷后于1922年7月休刊。此后作为中共中央的机关刊物,1923—1926年间,先后还陆续出版,但与此之前的杂志身份与定位有了很大的差别。有学者将"五四"新文化运动的"经典文献"本的《新青年》限定在前9卷54期内。①

正是由于《新青年》的文化身份与现代性质,它汇聚了新文化运动的革命性力量,向封建传统的旧文化猛烈宣战,极大地改变了现代中国文化格局,也成为"五四"新文化与新文学运动的主要阵地。《新青年》由于有了胡适的《刍议》《建设的文学革命论》,陈独秀的《文学革命论》《法兰西人与近世文明》,周作人的《人的文学》等文学革命主张,以及鲁迅、胡适、周作人、刘半农、郭沫若等志士仁人的大量的白话文学创作而名满全国,极大地推动和扩大了新文学运动和新文化运动在中国的普及和影响。另一方面,以《刍议》等为首的四篇文学革命的纲领性文章,也得益于《新青年》的传媒力量及其感召力,才使得中国现代诗学的确立成为时代的可能。下面我们来观察一下《新青年》所具有的法国思想文化的视野。

首先从媒介符号学意义上看法国符码。在创刊号的《青年》杂志封面上,我们可以看到这样一个由西方文化符码建构的杂志视角空间:上方空间的最高位置由以法文单词 LA JEUNESSE(青年)挂帅,下方以美国现代实业家卡内基肖像为映衬,一批中国青年学子心向往之,构成了封面的三大主体符码体系。由这一封面符码的意指

---

① 陈平原:《思想史视野中的文学》,载《大众传媒与文学》,新世界出版社,2003年,第185页。

作用,显现出来《新青年》文化选择与精神姿态:首选法兰西的民主自由之精神和美国科学创业之务实作风。作为"五四"新文化运动的第一刊的封面,这样直观地打下了法兰西文明的烙印,法国革命的气息呼之欲出。另一宣传新文化的刊物《新潮》,也以英文单词"文艺复兴"(The Renaissance,法文单词相同)为新思潮的旨归,这一切的内在精神皆昭示了新文化与新文学的本质特征,乃是思想启蒙即启蒙的现代性。

同时,从刊物文章的编排上,再看法国的编码。创刊号里还收录了四篇现代诗学建构中不可或缺的重要文章:一是陈独秀撰写的《法兰西人与近世文明》,宣称法兰西是近代西方文明"先发主动者","近世三大文明"①即"人权说","生物进化论"以及"社会主义说",皆法兰西人所赐。此刻我们不禁联想到作为《新青年》的"远亲",早在辛亥革命前,曾在巴黎的中国留学生创办的《新世纪》周刊。它以法国的政治社会学说为理论资源,对中国封建旧文化猛烈扫荡。在某种意义上讲,它可谓《新青年》的"先遣军";二是陈独秀为该刊所撰的创刊词《敬告青年》的"六义说",也回响着欧洲近代启蒙运动与法国哲学家柏格森《创造进化论》的余音,它们可概括为"自主的而非奴隶的;进步的而非保守的;进取的而非退隐的;世界的而非锁国的;实利的而非虚文的;科学的而非想象的六大主张"。如果我们再把视线放长一点,还可看见陈独秀在《现代欧洲文艺史谭》(1915)一文中,同样借用法国文学家贝利西埃的《当代文学运动》一书,以进化观念来通观欧洲文学史进程——从浪漫主义到写实主义更进而为自然主义,并最早提出了具有现实主义思想的观念。在他眼里,西洋大文豪不单以其文章流芳,更以其思想垂世。而在他那篇现代文学的理论纲领——《文学革命论》中,他向往的新文学样板是法国的卢梭、雨果和左拉创造的法兰西,这昭示了陈独秀所谓近世文明的法国情结。而周作人的《人的文学》里,首先所关注"人"的真理的三次发现,便明确提道"法国大革命";尔后又提到法国现代文学的开创者福楼拜在文学领域对人的发现;再后是"人生"的文学,又有法国作家莫泊桑的小说《人生》所展示的"平常生活"的重现。这一切都形成了关于"人"的维度的丰富内涵。事实上,《新青年》与中国新文学是一种共生关系。它是中国现代诗学建构的早期的主要阵地,从它在与现代诗学有关的"议程设置"上,可窥视到陈独秀、胡适、鲁迅等新文化主将们对中国现代文学与诗学的创建与重大贡献。②

2. 奠基性的四大文本的互文性。如果说《刍议》(1917)是文学革命的第一块基

---

① 陈独秀:《法兰西人与近世文明》,载《青年杂志》第1卷第1号,1915年9月15日。转引自贾植芳、陈思和主编:《中外文学关系史资料汇编(1898—1937)》,广西师范大学出版社,2004年,第57~59页。
② 有关记录《新青年》"议程设置"的文献及其研究资料可参见马冀等编选:《中国现代名刊文摘·〈新青年〉选萃》,辽宁大学出版社,2000年。陈平原等编:《大众传媒与文学》,新世界出版社,2003年。周策纵:《五四运动:现代中国的思想革命》,江苏人民出版社,1996年。

石,那么胡适在翌年又跟进的《建设的文学革命论》(1918),再加上陈独秀在《新青年》第2卷第6号上发表的《文学革命论》(1918)和周作人发表的《人的文学》(1918),共同构筑起了中国现代诗学的初步理论框架。

陈独秀(1879—1942)为呼应《刍议》的空谷足音,毅然将胡适的"文学改良"改为"文学革命",这可谓是现代诗学所迈出的战略性的又一步,从文字语言工具层面的革命扩展到深层的思想文化层面的革命,鲜明举起"文学革命军"的大旗,它上面映现着两大主题:颠覆与建构。首先是从现代诗学的政治文化品格和民族国家诉求出发,以批判的姿态全面推翻封建文化传统的旧文学、古典文学①与山林文学,因为它们致使"今日中国之文学,远不能与欧洲比肩"。陈氏在源头上从中国几千年文学演进的历程中,痛斥旧文学的弊端在于独立自尊品格的缺失、抒情写实的匮乏、深晦艰涩,用今天的话来概括,此三大弊端便是缺乏文学的人性、感染性和可读性。根本问题是缺乏西方近代从文艺复兴到启蒙运动的思想基础,故而在文学的终极目的上,与宇宙(自然)、人生、社会三大层面无涉,并且从社会文化学角度讲,恰与国民性的劣根性互为因果。故新文学目标实乃文学革命、政治革命和社会革命。于是,陈氏提出文学革命三大任务——建设"国民的文学""写实的文学"和"社会的文学",明确了文学革命的现代性身份,即关乎现代民族国家的叙事,这就与胡适《刍议》和《建设的文学革命论》共同组成了现代诗学的民族国家诉求的诗学品格。而"写实的文学"与"社会的文学",又充实、完善与丰富了"活的文学"的白话文的表现范畴和价值取向,体现了一种现实主义的文学观。

其实,无论新文化运动还是"五四"新文学,它首先是一种新文化思潮的高涨和理论与观念的建设,虽然这一努力与后来的历史发展形成了理论与实践和现实的一定差异,但它确实起到了理论先行的作用,即便今天回过头来看,这种理论的先进性仍未过时。当我们回溯陈独秀在五四运动的翌年所发表的《新文化运动是什么》一文时,就会发现文中所表现出的前瞻性和历史的洞见,仍具很强的现实意义。针对新文学与白话文,他指出:"通俗易解是新文学的一种要素,不是全体要素。主张白话文的人也有许多只注意通俗易解。文学、美术、音乐都是人类最高心情的表现,白话文若是只以通俗易解为止境,不注意文学的价值,那便只能算是通俗文,不配说是新文学。"②这既阐述了白话文与新文学的关系,也深化了白话文的内涵,同时,也与中国新文学首篇宣言——《文学改良刍议》所倡导的语言革命和白话文的发展方向,以及

---

① 这是对封建传统的痛斥,主要是针对旧传统中居于主流意识形态霸权地位的文学,而非主流的边缘文学,后者是不在打倒之列的,如"宋元国民通俗文学""元明剧本、明清小说乃近代文学之粲然可观者"。(《文学革命论》)
② 《新文化运动是什么》,载汤一介、杜维明主编:《百年中国哲学经典·新文化运动时期卷》,海天出版社,第152页。

《建设的文学革命论》的主旨形成了回应,这在理论上规定了20世纪中国文学发展的品质,一是不仅要讲时代性、社会性、民族诉求、政治诉求,同时还要有文学性;二是现代中国文学的载体——白话文,不仅是一个简单的载体即工具,它更应该是人的本质力量的体现,因为"文学、美术、音乐都是人类最高心情的表现"。也就是说,符号的建构更是意义的建构,联系到陈氏在同一篇文章中那句对新文化运动高度概括之名言——"新文化运动是人的运动"——其意义就显而易见了。在此,我们不难窥见陈氏思想中所蕴含的法国革命式的激进锋芒与浪漫主义气质和现实主义的基调。这样新文学的诗学建构者们就从语言与文体的形式层面,在理论上完成了中国现代诗学的历史转型。

而周作人(1885—1967)的《人的文学》则在新文学的内容层面,完成了现代文学与诗学所要达到的精神高度,即从晚清的"国家发现"转变为"人的发现"。故而胡适认为《人的文学》是"新文学革命理论的一面旗帜"。因为,其一,此时的"人"的定义有两点要义,第一是"从动物"进化的(人的生物性、本能),第二是从动物"进化"的(是人的社会性,文明的精神属性),他赞成人的"物质生活"与道德生活即灵肉的高度和谐;其二,新文学的本质属性是人的文学即人道主义,一种个人主义的人间本位主义,这就与非人的文学区别开来了,所以周氏讲新文学是"辟人荒"。他在《新文学的要求》(1920)中又进一步说,这个"人"所代表的不是单纯的种族的人,而是人类命运的共同体,即人类的命运是同一的,它体现了文学表现普世性的世界主义的特征。另外,他的《平民文学》更是"人的文学"的具体化,从而相较于贵族文学,走向"普遍"与"真挚",为其所倾向于"人生写实派"作了铺垫。

第三节 两国近现代诗学生成的生态场效应

一、法国近代诗学生成的生态场效应

法国近代诗学的生成,是随着法国跨入近代的门槛,客观上讲,它表现出社会进程的近代化的演进与完善:在生产方式上由资本主义生产方式的兴起到发展,社会制度上经历了封建君主专制的政治制度的开端与鼎盛,意识形态上逐步确立以人文主义精神为主导的资产阶级意识形态。具体而言,随着市民阶层的出现和城市的兴起,法国的统一,封建君主专制制度的确立,资本主义生产方式的推动,物质文明的巨大发展,深刻地改变了人们精神生产的条件,有力地促进了法国近代文学及诗学的健康发展。这些具有推动力的要素表现在以下三方面:一是印刷术的发明与现代传媒及教育机构的兴起;二是在民族共同体的形成中统一的民族语言,对民族国家及民族文化认同的促进作用;三是新兴的知识阶层的壮大及知识生产的革命性转变。下面我们着重探寻这几种力量与诗学生成的关系。

1. 传媒及教育和研究机构与诗学生成。教育向来受教会与王权所重视和利用与控制,因为它是通过语言与书籍等媒介来传播思想文化。巴黎大学(前身为索邦大学)于1174年被教会宣布承认,1200年国王菲利普二世颁发特许证,这标志着巴黎大学的诞生,1231年在教皇干预下,巴黎大学终于取得了行政上和司法上的独立管辖权。该校名人荟萃,成为西欧学术中心,"12世纪文艺复兴"最先的产物。① 事实上,12世纪以后,兴起在中世纪的大学还有图卢兹大学(1229)、蒙彼利埃大学(1289)、奥尔良大学(1306),而后在16世纪文艺复兴时期,法兰西斯一世建立了王家学院(1530),史称"三一学院"。它与守旧势力的代表,天主教会控制的巴黎大学相抗衡,后来它又更名为法兰西学院(College de France)。到了17世纪又官办了法语研究院(Académie Française),②它的主要任务是统一文字,纯洁法语,制订语法规则,解释语法难点,研讨语法、修辞和诗学问题,评论作家和诗人的作品,编辑出版经典作家的作品。

印刷文明和现代传媒的出现,有力地促进了教育的普及和民族国家语言的统一,印刷术使人文主义欧洲化。我们看到"有了印刷术后",纸促进了通俗语言的发展,使通俗语言在民族主义的发展中表现出活力。字母表能够适应大规模机械化工业的需要。这使它成为文化教育、广告和贸易的基础。书籍是印刷术的专门化产品,书籍和后来的报纸加强了语言作为民族主义基础的地位。15世纪70年代,第一批印刷厂出现在法国,巴黎和里昂是法国享誉欧洲的两大印刷中心。印刷术创造了书籍市场,第一本法文的印刷书是J.德·沃拉吉纳(1476)的《圣徒行传》的里昂译本。③ 最早以通俗语言出版的《圣经》是约翰·蒙特林1465至1466年在斯特拉斯堡的那个版本。④ 1507年古尔蒙在巴黎出版了第一部希腊作品。第一本罗马体铅字印刷的法文书是纪尧姆·布代应法兰西斯一世(1522)要求翻译的《论财产》⑤。通俗语言与罗马字体这两部分的结合标志着现代书籍诞生的一个基本阶段,事实上印刷术的推广在使里昂和王国北部地区出版的书籍得以在南方大量传播的同时,也在通俗语言的统

---

① (英)琼斯:《剑桥插图法国史》,杨保筠译,世界知识出版社,2004年,第105页。
② Académie Française,是以法语为研究对象的隶属官方的专门机构。故译"法语研究院"较为准确,后拿破仑任督政时期,它被改组为包含多学科的国家级最高称谓的机构,即"法兰西研究院"或称"法兰西学士院"。
③ (法)巴比耶:《书籍的历史》,刘阳等译,广西师范大学出版社,2005年,第124页。在(法)让纳内的《西方媒介史》中,则称"在西方,第一本印刷图书于1473年在里昂出版",段慧敏译,广西师范大学出版社,2005年,第19页。
④ (法)巴比耶:《书籍的历史》,刘阳等译,广西师范大学出版社,2005年,第124页。
⑤ (法)巴比耶:《书籍的历史》,刘阳等译,广西师范大学出版社,2005年,第130页。

一过程中为确立奥依语族中法语的地位发挥了决定性的作用。① 据说小报(一种"偶然的出版物",因其性质更为大众化)在法国可追溯到 1529 年,② 至于周期性报纸期刊则是 17、18 世纪的产物。在黎世留执掌相印的 17 世纪,大力推行国家文化的建设。1630 年法国历史上最早的报刊《法兰西报》诞生了,它成为集权政治的舆论工具。③ 此外还有《公报》(1631)、《学者报》(1665)和《文雅信使报》(1672)的问世。期刊起初是手写的叙述新闻纸片,17 世纪法国存在大约 200 种期刊,到了 18 世纪,这个数字翻了 4 倍都不止(900 种),④ 像《特雷乌报》《教会新闻》这样的杂志,在言论上更倾向于"哲学"问题。

"小册子的论战是大众民主教育的第一场重大试验,是把印刷机当作议论的喉舌。"⑤《保卫》的版本变迁自首版后近 20 年内共再版 5 次,⑥ 这不难看出,传媒的积极作用和大众的民族文学与文化的认同感越来越强。就此而言,可以说"印刷术是思想的大炮"。

宗教与王权,为了争夺市民阶层从而更有利于其皇权与王权的统治,使得俗语的地位上升了。新教充分利用俗语来扩大《圣经》,加尔文所作的《基督教原理》于 1536 年以拉丁文出版,1541 年就出法文版。新教徒继续对翻译《圣经》感兴趣,他们充分利用俗语,迫使其论敌不得不以俗语回应。这使君主认识到,俗语对提高自己的威望,统一领土具有重要意义。法兰西斯一世 1539 年的敕令,结束了拉丁语在法庭上的地位,确定法语为官方语言。1598 年的《南特敕令》在一定的意义上说,承认了新教和俗语的影响。到 16 世纪末,法语对拉丁语的决定性战役取得了胜利。我们还注意到,1516 年,法兰西和罗马教廷的协议,使法国完全摆脱了罗马教廷的束缚,法国文学抵消了白话本《圣经》的重要影响。波丹给王公们提供了对抗宗教政权无坚不摧的武器。

2. 语言变迁与法兰西民族认同。就欧洲世界而言,"罗马的世界霸权使拉丁语成为国际的语言,继承了拉丁语的现代罗曼语,大概是从公元 8 世纪开始独立发展的。罗曼语并非从古拉丁文学语言继承而来,而是从人民群众日常口语继承下来"⑦。可以说"罗曼语是拉丁语的地方化、通俗化",⑧ 法语就是罗曼语族中的一支。

---

① (法)让-皮埃尔·里乌等主编:《法国文化史Ⅰ》,杨剑译,华东师大出版社,2006 年,第 345 页。
② (法)让纳内:《西方媒介史》,段慧敏译,广西师范大学出版社,2005 年,第 19 页。
③ 吕一民:《法国通史》,上海社会科学出版社,2002 年,第 69 页。
④ (法)巴比耶:《书籍的历史》,刘阳等译,广西师范大学出版社,2005 年,第 233 页。
⑤ (加)伊尼斯:《帝国与传播》,何道宽译,中国人民大学出版社,2003 年,第 162 页。
⑥ Du Bellay, *La Défense et Illustration de la Langue Française*. Paris, 1948.
⑦ (丹)裴特生:《19 世纪欧洲语言史》,钱晋华译,科学出版社,1958 年,第 92 页。
⑧ (荷)彼得·李伯庚:《欧洲文化史》,赵复三译,上海社会科学出版社,2004 年,第 97 页。

法兰西民族则是由多种欧洲民族融合而成的,法国这片土地最早的居民被罗马人称之为高卢人,自罗马大将恺撒征服高卢后,拉丁文化便进入了高卢的大门,拉丁语逐渐代替高卢语。后来,罗马帝国崩溃,日耳曼人入主高卢,通俗拉丁语又演变为罗曼语。古法语(原始法语)正是继承通俗拉丁语的现代罗曼语。法语的诞生有三个重要事件:第一个重要事件,法语的书写并非是一种将口语记录下来的中性的操作行为,因为对语言的运用实质上就具有了语言行为的文化学意义,它表明了用这种文字书写的人的信仰和立场,即一种文化姿态。历史表明,在法语诞生的过程中,公元813年在图尔召开的宗教会议使教士们意识到向民众宣传教育就得用笔把讲道翻译出来。这种从拉丁语翻译成罗曼语的工作导致了罗曼语的地位发生了变化,使它上升到了与拉丁语接近的崇高地位。遗憾的是,有关这些可能会有的译文却没有任何一份被保存下来。另一个重大事件是公元842年用本地语言而非拉丁语写成并宣读的《斯特拉斯堡誓言》,它是有文字记载的最早的古法语,即古代查理曼帝国一分为三时,也就是早期法兰西国家雏形诞生时,用罗曼语写成的勉励军人宣誓效忠的誓词。正是在此时,语言和国家界线的划分已经确定,这一界线后来就成为法德两国的国界线。① 第三个重要事件,则是在法国北部里尔附近圣阿芒修道院里有人写了一首《圣女欧拉丽赞歌》(881年),这是用罗曼语创作的供民众唱诵的第一篇祈祷经文,②也是"有案可稽的用罗曼语写成的最早的文学作品"。③ 可见法语的诞生,直接与宗教、民族国家和语言有着重要的联系。

中世纪,法兰西王国起源于法兰西岛,到了卡佩王朝(987—1328),法兰西才成了法国的同名。14世纪后,随着法国迈向近代社会,中古法语演变为近代法语,以巴黎为中心的法兰西岛的方言,随着法兰西民族的统一,而成为法兰西民族的共同语言。特别是英法百年战争(1337—1453),唤醒了法兰西人民的民族意识,从而促进了法兰西民族语言的统一。事实上,在语言方面中世纪末期(14—15世纪)的特征主要由某种双重的演变方式表现出来:一方面法语同拉丁文比较而言,在不断地向前进展;另一方面,与奥克语以及所有的地区性的书面和口头的语言相对而言,法兰西大区岛上的法语正在树立起自己的权威。虽然雅克·勒格朗的《诡辩术考证》(约1400)可以被看成是用法语写的第一部谈论三艺的著作,但拉丁文依然是一种主要的学术性语言。不过从此以后在社会政治方面占统治地位的语言,则是法语而不是拉丁语。1539年法国国王法兰西斯一世,发布《维雷·科莱特敕令》,使法语成为所有法律和官方文件的语言,也是文学的表达语言。④ 尔后,文艺复兴的积极弘扬与锤炼,杜贝

---

① (法)让·皮埃里乌等主编:《法国文化史Ⅰ》,杨剑译,华东师大出版社,2006年,第30页。
② (法)让·皮埃里乌等主编:《法国文化史Ⅰ》,杨剑译,华东师大出版社,2006年,第31页。
③ (法)让·絮佩维尔:《法国诗学概论》,洪涛译,四川文艺出版社,1990年,第17页。
④ (荷)彼得·李伯庚,《欧洲文化史》,赵复三译,上海社会科学出版社,2004年,第129页。

莱对法语地位和作用的肯定,龙沙对法语的丰富和完善,埃蒂安纳《法兰西语言的优越性》对法语的推崇,民族语言的法语到了17世纪古典主义时期,最终统一了下来。① 这充分体现了政治上中央集权的统治必然与稳定的语言文字的要求相呼应的时代的呼声,官办的法语研究院和民间的沙龙中介,共同打造了以宫廷和沙龙语言为标准的现代化和规范化的法语。这样近代法语,随着民族精神和理性主义意识的深入渗透,也得以定型,它不像古法语和中古法语那样,法国一般读者无须通过翻译便可直接阅读,成为连接当代法语的桥梁。需要强调的是马莱伯十分重视法语的整理和规范,法语研究院奠定了全国法语语法的基础。

到了18世纪的启蒙运动和法国大革命,随着真正意义上的第一个现代民族国家的完型,拉丁语在法国成了一门外语,而大革命建立了国家统一的法律、行政和度量衡,这一切都使得利用法语作为载体才能流通,方言、土语被统一的民族语言(国语)所取代。也正是由于大革命,使法语得以推广和传播,由于大革命的信仰和人的地位的提高,人们放弃方言、土语,使用统一法语被视为平等的一种表现。法国国歌《马赛曲》也是由统一的民族语言所谱写的词,正是大革命使它唱响了全国。大革命对法语的影响,主要表现在词汇方面,而这些新事物、新概念正是通过语言又影响社会的意识形态和人们的行为方式。于是不仅在法国乃至欧洲,法语成了文化交流和传播启蒙思想最有效的语言,法国人里瓦罗尔撰写了《论法语的世界性》(又译《论法语的普遍性》,1784)②。如果说大革命前,尤其是17世纪的古典主义时期,语言和国家之间的联系比语言和民族之间的联系更为密切的话,或者说语言更多的是一种"王朝主义"或"国家主义"的话,大革命前后,语言的统一与"民族的发现"或"民族的创造"则更为热烈,正如里瓦罗尔所言,"语言像民族一样",并随着民族一道兴起和衰落,大革命期间的那场语言革命,之所以要废除方言,并将法语的用法"普世化",其根本的原因是为了"把公民和民族大众融为一体",从而推动民族语言和民族共同体的发展。因此可以说这是法国语言史上乃至欧洲语言史上,继16—17世纪的"语言革命"后的第二次"语言的发现",这也使之成为欧洲思想史上的一个转折点。③

最后至19世纪浪漫主义和现实主义文学的发展,通俗语汇和高雅语汇已不分轩轾,并且日常用语的语汇也大量使用,从而使现代法语逐步由书面语向通俗法语靠近。现代法国史告诉我们"民族化的基础在很大程度上是语言,语言又受到印刷词和口语词机械化的影响"。另一方面,印刷工业的急剧扩张和对出版自由的强调,也起到了强化民族主义的作用。

---

① 罗芃等:《法国文化史》,北京大学出版社,1997年,第63页。
② 梁启炎:《法语与法国文学》,"大革命对法语的影响",湖南教育出版社,1999年。
③ (英)彼得·伯克:《语言的文化史:近代早期欧洲的语言和共同体》,李霄翔等译,北京大学出版社,2007年,第235~238页。

通过以上论述,我们更能深刻体会到德国语言学家洪堡特所言:"语言仿佛是民族精神的外在表现,民族的语言即民族的精神,民族的精神即民族的语言,两者的同一程度超过了人们的任何想象。"①的确,法语的变迁,说明了语言的存在是民族的存在最显著的标志,或者说民族的存在首先是一种语言的存在。因为任何民族都需要用自己的智力把握世界,任何一个民族在它创始之初,都必然优先建构语言,"民族的产品必定先存于个人的产品"。语言中的这种巨大的民族共同性,对于民族中每个成员和对整个民族的塑造,都有很大的影响。

3. 知识生产与诗学观念的生成背景。法国的人文主义首先是从模仿彼特拉克为代表的 14 世纪末意大利文化样式的意愿中产生出来的;法国人文主义的诞生是以国王掌玺部门的书吏把文化作为提高自身社会地位的一种希望方式而出现的。它似乎与教会和国家的官僚主义化现象,与两处高度集中的大的权力机构在阿维尼翁和巴黎的发展密不可分;另一方面,人文主义一开始就与宗教改革相交织,这是法国文艺复兴特有的景观。也就是说宗教以及古希腊的知识与信仰,首先是通过翻译来传播的。除了上面述及的蒙特林最早版本外,还有作为法国人文主义之父的雅克·勒菲弗尔翻译出版了《新约全书》(1523),随后又将整部《圣经》通俗拉丁文本转译成法文本——帕尔斯格雷夫的《法语布道书》(1530)。另外,加尔文 1536 年用拉丁文发表的《基督教原理》于 1541 年译成法语出版,雅克·阿米奥把普鲁塔克的《平行列传》即《希腊罗马名人传》译成法文(1542—1559),随后,埃蒂安纳分别著有《法语与希腊语的一致性》(1565)和《法兰西语言的优越性》(1579),声称法语比意大利语优越,是当时欧洲最优美的语言。这意味着法语在众多语言中的崛起,也是法国文化走向自主性的一种体现。

在另一个新的领域,即在政治学和法学方面,波丹的《国家论》(1576)首次系统论述了国家主权学说,帕基埃于 1560 年开始撰写并不断增补完善《法兰西研究》,这里面也从法国的历史和民族性上来探讨法国。此外反映新世界视野,天文学及地理学的知识也源源不断:戴利的《世界的形象》(尽管此书是一部质量很低的汇编,它使哥伦布相信亚洲的东端离西欧的海岸线并不遥远,但事实上后来哥伦布的新发现确认了美洲这块"新大陆")(1410),沃德塞缪勒的《新大陆地图》(1513)、《航海地图》,闵斯特《世界天体论》(1489—1551),奥斯隆·菲内的《新高卢全境概述》(1525),在此之前却是《权杖之梦》里"马赛是世界中心"的说法,而在吉尔的《各地论述》(1450)中,法兰西则是一个被海洋、比利牛斯山和四条河流所环绕的国度。

而语言学方面的书籍最为丰富,布代在希腊文研究中整理了语言和历史批评,出

---

① (德)洪堡特:《论人类语言结构的差异及其对人类精神发展的影响》,商务印书馆,1997 年,第 50 页。

版了《〈学说汇纂〉注释》(1508),《希腊语言评著》(1529),多雷的《拉丁语诠释》(1536)、《法语标点法》(1540),梅格雷的《论法语语法》(1550),佩里翁的《高卢语言的起源》(1554),埃斯蒂安出版了《法语语法条例》(1557)。福榭的《法语的起源》(1581),阿尔诺和朗斯洛合编出版了《普通分析语法》(1660)。

当然,我们注意到中世纪的语言研究和文艺复兴时代的语言研究是有差别的。在前者,即使在中世纪后期,出现一些用欧洲各民族语言写成的语法著作,它们或者是学习拉丁语的工具书,或是附在拉丁语法之后的本族语法说明,并没有自觉的民族语言意识。而14世纪以后,文艺复兴运动的兴起,打破了作为神学和经院哲学基础的一切权威和传统教条,欧洲各民族的民族意识开始觉醒,民族文化发展的自觉性与民族语言的文化认同齐头并进,语言识别成为各国民族主义运动的重要标志。

二、中国现代诗学生成的场域论

1. 新思维的引领:维新启蒙三大家的法国视野。作为资产阶级维新派重要代表人物,梁启超(1873—1929)在20世纪初"最早介绍了法国革命的思想"。① 他思想中的法国视野体现在:一、"近世文明初祖二大家之学说(培根实验派与笛卡尔怀疑派)";二、孟德斯鸠学说②、卢梭学说;三、最欣赏的法、日、俄三国大家之一的伏尔泰等人,他被称之为法国革新之先锋,与孟德斯鸠、卢梭齐名;四、罗兰夫人传。③ 梁启超说道:"法国大革命,为欧洲19世纪之母故。罗兰夫人,为法国大革命之母故。"梁氏还重视中西革命史比较研究,法国大革命成为他中国革命研究的参照系;五、梁氏作为新史学之父,且史学思想主要受惠于兰克史学,而法国史学家朗格诺瓦与瑟诺博司自然是其该派的代表。另外法国心理学家吕邦的国民心理学和维尔康特"自然种族与历史种族"对他也有影响,同时梁氏的"心力"概念更明显来自柏格森。

与梁氏从正面吸纳法国思想学术而思考中国相反,作为资产阶级维新派的领袖,康有为(1858—1927)在戊戌变法之前的1898年就写下了《法国革命记》,④他还以法国大革命为参照,思考现代中国国家建设的中心问题。他企图在文化上为中国寻找认同的根据,在政治上为中国发现一种反民族主义的国家建设理论——带有强烈的集权倾向,总之,他关于中国的政治构想中反对世袭贵族传统和地域性的自治制度,反对帝国分裂为多个民族—国家或联邦政体的欧洲模式,反对法国大革命开创的民族主义传统,主张通过皇权主导的行政改革,将帝国直接转化为主权国家,进而以统

---

① 周策纵:《五四运动:现代中国的思想革命》,周子平译,江苏人民出版社,1990年,第405页。
② 中国人介绍孟德斯鸠学说的第一篇文章便是此篇《孟德斯鸠之学说》,载《清议报》1899年12月13日。
③ 梁启超:《近世第一女杰罗兰夫人传》,见《饮冰室合集·专集》第4册。
④ 汤志钧编:《康有为政论集》上册,中华书局,1981年。

一的"中国"置身"列国并争"的世界体系之中。

另一方面,如果说欧洲的社会主义,是从基督教传统中发展起来的一种针对民族—国家的世俗宗教的历史运动,那么康有为的大同构想,则是从儒学传统中发展起来的针对分裂的民族—国家构想的思想挑战,而这个挑战的目的恰恰又是要将中国转化为"国家"。我们看到,康有为的儒学普遍主义将孔子作为教主,从而也赋予了他参与的变革一种准宗教革命的色彩。康有为的国家主义倾向因此体现为一种政治上超越国家的无政府主义倾向和在文化上超越任何特殊论的普遍主义倾向,于是,他的近代国家主义就是以一种准宗教革命的形式出现,它必定与超越国家的普遍主义密切相关。①

而严复(1854—1921)作为近代维新启蒙思想家,中国第一位系统译介西方学术名著的翻译家,他为中国思想史及其现代的转型,提供了这样一种可能性:以"进化论"和现代科学方法为背景,建立了一个完整的新宇宙观,并在欧洲自由主义思想支持下,提供了一套变革方案。② 这就为中国现代文学及文论,奠定了文学变革思想的理论基础,并且对梁启超、鲁迅、胡适、陈独秀、周作人等产生了深刻的影响。有学者指出,"严复对梁启超后来发展的影响远较他的老师康有为对他的影响还大"。③ 而他所翻译的"赫胥黎"的《天演论》和日本中村笃介的汉译本《民约论》的出版,是对20世纪中国思想界影响最大的两大学说。

严复的翻译实践,把近代欧洲思想和观念编织进了汉语的广阔空间中,在他的翻译思想中蕴含着两大主题,即思想启蒙和救亡图存,他的大量西方学术名著的翻译,无不是实现他所倡导的"鼓民力、开民智、新民德"的现代性追求,梁启超的"新民论"的思想与此也是一脉相承的。

我们以为,严复西学思想中的法国视野主要体现在以下两点上:第一,前面所述甲午战争后,曾最早用卢梭的《民约论》观点,写下了批评韩愈宣传君主专制理论的《原道》。他认为"人民才是天下之真主",但后来他的《"民约"评议》却展开了对自然权利理论的批判,他不承认自由平等是一种自然存在,而是一种政治和法律的存在。所以他对社会的理解是建立在赫胥黎的伦理过程之上,故而是道德主义。严复对社会伦理问题的思考,具有把个人的自由平等与秩序相关联的倾向,这就是他称之为"群"的概念。通过这个概念,不仅把社会理解为一种有机的道德存在,也试图把个人责任置于"群"的共同价值上加以考虑,从而在"自我肯定"和"自我约束"之间建立一种平衡关系,而"公"的概念正是这种平衡的表达。第二,著有《孟德斯鸠传》并翻译有《法意》(1900—1909年)。据说,该书是严复据英译本译成,此书在他八大著作翻译中,所加按语长达330条之多,他以改良主义的观点来对译著进行阐释性意译。

---

① 汪晖:《现代中国思想的兴起》上卷第2部,生活·读书·新知三联书店,2003年。
② 汪晖:《现代中国思想的兴起》下卷第1部,生活·读书·新知三联书店,2004年,第833页。
③ (美)史华兹:《寻求富强:严复与西方》,叶凤美译,江苏人民出版社,1995年,第76页。

他以孟氏"三权分立"说来启发中国现代的社会民主进程的建构。

严复留给我们的是一个双重性形象:自由主义者和保守主义者,但他以自由平等观念和国家富强的追求来打通了两者间的隔阂,他译穆勒《论自由》(《群己权界论》),又译约翰·斯密的《国富论》(《原富》)即是一种实践。

严复为中国近代思想提供了最为完整的现代性方案,在他的三个世界里——名的世界、易的世界和群的世界里,都包含着一种对整体秩序的追求,即服从天演的运行,这个天演的范畴不仅包含着进化与循环的双重性,也始终存在着自然主义与道德主义的冲突,这就是严复现代性方案内在紧张的根本所在。

我们还注意到,严复从西方思想中看到一种力本论的观念,并把它用于社会进程,特别是民族的兴衰。他以为民族的形成,犹如动植物的生长,都是宇宙运动中"力"的结果。于是物竞天择,适者生存,便是宇宙运动中永恒的"力"的普遍法则。

严复对我们的意义在于:一、他的融会东西方智慧的这套知识谱系和社会构思,为民族同一性和现代社会与国家的形成提供了"合法化知识",他所追求的技术进步而达至"富国强民",不仅是工具理性的,更重要的是发现建立一种现代社会的价值秩序,而这不仅留给"五四"一代,也是我们今日现代化进程中仍在摸索和有待解决的问题。二、严复的"科学"方法构思,是对旧秩序的挑战,即有关宇宙符号系统、伦理秩序和政治秩序的怀疑与重建。他不仅为人们创造了一种宇宙和世界新的认知图式,而且为创造一种民族国家为内涵的社会提供了科学的模式。①

另外,中国的马克思主义者李大钊发表的《法俄革命比较论》②和《"晨钟"之使命》③中,也有法兰西革命思想的烛照。

2. 现代传媒的力量与两大生力军的推动。现代传媒无论是报刊还是图书,在晚清与"五四"的中国近现代社会的转型期,它作为传播西方新思想的媒介,本身也成了现代文化的组成部分。故它在中国现代文学与现代文学理论生成中,起到了巨大的推动和促进作用。事实上,那些近现代史上的启蒙思想家、革命家,同时也是现代传媒的掌舵人和编码者,如梁启超、胡适、陈独秀、鲁迅以及茅盾、郭沫若、郑振铎等中国现代诗学的开创者们。我们看到,作为现代传媒,除了在前面部分我们已有的对《新青年》的详论外,还有《新潮》《少年中国》《东方杂志》《小说月报》《文学旬刊》《每周评论》《晨报副刊》《学灯》《民铎》以及《创造季刊》《创造周报》等报刊的作用不可忽视。

就传播学意义而言,新诗潮与新文学借助媒介,最早可回溯到梁启超通过报刊和书籍如《清议报》《新小说》以及《夏威夷游记》等。鼓吹"诗界革命""文界革命"和"小说界革命",这在本论著的前面部分已有论述,在此恕不赘言。不过,特别值得一

---

① 汪晖:《现代中国思想的兴起》下卷第1部,生活·读书·新知三联书店,2004年。
② 见《言治季刊》(1918)第3册,《晨钟报》创刊号。
③ 同上引。

提的是,标志着中国现代文学批评的诗文评模式和一个新的文学理论时代之来临,要算王国维(1877—1927)的《红楼梦评论》(1904),此文正是在他主编的《教育世界》杂志上发表的。这篇划时代之作,在中国现代文论史上,第一次真正运用西方哲学和美学理论来分析、论述一部中国传统小说。是否可以说,它与后来胡适、陈独秀的"文学革命论"之不朽篇章,形成了中国现代诗学架构的复合体的基座。而《东方杂志》,中国启蒙的教科书,则主要传播西方的科学与技术的进步力量,同时它还为"共和国教科书"的出版大作广告,它还对《共和国民读本》进行了宣传和介绍。

另外,他还从国际文化传播的角度论说了元曲《赵氏孤儿》等在法国流传的现象。而另一位具有世界眼光,在中国文学新时代之前夜呐喊的鲁迅(1881—1936)也分别于1908年在留日的中国知识分子的刊物《河南》第2、3期上发表了《摩罗诗力说》和《文化偏至论》。虽然两篇大作大多从外文材料编译而来,但在前文中,鲁迅第一次提出了"国民性"一词。① 他指出"国民精神之发扬与世界之广博有所属",他看到"败拿破仑者,不为国家,不为皇帝,不为兵刀,国民而已",他期待"中国思想作为日趋于新""力排政治、宗教之积弊,唱思想、言议之自由",这可谓"新文化之士人"唱出的"先觉之声"。② 而在《文化偏至论》中,鲁迅借尼采的"超人"意志和克尔凯郭尔的"道德自主"以及达尔文的进化论思想,来塑造新时代之中国人应具有的一种主体意识和"天才"观。尽管此中包含着浓郁的个人主义和对西方19世纪文明之痛病——资本主义和工业化所造成的物质进步与道德退步的悖论,这一二律背反现象的本质灼见,但他却得出了"掊物质"和"排众议"的偏颇结论。

如果说新文化运动和新文学的开创,首先是由陈独秀、胡适以《新青年》为阵地而打响的话,新文学运动之气势的壮大与成果的扩大以及中国现代诗学起点的全面展开,则是由后来的两大派别及其刊物来实现的,③它们就是"文学研究会"(简称"文研会")和"创造社"这两大生力军。我们在前面提及的《小说月报》《文学旬刊》

---

① 关于"国民性"研究可参刘禾:《语际书写》,上海三联书店,1999年;杨联芬:《晚清至五四:中国文学现代性的发生》,北京大学出版社,2003年。在此我们只提及两点:一、"国民性"一词最早来自日本明治维新的现代民族国家的日译,正如现代汉语许多新词大多来自日本一样;二、关于批判的国民性,这是一个发端于晚清五四运动,而又在"五四"演化成为中国现代文学重要思想范畴的话题。此话题一直与20世纪中国的现代化追求密切相关。很明显,国内学术界的"国民性"研究与阐释基本上是沿着晚清以来的国民性批判思潮,着眼于民族的自强独立而进行的,有着鲜明的启蒙色彩。当然,一些海外的华裔学者对"国民性"命题的理论提出了质疑。

② 郭绍虞主编:《中国历代文论选》(第4册),上海古籍出版社,1980年,第445~477页。

③ 有关社团与新文学的关系,可参见杨洪承:《文学社群文化形态论》,安徽文艺出版社,1998年;郑振铎:《中国新文学大系·文学论争集导言》(影印本),《中国新文学大系》第10集,《史料·索引》(阿英),上海文艺出版社2003年;王富仁:《创造社与中国现代社会的青年文化》,载刘俊等编著:《中国现当代文学研究导引》,南京大学出版社,2006年。

《创造季刊》和《创造周报》,正是他们手中的王牌。透过这些刊物,两大阵营分别亮出了各自的文学主张:"为人生而艺术"(倡导者周作人、茅盾和郑振铎)和"为艺术而艺术"(郭沫若借王尔德之口喊出了与"文研会"相对的口号)。

在为中国新文学及诗学的建构中,"文研会"的两位主将值得一提。他们是先后任《小说月报》主编的茅盾(1896—1981)和郑振铎(1898—1958)。他们是以此为阵地,通过介绍自然主义、现实主义等文学理论来指导和建构中国现代文学的基本理论,在他们的贡献中有两大功绩很突出:第一是对以法国为代表的西欧自然主义和现实主义的介绍,因为法国的自然主义、现实主义关系密切,茅盾在当时把这两者视为一个整体,所以他首先是对左拉的自然主义的介绍,因为正是在他手中,法国的自然主义和现实主义获得了具有世界影响的理论表现。正如茅盾对俄国现实主义的认识是通过克鲁鲍特金等人的著作间接实现的,对包括法国在内的现实主义、自然主义文学思潮的认识则是来自日本人岛村抱月的《文学上的自然主义》,此篇译文就发表在《小说月报》上。而另一部影响他的著作则是英国人菲里普斯的《论现代小说家》。他将其中一些章节翻译出来,也发表于《小说月报》。

第二是从对民族国家诗学建构有积极参照意义的编辑行为来说,在《小说月报》上,编者着重推出了俄国及其他被压迫民族文学的专号,从而实现主编"文学要拿新思潮作源泉,新思想要借新文学作宣传"的目的。茅盾还直截了当地说:"介绍西洋文学的目的,一半是欲介绍他们的文学艺术来,一半也为的是欲介绍世界的文学艺术与思想——而且应是更注意些的目的。"

茅盾对中国现代诗学的贡献和影响,在中国现代文学后来的发展期更明显,后面还将涉及。此外郑振铎可谓是"五四"时期的中国现代文学的推动者,他通过媒介的传播,对中国现代诗学建构的形成做出了重大贡献。在新文学的头十年,他先后任《小说月报》《文学旬刊》《儿童世界》和《学灯》的主编,还兼有商务印书馆编译所的工作。面对新文学,他强调两点:一是在观念上,二是在方法上。他提出"须有打破一切传统观念的勇气"和具有"近代文学研究的精神"[①],在方法上,他认为最重要的是介绍西方文学原理,从亚里士多德的《诗学》和法国人泰纳的《英国文学史》,都被视之为重要参考文献,并提出"要重新估定和发现中国文学的价值"[②]。对此任务的实现,成了他一生的最大追求。这里还得提到他与法国的渊源关系,在他早年旅居法国时,曾是巴黎国家图书馆的常客,通过对流失在海外的大量中国古代小说,尤其是孤本和散本以及敦煌的"变文"进行了研究,以此实现对文学的重新"估定和发现"。这对他后来写作《文学大纲》《插图本中国文学史》《中国俗文学史》都积累了良好的经

---

① 《整理中国文学的提议》,原载《文学旬刊》第51期。
② 《新文学之建设与国故之新研究》,原载《小说月报》第14卷第1号,1923年。

验。另一方面,对中国现代文学批评的建设,他认为首先是要引进,这里他看中的是法国近代文学批评大师圣·伯夫和泰纳的"实证批评"。因为圣·伯夫在其《16世纪法国诗歌与戏剧概貌》一书中,尤其想在"法兰西的源流之中寻找可与之联系的某种民族的东西",而在另一本《波尔-罗亚尔修道院史》中,则发现了文学科学即一种为奠定"精神的自然史"服务的"文学科学"。由此看来,这些对后来中国文学批评的形成与看重文艺与社会的关系,看重发展本国的国民文学、民族文学,无疑有着积极的参照作用。

作为中国现代诗学创建初期的另一大流派以及传媒力量的显现,当属创造社①,从1921年成立到《创造周报》的创刊(1924)为界,前期以从事浪漫主义文学为主,后期主要倡导革命文学。我们先来看"创造社"的代表郭沫若(1892—1978),其前期文论主要是西方浪漫主义和表现主义思潮的回响,正是受德国哲学家奥斯特瓦尔"唯能论"、法国生命哲学家柏格森以及意大利哲学家克罗齐的美学影响,这位创造社的主将,写下了《生命底文学》一文②,于1920年2月23日发表在《时事新报·学灯》上。这篇注重文学理论本体论和艺术论层面上的阐释,正好与他那首体现了渴求祖国心声的杰作《凤凰涅槃》一诗相对应,也可以看成是对此诗创作的文学性解读。他指出,"生命是文学的本质",因为"生命中至高级成分便是精神作用",这"精神作用是大脑作用的总和。大脑作用的本质,只是 energy 的交流"。这种"心的能量","在人就是感情冲动、思想和觉悟"即"狭义的、生命的文学"。进一步说,生命的文学就是个性的文学(自主自律)、普遍文学和不朽的文学","真善美是生命的文学所必具之二次性"。那么谁来实现它?即"创造生命的文学,第一要当创造人",它"要破除一切虚伪、因袭","绝对的自主、乐观","并能在逆境中积蓄力量",这完全可以看作为是对创造社名称的最好阐释,在此我们还不免联系到柏格森的《创造进化论》(1907),特别是论文集《心的能力》(energy spirituelle),他们都谈及了"身心关系""生命与意识",突出了个人自由与创造性学说,正如在他致宗白华的信中所言,这是郭氏此文与柏格森之关系的直接证据。③ 的确,从文论到诗歌(《女神》《凤凰涅槃》《太阳礼赞》等诗歌象征物),郭沫若在他的光的隐喻中,实现了一种范式转换,创造了一种新的神话,即以动能和反叛为特征的现代神话。更值得注意的是他的《文艺家的觉悟》和

---

① 有关创造社的研究可参郑振铎:《中国新文学大系·文学论争集》导言(影印本)、《中国新文学大系》第10集《史料·索引》(阿英编),上海文艺出版社,2003年;许道明:《中国现代文学批评史新编》,复旦大学出版社,2002年;王富仁:《创造社与中国现代社会的青年文化》,载刘俊等:《中国现当代文学研究导引》,南京大学出版社,2006年;(斯洛伐克)高利克:《中国现代文学批评发生史》,陈圣生译,社会科学文献出版社,1997年。
② 王锦厚等编:《郭沫若佚文集》(上册),四川大学出版社,1988年,第26~27页。
③ 罗钢:《历史汇流中的抉择:中国现代文艺思想家与西方文学理论》,中国社会科学出版社,2001年,第117页。

《革命与文学》(1926),是其走向革命文艺观转变的标志,他提出了文学的阶级性问题即"革命的与反革命的"文学的论点。此后,创造社后期的"革命文学"论争,整个地改变中国现代文论和现代文学的历史走向,奠定了无产阶级革命文学和社会主义文学的发展基础,马克思主义文论更加集中、迅速地被介绍到中国。另外他还在《批评·欣赏·检察》(《创造周报》,1923)中将法国与英国的批评家作比较分析,不过他更欣赏英国浪漫主义大家佩特和王尔德,而非圣·伯夫和法朗士,他还对泰纳的"实证主义批评"和法朗士的"印象主义批评"不以为然,显示了他的浪漫主义文学追求之特质。"创造社"的另一位代表人物,成仿吾(1897—1984)则在《新文学之使命》(1923)中,表明了"创造社"对新文学的话语建构立场,他提出了"文学有三种使命",即"对于时代的使命","对于国语的使命"和"文学本身的使命"。他早期的理论《艺术之社会的意义》(1923),显然受法国哲学家基约的《社会学的艺术观》的影响,并建立在"社会审美主义"的基础之上的。他一方面强调文学的社会功利性和对社会的进步作用,另一方面又注重批评的同情和超越。

通过上面从社会转型期到传媒与文学批评的互动,显示出中国现代诗学的"蜕变"或成功转型:从晚清至"五四"前期,经过初始的发轫到"五四"前后十年的基本完型,"民族国家"的文学观与"文学科学"的文学观以及"革命文学"观已初步确立。

最后,特别要指出的是,在中国现代诗学的发轫过程中,中法因缘的另一个维度之催化作用:早在20世纪初,远在巴黎的中国激进的知识分子团体"世界社",通过其创办的机关刊物《新世纪》(1907),①在辛亥革命前所做的思想启蒙和孔学批判工作,对后来"五四"新文化运动起到了铺垫作用。我们把《新世纪》与《新青年》作比较,就会发现它们所处的共同的政治环境与历史语境——解构封建传统旧文化,斗争指向上激烈的批孔并与"国粹"论战,主张"家庭革命""政治革命""经济革命",与封建思想主体的"三纲五常"针锋相对,明确提出"科学"口号(这一点《新世纪》还早于"五四"),要以"科学之真理"扫荡迷信与宗教之流,以此破除权威崇拜、祖宗崇拜和专制崇拜。《新世纪》还分析了宗教迷信和政治迷信以及由此而产生的两种强权的恶果——"思想的强权与政治的强权。"

综览《新世纪》,它作为中国无政府主义的喉舌,实开"'五四'新文化运动的先河",它"部分担当了20世纪中国新文化建设的揭幕人与发轫者的作用"。② 当然《新世纪》的角色更多是"清道夫",破坏有余,建设不足。而同时兼任两者,提倡新文学、

---

① 该刊于1907年6月22日在巴黎创刊,1910年5月29日停刊,共3年121期,主要人物是张静江、李石曾、吴稚晖和张继。
② 盛邦和:《解体与重构:现代中国史学与儒学思想变迁》,华东师范大学出版社,2002年,第49页。

建设新文学的重任便历史的落到了《新青年》身上。① 我们在此把这两份刊物相观照，意在思考：一、就空间场域而言，它是一批接受了法国文化的新思想代表，以无政府主义思潮为指引，从远在异乡的法国射向封建中国旧文化的利箭，这必然对"五四"新文化运动存在着潜在的影响，而且与《新青年》思想也有着内在的一致性。由此看来，法国思想文化资源对中国现代诗学发轫与初创的影响力，及其所居的主导性地位应得到高度的重视和研究。同时我们也看到这种影响的路径可分为：一、从渠道上讲，以日本为中转和从法国本土直接输入两种途径。就传播主体行为而言，又呈现出以译介法国文化和转述法国思想为主的，和受法国文化启蒙而直接向中国旧文化发起攻击的；二、如果我们把《新世纪》对中国旧文化发起攻击的境外运作，看成是"五四"前《新青年》的预演，那么为什么胡适的《文学改良刍议》虽也在境外的美国写成，但"出口转内销"投书内地便引得轩然大波，并与陈独秀的《文学革命》一道点燃了轰轰烈烈的新文学运动的烈焰？再有胡适与陈独秀在倡导和推动新文化运动及文学革命中，欧陆思想资源又怎样得以利用，在此意义上他们与先期的《新世纪》有无任何直接关联，我们以为这都值得考察，这样我们方能在更大的思想背景上或场域空间中，审视新文化运动与新文学的生成性资源，以及中国现代诗学理论早期的形成与发展的逻辑理路。

此外，值得一提的是，新文化的开创者们在思想理论上的贡献，不仅在当时，即便对中国当代文化与当今的新世纪文学及其理论，也是一笔宝贵的财富。陈独秀在其《新文化运动是什么》中所留下的一笔遗产，仍对我们今天有警醒的作用。他说："现在新文化运动中，有两种不祥的声音：一是科学无用了，我们应该重哲学；一是洋人现在也倾向东方文化了……这两个妄想倘然合在一处，是新文化运动一个很大的危机。"②是的，当今全球化浪潮与后现代文化批判，确实提醒我们中国是现代世界的一部分，中国与百年前的羸弱简直不可同日而语，它已巍然屹立在世界的东方，崛起的中国已然令世界为之瞩目。然而，"德先生"与"赛先生"仍未过时，中国的国情仍需我们用科学的精神作指导，讲科学的发展观。另一方面，"西洋人倾向东方文化了"，此论意味着一要提防"中国中心主义"的"夷夏之辨"的自大，同时应看到这种西洋人建构东方学的实质，这毕竟是"他者"的视角，其实东方不外乎是他们审视自己的一面镜子罢了。新儒学也好，中华复兴也好，一方面我们要继承和弘扬传统，另一方面，吸收人类其他文明的优秀成果也是不可或缺的。要使 21 世纪成为亚洲的或者中国的世纪，还有很长一段路要走。它需我们在体制上，特别是新的思想文化的建构上，

---

① 关于《新青年》的研究可参陈平原：《思想史视野中的文学》（载《大众传媒与文学》）以及《"五四"时期报刊介绍》和李宪瑜《〈新青年〉研究》等。
② 陈独秀：《新文化运动是什么》，载《百年中国哲学经典·新文化运动时期卷》（1915—1928），海天出版社，1998 年，第 150~151 页。

下很大的功夫。

3. 现代教育与大学的合谋。众所周知,东西方历史的发展已经证明,一个国家要实现现代化,首先是教育的现代化。作为现代教育的发轫起点,中国近代新式学堂的雏形,京师同文馆1862年成立(英文馆);翌年法文馆开馆,法国的科学与法律知识及教育理论逐渐进入中国,1902年同文馆又并入京师大学堂,而后者成为北京大学的前身。作为中国现代教育的开拓者、"五四"新文化运动的倡导者,蔡元培(1868—1940)先生也与法国文化有不解之缘。他非常注意吸纳和借鉴法国科学文化,并用来改造社会。他的主要贡献在于:一、中国现代教育的学科创设,主要取法乎法国和日本;又在中国现代高等学校的建设中,亲自主持了具有法国学术资源背景深厚的震旦大学、中法大学以及华法教育会孔德学校等一批名校,并对法国开办的平民大学大加赞赏;二、认为法国文化的核心是奉行人道主义教育,推动科学和美术的进步。由此引发出他的"科学救国""教育救国"的思想以及"美育代宗教"的主张;三、有力声援李石僧等人在巴黎创办的《新世纪》,该刊与民族主义"合力论"等新思想,共同反对君主立宪,宣传无政府主义;四、认为法国文化作为欧洲文明的代表,一旦被中国吸纳,对于推动中国社会的改革,将是十分重要的推动,他赞扬法国扫除了两个阻碍,"现今世界各国之教育,能完全脱离君政及教会障碍者,以法国为最。法国自革命成功,共和确定,教育界已一洗君政之遗毒",[①]此外,凭借赴法教育华工的经验,晏阳初的"平民教育"理念,在现代中国教育中也颇有代表性和实践意义,并在当代中国教育思想与实践中显示出他的强大活力。当然,这一切都脱离不了蔡元培的政治理念——言论自由与思想自由为现代共和国家"绝对之原则"。

我们知道,新文化运动及现代诗学的生成的一个重要因素,在于它紧紧抓住一刊一校,即陈独秀与北大同人所办的《新青年》和作为中国现代教育权威重镇的北京大学。在那里,是由具有欧美现代文明新思想的新派学者来领衔:蔡元培、胡适、陈独秀、刘半农(留学法国获语言学博士)、鲁迅、周作人等都与西方现代教育文化关系密切,而这些新文化及现代诗学建构中的翘楚,也都与法兰西近世文明与文化有着渊源关系。所以,现代大学与现代传媒的结盟,使新文化运动及现代诗学,拥有了话语权的强势,主导了现代中国文化发展及诗学创建的格局。

4. 翻译的参与与西学知识的进入。我们发现,对中国近现代社会和民族国家文学,影响最大的当属翻译文学。晚清翻译文学尤其是小说的大量涌现,法国小说的社会意蕴与美学意蕴,都对晚清非主流小说及"五四"新文学创作产生深刻影响。事实上,中国近代翻译史上,最早译介的作品都是来自法国的诗歌与小说。我们知道,对

---

① 蔡元培:《华法教育会之意趣》,载沈福伟:《西方文化与中国》,上海教育出版社,2003年,第896页。

中国真正有影响力的西方小说应首推林纾(1852—1924)、王寿昌合译的近代法国小说家小仲马的作品《巴黎茶花女遗事》(1898),它首先以《红楼梦》般爱情悲剧的魅力打动广大读者,这与中国大团圆结局的古典小说相迥异;同时在文体上,他以第一人称叙事方式,打破了中国传统章回小说全知全能的第三人称叙事的模式。而中国现代历史长篇小说开拓者和完成者曾朴和李劼人,均深受法国兼具现实主义与浪漫主义色彩的大作家小仲马和雨果以及福楼拜、左拉等人的影响。曾朴(1872—1935)是中国近代最早系统学习西学的人,也是最早最系统译介法国文学的人。他译有雨果的《马奇王后轶史》,他创作的《孽海花》,正是受法国历史小说的启发,它不以重要历史人物为中心,而是展示一般小人物世俗生活构成的"风俗史"。在叙述方式上,既不同于林纾的古文叙述风格,也与吴趼人的通俗演义有很大差别。另外,马君武译雨果《重展旧时恋书》,包笑天译雨果的《死囚末日》(《铁窗红泪记》),苏曼珠与陈独秀合译了雨果的《悲惨世界》,胡适则首译了都德的《最后一课》(中译更名为《割地》,刊登在《大共和时报》上,1912)。在此也可见胡适文学革命的形成中对语言民族文学的重视脉络,而陈独秀倾向法国社会政治的视野,也在最初翻译中初见端倪。

诗歌翻译,则点燃国人的民族主义情结。它体现了近代文学反抗外来侵略,争取民族独立与解放的民族主义诉求。此领域最早由中国人所译的作品也是法国的国歌《马赛曲》和德国的《祖国颂》。《马赛曲》在中国有好几个版本,首先是由王韬翻译,在他的《普法战记》(1873)第1卷里收录了1871年就译就的《麦须儿诗》(即《马赛曲》仅译4段),①尔后梁启超将之全文收录在刊载于《新民丛报》上的《饮冰室诗话》(1902)中,其后《民报》又将它译为《佛兰西革命歌》(1907),最后刘半农又据法文译成的英文再转译成中文,发表于《新青年》第2卷第6号上。② 此外,陈景韩还译有法国戏剧家莎尔松的历史悲剧《祖国》,这些翻译现象均展示了法兰西文学民族国家叙事的想象与力量,是中国近代启蒙与小说救国论思想源泉之一。

另外,输入科学知识,开启民智,也是近代知识分子的又一文化选择。法国通俗小说家儒勒·凡尔纳作品是最早译介到本土来的科幻小说。陈寿彭与薛绍徽合译推出了我国第一部翻译科幻小说即凡尔纳的《八十日环游记》(1900)。之后梁启超译了《十五小豪杰》(1902),鲁迅译有《月界旅行》(1903),周桂笙译有《地心旅行》等共20种中译本。此外,法国的教育小说和侦探小说也纷纷进入中国,程鸿碧在《小说林》创刊号上推出了法国博里埃侦探小说《第113案》和《薛惠霞》(1909),朱树人译有法国人刚奈隆的《冶工轶事》(1903)。

---

① 邹振环:《影响中国近代社会的100种译作》,中国对外翻译出版公司,1996年,第254页。
② 郭延礼:《近代西学与中国文学》,百花洲文艺出版社,2000年,第190页。另外德·利尔创作的《莱茵军战歌》即后来的《马赛曲》在当代有南京大学教授程曾厚先生的新译,可参见《法国诗选》,复旦大学出版社,2001年。

下面我们通过徐调孚1929所编辑的《汉译东西洋文学作品的编目》①,来看法国文学在清末民初传入中国的情况:

日本	38种	挪威	16种	意大利	8种
印度	21种	丹麦	8种	法兰西	126种
波斯	1种	德意志(附奥地利)	45种	荷兰	1种
阿拉伯	2种	匈牙利	3种	比利时	10种
犹太	3种	保加利亚	1种	西班牙	5种
俄罗斯	118种	希腊	8种	英吉利(附爱尔兰)	99种
芬兰	1种	捷克	1种	非洲	2种
波兰	8种	瑞士	2种	美利坚	6种
瑞典	2种	罗马	1种	杂集(多国作品合集)	28种

由上得知,东西洋外国文学作品输入中国最多的前5位国家,分别排名为法、俄、英、德、日,而法、俄占绝对优势,分别居126种和118种之多,日本居第5位,有38种。这一统计数据与我们所说的中国现代文学与现代革命受法、俄影响最深是相吻合的。

其次是在社会科学领域,资产阶级革命的翻译活动,也在社会政治层面朝向法国:冯自由译《法国革命史》(1900)连载在《开智录》上。马君武译《足本卢梭民约论》,小颦女士译《法兰西人权宣言》,人演社版《佛国革命战史》,青星会编《法国革命史》,②以及"尚志学会丛书"及"共学社丛书"中有柏格森的《时间与意志自由》《创化论》,勒庞的《意见与信仰》《群众心理学》《革命心理学》和彭加勒的《科学之价值》等。

5. 新旧之争及《学衡》的互文性意义。新文学与新文化的兴起与壮大,就某种意义而言,正是由于代表新旧两种文化势力的交锋而影响广大的。这两种势力的背后,正是中国文化激进主义与保守主义思潮的反映。③ 胡适戏称为"反对党"的有三代人即林纾、胡先骕和章士钊。林纾带头反对白话文,死守文言文的正宗,胡先骕(实为吴宓)代表《学衡》,而章士钊则办有《甲寅》。他们与新派的论战因不合时代的潮流而败北,但今日观之,也包含有企图"纠偏"或调和的作用。《学衡》创刊于1922年1月,1933年7月终刊。它陆续出版了42期,"总编辑兼干事"为吴宓(1894—1978)。事

---

① 张静庐辑注:《中国现代出版史料甲编》,中华书局,1954年,第271~323页。
② 于语和主编:《近代中西方文化交流史论》,山西教育出版社,1997年,第104页。
③ 然而更深层的思考问题是,在中国现代文化与文学走向何方,这一共同关注的焦点上,是全盘西化,还是不失中国性这一根本问题的追问,它关乎民族国家与民族文化的合法性问题,这一直困扰着"五四"新旧派双方,甚至至今仍是我们试图解决的问题。刘禾如是说:究竟是什么构成了中国文化?谁代表它?谁又有权威说什么堪称中国性,而什么又算不上中国性?

实上,如果从时间上看,《学衡》与《新青年》的刊布并不同步,但它对胡适们及新文化运动的批评,大都针对的是早期《新青年》倡导的观点,而对《学衡》反击,也是由当年《新青年》的同仁来做的。

《学衡》以强烈的复古主义色彩和论战性,充当了新文化的反对者角色。过去的研究把该刊的负面性看的过多,而鲜见其学术眼光的合理一面,①事实上,"《学衡》批判锋芒,直观而言是针对倡导新文化的材料、手段、书法和路向,然而对新文化运动本身却并无推倒重来的意思"。② 在对待西学上,它与《新青年》的态度是较为一致的,甚至有过之无不及。《学衡》的宗旨是"昌明国粹,融化新知",③更期望"国粹不失,欧化亦成所谓造成新文化,融合东西两大文明之奇功,或可企致"④。我们在此提及《学衡》在新文学运动中的互文性,也是基于法国近代诗学中,出现的文坛第一争即杜贝莱与萨比耶的交锋的历史相似性使然。

事实上,《学衡》存在的意义有二:其一是从流派的语话策略看,他们试图将自身建构为人文主义与激进主义的全面论争中的参与者,他们也设法与西方建立一种话语联系,不过是在这种与新文化者所利用的同样的话语基础上,发动了对现代性的批评,其目的是削弱对手对西方知识的垄断。在自身的文化象征资源中,寻找替代性解决方案。⑤ 其实在对待中西古今这个世纪性的课题与难题时,新旧两派在某些方面是共同的:"他们都认为中国文学乃是其他民族文学中之一种,他们都为在一个日益被非中国的价值观所主宰的世界里对中国文学之地位而感到焦虑,而且他们不得不同样直面通过被译介的现代性来塑造自我身份的矛盾状况。他们共享着终极目标与公开的对抗这二者之间的张力。"⑥不是吗?只要我们再细读一下当年陈独秀留下的遗产《新文化运动是什么》,就会发现新者们是以现代进化论和世界的眼光来给中国的文化及新文学定位,在这种对传统批判的姿态中,也有几分理性主义的色彩:"新文化要注重创新精神,创造就是进化……我们不但要对旧文化不满足,对于新文化也要不满足才好;不但对于东方文化不满足,对于西洋文化也要不满足才好。"⑦尽管陈独

---

① 近年来以历史主义眼光全面地研讨《学衡》的文章,有代表性的是罗钢《历史中的学衡》(《20世纪中国文学史论》,东方出版中心1997年),刘禾《论学衡》(《跨语际实践》,生活·读书·新知三联书店,2002年),周海波《〈学衡〉与文白之争》,(《中国现代文学批评史论》,第3章,上海人民出版社,2002年)。
② 罗钢:《历史中的〈学衡〉》,载王晓明主编:《20世纪中国文学史论》第1卷,东方出版社,1997年,第372页。
③ 《〈学衡杂志〉简章》,载《学衡》,第1期,1922年。
④ 吴宓:《论新文化运动》,载《学衡》第4期,1922年4月。
⑤ 刘禾:《跨语际实践》,生活·读书·新知三联书店,2002年,第357页。
⑥ 刘禾:《跨语际实践》,生活·读书·新知三联书店,2002年,第357页。
⑦ 陈独秀:《新文化运动是什么》,载汤一介、杜维明主编:《百年中国哲学经典·新文化运动时期卷》(1915—1928),海天出版社,1998年,第155页。

秀着眼于那种进步主义的启蒙理性,但也与胡适的"再造文明"的终极目标是一致的。进一步说,抛开这一文本与后来中国现代文化与文学的实际状态不说,陈独秀这种不盲从、破除偶像与迷信的激进主义姿态,对我们在又一个新世纪将中国文化及其文学与诗学引向何处,也是有启示意义的。

其二是抓住新文化运动存在的两大弊端:一是倡导者对欧美文化认识不全,体会不深;二是对待中西文化的关系,取其对立面,舍其互补性。吴宓主张中西文化"互相发明、互相裨益"。这是今日我们审视吴宓《论新文化运动》(《学衡》第4期,1922年4月)在现代诗学建构中的意义所在。① 吴宓特别着重现代诗学建构的文化立场和方法论,他强调对待西洋文化,取舍重要,"贵在审查之能精与选择之得当"。他从文化守成的角度,严厉指责新文化运动者的破坏性,而在革新派看来,则正是新文学及现代诗学颠覆旧文学及传统诗学的重要标志。在对待新旧问题上,他看中新旧对立之间的辩证性和连续性,"旧者不必是,新者未必非","旧有之物,增之、损之、修之、改之、补之乃成新器"。② 推而广之则注重传统与现代之间的延续性,正如托克维尔《旧制度与大革命》的历史观和方法论,"就已知求未知,就过去以测未来"。可见吴宓已试图超越新旧之争、非此即彼的二元对立,以"调和"的第三种文化姿态为中国文化发展之路选项。其实通观吴宓之观点,他是一个温和的改良主义者和文化保守主义者。前一点与胡适是相通的,也与托克维尔的渐进革命是一致的。另外,在谈及文学自身规律时,以比较文学之眼光,指出中西文学的影响与互补的例证,如中国白话诗,受惠于美国 Free Verse(自由诗),而此诗体也得益于法国象征主义。

6. 从古代语言学到现代语言学:我国古代语言学是世界上最早同时也是极为发达的语言学重镇之一。从《尔雅》《方言》《说文解字》《释名》到清代的乾嘉学派的兴衰,再到现代语言学的建立,已成为我们研究中国思想史、文化史、文学史及比较诗学史不可或缺的学术视野。在现代知识的生产与转型中,在现代文学的生成与诗学的生成中,古代语言学的遗产和现代语言学的兴起,都与新文化运动、新文学和白话文运动有着密切的联系。现代语言学不仅在观念上、方法上,也在研究范围上,有了全面创新和提升与拓展。而这些创新者们大都吸纳了法国、日本、德国和美国的现代语言学学术养分,以解决现代中国语言学的理论和实践问题。

我们注意到,曾留学法国巴黎大学,通拉丁文和法语,具有西洋学术视野的中国现代语言学的先驱马建中(1845—1900),其《马氏文通》(1898),是我国语言学史上第一部较全面系统的语法学专著。虽然他揭示的是古代汉语语法构造,但在方法论

---

① 我们不应忽视"学衡派"主将吴宓、梅光迪、胡先骕留学北美期间,所受影响最深的也是法国文学传授者白璧德教授的欧陆"新人文主义思想",他们正是通过白氏思想的中介,发展了自己的"国粹观"(中译本见《法国现代批评大师》,孙宜学译,广西师范大学出版社,2002年)。
② 吴宓:《论新文化运动》,载《学衡》第4期,1922年4月。

上,仍具开创性,他将汉语与西方语言进行比较,拓展了汉语语法研究的新领域。后来另一位留学法国的语言学家,刘复的著作《肆声实验录》,以实验语音学来研究汉语声调。此外,黎锦熙(1890—1978)的新著《新著国文文法》(1924),在"五四"时期影响巨大。而早年旅居日本,享有中国现代"语言文字之学"开山大师的章炳麟(1869—1936),首先对传统的"小学"给予了现代语言学的命名——"语言文字之学",他将古代语言学单纯重文字研究提升到对语言的关注层面,在其《国故论衡》(1910)中谈及"语言的缘起"说。1902年吴汝纶到日本考察教育,看到日本教育普及和语言统一的功效,颇为感动,回国便主张用北京官话"使天下语音一律"。在晚清资政院成立时(1910),劳乃宣、严复等人都是提倡拼音文字的,后来通过了一个《统一国语办法案》。那时社会上早已有卢憨章的《一目了然初阶》(1892),王照的《官话合声字母》(1900),作为汉语拼音文字史先期的开端。事实上"五四"时期语文改革工作,已成为新文化运动大河中的一朵浪花,它对白话文运动,对汉民族共同语的现代转型,有着不可缺的作用和意义。胡适在其《建设理论集·导言》中就说:"拼音文字必须用'白话'做底子,拼音文字运动必须同时是白话文运动。提倡拼音文字而不同时提倡白话文,是单有符号而无内容,那是必定失败的。"①傅斯年(1896—1950)在《汉语改用拼音文字的初步谈》中,主张废文言而代之以白话,继而以拼音文字代替国语。而钱玄同则更急进,主张废除汉文代之于世界语。从晚清到"五四",现代汉语言的建设在争议声中一路走来,从最初的技术层面到后来的思想层面的语言学革命,是时代变革的使然,西学视野的烛照。(德)汉学家顾彬先生在其近著《20世纪中国文学史》(2005)中也曾说道:"清代末年的语言实践被民国的改革者提升为规范。白话教育是一种新民教育,要为新国家形态的统一服务。"②历史不会忘记,现代语言学的开创者赵元任先生,③不仅在留学美国时就写下了《中国语言的问题》,而且在中国文字的现代化追求上,提出了用拼音注汉字而不是代替汉字的主张,后来政府教育部门采纳了这一提议,经胡适、陈独秀、鲁迅、钱玄同、蔡元培等"五四"有识之士的倡导,我国汉语拼音规范方案,先后经历了"注音字母""国音字母""拉丁化新文字"三次实验与实践,最终确定为音素化字母拼音方案,赵元任先生可谓功不可没。我们还看到,在中国现代语言学的创建中,早年留学日本的陈望道(1891—1977)先生在1932年出版了他的《修辞学发凡》一书,成为可与《马氏文通》比肩的我国第一部修辞学著作,他的研究范畴兼顾了古今汉语,理论与实践并重。

---

① 赵家璧主编:《中国新文学大系·建设理论集》"导言",上海文艺出版社,2003年,第12页。
② (德)顾彬:《20世纪中国文学史》,范劲等译,华东师范大学出版社,2008年,第5页。
③ 赵元任(1892—1982),1910年入美国康奈尔大学,获得学士学位,1918年获哈佛大学哲学博士学位。著有《中国语文法之研究》《国语新诗韵》,开中国方言研究之先河,是中国第一位用科学方法做方言和方音调查的学者,写下了《现代吴语研究》等著,并编撰了《中国语言词典》。

第三章

发展比较：中法现代诗学的演进与追求

在第二章里，我们以两国近现代诗学文本开山之作为起点，并结合这第一阶段政治文化和民族叙事的诉求，形成了一个内涵丰富、阐释较为充分的、关于民族国家诗学生成的叙事研究单元中心。然而，我们知道，无论是法国还是中国，在通往现代化的进程中，民族国家的真正完型，分别处于18世纪末和20世纪中期前后。于是，作为民族国家的现代文学及诗学，必然在这样一种框架下来建构和生成。为此，在本章将从中法两国现代诗学生成前期阶段的最后完型来予以考察。我们先以两节的篇幅来分别论述各自国家在诗学过渡期和展开期即现代前期的大致完型时的生成状况与发展轨迹，这样便形成了一个相对独立完整的研究单元系统，具有了一种历史性的、阶段性的和互文性相结合的整体性把握与研究的态势。然后，我们将在第三、四节里，以共时性与历时性相结合的方式，探讨和寻找两国诗学生成过程中表现出来的相似性和差异性特征。

第一节 法国：启蒙现代性与现代诗学的开创

以政治学和社会学的眼光看，真正具有现代意义的民族国家的法国，应是在经历了启蒙运动和大革命的洗礼才最终成型的。由此，我们有理由把作为法国现代诗学前期阶段的第一个时期，设定在从文艺复兴的起点，中经古典主义的巩固，再延展至启蒙时代与大革命这样一个时段；而将19世纪以后至20世纪上半期，作为法国现代诗学前期阶段的展开和完成，即可看成作为法国现代诗学前期阶段的第二个时期。

一、新的跃进：诗学与启蒙精神及其现代品质的生成

美国学者韦勒克把西方现代文学的起点定在启蒙时代以后，他说"18世纪中叶，是个有意义的探讨起点，因为从文艺复兴时期以来所确立的新古典主义学说体系此

时开始解体"。① 是的,在 18 世纪下半叶出现了某种征兆,从卢梭到狄德罗的作品,我们可以窥视到一种现代的先锋性的出现。这样,我们把启蒙时期与大革命,看作是一个通向真正具有现代意义的民族国家和文学现代性里程碑的过渡时期。它上接 17 世纪的古典主义,又下启 19 世纪以后的现代文学与诗学。

1. 启蒙精神:"普遍真理"与"人民至上"。首先启蒙的主体是谁? 我们看到,启蒙反映了一个冉冉上升的资产阶级的激进视野,这个阶级以其资本主义的生产方式、共和目标和新的世俗文化,从封建体系中脱颖而出。启蒙的理念遭到一切像教会这样的既成的封建制度以及像贵族和农民这样的前现代阶级的反对,甚至也遭到资产阶级中的大多数人的反对,他们中的许多代表放弃了原有的政治激进主义,转而对独裁国家和帝制重新俯首帖耳。

虽然启蒙运动的火炬最早是从英国点燃,但让启蒙运动呈现出如火如荼之势,却是在法国才得以体现出它的成熟阶段和繁荣景象的。那我们要追问,启蒙运动兴起于何时,又在什么时候结束? 这就涉及启蒙运动的时间、空间和内容三个基本点。通常认为,从牛顿到洛克到法国大革命(1689—1789)的 18 世纪是启蒙运动的世纪。狭义地说,启蒙运动大约从 1720 年到 1778 年这样一个时期,所以启蒙运动的结束世纪也就在 18 世纪末。

我们认为,18 世纪的启蒙运动,给人类文明和现代社会留下了一笔宝贵的财富,那就是反对封建专制制度和宗教神学,倡导和确立了进步的观念、理性的观念、科学的观念、社会政治哲学中现代民主政治的理念,以及历史哲学和文化哲学创生的理念。人们相信,科学技术在推动人类进步中起了重大作用,人类的目的就是享受世俗的幸福。我们发现:"那时,人们并不把个人意识跟社会共同实践对立起来,他们把两者加以协调,来反对天启和权威。他们也把情感和理性协调起来,反对两者的各种敌人。"在丰塔奈尔的《论幸福》(1724)里,对幸福作了这样的界说:"幸福是这样一种状态,人们不希望其中出现什么变化,而产生幸福的条件,既不完全操之于我,也不完全在我们身外,我们可以有所作为。"在他看来,激情既是幸福的工具,也是行动的工具,没有激情人就死气沉沉。他这样为激情恢复名誉,也就为人性本善论做好了准备。因为"伦理的目的不在于破坏人的本性,而在于使之完善"。

而在文学艺术领域,启蒙时代的回馈,我们看到,现代美学观念、现实主义文论观念、浪漫主义及现代主义乃至后现代主义,都在它那里找到最初的源头和动力。阿妮·贝克②也指出,18 世纪的诗学出现了"实质上的扩散",她从传统的诗学走向了

---

① (美)雷纳·韦勒克:《近代文学批评史》,杨岂深等译,上海译文出版社,1997 年,"前言"第 1 页。
② 《诗学史》(上册)"18 世纪法国的诗学思考",载(法)让·贝西埃等主编,史忠义译,百花文艺出版社,2002 年。

"艺术哲学"和"文学哲学",这时的诗学"更多地指向以'思考''观察'等为名义出现的言语的对象"。特别是在"哲学类诗学"中,"打开了美学知识的空间","提出了审美经验和美之性质的问题",于是,"18世纪的法国出现了一种采纳了多种形式的新言语"。

启蒙运动从英国到法国、德国,而遍及欧洲,惠及北美、亚洲和世界各地。启蒙运动是世界主义的,启蒙哲学家很难说是爱国主义者或民族主义者,他们的思想是没有国界的,他们谈论的理性是人类普遍的。启蒙思想家们并不把爱国主义同世界主义对立起来,而是将两者加以协调,毫不犹豫地把祖国从属于整个人类。在费奈隆那里,"征服的权利不及人类的权利重要"。"正如家庭是民族的一个成员一样,一个国家的人民也是整个人类的一个成员。某一个人对整个人类(这是大的祖国)应尽的义务,远远超过他对于生于其中的那个特定的祖国应尽的义务。"①如果说法国启蒙哲学家支配了18世纪,这绝不在于他们的民族主义精神,而在于他们这笔精神财富慷慨地奉献给了全世界愿意接受它的人们。

我们还看到,启蒙运动培养了批评,它自身具有一种生产功能。它的进步思想始终与封闭狭隘和完美主义作斗争,它作为一种可能性,永远不是确定性的存在。

针对法国的启蒙运动,我们要追问,何谓启蒙?恩格斯曾这样说道:"在法国为即将到来的革命而启发国人的头脑的那些伟大人物,本身就是非常革命的,他们不承认任何外界的权威,不管这种权威是什么样的,宗教、自然观、社会、国家制度,一切都受到了最无情的批判,一切都必须在理性的法庭面前为自己的存在做辩护,或者放弃存在的权利。思维者的悟性成了衡量一切的唯一尺度。……以往的一切社会形式和国家形式,一切传统的观念都被当作不合理的东西扔到垃圾堆里去了……从今以后,迷信、偏私、特权和压迫,必将为永恒的真理、永恒的正义,为给予自然的平等和不可剥夺的人权所排挤。"②

显然,启蒙就是用理性代替神的启示,用现代精神代替盲从和迷信。它的目的就是反对作为封建统治阶级意识形态的宗教神学,剥去它为法国封建制度所包裹的神圣外衣。贝尔主张道德独立于宗教,对于基督教的不道德进行了公开的批判。启蒙就是相信人的力量和社会的进步,它要揭示人性和人类社会的发展规律。自由、平等和进步是启蒙的三大关键词,启蒙就是把经验、理性和实验三者结合起来,作为人类认识论的基本原则去认识自然和改造自然。

那么,作为"普遍真理"关键词的理性、进步和民主,是什么意思呢?

18世纪的理性,不同于17世纪的理性,它首先意味着不屈从于权威,无论是宗教

---

① 费纳隆:《死者对话录》(1712),转引自(美)昂利·拜尔:《方法、批评及文学史:朗松文论选》,中国社会科学出版社,1992年,第368页。
② 马克思、恩格斯:《马克思恩格斯选集》(第3卷),人民出版社,1972年,第56、57页。

的权威还是封建王权,它要独立思考,这不是纯粹的理智主义、先验的抽象或演绎。它要求的是清晰严密的概念,同时,不排除对事实的注意与对经验的重视。理性主义的方法是审察,原则是通过对经验材料的收集而明白真理。它要让人们认识到禁欲主义的伦理道德不能再是人们的行为准则,贞洁、单身、贫穷不能再是人们心目中的美德,背弃乐趣和荣誉、蔑视生活享受、喜迎死亡不能再是人们心向神往的完美境界。①

进步,就是摒弃对宗教神学的信仰,憧憬着解放未来、创造未来。它是一个不断发展、不断变化、日趋完美的境界;它是一种设想,它没有终点,不是一种绝对事物,因为它还意味着质疑现有的确定性;科学是它的动力,理性是它的灵魂;进步的思想就是对一切存在事物的无情批判,所以它总是被视为承担着一种对拓展自我意识和发挥判断力的可能性的道德承诺。当然,对进步也有两种阐释,一是它可以被视为一种现代的历史现象及发生在18世纪的启蒙运动,二是它被理解为一种人类学趋向,它要求牺牲主体性和欲望并对内在的和外在的自然加以统治,以达到生产和征服目的。启蒙哲学家面对的问题不是要发掘绝对真理,而是要建立一些可供人追求真理的条件。理性和知识也从来不是进步的敌人,它们的对手倒是进步的对手,科学手段追求的不仅仅是"开放的社会",而且也是质疑权威的需要。

关于民主,②在启蒙哲学家那里是这样看待的,自由、平等和博爱是民主的三位一体。伏尔泰认为,从哲学上讲,自由就是自由意志,作为思想能力和活动能力的自由;而政治上的自由,首先表现在个人自由及言论自由、信仰自由、出版自由、劳动自由和财产自由,也就是说,自由就是服从法律,反对一切专横和暴政。对平等,他把它视为人的自然权利,人人在法律面前平等,一切人都有同等的公民权利,他的目的就

---

① 朗松:《18世纪法国哲学形成中经验所起的作用》,载(美)昂利·拜尔编:《方法、批评及文学史:朗松文论选》,中国社会科学出版社,1992年。
② 法国学界最新的一个新动向是考察民主观念的社会化,从"人民主权"到代议制的演变过程,这部漫长的民主史其时间跨度从1789年法国大革命到1989年柏林墙倒塌。"民主"一词,在托克维尔看来并不单纯指条件平等,它也包含自由,他在讨论美国民主的思路中,把作为政治权利的自由概念看得高于法的平等观念,而法恰恰是规范这两者的东西。按古典自由主义的观点,未成人法恰恰可以规范正义的事情。民主最广远的基础在于公民社会相对于政治社会的独立性,所以,取消权力和社会的一切空间,必然产生以国家名义的极权主义专制形态。他认为,在法国,民主的奠基性事件远不是对国家和人的一种激进改造,而是通过宪政框架给公民社会以法的地位。法国大革命未能实现这一政治目标,其结果是以平等名义实践的"人民主权"变成了对自由个人的压迫。当权力与社会的一切距离被取消,维系自由个人关系的那种公民社会空间便不存在了,所以"法国大革命粉碎了这些联系,未能代之以政治联系,结果是革命同时准备了平等和奴役"。法国当代史学家傅勒通过托克维尔《旧制度与大革命》,发现20世纪历史的一个悲剧根源:法国大革命是当代极权主义的母体(见《思考法国大革命》中译本序,(法)傅勒,生活·读书·新知三联书店,2005年)。

是批判封建制的不平等。不过,他强调的平等绝对不包括财产的平等,它反对任何损害私有财产的企图。

而卢梭把自由和平等看作是人的一种天赋权利,它如同生命。他认为,人类的自由有三种,即自然的自由、社会的自由和道德的自由。它们呈现出三阶段的境界:社会的自由高于自然的自由,而道德的自由又高于社会的自由,它是自由的最高境界。由此可见,卢梭阐明了自由和法律之间的辩证关系,自由不是为所欲为,而是服从法律,遵守法律,有权做法规允许他做的一切事情。同样也有三种形式的平等,即自然的平等、法律的平等和道德的平等。它们也构成了由低级向高级发展的特征。

关于"人民主权"的概念的提出,卢梭是建立在他的《社会契约论》之上的。在他看来,国家就是以人民主权为基础的资产阶级民主共和国。他认为,社会契约的结合行为就能产生一个道德的、集体的共同体,从而形成一个公共的大我,一个公共的人格。"这一由全体个人的结合所形成的公共人格,以前称为城邦,现在则称为共和国。当它是被动时,它的成员就称它为国家,当它是主动时,就称他为主权者……至于结合者,他们集体地被称为人民,个别地,作为主权权威的参与者,就叫着公民,作为国家法律的服从者,就叫着臣民。"①可见,"公意"是人民主权的高度概括,它是主权和国家的灵魂,同时也是立法的基础。法律体现了公意。主权最主要地就体现为立法权,人民是主权者,因而人民就应该是法律的创造者,立法权属于人民。

卢梭认为主权具有以下几大要点:一、主权是不可以转让的,转移了主权就意味着出卖了生命和自由;二、主权是不可分割的,这是"因为意志要么是公意,要么不是;要么是人民共同体的意志,要么就是一部分人的",也就是只是一种个别意志,而不可能是法律;三、主权是不可以代表的,"主权在本质上是由公意所构成的,而意志又是绝不可能代表的"。他特别强调在立法权利上人民是不能被代表的,但在行政权利上,人民是可以而且是应该代表的。这表明他主张直接民主制,反对英国的代议制,同时,也表明他将国家和政府区别开来,国家是主权的象征,而政府只是主权的实行者,代理人。"国家是由于它自身而存在,但政府只能是由于主权者而存在的。"政府必须服从主权者的利益,为主权者服务。另外,在政体上卢梭赞成民主共和制,而坚决反对君主制,因为在君主制中,行政官吏有机会滥用权力,以权谋私,而在民主制中,行政职位并不是一种便宜,而是一种沉重的负担,这就表明卢梭是近代民主政治的倡导者和创立者。②

如果说,启蒙时代犹如"文学共和国"的想象世界,那么大革命则是一场政治社会的革命,即由第三等级的主要力量建立的资产阶级"民主共和国"的现实世界。那

---

① 卢梭:《社会契约论》,何兆武译,商务印书馆,1990年,第24~25页。
② 冯俊:《法国近代哲学》,关于卢梭论社会契约和人民主权,同济大学出版社,2004年。

种试图绕开大革命而谈论现代性问题是不可能的。回溯历史,我们知道17世纪的欧洲各国事实上并不是革命发生的典型时代,社会矛盾也没有激化到必须改朝换代的地步,那么,为什么18世纪会出现革命呢？因为从文艺复兴以来,有一个新的因素成长起来,这就是"社会"。正如法国文学史家朗松在谈及18世纪启蒙思想时所言,"在十七八世纪社会意识,在法国社会的上层慢慢觉醒,与之相随的是改革精神"①的出现,在法国革命以前,国家从来都是君主的国家、国王的国家,而后来出现了变化,国家和社会的对立成了法国和欧洲最重要的政治危机,国家到了必须重新定义的时代。社会需要自己的权力,于是,启蒙思想家们便应运而生,他们谈论权力的问题,自由和平等正是在权力的意义下提出的。后来法国大革命所表现的正是国家意识形态的民主政治。它使我们可以自豪地以现代社会来命名从此以后的社会。因为这个政治权力是崭新的,人民成为政治权力唯一的源泉,这是民主政治的实质,也是法国革命最重大的贡献。可以说,法国革命使民主政治成为一个基本的政治信仰,人民才是权力最基本也是最合法的拥有者,这是古代政治向现代政治转变的最重要的分水岭。法国革命带给世界这样一个全新的社会组织原则:由自由和平等的个人组成的社会,其基础不再依照自然的、承袭的、有等级的自由概念,而是依照"人权"这个普遍原则。有研究者指出:"法国大革命不是一种目的论的产物,也不是政治理论的长期"结晶",更不是一种宿命之物。它是一种新的人际关系,国王的放弃,权力真空,社会认同成为共同意志,人民意志可以成为代表本身等复杂因素的综合作用的结果,因此,它决不是传统意义上的改朝换代,它是一个走出王权,天光大亮的新世纪的革命。"②所以,"大革命的得失主要还不在于原因和结果如何,而在于一个社会向着它的所有的可能性敞开了。大革命发明了一种政治话语和一种政治实践,从此我们不断地生活于其中"。（傅勒语）

从启蒙运动到大革命,一种话语的制定是由其主体决定的,这个主体的主要力量就是中产阶级或者说是第三等级的中产阶级,他们为启蒙哲学家们提供了独立性和普遍目标感,而知识分子正是中产阶级的精英代表。他们由于缺乏官方地位或者特定的社会功能,反而觉得自己是专注于改良人性的自由主义知识分子。批评性的知识分子则宣称对大众传统的怀疑和自己掌握的科学真理,因而流露出一种精英论。启蒙运动的知识分子的首要目标不仅是帮助"公众"从教条中解放出来,而且也要帮助他们从促成教条的制度和条件中解放出来。正是由于这种责任感渐渐传到法国以外,启蒙运动的知识分子认为自己是国际先锋。他们反映了一个时代的关注,在这个

---

① （美）昂利·拜尔:《方法、批评及文学史:朗松文论选》,徐继曾译,中国社会科学出版社,1992年,第362页。
② （法）弗朗索瓦·傅勒:《思考法国大革命》,中译本序二,孟明译,生活·读书·新知三联书店,2005年,第15～16页。

时代,社会发现命运掌握在自己手中,人们开始相信意志的力量,并感受到一种源自智慧胜利的乐观精神,他们开始以新的方式生活、谈话、看待事物,这些新的方式质疑着整体的存在。不管启蒙知识分子是否遭到政治两级的集权主义者的憎恨,介入政治的启蒙知识分子永远是独裁制度的一个威胁。在大革命时期,"雅各宾现象"被称之为法国大革命建立"知识分子共和国"的著名说法,体现了在"社会公论"名义下的集体意志。"思想学社"专政和权力的社会化,它最神秘的地方就在于它的政治动力和文化动力。关于知识分子的角色和功能,我们在法国大革命的双重性当中可以获得它的含义。因为法国大革命开创了一种普适的"民主文化",而大革命最神秘之处却在于它又是民主的一个悖论。

的确,直到18世纪末期大革命后,法国才统一了货币和度量衡,形成全民族统一的市场,至此,现代法兰西民族国家完全形成。从语言与诗学关系上看,尽管杜贝莱在其"宣言"中倡导用法语写作,并肯定了法语在国家和新时代的重要地位,但即便到了17世纪,人们还往往认为"用拉丁文写作的正式论文和诗论才算是规范的,而在18世纪,用本国语写作的文章则代替了前者"。① 在文体上,现代法语的彻底确立是直到大革命才完成的。

事实上,直到启蒙时代的法国,还不曾出现"民族国家"这个概念的词汇。18世纪的欧洲大多数国家都还是君主国和帝国的统治形式,这只可称之为王朝国家,还算不上是19世纪那种统一的民族国家。当时,伏尔泰就不承认法国是个现代的国家,他在其《哲学词典》中说,理想的 Etat(国家)应是"唯法是守",他眼里的"祖国"(Partrie)即作为国家概念包含这几层意思:首先它应是个共同体(共同利益的集合),然后应具有家庭居住的疆域(领土),享有主权和民主,同时还是世界公民(国际的概念)。② 英国学者霍布斯鲍姆也曾说:"直到18世纪民族这个词的现代意义才告浮现。"③

2. 伏尔泰(1694—1778)的批判意识与世界主义和审美鉴赏观。作为启蒙运动的泰斗和灵魂,他的大无畏的斗争精神、它同封建势力和天主教会的斗争,他以自然神论和自由平等观来反抗封建专制和宗教神学,这使他始终充当着启蒙运动的旗手的角色,推动着法国启蒙运动的发展并使其影响遍及欧洲和北美。所以,法国文学史家朗松认为,18世纪法国社会的真髓最充分地凝聚在伏尔泰身上,臻于最完美的地步,他把法国社会的善与恶、优点与缺点、宽阔与局限、前进与落后都汇集在一起。他的文化视野的开放性首先是具有世界主义的眼光,有了这种眼光,法国文学和诗学就

---

① (美)雷纳·韦勒克:《近代文学批评史》(第1卷),杨岂深等译,上海译文出版社,1997年,第11页。
② (法)伏尔泰:《哲学辞典》,王燕生译,商务印书馆,1997年,第664~670页。
③ (英)霍布斯鲍姆:《民族与民族主义·导论》,李金梅译,上海世纪出版集团,2006年,第3页。

开阔了、就更自信了,具有了独特性和普遍性的统一。而反省与批判的意识,以中国的"他者"的眼光,又使法兰西民族国家文化得以更新、提升而丰富。

我们看到,伏尔泰以他无数的作品培养了当时所说的爱国精神和共和精神,这种精神要求每一个公民,每一个老百姓关心一切公益事物,关心共同富裕的一切手段,要求即使在绝对君权制度下也要通过对弊端的不断批判,对改进之道德不倦探索而积极参与国家事务。历史不会忘记伏尔泰关于新闻自由的理念,它一直激励着大革命的人们为争取民主自由而斗争。

伏尔泰开创了全新的世界史观,在其《论各民族的精神与风俗》中,他批判了过去的史学仅仅作为"基督教文明"而出发的"神圣"的历史观。他以人类的全体作为研究对象,在他看来,世界史不只是古希腊、罗马以及几个欧洲国家的历史,还应包括东方即伊斯兰、印度和中国这样广大地区的历史。他还认为,世界文明史不仅是基督教文明还应有伊斯兰教与东方宗教的文明,这表现出他反对基督教文明和欧洲文明中心论,而主张一种文明多元论的思想。

他还主张史学应该瞄准新的历史主体——它应是人类文明史而不是政治、军事的斗争史,不是帝王英雄的个人史。这样,他就把人类精神的进步置于十分重要的地位上,让过去历史书写中居于主体的政治和军事退居于边缘地位,从而拓展了历史主体的表现空间。他强调要表现各民族中占主导地位的善恶与它们的强大与弱小,要表现各门艺术的培养和发展,各项工业的建立和增长,要"描绘人类天才和风尚,从而使历史能起教育作用,能劝人热爱道德、文化记忆和祖国的事件"。

他还提出了历史的进步观和目的论。他认为,人类的历史是人的意志和激情相互作用的历史,整个自然界都服从于永恒的规律,人类历史是不断进步的,他充满着善与恶、理性与无知的无止境的斗争。这是一个不断变化发展的过程,历史向前发展,现代必定胜于古代。同时,他还倡导要把历史变成启蒙的工具,历史学家的职责在于揭露国王和僧侣们的罪行,帮助人们认清统治者的邪恶,可见,伏尔泰的历史哲学渗透着强烈的人文主义精神和启蒙精神。

我们还注意到,在他的《哲学通讯》一书中,他发现"商业已经使英国的公民富裕起来了,而且还帮助他们获得了自由,而这种自由又转过来扩张了商业,国家的威望就从这些方面形成壮大了"。由此,反映出商业的发达是与财产自由、人身自由和法制的精神相辅相成的。

我们还要看到,法兰西文字表达中对自如、轻松、清晰、优美和活泼的要求,虽不是伏尔泰创造,却是由他敲定下来的,他的散文成为我们称之为法语的品质的象征。事实上,伏尔泰在文学方面的魅力一直是他传播思想感情的媒介,他那种写作的笔调和风趣,叫人怎样把一个大问题加以简化,使之化为一种常识范围的真理,而又让一种风趣令人觉得是那样的自然,正是在这样一种熏陶下,19世纪成长起了一批论战家。

伏尔泰在其《论史诗》中还提倡民族性与普遍性相结合,在他看来由于各民族的民族性、风尚、习俗和生活方式的发展变化,必然影响到这个民族的文学艺术的发展变化,而不同民族之间的差异性,又必然造成各民族的艺术观念的独特性。他一方面强调各民族艺术的独特性和差异性,另一方面又认为从不同民族的艺术中也可以寻找到某种"普遍性"的"共同特质",正是由于各民族文学有自己的独特风格,因此在创作上就不能不从本国民族的社会生活和民族特点出发,而不能亦步亦趋地去模仿古代作品。① 这要比"七星诗社"的厚古薄今更进一步,但这种各民族间相互联系的胸襟和竞争的意识是值得肯定的。

另外,就文学本身而言,他针对诗歌戏剧的风格,倡导明晰、纯净、流畅与朴实相结合的"纯洁性"。可以看出,以杜贝莱"宣言"首倡用法语写作,高度关注民族语言的优雅性和丰富性,到17世纪对法语的规范和完善,再到18世纪伏氏讲究法语的纯洁性,这一前后一脉相连的民族性诉求,表现出对语言的关注,就是对时代的关注,精神的关注和民族文化的关注。

对于伏氏的审美鉴赏观,我们首先要明白鉴赏力的含义,它"表示感知在所有艺术中的美和丑的能力:这种认知是在瞬息之间完成的,正如我们的舌头和上颚马上可以辨别所尝的食物的味道一样;在这两种情况下,认知都超越思想"②。事实上,伏氏对审美鉴赏是做了一番认真思考的,他从认识论方面、鉴赏标准方面和民族特征性上都作了完整的论述。首先,他认为,鉴赏力不仅与理性认识有关,而且与感性认识有关,鉴赏就是"与这个美的事物接触时的感觉、体验和激动的能力",同时,鉴赏不仅与直觉有关,而且与理性分析能力相关,他还特别指出鉴赏不是先天的,而是具有客观性并且还区分了鉴赏力与嗜好的不同,因为前者表现了识别美的能力。那么,怎样识别呢?伏尔泰重申了古典主义的美学原则——"自然的""精炼的""高雅的",三者相较,他更崇尚典雅的风格。不仅如此,他还认识到审美鉴赏趣味带有和显示出民族特征。他认为,不同民族之间的审美鉴赏趣味是有差异的,不过他声称法兰西趣味是欧洲趣味的核心。总之,伏尔泰的诗学的"基本态度是古典主义的,他特别关注激情式的想象与判断之间,自发性与文化之间的某种奇妙平衡的调节"。③

3. 狄德罗(1713—1784)现实主义理论及其美学思想。作为启蒙时代思想领域的开拓者,他横扫旧制度的决心和为真理献身的勇气,直到今天仍被人们所追忆。他

---

① 马新国主编:《西方文论史》,北京师范大学出版社,1996年,第148～149页。
② 伏尔泰:《论鉴赏力》,载马奇主编:《西方美学史资料选编》上册,第591页,转引自范明生:《西方美学通史·十七八世纪美学》,第624页。
③ (法)让·贝泰埃等主编:《诗学史》(上册),"18世纪法国的诗学思考",史忠义译,百花文艺出版社,2002年,第400页。

建立在唯物主义认识论基础之上的美学体系,代表了资产阶级文艺理论中最先进、最健康、最有积极意义的一派观点。他的美学理论的战斗性和实践性,体现出他意在战胜古典主义及一切宫廷艺术的影响,使文艺成为贵族艺术服务转向为广大市民服务。而他美学思想的出发点即是引导作家、艺术家和批评家积极地认识世界,正确的反映世界,通过自己的作品改善世界。于是在此,我们得先要了解狄德罗唯物主义的认识论与方法论上的革命。他反对抽象科学,提倡实验科学,甚至他从根本上反对抽象。他提出了著名的论断:"我们有三种主要的方法——对自然的观察、思考和实验。观察收集事实;思考把他们组合起来;实验则证实组合的结果。对自然的观察应该是专注的,思考应该是深刻的,实验应该是精确的"。① 这种方法论将实验作为检验认识正确与否的重要手段,在人类认识史上是一大进步。这对后来19世纪下半叶至20世纪初的实证科学,从左拉、圣·伯夫到朗松都有影响,同时,我们还可看出狄德罗式的论断,与美国实证科学及胡适的认识论与方法论有着潜在的渊源关系。

其次,我们来看他的生物进化论,他认为:"在动物界和植物界一样,一个个体可以说有开始、成长、延续、衰退和消亡,那些整个的物种就不会也是一样呢……"他又说"生命是什么呢?生命就是一连串的作用与反作用,我活着,就与块体方式作用与反作用。我死了,就以分子的方式作用与反作用……那么,我就根本不死了……诞生,生活,死去乃是形式的变换"。他看出了世界上的一切事物都有一个产生、发展和死亡的过程,在这一过程中,矛盾的存在和运动是绝对的,他还发现生物中存在着遗传和变异的矛盾。

透过以上两个方面的观察,就更有利于我们接近狄德罗,接近他的现实主义文艺理论的精神实质。他的文艺与美学理论主要是通过《美的起源》《论戏剧艺术》《沙龙随笔》和《绘画论》表现出来。可以看出,他的理论出发点是遵从自然,认为艺术是对自然的模仿或是对自然的再现,主张艺术必须揭示生活的真实,但并不能把艺术和生活混为一谈。在他看来:"伟大的艺术就在于尽可能的接近于自然,它在艺术表现方面的得失,是与此成比例的;但是,艺术已经不再是实在的、真实的现象,或者说,只不过是这种现象的译本了。"②这就是说,艺术家并不能完全按原样重新创造出现实事物,而只能用艺术语言创造出一个或多或少接近于原本的"译本"来。

狄德罗的自然观与布瓦洛所谓的"自然"是不一样的,因为,在布氏看来,作为诗的对象的那个自然,并不是"粗糙的"自然,而是经过理性加工整理过的自然,并且布

---

① (法)狄德罗:《狄德罗选集》,江天骥等译,商务印书馆,1983年,第62页。
② (法)狄德罗:《狄德罗全集》,法文版,第10卷,第187~188页,转引自汝信:《西方美学史论丛续编》,上海人民出版社,1983年,第40~41页。

氏的"自然"已不是天然风景的自然,而是以伟大的帝王将相为标本而表现出来的人性。①

　　狄德罗还重视理性在创作过程中的重要作用。他强调,作为理性的主要标志之一的真理,要和个人的品德相统一,"如果道德败坏了,趣味也必然会堕落。真理和美德是艺术的两个朋友"②。只有掌握真理和具备德行的人,才有资格"当作家"和"当批评家"。他还反对古典主义的封建贵族的美学偏见,要求艺术家把注意力扩大到社会生活的方方面面,去描绘和反映社会各阶层的真实面貌,使法国喜剧从为宫廷趣味服务转移到为市民生活服务的道路上来,后来欧洲兴起的现代话剧大都走上了这一新剧种的道路。可以说对戏剧作品思想内容的重视,以及强调文艺的社会作用,主张文艺要为一定的社会政治目的服务,是狄德罗现实主义文艺理论的重要特征。另外,他还重视作家、批评家与群众的关系,视群众为艺术的最高的裁判者。狄德罗文艺思想中的人民性原则,也是现实主义文学里面的重要特征之一。当代英国学者巴特勒(Marilyn Butler)认为,狄德罗的理论及其法国,对英国18世纪晚期"革命十年中的人民的艺术"的形成有着重要的影响。③ 狄德罗呼吁艺术应该促进公共道德,艺术家不应该依附于小集团式的学术院把持的等级制度。艺术应走向社会,走向人民的思想,使得绘画艺术家布莱克和诗人华兹华斯顺应时代和民众的要求,在英国开创了新的艺术传统。巴特勒说,这种"伟大艺术回归本质要素这一原则"体现了华兹华斯"像是启蒙运动的真正的儿子,他使理性的思想、道德目的和社会用途超越心智中主观的和感情的一面,超越自我表现的要求"。因为"华兹华斯把普通百姓的生活经验和语言作为衡量诗的标准,这就是把主权在民的思想引入首先是道德的、然后是文化的领域"。

　　我们还注意到,在他的《绘画论》中,同样是强调"严格的模仿自然",这是有针对性的,他反对的是长期沿袭下来的"一套约定俗成的规则",也就是说,那套照搬照抄自然的传统,而主张模仿或再现"最持久的状态""日常生活中的肖像"。同时,在重视整体观的前提下,他强调逼真和细节的真实。只有当作品做到了整体的和谐、整体的有机统一,才算是符合"美的本性"。④ 于是当我们走进狄德罗的美学思想,在他那篇具有思辨性的美学论文《论美》即《美的起源》(为《百科全书》撰写的词条)中,就总结出美的关系说、整体说、统一说。这里面又包含多样化、规则、秩序和比例等。他

---

① (德)施泰因:《近代美学的形成》,德文版,第31~32页,转引自汝信:《西方美学史论丛续编》,上海人民出版社,1983年,第37页。
② (法)狄德罗:《论戏剧艺术》,《狄德罗美学论文选》,张冠尧、桂裕芳等译,人民文学出版社,2008年,第207页。
③ (英)玛里琳·巴特勒:《浪漫派、叛逆者及反动派》,黄梅等译,辽宁教育出版社,1998年。
④ 范明生:《西方美学通史·十七八世纪美学》,"论狄德罗的戏剧与绘画",上海文艺出版社,1999年。

还区分了绝对美和相对美、普遍美和特殊美,其间充满了辩证思维并且还对美做了分类——本质的美、道德的美、音乐美、自然的美以及人类创造的美和体系美。他的"美在关系说"尤为重要,受哈奇森"内感觉"美学观的影响,狄氏得出了"美在关系说"即"关系到我的美",这个关系在他看来是"一种悟性活动",也就是说是指在情趣和情感活动中人与事物的关系,由于人不同,美感也就不同。这里的"关系"也就是美感的"方向",它有些类似于胡塞尔现象学的意向性概念,意向性的要害是方向性,不同的意向构成不同的通路关系。于是这种关系构成"更具有哲理性,更符合一般的美的概念以及语言和事物的本质"①。这样可以说,狄德罗的诗学"不仅考虑艺术整体的内部和谐,还关注该整体与其创作者的独特个性,以及与作品对读者所产生之影响的独特性之间的关系"②。

另外在谈及文艺天才时,狄氏指出,"文学艺术创造是一种天才的能力",这里重要的是他强调了文艺创造过程中的特殊思维。而他创作的正剧《一家之主》与其后发表的《论戏剧艺术》形成一种互补关系,如果说所谓"正剧"就是主张回到自然状态,消解界线,那么,他的文论就显示了"诗意味着某种异乎寻常的、尚未开发的野性的东西",诗本能地抵抗规则和习惯,不与模仿为伍,守着自己的少数和孤独。

最后,正如汝信先生所言,狄德罗虽是一个伟大的现实主义理论家,但就其美学思想的实质而论,却不能不说是浪漫主义的。诚如他所言:"只有情感,而且只有大的情感,才能使灵魂达到伟大的成就。如果没有情感,则所有道德文章就都不足观了,美术就回到幼稚状态,道德也就式微了。"③他的自然主义的情感论成为后来浪漫主义、象征主义的先声,而在语言理论方面,他看中语言内在的朦胧性和晦涩的效果,注重感觉的修辞。他不仅用想象,还用激情,甚至冥想,表示帮助人们发现"谁也不曾发现或假设过的相互独立、被空间阻隔的物质之间之联系"的力量。④

4. 卢梭(1712—1778)与他的两个"起源"论。就现代意识与诗学观念而言,对法国现代民族国家文学的诗学生成有深远影响的人物,"日内瓦公民"卢梭这位集思想家、作家及乐师和作曲家为一身的人物,堪称其中的佼佼者。他以两大"起源论"即《论人类不平等的起源和基础》(1755)和《论语言的起源》(1781)以及《论科学和艺术》(1749),终结了古典主义,点燃了现代文学新纪元的火种。有评论说,伏尔泰唤起革命者的愤怒,卢梭则唤起他们的热情。就连德国哲学家康德也深受其影响,"在

---

① (法)狄德罗:《狄德罗美学论文选》,张冠尧、桂裕芳等译,人民文学出版社,2008年,第28页。
② (法)让·贝西埃等主编:《诗学史》(上册),"18世纪法国的诗学思考",史忠义译,百花文艺出版社,2002年,第410页。
③ (法)狄德罗:《哲学思想录》,载《狄德罗文选》,陈修斋、张冠尧译,上海三联书店,1991年,第2页。
④ (法)狄德罗:《哲学思想录》,载《狄德罗文选》,陈修斋、张冠尧译,上海三联书店,1991年,第2页。

他思想发展的一个决定性转折点上,卢梭为他展示了那个终生不渝的方向"——"是卢梭纠正了我。盲目的偏见消失了,我学会了尊重人性",①康德如是说。下面我们主要就他的关于"起源"②的两篇代表作予以探讨。

《论语言的起源》(1781),此文原是《论人类不平等的起源和基础》中的一部分,卢梭后来给删掉了,但在他死后才公开发表。不过,他的写作的完成早于《论不平等》。在这篇论文中,卢梭从今天看来从语言学与美学、符号学和文化学及社会学的角度,首先探讨了语言的起源。他说,"言语区分了人与动物,语言区分了不同的民族","既然言语乃是最初的社会习俗,那么言语的形成只能是源自自然"。③ 随后,又谈到了语言与声音和视觉符号的关系,再后,他论证说,言语是激情使然,最初的言语一定是象征性的。

接着就过渡到论述文字,他总结了文字的三种形式和相对应的三种社会状态。这三种形式分别为:一、"最初形式不描绘语言",而是"直接描绘对象自身";二、"用约定俗成的字来表示词语及命题","汉字就是这种类型",这一"书写形式"既真实地描绘了语音,又诉诸人的眼睛;三、"将语音切分成一些元素,如元音辅音之类,由此一些能够想到的词与音节均能组合……这种书写形式一定是商业民族创造的……确切地说,这是一种分析而非描绘的方式。"④而相对应的三种社会状态则是:"描绘对象的方式适合于原始民族,用符号来表示词语及命题的方式适合于野蛮民族,字母的方式适合于文明民族。"这里的区分与卢梭的《论不平等》中区分的原始人、野蛮人、文明人是相一致的,它又与孟德斯鸠《论法的精神》中所给出的原始人(一种分散的小的民族)、野蛮人(一种联合的小的民族)和文明民族(即生活于公民社会中的民族)是相通的。

然后他认为,文字与言语对应于观念和情感,是文字阉割了语言;接着,他又论述的语言起源的地域性差异并对南北方语言的形成展开了论述。最后,谈及了语言与政治的关系,即语言与权力的这样一个语言社会学和文化政治学的问题。他说:"在古代,说服控制了公众的力量,故雄辩是必需的,如今公众的力量取代了说服,雄辩还

---

① (德)卡西尔:《卢梭、康德、歌德》,刘东译,生活·读书·新知三联书店,2002年,第2页。
② 关于语言的起源,在西方有三部相关论著非常有名:一是卢梭的这部《论语言的起源》,二是他的同辈同胞孔狄亚克在其《人类知识起源论》(1746,中译本为洪洁求等译,商务印书馆1997年出版)第二卷第一篇专门探讨了语言的起源问题,三是德国人 J. C. 赫尔德的那部《论语言的起源》(1772,中译本为姚小平译,商务印书馆1999年出版)的论著。卢梭和孔狄亚克都主张语言起源的约定俗成或社会规约说,而赫氏则针对前者以及苏斯米希的神秘主义,指出必须以人类自身为出发点,强调语言并非先验之物,而是人类情感活动的产物,语言源自人类的心智。他无意从人的社会环境中去探寻语言的起源。
③ (法)让-雅克·卢梭:《论语言的起源》,洪涛译,上海人民出版社,2003年,第1页。
④ (法)让-雅克·卢梭:《论语言的起源》,洪涛译,上海人民出版社,2003年,第25~26页。

有什么用?""大众语言与雄辩术一样,对我们已毫无用处,社会已达到最初的形态:使社会变革的力量除了武器与金钱之外,没有其他的东西……因为没有必要把民众召集起来,相反,必须让臣民们分散,这是现代政治的首要原理。"他还说:"一种语言如果不能让集会民众听清楚,就是一种奴隶的语言;一个民族不可能既维持其自由,又说着这种语言。"卢梭的目的,是想"展示一个民族的性格、生活方式、意趣是如何影响他们的语言的,将提出一种真正的哲学问题"。①

其次,卢梭还论及了音乐。从它的起源到旋律、和声、色彩等涉及音乐的美学与艺术层面的问题来一一展开。他指出"人类说的第一个故事、第一次的演说、第一部法律都是诗,诗早于散文,音乐也是如此,最初的音乐不过是旋律,旋律不过是言语的声音变化,重音构成了歌曲,音长构成了节拍,音节和音量就是言语的节奏和响度";他还引证道,"言语与歌曲原是同一样东西,这表明了雄辩术源于诗歌";此外,他还说"一种语言如果只有音节和声音,便只动用了一半的手段,虽然它已可以传达观念,但要传达情感与意象,还要节奏和音量,亦即需要旋律"。② 由此可见,卢梭其实是要揭示诗与音乐、诗与语言、音乐与语言之间的艺术关系,可以说,语言的起源在卢梭那里就是关于诗和音乐起源的社会学的、美学的历史文化思考。孔狄亚克在论及音乐时,也是从符号的起源及其发展的文化学角度,指出"在古人那里,音乐这个术语不仅含有我们语言中所指的那门艺术这一意义,而且还把知识的艺术、舞蹈、诗歌以及演说的艺术全部包括了进去。故诗歌和音乐之所以得到培育,仅仅是为了叫人认识宗教,知晓法律,以及用来纪念伟人们及其对社会所建树的功绩而已……高卢人和日耳曼人就是用了这些艺术来保存他们的历史和法律的,而且在埃及人和希伯来人那里,这些艺术又可以说是成了宗教的组成部分。这就是为什么古人要求教育并把学习音乐作其首要目的"③之故。

在《论人类不平等的起源和基础》中,一个中心点是从社会人身上找出属于自然状态的本性的一种尝试,正如他在序言里所说:"如果不从认识人类本身着手,怎能知道人与人之间的不平等的起源?""正是由于这种对人的本性的无知,自然权利的真正定义才那么难以确定,那么难以理解。"④于是,他首先做了自然人与野蛮人的比较,随后又描绘了人类历史相继出现过的两种社会,即自然社会和文明社会,由此他进一步指出了两种不平等状况:

我认为人类存在着两种不平等:一种我称之为自然的或生理上的不平等,因为它

---

① (法)让-雅克·卢梭:《论语言的起源》,洪涛译,上海人民出版社,2003年,第131~133页。
② (法)让-雅克·卢梭:《论语言的起源》,洪涛译,上海人民出版社,2003年,第86页。
③ (法)孔狄亚克:《人类知识起源论》,洪求求等译,商务印书馆,1997年,第181页。
④ (法)让-雅克·卢梭:《论人类不平等的起源和基础》,高煜译,广西师范大学出版社,2002年,第62、64页。

是由自然造成的,包括年龄、健康状态、体力以及心理或精神素质的差别;另一种我们可以称之为伦理或政治上的不平等,因为他取决于一种协约……而这种协约是由某些人专门享受,且往往有损于他人的各种特权组成的。①

他试图说明,虽然人已经走出了自然状态,但大自然还在支配着人与人之间的关系,直到人们通过某一个随意的行为创立了文明社会,于是原先适应自然状态的人,终于组成了早期的社会。这种历史的进程,一方面表现为一种偶然性,如气候的变化或自然灾害的发生迫使人们走在一起,人类由此获得了最初的"知识",感到了"关系"的存在,于是必定创造一种语言以加强相互的沟通;另一方面又表现为不可抗拒的必然性的控制,由土地的耕种导致了土地的分配,导致了私有财产和最早的裁判准则的诞生。

最后,在论述的结尾处他回顾了三种政体,即君主制、贵族制和民主制,并肯定了民主政体。他认为民主政体是"离自然状态不太远"的人民的政体,他这样写道:"倘若要我选择出生地,我就要选择这样一个社会,其幅员恰好在人类能力所及的范围之内,也就是说,只有在此范围内,国家才能管理得更好。""在这个国家人人相互了解,没有任何阴谋,也没有任何善行美德能避开公众的耳目和评判,而且在这个国家,人们相互来往、相互认识,在这里爱国与其说是爱国土,不如说是爱国民。"接着,他又说:

我愿意出生在这样一个国家,其统治者与人民的利益是一致的。唯有这样,国家机器才能始终为共同的福祉运转,但是人民本身必须就是统治者……我愿意出生在一个法制健全的民主政体下。②

在此,卢梭肯定了主权在民的原则。而下面一段则是表现了法律至上的尊严:

我希望国家之中无人自称能凌驾于法律之上,国外也无人能强迫一国屈从于任何权威。因为一个政体不论是怎样构成的,如果其中有一人不服从法律,其他一切人就必定要受其摆布。③

今天来看,此著的价值和意义仍然没有过时,它表现出了卢梭思想的前瞻性和超越性,那种从工业社会到后工业社会出现的异化现象,正是当代哲学家、社会学家、政治学家要解决的问题。请看,卢梭这样说道:

野蛮人为自己活着,而社会中的人永远是身不由己,只会按别人的意见生活,也

---

① (法)让-雅克·卢梭:《论人类不平等的起源和基础》,高煜译,广西师范大学出版社,2002年,第69页。
② (法)让-雅克·卢梭:《论人类不平等的起源和基础》,高煜译,广西师范大学出版社,2002年,第52页。
③ 同上引。

就是说,只是从别人对他的评价中,他才意识到自己的存在。①

他接着指出:"人的原初状态并非如此,只是社会的精神及其由社会产生的不平等改变了我们身上固有的习性。"卢梭上面一语中的的话,正是现代以来异化所致的"空心人"的写照。

正如恩格斯在《反杜林论》一书中所言,卢梭还是进步的辩证法观念的重要发现者,他的《论不平等》和《拉摩的侄儿》是18世纪辩证法思想的杰作:

卢梭把不平等的产生看作一种进步,但是这种进步是对抗性的,它同时也是一种退步……文明每前进一步,不平等也同时前进一步。随着文明产生的社会为自己建立的一切机构,都转变为他们原来的目的的反面。

人民拥立国君是为了捍卫他们的自由,而不是去做他的奴隶,这是不容置辩的事实,而且是整个政治权利的基本准则。但是这些国君必然成为人民的压迫者,而且把压迫加重到这样的地步,使得登峰造极的不平等又重新转变为自己的反面,成为平等的原因:在暴君面前人人平等,就是说大家都等于零。②

《不平等》既是一部伟大的政治著作,也是一部哲学著作,同时,它还是一部伟大的文学作品。这种书写风格,不仅是大革命时革命派论战的修辞典范,即便是今日,在反思现代性的学者如福柯、德里达们那里也都产生了共鸣,在他们看来,后现代的哲学、史学即文学。可以说,《不平等》不仅是一篇美文,更是对民主政治前景的描绘和理想的寄托,当然我们注意到,不平等只是卢梭的理论假说,正如他所言:"不应把我们在这个问题上所进行的探索当作历史真相,而只当作假设的和有条件的推论,它适用于阐明事物的本质。"③我们看到,在卢梭的另一本杰作《社会契约论》里,他抽象地完成了国家在什么样的条件下才是合法的宏论。

我们说,卢梭的著作替现代诗学开启了思想资源的大门,这在中外诗学发展历史中是有目共睹的。且不说卡西尔就卢梭与18世纪欧洲的"思想气候",著有《卢梭、康德、歌德》一书,它使我们不仅看到了法、德间思想与文化的互动,而且更体会到思与诗的互动,哲学(康德)在诗(卢梭)那里找到了刺激的源头,诗(卢梭)也在哲学(康德)这里找到了升华的阶梯。在中国,从梁启超、严复到鲁迅、蔡元培、郁达夫、巴金等大都受惠于他,郁氏对卢梭的发现主要体现在其《艺术与国家》《文学概说》《卢梭的思想和他的创作》等文中,而巴金的《随想录》,以其真诚和勇气即超越精神完成了与

---

① (法)让-雅克·卢梭:《论人类不平等的起源和基础》,高煜译,广西师范大学出版社,2002年,第138页。
② (法)让-雅克·卢梭:《论人类不平等的起源和基础》,高煜译,广西师范大学出版社,2002年,第46页。
③ (法)让-雅克·卢梭:《论人类不平等的起源和基础》,高煜译,广西师范大学出版社,2002年,第71页。

卢梭《忏悔录》的"对接"或"对白"。就法国而言,后现代文论大家德里达以卢梭的《起源》一书为由头,撰写了一部《论文字学》(1967)的大作,表达了他对西方"罗格斯中心主义"和"语音中心主义"的批判。在书中,他作了文字和语言的知识考古学梳理,上至维柯、卢梭和孔狄亚克,下至列维-斯特劳斯,集中解构了西方文字语言的霸权,从"差异"和"替补"入手,对结构主义的"语言共和国"予以了清算和颠覆。

德氏首先考察了在1754年,《论语言的起源》只是卢梭那篇《不平等的起源》的长篇注释,到1761年,它成了一篇独立的论文,经过增补和更正,对拉摩的著作《和声原理的证明》进行了尖锐的反驳,在1763年,这篇论文经过修改被分成了二十章,各章篇幅不一。同时,他还注意到,在题材和内容上,《论语言的起源》和孔狄亚克的《论人类知识的起源》(1746)和狄德罗的《关于聋哑人的信》(1750—1751)是一脉相承的。德氏的推论是,就语言的起源和社会的起源而言,关键是应有一套对立的概念,通过这种对立系统,我们就可以看到这种历史进程奇特的步伐,那是一种历史的循环,包含着某种进步和补偿的结果。

德氏还指出:"卢梭确信语言始于形象表达,但是我们会看到,他同样相信语言会向字面意义发展。他指出'形象语言是最早的语言',但仅仅补充说'字面意义是最后发现的',针对这种字面意义(接近本质属性、自我贴近、自我呈现、特性、纯洁性),我们提出了书写符号问题。"①德里达接着指出,"《语言起源论》将言语与文字对立起来,就像将在场与缺席、自由与奴役对立起来一样,"他紧紧地抓住了语言的辩证法,他接着卢梭说,"语言是民族的财富,语言的统一与民族的统一是相辅相成的"。"一个民族是其言语的绝对主宰,这使他们不知不觉地操持这个帝国。为了剥夺这个民族的民众对其语言的支配权,从而剥夺他们的自主权,就必须悬置语言中的口语成分。"因为"只有统一的民族才能支配口语,作家则有权支配书面语,民众并不是语言的主人,就像他们并不是言语的主人一样"。因此,文字反映了融为一体的民族分崩离析的过程并且是其奴役的开端,所以,德里达要求"对政治的堕落与语言的堕落这一同一性"问题,进行"哲学审查"。他看到,人们无法将能指与所指分开,人们在改变语言的同时也在改变观念,以至语言教育会同时传播教师尚未掌握的民族文化,也就是说,语言在改变符号时,也在改变符号表达的观念。②

另外,他的《社会契约论》使之成为大革命精神的火炬。在《人权宣言》中,有卢梭思想的火苗,它已成为大革命思想的源泉,它提出了平等的民主社会原则。大革命时,革命派把它奉为公民美德和爱国主义的教科书。于是,我们可以把卢梭的这几篇富有"政治宣言"色彩的论著同杜贝莱的"文学宣言"的论著合而观之:

---

① (法)雅克·德里达:《论文字学》,汪堂家译,上海译文出版社,1999年,第154~155页。
② (法)雅克·德里达:《论文字学》,汪堂家译,上海译文出版社,1999年,第244页。

如果说《保卫》解决了"民族语言的出生证"即民族生存权问题，《诗艺简论》解决了"民族语言等级证"和民族教化与风尚的问题，《论语言的起源》和《论人类不平等的起源和基础》等卢梭理论文本，在深层次上解决了语言与哲学、美学的问题，即民族国家的政治生命问题和话语权问题。这样，法国近现代诗学的生成就从杜贝莱一种"宣言"始到卢梭的另一种"宣言"终，他们始终都没有离开语言和文字的地基，但又不囿于这一工具层面的表象而进入人类精神文化的核心。一方面，他们喊出了民族文化的心声，另一方面，又孕育出全人类的良知。可以说，他们的宣言既是文学的又是政治的，既是民族的又是世界的，既是诗学的又是文化的。他们既是文学的"典律"又是诗学的"典律"，更渗透着现代民主政治的"典律"的光芒。

5. 文化诗学与文化哲学的先驱。正如《诗学史》中的作者阿妮·贝克所指出的那样，18世纪的诗学已具有了艺术哲学和文学哲学的资质。18世纪的启蒙思想家在对待文化与自然的关系上，表现出两种不同的态度，其一是认为文化尽管不同于自然，但它是从自然而来的，出于自然被自然的东西所决定，自然的东西是基础，文化是在该基础上产生出来，因而文化和自然应该是和谐一致的。其二是认为，文化、文明和自然是对立的，文明越是发展就越远离自然。

显然，孟德斯鸠和伏尔泰都是持第一种态度的，他们是"地理环境决定论"的首倡者，这一观点认为，地理环境决定着一个国家的政治制度、法律性质、民族性格、风俗道德和精神面貌等。一旦地理环境因素发生了变化，文化的存在也将随之改变。地理环境的特殊性和多样性，必然造成文化的差异性和多样性，因而，也就决定了一国的法律和政体与另一国之不同。伏尔泰更强调文化应和自然和谐一致，国家的法律越接近自然规律，社会生活就越完善、稳定、和谐。

而卢梭则认为文明和自然是对立的，他的《论科学和艺术》一文，深刻地揭示了资本主义社会文化矛盾和文化的冲突的现象。这可谓是开西方现代社会批判理论之先河，他断言"科学与艺术进步是道德沦丧"，因为科学不仅没给人民带来真正的幸福，反而增加了原来在自然状态下所没有的痛苦，工业文明的发展使现代社会的文化自身更加失去趣味，成为单向度的文化。他慨叹道："再也没有真诚的友情，再也没有真诚的尊敬，再也没有浓厚的信心了！怀疑、猜忌、恐惧、冷酷、戒备、仇恨与背叛永远会隐藏在礼仪那种虚伪一致的面目下边，隐藏在被我们夸耀为时代文明的依据的那种文雅的背后。"①

今天看来，它的批判锋芒是具有很强的针对性和超前性的。他还进一步指出，现实文化已被奢侈、金钱和低级趣味的时尚所左右，已经褪变成了一种金钱文化和低级的俗文化。对这一点，卢梭遭到了一些学者的指责，认为他完全否认了文明的进步和

---

① （法）卢梭：《论科学和艺术》，何兆武译，商务印书馆，1963年，第10页。

发展,否定文化就是一种蒙昧主义的表现。事实上,卢梭从未否定文明的发展和进步这一事实,他特别声明"我自谓我所攻击的不是科学本身,我是要在有德者的面前保卫德行"。在他看来,法国的上流社会和文人们是从来不把文明和道德、奢侈和幸福、知识的传播和道德的进步这些概念分开来的,所以,他满腔怒火地要把他们拆开,他要借昔日的雅典和罗马的繁荣来抨击腐化堕落的巴黎。卢梭不是要让今日的人类返回自然状态逃避社会,而是要指出科学艺术的发展和道德发展的矛盾性,科学对社会造成的负面影响,他要否定的是异化了的文化、腐化了的文化。另外我们还看到,与之有关的还有一篇专论艺术的文章,那就是《致达朗贝尔论戏剧的信》(1758),在这里他强调艺术应当有道德和政治的内容,反感17世纪古典主义的贵族艺术,他要企图开辟通往人民艺术的道路。

另外,孔狄亚克(1715—1780)在谈论语言的发展时,对语言的民族性高度重视,他认为语言的发展受"民族性格""气候"和"政府"因素影响使然。"各种语言都表现操这种语言的民族性格。"他以"农耕"这个词为例来予以说明。他说到在拉丁语中与农耕有关的术语,都显示出某种高贵的意识,因为农耕技术受到社会的普遍尊重,农耕术语也就含有尊贵的意识;而在法语中,由于法兰克人把军事技术视为强国之本,农业耕作主要是差遣奴隶去完成,所以农耕技术不含有尊贵的意识。他还说,一个民族根据自己的民族性格特征,将观点分为主要的和次要的,这个来自民族文化独特意识的语言组织习惯,构成了一种语言的本质,任何人都不可能改变它。"语言就是一个民族的性格和特点的一幅真实写照。"①

以上论述,我们从伏尔泰到狄德罗再到卢梭和孔狄亚克,在他们的诗学思想观念中,都体现了一种"现代历史意识的觉醒",而其内核则是一种新时代的精神,并且作为文学创作的一个决定因素。是否可以说,作为文学创作的一个决定因素,民族特性这一观念自文艺复兴到启蒙运动,它已基本形成,而且历史发展这个概念的萌芽,也包孕在进步这一概念之中,它也归功于独立的自成一体的民族文学思想的逐步确立,并为人们所接受,现代的发展的概念也就得以产生了。这也就是法兰西民族国家文学诗学生成的思想品质之标志之一。

二、开放与超越:现代诗学的品质、格局与律动

从文学史上讲,19—20世纪才是法国现代文学及其诗学的真正开始和全面展开的黄金时代。它的创新性和复杂性是前所未有的,法国诗学的现代观念及其表现形态大都在19—20世纪孕育、形成、发展和更新。本节,我们主要探讨法国现代诗学前

---

① 孔狄亚克:《论语言的特征》,载《人类知识起源论》,洪洁求等译,商务印书馆,1997年,第234页。

期阶段的第二个时期,它从18世纪启蒙观念的革命所孕育的现代意识和美学精神的变革中走来,形成了流派叠起,多元共存的现代诗学景观——浪漫主义诗学、自然主义诗学、象征主义诗学、批评大师的诗学以及空间诗学和萨特文论思想,将使我们领略到法国现代诗学生成的质与量。

我们知道,19世纪法国文学及其诗学的建构,离不开法国社会、政治、经济与文化的转型与变迁,经历了18世纪的启蒙运动和大革命洗礼的法国,它要比理性的世纪和激情的岁月多了几分斑斓的姿态,它充满着革命与反叛、绝望与热情、介入与回避、创新与发现、否定与超越等螺旋桨式的发展势态。总之,要读懂19世纪,必须从社会变革的起伏、新与旧两种力量的反复搏斗、文学与政治的关联、人民与作家的关系、法国与欧洲的互动等方面去把握。

回顾那段历史,法国革命具有的宗教性质,不亚于它的政治性质。正是由于大革命,人类思想才取得了战胜偏见和权势的最大成果,即信仰自由和宗教宽容,如果不了解这一点,就不能理解浪漫主义文学的法国特色,就读不懂夏多布里昂的《基督教的真谛》。

大革命后,法国经历了一个督政府、两个帝国、两个王国和两个共和国,在最终确立共和制之前,法国经历了三次革命,可以说19世纪的文学与诗学,正是在面对诸多危机和面向现代世界中展开的。19世纪,资产阶级战胜了贵族阶级夺得了领导权,然而这种革命与复辟不断交替出现,广大民众却没有能品尝到大革命理想的承诺,他们的生活和环境没有得到根本的改善。一种新的压迫出现了,那就是资产阶级的压迫,这种政治的、经济的困扰,使整个19世纪充满了社会忧患。由于法国工业革命的真正展开和拿破仑的对外战争带来的灾难,引发了多重危机——政治的、社会的、经济的,当然也带来了文学的危机。如果不了解这一点,也就不了解从浪漫主义到象征主义整个19世纪法国文学的生成与特点。危机还产生了各种思想的乌托邦——社会主义的、共产主义的,它要重建另一个世界,这也是19世纪的一个现实和对文学与艺术有影响的特征。所以,"纯粹文学的浪漫主义"走到了尽头,"政治上的浪漫主义"却得以繁荣,文人、作家变成了政治人物,雨果、拉马丁他们都揭露金钱社会的非正义现象。

也正是这样一种时代的语境,文学面对这样动乱的世界,所作出的反应必定是矛盾的。有的人受科学的吸引,把科学看成是人类的未来和幸福,成了科学的颂扬者;有的人面对社会的忧患和人民的苦难,把文学导向了现实主义和自然主义;然而还有的人不屈服于时代,与古典主义决裂,扛起浪漫主义的大旗;当然,也有的人躲进了象牙塔,培植一种"为艺术而艺术"。那种与旧传统和旧的美学观念彻底决裂的,则是由波德莱尔开创的通往20世纪的象征主义及其种种现代主义艺术。

1. 浪漫主义。正是时代的危机,迫使文人、作家把他们的目光转向了周围的社会。浪漫主义的先驱者斯达尔夫人(1766—1817),致力于把大革命的政治和社会成果转移到文学领域,可以说斯氏是在19世纪最早倡导"文学反映社会"的文人。而丹麦文学史家勃兰兑斯则说,"法国的文学上的反动是斯达尔夫人以及和她有联系的一批作家,以感情的名义开始的"。① 在19世纪的第一年,斯氏就发表了她的《论文学与社会制度的关系》(1800年),她提出"一个作家只有当他使感情为一些崇高的道德、真理服务的时候,才无愧于真正的光荣"。"我们应该以人物的崇高,来提高平凡事物的价值","如果我们能探索到,把日常的事情与高贵的品质相结合,把重大的事件简单朴实的描绘出来的艺术,那么它就是一种新的美"。她还说,"诗歌的真正目的,应该是通过既新鲜又真实的形象,使人们在不经意中感受到的思想与情感的情趣,诗歌应该紧紧跟上一切与思想有关的事物,紧紧跟上当代哲学的发展过程"。最后,她还强调"一个民族的想象","通过情感或图景来赋予道德和哲学的真理以生命,那么我们就能在这些真理当中,吸取适合于诗情的东西"。② 总之,在她的这篇文论里,充盈着对进步和共和主义的炽热信仰。

而更具影响力的是她的那篇《论德国》(1814年),她首先提出了"理想美"的原则,她认为德国文学理论区别于其他民族的文学理论,就在于它决不要求作家们,服从专制性的功利目的和限制,而他们的诗论和哲学是一致的。另外,她还从民族心理学和社会学的角度,谈及了民族气质与文学的关系。她不是从个人而是从民族间,比较了法德两个民族的民族趣味与民族性格的差异。她还对古典诗和浪漫诗作了比较,拉丁民族的法国属于古典诗,日耳曼民族则属于浪漫诗。问题的关键不在于古典诗和浪漫诗孰是孰非,而在于是机械模仿还是自然启示,也就是说,是一种移植的文学还是一种土生土长的文学。所以,当她把具有通俗化与民族性根基的德国文学与属于上流社会的法国文学作比较,这才是《论德国》的重要意义所在。不过,在她的这部论著中,"世界主义"最终战胜了"民族主义"理论,她认为,"各个民族应起相互引导的作用",美国批评家欧文·白壁德在评论斯氏时准确地说"斯达尔夫人的思想单元是民族而非种族","民族与其说是环境的纯粹产物,还不如说是一种精神统一体,一个有着共同的回忆和成就,朝向一个共同目的地的人的集合体,种族思想更加明显是自然主义的……这种思想几乎要变成动物学的啦"。③ 在此意义上,反映出了法国现代文论的开放性和超越性,这也是斯氏对世界文学和比较文学所作的重要贡献所

---

① (丹麦)勃兰兑斯:《19世纪文学主流·法国的反动》,张道真译,人民文学出版社,1986年,第297页。
② (法)斯达尔夫人:《论文学与社会制度的关系》,徐继曾译,章安祺编《西方文艺理论史精读文献》,中国人民大学出版社,1996年,第468、470、473页。
③ (美)欧文·白壁德:《法国现代批评大师》,孙宜学译,广西师范大学出版社,2002年,第19页。

在。为此,美国文论家韦勒克评价说:"在传播'浪漫'这个术语和观念上,它(《论德国》)的作用极其重要。就法国文学从新古典主义信条中解放出来的全过程而论,它迈出了较早的一步,而且是新型的文学世界主义的一份宣言。"①

而浪漫主义理论的真正旗手,则是从司汤达到雨果。浪漫主义的第一篇宣言,是由向古典主义发起第一次真正冲击的司汤达(1783—1842)在其《拉辛与莎士比亚》(1823年)中提出的,他的这一定义是"浪漫主义是为人民提供文学作品的艺术,这种文学作品表现人民的习惯和信仰的现实状况。因此它们可能给人民以最大的愉快","而古典主义恰好相反,它提供的文学是给他们的祖先以最大愉快的"。② 在这里,"浪漫的"是指近代的、同时代的,它还有"冒险的""打动人的""教育人的"特征和效果。事实上,司汤达还与意大利民族独立运动的"烧炭党"人关系密切,他从意大利的同辈作家尤其是米兰浪漫派那里,"学会了把自由主义、爱国主义、浪漫主义联系起来"。③ 他的这篇浪漫主义宣言,就是从意大利回国后才应当时的"古今之争"而写作的。其实,在当时的法国浪漫派里边,也分保守派和自由派,在自由派那里的口号就是强调"自由与尊重民族趣味"。

事实上,就在司汤达的第一篇宣言发表前三年,诺蒂耶(Nodier)就提出过:"文学是社会的反映……浪漫主义完全可以是现代人的经典之作,即表达一个新社会,既非希腊人的社会,也非罗马人的社会。"而德·布洛斯维尔(D. Blosseville)也这样界定了浪漫主义:"现代浪漫主义"一词,"具有双重意义:它可以表示从基督教和骑士精神中诞生的文学,又可表示浸透着最可怕的坏趣味的作品……浪漫主义,即表达现代社会之文学……它从影响人之心灵的最强劲的四大情感源泉中吸取灵感:宗教、祖国、爱、忧郁"。④

作为浪漫主义运动的领袖,雨果(1802—1885)不仅是伟大的文学家,更是社会斗士和人民的代言人。在法国文学中自始至终关注国家民族事务与历史社会现实,并尽力参与其中者并不多见,雨果堪称代表。他既是伟大的诗人、作家,也是浪漫主义文论的代表者和一流的批评家。雨果的一生富有传奇色彩,他的文论和他的作品都产生了十分重大而深远的影响。⑤ 雨果的一生是多变的,但又是一致的,他和好些浪漫主义者一样都是贵族出身,他在具体的历史条件下经历过从保王主义、波拿巴主义到自由主义、民族共和主义的过程,实际上是紧随着法兰西民族在19世纪的前进步

---

① (美)韦勒克:《近代文学批评史》(第2卷),杨自伍译,上海译文出版社,1997年,第279页。
② 伍蠡甫:《西方文论选》(下卷),上海译文出版社1979年,第147页。
③ (美)韦勒克:《近代文学批评史》(第2卷),杨自伍译,上海译文出版社,1997年,第298页。
④ (法)让·贝西埃等主编:《诗学史》(下册),史忠义译,百花文艺出版社,2002年,第545页。
⑤ 对雨果的研究参:《纪念雨果逝世一百周年学术研讨会专辑》,载《法国研究》1985年,第4期。柳鸣九《走进雨果——纪念雨果诞辰两百周年》,河北教育出版社,2001年。冯光荣:《争取和捍卫自由的战士》,载《法国研究》。

伐。正如研究法国文学的专家勃兰兑斯所言,"作为诗人,他像火炬一样成了引导人民的先锋"。在那篇大获成功的浪漫主义戏剧《欧那尼》的序言中,他就宣称"艺术中的自由和社会上的自由是不可分割的"。① 我们还看见,雨果主张新闻和言论自由,他说:"主权是一个国家的灵魂。主权体现在两个方面:她一只手写字,这就是新闻自由;另一只手投票,这就是普选。"他认为新闻自由是社会思想巨大的火车头,压制新闻自由,社会就会爆炸。为了捍卫新闻和言论自由,他不惜舍去自己的名誉地位。是的,作为思想者和行动者的雨果,与作为诗人艺术家的雨果是合而为一的,他的灵魂永远离不开法兰西民族和他的祖国。他这样说道:"在思想上,我属于上帝,在体力上,我属于人类。可是,过分热衷于诗,会导致专心思索;过分热衷于政治,会导致丧失民族特征。结果,一个人就会不再参与生活,就会不再珍惜祖国。这是我力图躲避的双重暗礁。我追求理想,但总要用脚触及实际。我既不想像诗人那样看不见陆地,也不想像政治家那样无视法兰西。"②

雨果作为法国资产阶级浪漫主义文学运动的理论发言人,他代表浪漫派进行了争取文艺自由的斗争,这斗争一方面是针对文学创作上的伪古典主义,另一方面是针对复辟王朝的文学专制措施,因为伪古典主义正是有着官方支持的政治背景。在他的那篇著名的浪漫主义宣言——《〈克伦威尔〉序》(1827年)中,全面有力地批判了古典主义,清楚地阐释了浪漫主义创作的原则,提出了浪漫主义新的美学。他指出"丑就在美的旁边,畸形靠近着优美,粗俗常在崇高的背后,恶与善共存,黑暗与光明相共"。在他看来,古典主义正是把这两个方面割裂开来,失去了它的震撼力,而新的浪漫主义文学则是在"美""丑"的对立统一中,即"崇高优美"与"滑稽丑怪"非常自然地结合而完善了自己。

另外,他还就艺术与自然的关系作了阐释,在他看来,艺术除了其理想部分以外,还有尘世的和实在的部分,他用"镜子说"来表达他的艺术创作观。他以戏剧为例,这样说道:"戏剧是一面反映自然的镜子,但如果这面镜子是一面普通的镜子,一块刻板的平面镜,那么它只能映照出事物暗淡、平板、忠实但却毫无光彩的形象。"这是一种机械的复制,事物失去了它的生动色彩,所以戏剧应该是一面"聚焦镜","把微光变成光彩,把光彩变成光明",只有这样,戏剧才为艺术所承认。同时,他还强调艺术的目的是神圣的,要让"思想在诗句中得到冶炼,这样它就具有了某种更深刻、更光辉的东西,铁变成了钢"。

此外,在这篇宣言里他还表明了,继承与创新即对古典主义诗学原则的反叛性:"我们要粉碎各种理论、诗学和体系,我们要剥下粉饰艺术门面的旧石膏,什么规则、

---

① (法)布吕奈尔:《19世纪法国文学史》,郑克鲁译,上海人民出版社,1997年,第3页。
② (法)维克多·雨果:《我生命的附言》,赵克非译,团结出版社,2003年,第5页。

什么典范都是不存在的……只有翱翔于整个艺术之上的普遍的自然法则,只有从每部作品特定的主题中产生出来的特定法则。"他还说:"一个真正有才能的人,因模仿别人而丢了本色,把个人的特点扔在一边,那么就会失去一切而成为苏西这样的角色。"这里,文艺复兴时期杜贝莱、萨比耶为法国诗歌语言及其文学的生存的第一次论争,仿佛又在我们耳边响起。

最后,在雨果的这篇宣言中,我们还看到了他的思想高度和世界的眼光。他指出,"支配世界的并不永远是同一性质的文明","也并不永远是同一种社会形式,整个人类如同我们每一个人一样,经历过生长、发展和成熟的阶段"。这分明是雨果的文学进步观和世界主义的倾向表现。今天看来,也许早在后现代的文论家们之前,他就具有了"非西方中心论"的思想意识。

其实,雨果的浪漫主义文学理论还包括《谈戏剧》《莎士比亚论》以及包含在许多序跋里边的思想。法国现代著名文学批评家蒂博岱就认为,雨果的真正批评杰作不是《〈克伦威尔〉序言》,而是那部宏伟与洋溢激情的《莎士比亚论》(1864年)。在此著中,他不仅着重阐释了文学的社会作用和诗人的社会职责——"民族使命、社会使命、人类使命"。他还提出了"美为真服务"的原则,要让实用与崇高统一、实用与美统一、善与美统一。他要求"先做人而后才做诗人"。另外,他还探讨了科学与艺术的特征与关联,他说:"人类思想有精确和无穷两大领域……'数',这个含意深刻的词就是人类思想的基础,它是我们智慧的元素,它既是数学、又是音律。数在艺术面前显示威力是通过节奏,节奏便是'无穷'的心脏搏击。没有'数'就没有科学,没有'数'就没有诗歌。"在他眼中科学与艺术的区别在于:"进步是科学的动力,理想则是艺术的发动机。""艺术作为艺术,并且就其自身而言,既不前进、也不后退。诗歌的千变万化,不过是美的起伏波动。""这寓于艺术中的无限,同进步是毫无缘分的。它可能并且在实际上对进步承担义务,但却不从属于进步。""科学是另一回事。主宰科学的相对性在科学中留下烙印。而这一系列的相对印迹愈益接近真实,便渐渐成为人们的信念。"①此外,他特别推崇艺术与大众结盟即平民的艺术观。"莎士比亚的戏就是平民,《哈姆雷特》的作者'为了贱民而牺牲一切'。如果说什么东西是伟大的,那就是这个。""贱民,就是受苦受难的人类;贱民,就是人民痛苦的起点;贱民,就是黑暗势力的伟大受害者。"反之,他对所谓的经典不以为然:"学校,那就是学究气息的总和;学校,就是预算的'文学余额';学校,就是知识界的官僚,他们在各类官方或权威的教学中占统治地位。"②这里值得强调的是,雨果文论中的平民思想,真、善、美的统一的观点,作为法国诗学中政治文化层面建构的优秀品质的表征之一,对中国现代文

---

① 《艺术与科学》,《莎士比亚论》,丁世忠译,团结出版社,2001年,第80~84页。
② 《评论》,《莎士比亚论》,丁世忠译,团结出版社,2001年,第200~203页。

论从"五四"文学到《讲话》的精神乃至今日中国的大众文艺观,都有着内在的时代性和普世性意义的精神资源的汇聚作用。

我们还看到他在《秋叶集》的序言中,他指出艺术创作是由人的主观精神、人的心灵所决定的。在《东方集》里,又说:"浪漫主义就是文学上的自由主义,这才是它的真正定义……现代之法国,米拉波为其赢得自由,而拿破仑时期为其变得强大的法国,一定会拥有自己的民族文学和个人文学。"

另外,我们还注意到拉马丁(1790—1869)也强调了"新诗"的原则——"它应该成为平民的,并像宗教、理性和哲学一样大众化。"(《诗歌的命运》)当然,在浪漫主义运动内部,与"介入"艺术相反的则是戈蒂耶的"为艺术而艺术"的唯美主义,与上面雨果、拉马丁提出的文学的三重使命和"平民性""大众化"的要求相反,他们提出了"唯有一无是处才是真正的美"。[①]

末了,我们不应忽视以文学发展论和具有比较文学眼光写下的一份浪漫主义文学批评的重要文献,它对浪漫主义运动在文体上的发展历程及其成就,从散文、诗歌、戏剧和文学评论等方面都做出了精到的总结和评价,这就是埃米尔·德尚(1791—1871)的《〈法兰西和外国研究〉序言》(中译本见《重解伟大的传统》一书)。有人说,它与雨果的《〈克伦威尔〉序言》有着同样重要的意义。这里有几点值得强调:1. 针对古典派和浪漫派之争,提出"一个伟大的文学时代绝不是另一个时代的延续"的论说,浪漫主义是时代的强音;2. 在继承、吸纳与创新上,他说"每一个伟大的时代,都有一种诗歌,犹如具有一项法律似的。但是如同我们已经指出的那样,法国无须在自身之外去寻找范例;年轻诗人们吸取以往的文化作为养料,以邻国的文化宝库丰富了自己"[②]。他还说,19 世纪真正的诗歌是通过散文在法国传播开来的。而散文在法国的崇高地位当从蒙田、帕斯卡、伏尔泰、卢梭等一路下来。这里面浸透着历史、哲学和诗的睿智与灵动;3. 牢记时代使命,弘扬民族伟大精神,他说:"你们的前辈颠覆了旧社会的根基,确定了事物新秩序的基础。在重建、巩固新秩序并使其变得更加美好的工作中,你们是对法兰西人民讲话。"[③]这里我们仿佛又听到了当年法兰西民族文学开创者们唱响的"宣言",19 世纪浪漫主义诗学不正是它的延续和现代的发展吗?

实际上,浪漫主义的成就除了我们谈及的诗学以外,它还表现在三大文学类型的创造上——戏剧、小说、诗歌以及浪漫主义史学的里程碑式的革命。可以说,整个 19 世纪的现代文学不管是哪种流派,都从浪漫主义那里汲取了许多灵感,并且与它有着

---

① (法)布吕奈尔:《19 世纪法国文学史》,郑克鲁译,上海人民出版社,1997 年,第 18~19 页。
② (英)凯·贝尔塞:《重解伟大的传统》,黄伟等译,社会科学文献出版社,1999 年,第 50~51 页。
③ (英)凯·贝尔塞:《重解伟大的传统》,黄伟等译,社会科学文献出版社,1999 年,第 52 页。

千丝万缕的联系。①

2. 自然主义。当浪漫主义作为一种流派，在19世纪上半叶退潮之后，随着哲学实证主义思潮在泰纳的文学社会学、医学上的"贝尔纳主义"中盛行，自然主义文学及其诗学也是在这种时代语境下应运而生，并且从法国蔓延到德国、挪威以及诸多欧洲国家和美国。自然主义的领军人物当然是左拉（1840—1902），他不仅提出了自然主义的理论，这主要反映在他的《戏剧上的自然主义》和《实验小说论》两部文本中，还创作了大量的自然主义文学作品。他给自然主义作了这样一个界定："自然主义是回到自然和人；它是直接的观察、精确的剖解对存在的事物的接受和描写。"他还说："作家和科学家的任务是一样的，双方都须以具体的代替抽象的，以严格的分析代替单凭经验得到的公式，因此书中不再是抽象的人物，不再是谎言式的发明，不再是绝对的事物，而只有真正历史上的真实人物和日常生活的相对事物。"②

在他看来，自然主义是对古典主义文学的一种反动，它属于狄德罗的后裔，也就是说冲破古典主义的宫廷与古人的坟墓，面向时代、面向社会、面向生活、面向物质、面向平民。另一方面，又是对浪漫主义危机的突破，"正如我们把胜利的自然主义比之于法兰西共和国，它目前正通过科学和理智，而处于建立的过程中"。他勾勒出自然主义小说的一些特性，"自然主义小说不过是对自然种种的存在和事物的探讨，因此它不再把它的精巧设计指向一个寓言"，也就是说"想象不再具有作用，情节对于小说家是极不重要的"，"它不插手于对现实的增删，也不服从一个先入观念的需要"。

所以，在《实验小说论》里，他指出"作为本世纪的标志的自然主义的发展，只以科学来控制文学的思想"，它走向"一条科学的道路，即从化学通向生理学，接着又从生理学通向人类学，通向社会学，实验小说就是目标"。不过，他申明"实验小说比实验医学还要年轻，而实验医学也是刚刚诞生的"。这里我们可以看出，在理论上左拉为自然主义诗学不仅寻求科学的，而且还包括社会学和人类学的支持。在创作中，他又指出"小说家们观察并实验，在那种还很少知道的真理和未能解释的现象面前表示怀疑"。他宣布"形而上学的人已经死去，由于生理学的人的来临，我们的整个领域都

---

① 关于浪漫主义的研究可参：(丹麦)勃兰兑斯：《19世纪文学主流·法国的反动》《19世纪文学主流·法国的浪漫派》，人民文学出版社，1986年、1982年。吴岳添：《19世纪文学流派·浪漫主义》，载《法国文学流派的变迁》，北京大学出版社，1995年。侯洪：《法国文学纵向发展与横向发展》，曹顺庆主编：《世界文学发展比较史》，北京师范大学出版社，2001年。赵林：《卢梭与浪漫主义》，杜青钢：《浪漫与自由》，载《法国研究》。
② 左拉：《戏剧上的自然主义》，载《西方文论选》（下卷），伍蠡甫主编，上海译文出版社，1979年，第246页。

被改变了"。①

在法国,最近出版的《诗学史》一书中,现代的学者们用今天的文学理念,去审视当年左拉的理论及其创作实践,他们认为自然主义是一种"反诗学"的。法国比较文学专家谢佛奈尔指出,"在法国通常把自然主义和现实主义视为近义词,往往把自然主义包括在现实主义之中,或把自然主义视为现实主义的后继者"。而德国倾向于把自然主义视为"现代文学之先驱和现代性的开始"。

谢佛奈尔还说,在《实验小说论》里,"左拉首先把作家看作是一个社会的人,他既是这个社会的一分子,又是它的预审法官"。所以,"自然主义的诗学首先在某种程度上与政治相关"。他还依据布尔迪厄的理论,指出左拉的作品与市场经济、与都市的物质密切相关。从创作层面上看,他还指出自然主义作家把分析方法作为其诗学的基础,这就是要"科学的解决对于人进入社会后的行为的认识问题"。(《实验小说论》)作为一种方法,观察者并非仅仅能够看到某物质的人,而是能够看到该物质组成成分的人,也就是说从每个成员的复杂个性以及他与该团体的关系中,阐明该团体的成分,这就抓住了小说人物功能的问题。另外,左拉作品中的观察者与窥视者的功能,这种对物的高度关注,与后来新小说关注物质的人有异曲同工之妙。

谢氏还注意到,自然主义的大部分活动都在詹姆斯意识流和柏格森直觉论出现之时,这实则暗示了自然主义小说里蕴含了"意识流"和"绵延"哲学的因子。于是,他接着说"自然主义作家们满怀信心地分析包括人在内的世界","把从社会观察到的结果转化为符号,表现为言语,而社会的内容是不可穷尽的"。这与当初茅盾在"五四"时对左拉的认识和五六十年代甚至七八十年代,我们国人对自然主义文学及其诗学的认识是有所差异的。应该说彼时的左拉和今世的左拉对中国现代文学及其诗学的构建,其参考意义是永远不会过时的。

3. 象征主义。法国象征主义诗学是从波德莱尔开始的,它上承雨果、拉马丁,再往前则是卢梭,甚至更早则追溯到浪漫主义源头的中世纪的幻想文学和骑士文学,下启马拉美、兰波、魏尔伦和瓦雷里。这些象征主义的诗人,都是以他们自己特有的方式,对资本主义物质文明和精神文明的危机,展开了一次具有现代意义的不同于以往传统的诗美学的抗议或者说一种"转喻",即以"逃逸""鲁莽"、或"沉默"来对付"经典"与"文明"——异化的文明。

我们注意到,法国学者米舍在《象征主义诗歌使命》中,把作为运动的象征主义分为前后两个时期,前期是从1850年左右的波德莱尔肇始,中经洛特雷阿蒙到马拉美、兰波、魏尔伦;后期为1885年至1900年间由莫雷亚斯等人发起的诗歌运动,直到

---

① 左拉:《戏剧上的自然主义》,载《西方文论选》(下卷),伍蠡甫主编,上海译文出版社,1979年,1979年,第249、250、253、256页。

20世纪20年代初的瓦雷里这样的后期象征派诗人。

事实上,象征主义经历了一个发展的过程,从早期的"颓废派"转变为晚期的"神秘派"的象征主义,让·莫雷亚斯在《费加罗报》(1886)上发表的题为《象征主义宣言》的文章,就是转折的标志。在文章中他声称象征主义诗歌,是作为"教诲、朗读技巧、不真实的感受力和客观的描述"的敌人,他所探索的是"赋予思想一种敏感的形式,但这形式又并非是探索的目的,它既有助于表达的思想,又从属于思想"。这既是对传统诗歌的否定,也是表达对自然主义文学的不满。因为,"客观只向艺术提供了极端简明的起点,象征主义将以主观变形构成它的作品"。接着,他又指出了"象征艺术的基本特征,就在于它从来不深入到思想观念的本质,因此,在这种艺术中自然景色、人类的行为,所有具体的表象,都不表现它们自身,这些富有感受力的表象,是要体现它们与初发的思想之间的秘密的亲缘关系"①。

我们首先来看波德莱尔(1821—1867)这位象征主义之父②。这得从两个层面来说,第一,从诗人与现代文明的关系来看,现代主义的这一代诗人,已不是当年在巴黎街头以暴力行动来实践革命的一代,也不是雨果们充满浪漫主义理想和热情的一代,而是以他们的方式即努力变诗歌行为为一种生存的方式,来对抗资产阶级现代文明的异化和困境。如果说马克思是以其哲学来"改变世界",包括波德莱尔在内的象征主义诗人,则试图通过在诗歌中"改变语言"来"改变生活"。他们向往着用"词语"来重建失去的生活,因为只有在诗歌艺术的梦幻里,人们才放弃了与世抗争,对自身的感觉和对一切事物的感觉的界限依然模糊,而达致短暂的永恒和幸福。

波德莱尔以对"恶"的极度赞扬的直率,彻底颠覆了近代以来文明世界的虚幻,同传统的道德和心理决裂,这种对最高级和最卑下的东西之间长期意想不到的关系所产生的深刻感觉,对无意识的要求和崇高的向往所产生的深刻感觉,一句话这种对精神生活同一性的认识,便是他诗作的不平凡之处,也是现代主义文学的"越位"之处。当然,在他的诗作中也存在着两难的悖论,"憎恶生活、迷恋生活",使他永远生活在不满足之中,这便是他诗歌创作中凸显的双重矛盾冲突的特征所在。于是,反抗与逃逸成为

---

① (法)让·莫雷亚斯:《象征主义》,王泰来译,载黄晋凯主编:《象征主义·意象派》,中国人民大学出版社,1989年,第43页。
② 关于波德莱尔的研究可参:李健吾《恶之花》,载《塞纳河的沉吟》,江西教育出版社,1999年。郭宏安:《波德莱尔——一个承先启后的诗人》《诗人中的画家和画家中的诗人》,载《同剖诗心》,中央编译出版社,1996年。葛雷:《象征派的先驱波德莱尔》,载《现代法国诗歌美学描述》,北京大学出版社,1997年。张旭东:《寓言批评》《现代文人》,载《批评的踪迹》,生活·读书·新知三联书店,2003年。(瑞士)马塞尔·雷蒙《从波德莱尔到超现实主义》导言,载《波佩的面纱》,社会科学文献出版社,1999年。(法)皮埃尔·布吕奈尔《波德莱尔与象征主义》,载《19世纪法国文学史》,上海人民出版社,1997年。(德)瓦尔特·本雅明:《发达资本主义时代的抒情诗人:论波德莱尔》,张旭东等译,生活·读书·新知三联书店,1989年。(法)克洛德·皮舒瓦等:《波德莱尔传》,董强译,世纪出版集团,2007年。

他们诗歌作品的基调。

在这里,我们要特别谈到波德莱尔在文学史上的继承性与开放性。因为他正处在古典诗歌与现代诗歌体系的两个时代的交汇点,也正处于悲观与理想的两个世界的交汇点。① 如前面所提及的,他对雨果的浪漫主义的继承,或更准确地说是继承中的推进与创新,他在其诗学文本《1846年的沙龙》中,以现代的眼光写下了《什么是浪漫主义》。在他看来,"谁说浪漫主义谁就是说现代艺术,即各种艺术所包含的一切手段表现出来的亲切、灵性色彩和对无限的向往","因为色彩在现代艺术中扮演着一个很重要的角色,浪漫主义是北方的儿子,而北方是个色彩家,梦幻和仙境是雾霭的孩子……南方是自然主义的,那里的自然是如此的美丽和明亮"。他认为"浪漫主义并不存在于完美的技巧中,而存在于和时代的道德相似的观念中"。因此,浪漫主义"恰恰既不在题材的选择,也不在准确的真实,而在感受的方式。它们在外部寻找它,而它只有在内部才有可能找到,在我看来浪漫主义是美的最新近、最现实的表现"②。是的,他要致力于重新创造世界的整一性,他要通过一种综合性、象征性和类比性的思维,这与作为科学基础的分析性、决定性和逻辑性的思维完全不同,前者将为世界带来结构,并将人通过联觉和契合包容在世界之结构中,而浪漫主义和社会主义思想也将随之融入其间。因此,他以凝视生活开始,从中产生出一种诗人的独特性。

我们必须指出,在法国诗学中,波德莱尔是最早使用"现代性"一词的,并提出了"现代性"问题,从而开启了新的美学的帷幕。他以一个"富有活跃的想象力的孤独者","一个比纯粹的漫游者的目的更高些的目的"的人自喻,要"寻找我们可以成为现代性的那种东西,因为再没有更好的词来表达我们现在谈的这种观念了"。③ 他发现"有一种新的成分,这就是现代的美"。然而,这种发现是要靠一种现代的意识,因为"巴黎的生活在富有诗意和令人惊奇的题材方面是很丰富的。奇妙的事物像空气一样包围着我们、滋润着我们,但是我们看不见"。然而,"大部分接触现代题材的艺术家,都满足于公共的、官方的题材,满足于我们的胜利和我们的政治英雄气概"。不过,还有一种"个人的题材,具有另一种英雄气概",这就是他发现的那些"抗议者"和在"都市地下往来穿梭的罪犯和妓女",这种"浪荡是一种现代的东西,其产生的原因是前所未见的。在他眼里,这些才是"适于理解现代的美的"。④ 难怪法国大诗人邦

---

① (法)皮埃尔·布吕奈尔:《波德莱尔与象征主义》,《19世纪法国文学史》,上海人民出版社,1997年,第184页。
② (法)波德莱尔:《波德莱尔美学论文选》,郭宏安译,人民文学出版社,1987年,第218~219页。
③ (法)波德莱尔:《现代生活的画家·现代性》,载《波德莱尔美学论文选》,郭宏安译,人民文学出版社,1987年,第484页。
④ (法)波德莱尔:《1846年的沙龙·论现代生活的英雄》,载《波德莱尔美学论文选》,郭宏安译,人民文学出版社,1987年,第301~303页。

维尔说,波氏"像德拉克洛瓦一样,完全接受了现代人……带着与那么多的绝望和哭泣混杂在一起的胜利!"①。不过波氏是通过一种隐喻,把同资本主义现代文明的搏斗以一种艺术因素或符号表现出来,这就是他以一个"游手好闲者"和"拾垃圾者"的预言家身份,唱出了"发达资本主义时代的抒情诗人"之歌。在此意义上,波氏是审美现代性的启蒙者,是第一位用审美现代性来对抗传统、对抗资本主义文明的现代艺术家(卡利奈斯库语),是19世纪法国反叛的知识分子的急先锋。他从都市的边缘,社会的底层,向资本主义现代文明发起攻击;他以一种"震惊"的体验,表达了一个思想者的行动。当然如果再追问这位思想者的背后,我们便发现:首先,他是受美国诗人和批评家爱伦·坡的影响,后者的批判性、平民性和神秘主义对他的影响至深,使他由一位体系的追求者变成了一位蔑视体系的人;其次,法国诗人彼埃尔·杜篷的《工人之歌》也深深感动了他,他将其视为"伟大的痛苦与忧郁之歌"。② 它使人们的视线从"花的语言"移至"街垒的武器"。此外,傅立叶、拉莫奈、埃斯基罗斯等人对他也不无影响。所以,我们不应忽视作为诗人波德莱尔背后的思想者或"革命者"的波德莱尔。本雅明正是从他的作品中,看出了一种具有革命性的信息——透露出对他那个时代令人窒息的资本主义社会的不满和绝望。③

第二,波德莱尔的美学革命。这首先表现出对古典主义美学的摒弃,他认为"伟大的传统业已消失,而新的传统尚未形成"。那么"这伟大的传统是什么呢?无非是古代生活的、使人感到习以为常的理想化"。这些东西"首先是为了悦目而存在的"。他特别指出"绝对的、永恒的美不存在,或者说它是各种美的普遍的,外表上经过抽象的精华,每一种美的特殊成分来自激情,而由于我们有我们特殊的激情,所以我们有我们的美"。④ 所以,他宣称"诗歌应当表达从一个对艺术家说来犹如科学或政治那样完全陌生的领域里汲取的思想"。

下面我们再从波氏诗学中两个核心性观念来看:(1)通感与应和。从卢梭和夏多布里昂的宇宙的神秘世界,到波德莱尔的"神秘的森林","词"变为"物"。在这个"词语"的世界或"魔法"的世界里,人们不会感到自己与事物有什么区别,精神不用通过任何中介,不必经过任何理性的途径支配现象。这位现代主义诗人声称,以往浪漫主义诗歌的境界,大都背离了雨果自称的"内心深渊",因为它们都止于明晰的意识领域,而且好用教诲的口吻或鸿篇大论。唯有在奈瓦尔的梦幻和现实之间寻找道路,在

---

① (法)克洛德·皮舒瓦等:《波德莱尔传》,董强译,世纪出版集团,2007年,第742页。
② (法)克洛德·皮舒瓦等:《波德莱尔传》,董强译,世纪出版集团,2007年,第292页。
③ 波氏与人合办了一份《公共安全》的报纸,并在其上发表了《人民之美》的文章。另外,他还担任了《国民讲坛》编辑部主任,这是一份温和的社会主义的报纸,他也参加了1848年的起义。参见(法)克洛德·皮舒瓦等:《波德莱尔传》,董强译,世纪出版集团,2007年,第322、764页。
④ (法)波德莱尔:《1846年的沙龙·论现代生活的英雄》,载《波德莱尔美学论文选》,郭宏安译,人民文学出版社,1987年,第300页。

他那里看得见和看不见的事物组成了两个互补的世界,这样现实与艺术就融为了一体,这就是现代主义诗歌即象征主义不同于浪漫主义之处。于是,波德莱尔、兰波远离了作为"自由的诗人""人道主义的诗人""国民卫士诗人"的雨果,而去接近那个"幻觉者、先知、原始人"或"通灵人"的雨果。这样,《应和》和兰波的《元音》便是象征主义诗歌的门神,在这里它标志着象征主义文本的双重性特征:不仅具有修辞层面的价值,更具有美学层面的价值意义,正如波德莱尔所信奉的那样,诗歌不是再造自然,而是创造与自然具有"契合"关系的超自然的理想世界;同时,这也使他的诗歌具有神秘主义的色彩与宗教意蕴。

(2)反美学。波德莱尔声称现代诗不是浪漫主义的"心灵的陶醉",也不是启蒙时代的"理智的食粮",它不是古典主义的说教,它要"阻止灵魂的升华",也就是说弃绝对诗歌崇高美的向往。当然,"邪恶"不过是诗人用来掩盖自己内心深处真正信仰的一副新面具,波德莱尔"崇拜上帝,却给他取名撒旦"。这并不是简单地说他不要"美",而是他看到了"美"在其作品的反面是对资本主义异化的否定之否定。他眼中的现代诗已不同于浪漫主义诗,因为前者的"深层的我"的说话多于对"心"的说话,也就是说,"美"不是喊出来的,而是如他所言,那是"一片象征的森林",必须发现它隐藏的含义。因为所有能见的事物均建立在不可见的基础上;能被理解的建立在不能被理解的基础上;能被触知的建立在不能被触知的基础上,这就是象征主义诗学的"诗眼"。于是,诗的使命便是开启一个朝向另一个的世界,其实就是我们的世界的窗户,允许自我逸出它的极限,并不断扩大直至无限。

其实,波德莱尔不仅是诗人,更是一位批评家。他透过雨果、戈蒂耶、巴尔扎克以及德拉克洛瓦和瓦格纳等为他所青睐的诗人、作家和艺术家,来阐明自己的新的美学观念和理想。只有在这时,我们才理解他对雨果、德拉克洛瓦、瓦格纳和戈蒂耶的尊敬。因为,戈蒂耶对美和摆脱了说教风格及脆弱感情的艺术的奉献精神,他对文字精益求精、克服困难的崇拜、他的忧郁,这些都是"戈蒂耶的伟大和完美之处"。而透过波氏眼中的诗人、画家和音乐家,我们更全面而又完整地深刻领会到,批评家的波氏所展示的关于现代艺术的价值及其美学追求。他在谈论瓦格纳时就指出:"易于感受痛苦,所有的艺术家都是一样的,他们对正义和美的本能越是强烈,就越是易于感受到痛苦,我正是从这里获得了对于瓦格纳的革命观点的解释。"①他还说:"他渴望着看到艺术中的理想最终地压倒陈规,竟然(这在本质上是人类的一种幻想)希望政治方面的革命将有利于艺术中的革命事业。"②同时,透过瓦格纳现象,他看到一种艺术与社会政治的悖论:"瓦格纳本人的成功驳斥了他的预见和希望,因为在法国得有一

---

① (法)波德莱尔:《理查·瓦格纳和〈汤豪舍〉在巴黎》,载《波德莱尔美学论文选》,郭宏安译,人民文学出版社,1987年,第559页。
② 同上引。

个独裁者的命令才能使一位革命者的作品得以演奏。这样,我们在巴黎就看到了君主政体支持下的浪漫派的演进,而自由派和共和派则顽固地坚持所谓古典主义文学的陈规。"①而对画家德拉克洛瓦,他写有两论其人的文章,他说:"浪漫主义和色彩把我直接引向欧仁·德拉克洛瓦。"他将德氏的绘画称之为"一场革命的真正信号,"并把他视为"现代派的领袖"。他还特意将"浪漫派诗人"的雨果同"浪漫派画家"的德氏作比较,他说:"雨果作为一个创造者来说,其灵巧远胜于创造。德拉克洛瓦有时是笨拙的,但他本质上是个创造者……一个是从细节开始,另一个是从对主题的深刻的理解开始,因此,一个只抓住了皮毛,而另一个则掏出了内脏。过于具体,过于注意自然的表面,维克多·雨果成了诗中的画家;而德拉克洛瓦始终尊重自己的理想,常常不自知地成为绘画中的诗人。"②他还特别赞赏德氏绘画表现出"色彩家的力量、色调的完美协调以及色彩与主题之间的和谐,似乎色彩自己有思想,独立于它所装饰的对象,他的色彩的这种协调常常使人想到和声与旋律,他的画给人的印象往往是近乎音乐的。"因此,德氏"本质上是文学的,这是他的才能的另一个崇高而广阔的素质,并且使他成为诗人们喜爱的画家。他神奇的成就,依靠的绝不是怪相、精细和方法上的取巧,而是整体性、色彩、主题和素描之间的深刻全面的协调以及他的人物的激动人心的手势。"③于是"德拉克洛瓦的绘画是精神的这些美好日子的一种表达。它具有强度,注重辉煌壮丽。犹如自然被超灵敏的神经感觉得到一样,它表现了超自然主义。"

接下来便是马拉美(1842—1898)这位波德莱尔的继承者,他是象征主义理论和现代主义诗学理论的集大成者。当莫雷亚斯的《象征主义》宣言发表之后,马拉美便成了一代年轻诗人的精神领袖。马拉美的诗学理论,交织着深奥的哲理、神秘主义和悲观主义。形式上的完美性、诗文的绝对性,构成了马拉美诗歌最显著的特征。他主张诗人应学习哲学,从而加大诗歌的力量和内涵,同时从音乐、绘画、宗教等各个领域中吸取营养。

马氏的贡献在于:(1)"绝对"之诗。因为它"触及到诗歌的一个极点——那种纯洁语言最为成功的表达,那种灵魂得救时所经历的最悲惨的举动",也正是由于他的生活遭遇才有了他的"书经",才体现出"真正的生活"在别处的含义。我们应该看到,马拉美的诗学,不仅是追求技巧上的完美,还是幻想逃脱"厄运分配给他的生存的必然遭遇","逃脱人世的悲郁和不完善,逃脱风险,是幻想已经建立了的绝对。"正如他所说:

---

① 同上引。
② (法)波德莱尔:《欧仁·德拉克洛瓦》,载《波德莱尔美学论文选》,郭宏安译,人民文学出版社,1987年,第229~230页。
③ (法)波德莱尔:《欧仁·德拉克洛瓦》,载《波德莱尔美学论文选》,郭宏安译,人民文学出版社,第380~381页。

我逃遁,扒遍所有的窗子,
从那里我超脱人生,祝福人生,
在永恒的露水洗涤过的玻璃中,
纯洁的晨光染上"无限"的金色,
我对窗凝眸,自身的回映却成了天使……①

  在马拉美的诗里,"否定的力量是绝对的,绝对有两层意义:一是其不可抗拒的力量,二是任何有限性都不能创造新形式即变形"。在马拉美那里,"精神只有在自身进入绝对断裂的时候才能得到它的真实。精神孕育不断自新的形式。形式是生与死的短暂平衡。生命在存在时已经受着死亡的折磨。重新出现为的是重新消失。这是有无的交替,有走向无的过程。马拉美就在这个过程中找到绝对——断裂"②。马拉美的这一思想很富有启发性,他对后来瓦雷里的诗学思想影响很大,在巴什拉的《梦想诗学》、布朗肖《文学空间》中,马拉美都成为他们诗学思想的主要对象,而后来的德里达的"延异"观也源自马拉美。我们发现马拉美诗学中所蕴含的形而上学和神秘主义的特质,赋予了他将写作本身提升到一种思想高度的境界,一种绝对的品质,他对这种极其完美的工作的追求所表现出的绝对主义的态度。在文学上,这项严肃的工作是通过拒绝来实现和实行的。所以瓦雷里感叹道,③马拉美并无科学方面的修养和志向,但他冒险投身其中的事业,却堪与数字与秩序的艺术家的事业相比肩。于是,"最完美的马拉美"使他"获得了某种至高无上的观念,一种关于文学价值及其力量的极限的观念"。亦如马拉美一样,我们在瓦雷里的作品中也感到"他在自己的巅峰状态,体验到了一种统治词语世界的直觉,就像那些最伟大的思想家的直觉——超越了观念的世界"。他的《海滨墓园》便是明证。

  (2)从"沉默"到"无字之书"。我们发现马拉美的全部诗学逻辑,要求对事实客体持续地保持沉默,这就涉及马拉美诗学观中又一个重要的概念即"暗示性",它可以说是象征主义诗学的核心概念。因为,"纯粹的作品意味着诗人在诗中的消失,他可以为词语而牺牲自己的主动性(当两者有冲突时);词语通过它们相互的映照而发出光芒……替代抒情的灵感,那可以察觉出来的呼吸,也可以说是替代诗句中热烈的个人方向"。这和后来德里达所讲的文学性即人在物中,不是人主宰语言,而是言语主宰人有着历史的渊源关系。于是,我们就要走进"词"与"物"的美学,语言只能作为人人都能使用的交流工具,它能传达概念和思想,它一旦被理解便当即死亡。它不需要特地谈论"真实"的存在,相反"本质"的语言,则不是两个人之间词语的手段,它

---

① 马拉美:《窗子》,载《马拉美全集》,葛雷等译,浙江文艺出版社,1996年,第11页。
② (法)金斯燕:《一种诗歌批评观念》,载乐黛云主编:《跨文化对话》(17辑),上海三联书店,2005年。
③ 《关于马拉美的信》,载瓦雷里:《文艺杂谈》,段映红译,百花文艺出版社,2002年。

是能力工具,它的目的是最大限度地触及震撼人们的灵魂。因此,他希望诗句创造出唤起的现实,这种创造并不仅是通过意思的暗示,而是通过事物的物质本身。概言之,马拉美诗学中的"暗示性"乃是指事物的折光性和可逆性。正如瓦雷里所分析的那样:"一部作品只有通过某种偶然事件将其抛出思想之外,才能离开一个如此具有反射性和富于回响的空间。它从可逆性跌落到了时间之中。"马拉美诗学中这种哲学与神秘主义的意味,在后来瓦雷里、巴什拉等人的诗歌及诗学中得以回应。①

(3)在马拉美的"沉默"里,显露出"晦涩"和"空白论"之说。他催生了象征主义的新诗学,他从语义深处探索超验性,他创立了一种与音乐、艺术以及其他任何非语言性艺术表达形式相近的语言交际,可以说自马拉美起,虚构艺术就从小说家转移到了诗人手里。于是,我们说,由于马拉美,象征主义也许有了如下发现:"真正深刻的交流不是把作家的思想与读者的思想联系起来,而是探索直接交流渠道中以物质、地点、人物以及某些神秘物形式出现的棱镜般介入的可能性有多少。"在他那里,他提出了两种诗歌的意象的凝聚途径:"从某种物质所表示的笼统意念出发,或从最终勾画了一种内在形态之轮廓的某具体物质出发。但是他从来不主张从诗人到读者式的直接交流。"②可以说在抛弃隐喻的封闭性,更偏爱转喻的开放性的过程中,他赋予意象以无穷无尽的力量,这在他最直接的继承人瓦雷里那里表现尤佳。

我们发现,马拉美的"沉默""偶然""绝对"和"空白",这正好与中国书法艺术与诗美学的"虚实"之说形成了共鸣。而他的"大美不言"的"圣书",给艺术规定的目标是实现不可实现的东西,表现不可表现的东西,传递不可传递的东西。这不正与道家的"无"与庄子的超越精神在对话吗?事实上,他的诗歌试图进行着从事实到理想的"神圣位移"。马拉美所完成的材料的升华和他对"本质"的执着的探索,使之最终达至一种超抒情状态,在那里体现出一种对"偶然"与"绝对"的对立统一的沉思。

德里达在谈到马拉美时,这样说道:"这位革命性作家仅仅与过去英勇决裂是不够的,马拉美的问题,不在于他把对语言丰富性利用推向极致,古希腊文化以来的诗歌特征,就是一贯重视利用语意丰富性;他的问题是拆解了这类评论所依赖的语言成分即那个词语。"德里达看到了马拉美在现代诗学中的重要性,他说:"我们阅读马拉美将近一个世纪了,现在才开始瞧他造出的一些东西,使文学分类、文学史、文学批评以及种种哲学和阐释学的诸多范畴感到为难。我们开始看到,这些范畴的破裂,也正是马拉美所写东西的效果。"③德里达还指出,马拉美对文本世界的"价值网络提出了

---

① 《关于马拉美的信》,载瓦雷里:《文艺杂谈》,段映红译,百花文艺出版社,2002 年,第 203 页。
② (美)安娜·巴拉基昂:《象征主义诗学的演变》,载(法)让·贝西埃主编:《诗学史》,天津百花文艺出版社,2001 年,第 644、646 页。
③ (法)德里达:《论马拉美》,载《文学行动》,赵兴国译,上海社会科学出版社,1998 年,第 326 页。

质疑:一方面是事件的价值(在场,不可能重复的独特性、世界性、历史性),另一方面则是意义的价值……文本指涉自身,指向其书写功能,同时好像一去不复返地指涉自身之外的其他,甚至像'硬币'一样失去一个'意义',只有在这个时刻才能注意到符号的纯洁性"①。而马拉美的"空白论",在德里达看来就是后现代的不确定性问题,正如马拉美在他的"书经"中所言"过去已经停止,未来遭到推延"。

所以,马拉美的"写作"暗示着一种"逆转",它避开了作为确实性的那种存在,遭遇到了诸神的不在场。它应当避开一切偶像,应同一切决裂,应当不把真实作视野,因为他没有丝毫期望的权利:他遭遇死亡如深渊。② 当然,语言—孤独—存在,不仅在马拉美诗学里,司汤达、瓦雷里、巴什拉、布朗肖等文论家都从语言—写作中思考艺术的本质与人的存在意义。布朗肖的文学思考正是始于对马拉美的诗学的关注,他特别关注马拉美对诗歌及文学语言的观点,认为诗的语言是不及物的,没有功用,它不表示意义,它只是存在。诗的本质在于对自身本源的探讨,即对艺术创作本身的可能性,对艺术起源进行探讨。然而,这只是一方面,马拉美与布朗肖的"语言"显然只是说而已,一句空话,但不是一句关于空无的话。它不指明什么,只是表示。但由此,未知被发现,虽过后仍是未知,所以,作品的无限只是精神的无限而已。作品既不是完成的,也不是未完成的,作品存在着。作品的孤独的首要框架便是没有这种不允许把作品当作是完成的和未完成的东西来阅读的要求。作品是孤独的,这并不意味着它始终是不可交流的,是无读者的。但是阅读作品的人进入了对作品孤独的肯定中去,正像写作品的人投身到这种孤独的风险中去一样。③

如果说马拉美是"温室",是封闭的"暖房",兰波则是"旷野"。他作为"反叛"和"破坏"诗人,兰波有一种"反理智主义"的倾向,当然这也许是占星术般的全知全能,也可能是通过全部意识的丧失来实现虚无的途径。不管怎样,他相信自己是一个先知,也就是"灵通诗人"。我们看重兰波主要有两个方面:

第一个方面是他的诗歌理论与实践对法国诗学的贡献。就诗歌理论而言,可以说他的诗歌理论的基本精神,不在诗歌的具体技巧上,而是确立一种新的生活观和世界观。他认为诗人要写出好诗,就应具有非凡的生活,诗人首要的不是创作诗,而是创造生活和爱。从诗歌实践方面来看,他特别强调诗人的自我意识,与巴纳斯派客观、冷静的写作不同,他要在诗歌中强烈地表现自我,而这又是通过一个"通灵者""语言炼金术"来实现的。这是"灵魂对灵魂的语言,它结合一切芳香、声音、颜色、思

---

① (法)德里达:《论马拉美》,载《文学行动》,赵兴国译,上海社会科学出版社,1998年,第326~327页。
② 《马拉美的体验》,载(法)布朗肖:《文学空间》,顾嘉琛译,商务印书馆,2003年。
③ (法)莫里斯·布朗肖:《文学空间》,顾嘉琛译,商务印书馆,2003年。

想与思想的纵横交错",①于是,诗人通过他的"语言炼金术"的文本——《元音》,鲜明而形象地阐释了他的象征主义诗学观。

　　A 黑、E 白、I 红、U 绿、O 蓝:元音们,
　　有一天我要说出你们隐秘的本意:
　　A,闪光苍蝇毛茸茸的黑紧身衣,
　　它们围绕着恶臭发出嗡嗡叫声,
　　又是幽暗海湾;E,蒸汽和帐篷的朴实,
　　高傲冰川的长矛,白衣国王,伞形花在轻振,
　　I 是紫红,咯出的血,美丽的嘴唇
　　在愤怒或忏悔迷醉中露出笑意;
　　U 是周期,碧海神圣的振幅,
　　牲口满布的牧场那种安详,炼金术
　　在勤奋、饱满的额角皱纹中刻下的安详;
　　O,崇高是喇叭,充满古怪尖音,
　　又是星体和天使穿越的宁静;
　　——哦,奥美加,是她双眼的紫光!②

　　这实则是用语言自身来阐释象征主义诗学的语言观,这是一种元语言式的诗学观书写。这种别具一格的理论阐释,颇有一番"诗有别裁、非关理也"的风格。在这里,我们看到这一个个的元音字母都富有色彩,并有其声音和形状,而且它们之间相互"应和",在行动中组成了字母的王国,或者说语言的王国。这个时候,我们是这个王国的"臣民"呢？还是它的"君主"？这是语言的力量呢？还是我们诗歌行为的力量？也许,这就是马拉美的"魅幻之美"。

　　历史地看,马拉美对诗歌语言那种超乎寻常的锻造与提炼,继承了杜贝莱、龙沙和 17 世纪古典主义对纯洁法国语言所作的努力之魂。而这种法国式的努力,在雨果、在福楼拜、在波德莱尔那里又是一脉相承的。此外,兰波所信奉的放荡不羁的自由诗体,也与他生活的野性是分不开的。因为他追求的是不受约束和抗拒生活的压迫。

　　第二个方面,从兰波诗歌创作所标志的文学对社会的作用而言,他的诗作显示了"介入文学"的色彩,无论是他的成名作《醉舟》,还是他创作中最辉煌的篇章《地狱一季》和《灵光集》这两部散文诗集,都反映了他充满绝望和追求,即对政治的绝望和对艺术自由沉醉的欢欣。这种具有超现实主义特征的象征派诗歌,正是以他这种"通灵

---

① (法)兰波:《兰波全集》,葛雷等译,浙江文艺出版社,1996 年,第 280 页。
② (法)兰波:《元音》,《法国诗选》(中),郑克鲁译,河北教育出版社,2004 年,第 746 页。

者"的身份表达了他对那个污浊的、肮脏的、喧嚣的世界的强烈不满和反抗。当然,兰波对大自然的爱是深沉的、鲜明的,这一点又使他同卢梭、波德莱尔一样,同自然界保持着那份亲近。所以,以上这两大方面使我们不难理解,为什么远在中国的现代诗人艾青说他最爱的就是兰波。

关于法国象征主义诗学,还有三个重要支点需要指出:一是诗与音乐性的关系问题,几乎所有象征派诗人都对诗歌语言的音乐性给予了高度的重视。魏尔伦对象征主义诗学的贡献,首先就是他对诗歌语言音乐性的强调。他的一首名叫《诗艺》(1874年)的作品,就是以诗论诗的标志性文本。他宣称"音乐永远至高无上"。当然这里的音乐,是指古希腊意义上的音乐即"理念的节奏",在他看来只有诗歌的音乐才能更好地实现诗歌语言的暗示性功能。他指出了象征派的诗歌语言应是"朦胧也更晓畅",他要让词的"模糊与精确相连",他要让诗句"追求色调",因为"只有色调才能使梦与梦相连"。他还说,诗歌不要"辩才",这不是诗歌的本分,他要"让音韵安分守己",这样才能把诗句锻造。这使我们不免想起上面兰波那首以诗论诗的文本——《元音》。

而马拉美也非常重视诗歌语言的音乐性,他把诗人看成是"节奏的仆人",把诗称之为"不发音的无声之乐"。在他看来,"智能与意识不参与音的组合,真正的音乐家自己并不创造他的音乐,他只是把在没有他参与的情况下,在他自己身上产生的音乐记录下来而已"。因此,"为了使心灵能恰当地'调制自我',不应该有来自人的束缚,不应该有任何意志或智能的活动来妨碍词的自由组合,这种组合是在我的心灵深处,是在远比意识要深的深层实现的"[①]。诗歌模仿音乐,首先就得把词化为仅仅表音的东西。他是在诗歌语言的内部来谈音乐,因为只有这种内在于诗的音乐性,才能使诗表达出外在事物的神秘,正是因为象征主义诗歌体现了音乐一般的暗示性,所以诗的语言能表达这种对"无限"的追求。

"音乐性"在瓦雷里(1781—1945)的诗歌理论中也占有重要地位。因为,象征主义者们强调诗歌的音乐性,其目的就是要使诗歌通过自身的音韵,达到与音韵相似的暗示性效果,从而逃避语言的确定性。瓦雷里谈诗歌的音乐性是他"纯诗"理论中的一个部分,他所强调的音乐性,首先,不是作为手段的作曲家的音乐性。他认为,诗人的音乐性就是他面对的词汇和语法,他要诉诸的对象不是作曲家的听觉,而是面对的语言的特殊性,这是从作为文字语言的诗歌与听觉艺术的音乐的媒介功能上所作的区别;其次,他从诗歌语言的特性出发,又区分了散文与诗歌两种文体。他说"言语可能是符合逻辑的,但是却毫无和声;它可能是富有和声的,但是却没有内容;它可能意

[①] (法)朗松:《论马拉美》,载《方法、批评及文学史》,徐继曾译,中国社会科学出版社,1992年,第553页。

思是明确的,但却完全不美"。因此,诗人要从艺术的物象即产生诗意的语言建构中,通过个人的努力,用最平常的材料创造出一种虚构的理想秩序。

第二个重要支点是关于瓦雷里的"纯诗"理论。在他看来,纯诗问题,一方面牵涉"观念与形象间关系",另一方面又是"语言的表达方式"的问题。由此,我们去看待纯诗就正如他所说,是一种"'纯粹'的美学表达的信仰"。因为,"能否创造一部没有任何非诗歌杂质的纯粹的诗作","这是一个难以企及的目标,诗永远是企图向这一纯理想状态接近的努力"。他所提出的纯诗的条件是这样的,"在这种作品中,任何散文的东西都不再与之沾边,音乐的延续性,永无定止的意义间的关系永远保持着和谐,彼此间思想的转换与交流似乎比思想本身更为重要"。如果是这样,"人们便可以把纯诗作为一种存在的事物而加以谈论了"。

事实上,瓦雷里谈纯诗是有他对那个时代的针对性和语境意义的,他是针对将近40年来的那个时代的法国文坛而提出来的。他说"不应忘记这个时代……是个缺乏信仰的时代",因此"我们向往伟大之美的情感可能具有引导我们生活的权力"。当面对那种人为的艺术,一部绝对纯真的音乐作品,就能产生激动人心的力量。因为,"它毫不外借于情感,而是建造一种没有先例的感情,而它的全部的美存在于它的结构之中,存在于对分散的直觉秩序的建构之中"。于是,他才说"纯诗只是存在无限中的一种极限,是语言美的一种强烈的理想"。这是我们正确理解瓦雷里纯诗的必要前提,而国内学界在大谈瓦雷里纯诗的时候,只着重其一而不计整体的语境。只有这样,我们才能理解这个纯诗理论的时代含义,才能领会他所说的"对于诗人来说,关键在于创造一个与实际秩序毫无关系的事物的秩序和关系体系"。①

当然,我们还可把瓦雷里的"纯诗"视作哲学诗(梁宗岱评瓦雷里),或者诗化的哲学,因为"思想或概念炼成浓烈的色彩和影像",是把"无情的哲学化作缱绻的诗魂"。在梁宗岱看来,瓦雷里纯诗的本质,归结在"节奏的概念"和诗歌的"音乐境界"两点上。在我们看来,他的诗化哲学显示出精神世界与现实世界不是决然对立的,他有"改造世界的雄心"(奔赴海浪去,跳回来一身是劲!)与"现实和解"的气度(与传统诗歌表现方法的和解)。正如法国批评家伊夫·博纳富瓦所言,"在他眼里,如果诗歌语言不是为了进行同化和具有魅力,那它还能实际干些什么呢?"在这里我们借用这位批评家的话:"瓦雷里是一位笃守诚信的人,是一位光明时代的新哲学家,是一位即使身心化为阴影却依然传布精神之光的圣者。"②

第三个重要支点是关于继承与创新的关系问题。我们不仅要看象征主义是对浪漫主义文学的反动与超越,还应看到他们之间也含有继承与创新的一面。象征主义

---

① 以上引用的片段见瓦雷里:《纯诗Ⅰ、Ⅱ》,载《瓦雷里诗歌全集》,葛雷等译,中国文学出版社,1996年。
② 《论瓦雷里》,《瓦雷里诗歌全集》,葛雷等译,中国文学出版社,1996年,第328页。

继承了浪漫主义文学重视和关注诗歌语言的优良传统。瓦雷里十分赞赏雨果——正是通过诗歌语言的形式建造了他的艺术形象世界。他在《用形式进行创造的雨果》中总结道:"雨果曾游遍词语的世界,尝试一切体裁,从颂歌到讽刺诗,从戏剧到小说,以至文学批评和雄辩术。"他将遣词造句的能力发挥到了无与伦比的地步,"在我们的语言中,从没有人将用准确的诗句表达一切的能力掌握或运用到他那样的程度"。对他而言,"没有无生命的事物,没有什么抽象概念,他不让它说话、歌唱、抱怨和威胁,然而他笔下没有一行诗不是诗,没有一个形式上的错误。因为在他那里,形式高于一切,我们明知谓思想的东西在他那里成了表达的手段,而非目的"①。当然,雨果也非圣人,他也善于从前辈们那里汲取养分,远自先辈拉丁诗人维吉尔、贺拉斯,近到文艺复兴时期拉伯雷、龙沙和古典主义的拉辛、高乃依等。他们都是雨果诗歌世界的典范。另一方面,他也从现实的、时代的生活和文化语境中,感悟语言的肌肤,从人民那里获得灵感,所以"他的作品和光荣,经受住了一个人的全部作品和一份光荣可以经受的最严峻的考验"。"雨果今天在我们看来仍然是文学天空中最伟大的星辰之一,是精神世界系中的土星或木星。"其作品以某种美妙的不可腐蚀性,来对抗岁月的侵蚀。

而象征主义之父波德莱尔对浪漫主义的继承及对雨果、戈蒂耶的尊重,并借此来构建他的象征主义诗歌世界,阐明自己新的美学观和理想。我们在前面部分已有明确的论述,尤其是他对作为浪漫诗人的雨果和浪漫派画家德拉克洛瓦的比较,更是彰显了象征主义正是从浪漫主义诗歌、绘画和音乐的"涅槃"中飞出的"凤凰"。

当然,从文学史上看,波德莱尔的重要作用不仅在于他的开创性,还在于他的启示性和影响性,他使象征主义,乃至现代主义诗学和美学,逐渐趋于完善,且充满不朽的生命力即再生能力。于是,我们看到魏尔伦和兰波在情感和感觉方面发展了波德莱尔,马拉美则在诗的完美和纯粹方面延续了波德莱尔。

通过以上对法国象征主义诗学的观照,我们看到它具有神秘主义色彩和哲学思辨的火花,这是法国式诗学的特征。正如乔治·瓦洛尔在其《象征主义艺术》中所言,自然主义与象征主义相对立,科学与文学的相遇产生自然主义,而文学与宗教的相遇则产生象征主义。而象征主义的神秘则是"在大自然与我们之间存在着'契合'、潜在的'亲和力'和神秘的'同一性',只有当我们彻底捕捉住它们的时候,深入到事物内部的时候,我们才能逼近灵魂,这就是象征主义的原则,这也是一切象征主义的出发点和共同点"。(费迪南·布吕内蒂耶《象征主义和颓废主义》)

象征主义既是一种"反美学""批判"的诗学,又是一种"纯粹"的诗学或"形式"的诗学,抑或"诗的宗教"。今天,象征主义之所以对我们时代重要,当然不单单是因

---

① 瓦雷里:《文艺杂谈》,段映红译,百花文艺出版社,2002年,第154~155页。

为纯诗的功劳,而是当人们都拜倒在实证科学面前的时代、拜倒在物欲和金钱万能的时代,象征主义诗人及其诗学对我们意味着什么?①

还有一点也十分重要,虽然象征主义的非民族化特征在法国已得到认同,但它在流向法国之外的欧洲乃至中国,却产生了具有民族性特征的接受国的象征主义诗歌和诗学。"颓废"的主题也许变成了对古代文化的追忆和民族心声的芦笛。在英国如叶芝,在中国如梁宗岱、卞之琳、戴望舒、艾青们,在本书的第三章第二节相关部分,我们将还有这方面的讨论。

最后一点值得我们加以关注的是,20世纪下半叶兴起且当今仍然走红的与文学作品的生产—消费理论和接受理论有关联的问题。其实,早在象征主义诗学兴起与后期发展阶段,这一头一尾分别以波德莱尔和瓦雷里为代表,就其批评观和理论生长点而言,我们发现存在着艺术与大众文化及其平民政治的诉求(在前面波德莱尔诗学中我们已有讨论)。诗歌研究的观念应革新,把作品的研究与文学的生产与消费的两极加以合观。在瓦雷里诗学中,②他表示文学史和作品批评,应有新的方法和视野来实现。在他看来,考察文学史应看到它是两个条件共同作用的结果:一是"作品生产本身";二是"作品价值的生产"。作品的生产是与"生产者"相关,价值的生产则与"消费者"相关。当然这里的消费还不是法兰克福学派文化工业批判的含义,而只是将其产品——"精神作品"的价值生产,视为一种满足理解的强烈的兴趣。更进一步,他看重的是艺术品的消费,是为了更美妙地被占有而感觉自己是占有者。另一方面,他还看到,作品的精神,它与自己的流动性,与自己与生俱来的焦虑和自己的多样性与任何专门态度的消失和自然衰败进行着抗争。不过后来他曾明确地指出,我们这个时代,艺术被视为一个活动,它不得不服从于这个时代普遍化的社会生活的状况。它在全球经济中占有一席之地。艺术品的创造和消费不再是完全相互独立的了。他又接着说,艺术同实用工业比肩而行,普通技术日新月异令人惊叹,必然会对艺术本身的命运产生越来越大的影响。照相技术和电影的发明,已经改变了我们关于造型艺术的观念。

这样,文学艺术的消费观就从创造的核心层面走向更加开放的社会层面。当然瓦雷里的主轴,仍然是指向作品内部的运作。他说,我们对作品的拥有即一种享受快乐的渴望,使我们发现艺术品的这一效果与大自然的某些现象的效果之间有着特殊

---

① 关于象征主义可参:(美)韦勒克:《法国象征主义者》,载《近代文学批评史》,杨自伍译,上海译文出版社,1997年。(美)安娜·巴拉基昂:《象征主义诗学的演变》,载(法)让·贝西埃主编:《诗学史》,百花文艺出版社,2001年。黄晋凯主编:《象征主义·意象派》,中国人民大学出版社,1989年。陈太胜:《象征主义与中国现代诗学》,北京大学出版社,2005年。董强:《梁宗岱穿越象征主义》,文津出版社,2005年。侯洪:《法国文学的纵向发展与横向发展》,载曹顺庆主编:《世界文学发展比较史》(下册),北京师范大学出版社,2001年。

② 瓦雷里:《文艺杂谈》,段映红译,百花文艺出版社,2002年。

的相似之处。另外,他还指出,误读是有创造性的,因为"经过创造性精神的化学家的处理","轮到消费者便成了生产者"。这里,瓦雷里诗学又触及了读者接受理论。为此我们从瓦式的生产—消费和接受理论中便领会到,他所说的精神的作品只存在于行动之中,离开了这一行动,剩下的只是一件于精神没有任何特殊关系的物品。当诗人的一篇作品被当作语法难点或例句汇编来使用时,它就不再是一篇精神的作品。一首诗是一段话语,它在目前的声音和将要来到和应该来到的声音之间能引起一种连续的联系。

4. 大师批评的风采:从圣·伯夫、朗松到蒂博岱。上面我们是以文学或诗学流派集约化的方式,通过浪漫主义、自然主义、象征主义诗学的板块,来展示法国19至20世纪的文学及诗学发展的大致风貌。此处,我们还特地选取在19至20世纪对法国文学史和文学批评有重大影响的三位大师为对象,试图通过他们的批评模式——原则与方式、批评精神与批评特色,来审视法国现代诗学的精神走向与时代特征。记得法国20世纪批评大家蒂博岱在其《批评生理学》(中译本为《六说文学批评》)中,标举过一种批评范型即"大师批评",我们在此借用这个称谓,因为"大师批评",是一种"寻美的批评","寻美的批评在为此热情的同时,还隐藏着批评的灵魂"。可以说,我们选取的以下三位大师是能担当得起这样的美誉的。

(1) 圣·伯夫①(1804—1869)。他因重建法国批评而作的努力,被誉为"近代批评之父",同时,也是"欧洲学术史上一位重要人物"(韦勒克语)。他的批评业绩被誉为"法兰西批评的伟大功臣"(蒂博岱语)。在常人的眼中,圣·伯夫头戴着三项桂冠——"趣味批评""历史批评""传记式的实证批评"。圣·伯夫的批评凸显了三个基调:历史主义的(被称为法国历史主义的最大代表),科学实证主义的(实证批评的代表)和守旧与浪漫的(趣味批评的代表)。

白璧德曾总结说,圣·伯夫的批评活动大致经历了三个时期:一是《环球》学徒期,职业是一位富有战斗精神的浪漫主义者(1824—1831);二是为《双周评论》及其他杂志撰稿期(持续17年),其间理解和同情多于批评;三是成熟期,以更简洁的风格和更审慎的态度为标志(1848—1865)。不过,国人俊仁据 Tilley 所编《〈圣·伯夫批评论文集〉导言》而编译的《文学批评家圣佩韦》一文,则将圣氏文学批评分为两大时期:其一是从1829—1849年的所谓 Portrait 时期(即"肖像批评"时期),其二是从

---

① 关于圣·伯夫研究在西方可参韦勒克、白璧德、朗松和蒂博岱;在中国,早期的研究者有俊仁:《文学批评家圣佩韦译传》(《小说月报》第15卷号外《法国文学研究》,1924年9月);朱光潜:《欧洲近代三大批评学者——圣·伯夫》(《东方杂志》第24卷13号,1927年7月);郭沫若在《批评·欣赏·检察》(《创造周报》1923年10月)一文中推崇圣·伯夫和佩特,认为前者是"近代第一个批评家",因为"他将'科学化批评'引进了近代文学批评史",而成仿吾则对此两人表示不满。

1849—1869年的所谓Causerie时期(即"丛谈式批评"时期)。这前后两期分别持续了20年之久,同时其话语风格也前后迥然不同。①

就批评方式而言,他的方法很少是分析性的,他不以系统理论分析和技巧分析见长,而是以趣味批评著称——从最微末的细节着眼,而以最广阔的远景结束,即强调传记和心理研究的个性化批评。综观地看,他的批评原则是两个重要即"倘属作品问题单单了解作者还不够,一方面力求把精神产品概括为时代和社会状态的一种表现,同时切不可忽视了把握那些不属于稍纵即逝的人生,而属于神圣不朽的光辉的东西"。另外,他又是反机械论的。他认为"首先把一个文学时代的运动同一性、总体性再现出来;反对那种类聚区分、罗列目录的陈旧而流于表面的不良作风",主张要有鲜明的传统意识,对于确确实实的连带关系,"产生影响意义重大的一切"要有敏感。于是,我们看到他那本著名的《16世纪法国诗歌与戏剧概貌》一书,不仅为16世纪"七星诗社"及龙沙本人"平反昭雪",而且替19世纪的浪漫主义找到了它的源头,这实则是一篇浪漫主义精神的宣言书,他在为新兴的浪漫主义文学摇旗呐喊。

他的批评观发生过两次转变:由早年较为主观的个人表现的观念,转向十分突出的客观超然、宽容;同时又由理解和同情的接受态度,转向逐渐强调评判与趣味和传统。实际上,在其背后反映出19世纪文坛的两大主要冲突,即实证科学与自然主义同卢梭式的浪漫主义,抑或18世纪的感伤主义和理性主义的旧传统。② 由此,也体现在他的批评意识的两面性上,一方面他重视传记作家心理和探讨道德上的真诚,但又清楚地知道艺术与生活的区别、想象世界的分离、文品与人品关系上的暧昧性。他懂得艺术不是生活,富有想象的生活不是感情生活,个人修养和道德敏感甚至会妨碍批评的判断。

他对批评家和批评的作用作了这样的描述:他认为批评家一方面是艺术家,这里的核心是"趣味"问题;同时批评家又对文学倾向有着直接影响,正如布瓦洛那样所起的"健康影响"。而批评家的作用首先是判断性的,批评家决不应该只是单纯地在伟大艺术家的身后亦步亦趋,追踪他们光辉的足迹,而应更为警觉、更为关心现实的声音和生动活泼的问题,它向同时代的人发出信号,他应该指定它的英雄……

然而,尽管如此,现代主义小说的先锋普鲁斯特,对他的文学批评还是很不以为然。指责他"似乎根本不了解文学灵感与文学写作中的特殊方面,也不了解其他一些人的工作与作家所从事的工作根本区别在哪里。文学工作是在孤独状态下,让对他人说的同时也是对我们自己说的话语都沉默下来,这类话语尽管为我们所独有,但其

---

① 贾植芳、陈思和主编:《中外文学关系史资料汇编(1898—1937)》,广西师范大学出版社,2004年,第620页。
② 此番观点可参韦勒克:《论圣·伯夫》,载《近代文学批评史》(第3卷)。白璧德:《论圣·伯夫》,载《法国现代批评大师》。

中并没有我们自己。我们就是用这种话语判断事物的,在这样的情况下,我们需要面对自己,全力倾听、努力表达我们心灵真实的声音,而不是谈话!"①。

就他的批评形态而言,他喜欢以个体为例追溯一个时代进入另一个时代的过程,也就是说去追溯作家精神气候变化的过程,他的写作方式也就较接近个人传记。因此,他更善于研究个体与时代的关系。美国批评家白璧德就说,他的这种批评方式,已不再是文学的批评而成为历史的传记的科学批评,这表明19世纪已经偏离了纯粹的批评即片段式的风格批评,而朝向风格的混合型发展。

事实上,圣氏的批评具有鲜明的风格特征,同时具有承上启下的作用。在重视文学与社会关系上,在发现作品与时代精神的关系上,在文学与历史及传记的关联上,他分别从斯达尔夫人、夏多布里昂和维尔曼那里汲取了不少的养分。而后继者泰纳(又译丹纳)、朗松、蒂博岱等人又从他那里受到了启发。

当然,他的批评生涯中,在文学与政治关系上,他始终表现出一种多样性。在政治方面,他时而醉心民主,时而接近圣西门社会主义派,时而赞助帝政,时而替反对政府的党报做文章。论信仰,他时而是天主教徒,时而是怀疑论者,时而追慕波尔·罗亚尔教派。不过,他的晚年,那种大批评家的独立不挠的精神,颇为士林所景仰。②

另外,我们也发现圣·伯夫还与现代观念有着内在联系的,他不相信"历史哲学"和什么宏大体系,在他身上表现出一种反理性论、非决定论的特点。这正是他和泰纳一类的正统的实证主义者及自然主义者的区别所在。如果说,批评包含着一种比喻的艺术,当比喻不仅仅是一种艺术,而且还是技巧的时候,我们就有了形象比喻。浪漫主义的长处就在于把批评浸润在形象比喻的澡盆里,这些美丽的形象比喻正是他批评的长处。最后我们借用20世纪法国文学批评家蒂博岱送给圣·伯夫的话来结尾:法国文学批评蔚为壮观、气象万千。有"自发批评、职业批评和大师批评",而圣·伯夫则是在这"三个批评领域的杰出公民"。

(2)朗松(1857—1934)。朗松的《法国文学史》(1894年)的问世,标志着文学史研究这门学科在法国学术界地位的确立,③它"已成为法国学术性文学史的标志"。④后来他陆续发表了《文学史方法》《文学与科学》等多篇关于文学史、文学与社会、文学与哲学、文学与作家的文章。他被视为"'实证派'法国文学学术研究的主将"⑤。也有人称他为"法国19世纪最后一位批评家和20世纪的第一位批评家"。⑥

---

① (法)普鲁斯特:《驳圣·伯夫》,王道乾译,百花洲文艺出版社,1992年,第68页。
② 《欧洲近代三大批评学者——圣·伯夫》,载《朱光潜全集》(第8卷),安徽教育出版社,1993年,第208页。
③ (法)皮埃尔·布吕奈尔:《19世纪法国文学史·译序》,上海人民出版社,1997年,第1页。
④ (美)韦勒克:《近代文学批评史》,杨自伍译,上海译文出版社,1997年,第84页。
⑤ 同上引。
⑥ 郭宏安:《朗松:永远的参照》,载《20世纪西方文论研究》,中国社会科学出版社,1997年。

国内外对朗松的评价众说纷纭,"朗松主义"的帽子至今在国内仍未摘掉,据美国耶鲁大学昂利·拜尔教授介绍,这是20世纪头十年左右,由一批法国青年的误解、妒忌和敌意造成的。当然还包括法国作家贝矶、英国教授琼斯指责他作为实证方法的代言人,摒弃了鉴赏趣味和文学享受,把文学化为历史等等的推波助澜。然而,这些歪曲都是片面之词,当我们面对拜尔教授所编的《方法、批评及文学史:朗松文论选》,阅读了他的《文学史方法论》和《文学与科学》等大量的文章后,便会对朗松有一个全面的认识和了解。好长一段时间,在西方的"新批评"、结构主义文论那里,它们将文学禁锢于文本本身,割断它与相邻学科,与社会生活的联系,从而造成了文学的弊端和萎缩之窘况。重读朗松和蒂博岱这一代文学批评大师的著述,在今天看来是有积极的意义的。

学界对朗松治文学的原则和观念有不同角度的阐释。韦勒克就介绍他《科学精神与文学史方法》(1909)一文中的主张:文学史要有严格方法的有益训练,客观的求知精神,一丝不苟的诚实态度,孜孜不倦的钻研,服从事实的立场,并且在关于文学的认识过程中,把个人感受的成分降低到必须而合理的最小限度。这里,韦氏强调的是作为一种态度的客观性和科学性。而法国文学批评史家法约尔教授,则突出他以下的主张:"我们的重要活动是了解文学作品,是比较它们,以便从整体当中区别出个体,从传统当中区别出创新;是把它们按体裁、按流派和文学活动分门别类,是最终确定这些类别与我国的智力生活、道德生活和社会生活的关系以及与欧洲文学和文化发展的关系。"①显然,法约尔看重的是朗松的整体性观和历史文化观。

朗松的"文学史的观念"是这样的:"文学史是文化史的一部分,法国文学是法兰西民族生活的一个方面;它把思想和感情丰富多彩的漫长的发展过程全部记载下来——这个过程或者延伸到社会政治世界之中,或者沉淀于社会典章制度之内;此外,它还把未能在行为世界中实现的痛苦或梦想的秘密的内心生活全部记录下来。"②

他对文学作品的界定是:"(它)是这样一种作品,它不是为某一个特殊的读者、某一个事由或者某一个功用而作,或者它在开始时虽有这个目的,而在后来超越了这个目的……文学作品的标志在于艺术意图或艺术效果,在于形式的美和韵味……文学包括一切只有通过形式的美学分析才能充分显示意义与效果的作品……我们是经由文学表现形式,或者主要是经由文学表现形式,来研究人类思想和民族文化的历史。"可见,朗松的文学史方法论的起点是建立在文学和文学作品的独有特性之上的。

在他看来,文学与科学的关系是:"自然科学神奇的发展,促使人们在19世纪中

---

① (法)法约尔:《法国文学评论史》,怀宇译,四川文艺出版社,1992年,第248页。
② (法)朗松:《文学史方法》,载《方法、批评及文学史》,(美)昂利·拜尔编,徐继曾译,中国社会科学出版社,1992年,第3页。

多次尝试把自然科学的方法用于文学史中。人们希望文学史能像自然科学那样基础坚实,将鉴赏趣味的各种印象和专断判断中的先验的东西排除出去,但是经验否定了这样的意图。"他还认为:"没有普遍的科学、普遍的方法,只有一种普遍的科学态度,人们曾长期把一门科学的方法跟科学精神相混淆,只因为这个方法得出了精确的结果。有关外部世界的各门科学就这样变成了科学的唯一的类型,各门物理科学与精神科学的同一性,其实只是一种假设,只是所有的科学家都有一种相同的对待自然的态度罢了。"①

另外,他认为文学史要表现文学与社会之间的各种关系。文学是社会的表现,但应该给表现的词以广泛的含义,使之不仅包括机构设施与风俗习惯,还延伸到并未真正存在的东西,延伸到既无事实、又无纯粹的历史文件透露的那看不见的东西。我们还看到,在他的《文学史》(1922年版)中,表现出对民族国家的强烈认同——"永恒的法兰西",对法兰西创造精神的褒扬,对大众文化的关注。

朗松在文学史的研究上还有一个特色,即把文学史与批评熔为一炉。他特别指出圣·伯夫批评的弊端,认为他把评论全部化为传记,他不是用传记来解释文学作品,而是用作品来编制传记。在对待传统与现代的关系上,他对布瓦洛的自然主义赞赏不已,因为"实证主义的唯理论包含着对于审美形式的探求,并且提出快感、美感、真感,这三个术语是同一性的,或不可割裂的"。而对波德莱尔、马拉美、兰波等现代派诗人,他并不看重。不过,这不影响他谈论《柏格森的〈笑〉》和《马拉美》,这在当时看来,一位学院派评论家愿就当代的文学作出批评,写出文章,应该说还是比较豁达的。

朗松关于"文本"研究的九个角度,由此形成了文学史研究的三大维度:研究形式获得体裁史、研究思想和感情获得精神史、研究技巧获得趣味史。朗松的文学史理论的成就还在于它的完整性,即确立了文学研究的三大支柱:文本的批评版,作家作品专论和参考书目这样一个三位一体的序列。②

总之,朗松对龙沙、蒙田、布瓦洛、伏尔泰、卢梭和圣·伯夫都是极为关注的,他既面向历史,也关注法国文学与欧洲文学的联系与互动。他心中装着法兰西,他主张使民族精神超越自我,而那种把自己禁锢于自身之中,以为无求于人的民族必然日益枯萎、日益僵硬、日益衰竭。所以,他说"当外来的文学类型挤走了土生土长的文学类型,或使法国的思想被外来的思想彻底消灭的时候,那就是一个民族的灾难,然而还是让我们看一看事实的真相吧:在人们幻想的战斗中,唯一真实的存在是法兰西精

---

① (法)朗松:《文学史方法》,载《方法、批评及文学史》,(美)昂利·拜尔编,徐继曾译,中国社会科学出版社,1992年,第13、15页。
② 参见郭宏安对朗松的专题研究——《朗松:永远的参照》,载《20世纪西方文论研究》,中国社会科学出版社,1997年。

神,当它接受某一思想时,它向真理前进了一步,向美前进了一步,得到了充实。到底是这思想占有了法兰西精神呢?还是法兰西精神占有了这思想,杜贝莱的看法是再对不过了,他把外国语中的财富移入到我国语言,比作是一项战利品,号召法国青年向希腊、向罗马、向意大利进军,去劫取"。① 这难道不是一种主动的精神,一种民族文化认同的主体意识的体现吗?在杜贝莱如此,对朗松亦如此。

由此可见,经历了一个多世纪,朗松理论具有顽强的生命力并永不过时,恰恰在于它不是一种抽象的、纯粹的理论,而主要是基于一种科学的精神,建筑在观察和分析之上的实践原则。它是文学的,从文学本身的艺术与审美出发,但同时它又是社会的、历史的、文化的力量作用的结果。这就是作为文学研究方法的朗松的文学史理论的价值所在。

(3) 蒂博岱(1874—1936)。如果说圣·伯夫是19世纪法国文学批评的集大成者,朗松是19世纪最后一位和20世纪初的第一位文学史的批评大家,那么蒂博岱则是20世纪一位以今人的眼光去审视和欣赏19世纪法国文学批评画卷的大师,他的《批评生理学》可称之为"一部法国文学批评史的导论"。于是,我们以他的这篇文本为例,来窥视法国文学批评发展的概貌与特征。

他首先指出了法国文学批评产生的条件。在他看来,现代意义上的批评是19世纪的产物,19世纪之前只有批评家而不存在批评。真正的和完整的批评之所以诞生在19世纪,应有三个原因:其一是批评行业的诞生——教授行业和记者行业的出现;其二,批评就某种程度来说乃是一种总结,所以批评的产生和历史感紧密相关;其三,19世纪的法国文学处于一种多元化之中,其主流是古典主义和浪漫主义互为补充和共存的体系,而自由主义也就是政治多元化,即国家多元化意识,这种多元化和多党共存就是批评赖以产生的土壤。所以批评正是从这三个渠道汲取营养:行业的(教授和新闻记者)、历史的(总结的兴趣)、自由主义的(多元化和多党共存)。

其次,他以高度的历史意识,重视"文学宣言"在文学史研究和文学批评研究中的作用。他指出"文学宣言"可能有两种结果:"其一,作家跟着宣言亦步亦趋,不敢越雷池一步,而他写成的作品必然是僵死的、失败的;其二,作家只是从宣言中汲取勇气,并不受宣言本身的束缚,而他将会写出成功的作品,这正是"七星诗社"的《保卫和弘扬法兰西语言》和雨果的《〈克伦威尔〉序言》的情况"。②

再次,他特别推崇"大师批评"。在他看来,"大师批评"就是批评与创造的合流,"他们完成作品不是要符合观念,而是要他们的观念证明其作品",这种证明自然就

---

① (法)朗松:《外国影响在法国文学中的作用》(1917),载(美)昂利·拜尔编:《方法、批评及文学史》,徐继曾译,中国社会科学出版社,1992年,第74页。
② (法)蒂博岱:《六说文学批评》(法文版为《文学批评生理学》),赵坚译,生活·读书·新知三联书店,2002年,第23页。

具有雄辩的、热情的色彩。"大师批评"是一种理解和同情的行为即一种"寻美的批评",也就是一种"认同的批评",当然,它不能被理解为单纯的赞扬或吹捧,同时,它不同于"职业的批评"的特征就是一种"直觉批评"。

另外,我们还特别指出,他论述了"判断与趣味批评"在法国现代审美批评中的重要性。他指出以批评的概念为目的是不可取的,因为他把判断作为自身最迫切的任务和最迫切的需要,这是一种概念式的批评或者教条式的批评。他还说,批评家也并非要像法官那样做出判断不可,即那种带有明显的偏见的判断是不可取的,而他看重的是柏拉图学院式的对话式批评。

在谈论"趣味"时,他说,"在文学问题上,判断本身并不能建造任何东西,判断是理性的一种决定,估价文学著作的并不是理性,而是一种称之为趣味的敏感的特殊状态"。他认识到全人类共有的审美趣味实际上是不存在的,东西方古典主义和浪漫主义都有自己不同的趣味,同时,他又说不应该在趣味问题上追求准确,因为趣味属于印象范围,而不属于创造范围。趣味是一种从艺术品获得快乐的方式,而不是创造艺术品的方式,它不含精确,但批评即使冒着伤害趣味的危险,也应该尽量追求精确。最后他说,虽然权威并非存在于批评家之外,而恰恰存在于它的身上,这只不过是它的趣味辐射的力量。

在讨论"批评中的建设"时,在指出了蒙田思想(怀疑论的精神)作为现代批评的先驱的同时,他指出:"学会了怀疑之后,应该学会建设了。"他接着说,"善于欣赏和善于怀疑,两者带有鲜明的特征,你变为我,我变为你。可是善于建设和善于给人以教义,则是批评的另一种行为。"接着,他还论述了批评意味着创造一种序列(维度),他把这分述为四种序列(维度)——同类的、传统的、体裁的和地域的。最后,他总结道:是批评建立了理念、体裁、传统、代际和地域——一种"文学地理学"的四大维度,这就是"批评的全部建设活动"。真正的批评与人、作品、世纪和文学的创造运动相吻合。"在批评中,没有任何东西比建设更能感到自满自足了。建设者,如果他缺乏趣味,只不过是一个泥水匠罢了;有趣味的人,如果他不懂得建设,则只不过是一位票友罢了。有趣味而又懂得建设的人,才能无愧于建筑师的称号。"

末了,他谈到"批评中的创造"。在他看来,创造意味着参与自然本身的力量,意味着通过与自己的才能类似的才能,制造出和自己一样的有生命力的存在。在建设和创造之间,并不存在明显的分界。一个伟大的批评家和一个平庸的批评家之间的区别在于,前者能够给这些重要的概念以生命,能够用呼吸托起它们;而后者,这些概念始终是没有生气的技术概念,总之不过是概念而已。对批评家来说,首要的或者是唯一的能力,就是要具备抽象和概括的素质,而不是艺术家通常所具有的观察和创造的素质。对批评家而言,"可信性"是没用的,只有"真实"对他才是重要的。所以,"批评家只有把创造服务于智慧,而不像艺术家那样把智慧服务于创造,才能得以继续他的存在"。

最后还需指出,蒂博岱是一位赋有哲学思想的文学批评家,他深受柏格森生命哲学的影响,他认同柏氏的"绵延"学说,认为生命是运动,文学也是运动。他在其小说研究中运用了"绵延"的观念,认为"做艺术家或小说家,就得手上有一盏矿灯,可以让人越过清晰的意识去寻找其记忆和可能性的隐秘的珍宝",真正的小说家"用他生命的无限的方向创造他的人物",而"做作的小说家则用其真实生命的唯一一条线来创造其人物"。真正的小说是"某种变化的东西,某种绵延的东西"。① 因此,蒂博岱认为,柏格森的哲学不是用空间概念而是用时间概念来区分灵魂和肉体的,文学的发展不是一个点一个点的积累,而是如流水一般一个劲地向前。其实,文学和哲学本来就是近邻,它们总是相互生发,共生共长,庄子的学说、柏拉图的学说如此,现代的马拉美、瓦雷里、马利坦、萨特以及柏格森本人也皆如此。柏氏论及蒂博岱的批评方法时说,其"达成同情"便是一种诗的触觉,深入作品内部,从内部认识文学,就是"和它的活跃的绵延重合",就是和它的真谛"美学地、直觉地达成同情"。② 此乃蒂氏文学方法论的精髓,也是现代批评具有鲜活生命力的魅力所在。

5. 空间诗学。法国20世纪头20年的文坛,现代小说崛起的主要标志是以普鲁斯特的小说《追忆似水年华》(1913—1927)为代表的,并由此在欧洲兴起了一种"意识流"小说的新范型及其文学理论与批评;另一方面,以巴什拉为代表的"主题派批评",③从"一战"前至20世纪中期前后在法国诗学领域独树一帜,影响巨大。于是,下面我们将以小说界的代表普鲁斯特和文论界的代表巴什拉为对象,着重探讨一下他们的诗学观。我们在此借"空间诗学"来指称他们的诗学特征,而此称谓也是巴氏一部论著的名称,它体现了现代主义诗学的创作观和美学观。然而,要了解20世纪初期乃至整个上半叶的法国现代主义诗学,无论是"意识流"理论,还是"主题派批评",或意识批评,都有一个绕不过的关键人物,那就是柏格森及其生命哲学和直觉主义理论。迄今以哲学论著获得诺贝尔文学奖的只有两人,一是柏格森的《创造进化论》(1927),二是罗素的《西方哲学史》(1950)。其实,在本节前面部分,我们还刚刚谈及蒂博岱文学批评与柏格森生命哲学之间的互文性关系。

---

① 蒂博岱:《关于小说的思考》,载《新法兰西评论》,1938年,第159页。
② 阿布尔:《柏格森和法国文学》,科尔蒂出版社,1955年,第386页,转引自郭宏安等:《20世纪西方文论研究》,中国社会科学出版社,1997年,第29页。
③ 此派包括马塞尔·雷蒙、阿尔贝·贝甘、让-皮埃尔·理查以及乔治·布莱、让·鲁塞和让·斯塔罗宾斯基在内的"日内瓦学派"。

(1)柏格森①(1859—1941):直觉主义与生命哲学。柏氏的哲学是连接法国19—20世纪社会思想的一道桥梁,法国学者祁雅理为我们勾勒出了柏氏哲学诞生的时代背景:柏格森的法国是孔德的实证论的法国,它的基本原则是,科学是知识的唯一合理的模式;柏格森的法国是立体派和象征主义的法国,它在各个方面都建立在唯心主义之上,而且给美学知识提供了一个主观基础,并赋予诗歌一种超验的价值;另外它也是进化论生物学、心理学、唯灵论、小说和戏剧中自然主义的法国,是像杜尔凯姆那样的社会学家的实证论唯物主义的法国,是像著名的德雷福斯案件那样的社会冲突的法国。

我们认为,柏氏在20世纪初提出的思想体现了现代哲学变革的重要性,他是旧哲学的批判者,他使法国哲学走出了笛卡尔的理性主义传统,故被称为"近百年来法国最杰出的哲学家,我们时代的文学、心理学和宗教思想都受到他的思想那种变革性的影响"②。无论是文学家的普鲁斯特,哲学家兼文论家的巴什拉,哲学家、美学家兼文论家的马利坦③,无不与柏格森的"直觉主义"和"生命哲学"发生关系。

20世纪正是以爱因斯坦关于时间的相对论和柏格森关于人的意志的"绵延"观念,而开启了一个不同于19世纪的崭新时代,同时,柏氏的理论与现象学和存在主义乃至福柯等人的后现代主义也存在着内在的一致或相似性。

A. 直觉主义。帕斯卡说:"我们不仅通过理性认识真理,而且通过心灵认识真理。"帕氏和卢梭的"心灵"实则是柏氏的直觉,也是理解事物的整体和本质的浪漫主义想象。柏氏的直觉主义是辩证推理和逻辑的补充,是人的最本质属性即理性的一部分,他的直觉非常近似于柯勒律治和康德的想象,这种想象就是理解事物的整体和真正实在的能力。由此看来,祁雅理说:"所谓他的反理性主义,只不过是他拒绝接受

---

① 柏格森与中国的关系从20世纪五四运动前后一直到21世纪的今天,将近有一个世纪的历史。中国学人介绍研究柏格森哲学从发生到高潮,再到沉寂,前后大约经历了40年左右。最先是世纪初的输入,由张东荪先生把《创造进化论》译成中文,接着是五四运动前后的讨论达致高潮,刘叔雅在《新青年》(1918)上发表了"柏格森之哲学",随后杜威来华访问(1919),也着力宣传柏格森哲学。1920年,《民铎》杂志出版了"柏格森号",使中国的柏格森研究掀起热潮。30年代以后,"柏格森热"接近尾声,直到新时期又一次引起人们的注意,而西方也在90年代又再度响起"回到柏格森"的呐喊。有关柏格森研究可参:(法)约瑟夫·祁雅理:《20世纪法国思潮》,吴永泉等译,商务印书馆,1987年;(法)德勒兹:《康德与柏格森解读》,张宇凌等译,社会科学文献出版社,2002年;尚杰:《20世纪法国哲学的踪迹》,江苏人民出版社,2002年;尚新建:《重新发现直觉主义》,北京大学出版社,2000年。
② Gun, *Bergson and His Philosophy*, London, 1920, p. ix.
③ 马利坦(1882—1973),曾受柏格森和克罗齐的影响,他早年就是个柏氏的信徒,写过评述柏格森的小册子,不过他的诗性直觉有别于前两者,即他对智性的极度垂青,他把认识性和创造性概括为诗性直觉的灵魂。这是他与柏氏和克氏直觉说(非理性或反唯智论)的根本区别所在。马氏的代表性论著有《艺术与诗中的直觉性创造》(1953),中译本由生活·读书·新知三联书店出版,1991年。

把一个活生生的人和任何生动经验的现实的理解,归结为各种概念和概念知识而已。概念是知识或某一特定形式知识的一部分,但概念并不是知识的整体。"所以柏氏指出,他的形而上学"必须超出概念以便通达直觉","只有当形而上学超出了概念,或者至少是当它使自己摆脱了僵固的、现成的概念,以便创造一种与我们通常所使用的概念完全不同的概念时,形而上学才是唯一真实的形而上学"①。

  我们看到,柏氏在其《形而上学导言》中,讨论了相对与绝对的观点,有一根红线贯穿其中,那就是绝对—绵延—形而上学。他说道:"绝对的东西只能在直觉中获得,而其他任何东西则属于分析的范围。所谓直觉,就是一种理智的交融,这种交融使人们自己置身于对象之内,以便与其中独特的从而是无法表达的东西相符合。反之,分析则是一种这样的活动,它把对象归结为已知的要素……也就是把事物表达为一种不同于其自身的某种函项。因而,任何分析都是一种复制,一种符号的发挥,一种从连续的观点所取的肖像。"所以,形而上学就是这样一种方法,"它绝对地掌握实在,而不是相对地认知实在;它使人置身于实在之内,而不是从外部的观点来观察实在;它借助于直觉,而非进行分析。简单地说,它不用任何表达、复制或者符号肖像来把握实在"。

  其实,柏氏的思想处于两大思潮的汇合点上,一方面是实证论的、唯物主义的、斯宾塞的进化论;另一方面是笛卡尔伟大的同时代人帕斯卡所体现的思潮——把"敏感性的精神(直觉精神)"与"几何的精神(辩证的逻辑推理)"加以对照。柏格森深刻地认识到科学的重要性,并且始终认为他的哲学方法是科学的。他表明,他只是一个形而上学者,从来没有在科学和形而上学之间看出任何根本的对立。"因此,科学和形而上学在直觉中结合起来,一种真正直觉的哲学必能实现科学和哲学的这种渴望已久的统一。"正如德勒兹所言,"直觉是柏格森主义的方法",并且"直觉是以绵延为前提的"。柏格森借助直觉的方法把哲学确立为绝对"精确"的学科,他常把直觉说成是一种单纯的活动,在他看来,这种单纯性并不排除质的和潜在的多样性,也不排除单纯性在其中自我现实化的不同方向。在此意义上说,直觉意味着词意的多样性,意味着不可还原的多样视点。所以,德勒兹提醒说,柏氏把直觉从一种心理能力变成一种哲学方法,是哲学史上的一次变革,他首先把直觉方法问题化,其次,把方法差异化,最后,把方法时间化,也就是按照绵延考察直觉方法。

  当我们把柏氏的形而上学与传统的形而上学加以对比,柏氏的贡献就一目了然了。因为后者首先将人本性当中的两个相互依存的因素或系列割裂开来,片面强调其中的一方,排斥另一方。所以,走出旧的形而上学,必须将割裂的二者重新结合起来,形成它们应有的张力。

  B. 关于绵延。时间概念是柏氏哲学的基石,柏氏时间理论与传统哲学关于时间

---

① (法)柏格森:《形而上学导言》,刘放桐译,商务印书馆,1963年,第10页。

的区别正是以绵延概念的诞生为标志的,这也是他的哲学最具革命性的地方。他在其第一部论著《论意识的直接材料》(1889)中,就提出了所谓绵延(la durée)的观点,这种"材料"可能被描述为艺术的基本要素或者原则。"绵延采取一种相似背景的虚幻的形式,而空间和绵延这两个概念之间的环节,则是一种能够定义为时间与空间的交叉点的同时性。"也就是说,"在真正的绵延中,混杂的时刻相互渗透……空间和时间是同时出现的,我们可以说时空交织在一起……过去与现在共存……因为绵延的间隔只对我们才存在,且由于我们的意识状态相互渗透"。在他看来,"绵延总是发生性质差异的地方和中心,它甚至是性质差异的总和与多样性,只有在绵延中才有性质差异——而空间却只是程度差异的地点、中心、总和"。

德勒兹看到,柏氏是在协调绵延的两种根本特征即连续性和异质性,因为纯粹的绵延向我们呈现出一种没有外在性的纯粹内在的连续;空间则向我们呈现出一种非连续的外在性。由此,他揭示出两种多样性,一种是由空间来表现的程度差异的多样性,另一种是纯粹绵延中本质差异的内在多样性。这种多样性主要有三种属性:连续性、异质性和简单性。他总结说:"我的观点的关键是对绵延的直觉。"看来,柏氏绵延的独特性就在于他把时间理解为"同时"并列在空间。这样一种倾向,也是普鲁斯特的《追忆似水年华》的创作方法,甚至于成为当代法国哲学的群体倾向。

C. 关于记忆。它确定了精神实在与物质实在的相互关系,柏氏试图消弭笛卡尔二元论的界限之弊端。在他看来,"内在的绵延就是一种记忆的连续的生命,它把过去延长到现在,这个现在或者是以一种清晰的形式,包含了过去不断增大的影像,或者是由其质的连续的变化,而表明了——随着我们的年龄越来越大,我们就拖着越来越重的负担。如果没有过去的这种残余留到现在,就不会有绵延,而只能有顷刻性"①。是的,"绵延从根本上来说,是记忆、意识、自由。它之所以是意识和自由,是因为它首先是记忆"。这里,柏格森用两种方式来表达记忆和绵延本身的这种同一。"记忆具有两种形式,由于它用回忆的幕布遮掩着直接感知的内容,也由于它浓缩着时刻的多样性。"②

在柏格森的记忆理论中,"纯粹回忆"被认为是潜在的、不活跃的和无意识的。这里,柏氏并不使用"无意识"一词来指一种外在与意识的心理实在,而是指一种非心理的实在——自在存在的存在,也就是心理上的存在就是现在。只有现在才是"心理上的",而过去则是纯本体论的。纯粹回忆只有本体论的意义。于是,过去和现在,并不表示两个连续的时刻,而是表示两个同时存在的成分,一个是现在,它不停地逝去;另一个是过去,它不会停止存在,但是,一切现在都会随它而去。

---

① (法)柏格森:《形而上学导言》,刘放桐译,商务印书馆,1963年,第20页。
② (法)柏格森:《材料与记忆》,转引自(法)德勒兹:《康德与柏格森解读》,张宇凌等译,社会科学文献出版社,2002年,第139页。

所以,柏格森的绵延从最终意义上讲是由共存而不是由连续所规定的。这个共存是潜在的共存:与所有的层面和所有的张力以及所有程度的收缩和扩张的自我共存。因此,共存把重复重新引入绵延,即潜在的重复而非现实的重复。于是,柏格森记忆理论的革命所揭示的是:我们不是从现在走向过去,从感知走向回忆,而是从过去走向现在,从回忆走向感知。① 的确,记忆中流淌的时间是下意识中选择的任意性,以至于随意颠倒过去、现在和将来的顺序,产生出幻想的童话。由此看来,这种内在的绵延就是记忆,艺术创造就是把个人的记忆同宇宙的记忆,同荣格的广袤无际的下意识,叶芝的宇宙灵魂或者说同作为生命延续的存在联系起来的能力。

D. 关于生命的冲动。这实则是"进化"和"潜在性"观念的升华,他的终极目的是说明,进化的事实必须被视为一个强劲的驱动力即生命冲动的产物,这一生命冲动是一切生命的原理,这一冲动是绵延生命的创造力,现在被柏格森视为最高的形而上学的原则。同时,柏格森为什么如此重视"潜在性"的观念而拒绝"可能性"的范畴呢?因为,"可能"是一个假概念,是假问题的根源。而进化是从潜在到现实的过程,进化是现实化,现实化是创造,进化论总是有理由提醒人们,生命是差异的产生和创造。

在柏氏看来,生命的进化有三个方向:麻木、智力、本能。他说,理智和物质都是由叫作生命冲动即绵延或生命的那种力量形成的,它们各自有其所扮演的角色,"理智自身以对于生命的、自然的不理解为其特征,而本能只能同生命的本质联系着。因此,本能的内在方面对事物产生影响,而理智的内在方面则对事物的联系产生影响,但本能与理智是互为补充的。直觉就是已经摆脱了自我关注,并且意识到自身的本能"②。也就是说,直觉是能够把握生命本身的一种知识模式,它通过激情和内在本能,把理智的灵活性、可延展性和自我意识结合起来。直觉是变成自我意识的无偏见的本能,它能够反思对象,并且能够无限地扩大它。

其实,直觉与生命享有共同的力量,理智与物质有相同的方向。在人的进化过程中,意识最先体现为生命的冲动,随着进化过程的发展,它将再度使自己回到这个冲动上来。就此而言,人是进化的目的,也就是说,进化的目的不是为了某种外在的东西,而是为了加强人自身的生命力。同时,这种生命的冲动是一个趋于创造性发展的趋向,而不是一个趋于这一发展的任何特殊线路的趋向;这一冲动并不仅仅具有一个方向,它是一个趋向发展之多样性的冲动。③ 由此看来,柏格森喜欢生命的任意性、不可预见性,一次次新的开始把凝固熔化,回归自然的本性,这种倾向就是后来被贴上的

---

① (法)德勒兹:《康德与柏格森解读》,张宇凌等译,社会科学文献出版社,2002年,第144、149、152页。
② (法)约瑟夫·祁雅理:《20世纪法国思潮》,吴永泉译,商务印书馆,1987年,第30页。
③ (美)加里·古廷:《20世纪法国哲学》,辛岩译,江苏人民出版社,2005年,第83页。

所谓非理性主义的标签。

是的,理智排斥创造,因为它过于依赖必然性。相反,真正的创造来自偶然性,这种不可预期性增加了生命的神秘感,所以"理智是以无法理解生命为特征的。"柏格森的方法是把生命与本能联系起来。于是,"直觉就是生命","意识就是自由本身"。① 正如德勒兹对柏氏生命哲学的诠释:一、生命差异只能作为内在的差异被经历,被思考,只有在此意义上,"变化的倾向"才不是偶然的,变化本身才在这种倾向中发现一种内在的原因;二、这些变化不进入联结和相加的关系中,而是进入分解和划分的关系中;三、这些变化包含着一种潜在性,这种潜在性沿着不同的线现实化。因此,进化不是在一个片面同质的系列中,从一个现实的项走向另一个现实的项,而是从潜在的项走向意志的项。②

总的来说,柏氏的思想中包含着两个重要方面:一是情感是道德的基础,二是对智力或理性的批判即那种被降级为抽象的失去人性的逻辑的理论。可以说"他是一个反唯理智论者,但却不是反理性主义者"③。他的绵延展示了身心关系,知觉关系和物质不仅具有共同的特征而且具有内在的联系,他的生命理论和知识理论是互为作用、共存并举的。生命理论坚持对生命的批判,才能不随意接受理解力任意提出的概念,而知识理论只有恢复智力在生命总体进化中应有的地位,才能告诉人们构成知识的框架,以及如何扩展和超越这些框架,只有这样,才有可能造就新的哲学。由此,我们说,柏氏的直觉主义和生命哲学开启了20世纪崭新的美学原则。

E. 在哲学与美学之间。作为哲学家的伯格森,不仅在哲学上对法国乃至世界影响重大,他的思想与观点也体现了他的政治选择和民族认同,同时也对文艺理论产生了巨大影响,他的哲学著作的书写风格,也是文学性的,这对现代法国哲学乃至像福柯、德里达们后现代哲学书写风格都有着重要的影响。难怪柏氏与罗素成了当今世界上获得诺贝尔文学奖殊荣的仅有的两名哲学家。

我们注意到这样一种现象,柏格森思想的影响远远超出哲学范畴,渗透到政治学、文学、绘画、音乐、宗教等多个方面,在普鲁斯特、萧伯纳的文学创作中,索列尔的政治学论著中,莫奈的印象画派里,德彪西的音乐中都有鲜明的柏格森的声音在回荡。在中国现代文学史上,受其影响的也不乏其人,它已渗透到郭沫若、宗白华、梁宗岱等人的文学创作及文艺观中。

柏格森对文学、艺术与审美的直接探讨,主要出自他的《笑与滑稽》的随笔集中。下面我们集中探讨两点:第一,他对"笑"做了如下的艺术哲学的思考:"笑就是要使社会肌体表面的那种死板僵化变得灵活生动。因此,笑不仅仅属于美学的范围,因为

---

① (法)柏格森:《创造进化论》,肖聿译,华夏出版社,2003年第228、230页。
② (法)德勒兹:《康德与柏格森解读》,张宇凌等译,社会科学文献出版社,2002年,第190页。
③ (法)约瑟夫·祁雅理:《20世纪法国思潮》,吴永泉等译,商务印书馆,1987年,第41页。

他无意识地(甚至在许多特定的情况下是不道德的)追求一种使社会得到普遍改进的功利目标。当然,笑也有美学的东西,因为只有在社会和个人不为生存而担忧,并开始把自己当作艺术品来看待时,滑稽才可能产生。"所以"笑就是对僵化的惩治",而"滑稽则是摇摆于生活与艺术之间——艺术与生活的一般关系",他还说,"任何情景如果暗示着社会是化了妆的东西,是一场化装舞会,那都将会是滑稽可笑的。当我们在活生生的社会表面看到某种呆板、僵硬和不变的东西时,那就意味着社会已经被化了妆"。同时,他还指出了使人发笑的两大因素:"把机械僵硬的东西强加给自然界,把刻板僵化的条条框框强加给社会,而这种机械僵硬的东西、刻板僵化的条条框框就是我们得到的两种会使人发笑的东西。"接着他又说:"人把机械的东西强加于自己的身体(如果允许这么说的话)与人把人为的东西强加给自然,所得到的结果都是一样的。"由此我们看到,这从侧面折射出柏氏文艺理论的人文关怀精神与社会批判性的光芒。这与后来法兰克福学派和法国后现代的批判理论有着"家族的相似性"。

第二,我们发现,他的身体美学见解与其直觉主义理论是一致的。他说:"每个人的面孔上,我们都可以看到一种心灵在努力地塑造身体,尽量地表现出无限的灵活与永恒的变动,而不服从万有引力定律,因为地球无法吸引他。这种心灵把一部分精华注入身体,使之充满活力和生机;这种注入身体的无形物被称为灵气。""同时,身体还把本来灵活多变的动作固定成笨拙僵化的习惯,把生动活泼的面孔僵化为持久不变的鬼脸。"所以,"我们宁可把滑稽与灵气相对立,而不把它与美对立。滑稽与其说是难看,不如说是呆板,与其说是丑陋,还不如说是僵化"。

另外他又指出:"姿势如果要紧跟思想,也就必须像一部动画片那样进行表现,要接受生命的基本规律,完全排除重复。""在我们的姿势中,只有那些机械式的姿势才是可以模仿的,因而也只有那些与我们生动活泼的人格不相一致的东西才能够被模仿。模仿别人就是把他所能容忍的刻板机械的行为抽取出来。这就是滑稽可笑之所在。"①

此外,他说:"滑稽这个幽灵的确是一个生命的活力,是在社会土壤中的岩缝里茁壮成长的奇葩异草。"所以,"我们发现艺术需要有技巧",这个技巧就是指滑稽的表演,它是自然与艺术之间的中间地带。通过以上的引述,可以看出,这一方面体现了柏氏的"直觉就是生命","意识就是自由本身"的"生命哲学观";另一方面,也反映了艺术就是一种直觉,艺术作为直觉就意味着鲜明的个别性特征。同时也让后来的梅洛-庞蒂从中发现了柏氏的身体理论,虽然与身体主体理论失之交臂,但对克服笛卡

---

① (法)柏格森:《笑与滑稽》,乐爱国译,广东人民出版社,2000年。

尔主义的心身观、心物观①是有价值意义的。这里随便提及柏氏的身体理论,是建筑在他的生命哲学基础之上的,而"绵延""生命冲动""知觉""形象""滑稽"等概念都明白无误地关涉着身体。在《物质与记忆》中,包括在《笑与滑稽》中,都关注到了身体的独特性,超越了笛卡尔式的机械的身体观,他的《物质与记忆》的主题就是探讨"精神与身体的关系";他通过把几乎是物质的知觉看作是记忆的基础,通过强调完全是精神的记忆不断地渗透知觉,他最终看到的是物质(身体)的灵性化和精神(心灵)的肉身化的双重进展,可见柏氏试图通过身体而不是心灵来寻求身心的统一。当然柏氏并未完全提出身体主体理论,但他开始把某种融合了物性和灵性双重属性的身体提升到核心位置,这就超越了笛卡尔的纯粹意识哲学,走上了通往身体哲学的途中。后来萨特、梅洛-庞蒂身体主体理论及现象学的存在主义,在某些方面都与之存在着许多联系与共同性。②

还需要补充一点的是,柏氏哲学著作书写风格的文学性是很浓的,形象而生动,在此仅举一例,他在谈到意识的本性就是自由,意识就是自由本身时,这样说道:"动物以植物为支撑,人类则跨越了动物性;在空间和时间当中,人性的整体就是一支庞大的部队,它在我们每个人的身边和前后急行军,并发起压倒一切的冲锋,它能够战胜一切抵抗,能清除那些最严峻的障碍,甚至能战胜死亡。"③由此可见柏氏哲学的诗化色彩之一斑。

最后还有一点十分重要,无论柏格森的思想是否直接讨论政治问题,他的思想本身有着深厚的革命性的政治内涵,这也是柏格森哲学引起世界瞩目的原因之一,因为他的研究的出发点是反对传统理性主义,反对绝对静止的、外在的联系,反对目的论,他的哲学的最高点,世界乃是生命的冲动,它在生命的冲动中不断地变化,与整个社会生活的方方面面,有着盘根错节的联系。所以,柏氏的思想及其哲学对现象学存在主义在法国的兴起与发展,起到了积极的促进作用,有法国学者就说"存在主义的种种起源都发轫于柏格森"。④

---

① 在笛卡尔扬"心"抑"身"的二元论哲学中,心灵和身体这两个独立的实体之间,没有什么实在的联系,前者与精神和思维相关,是认知的主体,不含物性的纯粹意识;后者与物质和广延相关,是认知的对象,是没有灵性的纯粹事物。他主张心灵可以不依赖于身体而独立存在。不过笛氏思想中始终包含着理性与感性,心灵与身体的张力,这些也被后来谈论身体理论的法国现象学家们所利用。
② 关于柏格林主义与现象学存在主义可参杨大春:《语言、身体、他者:当代法国哲学三大主题》,生活·读书·新知三联书店,2007年。
③ (法)柏格森:《创造进化论》,肖聿译,华夏出版社,2003年,第230页。
④ 特罗蒂尼翁:《当代法国哲学家》,生活·读书·新知三联书店,1992年,第56页。

(2)普鲁斯特(1871—1922)。① 普氏的小说创作对20世纪法国现代主义"意识流"小说的开创性贡献是有目共睹的,而他的文学创作及其理论,对现代艺术与美学观念的革命性意义,不仅在文学层面回应了柏格森的直觉主义和生命哲学,而且也丰富了法国现代诗学的宝库。如果说诺贝尔文学奖授予哲学家柏格森是一种褒奖的话,那么这顶桂冠加冕给文学家的普氏就再适合不过了。有人说普氏是一位集"诗人、小说家和批评家"②于一身的大家。这大概是看到普氏是"第一位成功地将现代小说引向诗化境界的小说家",他的作品体现了法国19世纪象征主义诗歌向叙事性作品延伸的轨迹。在他的小说创作中,创造出一种散文并使叙事作品向诗的方向过渡——"从规律小说到诗意小说"③。普氏的文学经历本身就是丰富多彩的,他从批评过渡到小说,从哲学又过渡到回忆,为此对普氏我们在此谨提出两个问题来探讨:其一是普氏的诗学空间何以成为可能,其二是普氏的研究与诗学的意义关系。

我们先来关注第一点。如果说他死后发表的写于《追忆似水年华》(以下简称《追忆》)之前的《让·桑德伊》,是他以小说的方式(自传性小说)实现"文学的解决"的最初尝试,那么《追忆》则是第一次实现"文学的解决"的真正标志。而《驳圣·伯夫》则显示出他已拥有自己的文学理论。普氏向我们展示了以下三个方面的重要性:

A. 为什么写作。普氏通过其小说《追忆》④向我们提出了为什么写作这样一个问题,实质上是追问文学是什么,因为他的这部小说本身就向我们讲述了作为叙述者与主人公的人物是如何成为小说家的故事。在作品中,我们看到了与写作相关的两大动机:"达到深层的交流和使自我在语言中呈现。"⑤写作是为了表达人与人之间不可简约化的差异,因为差异揭示了人的丰富性和多样性。个性的充分发展导致真正的交流只能建立在差异基础之上,阅读和写作意味着人性的彻底解放———一种不断进入他人的世界和超越自我的努力。所以"为什么写作",从对文学的发问到对作家

---

① 关于普鲁斯特的研究可参(爱尔兰)贝克特:《普鲁斯特论》,沈睿等译,社会科学文献出版社,1999年;(法)让-伊夫·塔迪埃:《普鲁斯特和小说》,桂裕芳等译,上海译文出版社,1992年;(法)布吕奈尔:《20世纪法国文学史》,郑克鲁等译,四川文艺出版社,1991年;(法)法约尔:《法国文学评论史》,怀宇译,四川文艺出版社,1992年;(法)米歇尔·雷蒙:《法国现代小说史》,徐知免等译,上海译文出版社,1995年;郑克鲁:《现代法国小说史》,上海外语教育出版社,1998年。(法)热奈特:《叙事话语与新叙事话语》,王文融译,中国社会科学出版社,1990年。涂卫群:《从普鲁斯特出发》,社会科学文献出版社,2001年;史忠义:《20世纪法国小说诗学》,社会科学文献出版社,2000年。
② (法)普鲁斯特:《驳圣·伯夫》"法洛瓦的序言",王道乾译,百花洲文艺出版社,1992年,第253页。
③ (法)让-伊夫·塔迪埃:《普鲁斯特和小说》,桂裕芳等译,上海译文出版社,1992年,第405页。
④ 关于《追忆》的版本研究,可参郑树森:《文学地球村》,上海三联书店,1999年。
⑤ 涂卫群:《从普鲁斯特出发》,社会科学文献出版社,2001年,第9页。

的发问,答案是:面对小说家的主题(马塞尔如何成为小说家),诗人的眼光(隐喻),哲学家的真理(生活的真谛),普氏别无选择。这表明了他强调作品对于作家的强制性,和作家对于作品并无选择的自由。由此出发,作家的责任便拥有了新的含义,如他在《重现的时光》中所说的,"作家的责任和任务是翻译者的责任和任务"。作为翻译者,他必须忠实于那"预先"存在的作品。然而作品所带来的是对生活的揭示,因为真正意义上的生活,在普鲁斯特看来,只能实现在作品中。于是,通过《追忆》,普氏表明了写作或文学的神圣性——"写作的宗教":作家将写作视为高于一切的宗教。由此我们可以看到法国诗学从中世纪的"里昂派"和"修辞学派",到文艺复兴时杜贝莱、萨比耶们从对语言的重视入手来建立民族文学,再到启蒙运动时的卢梭、孔狄亚克,浪漫主义的雨果,象征主义的波德莱尔、马拉美、兰波,都极为重视构建他们的语言与写作的理想王国,这种对文学性或者对文学独特性的强调,是法国诗学的一个十分鲜明的特色和品格。

B. "文学的解决"——创作与生活的关系。创作的人不是生活的人,普氏是使这一美学成为他的小说的真正主题——一个发现和体验这一美学的故事。于是,普氏要用一种艺术的方式来实现这一目标,即以"文学的解决"作为一种总体的解决。这不仅仅涉及营造一个故事世界所需要的全部技巧,同时涉及道德问题,他并非对生活中的善恶缺乏判断,只是他并不从具体的生活层面解决这一问题。这样,选择写作,在普氏那里意味着选择一种超乎一切生活之上又包容一切生活的生活方式。为此,只有文学才是作家真正的生活,那么通常意义上的文学与生活的分离,便获得了另一重含义:文学成为作家真正的介入。当然,普氏并不否认他的作品的素材来自他的生活。在《重现的时光》中,他写道:"我明白了这一部文学作品的全部素材,便是我过去的生活。"由此可见,普氏所谓"文学的解决"实际上是一种综合的解决。写作与生活之间与其说存在着一种中断,不如说写作创造了一个能够从总体上容纳生活的文学空间。为此,他冲破了传统小说中叙事的狭小框架。在他看来,这是一种实现独创性和投入社会生活的结合。为此我们才看到,在《追忆》中,叙述者的马塞尔在瞬间体味到永恒,体味到他超越了生活中的种种偶然性。

C. 空间诗学的生成与陈述。在此,我们就进入前面提出的第二个问题——普氏的研究与空间诗学的意义关系问题。法国巴黎三大教授、普氏研究专家塔迪埃认为,"《追忆》是征服理论和批评文章这块干涸土地所得的成果。同司汤达一样,在普鲁斯特身上,小说家战胜了思想家"。[①] 而《重现的时光》中的主题则是论文学和论时间。那么《追忆》的诗学意义何在呢?

正如法国当代文学史家布吕奈尔在论普氏作品中所说的那样,《追忆》既不是象

---

① (法)让-伊夫·塔迪埃:《普鲁斯特和小说》,桂裕芳等译,上海译文出版社,1992年,第406页。

征主义的,他是现实主义和观念小说的敌人,因为他对什么是现代小说的表现空间提出了疑问。普氏关于"时间的理念"是一个现代的观念,是与他同时代的爱因斯坦、弗洛伊德等人的现代时间理念一致的,这种革命性的观念,深深地改变了现代小说的形式和结构,创造出一种主观性艺术、内在的感觉和开放的形式。

ⅰ)时间诗学。在《追忆》中普氏拒绝向空间的尺度屈从,拒绝从身体的角度来衡量一个人的身高与体重,而是从时间的角度来衡量。他指出,时间现已不可抗拒地占据我的心灵,在我的作品中,我将描绘世人:他们在时间里占据了一个在空间中难以获得的多得多的空间,一个伸展得无法度量的空间,因为他们像巨人们潜入岁月之中,同时触及他们生命中的各个时代,尽管在时间中,彼此相隔甚远。所以说普氏作品的"主旋律就是生命对时间、记忆和习惯这三重复合的神明或怪物的神力体验"。① 在他看来,生命存在实际上是时间与空间的各个点的延伸,实际上是已经占据或将占据的时间与空间,如果我们没有与这样的一个地点,或这样的一个时间接触,我们就没占有那生命存在。真正把人唤醒的正是记忆,它是时间和空间的统一,这种记忆并非仅仅关系到我居于何处,而且涉及我曾生活于何处,以及我可能要生存于何处。记忆是不由自主的,是身体和感官的功能,而这种"不由自主的记忆"正是《追忆》中的一个伟大主题。在普氏那里,"自主的记忆"为理智和目的所支配,而"不由自主的记忆"则似一个不安分的魔术师可遇而不可求。于是记忆从不倾向于事实报道,而是倾向于意识,《追忆》就是一部有关意识的小说。在那里瞬间既是小说纪实的源泉,也是小说时间的终点——"摆脱时间顺序的分钟","摆脱时间顺序的人"。所以,"非自主记忆"就意味着潜意识的空间化叙事,他把时间变形为空间。

可以说,普氏的创作与理论实则是,对柏格森的直觉主义与生命哲学的文学诠释。他的魅力在于潜意识与记忆的时间的空间意识的展开,因为它揭示了时间与永恒之间的辩证关系。我们看到,普氏的这种写作方式,就是对时间与死亡的否定,因否定时间从而否定死亡,死亡死了是因为时间死了,在走出了时间、习惯、激情及理智的黑暗后,现在的他高居于其短暂的永恒之中。于是,他理解了艺术的必要性。因此,他把艺术视为唯一真正的真实。按他的话说,"唯一真实经历的生活,就是文学"。其实,在普氏的空间意识背后,他一直在思考这样一个基本问题:"艺术与生活的关系是什么?艺术作品意味着什么?他作为一位酷爱文学的青年美学家,当其极为简单的评论尝试变得充实、丰富直至成为小说概论的时候,他的答案改变了,这种小说概论的出现,使得一种始终不涉及作品本身之构思的评论陷入了困境。"②

ⅱ)空间诗学的修辞学。一方面,普氏通过地点与环境的风景化来展示对生活过

---

① (爱尔兰)塞·贝克特等:《普鲁斯特论》,沈睿等译,社会科学文献出版社,1999年,第61页。
② (法)法约尔:《法国文学评论史》,怀宇译,四川文艺出版社,1992年,第275~276页。

的空间含有隐喻的解读,以此表达他对艺术和生活的认识,即《追忆》的主题意义。我们看到,在《在斯万家那边》(通往斯万家的路)向前、向外延伸到通向巴黎的犹太资产阶级世界,引向那里的艺术与文化生活、文学晚会,进而引向这个时髦社会中的一个特别的宇宙。同时,《在斯万家那边》,还把我们引向一个内在的由情欲、美的鉴赏、情感的依赖和精神上的需要而组成的心理世界。而《在盖尔芒特家那边》,它同样向外、向上延伸,通往巴黎,通向时髦的圣日尔曼沙龙,进入一个大"世界"。那里的贵族们向着财富、权力、地位、势利的神奇的权威不断地攀缘。当然,在那里也有鲜为人知和不乐观的一面——衰微的迹象和败落的方式:"已不再是政治权力和金融权力的中心,也没有一种与众不同的精神状态。那里的人政治上反动,艺术上倒退,文学上短见。"①总之两个"那边"代表了完全不同的两个事物和不同的社会生存视野。事实上,这两个那边,均归属于一个时代的冠冕堂皇的灭亡,贵族阶级所控制的地位与权力的堡垒,正被兴起而壮大的资产阶级侵入和渗透。由此可见,那种斥责普氏对社会问题无动于衷的粗浅看法是站不住脚的。他们没有把小说的社会学和社会学家的社会学区分开来。事实上,普氏通过上面这个空间向我们展示和揭露了法国"上流社会"的真面目——空虚,这不但是从精神和人的角度出发,而且也是从社会的角度出发。即使到今天,也正如法国当代哲学家、人类学家和文学批评家的基拉尔所言:"我们生活的这个辽阔的世界却一天比一天更像他那个世界了。背景不同了,范围不同了,但是结构没有变。"

另一方面,音乐在普氏空间诗学中占有重要位置,因为音乐就是印象本身,它只在时间中而不能在空间中被理解,当然也不受目的论的假设的影响,可以说音乐是普氏作品的催化剂,音乐使他确信他对人生的永恒性和艺术的真实性的怀疑。

再一方面,对于普氏来说,语言的质量比任何伦理学和美学的体系更重要。他的确未将内容与形式分开,二者是相互具体化的过程,是一个世界的展示。普氏的世界是这位匠师用隐喻的方式表现出来的。因为这位艺术家就是用隐喻的方式来理解世界。在他那里,修辞上的对等物是一连串的隐喻形象。我们看到普氏的创作就是这样的一个纯主体,在这里具有功利意义的意志只是理智和习惯的奴仆,而非艺术体验的条件。一旦主体摆脱了意志,客体便摆脱了因果关系(即时空同步)。这样,人类这种植物在超自然的感知方式中,得到了提纯净化。②

同时,我们还注意到普氏小说呈现出的诗意化倾向。我们看到,他的整个叙事富有诗意,内含节奏。因为传统小说语言是渐进的,而不是重复的。而普氏小说语言既是渐进的,在节奏上又是重复的,它否定了古典小说语言,因为它在自己身上发展了

---

① (法)勒内·基拉尔:《浪漫的谎言与小说的真实》,罗芃译,生活·读书·新知三联书店,1998年,第229页。

② (爱尔兰)塞·贝克特:《普鲁斯特论》,沈睿等译,社会科学文献出版社,1999年。

诗语言中的两个对立方面——直线性和回复。这里，巴什拉的定义完全适用于普氏的小说："诗，创造本身节拍的美丽的时间性物品。"

ⅲ）《追忆》以一种元叙事的修辞手段，即以叙事者何以成为小说家的生成过程，创造了不同小说主人公的角色，他站在作者和小说主人公之间来说话，他把最遥远的过去和最近的回忆交织在一起。作品中描写的不是当时的经历，而是再现的经历，叙事者的生活富有诗意："我"获得不同寻常的时间深度。叙事者的作用还在于正如普氏所言："我认为，作为正直而敏感的艺术家，最好不要让读者看到，不要告诉他们我在寻找真理，也不要说我所认为的真理是什么。思想性作品中的叙述仅仅是作者意图的失败，我讨厌思想性作品，所以我宁可什么都不说。只有在小说结尾，当生活的教训都已认识以后，我的思想才会被揭示。"①于是，正如法国文学史家布吕奈尔所说的那样，《追忆》的魅力"并不是一个技巧问题，而是一个视野问题"，即它带来了现代主义小说叙事的革命。为此，我们研究普氏小说诗学除了要考虑其代表性的《驳圣·伯夫》《欢乐与时光》《让·桑德伊》《仿作与杂记》《专栏文章》以及书信集多卷外，当然应包括作为其创作主体的《追忆》。因为它既是一部艺术作品，同时也是阐明艺术作品的理论——小说本身就是关于小说的小说。这样，我们才能对普氏诗学有一个完整的了解。

而在作为普氏具有文论性的著作《驳圣·伯夫》中，他让我们直接领略了其文学理论及批评的精髓和价值。在这本论著中，他讨论的问题，主要集中在以下几个方面：

第一，艺术创造活动中的主客观方面，即作家和读者与客观现实世界和作品，以及时间与空间变化等问题。

第二，由此论著反映出普氏所持的反理智主义态度以及关于对智力和本能的看法，是与伯格森的观念如出一辙。他在序言中说道："我认为作家只有摆脱智力，才能在我们获得的种种印象中将事物真正抓住，也就是说，真正达至事物本身，取得艺术的唯一内容。"他还在结语中说道："我们所从事的就是追寻生命，就是竭尽全力打破习惯和推理的坚冰。习惯和推理遇到真实，立即凝结成冰。习惯和推理让我们看不到真实，我们所做的就是重新回到自由的海洋。"②所以，贝克特指出，"普鲁斯特的相对主义和印象主义附属于同样的反理智态度"。其实，普氏从年轻时代起直到去世以前，一直在不懈地谴责抽象化。他在《反黑暗》中说："如果说文学家和诗人，也可以像哲学家一样深入事物的真实之中，那是通过另一条路……《麦克白》之所以具有它

---

① 《普鲁斯与里维埃尔通信集》，第2页，转引自（法）让-伊夫·塔迪埃：《普鲁斯特和小说》，桂裕芳等译，上海译文出版社，1992年，第415页。
② （法）普鲁斯特：《驳圣·伯夫》，王道乾译，百花洲文艺出版社，1992年，第1,221页。

的哲学,不是通过哲学方法,而是通过一种直觉力量。"①

第三,关于真实性的问题,他认为"真正的真实性是内在性质的,它可以借助人们所熟悉的印象展开自身,这类印象即使是无谓的或世俗的也无妨,只要这种真实性达到某种深度并超越这种外在的表象"。于是"艺术家割断与表象的联系,深入到真正生命的深处……它首先必须具有深度,触及精神生活领域,艺术作品只有在精神领域才能被创造出来……如果我们没有深潜到那静谧的深处,只有在这样的深度下思想才能选择全面反映思想的词语,一位作家看不到自己的思想,思想对于他就是不可见的,这时他准备讲述某一事物,他就只能满足于粗陋的表象"②。可见,这与伯格森的"绵延"哲学和直觉主义理论一样,是一种现代主义的美学观,它是对传统的真实观的颠覆。

第四,从普氏倡导的文学姿态来看,他与戈蒂耶的艺术观是一致的。他主张一种精英主义的高雅艺术。在他看来,"说另一种艺术不是大众艺术,是为少数人的艺术,这种说法是毫无意义的。至于我们,我认为这种艺术才是真的艺术"。他还说"才能是独创性的标准。独创性又是真诚的标准,欣悦快感也许是真正才能的标准"③。

第五,我们注意到,普氏对巴尔扎克、奈瓦尔和波德莱尔十分青睐,这只有一个指向,即对法国文学传统的浪漫主义的现代元素的肯定,这也是为他的心理现实主义服务的。普氏通过承认上述具有非理性的三位作家来批评圣·伯夫,实质上并非是从中找出论据来反驳圣·伯夫,而是为他自己鼓舞信心,仿佛这是他自己的作品的提前演示。我们发现,如果说奈瓦尔让他懂得了幻想的作用,那么巴尔扎克则使他懂得了真实的重要性。

因为在《论奈瓦尔》中,一方面他以诗人的创作个性,来描绘艺术创作和直觉的关系。他说:"在奈瓦尔身上,狂症待发未发之时,仅仅表现为一种极端的主观主义,对于某种梦幻、某种回忆,在感性的个人性质上与众不同,可以说比一般人共有的、感受到的现实更有重要意义。""当这种艺术创作意象趋向于将现实'转用于描写幻象'并发现幻觉可以上升为描写某种现实,现实便转而致用于创造幻象,最后变成疯狂的状态。"这便"孕育而成为他的文学独创性"。另一方面,他还通过诗人的作品指出,文学创作与"绵延"的潜在性观念,即潜意识的暗示与象征的作用相通。他说:"如果有一位作家完全排除那种像水彩画明快流畅的写法",竭力写出人类心灵自身的特征,掌握揭示其中种种朦胧模糊的精微方面,寻绎出它内在的规律几乎不可把握的印

---

① 转引自(法)让-伊夫·塔迪埃:《普鲁斯特和小说》,桂裕芳等译,上海译文出版社,1992年,第410~411页。
② (法)普鲁斯特:《驳圣·伯夫》,王道乾译,百花洲文艺出版社,1992年,第224~225页。
③ (法)普鲁斯特:《驳圣·伯夫》,王道乾译,百花洲文艺出版社,1992年,第225,227页。

象,那么这位作家就是写出《西尔葳》的热拉尔·德·奈瓦尔。① 最后,他点出作为艺术直觉的创作特征:"热拉尔(奈瓦尔)所展示的图画的确是单纯的,但是一种无比美妙的单纯,这正是他的才华特有的财富。这种感受是主观的,如果我们仅仅说是客观事物引出那种主观感受,那我们就是不尊重自己的眼睛。如果我们试图通过分析我们的印象,以寻求印象的主观性,那样,我们就使形象和画面消散泯灭了。"在奈瓦尔那里,"我们借助那种叫作无从解释的梦,借助火车时刻表、旅行家的记述、商人的姓氏以及一个村镇的街道名称、巴赞先生的笔记(其中每一种树木都有名称),来给我们的幻想增加养料"。②

而在《圣·伯夫与波德莱尔》一文中,普氏表明了现代主义重视形式,但这形式本身就是内容。他这样评价——"波德莱尔终其一身,都在为反对世人的蔑视进行斗争","他的一生经历了痛苦而残酷的时间进程"。所以,是"生命之歌"各个部分彼此可以相互认知,在我们心中,只要接受它们,它们就相互体认,"相互应和"。这是普氏空间诗学的意义场的最鲜明的阐释。正如他所言:"形象之美,其中是有思想的,不论思想是多么微不足道。"可见,普氏的诗学并非只关注纯粹的形式,从他对圣·伯夫的评价到参照奈瓦尔、波德莱尔和巴尔扎克,无不以人类的良知,为其诗学的意识的核心精神。

在《圣·伯夫与巴尔扎克》一文中,普氏则说巴氏的作品是有激情的。他的小说,"在表现生活的真实性,却赋予这种种事物以一种文学价值,偶然性的规律正好在他的作品中得以自由地展开"。

第六,在《圣·伯夫的方法》(以下简称《圣》)一文中,普氏通过批判圣·伯夫,提出他自己的艺术与批评的观点。他指出,在圣氏那里,他对一个作家的成功,不是从作品的核心中去探索,而在关注外在的情况,这就不会使我们与作家内心世界的创作天才有所沟通。当然普氏对圣·伯夫并不是一概否定,在他看来,圣·伯夫成了一个交响曲的序曲,人们提前听到作品中的各个主题。圣氏作为普氏思想的地质剖面图,我们可以从中清楚地看到他的创作思想,至于表层即他的批评思想那个层次,这时已被淹没得看不清了。我们知道,写《圣》一文是一位35岁的作家对自己艺术怀着焦灼不安的心情,在兴奋状态下挥就的。《圣》超越一切文学类别,它既不是论文,也不是小说,而是一部作品。普氏还说,正是圣氏和罗斯金教会他懂得艺术上的两大错误——他称之为"偶像崇拜",即认为美在客体,真实性在历史中,艺术在于智力而不在精神的直觉之中。他认为,内心生活是艺术的唯一源泉。关于智力,尼采和圣·伯夫一样,过于看重智力。"思想的升华不如记忆的升华重要,因为智力并不创造

---

① (法)普鲁斯特:《驳圣·伯夫》,王道乾译,百花洲文艺出版社,1992年,第93页。
② (法)普鲁斯特:《驳圣·伯夫》,王道乾译,百花洲文艺出版社,1992年,第95页。

什么。"

(3)巴什拉(1882—1964)。巴氏在法国现代诗学生成中的独特性和代表性是值得研究的,这是因为一方面,他代表了诗学生成中的一极,把自然科学的哲学与艺术创造的哲学熔为一炉,创立了一种批评流派即"主题批评"①或"意识批评"。法国的"新批评派"受其影响,在布莱、雷蒙、贝甘、让-皮埃尔·理查以及罗兰·巴特的文论中都有他的影子,难怪法国文学批评史家法约尔称其为"新批评的先锋者"。

我们看到,这一极的独特性的突出一点在于,其意识批评凸显了创作主体,把题材的意象融入进批评。那么何谓意象呢?"意象既不是一种修辞形象,也不是文章细节,意象是一个完整的题材,它呼唤各种不同的来自多渠道的印象的聚合。""意象是作品中非真实性的功能的痕迹,意象先于观察而存在,因为它是'一种原型的升华',而非'现实的重复'。""意象可以上溯到语言和形象思维的起源,同时又表达'凝聚于事物内部的情感世界'。"意象"'把纯粹而短暂的主观性'和有组织得不够完整的现实结合起来,因之先于思想而存在,是'语言的起源'"。②

另一方面,从其诗学变化发展的脉络来看,他从科学哲学走向艺术哲学,最后又返回到科学哲学与艺术哲学的平衡中。因此,巴氏诗学思想的内核始终包含着科学论性质和文学论性质两个维度,而哲学意识则是联结这两者的纽带,审美现象学又是其诗学活动的跃进——这种审美的直观即他的"想象力的现象学",揭示了具有审美性和文学性的形象,是向"诗性语言的现实性靠近",这也显示出其前期的"元素诗学"与后期的"空间诗学"的演变轨迹。在文学的诗性与审美性上,从巴氏诗学出发,我们可把维柯的"诗性智慧"、萨特的"想象力理论"、梅洛-庞蒂的"知觉现象学"、荣格的"深层心理学"和布朗肖的"文学空间论"拿来合观。笔者之意是想说法国现代诗学的生成有着广阔的思想背景和浓郁的科学精神与哲学意识的烛照,也只有在此意义上,我们才能理解法国现代诗学的独特性。当然,从渊源上看,这一根隐形的红线也是法国近代诗学的哲学精神的承续,即以笛卡尔为代表的理性主义和科学主义的传统,和以帕斯卡为代表的非理性主义及其关于人的哲学的两大传统。诗学家们往往是集科学家、文学家、思想家、哲学家和美学家于一身的大家,唯其如此,我们就不难理解从胡塞尔《欧洲科学危机和超验现象学》,到巴氏《科学精神的形成》,再到阿尔都塞对马克思主义的解读——从马克思著作中包含着科学部分和意识形态,分

---

① 主题批评的宗旨是探寻主题即作品中潜意识,对作品进行音乐式的分析,就是找出反复出现的乐曲主题并对其变奏进行研究,故又可称为精神分析式的批评,它具有文学的和哲学的意蕴。其核心是建立想象与诗的现象学,透过诗的意象和梦的真实即虚与实关系的追问,打通想象的世界与现实的世界。

② (法)让-伊夫·塔迪埃:《20世纪的文学批评》,史忠义,百花文艺出版社,1998年,第118~120页。

成两部分进行解读的独特的理论性解读方法,以及左拉自然主义诗学与后现代诗学的科学维度或认识论的哲学观——绝对与相对、真理与权威的价值判断——的价值维度。可以说,对法国现代诗学中存在的科学精神这一维度的研究,我们过去是注意不够的,这也是中国现代诗学生成中所阙如的一个重要因子,不是吗?"科学是智慧的美学"。巴氏诗学的构建正是充满着诗性智慧的光芒,而且他还把诗学中科学精神的弘扬,提高到这样一种价值域的高度来认识,亦如当初法国近代民族诗学创建时杜贝莱发出的那部首篇宣言书——《保卫和弘扬法兰西语言》所强调的捍卫民族国家与民族文化的精神之高度。①

下面我们来审视体现巴氏诗学重要成就的主要三部作品:

一、《火的精神分析》(1938)。作为早期诗学理论的重要代表作,它标志着巴氏从科学认识到诗的认识的过渡,文学意义上的巴氏浮出水面。此书成为巴氏"科学与诗"的结合点并体现出巴氏"元素诗学"的征候,其诗学意义可谓是"物质想象力理论",它源自古希腊恩培多克勒情结即对水、土、空气和火的物质性哲学思考。在序论中,他把想象力分为形式想象力和物质想象力两种,前者具有可动性和绘画性,后者则涉及事物的根源,基于事物的核心和基础上。在其后续的著作《烛之火》(1961)的前言中,我们看到他明确提出了"诗化哲学"即"具体美学"(哲学家的论战不可能产生的美学,一种形象诗学),他认为隐喻性往往是思想的位移,换句话说隐喻是形象,是真正的形象——当这种形象在想象中是最初的生命,摆脱现实世界而进入想象出来的意象世界的时候。它"赋予文学形象以全部的现在时","证明诗是现实生活的一种积极的推动力"。"它能赋予无意识心理一整套形象","遐想者的无意识对遐想就是自己的家","遐想者要表现为远离思想光亮的遐想着的存在"在此即是一种"明-暗的美学",也就是说它拥有这样一种在场:绵延着的在场——存在在其中等待苏醒——存在的苏醒。② 可以说这部著作就是一部"文学想象论"——从火苗的宇宙论到光的宇宙论。"灯"就是"人",就是"精神",哪里有灯哪里就有回忆。

二、《梦想的诗学》(1960)。他将现象学的方法引用到想象和诗学中来,将认识论引入诗学,形成一门想象即诗学的现象学,因为现象学的方法是促进我们有步骤的返回我们自身时成为一个绝对的起源,一个意识的开始。那么巴氏研究的梦想是什么呢?它是"诗的梦想,是被诗置于上升倾向的梦想,是扩展的意识能够追随的梦想……所有的感官都在诗的梦想中苏醒,并形成相互的和谐。诗的梦想所倾听的诗的意识所记录

---

① (法)加斯东·巴什拉:《科学精神的形成·绪论》,钱培鑫译,凤凰出版传媒集团,2006年,第7页。
② (法)巴什拉:《火的精神分析》,杜小真等译,生活·读书·新知三联书店,1992年,第139~140页。

的正是这种感官的复调音乐"。① 他说,梦和梦想的对立即通过词,具有充实的生命力来探讨言语中的生命力,在说话的过程中产生意义的生命力。梦想同时使其对象及梦想者理想化,当梦想处于阴性与阳性的二元性中时,理想化同时臻于具体于无限。所以,巴氏说"应从深层心理学获得的全部教益,来深入理解梦想的存在主义"。

三、《空间诗学》(1957)。在此"元素"的精神分析被"意象"的现象学所代替,此书可被视为"意境的现象学",他放弃了"元素诗学"中仍然残留着的客观性倾向,探索更为纯粹的诗性形象的生成空间。他使用了升华的观念,证明诗建立在人间痛苦灵魂的心理基础之上。现象学并不从经验角度描写诗的现象,它要再现"诗的意象性"。意象"'把纯粹而短暂的主观性'和有组织得不够完整的现实结合起来,因为它先于思想而存在,是'语言的起源'"。于是,巴氏的现象学不再分析某一物质而分析"效应",不再分析重复的现象而分析单一的、无任何迹象的突发性现象。我们看到,在《空间诗学》中,想象和记忆在其原始心理中呈现不可分的复合体,研究想象的心理学应该是"心理变奏曲"的学说;诗人说话的形象是以语言说话的形象,普鲁斯特需要玛德琳蛋糕的面团进行回忆,就是让气味留在词中,因为气味在第一次的散发中是世界的根源,一种童年的真实,它为我们提供正在扩张的童年的各种天地。而回忆是保存在过去中的袅绕的炉香,因为气味像音乐的声响,属于罕见的几种使记忆的精粹升华的纯化剂。于是巴氏的批评在意象的空间里,让我们重新认识了一个世界即艺术家的世界。

通观巴氏诗学,其意识行为取决于形象,或者说取决于这些形象得以诞生的想象力,因为"梦幻者的我思"与思想者的我思不同,并非不可救药地使精神与其对象分离。这是一种愉快和乐观的我思,因为在形象中发现自我。所以我们说巴氏的诗学显示出意识的等值与主体间性的特征。作者和读者、诗人和批评家共同追求着同一个梦。②

纵观巴氏一生,如果说一头一尾,他以《新科学精神》(1934)、《应用理性主义》(1949)、《理性唯物主义》(1953),表现出科学家的严谨与逻辑思维,在《科学精神的形成》(1938)中提出了"认识论障碍"的概念,并以当代精神分析学成果加以深化,形成他独特的认识论哲学,显示出哲学家的睿智,那么与此同时,他又以《火的精神分析》(1938),从文学与诗学的角度对其《科学精神的形成》中的哲学认识论观点及"新科学精神"进行了具体形象地说明与阐释。他的诗学成果,当然包括上面所述的另外两部闪烁着其诗学光芒的著作和文艺评论著作《洛特雷阿蒙的世界》(1939),展示了诗人与诗学家的气质与风采,更不用说他生前公开出版的最后一部著作《烛之火》(1961),荣获国家文学奖并使他成为"电视明星"。从文学性上讲,这也是一头一尾,

---

① (法)巴什拉:《梦想的诗学》,刘自强译,生活·读书·新知三联书店,1996年,第8页。
② (比利时)乔治·布莱:《论巴什拉》,载《批评意识》,郭宏安译,百花洲文艺出版社,1993年。

从早期的《火的精神分析》至晚期的《烛之火》，铸就了他身兼纯粹的诗人和哲学家、思想家，当然更是诗学家的品格与身份。类似的人物在法国文坛与诗学界不胜枚举——卢梭、雨果、波德莱尔、瓦雷里、萨特以及后来的巴特、布朗肖等一批体现法国现代诗学家特质的人物。他们使法国现代诗学的品格充盈着哲学性、文学性、美学性和科学性的多重维度与魅力。

6. 萨特(1905—1980)及其文论思想。萨特的存在主义与文学创作及其理论，① 对20世纪的法国来讲是一个巨大的存在。他不仅在20世纪的中叶前后对法国乃至世界都产生了重大影响，就是在今天萨特的存在及其现象，仍然为法国人、中国人和世界各地的人们所反思和记忆。

我们选取萨特为代表，主要有两个方面的考虑：其一是看中他的知识分子的角色形象。在法国能备受关注的，除了像左拉这样一位为了自由和真理的美好而进行斗争的作家以外，在20世纪当代知识分子中，就非萨特莫属了。他参加过"二战"的抵抗运动和抵抗文学，他提倡"介入文学"，他加入法国共产党，他反对种族主义、法西斯主义，他反对美国的越南战争，他伸张正义与和平，他与苏联及其社会主义意识形态关系的得与失，这些都成为留给后世的正负两方面的、富有启迪的追忆。其二是他的文学创作和文学理论的影响力。事实上，他的文学比起哲学对社会的影响要大，存在主义文学是因为萨特才在法国产生了轰动的。他的小说、戏剧、文学批评和文学理论，都是法国现代文学史上的标志性工程，而萨特在中国的影响力可以说前后持续了大半个世纪，从20世纪三四十年代的零星介绍，到五六十年代的初步认识，到80年代的"萨特热"，直到90年代步入正常研究的轨迹。一句话，他给法国乃至世界的文坛，带来了许多启迪、鼓舞和反思的作用。

在此，我们主要从两个方面来认识萨特的文学理论：一是提出应从对萨特文学理论及其批评实践所提供的资源性背景的线索予以观照，意在指出他的存在主义文论的形成或我们对其理解，应从其非常丰富的知识源和时代背景上去考察。他在早期就发表了《论现代法国思想中的国家理论》(1927)、《想象物：论想象物的现象学和心理学》(1940)、《存在与虚无：论现象学的本体论》(1943)、《存在主义是一种人道主义》(1946)、《斯大林的幽灵》(1957)、《方法问题》(1957)、《马克思主义与存在哲学》(1959)、《辩证理性批判》(1960)、《作家应该拒绝被转变成机构》(1964)、《关于人类

---

① 关于萨特的文学、文学理论及其批评的研究可参：(法)萨特《萨特文学论文集》，施康强译，安徽文艺出版社，1998年；(法)法约尔：《法国文学评论史》，怀宇译，四川文艺出版社，1992年；(法)贝尔纳·亨利·列维：《萨特的世纪》，闫素伟译，商务印书馆，2005年；柳鸣九编选：《萨特研究》，中国社会科学出版社，1981年；李钧：《存在主义论》，山东教育出版社，2000年；杨昌龙：《存在主义的艺术人学——论文学家萨特》，西北大学出版社，1998年；董学文：《西方文学理论史》，北京大学出版社，2005年；杜小真：《萨特引论》，商务印书馆，2007年。

学的谈话》(1966)、《面对革命的知识分子》(1968);二是着重关注萨特的文学理论及文学批评中有代表性的命题。能体现他的文学理论的主要有《什么是文学》(1947)、《圣热内:戏子与殉道者》(1952)、《方法问题》(1957)、《词语》(1964)。而他关于文学批评的著述则有《论波德莱尔》(1947)、《莫里亚克先生与自由》(1939)、《文学的民族化》(1945)、《以欧洲文化来捍卫法国文化》(1949)、《家庭痴儿:福楼拜》(三卷)(1971)。下面我们主要谈论四大要素:

(1)"介入"是一种自由的获得。在萨特存在主义的代表作《存在与虚无》中,他建构起来"自我"与"自由"是以否定性为核心的决定性,他的理论的最大特点是他的整个思想都是围绕"自由"这个问题来展开,而想象、虚无与自由就是这个展开的三部曲。人是他自己造就成的产物,他以此来反对导致人们屈从的宿命论。在他眼里,人本身就是自由的,而他不断地表现(显现)自己,就意味着他的存在。在萨特的哲学与文论之间,我们看到他提出的"介入文学",正是把这两者之间联系起来的纽带。因为,他正是以"自由"的名义来阐释了他的"召唤自由论",在他看来,"在写作行动里包含着阅读行动,后者与前者辩证地相互依存"。"精神产品,这个既是具体的又是想象出来的客体,只有在作家和读者的联合努力下才能出现,只有为了别人才有艺术,只有通过别人才有艺术。"所以,"任何文学作品都是一项召唤,写作则是为了召唤读者,以便读者把我借助语言着手进行的揭示转化为客观存在"。因此,艺术作品的出现就是作家向读者的自由发出召唤,让他来协同产生作品,而艺术品之所以成为价值,就是因为它是召唤,它使读者不是被动地接受作家的作品,而是等待着读者去实现他对阅读的召唤。所以,写作过程和阅读过程都是以这种"自由的召唤"为前提。我们看到,在这里,萨特把文艺活动当作一种人与人之间的关系来看待,在这种关系中,自我和他人都得到了自由,这种主体意识与后来60年代兴起的接受美学与读者反映批评理论,存在着一种相似性。这应是萨特文论的一个亮点。

在针对"介入的写作"时,他指出了诗人的写作与散文家的写作是不同的。这实际上也是透过词语来阐释何谓文学的写作,他说:诗人处于语言外部,他从反面看词语,他不是首先通过事物的名称来认识物,而是首先与物有一种沉默的接触。他不屑把词语当作指示世界某一面貌的符号来使用,而是在词里头看到世界某一面貌的形象,词的发音,它的长度,它的视觉形象,合在一起为诗人组成有血有肉的脸,这张脸与其说是表达意义,不如说是表现意义。反过来,由于意义被表现了,词的物质面貌就反映在表现上,于是意义作为语言实体的形象发挥作用。而散文写作,在他看来散文的本质是功利性的,散文的作家是一个使用词语的人,也就是一个说话者:他指定、证明、命令、拒绝、质问、请求、说服、暗示。因为,散文艺术是以语言为对象的,它的材料自然是可表达的,也就是说,词首先不是客体,而是客体的名称,重要的在于这个词是否准确指示世界上某一东西或某一概念。所以,散文首先是一种精神态度,如果散文不过是从事某一事业的特别合适的工具,人们就会发问:你为什么写作?你要揭露什么,你想通过揭露带给世界什么变化?"介入作家"知道揭露就是改变,他放弃不偏不倚地描写社会和人的状况这一不可能的梦想。但是,选择某种方法,说出这些事情才能成为作家,于是散文的价值就在于它的风格,就在于读者在不知不觉中被引导,审美的愉悦只有在这时才是纯粹的。

另外,他从作品与写作的内部关系过渡到时代与历史的关系,来回答何谓文学。他指出"一个特定时代的文学,当它未能明确意识到自身的自主性,当它趋附于世俗权力或某一意识形态,总之当它把自己看作手段,而不是不受制约的目的时,这个时代的文学就是被异化的"。他又说:"一种文学,当它还没有完美地认识到自己的本质,当它只是提出它的形式自主的原则,而将作品的题材视为无关要紧时,这一文学便是抽象的。"最后,他提醒:没有任何东西为我们保证文学是不朽的,今天文学的机会就是欧洲、社会主义、民主与和平的机会,如果写作艺术注定要变成纯粹宣传或纯粹娱乐,社会就会再次堕入没有记忆的生活之中。① 所以,法国当代文论家托多洛夫在论及萨特的"介入文学"时,总结到:"它与'纯宣传'和诗的极限,'纯消遣'保持着同样的距离。"②

(2)走出"词语的世界"。当存在主义的锋芒过后,萨特正是通过《词语》来认识自己的。旧的神话破灭了,词语的魔力退却了,词语不仅可以遮蔽环境,还能遮蔽自我,此书正是萨特思想上矛盾困扰的写照。这时候,萨特一方面是清醒的,他看到了当代人的异化;另一方面他又是糊涂的,因为他并没有真正摆脱上帝,只有当他自以为为文学献身时,他的获救才稍稍得到保证。因为,他将通过词语而获得永恒。他写《词语》正是要以一种文学性的东西来"告别文学",也就是说,文学的独立,它作为专题,这本身代表人生的分裂即主客两分的状态。也许,这是一种预言,20世纪80年代以后知识分子的萨特陨落了,人们又重新检视何谓"文学"的这个话题。

(3)存在的精神分析法。存在的精神法,其实早在《存在与虚无》一书的最后一些文字中就首次提出来了。他第一次使用这种方法是在《论波德莱尔》,后来他又用在《论热奈》和《福楼拜》两部书中。他的这一方法摒弃了潜意识和里比多的常规,而是将精神分析学和马克思主义调和在一起。因为在他看来"唯有自由在整体上可以阐释一个人",重要的是"让人看出这种自由在和命运作斗争",是"重新细致地描述一种解放的历史"。另外,他通过《福楼拜》,也试图阐明唯有存在主义能够借一种"前进—溯源"的方法,把特殊性归入"历史的总体运动之中",这种方法把对历史类型的调查与对作品本身的分析辩证地统一了起来,他在"对象和时代之间"建立起一

---

① (法)萨特:《文学是什么》,《萨特文学论文集》,施康强译,安徽文艺出版社,1998年,第69~278页。
② (法)托多洛夫:《批评的批评》,王东亮等译,生活・读书・新知三联书店,1988年,第43页。

种"往返关系"。①

(4)知识分子的作用。萨特认为一个人如果理解了他的存在,就会知道怎么行动。他说:"一个人的存在是一个整体,不能分割,内部和外部、主观和客观、个人与政治必然相互影响,因为它们是一个整体的不同方向,一个人不管是什么人,人们只有把他看作一个社会存在才能理解他,任何人都有政治性。"所以,"知识分子应该作团体的成员,参加团体的行动,同时要坚定地维护原则,并且批评团体的行动,如果这个行动背离原则。我以为这就是当前知识分子的作用。这并不妨碍知识分子作为代替别人去思想的人注定要消失的:代替别人去思想,这是荒谬的,这使知识分子这个概念本身站不住脚"②。直到临终前他还在讲:"我在反抗,我要在希望中死去,然而这种希望是应该创立的希望。"③是的,"萨特确是一位充满希望的绝望者,一个带有浓郁悲观主义色彩的乐观主义者。他给人们展现了一个令人绝望的世界,却又为人们指出了一条充满希望的行动之路"④。

第二节 中国:诗学与民族新文化及其中国特色的探寻

一、民族形式与文艺新时代

现在我们再回到中国,以回溯式的眼光来考察中国近现代民族国家文学及诗学生成的完整性。从文学与社会的关系而言,它经历了旧民主主义革命到新民主主义革命的转变,在这一历史转型期,文学的现代性追求也经历了两次质的飞跃,或者说结构性的革命性变迁:第一次即从晚清至"五四"新文化运动与新文学运动,它使中国文学从传统转向现代;第二次分为前后两个阶段,第一阶段大致是"五四"后十年,从"文学革命"到"革命文学",表现出强烈的苏俄式的政治意识形态化与激进性,对五四运动的"欧化倾向"持一种批判和否定的态度,自认为是对无产阶级革命文学的一次推进,但实际上文学上的成绩不大,也并未形成大的气候。⑤ 后来由于抗日战争

---

① (法)法约尔:《法国文学评论史》,怀宇译,四川文艺出版社,1992年,第364、365页。
② (法)萨特:《七十岁自画像》,载《萨特文学论文集》,施康强等译,安徽文艺出版社,1998年第380、388页。
③ 参见法国《新观察家》杂志1980年3月第802期。
④ 杜小真:《萨特引论》,商务印书馆,2007年,第288页。
⑤ 蒋光慈认为,革命文学应是一种表现集体的文学,它必须为无产阶级政治斗争服务,强调作家革命化和文学的阶级性。而钱杏邨(阿英)则从革命文学批评家,进而为左翼文学批评家,他的"新写实主义",是苏联"拉普理论"的翻版,不过他的《现代中国文学作家》两卷、《中国新文学运动史资料》和《现代十六家小品》在中国现代文学史和批评史上占有一席之地。

的爆发,国家的主要矛盾和社会问题以及意识形态领域也发生了相应的一些变化,中国共产党调整了斗争策略,实行了民族统一战线的方针,故而体现党的意识形态的文艺得以调整,在这第二阶段才真正确立了中国现代新文化与新文学的发展方向和任务,并取得了可喜的成果,产生了积极而深远的影响。然而当时中国的现实是面对外敌的入侵,国共两党由分裂而走向合作,故而除了敌占区外,在两个政治实体区域即国统区和解放区,文艺的发展也形成了各自的特点和共性。于是,文学及诗学的发展在整体上呈现出内部革命和外部革命并行发展的态势,下面我们作简要回顾与探寻。

1. 政治向度的内部革命

我们应该看到,如果说胡适《文学改良刍议》的发表,引领并带动了最终解决我国文学史上长期以来"文言不一"的弊端,使白话文成为中国现代语言即"国语的文学和文学的国语",这不仅是工具性语言的革命,而且更是思维观念变革的思想革命。由此可以说,白话文不仅是个语言概念,也是个文化概念,这是"五四"文学革命的伟大功绩,也是中国现代文学革命进程中的一个阶段性标志。然而,由于时代的局限,它留下了诸多的不成熟和对应于现实变化而需要不断完善的历史使命。如果我们将语言变革放到从晚清到"五四"再到40年代这样一个相对长时段的历史中来看,从晚清维新人士(黄遵宪喊出了"我手写我口")开始呼吁,从传统文言文中走出来建立白话文学和通俗文学,到"五四"时期,这种努力则表述为贵族文学与平民文学的对立,但这里的平民文学不同于晚清的通俗文学,因为后者仅仅把文言和白话的对立看作是雅－俗的等级对立关系,而前者在革新派手里,这种对立恰恰是传统－现代的对立。这里两种观念对立,实则是传统与现代两种文化价值冲突的表现,代表"新文化"的"新文学"是"人的文学"和"平民的文学"。

我们注意到,李何林在其《近20年中国文艺思潮论》(1940)中,以阶级分析的眼光,指出1917—1937年中国新文学发展中两种思潮演变的过程,头十年是"资产阶级文艺思想发展和无产阶级文艺思想萌芽的时代",后十年"是无产阶级文艺思想发展的时代"。①

(1)瞿秋白(1899—1935)与革命文艺。"新文学"十年时即从"文学革命"转向"革命文学",出现了大众语和文艺大众化的讨论,"革命文学"家们强调文艺大众化的通俗性和民间性,因为"五四"成果在中国的大地上实则是知识精英们的成果,它主要局限于大城市,故此时他们提出文艺大众化,"创造革命的大众文艺"。作为革命领袖和文学家,早年是文学研究会成员,后来也参加过创造社会议,瞿秋白不仅在中共六大的报告《中国革命和共产党》中,强调坚持无产阶级领导权,而且在30年代的"左联"时期,他在文艺理论方面也相当重视"文艺大众化"问题。他倡导了第二次文

---

① 李何林:《近20年中国文艺思潮论》,上海生活书店,1940年。

艺大众化的讨论，其背后的实质是争夺意识形态领导权问题，因为文艺革命、意识形态斗争是帮助和配合革命的。他要求革命的大众文艺不能用小资产阶级、知识分子的欧化的文艺形式或搬用社会主义苏联的文艺运动经验，而是要用中国民间的大众文艺并反对不少革命文学家站在大众之外，企图站在大众之上去教训大众的姿态。①他鼓励中国青年的文学家去接近"符合中国当时国情的文学"，"一种中国大众喜闻乐见的并可理解的文学"。②他撰写了《普罗大众文艺的现实问题》《论文学的大众化》《"我们"是谁》《欧化文艺》《再论大众文艺答止敬》等。

他的文艺论说表现出了三个鲜明特点：一是否定欧化文艺，提出文艺大众化的新实践即强调接近和学习民间的文艺形式；二是提出展开俗语革命文学运动；三是与这一点相关联即知识分子与大众的关系问题。他第一次提出了为工农大众服务，与工农大众结合是无产阶级文艺运动的中心问题，并要求文艺作品要描写人民大众的生活和实践。③由此，现代学者们认为，30年代的文学大众化讨论，如同"五四"时首先是着手语言与形式的变革一样，也首先是在语言和形式方面进行批评，并由此形成了文艺大众化讨论的三次高潮：一是在《大众文艺》开设的专号上展开的；二是瞿秋白和茅盾围绕现代中国的普通话创造问题展开的；三是陈望道等人为了捍卫白话文运动的成果而发起的。④后来由于抗日战争爆发，它使中国社会的主要矛盾发生了变化，因而在文化上，民族国家文学的诗学建构，由早期的初创过渡到一个新的发展期，奠定了未来新中国现代诗学发展的主要方向。

我们知道，20世纪的30年代是中华民族继世纪初那场灾难之后，又一次面临着国家危机的局面。新的文学观在时代的面前，产生了抵抗，当然这种抵抗本身并不是对于"现代"的抵抗，而是为了建立"现代"的抵抗即为了建立一个现代的民族国家。所以，这时强调的"民族形式"里，既体现了民族化的一面，又有现代化的一面。⑤因此，"民族形式"和"大众文化"这两个命题成为当时文论建设面对的主旋律，这是民族国家文学的现实要求和理论诉求，也正是在此背景下，如何把传统文化、外来文化和"五四"以来的新文化，这些文化资源转换为革命的政治内容和通俗易懂的形式，毛泽东创造性地为中国的新文化与新文学的新时代指明了方向。

（2）毛泽东（1893—1976）与中国文艺的新时代。这里，我们将毛泽东文艺思想做一概括性的论述。事实上，它先从解放区的心脏延安，继而辐射到全中国，成为新

---

① 《瞿秋白研究》（13），上海社科院出版社，2005年。
② （斯洛伐克）高利克：《中国现代文学批评发生史（1917—1930）》，陈圣生等译，社会科学文献出版社，1997年，第210页。
③ 旷新年：《中国20世纪文艺学学术史》（第2部下卷），上海文艺出版社，2001年，第233～234页。
④ 旷新年：《中国20世纪文艺学学术史》（第2部下卷），上海文艺出版社，2001年，第237页。
⑤ 旷新年：《中国20世纪文艺学学术史》（第2部下卷），上海文艺出版社，2001年，第239页。

时代唯一具有合法性的文艺思想。我们看到,在这一思想的引领下,继"五四"新文化运动与新文学开创的新时代,更进一步创造了"新的人民文艺"和文学的"统一战线",并通过这样的文艺实现了民族的全体动员,朝着建设一个现代民族国家的目标迈进,并最终实现了这个目标。

在进入探讨毛泽东文艺思想之前,应先对其文艺思想的知识结构有所了解和把握。我们看到,《实践论》《矛盾论》等哲学著作构成了毛泽东文艺思想的哲学基础,《中国共产党在民族战争中的地位》(1938)和《新民主主义论》(1940),确立了新文化的品格即"中国气派"的民族形式和文艺大众化的"中国作风"。而《在延安文艺座谈会上的讲话》(1942),指出了文学艺术的发展方向,即解决了文艺为什么人的问题和文艺的批评标准问题,这就为奠定毛泽东文艺思想在中国现代诗学建构中的主导地位打下了基础,尔后的中国革命实践和文化实践都证明了这是一个正确的诗学发展方向。下面,我们将从民族性和人民性两个角度入手,来看中国现代诗学在前期第一阶段完型的建设。

(3)民族性与中国现代诗学的建构。虽然"五四"新文化运动和新文学运动开启了中国新民主主义文化新的一页,但真正具有民族化和大众化的民族文化尚未完全形成。抗日战争的爆发为建设新民主主义内容的民族新文化提供了契机。毛泽东在《中国共产党在民族战争中的地位》(1938)一文中,高屋建瓴地提出了事关中国新文化未来生存与发展的重要论断。他说:

马克思主义必须和我国的具体特点相结合,并通过一定的民族形式才能够实现……使马克思主义在中国具体化,使之在其每一表现中带着必须有的中国特性,即是说按照中国的特点去运用它,成为全党亟待了解并亟待解决的问题。洋八股必须废止,空洞抽象的调头必须少唱,教条主义必须休息,而代之以新鲜活泼、为中国老百姓喜闻乐见的中国作风和中国气派。①

这就明确地指出了中国未来的新文化建设,应是以马克思主义的中国化和民族化为中心,特别地强调了"中国特性"和"中国气派",是民族形式的内核。所以在《新民主主义论》中,毛泽东进一步说道:"中国的文化应有自己的形式,这就是民族形式。民族的形式,新民主主义的内容——这就是我们今天的新文化。"②而新文化的内容则是"同这种资本主义新经济同时发生和发展着的新政治力量,就是资产阶级、小资产阶级和无产阶级的政治力量。而在观念形态上作为这种新的经济力量和新的政治力量之反映并为它们服务的东西,就是新文化"③。一句话"所谓新民主主义的文化,

---

① 《毛泽东选集》(第2卷),人民出版社,1991年,第534页。
② 《毛泽东选集》(第2卷),人民出版社,1991年,第707页。
③ 《毛泽东选集》(第2卷),人民出版社,1991年,第695页。

就是人民大众反帝反封建的文化"①。那么怎么解决传统文化与新文化的关系呢？他接着指出，"中国的长期封建社会中，创造了灿烂的古代文化。清理古代文化的发展过程，剔除其封建性的糟粕，吸收其民主性精华，是发展民族新文化、提高民族自信心的必要条件"②。毛泽东为建设有中国特色的民族新文化的论断，推动了当时文艺界展开的关于民族形式问题的大讨论，把"五四"以来倡导的文艺大众化提高到了一个崭新的阶段。关于民族形式的讨论，在当时中国的两个文学版图里都受到重视。在解放区，民族形式的讨论并没有展开真正的争论；在国统区，则展开了两种观点的争论，以向林冰为代表的一方，发表了《论"民族形式"的中心源泉》，强调了民间形式是民族形式的中心源泉。他说："民族形式的中心源泉，是在于中国老百姓所习见常闻的自己作风与自己气派的民间形式。"③而以葛一虹为代表的另一方则针锋相对，指出"我们并不否认我们的民族遗产中间，多少有些有助于我们完成大众化、完成民族形式的东西，但是却不是'主导契机'或'中心源泉'。"④针对前者否定"五四"以来的新文艺形式，他回应道："新事物，它一定需要一个新鲜活泼的新形势，这个新形势是它所决定出来的、发展出来的，与'旧事物'的旧形式是绝然不相等的。"所以，"不是怎样放弃已经获得的比旧形式'进步与完善'的新形式，降低水准，从'大众欣赏形态'的地方利用旧形式开始来做什么，而是继续'五四'以来新文艺艰苦的道路。""而这样的形式才是真正的、新鲜活泼为老百姓所喜闻乐见的中国作风与中国气派。"⑤所以，何其芳进一步说，民族形式"只能是新文学向前发展的方向，而不是重新建立新文学"。我们应该看到这一争论的正面意义，一方面它对"五四"新文学进行了一次反思，同时又进一步坚定了中国新文学开创的方向，它的结果是为中国现代新文化与新文学的发展带来了新气象，在国统区是新儒家的发展，在解放区是赵树理方向的发展。

关于民族形式的思考与讨论，我们还看到，郭沫若认为文艺形式是发展的、各民族相互影响的。在他看来，"一、民间形式的中心源泉事实上是外来形式；二、外来形式经过充分的中国化是可以成为民族形式乃至民间形式的；三、民间形式有它本身的

---

① 《毛泽东选集》(第2卷)，人民出版社，1991年，第698页。
② 《毛泽东选集》(第2卷)，人民出版社，1991年，第707~708页。
③ 向林冰：《论"民族形式"的中心源泉》，转引自旷新年《中国20世纪文艺学学术史》，上海文艺出版社，2001年，第245页。
④ 葛一虹：《民族遗产与人类遗产》，转引自旷新年《中国20世纪文艺学学术史》，上海文艺出版社，2001年，第245页。
⑤ 葛一虹：《民族形式的中心源泉是在所谓"民间形式"吗？》，转引自旷新年《中国20世纪文艺学学术史》，上海文艺出版社，2001年，第245~246页。

发展"①。在此,郭老的民族形式离不开中外互动的影响、进化发展的特征、中国化的吸收、继承与创新的关系。

而茅盾则认为,一要向中国民族文学遗产学习,二要向民族大众的生活学习。同时批评向林冰把民族形式理解为狭隘的民族主义的口号。其实,在此讨论中,最为深刻而又系统地阐述民族形式的是胡风的《论民族形式问题》一书,他强调以现实主义为前提,从文艺的现实性和大众性角度出发,探讨创建民族形式的途径。他说,民族形式本质上是"五四"现实主义的传统,在新的形势下主动地争取发展道路,新的民族形式的内容和方向就是大众化,亦即现实主义的继续和发展,他还把新文艺同近代以民主精神为主流的世界文学相联系,使之与笼统的"西欧文学"相区别。② 而巴人对"中国作风与中国气派"所包含的内容和形式两方面给予了概括,他说:"'气派'就是指民族的特性,'作风'就是指民族的情调。"③

至于胡风和周扬,因为他们分别是国统区和解放区文艺理论方面的两个代表。他们俩的共同点是笃信作为现实与理想统一的社会主义的现实主义。不过,他俩间也有差异。在胡风一方是强调主体是基于个体感性生命的主体,周扬的主体则是基于阶级性、党性等共性规范的主体。换句话说,一个是突出"政治优位",另一个则以感性生命为重。周扬在谈到民族形式时,关于怎样利用旧形式、创造新形式,也是认为"把民族的、民间的、旧有的艺术形式中的优良成分吸收到新形式中来,给新文艺以清新刚健的营养,使新文艺更加民族化、大众化,更为坚实与丰富"④。

(4)人民性与中国现代诗学的建构。谈起这个话题,从新文化运动与新文学的奠基者胡适、鲁迅、周作人那里,就十分重视文学的"平民意识"和"人的发现"。但到了毛泽东那里,是对人民这个主体的尊重和褒扬。在他的词典里,"人民"是具有不同内涵的概念。在延安时期,这个"人民"是指包括"工人、农民、士兵和城市小资产阶级及劳动群众和知识分子",即"中华民族的最大部分",就是"最广大的人民,占全国人口百分之九十以上的人民",⑤这是从民族主义的角度而言的。而在内战和建国初期,这个"人民"则是"工人阶级、农民阶级、城市小资产阶级和民族资产阶级",它是以阶级为基础的。后来,"人民"的范畴又有所限定,它是以意识形态来划分的。再后来毛泽东在面对西方或者说帝国主义霸权的时候,他经常使用的"人民"的概念是一

---

① 郭沫若:《"民族形式"商兑》,重庆《大公报》1940年6月9~10日。转引自陈伯海主编《近四百年中国文学思想史》,东方出版中心,1997年,第545页。
② 黄曼君:《中国近百年文学理论批评史》,河北教育出版社,1997年,第684页。
③ 巴人:《中国作风与中国气派》,转引自黄曼君《中国近百年文学理论批评史》,河北教育出版社,1997年,第683页。
④ 周扬:《对旧形式利用在文学上的一个看法》,转引自陈伯海主编《近四百年中国文学思想史》,东方出版中心,1997年,第544页。
⑤ 《在延安文艺座谈会上的讲话》,载《毛泽东选集》(第3卷),人民出版社,1991年,第855页。

个抽象的名词和哲学性的概念,他对人的作用和意志的强调,是对统一意志和作用的强调,这种"绝对的精神",似乎是对人的尊重、是对人的解放的允诺,但这个"大写的人"却隐含着一种对人的自然要求和心灵世界的压抑和控制。我们这里谈论人民性,其实是把它与毛泽东亲和民众的思想倾向联系在一起,它不仅与文学上的概念相关,也与政治哲学与政治文化有内在的联系,如果从一个更大的背景上来看,即从民族国家这个意义上讲,卢梭的"主权在民"和毛泽东的"人民的利益高于一切",他们对各自的文学共和国的创建,对中法现代文学的思想史的书写,这份遗产的话语意义是值得我们探讨的。

从启蒙时代到浪漫主义和象征主义,"人民性"之音在文学共和国里不绝于耳。法国浪漫主义文学与诗学的旗手雨果高度重视诗与社会、诗与人民的血脉关系,他强调"社会之诗,人类之诗,为人民服务的诗歌"。他说:"在进步中做上帝的仆人,到人民当中做上帝的使者,这就是天才成长的规律。"他呼吁"诗人为人民而生——所有的奴役、所有的压迫、所有的痛苦、所有的受骗者、所有的灾难、所有的饥渴,都有权向诗人提出要求。诗人的债权人,便是全人类"。他期许"诗人的肩上,时时发挥哲学家的作用。他须站在弱者一方,有时捍卫人类精神的自由、有时保护心灵的自由"①。而象征主义之父的波德莱尔更是从"底层人民"出发,表达对资本主义现代文明的不满,他以一种平民意识来传递现代艺术,来对抗传统艺术的平庸。他竟喊出了"农民万岁!"他说"我们的时髦艺术家当中,谁能画出这幅肖像?谁的想象力能达到这位农民的想象力水平?"②,他还在报上发表了《人民之美》的文章。③ 由此说来,中法两国诗学在政治文化领域呈现出的一些相似的现象,"五四"与法国大革命以来的"革命"话语的修辞与逻辑,是值得我们进一步好好地研究的。

总之,在毛泽东文艺思想里,这种人民意识或平民性,是"小我"与"大我"的结合,更多的是"小我"包含在"大我"之中。其实,"人民"一词,追溯上去与晚清时的通俗意识、"五四"时的平民意识、革命文艺或30年代所凸显的大众意识,都有一种时代的渊源关系,只不过从"文学革命"到"革命文学",再经文艺的民族形式的大讨论,进而推进到在决定后来中国新文学走什么样的发展道路的问题,正是在这样一种历史语境下,毛泽东的文艺思想应运而生,它是符合时代潮流的(中国走向现代,走向世界)、符合中国国情的(走向革命,走向进步),所以,中国的文艺发展方向是什么呢?

---

① (法)维克多·雨果:《莎士比亚论》第六卷《美为真服务》,丁世忠译,团结出版社,2001年,第225、228、241、242页。
② (法)波德莱尔:《现代艺术家》,载《波德莱尔美学论文选》,郭宏安译,人民文学出版社,1987年,第397页。
③ (法)波德莱尔:《现代艺术家》,载《波德莱尔美学论文选》,郭宏安译,人民文学出版社,1987年,第397页。

当然是为了人民,更准确地说,是为工农兵服务的,他们是人民性的主体。由此,毛泽东号召知识分子走出象牙塔,到工农群众中去,到火热的生活中去。我们看到《讲话》的精神与雨果的《莎士比亚论》的"灵魂卷""才智之士与群众卷""美为真服务卷"等存在着诸多相通之处。雨果说:"让我们走出学院、走出狭隘天地、走出小房间,摆脱低级趣味、摆脱胸襟狭窄的艺术、摆脱门户之见……""文学造就文明,诗歌产生理想。""(浪漫主义之争)表面上是文学问题,实质是社会、人文问题。我们要一个以人民为目标的文学,人民也就是人。"他看到"人民的心与诗人的心相结合,那便是贮存文明的高级蓄电池。人民有伟大的心灵"。他又说"天才属于谁?不就是属于你、人民吗?"。因此,"回到人民当中去"。我们还注意到,从瞿秋白到毛泽东,革命文学和红色文艺阵营,始终以"人民性"为旨归,从郭沫若关于"人民文艺"的提倡,到闻一多《人民的世纪》《人民的诗人》,冯雪峰的革命现实主义——"人民力"和"主观力"的统一,到李广田喊出的"人民文学"以及后来邵荃麟对"人民文艺"的阐释,更不用说艾青们唱出的人民之歌。

当然,"人民性"与"民族性"一词又是紧密相连的,它们互为表里,"民族性"是相对于外族,即别的民族国家或西方而言或东方而言;"人民性"或平民意识,则是对内而言的。这样内外结合,我们的文艺就有了它自身的品性,它要彰显"中国特性",这就是民族的形式,其核心就是"人民性"。所以毛泽东指出,"中国的新文化,是无产阶级领导的、人民大众的、反帝反封建的文化","新文化中的新文学、新艺术"是"为人民服务的",那么这种新文学、新艺术从何而来呢?毛泽东提出了借鉴与创新的观点,说"对于封建阶级、资产阶级的旧形式,我们是并不拒绝利用的。但这些旧形式到了我们手里,给了改造,加进了新内容";"我们决不拒绝借鉴古人和外国人",这就是后来概括的"古为今用,洋为中用"的方针。最后,《讲话》还确立了文艺批评的标准,那就是"政治的标准"和"艺术的标准","以政治标准放在第一位,以艺术标准放在第二位"。这样,《讲话》就从理论上解决了文艺性质的问题、为什么人的问题、批评的标准问题,而这些都与民族形式和人民性是分不开的。所以,在那个特定时代,包括新中国成立后很长一段时间,中国现代文艺的主导意识形态都是讲时代性、现实性、人民性、阶级性、革命性、进步性和光明性。这反映了中国现代诗学建构的一个最突出的特征,即以政治话语意识形态占主导地位。

(5)文学意识形态与革命话语权问题。在中国现代文学的诗学生成中,意识形态因素往往起到主导性作用,那就是启蒙意识形态。这里,我们主要观察一下三位革命文学理论家与启蒙意识形态的关系。鲁迅始终以改造国民性作为他文学创作的一个追求目标。他对文学意识形态本性的探讨是以民族解放事业的宏伟目标紧密相连的。他尤其注意到在文学与政治、经济的关系上,往往是通过社会心理、国民精神和风尚习俗等意识形态这样的中介环节来实现的。从他早期的《摩罗诗力说》到他的

《论睁了眼看》,都是对国民劣根性的批判,他指出:

> 中国人的不敢正视各方面,用瞒和骗造出奇妙的逃路来,而自以为正路。在这路上,就证明着国民性的怯弱、懒惰而又巧猾,一天天的满足着,即一天天的堕落着,但却又觉得日渐其光荣。①

所以,鲁迅的启蒙思想更多是侧重于人本身的觉醒和自觉意识的主体性的确立这个关键问题。他注重"尊个性而彰精神"的个性解放。在他的现实主义里,敢于直面人生,在冷静客观的背后,是主情的浪漫主义的底色。另一方面,在文艺与政治的关系上,他还特别重视文艺的特殊规律和社会历史生活的普遍统一的关系。他认为:"一切文艺故是宣传,而一切宣传却并非全是文艺。"②在对待中外遗产的继承与批判上,我们看到,在"五四"前后他强调借鉴、吸收西方文艺思潮和文艺创作的营养,来冲破传统文艺思想和表现手法的桎梏。而到了30年代初,面对建立新的民族的大众文艺时,他又更多地强调对民族传统文化的批判、吸取。他的《拿来主义》一文,定出了两条标准:一是有利于"新人"的成长和发展,一是有利于"新文艺"的成长。

而被视为"文化领域里中国无产阶级运动的一篇'宣言'"③的,则是成仿吾的《从文学革命到革命文学》(1928)一文。应该说此文是他1927年下半年到达日本后就完成了写作大纲的,后来发表在《创造月刊》第1卷第9期上。我们看到,在这篇文章里,成仿吾敏锐地观察到"革命是社会生活的转折点,是旧的社会政治制度向新的急骤过渡的表现"④。同时他呼吁文学家及中国知识分子要"努力获得辩证法的唯物论,努力把握着唯物论的辩证法"⑤。他还特别强调从马克思关于上层建筑建立在经济基础之上的观点出发,认为文学作为一种意识形态随着经济基础的变动,与社会有着必然的联系。文艺要作批判的工具,但批判也要顾到文艺的特殊性。这里,成氏已把作为方法论的马克思主义的唯物辩证法,和革命文学作为意识形态表征的观点,鲜明地表现了出来。

此外,也是在上海这个中国现代的大都市,文化发展的前沿阵地,在革命低潮的时候,瞿秋白针对革命在武装斗争方面的失利,思考如何在文化革命方面有所作为,提出了文艺革命运动中的领导权的斗争,是无产阶级的严重任务,而文艺大众化的问题就成了无产阶级文艺运动的中心问题,这是争取文艺革命的领导权的具体任务。

---

① 周海波:《中国现代文学批评史论》,上海人民出版社,2002年,第241页。
② 鲁迅:《三闲集·文艺与革命》,载《鲁迅全集》第4卷,人民文学出版社,1981年,第84页。
③ (斯洛伐克)玛利安·高利克:《中国现代文学批评发生史》,陈圣生等译,社会科学文献出版社,1997年,第91页。
④ (斯洛伐克)玛利安·高利克:《中国现代文学批评发生史》,陈圣生等译,社会科学文献出版社,1997年,第90~91页。
⑤ (斯洛伐克)玛利安·高利克:《中国现代文学批评发生史》,陈圣生等译,社会科学文献出版社,1997年,第92页。

"可见瞿秋白对革命文艺的重视,强调文学革命的领导权,显然是针对在他看来'五四'文学革命的不彻底性和欧化现象而言的,他要发动一场"无产阶级领导之下的文艺复兴运动",这既是对"左翼"革命文学的理论性总结和提升,又为后来毛泽东延安《讲话》的精神所吸纳。从此,在理论上、思想上解决了中国文艺革命的性质和动力问题。

2. 政治向度的外部革命

(1) 新人文主义视野及其另类。针对"五四"草创期新文学的流弊,此派文人致力于以中国本土文化传统,推动中国现代文学发展。相对于主流着力于政治文化层面的建构,他们更关注民族形式与诗学内部的革命,来体现中国性或中国文化性。下面我们先来观察诗人兼学者的闻一多(1899—1946)。他以追求民族诗学精神为圭臬,融汇中西诗学精华,对新诗的建设提出了他的构想:"我总以为新诗径直是'新'的,不但新于中国固有的诗,而且新于西方固有的诗;换言之,它不要作纯粹的本地诗,但还要保存本地的色彩,它不要做纯粹的外洋诗,但又尽量地吸收外洋诗的长处;它要做中西艺术结婚后产生的宁馨儿。"①其实,早在20年代他就发表了《建设的美术》和《征求艺术专门的同业者底呼声》,他都突出了新的艺术必须要保持中国的特色,论证了中国艺术不同于西方的特色,以实现他"美术救国"的愿望。他在新诗的理论建构中的代表作《律诗底研究》里,也是探究中国艺术的特质。他指出了"均齐之美"是中国艺术中最大的特质,无论是在建筑、诗歌、文字亦即园林布局中,都体现了这样一个美学原则。后来他又发表了《诗的格律》一文,其理论核心是以适用于听觉的"音乐美"(音节)、适用于视觉的"绘画美"(辞藻)和"建筑美"(节的匀称和句的均齐)通称"三美",来建构中国现代新诗。同样,闻一多的新诗创作也是具有民族特色的。在他看来一个诗人与自己祖国的联系,从根本上决定他创作的民族特色,因为诗要有民族特色,其魂就是一个民族的本位精神。正如他所言:"一个作家非有这样的情怀决不足为他的文化的代言者,而一个人,除非是他的文化的代言者,又不足以成为一个作家。"②是的,"对于国家的观念,在闻一多的诗里就比其他任何观念更强"③。另外,他还特别重视锤炼语言的传统,对民族语言熟练的运用,体现了闻一多新诗创作与民族传统内在的联系。我们还注意到他的中国文学史的构想里(《中国文学史稿》),强调了"民间影响"和"外来影响"的两大力量,他首先把"本土文化中心的传成"作为中国文学起点的轴心来论述。在他那个时代,他把此当作"从'绝望'里

---

① 刘煊:《中西交汇与文艺创造》,陕西师范大学出版社,2000年,第312页。
② 闻一多:《悼玮德》,载北平《晨报》,1935年6月11日。转引自刘煊:《中西交汇与文艺创造》,陕西师范大学出版社,2000年,第322页。
③ 艾青:《爱国诗人闻一多》,载《艾青选集·诗论、文论》(第3卷),四川文艺出版社,1986年,第121页。

向一个理想挣扎着,那理想就是'咱们的中国'!"①。于是,他在《祈祷》里唱出:"请告诉我谁是中国人,启示我,如何把记忆抱紧;请告诉我这民族的伟大,轻轻地告诉我,不要喧哗!"②这样,他由一个"新月"诗人转变为人民诗人。

奉行"诗的贵族性"与古典主义的梁实秋(1903—1987),在中国现代文学批评史上,虽然与鲁迅对待文学本身的艺术价值有纷争,但他对"五四"新文学的经验得失,确是站在理性的角度进行了总结。他以古典主义的尺度和"诗的贵族性"的标准,来反对浪漫主义和革命文学。我们看到,虽然他在《现代文学论》中对新文学的发展作了肯定,同时也对新文学创作提出了批评,他反对"五四"以来的平民诗,也反对浪漫主义文学的倾向。为什么他要批判现代文学的浪漫趋势呢？ 主要是因为"浪漫主义就是不守纪律的情感主义",因为"它作为平民运动的产物,它的平民化特征"。而这都与他的古典主义信仰是对立的。古典主义是讲究"节制""纪律"和"秩序",体现出贵族文学与平民文学的高下之分与对立。而"五四"新文学运动,从某种意义上说是一场平民文学运动。在他那篇文学宣言——《文学的纪律》中,就指出:"文学不是无目的荡游,是有目的创造;所以这文学的工具——想象,也就不能不有一个剪裁、节制、纪律。节制想象者,厥为理性。"可以说理性至上规范了梁实秋的人生态度,也规范了他对人生关系的看法。我们注意到他的《现代文学论》同《现代中国文学之浪漫的趋势》一样,体现了理性至上主义者、新人文主义者的文化立场,在其背后表露出他对"五四"文学的深刻反思,是以民族传统的儒家思想和西方文艺复兴运动以来的人文主义精神的综合为根基的。于总体上的否定性——"新文学运动,就全部看,是浪漫的混乱","而古典主义表现出来的人性是常态的、普遍的,态度是冷静的、清晰的、有纪律的"。如此系统完整地批判与反思还是第一次,他指出新旧之分的偏颇——对西方接受的盲目性,对传统的否定性,欧化语体的弊端——以文字迁就语言,不以文字适应文学;古典与浪漫之分的不同——古典主义是人的头,浪漫主义是人之心。对感情的推崇,个人的反常态、奇特、变态,导致颓废主义和假理想主义等不一而足。但不管怎样,他用西洋新人文主义的尺子本身,对待中国新文学的现代性也是有失偏颇的。

我们还注意到,当年鲁迅与梁实秋的争论,今天看来实际上是从不同的角度对中国文学的认识和评价,他们手中都有一把批评的剪刀,这样就造成了一种"错位"的论争。两人各执一端,梁实秋的目的是要建立起一套批评体系,寻找文学的纪律和尊严;而鲁迅则企图通过文学批评建立起具有社会特色的文学思想。这里,我们可以感受得到白璧德的"新古典主义"对梁实秋的影响。梁实秋对待"五四"新文学的评价,也和当年法国的布瓦洛对

---

① 朱自清:《闻一多先生怎样走中国文学的道路》,载《朱自清全集》(第3卷),江苏教育出版社,1996年,第322页。
② 艾青:《爱国诗人闻一多》,载《艾青选集》(第3卷),四川文艺出版社,1986年,第213页。

"七星诗社"龙沙们的评价相似。从积极的方面说,都是对迅速发展而来的新文学的规范和完善。

坚持精神独立与学术自由的朱自清(1898—1948)先生,对中国新诗及中国现代文学的发展与研究投入了极大的热情。在他的《新文学大系·诗集导言》里,对"五四"十年新诗的发展与进步做了总结。他指出诗坛十年呈现出三派景象:自由诗派、格律诗派和象征诗派。他特别提到,闻一多、徐志摩、梁宗岱、卞之琳、冯至以及艾青等在输入外国诗体的同时,也将他们融化到中国诗里。这是摹仿,同时是创造,到了头都会变成我们自己的。① 他不是一概反对外国影响,但强调要有选择性。另外,在他的《新诗杂话》,尤其是《新诗的进步》一文中,指出30年代某些以农村为题材的诗,也代表着新诗的进步。他认为,新诗运动开始就出现有社会主义倾向的诗,称它与乡村运动的兴起有关,而臧克家农村体裁的诗便是代表。

此外,他还特别重视新诗的民族形式,认为保持"本土色彩"是重要的。一方面,"外国影响使我国文学走向一条新路发展",另一方面,"民间文艺形式""渐渐变为'民族形式'",两者结合创作出"一种新的'民族的诗'"。② 我们还注意到,他在民族文学的发展方向上,肯定"五四"的平民文学,认同"民族形式"探讨的重要性,提倡平民化、大众化,③他特别指出了"所谓现代化的立场",可以说就是'雅俗共赏'的立场,也可以说是偏重俗人或常人的立场,也可以说是近于人民的立场。④

在建设民族国家文学方面,他还写下了好几篇文章,如《抗战与诗》《诗与建国》《爱国诗》,赞扬了艾青、臧克家展示和鼓舞民族意志的诗,指出:"我们现在抗战,同时也是建国,建国主要目标是现代化,也就是工业化",⑤"我们需要中国诗的现代化,新诗的现代化"。同时他还译介了美国诗人的长诗《我的国家》,以此鼓舞国人建设民族国家的信心。

我们还要提请注意,朱先生还特别关注知识分子与启蒙精神同现代文学的关系。他梳理了"气"和"节"的概念及其历史渊源:古代士人的观念,到了"五四"新时代有了质变——成了所谓知识分子,"这种变质是中国现代化过程的一段",⑥不过,"知识分子从军阀和官僚独立,却还不能跟民众联合起来,所以是游离者"⑦。他们是从"五四"的"气重于节,到了现在却又似乎是节重于气了"。然而"青年一代的知识分子却

---

① 朱自清:《诗的形式》,载《朱自清全集》(第2卷),江苏教育出版社,1996年。
② 朱自清:《真诗》,载《朱自清全集》(第2卷),江苏教育出版社,1996年。
③ 朱自清:《论通俗化》,载《朱自清全集》(第3卷),江苏教育出版社,1996年。
④ 朱自清:《论雅俗共赏·序》,载《朱自清全集》(第3卷),江苏教育出版社,1996年,第218页。
⑤ 朱自清:《诗与建国》,载《朱自清全集》(第2卷),江苏教育出版社,1996年,第351、352页。
⑥ 朱自清:《论气节》,载《朱自清全集》(第3卷),江苏教育出版社,1996年,第154页。
⑦ 朱自清:《文学的标准与尺度》,载《朱自清全集》(第3卷),江苏教育出版社,1996年,第136页。

不如此,他们无视传统的'气节',特别是那种消极的'节',替代的是'正义感',接着'正义感'的是'行动',其实'正义感'是合并了'气'和'节','行动'还是'气'。这是他们的新的做人的尺度。等到这个尺度成为标准,知识阶级大概是还要变质的罢?"。是的,"知识阶级改变了士人的面目,劳动阶级改变了小民的面目"。他们不仅政治上争自由,也要争温饱权。"他们认出了吃饭是天赋人权",于是"学生写出'饥饿事大,读书事小'的标语,工人喊出'我们要吃饭'的口号,这是我们历史上第一回一般人民公开的承认了吃饭第一"。"这集体行动是压不下打不散的。"①

当然在文学本体上,"文气"说的正式建立,还得要回溯到曹丕《典论·论文》揭櫫"文以气为主"的宗旨为标志上来。这里的"气"是从"气禀为性"出发的,即从文学作品的内在生命活力出发,同时又与处于作品内在层面的情、志、意、神诸要素相生,走向体现作品体性与风貌的"气盛为美"之境界。于是,文气与声律,文气与文辞又关系密切。在此方面,我们便不难理解刘勰倡导的"风骨"论及中国古代诗画艺术所推崇的"气韵生动"之精义。

(2)"京派"文论及批评视野。在三四十年代,与主流文论及批评形成互证互补意义的当是非主流的"京派"文论及批评。其实两派都内在地围绕着一个现代文学及文论建设的共同目标——中国性与现代性的调和、锻造与生发而探索。作为"京派"文学理论旗帜的朱光潜(1897—1986)②,其《诗论》(1942)堪称中西诗学理论合璧的结晶。我们看到它的双向继承和双向阐发。一方面从亚里士多德《诗学》,维柯的《新科学》、卢梭的《论语言的起源》、邦维尔的《法国诗学》和莱辛的《拉奥孔》以及白璧德的《新拉奥孔》等关于诗的性质、诗与文字、诗与音乐、诗与绘画、诗与历史文化相联系的维度中受其启发;另一方面又从中国的古代诗学典籍中继承传统的养分,无论是《尚书》《庄子》《礼记》《乐记》《诗大序》以及《文心雕龙》《原诗》等,都给他提供了"用中国诗论来印证西方诗论、用西方诗论来解释中国古典诗歌的研究平台"。

朱光潜通过中外诗歌的比较,特别是英诗和法诗音韵节奏的分析,来谈中国诗音韵的特色与建构,如他说"法文音调和英文音调的重要分别在于英文多铿锵的重音,法文则字音轻重的分别甚微。所以法文诗的节奏也是先抑后扬,轻重的分别在法文诗中并不甚明显。"③对于中文诗是否应该用韵的问题,他注重从民族语言的个性的角度上给予解释,他指出:"以中文和英法文相较,颇类似法文而不类似英文。中国诗的节

---

① 朱自清:《论吃饭》,载《朱自清全集》(第3卷),江苏教育出版社,1996年,第159页。
② 今年是这位曾任四川大学文学院院长的前辈诞辰123周年,后生以此书与先生相汇,谨表敬意。关于先生的研究可参朱式蓉等:《朱光潜:从迷途到通途》,复旦大学出版社,1991年;阎国忠:《朱光潜美学思想及其理论体系》,安徽教育出版社,1994年;钱念孙:《朱光潜与中西文化》安徽教育出版社,1995年;《艺术真谛的发掘与阐释·朱光潜卷》,海天出版社,2001年;《朱光潜全集》(20卷),安徽教育出版社,1993年。
③ 朱光潜:《诗论》,生活·读书·新知三联书店,1984年,第160页。

奏有赖于韵,与法文诗有赖于韵的理由是相同的:轻重不分明,音节易散漫,必须借韵的回升来点明、呼应和贯穿。"①

朱光潜并非只生活在书斋里,对国家和社会漠不关心。他看到,伟大的文学的产生不是某些文学精英们的制造,而是全民族、全社会各种文化思想与文学趣味相互对话、相互提高的产物。同时,他也指出文学与文化一样,都"是一个国家民族的完整生命的表现。一个国家的完整生命有它的历史传统、现实的内部环境与外来影响,以及人民对于这些要素所酿成的实际生活的体认"②。

当然朱光潜还有一些发表在"五四"以后直到三四十年代的文章,它们虽与"救亡"与"革命"主题的"宏大叙事"保持一段距离,在当时乃至现在都是值得反思的,它们关乎文学及诗学主体意识和认识论意义上的观念问题。

首先,他关注中国知识阶级的思维主体意识,在《中国思想的危机》一文中,指出思想观念及意识形态对学问的影响与干扰,"中国知识阶级在思想上所能走的路只有两条,不是左,就是右,决没有含糊的余地"。为此"我们中间有许多人感到这种不能不站在某一边的严重性是一种压迫"。因为它导致了两种后果:"其一是误认信仰为思想以及误认旁人的意见为自己的思想的恶风气。"因为"没有思想做根据的信仰都多少是迷信。""现在中国有许多人没有经过对马克思的辛苦研究,把他的学说张冠李戴地放在自己身上,说那就是他们自己的'思想',把它加以刻板公式化,制为口号标语。"其二,"因信仰某一派政治思想而抹杀一切其他学派的政治思想,甚至于以某一派政治思想垄断全部思想领域,好像除他以外别无所谓思想。"然而,"思想界的最严重的危机还不在以上所述两层,而在浮浅窄狭的观念因口号标语的暗示,在一般青年的头脑中生根固结,形成一种固定的习惯的反应模式,使他们不思想则已,一思想就老是依着那条抵抗力最小的烂熟的路前进"。也就是说,他反对一种教条主义的认识论,换句话说"中国青年思想还未经生发期就已经跨到凝固期,刚少年便已老成,他们思想的习惯是演绎的而不是归纳的,守旧的而不是探险的。"所以,"我们需要一个真正的思想运动"。"努力多读些书,多认识些不同的思想,多研究国际情势与中国现状。""我们应该学会怀疑,不轻下判断,不盲从任何派及所谓的'领袖',从多方面的虚心的探讨中,我们会明白每一个问题都可有许多不同的看法,而绝对真理是极难寻求的。"③

他对中国学术界自身的学术危机有清醒的认识。在《怎样改造学术界》一文中,他认为"五四"后学术界"潜伏着许多损害学术社会自身的精神危机",他概括为:"一,无爱真理的精神,二,无批判的精神,三,无忠实的精神,四,无独立创造的精神,

---

① 朱光潜:《诗论》,生活·读书·新知三联书店,1984年,第192~193页。
② 朱光潜:《朱光潜全集》(第9卷),安徽教育出版社,1993年,第242页。
③ 朱光潜:《朱光潜全集》(第8卷),安徽教育出版社,1993年,第514~517页。

五、无实验的精神,都是我国学术界的最危险的通病。"他说"多数学者都不能超过'学以致用'的成见","所谓新的大半还是材料,是形式不是方法和精神"。他还指出,学界两派的致命伤,一为"过信自己",二为"过信他人"。在批评方面,"只提主张,不举理由,扎实的功夫欠缺,摹仿大于创新,好理论轻察验"。于是提出要改造学术界,怎么改造? 首先是社会的改造,其次学界自身的改造,"一要改造精神","二要改造环境",这里包含学术生产机制、学术与社会、学术与国家主体意识。他首先强调办学主体的民族国家意识,提出"以多自办大学为上策",因为"欧美大学都因特别国情而有特别性质","各国教育制度都随国情变迁,我们只能把它们当作比较资料。至于我们自己的特别问题,不能专向外国大学去请教,还要我们自己研究才能解决"。其次,学术生产机制中,图书馆、实验室、博物馆要搞上去,"非靠我们人民自己努力不成","群策群力、循序渐进";"学术事业上的补助金(学术基金)要靠社会大力支持";"学会也是学术环境中的一个要素",他提倡按专业分工原则办会,做到更有针对性;注意出版物的规划和翻译事业的建设与质量。另外,他还关注学术人才队伍的建设,反对之前送不谙人世的少年出国留洋,"因为多数留学生回到本国社会做事都不知所措"。所以,"要选送学术已有根底的大学教授或大学卒业生",同时,提倡办"研究院",这是人才的不断生成,队伍的发展和学术创新的内在要求。①

最后,他以中外比较的眼光打量中国文坛的生产和创造力的状况,指出中国文坛的缺失所在。他借鉴法国文学批评家蒂博岱"三大批评"之说,谈到"经院派"是"大学里专科"之事,其"研究大半偏于考据与批评";而"新闻纸派"(即"记者批评")"对于文学所得知识"和读者"所养成的趣味","对于文学的繁荣亦不无贡献";再次是"地道的文人派"(即"大师批评"),他们不同于"经院派"和"新闻纸派","他们的文学却没有完全走上职业化的路,他们能保持一种超然的态度,不泥古也不超时","他们比这两派人做得更好。"然而,他话锋一转,指出"中国文坛所缺乏的正是这第三派人"。因为"在现在中国经济状况之下,文人没有办法拿文学作为正当职业,于是从事文学者不投身于经院,就须投身于新闻界;经院容量有限,于是新闻界就变成大多数文人的逃避所。这种情形是极其凄惨的。既投身于新闻界,就不能不跟着商人作推广销场的计算"。于是,"文学的趣味就显然形成两种,不是呐喊就是油腔滑调"。这里,他希望"经院派"担起重任,让中国学术生动活泼,走出象牙塔,走出社会,"打破他们现在的沉寂"。② 最后他的《现代中国文学》一文也值得关注,他特别强调西方文化与民族文化的关系问题。这是抗战以来现代文化对传统文化的进一步认真反思:"我们的新文学可

---

① 见《时事新报》,1922年3月30、31日,《朱光潜全集》(第8卷),安徽教育出版社,1993年,第23~38页。
② 朱光潜:《中国文坛缺乏什么》,载《朱光潜全集》(第8卷),安徽教育出版社,1993年,第474~476页。

以说是在承受西方底传统而忽视中国固有的传统。"他呼吁要"恢复传统",从而返本开新。

而梁宗岱(1903—1983)①也是一位深谙法国象征主义诗学观的真谛,却又潜回到中国传统诗学并又通向开辟现代汉语新诗的建设之路。他被视为"'五四'以后,对中国古代文论和西方文论作比较系统的、综合的尝试"的诗学家。② 柏格森的直觉主义和生命哲学、巴什拉的诗学观及其实践,蒙田的人文主义思想和反思与批判的精神,瓦雷里的诗歌及其学说,对他的诗学观和文学实践都有着某种直接的和潜在的影响。他创造性地接收了法国象征主义诗歌,"宇宙意识"成为他连接中国诗歌传统的纽带。他与30年代现代派诗人一样,热衷于将现代审美意识与中国传统诗歌艺术相结合。这种文化上的主体意识观念,在他的诗学里显得那样的清醒而自觉。他尤其珍视中国传统诗中纯诗的品格,如陶渊明、姜白石等,拿他们与法国现代主义诗歌媲美。这种重视传统诗歌艺术,却又能与西方的现代诗对话,正是他《谈诗》和《象征主义》等篇章的贡献。而他的"纯诗观"——强调文学艺术的自主性、诗歌语言的重要性和音乐性,以及对象征主义诗歌的本质即暗示性,或用他的话讲"象征的灵境",在他上述两篇重要的文章里都得以展现。如他所言:"所谓纯诗,便是摒弃一切客观的写景、叙事、说明以至感伤的情调,而纯粹凭借那构成它底形体的元素——音乐和色彩——产生一种符咒似的暗示力,以唤起我们感官与想象底感应,而超度我们底灵魂到一种神游物表的光明极乐的境遇。像音乐一样,它自己成为一个绝对独立,绝对自由,比现世界更纯粹,更不朽的宇宙;它本身底音韵和色彩底密切混合便是它底固有的存在理由。"③此外,他对新诗建设的文章则有《新诗的十字路口》。此文主要从赞同近代欧洲民族诗歌,如但丁的"俗语诗"和法国"七星诗社"所倡导的民族文化的创造的意义上,肯定了中国新诗创作,但就其如何发展,仍处于探索中。有关文章还可参阅他的《论诗》《关于音节》《音节与意义》。这些都体现了梁宗岱诗学精神品质的一大特色,即现代与古典、东方与西方的融合。

在这里,我们特别还提及他参与中国现代文化与现代学术建设的贡献,他发表于西南联大《文学季刊》(1942)上的《非古复古与科学精神》一文是一篇重要的文章。在文中,他首先对"五四"以来的知识作了检讨和反思,对全盘西化作了否定,并指出科玄论争中将"物质"与"精神"相对立的二元论的弊端在于,只强调对立而忽视了相

---

① 关于梁宗岱及中国的象征主义诗歌的研究可参:陈太胜:《象征主义与中国现代诗学》,北京大学出版社,2005年;陆文绪:《法国象征诗派对中国象征诗影响研究》,四川大学出版社,1996年;董强:《梁宗岱:穿越象征主义》,文津出版社,2005年;甘少苏:《梁宗岱和我》,重庆出版社,1991年。

② 罗钢:《历史汇流中的抉择:中国现代文艺思想家与西方文学理论》,中国社会科学出版社,2000年,第258页。

③ 梁宗岱:《谈诗》,载《梁宗岱文集》(2),中央编译出版社,2003年,第87页。

互的作用。他还特别强调了对中华文化应抱有应有的自信和对现代文明精髓的追求。其次,对我国民族性的劣质进行了批判,指出其弱点在于缺乏一种科学的精神。那么何谓科学的精神呢?那就是"超利害性和无私性",也就是"拒绝去把我们的欲望和好恶当作理解世界的钥匙","科学却要直达自然底本体,宇宙底真相,或者最低限度也要把握事物间真正的关系"①。他强调崇尚理性精神、中华本土意识和现代学术精神,也就是说我们要有理想的头脑和实验的精神。理想的头脑就是要放开眼界、高瞻远瞩,而不斤斤计较于眼前的是非和切身的利害,实验的精神就是指以绝对的真理,不把科学的暂时达到的结论认为天经地义。他认为恰好"五四"时代那些提倡科学方法的人没有这种能力,他们把学术看作不相连接的片段,养成一种狭隘、偏窄、相互歧视、相互排挤的风气,我们的学术养成了一种模仿的心理和坐享其成的惰性即依赖性。他告诫我们,一个研究学术的人,如果视野超不出自己的门槛,他的造就也绝不会优越,因为他缺乏比较、切磋尤其是缺乏整个心灵的陶冶,忽略了学术的连续性和完整性。我们以为,这通篇可以说是一部现代理性的启蒙,在自信、坚守、发扬和超越中,提升我们民族的文化与学术。在我们看来,比其能在世界的象征主义诗学中,贡献中国象征主义的诗学品格更重要的,也许是梁宗岱以其对诗的真诚和独立的学术个性,对中国现代诗学建构的品质的张扬意义性更大。他的悲剧或者说遗憾,也许是固守象牙塔的高雅,而未发现大众的、民间的、诗学话语的作用与意义。

与梁宗岱对诗的纯粹追求和对中国文化精神的坚守一样,卞之琳(1910—2000)②也是通过法国象征主义诗歌走出了自己中国化的道路,他对中国现代诗学的贡献表现在两点上:一是将法国诗歌与诗学译介到中国,如《魏尔伦与象征主义》(《新月》第4卷,第4期,1932年)、纪德的《浪子回家》《窄门》《新的粮食》(1937年)和瓦雷里的《海滨墓园》(1979年);二是其诗歌创作和诗论凸显了诗学的自主性及中华本土性的美学意义,表现了中国学院派诗人的双重追求品格——追求中西合璧和古典传统的创造性转换。正如沈从文所言,卞之琳"运用平常的文字,写出平常人的情感,因为手段的高写出难言的美"③。当然他30年代中期的诗意深奥、隐晦,引起了李健吾、朱自清的讨论。另一位赏识他的人说道:他的"《十年诗草》和《十四行集》……是卸却铅化的白描,前者文字的运用与意象的构成似乎更活泼更流利更新巧;后者则在朴素的有时生涩的形式下蕴藏着深厚的人生体验和自然观感或

---

① 梁宗岱:《梁宗岱文集·评论卷》,北京:中央编译出版社,2003年,第260页。
② 关于卞之琳研究可参:张曼仪:《卞之琳著译研究》,香港大学中文系出版,1989年;唐正序、陈厚诚:《20世纪中国文学与西方现代主义诗潮》,四川人民出版社,1992年;袁可嘉等主编:《卞之琳与诗艺术》,河北教育出版社,1990年;陈丙莹:《卞之琳评传》,重庆出版社,1998年11月;江弱水:《卞之琳诗意研究》,安徽教育出版社,2000年;李怡:《卞之琳与后期象征主义》,载《四川外语学院学报》1994年第2期。
③ 沈从文:《〈群鸭集〉附记》,《创造月刊》,1931年。

二者的交融。新诗能够拥有这样的诗人和作品,还有什么可以阻止它光明的前途呢?"①。

事实上,卞之琳从法国象征主义诗人瓦雷里那里借走的是他的诗魂——以诗歌来表现人的心灵史和生命史,瓦雷里正是从形式的美中走向了"生活的大海",如法国评论家吉罗所言:"正当大家努力把诗歌从形式的约束中解放出来的时候,瓦雷里却从这些约束中看到诗歌的本质,他正是利用这些约束把诗歌从内容的要求中解放出来。"②而纪德的历史观和人生观对卞之琳的影响,使他在五六十年代的思想改造运动中得以度过,当然万变不离其宗,纪德散文的空间诗学与卞氏诗学的空间又是那样的吻合。有趣的是卞氏的诗歌及其理论在50年代以后的30年,在海峡两岸都受到了冷遇,此岸嫌其"右",而彼岸视为"左",这都归于他所谓的"左翼"进步色彩。从卞氏的这番际遇,也许从侧面反映了中国现代诗学生成的政治气候,因为他既没有得益于对政治的迎合,也没有受惠于对它的抗拒。看来像卞之琳、梁宗岱这样的学院派,对诗歌的纯粹性追求,注定了他们在后来的30多年的时间内,难以成为中国现代诗学潮流的主角。

还有一点值得提及,在中国除了梁宗岱以外,能将瓦雷里诗歌如《海滨墓园》,从一国语言转译成另一国语言,不失其精髓而又如此到位的,莫过于卞之琳了。而他具有中国化的象征主义诗歌创作,更透露出对瓦雷里诗歌风格的"传神写照",让法国象征派的果实在中国的土壤里,绽放出一朵绚烂的中国花——表现出一种哲学诗的深邃即穿透力和睿智。

接下来,我们要谈及被称之为中国现代文学史上三四十年代的五大批评家之一的李健吾(1906—1982)。③ 他在文学史及批评史上具有独特的地位,他作为非主流派的"京派"批评的代表之一,与左翼批评或"革命文学"阵营在观念及其意识形态上保持了一定的距离,重要的是,他的文学观及批评观和批评实践,在三四十年代乃至后来新时期的中国当代文学都产生了较大的、长远的影响。④ 他在这两方面的特性及其所表现出的价值,是与他较好的结合和发扬了中法文学及诗学的优秀成果密切相关的。在本书中,我们把他及其"京派"批评家们,作为红色革命文学阵营外的一个典型来考查,意在从一个侧面来看法国文学与诗学视野,对中国现代文学及诗学建构

---

① 梁宗岱:《梁宗岱批评文集》,珠海出版社,1998年,第232页。
② 郑克鲁:《法国诗歌史》,上海外语出版社,1996年,第290页。
③ 司马长风在其《中国新文学史》(中卷)中这样评论李健吾:"他有周作人的渊博,但更为明通;他有朱自清的温柔敦厚,但更为圆融无碍;他有朱光潜的融汇中西,但更圆熟;他有李长之的潇洒豁朗,但更有深度。"(香港昭明出版社,1980年,第248页)
④ 在京派批评中,朱光潜、李广田对印象批评皆有认同。李健吾对"九叶"诗派批评家唐堤影响较大,唐氏批评文风跟从于李氏。新时期兴起的学术随笔如余秋雨、陈平原、郭宏安等人也都受李氏影响。

的影响,或者说李健吾等是法国诗学中国化较为成功的典型。他正好与下面第二部分所要论述的新中国阶段,红色革命阵营中的典型——艾青诗歌与诗论的中国化的创造与践行相得益彰,展示了关乎文学史及文论和批评史上,主流与非主流两极在中国性或中国特色的主体建构上的努力或合力的作用。也就是说这两极都为中国现代文学及诗学的生成做出了重要贡献。

下面,我们首先来看李健吾的批评本质论。他针对当时批评上的泛政治化即庸俗社会学,或者说"文学外"的批评的泛滥,指出当时存在着一种现象:

> 我厌憎既往(甚至于现时)不中肯然而充满学究气息的评论或者攻讦。批评变成一种武器,或者等而下之,一种工具。句句落空,却又恨不把人凌迟处死。谁也不想了解谁,可是谁都抓住对方的隐匿,把揭发私人的生活看作批评的根据。大家眼里反映的是利害,于是利害仿佛一片乌云,打下一阵暴雨,弄湿了弄脏了彼此的作品。①

为此,他提出"自我发现"论,把批评当作"自我发现"的一种手段。他认为:

> 批评的成就是自我的发现和价值的决定。发现自我就得周密,决定价值就得综合。一个批评家是学者和艺术家的化合,有颗创造的心灵运用死的知识。他的野心在扩大他的人格,增深他的认识,提高他的鉴赏,完成他的理论。②

这里,显露出批评的本质与功能,其核心就是"自我发现",强调"自我发现"的结果,必然是要彰显"创造的心灵"。亦如他所言:"批评之所以成为一种独立的艺术,不在自己具有术语水准一类的零碎,而在具有一个富丽的人性的存在。"于是,"一个真正的批评家,犹如一个真正的艺术家,需要外在的提示,甚至于离不开实际的影响。但是最后决定一切的,却不是某部杰作,或某种利益,而是他自己的存在,一种完整无缺的精神作用,犹如任何创作者,由他更深的人性提炼他的精华,成为一件可以单独生存的艺术品"③。这就是李氏的"批评的独立"的见解。正是通过批评"扩大人格",由"更深的人性"的"精华",提高了"鉴赏",这样就可称得上是一部"单独生存的艺术品"。就其哲学层面与主题意识而言,这与萨特的存在主义文论思想和对知识分子角色的期许,达至了"灵魂"间的奇遇。

其次,从批评的方法论层面,我们可从以下三点来考察。第一,在批评主体的建设上,他提倡的批评态度是一种认同的态度或同情的态度。这可从他对左翼作家或倾向革命作家的批评实践中得以看出。如他对萧军的《八月的乡村》,就以一种同情的揣摩来达到对另一个心灵的理解。他以富有抒情的笔触,写出一种作家心灵的传记,将作家的创作定位在这样的时代背景中:"一声霹雳,'九一八'摧毁了这座殖民地的江上。他不等待了。'那白得没有限际的雪原','那高得没有限度的蓝天',和

---

① 李健吾:《咀华集·序一》,载《李健吾文学评论选》,宁夏人民出版社,1983年,第2页。
② 李健吾:《咀华集·序一》,载《李健吾文学评论选》,宁夏人民出版社,1983年,第2页。
③ 李健吾:《答巴金先生的自白》,载《李健吾文学评论选》,宁夏人民出版社,1983年,第40页。

它们粗大的树木,肥美的牛羊,强悍的人民,全要从他的生命走失。他当了义勇军。眼睁睁看见自己争不回来他心爱的乡土,一腔悲愤,像一个受了伤的儿子回到家里将息,他投奔到他尚未谋面的祖国,一个无能为力的祖国!萦回在他心头的玫瑰凋了,他拾起纷零的幻象,一瓣一瓣,缀成他余痛尚在的篇幅。"①

在对《叶紫的小说》的评论中,他仍然是从社会与时代的现实背景,去考察和挖掘作用于作家创作心灵的驱动力。他说道:"不是诅咒田地,因为我们还有良心;然而是抗议,抗议那可诅咒的不公道的遭遇。最初,忿怒是一般的,情感的,渐渐一个新法则与其构成的理想的憧憬出现,我们有了理智的解释,有了社会主义。"而革命失败后,"侥幸逃出虎口的青年活了下来。有的修正他们的行动,继续他们的行动;有的把火郁在笔梢,用纸墨宣泄各自的痛苦和希望。叶紫应该归在这后一类"②。当然,他对自由主义倾向的作家沈从文、卞之琳以及进步倾向的作家巴金的批评亦如此。

而在法国,这种批评被提高到主体间性的双重主体对等或平等地位的层次,这与后来的接受理论及其美学不谋而合。我们可以看出李健吾与蒂博岱和"意识批评"派所推崇的"认同批评"可谓"人同此心,心同此理"。其实,在法国从斯达尔夫人把批评视为一种对于批评对象的"敬佩行为"开始,到波德莱尔的批评"显示出它与分析对象的内在同一",即批评者的"弃我",正如杜波斯所言:"做一个批评家,就是放弃自我,接受他人的自我",再到法朗士、勒梅特尔印象主义批评的"默契"和"同感"的梦幻。(不过,在意识批评家布莱看来,批评家将自己出借给他人的疯狂的梦幻,其实只是更加突出了一种无言的排斥,而他的明智正是利用了这种无言的排斥来抵抗无理性的诱惑。对他们来说,文学提供了一种机会,使它们可以走出自身一会儿,在他人的灵魂中散散步,但是并不远离边界,随时准备迅速恢复自己的生活和思想习惯。)然后是巴什拉和今日的"日内瓦学派",这一路下来都是一脉相承的。在巴氏那里,批评是一种替代,一种主体替代另一种主体,一个自我替代另一个自我,一种"我思"替代另一种"我思"。这种走向对象便是走向自身,这种对自我和外在真实的双重发现,是在一种清醒的时刻完成的,即从客观科学到主观现象学的过渡。不过,在巴氏身上,存在着双重特征:早期哲学中,对对象的追求导致一种关于"否"的哲学,相反,在晚期思想中,发展出一种赞同的普遍行为,一种关于"是"的哲学。由此,当巴氏的思想纵情于同情的冲动时,批评家的想象活动就汇入诗人的想象活动,对于两者来说,这乃是同一种具有同情的激动,同一种创造神话的能力,于是诗人和批评家共同追求的是同一个梦。③

第二,就批评的叙述方式而言,其话语表现形态采用的是一种印象批评,国内许

---

① 李健吾:《八月的乡村》,载《李健吾文学评论选》,宁夏人民出版社,1983年,第141页。
② 李健吾:《叶紫的小说》,载《李健吾文学评论选》,宁夏人民出版社,1983年,第157页。
③ (比利时)布莱:《论巴什拉》,载《批评意识》,郭宏安译,百花洲文艺出版社,1993年。

多现代文学研究者都论及李健吾受法国象征主义批评家法朗士、勒梅特尔的影响。在此,我们不再赘言。但我们应从更大的时空背景观之,其实李氏的批评还综合了圣·伯夫的传记批评和朗松的社会历史批评,这在上面所举的两个例子中可以窥见一斑。另外,从其批评理论及实践——印象批评或隐喻性批评,我们还可发现他的这种从人生感悟出发,透过作品寻找到人生的经验,诚如他所言,是一种"灵魂的冒险",这实则是我们前面所述的蒂博岱所倡导的"寻美的批评"的"中国制造"。当然,这还得益于他对中国传统文学批评形态,如诗话和评点的继承和发扬。可以说,李氏集作家、翻译家和批评家为一身,从他对沈从文的《边城》、巴金的《爱情三部曲》、卞之琳的《断章》和何其芳的《画梦录》等的评论,表现出了注重于批评对象的美的特质,注重从美学角度探讨作品审美价值的鲜明特征。同时,我们还应看到,与李氏批评大致同时代的法国现代批评大家巴什拉,以及其后的"新批评"即"意识批评",也存在着方法论意义上的相似性和共同的追求。正如李健吾在《自我和风格》一文所中说,"批评者不是硬生生的堤,活活拦住水的去向","一个批评家,与其说是法庭的审判,不如说是一个科学的分析者","一个批评家,第一先得承认一切人性的存在,接受一切灵性活动的可能,拥有人类最可贵的自由,然后才有完成一个批评家的使命的机会"。而在巴什拉那里,他把科学和文学即诗学完美地结合了起来,这种审美的自由与人格的自由和尊严即对存在的价值域的思考,在中法两国批评家心中是相通的。在此意义上去看李氏批评的精神高度,我们就会发现中国现代诗学或批评的中法对话的可能性及其价值意义。当然,他俩间,这种审美风格和语言风格的相似,都主要出自一种主观批评的现代样态,注重从作者的精神气质和人格的角度进入批评,从而有别于实证批评的僵化与木讷。然而,这背后更深层的渊源,也许与萨特的存在主义文论思想和主体性哲学意志的追求,或许更多的是柏格森直觉主义理论和生命哲学不无关系,这种带有非理性的或整体性审美体验的现象学美学观,是中国古典诗学得以同法国现代诗学相契合的关键所在,也是中国现代诗学从古代诗学中得以继承和发扬的现代转型的可增长点。

第三,探寻李健吾批评的本质特征,自然要涉及他所特有的批评文体形态,即随笔体批评。在他的批评文本里,很少使用那些专门的批评术语,也不滥用批评概念,鲜见分析性的语言。他常用的是描述式的语言和散文式的笔法,以浅显平易的文字,亲切宛转的笔触面对作品,在平易温和中闪烁着睿智的灵光。正是这种简约而又唯美的风格,正是这种形式的生命导致了意识的生命。我们看到,在此点上,反映出他既受法国现代批评的影响,又在中国传统文学中寻找到与之共鸣的源泉——不重逻辑分析,而以直觉感悟,通过比兴与象征,以形象化的直观语言,形成一种整体式的审美感悟与体验,或曰现象学的审美直观,即一种生命的内在冲动与宇宙大美的契合。这种中法共有的"絮语"式散文笔调,不仅在法国独树一帜,源远流长,影响久远,上至蒙田、帕斯卡，再到波德莱尔、法朗士、勒梅特尔、普鲁斯特、瓦雷里、巴什拉以及其后的后现代文论家罗兰·巴特；而且这在现代中国，由于李健吾的成功运用及其广泛而持久的影响力，致使经他把三四十年代与新时期以后的文学批评的文体书写连接了起来，由此涌现出余秋雨的文化随笔，陈平原、郭宏安等人的学术随笔，都是审美与思想碰撞的绚丽火花。如果说，"在李健吾身上，学识的渊博不曾妨碍想象的丰富，他喜欢并且善于在批评中运用想象，把朦胧的感受化为鲜活生动的比喻"，那么在中法比较文学研究者郭宏安那里，其书写风格也与他对李氏的评价呈现出某种"家族的相似性"。①

总之，李健吾的文学批评给中国现代文学及批评留下了双份遗产：一方面强调了批评的独立性和批评自身的尊严，另一方面又以其随笔体文学批评凸显了批评的审美价值与效应；同时，他的批评实践也显示出对中法古今文论的融会、互照与互释，他与宗白华和艾青一样，在中国现代文坛上成功地实现了融会中西古今，具有鲜明中国特性的批评及诗学建构的功绩。

最后一位是李长之（1910—1978）与中国的"文艺科学"。② 李长之在中国文学史上占有一席之地，一方面是因为他大力提倡"批评精神"，积极探索"文艺科学"的创建。在他看来，情感体验构成了文学的生命根基，也构成文学批评的根基。基于此，他将文学与文学批评，视为重塑民族情感文化的一种途径。我们看到，在他发表的我国第一部系统评论鲁迅的专著中，体现了求真意志和理性精神，这给后世的文学批评与发展带来了启迪。他还借翻译《文艺史学和文艺科学》一书，对"体验"一词作了阐释，即构成文艺创作的一切强烈的情感、感觉和世界。他的这种体验论的艺术观，实则是为了表现作者主观人格的精神实质。但他并未排斥体验所蕴含的反思意义等倾向认识论性质的内涵，这与胡风所倡导的主观精神是有内在联系的。

另一方面是他所写的《迎中国的文艺复兴》（1942），在当时文艺"民族形式"和"文艺大众化"的大讨论的氛围下，李长之站在重估"五四"新文化运动的基础上，认为，"'五四'的精神之缺点"是"还没有做到民族的自觉和自信，对于西洋文化吸收得还不够彻底，对中国文化还把握得不够核心"。所以他借冯友兰《新理学》绪论中的话，"接着宋明以来的理学讲"。这里的关键是"接着讲"，而不是"照着讲"。它意味着要有中国的主体意识，"接着中国的文化讲"，才是真正的民族文化的自然发展。只有这样，才能跳出移植的截取，于是呼吁"真正的中国的文艺复兴"。关于"五四"时期中国现代诗学的生成，从以胡适、陈独秀和周作人等经典文本为中心的探论出发，并把这早期阶段同后来20多年的过渡与演进阶段联系起来考察，这样才能完整地体

---

① 他对李健吾的研究请参《走向自由的批评》，载郭宏安：《同剖诗心》，中央编译出版社，1996年。
② 黄健：《京派文学批评研究》，上海三联书店，2002年，第252页。

现作为民族国家文学的诗学建构的前期阶段的整体性,所以,在这里我们对此做了适当的延伸和探讨,那么,新中国现代诗学建构的新品质又是什么呢?那将是我们在下一阶段所要讨论的内容。

(3)宗白华(1897—1986)与"中国特性"的现代美学。冯友兰先生曾说过,宗白华对中国民族美学的建构具有开创性。他不但继承了中国古代美学的思想,也继承了中国现代美学之奠基者的王国维的传统,掀开了中国现代美学的崭新一页,创作出最具中国特性的"散步美学"或"生命美学"。是的,宗白华最能体现中国特色现代美学风采或理论。在思维方式上,他是中国式的、发散式的、迥异于西方讲逻辑与体系的范式,充盈着浓郁的、中国古代文论品格的遗韵与魅力,但同时也表现出西方现代学术的意识;在语言表达方式上,他是一种诗意的、情感的、呈现出一种本质直观,宛若维柯式的"诗性智慧"的存在;然而,更重要的是,他的诗学蕴含着中国传统文化艺术思想的精髓——儒、释、道互补凝成的生命体验,同时,又与西方文化艺术思想相互激荡,具有浓郁的比较色彩,形成了中西对照、中西互释的"中国气派"。

其实,宗白华早在"五四"时期就是《少年中国》的编辑,同时还做了《学灯》的主编。自那以后直到三四十年代,他的文艺美学思想便基本形成了独特的表现形态。

审美空间意识的比较探讨。首先,他是第一个以中西审美空间意识作探讨比较的现代学者。从他的《中西画法所表现的空间意识》(1935)中,我们看到,他熟练地运用西方现代绘画理论、文化理论和美学理论来阐释中国诗画的空间意识,他将中西绘画的特性做了对比,"中国绘画以书法为基础,西洋绘画通于雕刻建筑的匠意";又从历史的角度谈及中西绘画发展变化的渊源,指出了"西洋的绘画源于希腊,中经中古到文艺复兴,更是自觉的讲求艺术与科学的一致。画家兢兢业业于研究透视法、解剖法,以建立合理的真实的空间表现和人体风骨的写实",随后,他又谈及了印象主义、表现主义、立体主义和未来派的踪迹。对照而言,中国绘画则从六朝刘宋时画家王维与宗炳开创的山水画谈起,他特别说道,"宗炳在西洋透视法发明以前1000多年,已经说出透视法的秘密",他认为,中西画所表现的空间意识的不同,在于"它是基于中国的特有艺术书法的空间表现力",也就是说,是一种"书法的空间创造","中国的书法本是一种类似音乐或舞蹈的节奏艺术,它具有形线之美,有情感与人格的表现,它不是摹绘实物,却又不完全抽象,如西洋字母而保有暗示实物和生命的姿势"。于是,他总结道:"我们可以从中国书法风格的变迁来划分中国艺术史的时期,像西洋艺术史根据建筑风格的变迁来划分一样。"①

而在《中国诗画中所表现的空间意识》(1949)里,更是对前一篇的推进。他上溯《周易》的宇宙观,下连沈括的《梦溪笔谈》,对历代有代表性的诗画文本进行了梳理

---

① 宗白华:《宗白华全集》第2卷,安徽教育出版社,1994年,第143~144页。

与分析,指出了中国诗与画的空间意识的一致性,他将中国的哲学意蕴与美学意蕴熔为一炉,指出了"从有限中见到无限,又于无限中回归有限",这种"宇宙"成就了的"节奏化、音乐化了的时空和一体",①这就是中国绘画中表现的空间意识。

"意境理论"的创生。其次,我们再看作为宗白华诗学核心的"意境理论"。宗白华诗学理论的形成是一个逐步积累发展的过程。从上面两篇文章再过渡到他的《中国艺术意境之诞生》(从1943年的初版到1944年的修订版)。在此文中,他论述了意境的特质与内涵,指出了意境内涵有五个层次,即"功利境界、伦理境界、政治境界、学术境界和宗教境界"。同时,又进一步阐释"功利境界主于利,伦理境界主于爱,政治境界主于权,学术境界主于真,宗教境界主于神"。于是,"化实境而于虚境,创形象以为象征,是人类最高的心灵具体化、肉身化,这就是'艺术境界'。艺术境界主于美"。接着,他又揭示了意境生成的过程和维度,指出:艺术境界的显现绝不是纯客观的、机械的描摹自然,艺术家要经过"写实""传神"到"妙悟"的过程,所以,艺术境界的实现贵在艺术主体的意识。同时,他还补充道,艺术的境界有它的深度、高度和扩度,值得一提的是,他通过论述意境在中国艺术的存在方式(范畴)——书法、绘画、诗歌和音乐之后,把意境的生成视为中国哲学意境与中国艺术意境的相融,也就是一种儒、释、道精神的圆融。② 说到这里,我想起冯友兰先生在其同时代的大作《中国哲学简史》中,也谈及了人生境界的四层次,即"一本天然的'自然境界',讲求实际利害的'功利境界','正其义,不谋其利'的'道德境界'和超越世俗,自同于大全的'天地境界'",③两者是何其相似。从上面的两次递进,最终,宗白华写下了《美学的散步》,虽然此文发表在20世纪50年代以后,但它却体现了宗白华从"空间意识"到"意境诞生"的关于中国文艺美学的集中思考,这就是诗与画的圆满结合,哲学意境与艺术意境的圆满结合,就是所谓的"艺术境界"即圆融。

再次,宗白华关于艺术审美领域中丰富性的探讨,不仅是表现在诗与绘画领域,还体现在音乐方面。他后来所著的两篇经典文本,也为中国现代诗学的新疆域的开垦与拓展作出了贡献。这就是《中国古代音乐寓言和音乐思想》(1962)和《中国古代音乐美学思想》(1967),在此暂不做赘言。

民族性的强调。另外,我们还看到,从"五四"办《学灯》和《少年文艺》,直到三四十年代对文艺大众化和民族形式的讨论,宗白华都始终在思考一个问题,那就是中国的新文化或新文学的品格和发展方向的问题。他强调的是民族性,而这个民族性是基于现代民族国家的自觉的意识。在这里头,我们看到他强调从"民族宝训"中来"增厚我们的自信力","发扬我们固有的森林文明,再吸收西方的城市文明",最终

---

① 宗白华:《宗白华全集》第2卷,安徽教育出版社,1994年,第440页。
② 宗白华:《宗白华全集》第2卷,安徽教育出版社,1994年,第328~341、359~377页。
③ 冯友兰:《中国哲学简史》,新世界出版社,2004年,第298页。

"使中国做世界文化的中心点"。当然,他不是强调狭隘的民族主义,他认为"创造新中国正是为着世界的进化,为着人类的幸福",所以爱国心不是一种"无意识的盲从",而是"出于国民的自觉"。而另一方面,他认为"'通俗文艺'不是文艺的低原,而是能从它矗立起万丈高峰底广大膏腴的平原",所以我们要从"返于民间"做起。他又进一步说:"一个民族,要时常活泼地保存着那不断前进的'源头活水',那是'真的文化力量'。中国真正的文化力量是来自'田间'。"① 宗白华的这种民族性的思考,还体现在怎样对待西学的态度上。他注意到"中国人遇到一种西洋学说,总先寻找中国旧学中有哪一种陈说可以包括它的。包括了以后,就自以为对这种新学说已经了解,已经会意,毋庸再研究了","所以,我们必须向着真理的真面目上去观察,不必把古人的陈说来沟通调和",但他并不是说不必去研究古今中外的学术,而是"为着研究真理去研究真理,不要为了沟通调和去研究东西学说"。②

从中国现代诗学生成的方式上看,宗白华和朱光潜都从中西比较的视野来建构他们的文艺理论。不过,在方法论上,宗白华的文艺理论更凸显两大特征:一是"打通",即让中西美学相互发现、相互阐释、相互对话;二是"圆融",一方面,让美学或诗学的疆域不仅有诗歌,还有绘画、音乐和建筑,他指出:

中国各门传统艺术(诗文、绘画、戏剧、音乐、书法、雕塑、建筑)不但都有自己独特的体系,而且各门传统艺术之间,往往互相影响,甚至互相包含(例如诗文、绘画中可以找到园林建筑艺术所给予的美感或园林建筑要求的美,而园林建筑艺术又受诗歌绘画的影响,具有诗情画意)。因此,各门艺术在美感特殊性方面,在审美观方面,往往可以找到许多相同之处,或相通之处。③

另一方面,让艺术与哲学相生相发,正如他所言:

中国历史上,不但在哲学家的著作中有美学思想,而且在历代的著名的诗人、画家、戏剧家……所留下的诗文理论、绘画理论、戏剧理论、音乐理论、书法理论中,已包含着丰富的美学思想,而且往往还是美学思想史中的精华部分。④

通过以上回顾,应该看到在20世纪40年代的时代背景下,实际上已呈现出一种"文学共生"或者说"诗学共生"的现象,这是一种相对宽松和繁荣的文学景观。除了前面说的瞿秋白对"五四"语言欧化现象的批判,国统区和解放区对民族形式和文艺大众化的讨论以及毛泽东《讲话》所确立的革命文艺的方针,还有梁实秋所倡导的"白璧德主义"与古典主义精神以及对"五四"激进思潮的反省,也还有朱光潜在《文

---

① 原刊于《时事新报·学灯》(渝版)第49期,1939年8月20日。见《宗白华全集》第2卷,第233页。
② 原刊于《时事新报·学灯》,1919年11月27日。见《宗白华全集》第1卷,第114~115页。
③ 宗白华:《宗白华全集》第3卷,安徽教育出版社,2008年,第448页。
④ 宗白华:《宗白华全集》第3卷,安徽教育出版社,2008年,第447页。

学杂志》副刊上提出的,反对拿文艺作为宣传工具,要求文学的独立与尊严的主张,以及宗白华具有"中国特性"的现代美学思想的建构。这种从诗学内部和外部所作的,我们称之为民族国家文学诗学建构的政治文化向度的完型,标志着中国现代诗学的初步成熟。不过到了20世纪50—70年代末,中国文学与诗学的发展又经历了一段曲折,直到新时期以后,经过矫枉过正和中国意识主体性的确立,中国现代诗学的品格才得以在开放和重构中逐步实现完型。①

我们还注意到,三四十年代所表现出的对中国主体文化精神的关切,有两篇关于中国的"文艺复兴"的强调与呼吁,显然有别于以往历代的文艺或文化复兴如韩愈的古文运动、宋明理学对儒学的复兴。因为,它们只能称作中国某一古代学术思想,或文学艺术的复兴,而不能视为中国的"文艺复兴"。而此时的"文艺复兴",是以近代西方"船坚利炮"及其文化冲击,而导致的对中国文化传统的重构和对现代性追求中的反思而论的。它具有相对于"他者"的文化和民族意义上的中国意识。这样,我们才能看到,先有胡适的《中国的文艺复兴》(1933),后有李长之的《迎中国的文艺复兴》(1942),当然更有毛泽东的《讲话》所明确强调的"中国特性"和"中国气派"。

以上的考察和评述,还促使我们在观念上应该有所更新。过去的文学研究往往过分强调左翼文学观念与"京派"文学观念相对立的一面,忽视了它们共同面对的一个前提——对"五四"文学遗产与现实发展的焦虑问题,即西方文化的移植与中国文化与社会发展的内在矛盾性的问题,它集中表现为对中国文化传统缺失的焦虑。如果说"五四"时代的问题首先是"中国应向何处去?"那么,此时则已转换成"我们是谁"与"我们应该是谁"的中国文化主体意识的身份确认的清醒思考上。于是,中国现代文学史上的主流与非主流或上述三大派之间,在关于民族形式与中国特色的终极目标的思考上是相契合的。也正是在此意义上讲,这三派的文学观与批评实践都可看作是一种关乎文化的批评,即在文学与中国现代文化的创造与繁荣上,为实现现代的转型,利用中国固有的文化资源来接续,这种所谓的"恢复传统",本质上是一种创造,在接续与发展中并不是以拒斥异文化因素为前提的。相反,它是中国文化传统在新的文化交流语境下的发展与更新。我们以为,这才是左翼与"京派"和新人文主义文论在中国现代文学及诗学发展演进阶段的积极贡献与价值所在。

---

① 有关中国三四十年代文学与诗学的讨论很多,可参:洪子诚:《问题与方法:中国当代文学史研究讲稿》,旷新年、孟繁华:《中国20世纪文艺学学术史》〔2下和3卷〕,〔斯洛伐克〕高利克:《中国现代文学批评发生史》,黄健:《京派文学批评研究》,孙玉石:《中国现代主义诗潮史论》,温儒敏:《中国现代文学批评史教程》,李遇春:《权利·主体·话语:20世纪40—70年代中国文学研究》,朱晓进:《政治文化与中国20世纪30年代文学》,陈旭光:《中西诗学的汇通》,北京大学出版社,2002年。

二、新中国与中国特色文论的探索

1. 以苏联文论为主导和社会主义现实主义意识形态的确立

新中国成立后,20世纪50—70年代末是继往开来的新时代,它上承40年代毛泽东《讲话》精神的原则,下启社会主义文艺的新时代。由于新中国革命建设是以苏联模式为参照,故以苏联为盟主的社会主义意识形态主导着文学及其诗学的生产与传播,于是苏联经验就成了我们的唯一。由此,在文艺上革命的现代性追求应包含两个层面:一是无产阶级革命文学与民族文化的统一,二是社会主义的文化联盟即以社会主义的现实主义为指导。由此说来,无产阶级革命文学是整个革命事业的一个部分,必须体现无产阶级性的最高形式——无产阶级党性,这样就使文艺从属于政治,为特定的政治服务。而关于民族文化也与上面的阶级论相一致,"阶级"是高于"民族"的,可以说"当毛泽东在新的历史时期强调民族形式时,他显然含有针对西方"资产阶级"意识形态的成分,也就是说,在防卫意识形态侵蚀的意义上,他是阶级性的,而在习惯、感情以至语言等形式上,他是民族的。这就是他坚持'民族形式',反对全盘西化的真正用意"。①

我们看到,从1954年起由政府推动,确立了苏联文艺学教材在中国的主导地位。拒绝西方文艺学教材的参照,这本身就是一种意识形态的表现。其实早在二三十年代中国就引进了苏联文艺理论,直到"左联"时期形成高潮。在整个20世纪50年代的上半段,先后出版了维诺格拉多夫的《新文学教程》(1952)、季摩菲耶夫的《文学原理》(1953)和毕达科夫的《文艺学引论》。在毕氏的那本书里,明确地提出了文学的本质、作用,是上层建筑的文学,是国家的经济发展和政治发展的要求的反映,是受一定的社会利益所制约的。因此在阶级社会,文学是有其阶级性的。文学是客观生活的反映,同时作家对现实生活的反映,是有主观能动性的。这显然是用社会意识形态论、反映论、阶级论来阐释文学的本质和作用。此书还阐明了文学的特性和文学创作的原则,文学作品的构成及内容与形式的关系,文学发展的客观规律和评价文学作品的范畴。该书在方法论上,对中国文论教材的建设是有帮助的,它体现出两种结合的特征:一是理论与实际的结合,二是逻辑与历史的结合。正是由于对苏联文论的一尊地位,导致新中国文论建设一开始就留下了不少的弊端,如庸俗社会学和教条主义以及明显的意识形态化的倾向,把文学问题看成是政治问题,把文艺界的斗争全看成是阶级斗争,把思想性当成衡量文学作品的首要标准,同时在思维方式上带来了简单化、研究方法的单一化和理论自身的狭窄化。② 我们注意到,新中国成立不久,50年

---

① 孟繁华:《中国20世纪文艺学学术史》(第3部),上海文艺出版社,2001年,第74~75页。
② 程正民等:《中国现代文学理论知识体系的建构》,北京大学出版社,2005年,第126~133页。

代初,教育部制定的《〈中国新文学史〉教学大纲(初稿)》(简称《大纲》),就打上了鲜明的时代烙印。它宣称"新文学的特性"——"不是'白话文学''国语文学''人的文学''平民的文学'等等,而是新民主主义的文学;"新文学发展的特点"——一是"无产阶级思想的领导",二是"新现实主义精神的发展"。① 可见《大纲》显然是受制于当时居主导性意识形态的苏联文论模式的框架,凸显了无产阶级革命文艺的领导权和话语权以及社会主义现实主义的范型。

2. 中国新诗建设的又一次追求

在五六十年代,由官方掀起了一场新诗大众化运动的高潮,应该说这是继"五四"新文学运动的新诗建设后,特别是二三十年代的新诗诗体建设以来,又一次关于新诗发展方向的推动和大讨论。毛泽东继他在 40 年代提出的批判地继承民族文化遗产的主张,于 1958 年提出了新诗发展的出路:第一条是民歌,第二条是古典,在这个基础上写出新诗来,形式是民歌,内容是现实主义和浪漫主义的对立统一。于是,在全国掀起了全民性的"大跃进"民歌运动。后来,张光年于 1959 年在《人民日报》上发表了就新民歌和新诗问题同何其芳、卞之琳商榷的文章,对新诗要建立在现代格律诗基础上表示了不同意见。而朱光潜则认为新诗的格律应"更适应现代生活和现代语言的形式",同时针对"五四"以后新诗中盛行的"洋八股",提出采用民歌是一个健康发展的方向。艾青也认为,把这种格式和体裁看作是我们民族的唯一形式,这不仅是目光狭窄,而且曲解了民族形式的真正含义。这表明,新中国之初对新诗的大众化发展方向及其现代形式的探讨是极为重视的,不过这场运动并未使现代新诗,真正走上"五四"以来所期盼的民族化、平民化的发展道路。事实上,新诗建设中始终存在着新与旧、俗与雅的张力与对抗,中国新诗百年的建设至今仍还是走在建设的道路上。②

3. 中国特色文论的提出

中国的现代文论建设,新中国成立以来始终置于政府主管意识形态部门的规划之下。从这个意义上讲,现代文论的建构与发展同官方权力机构有着密切的关系。于是,在此我们选取与之相关的两位居于主管角色的人物,来看他们对中国文论建设的态度以及当时文论发展的一些成果。何其芳(1912—1977)作为时任中国社科院文学研究所所长,对文艺方面的教条主义现象深恶痛绝,他尖锐地批评道"我们今天的文学理论常常不是同中国的实际问题结合,这不能不是一个缺点",他深感到"没有研究过我国的和世界的文学史,仅仅根据一些已有的文艺理论和当前的文学现状,其

---

① 黄修己等主编:《中国现代文学研究史》(下),广东人民出版社,2008 年,第 491~492 页。
② 王珂:《百年新诗诗体建设研究》,上海三联书店,2004 年。

批评文章很难写得深入,也很难对于理论有所丰富和发展"①。他还特别对理论形态方面的教条主义如经济决定论、阶级决定论、世界观决定论等形而上学的决定论提出了批评。在1962年纪念《讲话》发表20周年时,他又对教条主义作了总括性的批判,如对文艺服务于具体任务和政策的批判,对拒绝执行"双百"方针的批判,认为"所有这些显然都不是按照文学艺术的特点和规律来对待文学艺术"。另外,在那场新诗大众化运动中,他提出了开放性的建设意见,新诗发展的基础除了以民间诗歌和古典诗歌的某些基本规律为依据外,还应考虑到"五四"以后语言的变化,适当吸收"五四"以来的诗歌和外国诗歌的某些成分。可见,他对现代新诗的建设,既着眼于诗歌的一般形式规律,更是为着建设现代的、中国化的文学形式为目的。而他对于教条主义的批判"已不单是出于理性的认知,而是为了向教条主义夺回自己感性的生命的存在方式"②。

下面我们再来看这位从解放区走来,"连接现代批评与新中国批评最重要的代表","毛泽东文艺思想的解释者","中国共产党文艺方针政策的阐发者和实际执行者",③时任中宣部副部长的周扬(1908—1989),在20世纪60年代主持了高校文科教材的编写工作,我们从其指导方针、态度和立场,来观察他对中国文论建设的推动与贡献。当然那时的背景是中苏关系发生了变化,由于意识形态上的分歧,中国已采取"不一边倒"的政策,开始坚持"独立自主、自力更生"的方针。这一时代背景下的教材编写工作,在某种意义上可以说是对苏联教材的扬弃,是建设有中国特色的文科教材的开始。周扬的这种"特色"意识早在1958年给北京大学所作的题为"建设中国自己的马克思主义的理论批评报告"就初显端倪,后来在1962年给中央的报告中,他就指出"中国的高等学校许多教材是搬用或抄袭欧美资本主义国家的东西,新中国成立以后大量用了苏联教材,自己编的很少"。过后,在编写《文学概论》时所提出的指导思想中,他就说"我们现在是根据马克思主义普遍真理,回过头来总结中国的文学遗产和'五四'以来的文艺经验,再从中得出我们的马克思文艺理论——中国化的理论,我们的方向就是这样"。他对此书的编写提了许多具体的意见和设想,如讲规律要包括四个方面:文学发展的规律、文学创作的规律、文学批评的规律、社会主义文学的规律。既要讲文学外部的关系,又要讲文学内部的关系。他还特别提出要创造中国化的文论,也就是"用马列主义的观点好好总结中国的经验"。这种中国经验,一是中国古典的文学经验和文化遗产,中国文论、画论、诗论都非常丰富,问题是没有很好

---

① 何其芳:《论〈红楼梦〉序》,载《何其芳文集》(第5卷),人民文学出版社,1983年,第315、383页。
② 黄曼君主编:《中国百年文学理论批评史》,河北教育出版社,1997年,第1025页。
③ 许道明:《中国现代文学批评史新编》,复旦大学出版社,2004年,第263页。

的系统化;二是"五四"以来的文学经验和几十年革命文学的理论经验。①

4. 艾青(1910—1996)诗论与主流的边缘话语②

边缘诗人的身份与表征。艾青在中国现代新诗和诗学发展史上占有重要的地位,他不仅早在三四十年代就享誉现代诗坛,进入了文学革命话语范型的中心,但同时又被红色文学话语所压抑。他经历了两次挫折,一次在延安时期,二是在新中国成立后的"反右"时期。由于他的一些文学主张被加以排斥,所以他又居于红色文学话语秩序的边缘。他所具有的这种在革命文学话语内,又在红色文学话语边缘的双重特征,代表了像穆旦、巴金等一批红色知识分子的特征。故而在本章中,我们在审视新中国现代诗学的发展时,以他这样一位既是诗人又是战士,既是"一个暴乱的革命者,又是一个耽美的艺术家",③在主流文学及其诗学话语权中尤其具有代表性的人物为例,也许能抓住中国现代诗学中特色中的特色。

我们说中国特色的现代诗学,是有其丰富内涵的,它不仅表现在居于中心的代表主流意识形态话语的权威性文化秩序的建构中,也表现在处于边缘的人本主义文学话语秩序中。这两种话语秩序的建构,实际上从"五四"到三四十年代再到五十至七八十年代,始终存在并且相互激荡。而艾青正是代表了前一种革命话语内部的另一种声音,可以说从胡风到艾青和穆旦,他们都是继承了鲁迅的文学个性——体现个体的主体意识和批判精神。这是一种人本主义的现代诗学的表现,它与居主导地位的权威主义诗学有着一定的距离,并保持了体现个体生命意志的独立性的品性。正是有这样一种力量的潜伏和激荡,才使得后来"新时期"的中国现代主义诗学终将成为可能,即以精神意志的自由和文学实践形态上的多元为标志的人本主义文学秩序的确立,也正是由于这样的内部的激荡,使得中国现代诗学的发展,几经磨炼和起伏,终于在20世纪的下半叶走上了正常的民族国家文学的发展道路。

诗学品性。(1)诗是身份的象征。从艾青的革命经历来看,30年代初他在巴黎求学3年回国后,开始寻找革命的道路。正是在上海这个中国现代大都市,他却被法

---

① 程正民等:《周扬和统编的文艺学教材》,载《中国现代文学理论知识体系的建构》,北京大学出版社,2005年。

② 关于艾青的诗以及诗论的研究,可参的著作有:《艾青选集·诗论、文论卷》,四川文艺出版社,1986年。龙泉明:《中国新诗流变论》,人民文学出版社,1999年。晓雪:《生活的牧歌:论艾青的诗》,作家出版社,1957年。张永健:《艾青的艺术世界》,华中师大出版社,1998年。杨匡汉等:《艾青传论》,上海文艺出版社,1984年。周红兴:《艾青研究与访问记》,文化艺术出版社,1991年。论文有骆寒超:《诗论建设的一块丰碑——艾青〈诗论〉初探》,载《浙江大学学报》(人文社科版),1999年8月。陈良运:《诗的使命与诗的美学》,载《诗探索》,2002年第3~4辑;《试述艾青"自由诗"论》,载《诗探索》,2004年秋冬卷。吴奔星:《艾青诗论的导向作用》,载《海南师院学报》,1994年第1期。

③ 杜衡:《读〈大堰河〉》,载胡风《吹芦笛的诗人》,转引自《中国当代文学研究资料·艾青专集》,江苏人民出版社,1982年,第423~426页。

国巡捕投进了监狱。在经历了6年的狱中生活后,抗日战争的爆发,他从杭州去了抗战中心的武汉,后来又辗转到了重庆,在周恩来的策划下他又去了革命圣地延安。从1941年到1946年他都在那里,后来又以普通战士的身份战斗在冀中平原,迎来了新中国的诞生。

可见艾青的人生走向和他的诗论之间有很大的一致性,他的人生走向是为了时代和民族,他的诗论也服务于他的这一方向。艾青是一位站在时代制高点上,注目着大地并为现实呐喊的号手。他的诗与诗论首先追求的是中国性与民族性,他认为诗是"担戴了历史的多重使命的。不错,我们写诗,但是,我们首先都应该知道自己是'中国人'。我们写诗,是作为一个悲苦的种族(民族)争取解放、摆脱枷锁的歌手而写诗。诗与自由,是我们生命的两种最可贵的东西,只有今日的中国诗人最能了解它们的价值"①。所以,艾青的诗论必然地具有强烈的时代干预性和现实主义色彩:注重现实,忠实于现实,紧密结合人生,反映社会生活。他的诗论忠实于他的人生方向,并与他的人生方向保持着一致。他还表露说:"其实我是很关心中国以及世界的时事的变化和发展的,我更以一个中国人民的资格,渴望中国政治的进步。"他呼吁"那些立志要完成自己是国民精神的表现者的诗人们,必须比其他的人们更无保留地委身给战斗——努力着观察和了解国民生活……诗人们必须比其他的人们更深地体验自己民族的悲哀,也必须比其他的人们更清楚地觉察到自己民族的优秀的品质,和混在他一起的数不尽的卑劣和腐败"②。法国浪漫主义诗人雨果也说:"效劳于促进文明,居然有损于诗歌的美和诗人的尊严,这命题不免令人失笑。……美为人类群众的自由和进步效劳,这并不是降尊纡贵。解放了一个民族,这作为诗章的结尾颇堪称道。不,爱国或革命的实用性对诗歌没有任何损害。"③他还断言:"为艺术而艺术固然美,但为进步而艺术就更美。追求梦想很好,追求理想更好。"④就是到了20世纪80年代,艾青仍然十分清醒地坚守着自己诗学思想的根,强调"探讨和发展自己的文化特性,防止同化","每个民族要珍惜自己的文化传统"⑤。

(2)诗的性质。艾青的诗论是真、善、美统一的理论。在《诗论》中,他首先谈到的第一个字便是"真"。他对"真"的阐释是"——真是我们对于世界的认识,它给予我们对未来的信赖。"由"真"而及"真理"——"真理是平易却又隐蔽在事物的内里的,真理是依附在大众一起而又不易为大众所知的。诗也和科学一样,必须有勇气向

---

① 艾青:《诗论·诗与宣传》,载《艾青选集·诗论、文论》,四川文艺出版社,1986年,第56页。
② 艾青:《诗与时代》,载《艾青选集》(第3卷),四川文艺出版社,1986年,第46~50页。
③ (法)维克多·雨果:《莎士比亚》"美为真服务",丁世忠译,团结出版社,2001年,第222、243页。
④ 同上引。
⑤ 艾青《民族文化与文化特性》,载《艾青选集·诗论、文论》,四川文艺出版社,1986年,第747页。

大众揭示真理。"(《诗论·服役》)我们看到在艾青那里,"真"是诗之"质",也是诗人之"质"的统一,它关联着促使人类向上发展的使命。"真"是居于文本与作者、接受者的三维空间里,从创作主体而言,"愈丰富地体会人生的,愈能产生真实的诗篇";就诗之本体而言:"诗的生命是真实之成了美的凝结,有重量与硬度的体质。无论是梦想是幻想必须是固体。"(《诗论掇拾·二》)从诗与读者的关系而言:"诗的情感的真实是诗人对于读者的尊敬与信任。诗人当他把自己隐秘在胸中的悲喜向外倾诉的时候,他总是努力以自己的踏实来换取读者的忠实。"(《诗论·道德》)

简言之,"真"是衡量一个诗人品质的试金石。艾青认为它应关涉诗人素质的两个方面:一是诗人感情的品位,"最高的理智的结果,使诗人爱上了自然与坦白";二是诗人的纯真品质和"庸俗"与"虚伪"是决然对立的。在他看来:"'庸俗'是这样一种东西,是从情感的过度的浪费所引起的嫌恶,是对心理只能起消极作用的感官的倦怠,是被抛撒于审美者的美的渣滓。"(《诗论掇拾·一》)而"虚伪"是"代表不正当的权力"。(《诗论·美学》)

(3)诗的美学。与上述"真"的本性相呼应的,便是"美"与"善"的力量。艾青的诗美学得益于他早期绘画艺术的实践,由美术而诗使他看到"一首诗必须具有一种造型美;一首诗是一本心灵的活的雕塑"。(《诗论·技术》)他又从所擅长的自由诗的创作所积淀的经验,而升华为诗的艺术美的理念。在40年代初的《诗论》的初版中,他指出了"意境是诗人对情景的感性,是诗人的心与客观世界的契合。"他是中国现代诗学中较早谈及诗的"意境"的诗论家之一(上承现代美学的开拓者王国维,与艾青同时代的朱光潜、宗白华也都从中国古典美学和西方现代美学中吸取营养,提出了富有中国特色的"意境论"美学的概念)。而其中的核心要素之"意象",艾青则说:"是诗人从感觉向他所采取的材料的拥抱,是诗人使人唤醒感官向题材的靠近。"后来,他又将灵感置于诗的美学光晕中,"灵感是诗人对于外界事物的一种无比调谐、无比欢快的遇合;是诗人对于事物的禁闭的门的偶然的开启;是诗的受孕"。

我们看到,从50年代至70年代,当以苏联文论为主导,强调诗"为政治服务"的功能,当"灵感""意境"不敢在当时的文学理论的教材中提及,艾青依然忠于自己的艺术经验,对"意境"和"灵感"的思考没有停止。我们从他前后两次对灵感的描述中可以看出这一点:"灵感是诗人对于外界事物的一种无比调谐、无比欢快的遇合;是诗人对于事物的禁闭的门的偶然的开启;是诗的受孕。所谓'灵感',无非是诗人对事物发生新的激动,突然感到兴奋、瞬息消逝的心灵的闪耀;所谓'灵感',是诗人的主观世界与客观世界的邂逅。"

在艾青的诗美学里面,还有一组重要范畴的美。那就是"苦难"之美,在他看来:旧世界压制与破坏自由民主给人民大众造成的是苦难,这固然不错;为民主自由而斗争甚至为此献出生命,造成的也是苦难;为民主自由而斗争固然有一种壮烈的美,由此造成的苦难也理应是美的。因此艾青提出:"苦难比幸福更美。"这是因为"我们此刻所蒙受的一切的耻辱与不幸,迫害与困厄,即是我们诗的最真实的源泉"。亦如法国现实主义文论家加洛蒂所言,这也是现实主义美学的"泉边"。其实在艾青的"苦难之美"里边,蕴含着"悲美"与"壮美"的统一,亦如他个人的经历与时代的经历一样,他认为"苦难之美"的本质所在,就是"把忧郁和悲哀看作是一种力","在极度的悲悯世界之后,以热情去催促人类向美善的未来跃进,不论他是溅血的声音呼喊,还是以闪光的剑去劈击那横在道上的荆棘,诗人和战士是以同一姿态出现在世界上"。所以,维克多·雨果也说:"献身者是伟大的。即使被压垮,他也问心无愧;他的不幸就是幸福。"① 这样,从生活到绘画到诗歌进而再上升为诗学,艾青诗歌美学所迸发出的力量的美、悲壮的美,莫不使我们联想到法国浪漫主义画家德拉克洛瓦之杰作《自由女神引导人民》那种"促使人类向上发展"的壮美的召唤,崇高美的显现。于是,在这个意义上可以说,艾青的诗歌及其诗美学不仅是"思想的胜利",同时也是"美学的胜利"!

艾青诗美学也强调诗的形式的美感,他提倡现代诗歌应追求"诗的散文美",而不应该"散文化"。艾青认为"散文美"与"散文化"是两个不同的概念。他反对散文化,表示说"我并不喜欢散文化的诗","散文化的诗的最大特征,是创作过程中排除了形象思维"。又说:"自从新文学发展以来,也产生了许多散文化的诗。有些诗,假如不是分行排列的话,就很难辨别它们是诗。……这种散文化的诗,缺乏感情,语言也不和谐,也没有什么形象;有的诗,语言构造很奇特,任意地破坏我们的语法。"(《我对诗的要求》)而散文美,则是要求有诗情、有诗意,但在形式上注重口语化,不受韵律的约束,用"散文的自由性,给文学的形象以表现的便利"。在艾青看来,"诗的散文美"的实践运用,应该是以散文的形式更好地表达诗的内容,把诗的形式追求引向诗的深层结构,从着眼于字句的韵律转向注重诗歌情绪内在节奏的旋律,促进诗的形式与内容更密切的结合。这样,艾青提倡"散文美"的诗学形式,就是对"五四"时期胡适等人的新诗写作的"大白话入诗"的初级阶段的超越,也是对闻一多、朱自清强调的新诗发展走格律诗之路的提升与整合,是对"五四"以来新诗美学的变革,从而确定了自由诗在新诗领域的地位。

"散文美",不仅是语言美,它实是"自由诗"由"意境"到"形态",即由内而外的整体审美观,美不只是形式等的自由,本质在于"诗的精神"的自由,"在一定的规律里自由或者奔放"。(《诗论·美学》)我们知道,中国传统诗学,关于诗的各种文体的理论历史悠久且十分丰富,但那仅仅是所谓的"词学",而新诗文体方面尤以闻一多、

---

① (法)维克多·雨果:《莎士比亚论》"美为真服务卷",丁世忠译,团结出版社,2001年,第227页。

何其芳对建设新格律诗在理论与实践方面进行探讨为代表。对于自由体诗,艾青之前和之后,几乎无人问津。只有在艾青那里,"对新诗——自由诗的理论建设作出了世纪性的贡献,他的自由诗论揭开了中国诗体文学理论新的一页"。①

(4)诗与权力的关系。艾青作为一个追求革命理想的知识分子诗人与战士,终其一生始终潜藏着一种独立的文化人格。他虽然也曾迎合过主流的文化规范,但一直都与主流文化规范之间存在着或显或隐的文化冲突,常被视为一个具有独立人格和独立个性的诗人,这是因为作为"七月派"的一代师宗,早在延安整风运动中就曾受到过批评,到"反右"时期又遭到再批判,被流放到新疆近20年,所以他被冠以"革命年代中的边缘诗人",也是政治冲击中的"受难诗人"。那么艾青的这种独立与"过失"在哪里呢?

在对诗的本质认识上,他首先提出了"民主精神"与诗的"命运"相关。"诗的前途与民主政治的前途结合在一起。诗的繁荣基础在民主政治的巩固上,民主政治的溃败就是诗的无望与衰退。"(《诗论·诗的精神》)由此,他不将"自由"仅仅看作诗的一种形式,而是诗的本质,是真、善、美得以存在的前提,并表现为一种生命状态:诗是自由的使者,永远忠实地给人类以慰勉,在人类的心里,播撒对于自由的渴望与坚信的种子。诗的声音,就是自由的声音;诗的笑,就是自由的笑(《诗论·诗的精神》)。难怪他特别推崇和缅怀俄罗斯诗人普希金,"作为民主政治的渴求者",这位"先知诗人"值得人们"永生怀念"。② 于是,诗的自由与否,首先是诗人有无自由的发言权,他将诗与自由融入自己的生命里。40年代,他在延安发表了"作家除了自由写作之外,不要求其他的特权"③的艺术宣言,到1956年又宣称"花本身是有意志的,而开放正是它们的权力"。④ 他始终为创作争自由,用生命捍卫精神的独立。

在对待诗与权力的关系上,他强调诗人的独立意志。在《诗论·诗人论》里,他说:"不要把诗人和立法者列在一起吧——诗人和大富贾们是很难发生友谊的,而且,诗人对于权力也多数是淡漠的。"他还引用了阿波里奈尔的一句话:"我有一根芦笛,是我不曾和法兰西的将军的手杖交换过的。"接着说:"银行家以金圆夸耀于世界;诗人则以他的可怕的天才的语言夸耀于世界。"这意味着诗人有必要把自己的精神事业看得高过所有拿金钱和权势作交易者。于是他斩钉截铁地说,诗人可以"具有感情之最宽伸缩度,而非优伶"。正是从这一份忠实于诗歌神圣事业的虔诚态度出发,他又

---

① 陈良运等:《诗是自由的声音自由的笑——试述艾青的自由诗论》,载《诗探索》,2004年秋冬卷,第303页。
② 引自《先知:普希金逝世百零五年纪念》,原载《解放日报》副刊《文艺》第84期,1942年2月10日,同年4月24日《新华日报》转载。载《艾青选集·诗论、文论卷》,四川文艺出版社,1986年,第126~127页。
③ 艾青:《了解作家,尊重作家》,载《解放日报》,1942年3月11日。
④ 艾青:《养花人的梦》,载《文艺月报》,1957年第2期。

进一步提出:"诗人不仅应该是社会的斗士,而且也必须是艺术的斗士。"他认为诗的价值在于"一切事物的价值,在诗人的国度里,是以他们能否提高人类的崇高的情操为标准的。"他要求诗人必须是"灵魂之最倔强者","不因困厄而向同情伸手,在一切逆境到来时高歌……"。当然,等待"诗人"的命运,是悲剧性的,艰难而辛酸——"换得了执鞭者的嫌忌,持有刀枪者的愤根,贝拉多的呵斥,法利赛人的咒诅甚至说:把他钉死"。因此,"他们的大多数都成了时代的流放者"。然而,"诗人应该是自我觉醒的先驱,意志的无厌倦的歌手"。

在诗的功能与作用上,他强调诗应通向人民,诗应是一种发现,"诗人要对当代提出的尖锐问题和人民一同思考,和人民一同回答"。在 70 年代以后,他更是一再强调:诗人的"自我"必须忠于人民、为了人民、通向人民。另外,他非常重视诗人"自我"和艺术个性,他说:"我所爱的诗,是最具有个性的诗,有各人不同的风格、不同的手法、不同的构思方式所写的诗。"他强调,诗人在写作时,一定要经常想到:"我有着'我自己'的东西了吗?我有'我的'颜色与线条以及构图吗?"不能"只是写着,写着,却是什么也没有"。但他在强调"没有'个性'的艺术家,就不是'真正意义'上的艺术家"的同时,总是不断地指出:这个"个性"应通向人民,诗人的"小我"应当同时代和人民的"大我"结合起来、统一起来。① 在此,不难发现艾青诗歌理论的"人民性",通向了毛泽东文艺思想的人民性和雨果浪漫诗学的人民性。②

诗学文本前后期的比较。艾青的诗歌创作与诗学理论都极其丰富,随着时代的变迁,他的这些作品都广为传播。据我们有限的统计,他的诗学理论主要体现在早期的《诗论》和后来的《艾青谈诗》《我的创作生涯》以及各种序跋中。新时期以后,分别在 80 年代出版了《艾青选集》(四川文艺出版社 1986 年,第 3 卷为诗论)和 90 年代出版了《艾青全集》〔5 卷〕(花山文艺出版社 1991 年,第 3 卷后半部为文论,第 5 卷后全部为诗论),并且在法国还出版了《艾青诗选》的法译本,由苏姗娜·贝尔娜作有译序。

我们这里主要简略比较一下艾青《诗论》的前期和后期版本,以期从一个侧面来佐证,艾青作为一个革命文学话语秩序的建构者,或者说一个边缘诗人到最后的"诗圣"的双重性和内在一致性。

《诗论》是在 1939 年创作完毕,1941 年在桂林由三户图书社出版。它是由《诗论》《诗的散文美》《诗与宣传》《诗与时代》《诗人论》这五篇组成的。而后它多次再版修订,1946 年新星出版社根据初版重印过一次,从 1939 年《诗论》组合成篇到 1985 年,其前后有 8 个版本。这其中,1953 年、1956 年以及 1985 年的版本与初版相比都有

---

① 晓雪:《艾青的诗论》,载中国学术期刊网。
② 本书第三章第二节之"人民性与中国现代诗学的建构"部分:从卢梭、雨果到毛泽东。

较大的变动。①

我们注意到在 30 年代,如上面所谈到的在艾青的诗学里,"真"是第一位的,他痛恨"虚伪",把它斥之为"不正当的权力"(《诗论·美学》)。40 年代,他写下了那篇有名的被称之为反虚伪的宣言:"作家并不是百灵鸟,也不是专门唱歌娱人的歌妓。他的竭尽心血的作品,是通过他的心搏动而完成的。他不能欺瞒他的感情去写一篇东西,他只知道根据自己的世界观去看事物,去描写事物,去批判事物。在他创作的时候,就只求忠实于他的感情,因为不这样,他的作品就成了虚伪的,没有生命的。"(《了解作家,尊重作家》)他更进一步说:"不要把诗人和立法者列在一起吧……诗人对于权力也多数是淡漠的。"所以,"诗人不仅应该是社会的斗士,而且也必须是艺术的斗士"。(《诗论》)也正是在当时的那种气氛下,为了捍卫独立的知识分子人格尊严,抵制正在形成的知识分子自卑感,艾青才勇敢地给作家贴上了尊严的标签:"作家是一个民族或阶级的感觉器官、思想神经或是思想的瞳孔,作家是从精神上即情感、感觉、思想、心理的活动上守卫他所属的民族或阶级的忠实的士兵。"(《了解作家,尊重作家》)

然而,"文革"后作为"归来的诗人"艾青,他是以这样的话来表达他的意志,"诗人必须说真话。常常有这样的议论,某人的诗受欢迎,因为他说了人们的心里话。我以为这种言论不够全面。全面地说,某人的诗受欢迎,因为某人说了真话——说了心里话。人人喜欢听真话,诗人只能以他的由衷之言去摇撼人心。诗人也只有和人民在一起,喜怒哀乐都和人民相一致,智慧和勇气都来自人民,才能取得人民的信任。"(《归来的歌》卷首"代序"——《诗人必须说真话》)这时我们看到,虽已磨去了 40 年代的那份锐气,但他仍坚持了诗人"必须说真话"的传统。不过,"说了人们的心里话,并不等于诗人说了自己心里的真话,如果是那样,诗人仅仅是一个代言人而已"。所以他说只有"喜怒哀乐都和人民相一致,智慧和勇气都来自人民,才能取得人民的信任"。这样,正如他在 1985 年写的《诗论》里最后一次郑重地重申:"追求真理的人从你的诗里得到启发:让更多的人接近真实的世界。"

另外,在对待诗的形式方面,特别是新诗的建设即自由诗体的发展上,诗人在 80 年代由人民文学出版社重版的《诗论》里,将其中在 1953 年版本里仍未修改过的那篇《诗与时代》一文中所说的,"目前中国新诗的主流,是以自由的崇高的、朴素的散文,扬弃了韵脚与格律的封建羁绊,作为形式"等语句,改成了"目前中国诗新主流,是以自由的、朴素的语言,加以明显的节奏和大致相近的脚韵,作为形式"。这也反映了诗人对诗歌艺术创作内在规律认识的完善和求真意识的表现。

---

① 关于艾青《诗论》版本的情况及其比较,参骆寒超:《诗学建设的一块丰碑》,载《浙江大学学报》(人文社科版),第 29 卷第 4 期;陈良运:《诗的使命与诗的美学——艾青诗论的初探》,载《诗探索》,2002 年第 3~4 辑。

自由的国度与诗意的翱翔。当年,艾青到自由的国度——法国留学,他不仅从绘画的语言中去捕捉美的色彩、美的形体、美的运动,如前面所述,更由美术而上升到诗学的层面,追求诗的建筑的美即造型美。在他看来,诗应是"心灵活的雕塑"。他渴求着比绘画更为自由的表现形式,表现"我的信念、我的鼓舞力量、我的世界观的直率的回声……"亦如法国当代著名文论家加洛蒂对现代绘画大师毕加索的评价一样,他"勇敢地从这种创造中看到了绘画的深刻使命,他以他对魔鬼,他对畸形事物的反抗,他对人的意志的肯定、他的希望、他的战斗、他的胜利,勾画了当代这种既是抒情的又是史诗的神奇景象"。于是,艾青在法国找到了诗这种自由的表达方式,他的身上带着法国的血液,他的第一首诗就是去巴黎时所发表的《会合》,他的《大堰河——我的保姆》《哀巴黎》及其在80年代创作的《致敬法兰西》等都是对第二故乡的歌吟。

在艾青的诗里,正如他的诗论一样,我们感到一种力量,一种壮美,一种对土地的眷恋,对光的热爱与执着,对大河的深沉的力量,对风的顽强与毅力,对芦笛的平凡,而这些恰好与法国的诺贝尔文学奖获得者圣琼·佩斯有了一种内在的共鸣。因为佩斯的诗歌以欢呼对生活的热爱开始,最高的美德首先是热情地赞同生活的力量,它包括从大自然涌向我们的一切力量,到人类伟大力量的宇宙意识。佩斯的诗是一气呵成的,它有一种气势,如他的《风》;它有一种信仰,如《赞歌》;他的诗作构成了人类行进的英雄交响乐,有一种人的激情和一种乐观主义,一种作为上升来构想的生活形象和一种对于无边的人的颂扬。亦如艾青一样,佩斯在任何时候都未失去对生活、人类及其未来的信心,他在灾难之中保持着一种高度的乐观主义,一种对人类的最终胜利,对人类文明和成就的确信。同时,诗人又是睿智的、澄净的,诗人是在人的边际上作证,正如加洛蒂把作为诗人的佩斯称之为"哲学家和战士"。在中国,艾青也是人们所认同的"诗人与战士",他们都在生活最崇高的时刻平等地相聚在这里。

在艾青对诗的语言的追求中,正如他所言,"应该把'语言的创造者'作为'诗人'的同义语"(《我怎样写诗的》)。他敏锐地把握住了诗歌语言的韵律,"诗歌是自然本身所含有的韵律",然后从自然的韵律找到了他的诗歌的韵律。他指出了自由诗理论的关键性话语:"从自然取得语言丰富的变化,不要被那些腐朽的格调压碎了我们鲜活的形象。最富于自然性的语言是口语。"(《诗论·语言》)这与法国近代诗学的开拓者杜贝莱在《保卫和弘扬法兰西语言》中所呼吁的追求法语的鲜活性、口语性、韵律性是一致的;后来的古典主义诗学也十分重视语言的自然、朴实、准确、明了与简洁;到了浪漫主义大师雨果那里,法语的口语性、平民性,对自然的追求和美好的向往,使雨果本人已燃烧成了浪漫主义之火,他在一种悲美和壮美中树起了法国浪漫主义美学的丰碑。说到这里,我们发现艾青的《诗论》与雨果的《莎士比亚论》,无论从诗学的体式和风格,还是文本的内在精神上,在关乎诗的本质和功能上——天才、灵感、语言、诗与社会、诗与人民性、诗与真等观念,是何其的相似。艾青在法国浪漫主义和象征主义诗人那里都找到了知己,但同时又是中国式的芦笛。

是的,在法国象征主义诗学的语言里,这种革命的激荡则转向词语内部的激荡,不过,瓦雷里还是梦想着要从他的书斋走向"生活的大海",作为哲学诗人的瓦雷里,其象征主义诗歌始终充满着"观念之梦",他保持着静与动的辩证统一,有一种内在的风暴势不可挡地冲向未来。我们仿佛看到像佩斯、瓦雷里、艾吕雅、阿拉贡和现实主义文论家的加洛蒂,他们也和诗人艾青一样,"凝视着一片化石,傻瓜也得到教训:离开了运动,就没有生命。活着就要斗争,在斗争中前进,当死亡没有来临,把能量发挥干净"。

第三节　诗与思的相似与发现:一种异质性同构的映射

一、启蒙精神与革命叙事

通过上面两个部分的对照性阐释,我们发现法国现代诗学的一个新的起点,在卢梭那里找到了一个支点,或者说一种思想的高度,它既是植根于民族文化的思考,又面向人类的共同命运,正如中国现代诗学思想在毛泽东文艺思想那里,找到最符合中国特色的、又融入了时代意识和世界意识的归宿一样。如果说卢梭及其启蒙思想家开启了法国现代诗学的一个新纪元,从此法国诗学精神继文艺复兴、古典主义之后,更具有一种现代品格及人类意识和反思的精神,那么中国现代诗学,也找到了新时代的新文化的发展方向,并成为真正意义的现代民族国家,即中华人民共和国的文艺思想的主导性力量。尽管我们在这里是探讨的中国现代文学的诗学建构的前期阶段,当然,在这一时期,中国现代诗学理论的建构还有不同的维度,我们只是从诗学的生成与政治文化向度的完型这个角度,来探讨中法现代诗学的建构意义的。

从文学及诗学思想发展进程来看,17世纪的法国古典主义凸显的是贵族性,而18世纪的启蒙时代则高扬平民性。17世纪的古典主义宫廷文学倾向十分浓郁,而18世纪则是平民文学兴起的时代,这样一种时代的演进,对中国近现代文学及诗学的生成有其影响的一面,同时也要看到"五四"新文学以后至《讲话》新时代,文学和文艺理论的重心从平民文学、通俗文学、大众文艺到工农兵文艺,这条主线一直成为民族文化发展的主导性观念。

把18世纪的法国文艺理论思想,同中国20世纪上半叶的现代文艺思想,作番平行考察时,我们发现,这种政治文化的话语意义的同构性是明显的。如前面部分的论述所言,狄德罗的现实主义文论的核心,在文学观念上,是强调文艺要反映生活、干预生活,特别凸显了文艺的社会作用,即为政治服务。在文学的表现上,他反对封建贵族的美学偏见,提倡一种平民意识和大众意识。在文学的接受方面,他又特别注意群众的观念。当然雨果也是如此,在他的诗学中,从《〈克伦威尔〉序》到《莎士比亚论》,始终蕴含着对进步和光明的追求的理想主义、大众的意识及追求时代特色的美学意蕴。这些,似乎同毛泽东讲话的精神、同文艺大众化大讨论的思想意识,存在有内在的相似性之处。

而狄德罗的美学观,他对戏剧与绘画的见解,卢梭、孔狄亚克对语言与诗歌、语言与音乐、语言与绘画而形成的文艺美学、语言哲学、文化诗学的精辟见解,卢梭对科学与艺术引发的现代性反思与批判,雨果关于艺术与科学、诗与历史、诗人与群众的论断,这些都在 20 世纪的中国关于"科玄论战""民族本位主义"宣言,在宗白华、朱光潜的文艺美学思想中、在艾青、梁宗岱的诗学观里也都有着"人同此心,心同此理"的共鸣和对话。而伏尔泰的《风俗论》《英国哲学辞典》《英国文学论》则对中国现代诗学的文化社会学、人类学有着方法论的意义和影响,在茅盾、成仿吾、李劼人等的创作与文论中影响犹存。

就其启蒙精神和革命叙事而言,18 世纪的启蒙遗产与 19 世纪乃至 20 世纪丰富多彩的革命话语,从文学进步论、光明论、道德哲学、生命哲学和解构哲学,到文学的反抗意识、批判意识及其现代审美文化,都在中法现代诗学的建构中回荡,并形成某种变异和对话的空间。

斯达尔夫人的《论文学》,从社会制度与文学的关系出发,即关注文学与社会之间的关系,与"五四"文学革命和革命文学形成了一种内在的对话关系。她所推崇的"文学政治论",与我国三四十年代形成中的革命文艺新方向有着政治意识的相似性,她把个人的写作同"民族的想象"联系起来,她要让文学"赋予道德和哲学的真理以生命",她要让"诗的形象崇高和伟大",她要让"国家大事""民族利益"都"成为悲剧的题材"。

在雨果的"浪漫主义宣言"《〈克伦威尔〉序》中,他回溯了民族国家文学形成的源流,而特别欣赏民族的史诗。他的新诗学的诞生,正是将未被古典美学发现的"丑"引进了美学的殿堂,他让"美与丑并存,光明与黑暗相共",让"滑稽丑怪的典型和崇高优美的典型圆满地结合";他的"浪漫主义"的真实观是两种对立因素的和谐统一——自然与艺术的统一、崇高优美与滑稽丑怪的统一;他的"浪漫主义"戏剧观要将"生活的戏和内心的戏交织在一起",要富有"时代气息、地方色彩";他的文学表现主题既面向劳苦大众,又面向民族的历史;既恢宏崇高,又细腻纯朴;他的浪漫主义创作有一种磅礴的气势和丰富想象力;他的语言是口语的、民间的、自然的且富有磁性。正是雨果的浪漫主义美学及其诗学观和他的伟大的作品,与中国现代文学的起点、发展和完善相生相伴。建国十年提出的"两结合"的创作方针大概应在这里找到脚注,中国现代主流诗歌的创作也许在这里找到了力量,那种对下层人民的热爱、对时代的热情、对民族的忠贞,也许是中法文学及诗学中革命叙事的源泉。即使到了20世纪后期,法国最具世界影响力的哲学家之一的德里达,在其那部重要的政治哲学名著《友爱的政治学》中,仍对法国文学与诗歌中"雨果的宏大声音"肃然起敬,因为它"把博爱化的历史与法兰西这样东西——与国家、民族、政治、文化、文学和语言等等——联系在一起"。因为"博爱,只是在法国才第一次成为普遍的,雨果用华美的言辞滔滔不绝地辩护法国的普遍性"。于是"法兰西、人权、博爱,它们都被铭刻在一种复数的遗产之中"。就世界而言,就人类而言,就"不只一种文化,不只一种哲学,不只一种宗教,不只一种语言,不只一种文学。而且,不只一个民族"①。

而左拉这位对"五四"新文学和中国"现实主义"文学理论有长期影响的文学家和文论家,其创作与理论诞生的年代正好是对"浪漫主义"文学与文论的反动的年代。19世纪下半叶,在法国被称之为实证主义的年代,它形成了一种气候即由孔德的"实证哲学"、泰纳的文学社会学和圣·伯夫的"文学自然史理论"以及医学上的"贝尔纳主义"所笼罩,它们都有一个共同的特征即注重事实本身,认为观察、实验、记录事实乃是唯一正确的科学的方法。于是,文学上的"自然主义",可以说是一种认识论的方法问题,它是"科学主义"在文学理论中的一种方法论的表现。其实,左拉的"自然主义"与"现实主义"是密切相关的,其真实观是大致一致的,它们都要讲客观、冷静,不带个人感情色彩,表现人的行为和心理,反对"浪漫主义"的想象、过度夸张、主观色彩和异域情调。

左拉在"五四",得益于茅盾所代表的"文研会"提出的"为人生而艺术"的写实主义主张。在茅盾那里"自然主义"与"写实主义"其实是同一个概念,他早期倾向于"写实主义",后期则运用"自然主义",他在20年代所写的《自然主义与中国现代小说》,是他批评思想体系在早期的一篇代表性文章。因为"五四"提倡科学的精神,因为"自然主义"提倡实证的精神,这都符合真实地再现生活,更重要的是他暴露和揭示了资本主义社会生活的弊端、丑恶和法国资产阶级生活的风俗画卷。这种对资本主义生活方式和制度的批判性展示,显然对中国现代革命和劳苦大众的启蒙是有现实意义的。当然,茅盾的"现实主义"文学理论的形成是经历了"写实主义"到"自然主义"到"现实主义"这样一种概念的延展,总之他把表现"真"和表现人生及揭露社会作为其理论的核心。不过,"现实主义"在中国的际遇,正如在茅盾那里一样,由早期的批判和揭露性转化成后期"红色革命文学"话语秩序规约中的,对社会主义本质的歌颂与褒扬的必然性。这是与法国的"现实主义"文学的揭露性和批判性不一样的,这种理论的变形和创作方法的狭隘,又与五六十年代苏联"社会主义现实主义"

---

① (法)雅克·德里达:《〈友爱的政治学〉及其他》,胡继华译,吉林人民出版社,2006年,第348、349页。

的意识形态观是有关联的。

而对左拉的"自然主义"及法国的"现实主义"文学理论的真正认识,是要到新时期以后,一方面是伍蠡甫主编的《西方文论选》和美国文论家韦勒克的《近代文学批评史》的中译本的出版,以及大量的左拉的文学作品的译介;另一方面是法国现实主义文论家加洛蒂的《论无边的现实主义》中译本也在80年代出版,国内的研究者们才对左拉有了一个全面的认识:他是法国知识分子良知的代表,面对"德雷福斯"事件,他鲜明地表达了知识分子应有的民主主义的政治立场;他在文学创作中,对资本主义社会弊端的观察力和表现出的批判精神,又使他成了那个时代的"书记员";而左拉创作中的丰富的文学实践,又表现出并非其文学理论的俘虏。我们看到他作品中有现代主义表现手法的因子、他与新世纪的艺术的关系,他的作品揭示了人物的内心世界及其潜意识的活动,他对人物的气质的描写极具个性,亦如他对"自然主义"所下的定义中所说的,通过"直接的观察、精确的剖解","以具体的代替抽象的"来表现社会的真实。

而最具文学中的反叛精神和对资本主义早期的现代性危机表示不满和嘲笑,且具有强烈批判意识的诗人,却是被称之为"现代主义"诗学先驱者的象征主义诗人波德莱尔和兰波。在他们那里,都以其对资本主义丑恶的"否定之否定",来表达他们心中的不满与失落和对现实主义经典的反叛。难怪法国当代现实主义文论家加洛蒂,在为其"现实主义"文论的"更新升级"时,也从波德莱尔的《恶之花》和兰波的《地狱的一季》中,看到了现代主义诗歌对资本主义"异化"现象的暴露和批判的力量。正如加洛蒂所言:"'有德行的作家难道就一定擅长于叫人热爱美德吗?'艺术特有的道德不在于训诫人,而在于提醒人。"

法国马克思主义文论家亨利·勒斐伏尔,高度评价了波德莱尔对资本主义现代性危机的反思与批判,他正是"通过否定和自我再创造来肯定、扩大和批判自身的意图",带来了新的意识和新的审美态度,制造了一个艺术和诗的世界。这个"被诅咒的诗人"亦如兰波那个"恶魔诗人"一样,"在身负革命和失败的创伤,满心厌倦资产阶级和斥责资产阶级世界的情况下,承认了革命性实践的失败"。诗人们在悲叹优美的死亡,意识到了一些东西的失落,不正是上帝的缺席和死亡。波德莱尔和兰波的工作,"不是模仿或表现现实的力量,而是将之变形的力量,甚至是能实存(能成为真实,成为人生的物质性)的力量。他们的诗性语言,渴望成为可创生的一个世界的箴言"。所以,我们说诗人们的创造"只能被理解为一种激励和挑战,他说出的东西,不是他表面上说的东西。前者远为极端,他接受资产阶级社会为世界,只是因为他可以给那个世界填充恐怖、蔑视与嘲弄"。由此,我们可以说波德莱尔和兰波们所追寻的诗与现代艺术之路,实际上蕴藏着一种疯狂的非异化热望,即对立于他们反抗着的日常生活,对立于他们蔑视的资产阶级社会。①

在中国的现代诗歌与文论中,我们不也看到"七月诗派""九叶诗派"和"归来诗派"所葆有的,革命激情与理想和对现实的批判与对命运的抗争吗?更有70年代"地下诗歌"对"恶"和"虚无"的赞扬和对"虚伪"与"欺骗"的批判与嘲弄。这也从一个侧面反映了人文知识分子对现实权威的背离、不信任和挑战。

另一方面,我们还注意到,在强调"救亡"与"启蒙"的双重主旋律中,虽然"救亡"更优先,但"启蒙"自身并未中断,从鲁迅对国民性的反思批判,瞿秋白、李长之对"五四"的反思到朱光潜、宗白华、梁宗岱等,对中国文坛、学术界的弊端和心态的反思,核心问题是知识界的主体意识问题(对西方的盲从,无创新精神)、认知上的二元对立问题(思想与意识形态的非左即右,独断专行,排斥异端)。这些都值得我们研究中国现代诗学后续发展所关注和重视的问题。

二、知识分子角色的话语②:中法亲缘性

民族国家文学与诗学的建构,关键点是建构的主体通过时代赋予的使命,而发出自己的心声。于是,我们去追问作为诗学文本建构者的人即知识分子的书写姿态,更由此审视他们的历史角色与身份的变迁,也就是一件有意义的事情。

关于"知识分子"概念,在中西方出现的历史也不算太长。在西方它大致也只有两三百年的历史。在这个现代意义的"知识分子"出现之前,欧洲中世纪的知识分子则是随着城市的崛起、大学的诞生(12—13世纪)出现的一个新的阶层,它主要由神职人员——世俗教徒的大学生和教师,手工劳动者——城市政权里的法官、律师和公证人,专业人员即"出售文字的人"——作家、编纂家、百科全书作者等所构成。中世纪的知识分子,首先是"有机"的知识分子,教会与国家的忠实仆役,由于知识分子这样的角色和大学的"自由",他们或多或少成为"持批判态度的知识分子,直到走到异端的边缘"。后来,中世纪末期,一个新的知识分子类型——人文主义者诞生了,他们同城市、国家和宗教保持着一种对应关系。③

---

① (法)亨利·勒斐伏尔:《现代性导论》的中文节译,载包亚明主编:《现代性与空间的生产》,上海教育出版社,2003年,第7~10页。

② 关于知识分子的研究,除了本节直接引用和参考的以外,还有余英时:《士与中国文化》《朱熹的历史世界》《中国知识人之史的考察》,赵园:《明清之际士大夫研究》,陶东风:《知识分子与社会转型》,王齐洲:《呼唤民族性:中国文学特质的多维透视》,赵京华:《日本后现代与知识左翼》,(英)保罗·约翰逊:《知识分子》,(法)莱马里、西里内利主编:《西方当代知识分子史》,(美)拉塞尔·雅格比:《最后的知识分子》,(美)古德纳:《知识分子的未来和新阶级的兴起》。

③ (法)雅克·勒高夫:《中世纪的知识分子》"新版后记",张弘译,商务印书馆,1999年,第148、152、150页;J.保罗:《西方中世纪知识分子史》,阿尔芒·科林出版社,1973年;雅克·韦尔格:《中世纪大学》,王晓辉译,世纪出版集团,2007年。

<<< 第三章 发展比较：中法现代诗学的演进与追求

如果说传统知识分子主要是由文人、传教士、哲学家和艺术家组成，他们的工作不受行政力量和市场力量的影响。他们构成了文化精英，在高贵的理想和关注来世的思想指导下，远离统治集团而显示出或多或少的自主性，并拥有很多可能是永恒而且固定不变的价值观，那么，工业化的来临，资本主义产生了一些社会条件，这些社会条件把大多数知识分子要么带入了市场的交换体系之中，要么带入了大范围的等级组织之中，与此同时，许多以前依附于旧制度的知识分子脱离了传统的精英分子，变得激进，然后又徘徊在政治制度的边缘。我们看到，知识分子生活的世俗化与作为历史性主体的知识分子的深刻异化相对应。现代化力量无论是在市场、技术革新、广泛的伦理陈述之中，还是在社会群体之中，都普遍摆脱了知识分子精英们的干涉。然而，解决这些紧张关系的一种方法，是高度政治化的雅各宾主义，它在法国大革命的专制阶段，首次作为一种强有力的历史力量登上舞台。我们知道，雅各宾概念中最主要的是知识分子作为社会变革的普罗米修斯式的代理人，或作为稳定和持续的代理人的观念。那么，作为历史现象的雅各宾主义的特征是什么呢？显然，是知识分子在制造和维护意识形态霸权中起到了关键作用，这种意识形态的霸权能在一个市民社会的骚乱不断升级的时期影响和激励政治行动。

在晚期资本主义时代，由于现代性的胜利，那些物质力量和文化的力量已经摧毁了传统型知识分子和雅各宾式知识分子的社会基础。由于现代性总是产生它自身的分歧和矛盾，这些分歧和矛盾反映在发达工业国家便是对抗性话语和运动的兴起，新一代的批判型知识分子便应运而生。我们看到，现代知识分子的命运受到两个历史过程的影响，即多元化融合和资本主义合理化的盛行，而且这两个过程还远未结束。由此看来，现代知识分子最好被理解为许多冲突的压力和身份的中心，而不是一个统一的社会结构。那么知识分子的作用怎样呢？福柯认为现代社会是围绕着特定的"话语构成"和交流规则建立起来的，这些规则影响并限制了知识分子实践的广大范围。事实上，在一个合理化的环境中，知识分子生活的自主性受到严格限制，因为话语是被设计来维持秩序和社会舆论的，这种话语总能被权力结构所解释。与此同时，随着霸权话语规则反对一种公开的、批判性对话的要求，知识分子生活呈现出一种深度紧张的特征。而古德纳则以一种更全面的眼光来看知识阶层，他最后发现的知识阶层是一个能给批判性观点赋予权力的新阶级，这在他的那本《知识分子的未来和新阶级的兴起》一书中得以阐释。①

知识分子这一观念的本质，应体现批判性的社会角色和富有道德性的精神追求。他常被视为"社会良知"和"权力的眼睛"。从伏尔泰的启蒙运动到左拉的"知识分子

---

① 以上关于现代意义的知识分子深层的特征性叙述参(美)卡尔·博格斯：《知识分子与现代性的危机》，李俊等译，凤凰出版传媒集团，2006年。

的宣言",再到萨特、阿隆以及本达、福柯、德里达等,他们既是知识分子的表征又是对知识分子的研究者。正如法国现代主义诗人瓦雷里所言:"每一个文明民族,即每一个赋予思想以比它在实际生活中的地位更大的重要性的民族,对于其他所有民族来说是由几个作家的名字来代表的,这些作家将其民族语言提升到了具有普遍价值的表达法的崇高地位。"他们的名字让人想到的不仅仅是一个民族,不仅仅是一些令人赞叹的作品,还令我们想到几种创造性的生命。以至于只有当我们想到他们的人生时,才能想到他们的作品。因为这足以显示一个民族的丰富面貌,这个民族绝不可能被压缩成一个种族,而是一个更为微妙的组合体。他们使法兰西人乃至所有的人感受到精神的价值就像闪电一样倏忽即逝,而精神才是生命,生命在本质上是可以传递的。他们之所以化身为人类的朋友、捍卫者,是其生涯中造就其不朽之名的决定性事实赋予的,这就是在法国人中间颂扬他们最持久和最崇高的激情,即对精神自由的激情,对一切事物进行质疑,正是自由既珍贵又可怕的权力。所以,"欧洲承认我们的民族在指导思想和精神作品的总体风格方面,以及在礼仪方面享有至高无上的地位"①。

而中国则是在一个半世纪以前发生现代社会的转型时,才有了现代意义的知识分子角色的出现,(在中国古代,"士"是知识分子的一个重要来源,中国知识分子之形成一自觉的社会集团,是在春秋战国之际才正式开始的。在传统的封建社会,士人阶层扮演了两种角色即参与型和超越型。作为政治精英的士人常出自士大夫集团和士绅集团。士所恪守的"道"是"王者之道"或"治国之道"。张芝联先生曾以分别具有艺术家、诗人和哲学家身份的士人——郑燮、袁枚和戴震——为对象,论及18世纪(乾隆时期)中国知识分子争取自由的三种形式。②)从梁启超到"五四"一代胡适、陈独秀,以至后来的科学救国、教育救国以及大批通过文学与革命救国之士,通过文学的参与和介入政治与社会,这实则是中国知识分子自古以来的一个 重要传统。在本章,我们尤其关注从"文学革命"到"革命文学"中的知识分子的"五四"激情,即现代性启蒙精神在文学中的表现。中国文学正是通过这样一种浓郁的政治文化特色来表现其现代性追求,而这里的重点,我们试图透过对那些建构"革命文学"话语秩序而居于主流和边缘地位的代表者的考察,来看他们是如何认识知识分子的地位与作用以及文学与权力、与人民之间的关系的。

关于"知识分子"一词,据说在19世纪才产生于法国,大约在1845年,哲学家勒南就使用过该词,但真正具有重大影响的还是左拉出于对"德雷福斯事件"的良知的呼吁,于1898年初写了一篇题为《我控诉——致共和国总统的信》,由克莱蒙梭发表

---

① 以上两段引自(法)瓦雷里:《文艺杂谈》,段映红译,百花文艺出版社,2002年,第73、75页。
② 张芝联:《二十年来演讲录》,生活·读书·新知三联书店,2007年,第176页。

在1898年1月14日的《文学、艺术、社会晨报》上,它被称之为"知识分子宣言"的代表作。① 而该词在中国,早在"五四"时期已经出现,1920年11月17日出版的《共产党》第一期中,就有一篇署名为"无懈"的文章——《俄国共产政府成立三周年纪念》,②其中便使用了"知识分子"一词。不过该词引入汉语在当时并未引起人们的注意,比它出现的更早的是"知识阶级"一词。而该词最早的使用者可能是李大钊,他在1919年2月发表的《青年与农村》一文中,就有"要把现代的新文明从根底输到社会里边,非把知识阶级与劳工阶级达成一气不可"③的表达。后来,在20年代"知识分子"一词便流行开来,毛泽东发表的《中国社会各阶级分析》一文中,也使用了"知识分子"一词(载《革命》1925年12月1日)。不过,在20年代有一篇重要的文章,论述中国知识分子并对鲁迅思想给予了充分的评价,那就是冯雪峰所写的《革命与知识阶级》(1928)一文。

然而,"知识分子"一词的词义在中西方是有所区别的。在西方,它有两层含义:一是"受过良好教育者""读书人",二是"对现状不满者""正义捍卫者";而在汉语中,它只有一层意思即"拥有较多科学文化知识者"。由此可见,在中国,"知识分子"一词所含有的"批判""革命""反叛"的色彩与西语词相较,就显得淡多了。

有学者从知识分子与社会主流意识形态、权力的关系之亲疏的角度,将知识分子分为"体制知识分子","非体制知识分子"和"反体制知识分子"(黄平);而另一种分法,则是从他们所从事的职业的特性分为"人文知识分子""科技知识分子""行政知识分子"和"批判知识分子"(孙津)。

在法国,知识分子的地位与作用以及对知识分子的研究,两三百年以来始终受到关注,并在政治史中占有重要地位;同时,它也是当代史学中充满活力的分支。法国当代学者西里奈利说知识分子有两种类型,"一种是道德的、史诗般的,他们是20世纪一切伟大事业中的勇士;另一种则是危险的、堂吉诃德似的,即社会骚闹的根源和国家解体的起因"。一些人把知识分子视为法兰西意识的守护天使,从杜贝莱、龙沙的"七星诗社"到蒙田、笛卡尔、帕斯卡、布瓦洛,再到孟德斯鸠、伏尔泰、狄德罗、卢梭和雨果、波德莱尔、左拉以及萨特、阿隆、德里达和福柯,他们都肩负起最具良知的职责。在法国学者朱里安·本达眼里,所谓知识分子是"其活动不是追求实际的目的,而是从事艺术、学问及形而上学的思维即追求达到获得超越的善那种逾越人类的某个阶层"。而"知识的价值"是其核心,即"正义、真实与理性,他们又具有三种特

---

① (法)贝尔纳-亨利·雷威:《自由的冒险历程:法国知识分子历史之我见》,曼铃等译,中央编译出版社,2000年,第3页。
② 王增进:《后现代与知识分子社会位置》,中国社会科学出版社,2003年,第12页。
③ 王增进:《后现代与知识分子社会位置》,中国社会科学出版社,2003年,第16页。

性——静止的、超越的和理性的"。① 面对两次世界大战留下的创伤和法西斯主义猖獗的瘤毒,法国分别于1946年、1958年、1965年和1975年陆续再版了本达1927年出版的《知识分子背叛》一书,那么何谓背叛呢?那就是"拒绝普遍的价值,使精神的东西屈服于现世的东西"。因为法国知识分子向来具有"政治责任"和"社会使命感","知识分子在'秩序'的名义下背叛他们的职责具有反民族的意义",他们应远离对"物力论"的崇拜,他还说"知识分子是国家的敌人,因为当法兰西犯错误的时候,他们不说这错误是正确的"。然而,像左拉、萨特式的"普遍性知识分子"在今天正在消失,代之而起的是"特殊的"知识分子。所以,在后现代的消费社会,我们研究知识分子与诗学的关系是非常有意义的。

法国作家德布雷分析了法国知识分子自大革命以来所经历的三个阶段及其不同角色:第一是大学阶段(1880—1930),教师作为知识分子的典型代表,担负起两方面的功能,一是与国家权威的联系,二是生产特定的文化价值;第二是出版社阶段(1930—1960),作家和编辑作为主体的"精神家族"兴起了,他们以其作品的自由表达而又不堕落和媚俗,赢得了社会的尊重;第三是大众传媒阶段(1968年以后),知识分子角色发生了巨大转变,他们成了大众传媒里的明星,他们维护着文化自身的合法化根据和"得体的"文化价值,这是"教师""作家"衰落,"名流"崛起的时代。②

在罗兰·巴特眼中,布热德式的第三阶段知识分子成了他鞭挞的对象。他这样调侃道:"一如所有神话生命体,知识分子属于一个普通的主体,属于一种物质——气,亦即空。高人一等的知识分子居高飞翔,不'贴近'现实……有位餐饮业者经常接待知识分子,把他们唤作'直升机'。"因为他的双翼抽离了阳刚的力量:"知识分子远离地面,留在空中,原地不动转圈子;其上升是怯懦的,远离宗教的伟大苍穹,也远离了常理的坚实大地。他所缺乏的是扎根于国家的'根'。"所以,他们的准确高度是乌云层,"在这种'高等'精神的高度里,是与抽象化同化,因为知识分子只不过是思考的机器"。也可以说:"知识分子承受的痛苦,是一种畸形的发展,是在小商贩的正常智量之上,添加了一个过重的阑尾——很奇怪的是由科学所构成,既客观化且概念化,属于重材料,连着人可以从人身上刮除。"换句话说:"科学超过了一定分量,便接近了毒药的'质'的世界。科学逾越了量的健康极限,便失去信誉,因而无法再将它定义为工作。"是的,在后工业社会与科层制度下,"工作的量化自然连带推销体力、肌肉、胸部、手臂的体力;反之,头部是个可疑的地带,因它所生产的属于质而非量"。看

---

① (法)朱里安·本达:《知识分子的背叛·序》,孙传钊译,吉林人民出版社,2004年,第3页。
② (法)德布雷:《教师、作家、名流:现代法国知识分子》,载刘晔:《知识分子与中国革命》,天津人民出版社,2004年。

来,"知识分子躲在脆弱无用的头部畸形的发展中,都患了最沉重的身体毛病——疲劳"①。这又不免使我们想到,在前面第二节里,朱自清关于"气节"的经典论述。中法两国现代知识分子,在20世纪的不同时空里,演绎了一段异中有同、同中有异的精神现象学的变迁史。

在萨义德对"知识分子"的研究中,他注意到了东西方文明与制度的不同,知识分子的表现与作用就存在着差异性。他认为对知识分子的评判应从"民族"与"传统"的角度出发来审视,他说"每位知识分子都诞生在一种语言中,而且大都一辈子活在那个语言中。那个语言成为他知识活动的主要媒介"②。这显然是与法国学者本达所倡议的"知识分子应该不再以集体似的热情来思考,而应该集中于超越的价值、普遍适用于所有国家的价值"的观念是不同的。他注意到了东方民族也就是印度和中国与欧洲的不同,就一国而言,那种集体的思考使知识分子异口同声地回应盛行的政策观点,这不应算是知识的共同体。另一方面,他又说"知识分子一直受到忠诚这个问题的困扰和无情的挑战。我们所有的人毫无例外地属于某个民族、宗教或族裔社群,不管多么高声抗议,都无法超越联系个人与家庭、群社、(当然也包括)民族的有机关系"。所以"知识分子经常被同一民族的成员指望挺身代表、陈述、见证那个民族的苦难"。"知识分子的重大责任在于,明确地把危机普遍化,从更宽广的人类范围来理解特定的种族或民族所蒙受的苦难,把那个经验连接上其他人的苦难。"③最后,他针对知识分子的介入,认为"知识分子的声音是孤独的,必须自由地结合一个运动的真实情况、民族的盼望、共同理想的追求,才能得到回响"。④

我们回头来看,继承"五四"传统的知识分子像朱自清、闻一多、沈从文、朱光潜、李健吾、李长之以及梁宗岱、艾青、穆旦、巴金等一代知识分子,他们虽然在相当长的一段时间都处于边缘的地位,但仍保持诗人独立的精神品格。在他们身上那种启蒙精神是可贵的,它体现在,一方面是对传统文化的批判的"五四"启蒙;二是对革命话语的审视中与之保持一种距离。这是因为,就中国20世纪上半叶的现代化进程来看,阶级解放和民族解放的政治救亡主题,基本上压倒了人的解放和个性解放的文化启蒙主题,也就是说,集体的政治身份的解放的革命主题,逐步冲淡了个体精神身份解放的启蒙主题。当他们面对本是"五四"启蒙的知识精英、文化英雄的身份被革命文化漠视、完全颠倒的时候,即从启蒙文化的精神英雄沦为革命文化的精神奴隶的时候,艾青、丁玲、肖军、王实味,为捍卫知识分子人格尊严,抵制正在形成的知识分子自

---

① 以上引自《布热德与知识分子》,载《神话:大众文化诠释》,许蕾蕾等译,上海人民出版社,1999年。
② 萨义德:《知识分子论》,单德兴译,生活·读书·新知三联书店,2002年,第29页。
③ 萨义德:《知识分子论》,单德兴译,生活·读书·新知三联书店,2002年,第38、41页。
④ 萨义德:《知识分子论》,单德兴译,生活·读书·新知三联书店,2002年,第85页。

卑感,写下了一批著名的杂文,来支撑其独立的自我精神家园。

正如福柯在谈及法国知识分子的"政治化"传统所言,通过他们"在资产阶级社会、资本主义制度和意识形态中的地位(被剥削、被遗弃、被'诅咒'、被指控犯有颠覆罪和不道德、贫穷等)和他的言论(因为这种言论揭示了某种真理,并从中发现一些人们尚未察觉的政治关系)",进而在历史中发挥的作用,是"向那些尚未看到真理的人,以无法说出真理的人的名义道出了真理、意识和雄辩"。① 这一看法是大致符合对中法两国人文知识分子角色的历史性定位的,当然中法两国近现代文学及其诗学,主要是靠人文主义知识分子来建构的。在历史上他们曾是旧社会、旧制度的批判者和掘墓人,担当起了启蒙现代性的重任。在法国,从伏尔泰、狄德罗、卢梭到雨果、左拉、波德莱尔、兰波、加洛蒂、阿拉贡、萨特、阿隆、福柯和德里达等,他们既是对封建主义专制和资本主义制度及其现代文明造成的异化的批判者,又是启蒙精神和社会良知的建构者和维护者,从20世纪至今,他们又是对现代性危机和资本主义"合法性"存在的提问者和文学使命的追问者,进而给社会的向前发展和人类文明的建设提供了动力。从文学的政治到政治的文学,萨特、阿隆以至德里达、福柯两代人都是"介入文学"和"文学的批判"的见证人,不过,如果说萨特与阿隆之前的时代和他们的时代是作家的权威的时代的话——"圣人""代言人"和"社会的良知",那么80年代以后,人文知识分子的这种皇冠的角色已风光不再,暗淡了下去,他们已不再是导师和权威。当然,这是后现代社会消费文化的时代特征使然。

而中国的现代文学及诗学的建构者,从"五四"启蒙一代到革命文学启蒙的一代,文学革命和革命文学始终伴随着中国的现代革命和现代性追求之路。我们看到人文知识分子在民族国家文学及诗学的建构中,发挥了决定性的重要的作用。从胡适、陈独秀、鲁迅、周作人、郭沫若、茅盾、瞿秋白、成仿吾、郑振铎、朱自清、闻一多、梁实秋、宗白华到艾青、巴金、丁玲和朱光潜、沈从文、梁宗岱、卞之琳、李健吾、李长之等,他们都倡导将西方现代文明和中国古代传统文化的精髓结合起来,从白话文与白话文学,到平民文学和革命文学,将语言革命和思想革命集合起来,并逐步探索和发现中国现代文学的民族精神和民族叙事与民族形式。

我们更看到,以鲁迅为代表的一代革命知识分子,对中国现代文学及诗学的深刻而又长远的影响。在鲁迅的光辉下,还聚集着像胡风、冯雪峰、艾青、穆旦、巴金等一大批革命知识分子对独立文化人格和文学尊严的捍卫。

最后,就知识分子的角色而言,中国红色革命文艺的先驱和领导者,从陈独秀、李大钊到郭沫若、瞿秋白、成仿吾,特别是毛泽东及其新中国以后的现实主义文学的阐

---

① 福柯、德勒兹:《知识分子与权力》,载《福柯集》,杜小真编选,上海远东出版社,1998年,第204页。

释者周扬、胡风,他们既是政党和意识形态在文艺领域的领导者和建构者——从提出无产阶级文学及其意识形态的领导权,到延安时期中国新文化革命文艺方针的制定,再到社会主义政治文化的建设——又是政权合法化的拥有者,这使得中国现代文学及诗学的政治意识形态功能异常强大,造成了文学与权力的关系极为密切。当它被无限放大时,就使文学高度政治化,这会对文学自身产生危害,同时也使中国人文知识分子角色的权威性和公信力受到影响,特别是使文学及诗学的权威性和阐释力大打折扣。这或许是我们同法国现代文学及诗学建构的最大不同点之一。

如果说,法国人文知识分子的角色,在于使法兰西文明从自身和资本主义的危机中,通过不断地自我更新和超越而得到解放的话,并且具有一种西方文明价值观的普适性,那么中国现代人文知识分子的角色与任务,则是在为实现中国特色的现代民族国家的目标下,一方面进行反帝反封建传统的文化革命与批判;另一方面,而且更重要的是,从反帝反殖民主义统治的民族革命与解放的叙事中,更注重革命文艺与大众文艺即为工农兵这个集体服务的阶级性和党性原则。这种文学及诗学的政治性是法国所没有的,它是由中国革命和中国社会的现代转型的历史使命所规定的。所以,在中法近现代文学及诗学的政治文化向度的结构性相似中,是不能掩盖其中这种政治向度的内在差异性,以及建设它的人文知识分子角色的身份与使命的差异性。

今天,我们注意到国内外对知识分子的研究成果已硕果累累,法国学者更多的是着重当代知识分子与权力的关系和与民众的关系上的问题。福柯就认为,知识分子本身是权力制度的一部分,是主流意识的代言人,同时又具有既被当作控制对象,又体现为与工具的权力形式作斗争的双重特征——反对知识、真理、意识话语的秩序。在法国,60年代"五月风暴"以后,"知识分子发现群众不需要他们来获取知识,群众完全清楚的掌握了知识,甚至比他们掌握得更好,而且群众能够更好地表达自己"。可见,知识分子与民众之间不再是一种简单的"启蒙"与"被启蒙","代言"与"被代言","再现"与"被再现"的关系,而是能否成为作为反抗权力的同盟军,按照各自的方式在"同所有那些到处在维持同一权力的控制和约束作斗争"。

而德里达后期的作品,重在关注人与政治的关系,在这里边有两点值得注意:其一是对本质主义的同质性的剖析,他说传统的形而上学认为,"人与其自身是统一的,具有不受内在差异所左右的固有人格,我们被鼓励着在无差别的同质化的族群中——家庭、友谊、民族——通过成员资格来确认我们的身份。因此,从亚里士多德到法国大革命,被理想化为天然的血缘纽带,令彼此分离的个人融为了一体"。这种"血缘纽带"的"天然的范畴",实则就是"共同体、文化、民族、疆界等,它们都取决于语言,因此也就归于约定"。所以,这种假定的同一性本质就掩盖了相当的差异性,而且这里边也同样存在着等级制。① 其二是他在《马克思的幽灵》及《另一种航程》中，抨击了自 1989 年起统治西方的自由主义的共识，指出了全球资本主义与传媒巨擘组成的"新国际"，是试图通过"前所未有的战争形式"建立起了世界霸权。德里达的解构哲学和他的政治性批判意识，似乎表明，推行其民主价值的唯一途径就是毁灭西方一直用于思索民主价值的那套语言系统，然后实现其"再政治化"或者一个"新的政治概念"的蓝图，也许这就是德里达的"政治正确"。②

而中国学者罗岗在其《"被压迫者"的知识如何可能》一文中，特别指出鲁迅的"拒绝"与"抵抗"的姿态，使他告别了现代体制中的"知识分子"，而呼喊一种真的"知识阶级"。因为"知识阶级"不是一个永恒的称号，它是一种变动的状态，原来替平民说话的"知识阶级"，随着地位的增高，"同时却把平民忘记了，变成了一种特别的阶级"。而鲁迅所鉴定的真的"知识阶级"是这样的，一方面"他与平民接近或自身就是平民"，"因此他却能替平民抱不平，把平民的痛苦告诉大众"；另一方面"他们对社会永远不会满意的，所感受的永远是痛苦，所看到的永远是缺点"，并且"不顾利害"，"他们预备着将来的牺牲"，这就是鲁迅的关于知识分子角色的定位。③

于是，当我们今天来回溯中国现代文学与诗学的建构，当我们谈论中法诗学的比较，当我们关注知识分子的身份、角色与作用时，回到鲁迅、重温鲁迅，我们发现鲁迅的精神与德里达、福柯的追问，在反抗现代性这个命题上有着某种内在的相似性。这时，我们才意识到"鲁迅创造了中国现代性最真实的存在样态，它表现为这指向内部的挣扎与抵抗，这种永远伴随着自我否定，因而永远不会有成功和停顿的、过客的'不断革命'，构成了东方现代性对于世界史的回应"。④ 同时，我们也看到了在彼岸的法国，80 年代以后关于知识分子身份的危机的讨论也如火如荼，这种人文知识分子作用的式微，正如研究萨特与阿隆的法国学者西里奈利所言："知识分子一旦丧失他们的思想色彩，就无力像过去那样，在他们的斗争中找到有关国家大事的辩论机遇，只能与周围的环境融为一体。"⑤

而美籍华人杜维明则注意到当今"文化中国"的这样一种现象，他站在中西文化的边缘上，在审视中国当代知识分子身份及其知识建构的困境时说，"中国人不愿被

---

① 德里达：《友爱政治学》，夏可君译，吉林人民出版社，2006 年。
② （美）马克·里拉：《当知识分子遇到政治》，邓晓青译，新星出版社，2005 年，第 170、171、179、180 页。
③ 罗岗：《"被压迫者"的知识如何可能》，载《中国的现代性与城市知识分子》，上海古籍出版社，2004 年，第 146 页。
④ 孙歌：《文学的位置——竹内好的悖论》，载《学术思想评论》第 4 集，转引自《中国的现代性与城市知识分子》，第 142 页。
⑤ （法）西里奈利：《20 世纪的两位知识分子：萨特与阿隆》，陈伟译，江苏人民出版社，2001 年，第 389 页。

同化并不等于'散居中国'的文化生产没有被支配,更不等于其'华人'身份没有被当地文化的生产机器纳入某种'范围'中作为'表征'。"换言之,"以海外华人论述(边缘)打开中国大陆(中心)的封闭与让西方的论述生产机制(中心)吸纳/改造中国论述(边缘)是一体之两面"。"海外华人的所谓'边缘'是否只是论述生产中心所设定的一种形塑?这样的'边缘'是否会使中国论述陷于另一种封闭性,变成知识生产的整体性计划中一枚无关宏旨的棋子?当时下的西方学者一再批判知识的整体性计划时,我们是否还可以乐观地无视论述上的暴力?"①在对今天我们研究中国现代诗学的生成及其路径,乃至对中国现代诗学的未来,及其在世界诗学中的位置与角色都不无启发意义。

当然,另一位华裔美国学者宇文所安又进一步关注一些西方人对"中国"知识分子的"权威话语":"从中西文化论述的脉络来看,'中国'知识分子看来变成了被实质化了的一个课题。只要中国人谈'民主',说'真理',他自然会变成了'中国'知识分子(是'中国'知识分子而不是知识分子)。仿佛遵照西方标准的便可获赠知识分子的名衔。中国人也似乎没有了当知识分子的权利,因为称得上知识分子的中国人大多会被实质化为'中国知识分子'。这种以'中国'(即西方论述机制中的某个专门"畴畛")去限制真正的中国知识分子的发声空间的做法是显而易见的。"显然,这无非是将中国知识分子定型为"'中国'知识分子以之为肯定自己是知识分子的工具。"而西方论述体制中西方人合法地挪用"中国"知识分子的身份,以为他们"能够接近中国知识分子,又能说他们不敢说的话,他们的话便变成了'中国'知识分子的发声"。可见这是"一种意识形态上的谬误:西方人很清楚西方人对中国的认识可以更胜中国人,但中国人却不能相信自己对西方之认识可以优于西方人"。因为"'知识'分子的'知识'是西方中心的。'中国'的字首必先得以西方中心/国际为旨归。"这样"'中国知识分子'这个概念受制于西方的论述生产机制,变得只能保存一种支持或反对国家政治机器的身份,不能拥有支持或反对论述生产机器的特殊阅读位置。"②由此,我们考察和审视中法(中西)诗学中知识分子的角色和作用时,话语权问题和"中国性"问题是个根本性的问题。

三、现实主义诗学的多维空间

作为当代法国现实主义诗学的代表者加洛蒂(1913—),针对苏联的"社会主义现实主义"文论的狭隘性,提出了"无边的现实主义"的文论概念。③ 在他看来,这个

---

① 朱耀伟:《当代西方批评论述的中国图像》,中国人民大学出版社,2006年,第127~129页。
② 朱耀伟:《当代西方批评论述的中国图像》,中国人民大学出版社,2006年,第160~163页。
③ (法)罗杰·加洛蒂:《论无边的现实主义》,吴岳添译,百花文艺出版社,1998年,本节相关阐述和引用的加氏理论及其评论均出自该书的中译本。

"无边"不是没有原则、没有边界的自由写作,而是对苏联的这一文论概念的教条主义的反动。他明确指出现实主义的概念不是一种先在,不是静止的、不是一成不变的,"它是从作品出发,而不是在作品产生之前就确定的",也不是"从以往的作品得出的标准出发,来判断艺术作品的价值"。那么艺术中的现代主义是什么呢? 在他看来,"是人参与人的持续创造的意识、即自由的最高形式。作为现实主义者,不是模仿现实的形象,而是模仿它的能动性;不是提供事物、事件、人物的仿制品或复制品,而是参加一个正在形成的世界的行动,发现它的内在节奏"。于是,作为自由的最高形式,艺术中的现实主义"有它的历史主动性和责任","问题不在于说明世界,而在于参加对世界的改造"。所以,"当现实包括人在内的时候,就不再是它仅仅存在的样子,而且也是它缺少的一切,它有待变成的一切,而人类的梦想和民族的神话则是它的酵素"。

加洛蒂尤其反感那种教条主义的、机械的现实主义,他特别指出了苏联那种"社会主义的现实主义"与文学的艺术特征是相违背的,他说:"以现实主义的名义要求一部作品反映全部现实、描绘一个时代或一个民族的历史进程、表现其基本的运动和未来的前景,这是一种哲学的而不是美学的要求。"而法国式的现实主义,已不再仅仅是工具即对现实的赞歌,而是对现实的一种理解、一种发现、一种思考。正如加洛蒂所推崇的现代主义的绘画大师毕加索的绘画艺术一样,因为在毕加索那里,美的传统标准从"文学里解放了出来,凝视让位于动作。正如瓦雷里所言,画家不再是自然的抄写员,而是成了它的对手,他的任务不是无限的照抄存在的东西,而是表现这些东西的运动、生命,像是一种预示未来的神话的超越"。所以,拒绝"屈从于必然消失的假象",能获得令人"崇高的敬意"。

我们看到法国式的现实主义的探讨,由贯注着自由精神的理念渗透到词语本身,"词不再仅仅是一些参与表达的符号,'语言不再是一种手段,它是一种有生命的东西',词的任务不再是照抄事物和模仿它们,而是相反地炸开事物的定义……它们本身是有静止的和神奇的意义,把最为平庸的现实变成一种神话创作的素材"。这样的写作在诗人波德莱尔那里、圣琼·佩斯那里得到了完美的体现。

在谈到卡夫卡的《城堡》及其创作时,加洛蒂赞赏卡夫卡的艺术,使人觉悟到他的世界不是封闭的。这里他还特别引用了两种不同概念的隐喻,来说明苏联式的"社会主义的现实主义"和法国式的"无边的现实主义"的根本区别——"巴别塔的事业与中国长城的事业"是有所区别的:巴别塔的建造是人类富有反抗的雄心的表现:以自身的力量上天,与上帝匹敌。"这一事业的本质是建造一座通天塔的思想,其余的一切都并不重要,这种思想一旦被人充分掌握,便不可能再消失。只要有人就会有愿望,把塔建成的强烈愿望。"

"而中国的长城正相反,是一条始终存在缺口的围墙,因为它是分段造的,这是

'中心的问题'。长城不是人类向上天发起的攻击,而是'作为一种对北方游牧民族的防御手段来设计的','但是围墙如果不是连续不断的,又有什么用呢?'"可见,加洛蒂一语道明了两种"现实主义原则"的分野,即超越性和功利性的区别。

最后,加洛蒂表明法国式的"现实主义"是"反体系"和反整一的,他在谈到圣琼·佩斯的诗和卡夫卡的作品时说道:"要避开这个体系——黑格尔哲学的体系——对精神的迷惑,我渴望与它相反的东西:与观念相反的、最令人陶醉的具体的东西。"

法国式的"现实主义"也是反专制主义的。加洛蒂说,在卡夫卡的艺术世界里,其主人公变成一个世界里的被告,"在这个世界里,只要承认一个外加的、人类特有的或上帝的尺度,便可以使法律、甚至习惯的道德不再有效,使人间或天堂的所有法庭为之动摇"。

我们极为欣赏加洛蒂对卡夫卡及其艺术世界的评论,如他所言卡夫卡的内心世界极其暧昧性,显示出"他绝不是乐观主义的,因为他在消除异化的根源时,看不到也拿不出改变世界的手段。他也绝不是悲观主义的,因为他任何时候都不甘心忍受世界的荒谬和厄运"。由此,我们也可以说加洛蒂的"现实主义"世界,既不是完全的乐观主义的天堂,也不是一味地被悲观主义所笼罩。

通过以上所述的在 20 世纪 70 年代,苏联与法国文坛关于"现实主义原则"的争论,我们看到正是加洛蒂所倡导的"无边的现实主义",使得"现实主义"诗学摆脱了由意识形态绝对主宰的局面,而回归到"现实主义"诗学自身及其美学的艺术维度里。今天来看,在经历了风风雨雨的考验,"现实主义"的艺术及其诗学没有过时,在中国、在世界它仍然随着时代而发展。加洛蒂的理论,使"现实主义"的理论及其创作获得了生命力,拓展和丰富了"现实主义"艺术与诗学的表现空间和阐释空间。

第四节 宗教与科学:现代诗学品质与向度的中法差异

历史表明,宗教与科学这两大因素始终与人类现代文明的兴起和发展相生相伴,它们不仅是人类文明成果的结晶,也是中法两国近现代文学及诗学生成不可须臾的话语场,它印证着不同国度、不同文明体系的人对人类生存意义及其价值追求的话语表达及其终极关怀。

一、宗教与科学:法国诗学生成的在场与挑战

就法国而言,从外部关系看,宗教在法兰西由中古走向近代社会这一转型阶段中,表现出现实的王权与中世纪教会神权间的较量,其结果是借助文艺复兴和近代科学的力量,以大写的"人"取代了神圣的崇拜,王权与封建贵族联合人民战胜了教会的神圣统治,确立了绝对君主专制的国家。不过,国王"表明他是上帝在法国的代理人,他对宗教的顺从仅限有关道德和信仰方面,而全法的教士,在关系到法国国家方面,应该服从国王"①。于是在步入近代社会,法国逐步实现了政教分离与国家认同感。尔后启蒙运动与法国大革命更是以理性精神与科学精神,彻底肃清了封建神权的统治思想,把教会权威拉下马,以科学的时代取代了宗教的时代,以主张正义、进步、自由、平等和幸福的资产阶级共和国取代了绝对封建专制的法国。法国学者费里所言:"自大革命以来,我们的社会是起源于自主创建的理念,这种理念认为人创造了历史,制定了法律,特别是伴随着议会的诞生。"②于是在后来的现代社会,宗教已从"有形宗教"即以教会为制度基础的信仰体制转化为以个人潜行为基础的"无形宗教",教会取向的宗教就成了现代社会的一种边缘现象,因此有人说现代社会一方面是"宗教离去",另一方面是"信仰的个体化";③也有人说当今时代的特点是两种交织的进程:一方面是"神的人化",另一方面是"人的神化"。正是这双重的进程使当代人道主义成为人—神的人道主义。④

我们曾在第一章中指出,从诗学生成的历史背景看,近代社会的法兰西形成是由以下四大运动的兴起为标志的,即文艺复兴运动与人文主义思想,宗教改革和科技进步,这四项极大地推动了法国近代社会的形成。法国历史学家基佐在其名著《法国文明史》(卷2)中,曾谈到法国中古时代(5至10世纪)特征时指出,他体现了"教会在国家中的优势和罗马教廷在教会中的优势"。⑤英国哲学家罗素认为:"宗教和经济两方面的原因正是(西方)从中世纪走向近代过渡的普遍变革的标志,因为改良宗教及其清教徒特征是与近代贸易的兴起息息相关的。"⑥路德的宗教改革,使教廷神权的一统天下被打破,并且在宗教仪式中,以民族语言代替了拉丁语。作为法国人的"精神领袖"加尔文的改革,使人意识到个体的人的灵魂得救与否不靠教会,只要你信任上帝,就一定会得救,成为上帝的"选民"。这种"平等"意识与"国家"意识和民族语言的追求,成为法国近代诗学之树生长的良好土壤与气候。我们看到,民族国家不但脱离基督教文明,而且民族愿望常常也是通过基督教的"民族化"表现出来的;同时宗教战争也增强了民族国家的权力和反抗封建暴政的统治。

然而,在思想及文学领域里,宗教是一道绕不过的坎,可以说它是法兰西文化的底色。基佐就曾说过:"(法国中古)近代文明伟大而独创的特性,在于承载古代大放

---

① (美)威尔·杜兰等:《路易十四时代》(上册),台北幼狮文化公司译,东方出版社,2007年,第73页。
② (法)吕克·费里:《宗教后的教徒》,周迈译,中国人民大学出版社,2007年。
③ 这是法国当代历史学家、哲学家马塞尔·戈谢在其《世界的祛魅》(1985)中提出的观点。
④ 法国索邦大学哲学政治学教授吕克费里在其《宗教后的教徒》一书中如是说。
⑤ (法)基佐:《法国文明史》(卷2),沅芷等译,商务印书馆,1995年,第342页。
⑥ (英)罗素:《西方的智慧》(下),崔权醴译,文化艺术出版社,1997年,第394页。

异彩的智力自由与在基督教社会中卓然出现的智能两者的结合。"①我们知道"法国文学史仅存的最古老的几个文献就是两部宗教文学作品,即二十九行的诗歌《圣女欧拉丽赞歌》(880年前后)和两百四十行的诗歌《圣徒列瑞行传》(1040年前后)"②。

下面,我们先来看,"也许是整个中世纪时期最全面的一个代表人物"的神学家的阿伯拉尔(1079—1142),在他身上"精深的辩证法造诣基于理智的信仰,宗教的狂热和求知的激情都奇怪地融合在一起,这正是这个伟大时代独有的标志"。③ 他又是中世纪盛期——"12世纪"文艺复兴——的主将、经院哲学的奠基人之一,新神学的重要创始人圣托马斯的先驱。我们知道,经院哲学的成就就在于"它用理性来检验教条",在阿伯拉尔那里,他把理性与信仰结合了起来,理性、批判和反思精神这一套在此前一直显得不可置疑的观念:"它为推倒基督教重要圣事之一的'赎罪'的先决条件,做出了有力的贡献。"④这是终结的开始,阿伯拉尔的影响力就在于他和他的时代并肩而立,使他不仅体会到了探究的激情,也最终体会到了怀疑的折磨,在维护对教会的信仰的欲望和日渐增强的理解的需要之间,他竭力维持一种平衡,这既是他的力量所在,也是他的缺陷所在,但不管怎么样,正如杜尔凯姆借别人之口所说的那样:"他是人类思想的解放者中最卓越的先驱者之一。"⑤他既是神学家,又是逻辑学家、道德学家、文学家和人文主义者(勒高夫语)。

事实上,与基督教神学相对的人文主义,是属于源于希腊的欧洲文明的一种精神,特别与基督教文明有着必然的渊源和联系。而早期的带有人文主义色彩的基督教神学的"自由派",就诞生在巴黎西南方向约百公里的小镇沙特尔,故称之为"沙特尔学派"。那时候,一方面经院哲学继续作为中世纪精神支柱的正统地位,另一方面属于"人"的与神本位相对立的文化,特别是哲学又不经意地从神学中剥离了出来。1270年的巴黎大学,哲学就与神学分开了。而作为欧洲人文主义的"泉眼"的沙特尔,是12世纪重要的科学中心,它表现出的精神特征就是"由求新、观察和研究所构成",这一"理性精神的基础就是相信自然的无限权力"。这种对自然非神圣化,对圣像论的批判,表明沙特尔的精神首先是一种人文主义,"它把'人'放在科学、哲学以及几乎也是神学的中心位置上";它把人看成是"天赋理性的生物","在它身上产生了理性与信仰之间的有活力的统一。"⑥

当然,应该看到,对法国近代学术和文艺复兴有重要贡献的人文主义者、学者、印

---

① (法)基佐:《法国文明史》(卷2),沅芷等译,商务印书馆,1995年,第344页。
② 柳鸣九、郑克鲁等:《法国文学史》(上),人民文学出版社,1979年,第11页。
③ (法)杜尔凯姆:《教育思想的演进》,李康译,上海人民出版社,2003年,第97页。
④ (法)雅克·勒高夫:《中世纪的知识分子》,张弘译,商务印书馆,1999年,第42页。
⑤ (法)杜尔凯姆:《教育思想的演进》,李康译,上海人民出版社,2003年,第42页。
⑥ (法)杜尔凯姆:《教育思想的演进》,李康译,上海人民出版社,2003年,第47~48页。

刷业者多雷(Etienne Dolet),就反对教权主义并被视为无神论者,因出版加尔文教义著作和柏拉图否认灵魂不灭的对话录而遭监禁,终在1546年被以火刑处死,成为"文艺复兴事业的第一位烈士"。

显然,在走向近现代的历史进程中,始终存在着两股力量的对峙与较量,显现出你中有我、我中有你的交错状态:崇敬神圣与被颠覆,人文主义与宗教神学(在人文主义里面,又有宗教人文主义和世俗人文主义之分)。

接下来,我们从教育与宗教的关系看宗教的作用与地位及其对近代教育的影响。16世纪的法国面临着教育危机和道德危机,这就需要建立一种新型的教育,法国在精神上和道德上的未来就取决于这个问题的解决。那时起主导作用的已不再是属于巴黎大学,而更多的属于一种新型的教师法团。16世纪中叶,天主教会下的耶稣修会法团应运而生,意在打破巴黎大学法团的垄断,耶稣会具有双重身份特征:一方面是保守派甚至反动派,另一方面又是开明派。因为一方面它属于宗教修会,另一方面又具备在俗教士的一切特征,修士们并不生活在修道院的蒙荫下,而是消融在世间的生活中,他们不仅必须与世界相融合,而且还必须广泛容纳这个世界上盛行的各种观念。于是文艺复兴后的教育整体上逐步走向世俗性质。后来,耶稣修会获准建立了一所学院即克莱蒙学院,也就是现在的路易大帝公学,其身份不是一个宗教修会,而是一个教师社团,它的功绩正如法国社会学家杜尔凯姆所言:"只要我们回想到17世纪和18世纪所有伟人都是耶稣会学校的学生:耶稣会的教育以一种普遍的方式在我们民族精神的形成中扮演了重要的角色。"①但是也应该看到,在耶稣会士的手里,古希腊、罗马时代成为一种基督教教义的工具,而他们想必没有能力以同样的方式运用自己所处时代的文学,因为这种文学蕴含着一种针对教会的反抗精神。为了实现他们的目标,耶稣会士们就想逃离现代,在古代那里寻求庇护。只是到了18世纪,随着大革命的逼近,法国人才开始学会跳出所有宗教性的象征体系来思考自身。拉夏洛泰在《论国民教育》的文章里说,由于教育的宗旨在于让公民为国家做好准备,因此显然必须用国家的宪法和法律来规定教育。公共教育打上了国民教育的烙印。孔多塞也说,公共教育是一项社会义务。我们看到这种教育学说的突出特征是赋予了具体科学相当的地位,它与人文主义者注重文学的教育学说是相对的,浸透着笛卡尔精神的那种教育学说也是注重科学的,它让孩子们面对纯粹的抽象概念,实体都是完全被理念化了的,所以这两种教育,前者是注重现实世界,注重具体事务,后者是注重抽象的人。

在本书第二章第二节中,我们曾对文艺复兴时期的文学及诗学思想的最重要阐释者之一的拉伯雷和蒙田的宗教意识作了概括性的分析。前者表现出对于封建权威

---

① (法)杜尔凯姆:《教育思想的演进》,李康译,上海人民出版社,2003年,第331页。

即宗教神圣的颠覆性,也就是德国学者奥尔巴赫所说的"原则上反基督教的方式";后者尽管是一个天主教徒,但并非是一个真正的基督教徒。他颠覆了中世纪基督教禁欲主义伦理观,他推崇自由、感性和人性的情感。神学家们认为,他是个无神论者,是以自身来代替天主。不过,在他那里道德和人性并不相互排斥和对立。在思想层面,近代哲学之父既是数学家,又是神学家的笛卡尔(1596—1650)基于时代语境的考虑,因为当时的历史条件下,科学尚未具备与神学相抗衡或完全冲破神学束缚的力量。如果说,中世纪以来的神学是建立在物理学之上的,物理世界的研究最后却指向神,那么笛卡尔的革命性就在于他让神学研究附属于物理学,从而为新的科学作论证。另一方面,笛卡尔的理性主义也是通过上帝这个概念奠定起来的,他认为:"在上帝里边,包含着科学与智慧的全部保障。"①所以,"笛卡尔的上帝论不是宗教的上帝,而是一个理性主义的上帝"②。可见,科学家献身科学,犹如献身上帝一样的虔诚和执着。

而另一位既是科学家又是神学家的哲人兼文学家的帕斯卡(1623—1662),他与笛卡尔一道,代表了法兰西伟大世纪的现代精神,因为在他们身上,所体现出来的正是那些在后来时代日益决定和塑造着世界并使之陷入危机的力量:科学、技术和工业。当然,正如美国科学史家本雅明·尼尔森在其《现代的起源》一书中所言,哥白尼、伽利略、笛卡尔、帕斯卡以及其他许多现代科学和哲学革命发轫期的卓越革新者,都是从天主教文化获得其精神教养的。不过,帕氏却反对笛卡尔用理性的方法来证明上帝的存在,因为笛卡尔所代表的哲学过分地抬高了人对自然的认识能力,过分强调人的理性的一面。于是,他站出来为上帝说话,为信仰辩护。看来,这位洞察了人类理性矛盾的人,坚定地将他的关切建立在"我信仰故我在"之上,他说:"我不能原谅笛卡尔,因为他在其全部的哲学中都想撇开上帝。"在帕斯卡看来,有三重的辩证真理:"认识上帝而不是认识自己的可悲,便形成骄傲;认识自己的可悲而不认识上帝,便形成绝望;认识耶稣基督,则形成中道,因为我们在其中会发现既有上帝又有我们的可悲。"在此,这一中道"即以原罪和救赎辩证法为旨归"。所以,人们把《思想录》称之为"现代人与信仰的第一次对话",不是没有道理的。于是我们就不难理解在帕氏那里,除了数学书籍和《圣经》之外,蒙田的《随笔集》属于他"最基本的藏书"。当然我们还看到帕斯卡虽然与罗马教廷没有丝毫的妥协,但在良知的两难选择中,即一边是教皇和教会,一边是个人的信仰,帕氏所面对的却是一种二律背反,但最终他还是一个调和者。他是一个充满了矛盾的人,既肯定又否定是帕氏的本性所在。所以我们才看到《思想录》不是在一个层次上,只用唯一的一种声音来说话,而是横跨天

---

① (法)笛卡尔:《第一哲学沉思录》,庞景仁译,商务印书馆,1986年,第55页。
② 冯俊:《法国近代哲学》,同济大学出版社,2004年,第38页。

堂与地狱之间,浑然为多声部的合唱。纵观帕氏的一生,还是当代基督教思想家汉斯·昆和现代文学批评家延斯说得好:只要帕斯卡以科学家的身份来说话,他作为神学家的思考就不得不停顿下来,他将神学加以数学化,为"有限和无限、无和有"这样一些概念,赋予了一种新的、奠立于知识而不是冥想之上的意义;在描写人这一摇摆于贫穷与伟大之间的双重性生物的同时,也呈现了他自己生活与思想的二元性。当他从事科学活动时,始终是一个"伟大的基督徒";当他沉思上帝时,并用"不可分概念"来说明上帝的独特存在时,他始终是一个数学家,可以说帕氏的伟大就在于他如此精确地描述了无限与有限,上帝的可能性与人的不确定性。[1] 所以从文化学角度看,他的思想不仅仅局限于宗教一域,因为如何看待上帝和如何处理人和上帝的关系,表面上是信仰上的事情,实则关系到我们该以何种态度看待人生以及我们所拥有的文明成就。人生问题绝不是几何学的科学原理所能解决的,它需要的是信仰,一种善的原则和爱。所以美国历史学家杜兰称帕氏为"理性时代最优异的宗教辩护者"。

而后的天主教哲学家马勒伯朗士(1638—1715,也是物理学家与教育学家),更是建立起了一个以上帝为中心的神学唯心主义一元论的哲学体系。与笛卡尔把上帝作为科学知识的最终保障不同,他把知识看作是上帝本身。他的认识论的中心点就是"在上帝之中看一切"。而对待上帝的存在及其属性上,他也抛弃了笛卡尔式的推理形式而强调直觉,因为上帝与无限是同一个东西,当你想到了无限就知觉到了无限的存在,所以上帝是存在的,这也是上帝的本质。他还指出上帝是世界的第一原因,即他以规律来支配世界,他是一切规律的最后原因。由此,他又提出了"偶因论"。这给我们从反面看现代物理学以启发,因为科学只能决定恒常的连续、有规则的结合,但只注意现象间的规律而不去探究事物内部的隐秘的值、内在之力是传统物理学的盲点。由此我们说他的宗教神学并非是主张蒙昧主义、神秘主义的天启哲学,而是十分注意人的理性,上帝在那里并非是基督教的人格神,而是一个建立普遍规律的理性实体,这种自然神论成为启发后来的启蒙学者们的重要力量。所以后来有伏尔泰以自然神论和自由平等观,来反抗封建专制和宗教神学;有拉美特里以其唯物论为自然神论和无神论辩护。而无神论者或第一个自然神论的贝尔则说:"不需要理性,这是真正的宗教。"他将理性给了科学和哲学,将信仰给予宗教,对科学的哲学最终独立于宗教,走上独立发展的成熟学科起到了促进作用。他的宗教宽容态度为正统天主教所不容,同时他主张道德独立于宗教,这种否定宗教信仰与道德行为之间有任何必然联系的观点,对英国伦理学家沙夫茨伯利等产生了颇大的影响。

在法国近代哲学及近代思想生成的历史进程中,科学与宗教始终是既对立又相

---

[1] (德)汉斯·昆等:《现代精神觉醒中的宗教》,载《诗与宗教》,李永平译,生活·读书·新知三联书店,2005年,第29页。

互作用。丰塔奈尔(1657—1757)是另一位值得关注的人物。正如作为科学家和哲学家的启蒙运动的《百科全书》副主编达朗贝尔所言,他(丰塔奈尔)将哲学与文学结合起来,以最为浅近的文学形式宣传和普及了科学和哲学思想。他的《有人居住的世界多样性的谈话》(1686)和《笛卡尔的漩涡理论》(1752)两部著作,宣传了唯物主义的新宇宙观;同时他还在法国科学院常任秘书任上,以"颂词"的形式撰写了一部科学院的沿革史。另外他又以《神谕的历史》(1687)和《神话起源》(1724),表达了对基督教和其他启示宗教的怀疑,并认为神不是历史之神而是自然之神。他通过关于世界的科学概念来显示自己,这是一种自然神论的宗教观。正是由于他的历史性贡献,使得广大民众摆脱了宗教神学的蒙昧主义,去迎接理性和科学的光明,故而他成了法国启蒙运动的先驱者之一。

下面我们探讨一下笛卡尔在科学与宗教两个层面上,与法国17—18世纪文学所发生的关系。正如法国文学史家朗松所言:"笛卡尔哲学的灵魂正是18世纪不信教思想所出自的原则,笛卡尔方法深处的科学精神及对理性能取得进步这种信念,连他所揭示的真理的死敌后来也发现了。"①当然笛卡尔思想中还有相当多的传统信念,这包括灵魂的非物质性以及上帝的存在的结论。笛卡尔把自己看成是宗教的盟友而非它的敌人。他让人们看到一个上帝、一个不朽的灵魂、一个自由的意志、一个绝对的善,这就把他们领到了宗教身边。而在文学方面也有两位非常知名的人物——布瓦洛和拉布吕耶尔与他有不解之缘。在朗松看来,笛卡尔体系是以数学的形式表现宇宙,从笛卡尔主义得出的文学只能是纯粹概念的文学。笛卡尔文学只能是以思想意识为内容、以代数学为形式的东西。当然古典主义文学也并非就是如此。事实上笛卡尔哲学并没有创造出古典主义文学,他同古典主义文学是平行发展的,不过是同一精神的两种表现,从某种角度讲,"笛卡尔学说在17世纪是反对不信教思想的一个堡垒,他帮助我们伟大的古典主义文学保持一种表象,同时在一定程度上也帮助它保持了基督教思想"②。

不过我们应该看到,笛卡尔学说给17世纪文学带来的新派思想,首先表现在对权威的怀疑,其次是将进步这个规律运用于文学,再就是将自然效应的守恒法则运用于文学,他还把提出不证自明的证据这个原则用之于批评。另外看待一部诗歌作品是否完美并不取决于诗人的描绘刻画是否与事物本身相一致,而取决于这些描绘刻画是否强烈地表现了人们对这些事物的真实感觉。最后词语也只不过是些符号,而形式的价值完全在于它是否可把理解的事物表现得清楚、精密、确切。

---

① (美)昂利·拜尔编:《方法、批评及文学史:朗松文论选》,徐继曾译,中国社会科学出版社,1992年,第244页。
② (美)昂利·拜尔编:《方法、批评及文学史:朗松文论选》,徐继曾译,中国社会科学出版社,1992年,第267页。

在朗松看来，18世纪的法国文学，无论就其精神还是就其鉴赏趣味而言，却完全是笛卡尔主义式的文学。一心关注概念，对理性的崇拜，极端的抽象与伦理精神，都表现出了与笛卡尔的方法论相一致的文学思想。孟德斯鸠、伏尔泰、达朗贝尔等人的作品便是如此。伏尔泰的小说就是用来陈述其哲学思想。朗松认为"他的故事毫无诗意，其结构却又有几何学那样的准确性"，这种笛卡尔式的文学便以《老实人》为代表。这也表明，"笛卡尔体系在法国社会和文学中的命运是如此地不同，难以相提并论"。实际上，笛卡尔支配文学界的时期大约从1700到1750年或1760年间。18世纪后半期，由于美学和情感因素进入文学、感觉论方法和归纳法在人们头脑中传播（孔狄亚克的《感觉论》，狄德罗、卢梭的自然主义情感论），使得文学有了新的转机。

事实上关于启蒙时代的思想家与文学家们对待科学与宗教问题，我们在本书第三章第一节中有所涉及。在此，再聚焦这一主题时仅就伏尔泰、狄德罗和卢梭予以观照。就伏尔泰而言，在对待宗教问题上，应该看到他的宗教观的矛盾性和其学术思想与他的反对宗教斗争实践的客观历史效果的差异性。在宗教观上，一方面他猛烈抨击封建神学和教会的统治，认为封建宗教是迷信，教会是一切社会罪恶的根源，宗教战争给民众和国家带来巨大灾难并揭露了教权主义的残暴，指出教皇、主教、神父们是"文明的恶棍"。另一方面，就他的世界观而言，他又是一个自然神论者，而且在社会现实中也反对消灭宗教，他认为保留宗教对于维护社会稳定、培养人们的道德是非常必要的，正如他在《哲学辞典》中所言："有一位神灵来惩罚人类法律所不能制裁的罪恶，倒也的确是有益人民的事儿。"与信仰不同，在现实层面，在同教会统治进行斗争中，他以战斗的檄文，运用各种文学形式，诸如史诗、悲剧、小说以及论文作为唤起民众向宗教狂热作斗争的武器，他还编辑出版了梅利叶反对宗教神学与封建制度的《遗书》的选本，并且在"卡拉世界"中，挺身而出为受迫害者作辩护，因此他的形象成了反对宗教神学的斗士。

而从自然神论走向无神论的狄德罗，就宗教问题的看法是通过他擅长的对话形式和相关文学体裁传达出来的。在其早期著作《关于宗教、哲学和社会生活的谈话》（1746—1747）中，揭露宗教教义的虚伪性，抨击宗教神学，反对宗教禁欲主义，痛斥专制政府对真理的压制，同时又以他的哲学王国来对照神学王国，显示出从自然神论迈向无神论的变迁，当然他那时思想还是有矛盾的。后来他又在《一个哲学家和元帅夫人的谈话》中，设计了一位虔诚信仰基督的、鲜活的、充满女性魅力的元帅夫人，在同无神论者哲学家（狄德罗）的对话中，狄氏表达了他对宗教的批判态度，宗教导致可怕的战争，民间的冲突和暴力，各宗教之间显示出决不宽容的情形；他还说人没有一成不变的信仰，因为人是超力的，所以要获得的显然不是宗教精神，而是实际的利益。同时，针对宗教制度的精神专制对人性的摧残，狄氏还写了一部《修女》的小说，以具有隐喻色彩的"光明"与"黑暗"的对峙与较量，体现出宗教批判意义与美学意义，同样他在《哲学思想录增补》中,对理性与信仰做了评价:"如果理性是天所赋予的东西,而对信仰同样可以这么说,那么天就给了我们两种不相容的而且彼此矛盾的礼物。要解除这一困难,就得说信仰是一个幻想出来的原则,在自然中是根本不存在的。"他还说:"人们用来支持宗教的那些事情是古老而且奇异的,这就是说是最可疑不过的事情,用来证明最不可信的东西。"同时还指出了宗教在不同时代的境遇:"耶稣基督的宗教,被一些无知的人宣传着,造成了那些最初的基督徒。这同一个宗教,为一些学者和博士宣讲着,在今日却只造成了不信的人。"①

再看卢梭的自然神论观,他与伏尔泰一样是个自然神论者,他们反对人为的宗教,但相信在人们的意识中应当有一个至高无上的上帝。在卢梭看来,人类的宗教是没有教堂及其仪式,只有内心对上帝的崇拜和承担道德的永恒义务,也就是说,人世之外没有一个监视人们的上帝,人们不必服从他,请求他的保护,而那个上帝可谓是人们的安慰者,他惩恶扬善。不过卢梭所树立和崇拜的上帝并未超越他所规范的世俗人的道德范畴,因为在人类灵魂深处,生来就具有正义和道德的原则,这就是良心。良心在卢梭处已成为三位一体的圣灵,是人与上帝沟通的中介,所以卢梭的上帝其实就是人们的道德之化身,是世俗化的神祇圣灵的显现。这样一种世俗化的宗教对建立一个公平合理的契约社会,是一种乌托邦的神圣。确实卢梭的哲学伦理学在很大程度上受到这种道德化的自然宗教的影响,他既是一种神圣的宗教情怀,又表达了一种人道与博爱的社会情感。此外我们还看到,以卢梭为代表的浪漫派也倾向于情感,在这点上"浪漫"与宗教都是倾向于非理性的,当然此处的宗教即保持着对神秘的敬畏与对万事的宽容。蒙田、帕斯卡又何不如此呢。前面我们所论的狄德罗也赋予"热情"至高无上的地位。是否可以说,启蒙时代的这些哲人们,对哲学及文学的重要贡献之一,就在于不让身体或性别特征与精神生活隔绝开来。人不再是一个概念,而是生理上的男人女人,有着不同的欲望,这就为开辟新的哲学和美学范式打开了一个缺口,预示着19世纪现代美学新纪元的到来。

另外在对待科学与艺术的问题上,卢梭是持负面的态度的。卢梭的文论思想与科学、艺术的关系,主要见之于他的那篇著名的应征文——《论科学与艺术》。在本章第一节里,我们从梳理西方现代社会批判理论的角度出发,简略地做了回溯式的以他为先声的探源。在此,只需进一步指出以下三点:一、卢梭的此篇声讨式的檄文,首先表明他富有远见地洞察到了科学在社会生活中不是万能,它的负面作用是人类文明社会的毒瘤。卢梭不是否定科学本身,否定文明与发展的进步这一事实,而是指出科学艺术的发展和道德发展的矛盾性。他否定的是异化了的文化即金钱文化与低级的

---

① (法)狄德罗:《哲学思想增补录》,载《怀疑论者的漫步:狄德罗文选》,陈修斋等译,上海三联书店,1991年,第283、286、289页。

俗文化。二、应看到卢梭对科技文化负面作用的反感是有其内在根源的。这与他奉行的自然神论观的宗教情感密切相关。他主张的是"回归自然",回归到人的本性的纯粹状态。可以说卢梭强调的是一种宗教道德的精神力量。三、如果将此文与他后来的充满人文主义教育理念的小说《爱弥尔》相联系起来看,他要真正解决的是"野蛮的文明人"的心性问题,他向往的是诚信与友爱的社会,和谐与幸福才是人类社会发展的真正诉求。

19世纪浪漫主义文学的精神领袖,集文论家、诗人、小说家、戏剧家为一身的雨果,一方面在其文学创作中,无论是在其小说《巴黎圣母院》中(毫不留情地揭露和鞭挞了象征教权的红衣主教的虚伪和丑恶)或在其《悲惨世界》里(那位主教具有的仁慈和宽恕的道德感化力量),"他的小说构成了一种平行神话学"(法国文学评论家加埃唐·皮孔语),神话化在他的作品中占有十分重要的地位,还是在其诗歌作品《天主》《撒旦的末日》中,表现"恶"得到宽恕的"神话"(法国文学史家布吕奈尔语),抑或通过《历代传说》来展示"从人类之母夏娃到人民之母1789大革命"这一人类发展过程的诗体传奇,宗教意识都是他作品中抹不去的底色。"他的基督教在我们看来只是近似的东西","他比任何人都相信天主是个传说"。① 另一方面在其重要的批评论著《莎士比亚论》和展示其文论思想的《我生命的附言》中,他都表达出浓郁的宗教情怀和对崇高而又神圣的精神信仰的追求与坚守,正如它所言:"在政治上,我把祖国置于各个党派之上;在宗教上,我把上帝置于各个教义之上……我相信一切人的上帝,我相信一切心灵的爱,我相信一切灵魂的真实。"②在他看来:"如果善存在,精神世界就存在,因为善才是精神世界的太阳/如果精神世界存在,这个精神世界如果不是以上帝为中心的灵魂世界,它又是什么呢?/所以灵魂是存在的。"③他接着推理道:如果没有灵魂,就没有上帝;同样上帝存在,所以灵魂也存在。在此上帝与灵魂就合二而一了。于是,人活着的时候,灵魂一直寓于人体之内,使人成为与野兽截然不同的造物主,当然人可以行善也可以作恶,然而,使人自由的是灵魂,其特有的表征是什么呢?——"爱情、忠诚、廉耻、人类的尊严、献身精神、正直、信仰、义务、良心、诚实、荣誉和道德。"同时,雨果还列出了与灵魂光辉特征相对的"恶"的阴暗特征:"恨、道德败坏、卑鄙、丑恶、自私、反叛、说谎、不诚实和罪恶。"④在此,雨果指出赋予灵魂的人首先是自由的,它有良心,同时还有责任感。他接着还说"有比纯洁更美好的东西,那就是宽容","灵魂的最高特性是仁慈"。所以雨果以他文论家兼诗人的气质喊出了"灵魂是海洋,思想是海里的浪花,激情是海上的风暴",这位"海上劳工"就这样讴歌

---

① (法)布吕奈尔:《19世纪法国文学史》,郑克鲁等译,上海人民出版社,1997年,第89页。
② (法)雨果:《我生命的附言》,赵克非译,团结出版社,2003年,第218页。
③ (法)雨果:《我生命的附言》,赵克非译,团结出版社,2003年,第192页。
④ (法)雨果:《我生命的附言》,赵克非译,团结出版社,2003年,第194页。

着:"灵魂对现世低声唱着来生的神秘歌曲,努力把神引入人身,把精神引入肉体,把声音引入话语。"①这就是雨果的宗教情怀与道德哲学的表达。

另外,他是这样展露其宗教观的:"自然神论来自阳光;犹太教、佛教、伊斯兰教、基督教来自月光。摩西、孔夫子、穆罕默德、耶稣,都是行星式的人物,他们围着天体转,反射着天体的光……诸多宗教都是上帝的卫星,这些卫星在夜里照耀着人,使阴影中的灵魂变亮。因此那些宗教还是一片空白的民族中间,就充斥着幽灵、幻觉、恐怖、假象和幻影。"②他接着说宗教差不多源于绝对的存在,一种宗教就是对上帝的阐释。他认为宗教的改革就是把"上帝降低为人",而哲学则是把"人上升为神"。真正的哲学使众多的宗教改变方向,促使信仰的产生。雨果还很有针对性地指出,"19世纪之母的法国大革命","把所有的神坛全部推倒,把一切信条全部毁灭,把各种形式的上帝统统摧毁,然后大革命找了找阴影深处的东西",于是雨果要人们葆有"伟大信念,亦即思想的信念,能够使革命的几代人文明化的信念"。雨果这样对我们说:"如同太阳一样,绝对存在是上帝……太阳是它的眼睛,公正是其神目。"

以上大致显示了雨果文论思想的重要一极,它是雨果作品及宗教情怀的道德力量与艺术魅力的赫然再现。雨果的宗教是人民的宗教,而非宗教神学意义上的宗教。正如他的评论者波德莱尔所言:"他是为人的,然而他并不反对上帝,他信任上帝,但他并不反对人。"③

雨果文论思想与科学之关系也值得我们观照。如果说卢梭的文论思想中对科学是持负面态度的话,在雨果文论思想中对科学与艺术的态度则要持平稳重得多。首先,我们来关注他从科学进而到自然哲学与科学哲学层面的思考,在《我生命的附言》中,他以诗人的眼光在三个篇章即"哲学"篇、"无限小量"篇、"无限之物"篇里,讨论这方面的问题。他用自己在数学、物理学、天文学等方面的知识,表达了其宇宙观和科学哲学的遐想。他谈到了"四个无限":两个表现在时间方面——"永恒的未来与永恒的过去",两个表现在空间方面——"无限大量与无限小量"。他还说"人类思想有精确和无穷两大领域"(《莎士比亚论》)。其次,他还做了科学社会学式的批判,对那时的学院科学和官方科学进行了抨击,他鄙视那种"为独裁者效力的""眼见低下的、易受惊吓的、不乐意进行探索的"伪科学。他说:"科学没有欺人,它是在自欺。"他的结论是:"去掉灵魂,就是剪掉了翅膀。去掉无限,就是取消了场地。一切又归于宁静。"④最后,他还谈到科学与艺术之间的共性与差异。他认为:"没有直觉既

---

① (法)雨果:《我生命的附言》,赵克非译,团结出版社,2003年,第228页。
② (法)雨果:《我生命的附言》,赵克非译,团结出版社,2003年,第216~217页。
③ 波德莱尔:《评悲惨世界》,载《波德莱尔美学论文选》,郭宏安译,人民文学出版社,1987年,第164页。
④ (法)雨果:《我生命的附言》,赵克非译,团结出版社,2003年,第286~287页。

不会有高深的科学,也不会有好的诗歌。"他还说:"诗歌同科学一样,都有抽象的根源。""'数',这个含义深刻的词,就是人类思想的基础;它是我们智慧的元素;它既是数学,又是音律。'数'在艺术面前显示威力是通过节奏,节奏便是'无穷'的心脏搏击。"于是,"没有'数'就没有科学;没有'数'就没有诗歌"。"然而进步是科学的动力;理想则是艺术的发动机";"科学产生新的发现,艺术产生作品";"科学是真理的'渐近线',它不断接近而永远不能触及";"艺术完全不是这样。艺术不是接连发生的。整个艺术连成一片"①。

在 19 世纪上半叶,还有一位被法国文学史家布吕奈尔称之为"标志着一种新人和现代文学的产生"的天才作家兼诗人夏多布里昂(1767—1848),也是一位"用文学基督教取代文学异教,并以这种方式证明布瓦洛反对把神秘宗教视作天国的文学装饰品是正确的"②的人物。早在 19 世纪初年,夏氏就发表的他的名著《基督教真谛》(1802),其副标题就是"基督教的美"。可见他是要从美学的角度来重建基督教的信誉。此书首先以自然的完美证明了上帝的存在、宇宙的美,使人趋于信仰(《教理与教义》),其次论证基督教所孕育的文学艺术作品较异教的文艺作品更为优秀(《基督教的诗意》),接着又考查了音乐、绘画、雕塑、哥特式的教堂建筑,论证基督教的和谐(《美术与文学》),最后谈及教堂的建筑,祈祷的过程以及传教、布道的活动对社会的作用,可以看出其中好大一部分不是完全就基督教论基督教,而是把它放在与文学艺术的关系中去探讨。在他看来"欧洲文明一部最好的法律,差不多所有的科学和文艺都来自宗教",忧郁是文学的第一要素,天主教充盈着忧郁的倾向,忧郁是对天国思慕的表现,唯有描绘出忧郁、虚空的心灵,才算是美的作品。于是我们看到,与其说此书是对基督教的真实性关注,不如说它是对基督教美学魅力的关注;与其说它是对 18 世纪非宗教的反动,不如说是对伏尔泰、卢梭、狄德罗等哲学家们 18 世纪之争的延续。所以,勃兰兑斯谈到《基督教真谛》时说:"(此书)迎合了人的想象力,而不是迎合人的信仰,迎合感情,而不是迎合理智。它给人的印象是在确信理智已对基督教不利,信仰也不复存在的情况下发表的。"③事实上,夏氏的创作与宗教相关联的还有《阿塔拉》《勒内》和《墓中回忆录》以及宗教方面的系列作品《殉教者》《从巴黎到耶路撒冷纪行》。而他的文学生涯也显示出,最初是位唯美的和信仰中世纪的基督徒,而后是唯美的信仰中世纪者,再后成了一个既不是信仰中世纪者,也不是基督徒的美学家,他本质上从一开始就是唯美主义的。

---

① (法)雨果:《莎士比亚论》,丁世忠译,团结出版社,2001 年,第 80~87 页。
② (美)欧文·白璧德:《法国现代批评大家》,孙宜学译,广西师范大学出版社,2002 年,第 46 页。
③ (丹麦)勃兰兑斯:《19 世纪文学主流·法国的反动》,张道真译,人民文学出版社,1986 年,第 75 页。

如果说19世纪前半段是夏多布里昂和雨果的时代,那么后半段则是波德莱尔、马拉美、兰波和维尔伦们诗歌的时代。波氏的《恶之花》就是一幅经过伪装过的"宗教信仰"的面具——他以邪恶来掩饰其内心深处的真正信仰:"他崇拜上帝,却给他起名撒旦"。他的诗歌语言蕴含着原罪意义,这种对语言的神术创造,暗示了一种真正的同基督教对抗的信仰,对"恶"的信仰背面却是对美的信仰。事实上,他诗作中的"撒旦"具有双重性:"一方面是万恶之源,另一方面却又是伟大的被压迫者,伟大的牺牲者。"①本雅明认为,这就可以看出波氏把自己对当权者的激烈反抗植入一种激烈的神学形式中,波氏这个耶稣会的崇拜者也没有打算彻底地永远地放弃这个救世主,在他与自己所拒斥的信仰作斗争时,"撒旦"是他真正的精神支柱。② 波氏的创作中另一个引人注目的关键点是题为《通感》的一诗,一方面我们可以从宗教的仪式中去体验,但如果超越这个范畴,《通感》就是美的事物本身而已——它显示出了艺术的宗教仪式的价值,因为美通常有两种方式来定义,即通过它与历史的关系和它与自然的关系。于是从美与自然的关系出发,只有当它蒙上一层面纱时,它才能保持着本质上的真实。《通感》一诗便告诉了我们这层面纱的意味。③ 另外在波德莱尔的艺术批评中,我们要特别提及涉及宗教与绘画和音乐艺术的关系的文章。他青睐德拉克洛瓦的绘画,指出其中所表现出的宗教精神的力量,他专门谈及了德氏的宗教题材画,并说"德拉克洛瓦的想象力从不畏惧攀登宗教的困难高度",像《持橄榄枝的基督》《天神报喜》等便是明证。在论及瓦格纳的音乐时,他以《汤豪舍》为例,指出完美的音乐必然要把神话选定为音乐家理想的素材,《汤豪舍》就选择人心作为主要战场两种原则之间的斗争,即肉体对精神,地狱对天堂,撒旦对上帝之间的斗争。他进而评论道:"序曲用两首歌概括了全剧的思想,一首是宗教的歌曲,另一首是音乐的歌曲。他还把瓦格纳的《罗恩格林》的序曲拿来同此剧作比较,指出它们都表达了神秘性的热烈和精神朝向不能以言相通的上帝的强烈欲望的那种力量。"并说:"当宗教的主题冲进狂暴的恶之中,渐渐地重建秩序,曲调重新向上进行的时候,当它带着它的全部坚实的美挺立在一片快感的混乱的时候,整个灵魂就感到赎罪的狂喜。"④于是,"自从上帝说世界是个复杂的而不可分割的整体那天起,事物就一直通过一种相互间的类似彼此表达着"。波氏还特意将他的名诗《通感》抄录在此处,让评论与诗作交映生辉,这本身也是一种音乐评论与诗歌艺术的互文性阅读。所以现代法国宗

---

① (法)于勒·勒梅特尔:《当代作家》,第4辑,1895年,第30页。转引自本雅明:《发达资本主义时代的抒情诗人:波德莱尔》,张旭东等译,生活·读书·新知三联书店,1989年,第40页。
② (德)本雅明:《发达资本主义时代的抒情诗人:波德莱尔》,张旭东等译,生活·读书·新知三联书店,1989年,第41页。
③ (德)本雅明:《发达资本主义时代的抒情诗人:波德莱尔》,张旭东等译,生活·读书·新知三联书店,1989年,第154页。
④ (法)波德莱尔:《波德莱尔美学论文选》,郭宏安译,人民文学出版社,1987年,第567页。

教哲学家兼文艺评论家马利坦就特别欣赏波氏与但丁的创作:波德莱尔在自己心中展开一场对抗时代无望的精神战争,而但丁却神采飞扬地打他与时代对抗的战争;波德莱尔在他对作为偶像的美的热爱中徘徊于上帝与魔鬼之间,而但丁则在他对作为神圣物的美的热爱中被步步地带向救世主;波德莱尔用畸变和冷酷的方式表现人类之爱的眼光,是一个迷惘时代的被腐蚀的眼光中最为深刻的,他关于罪孽和灵魂的超越尘世命运的实在感,关于基督教的必要性的主张,是一个迷惘时代被腐蚀的心灵中最为迫切的体认。①

关于19世纪象征主义诗学与宗教的关系,我们看到,从总体上说其宗教意识和神秘主义色彩尤为明显。在本章第一节曾谈及象征主义诗学时,我们就略有涉足,下面就此领域再聚焦一下几位代表人物。除刚才谈及的波德莱尔外,"在马拉美身上还有一种使之更为辉煌的东西,那便是神圣性,它仿佛是在一个超凡的世界里行使着神尊的作用"(纪德语)。其作品的绝对精神散发着一种魔力,他的美学唯灵论体现了那个时代氛围中某种宗教的东西,从而使他的诗歌具有一种超越性。而兰波也是一位"魔鬼附身的诗人"(纪德语),"一位不由自主的受难的基督,他憎恨他的十字架,而他的十字架却又追随着他,他为它将伴他终身而忧虑"(T. 莫里亚克语)。克罗岱尔也曾谈及兰波信仰基督教的问题。现代法国评论家让-玛丽·卢亚尔也说,面对"几个世纪以来的文明教养已经使人类贫血,失去了生命的活力","兰波输进了一种道灵作家即占星术士或撒满的概念,从而使浪漫诗人咒语的一切成分过热并妖魔化。他成了一位发出玄奥启示和呈现彼界潜能神秘征兆的通灵者"②。在纪德看来,魏尔伦最美的诗是他皈依了宗教写出的那部《智慧集》。瓦雷里则把他与中世纪末期法国最伟大诗人维庸相提并论,因为"这两人都曾堕落、忏悔、再堕落,重新站起来的时候就成了大诗人"。作为后期象征主义的代表,20世纪上半叶最伟大的诗人瓦雷里,也是一位集科学家、诗人和文学评论家为一身的名人,与他的先辈蒙田,前辈波德莱尔、兰波和纪德一样,对宗教表示质疑和反抗,如纪德所言"他容忍宗教思想,但仅仅是他人的宗教思想,而他本人当然拒绝任何信经。他特别厌恶新教,认为它使基督教失去了天主教所添加的东西"。所以他手上那把彻底捣毁圣像的锤子,对一切都不留情,在他作品中充满了渎神的不羁。当然这位"藐视神灵的孤独者",首先是而且主要是解放者。即使身心化为阴影,却仍然是传布精神之光的圣者。在他的代表作《海滨墓园》中,就存在着一种大海与坟墓的"神秘交流",对这种心醉神迷的状态,在这种诗话的哲学里,充满着一种超越于神学与科学的自由面貌的新的祈祷。

在19世纪下半段,还有一位人物对后世影响颇大,那就是文艺批评家泰纳

---

① 雅克·马利坦:《艺术与诗中的创造性直觉》,刘有元等译,生活·读书·新知三联书店,1991年,第291页。
② 沈大力:《履风诗仙:兰波纪念像在巴黎落成》,载《文艺报》,2007年10月25日。

(1828—1893)。他在其名著《艺术哲学》(1865—1869)中,精妙地阐释了欧洲古代及近代绘画和雕塑艺术,与宗教及文化的关系——从古希腊的神话到神庙中的绘画雕塑起,纵论了古代的文化对近代文化的影响——从基督教说起,到中世纪的宗教情结,再到文艺复兴和宗教改革与绘画艺术上的意大利象征派和神秘派艺术。他首先谈及古代埃及的宗教观以及基督教兴起的社会背景及其对艺术的影响。他说:厌世的心理,幻想的倾向,精神的绝望,对温情的饥渴,自然而然使人相信一种以世界为苦海,以生活为考验,以醉心上帝为无上幸福,以皈依上帝为首要义务的宗教。恐怖的地狱与光明的天国和极乐的世界就是此岸与彼岸的写照,基督教就是在这样的基础之上,统治人心,启发艺术,利用艺术家的。他又讲到其实悲剧原来不过是宗教节会中的一个节目,经过加工和节略,从广场搬到剧场,内容是一连串的合唱,中间插入一个主要人物的叙事和歌唱。他还分析了哥特式建筑的宗教特征——庄严、神秘与夸张和纤细;然后又从种族、时代、气候三个维度(当然宗教与这三者均有关联),来审视古希腊、罗马及近代欧洲国家的雕塑与绘画艺术的精神风貌。在他看来,新的智慧并不毁灭宗教,而是表达宗教,恢复宗教的本质,使人对于自然界的威力恢复到诗的观念。所以,一个民族只要能在自然景物中感觉到神庙的生命,就不难辨别产生神的自然背景。于是,泰纳认为,要正确理解希腊人的宗教情结,必须设想某一部族所住的一个山谷、海岸、整个原始的风景;希腊的神是地方性的,因为从本源上看,神就是这块地方,所以在希腊人心目中,他所属的城邦是神圣的,所有的神和他的城邦是一体的。最后,泰纳总结道:"原始的意境先在庙堂的神秘气氛中酝酿,然后在诗人的梦想中变形,终于在雕塑家的手下完成。"①

与泰纳谈论艺术中的宗教一样,"现代意识"批评的主将之一的让－皮埃尔·理查,在谈及司汤达的小说艺术时,也着重指出爱情和宗教元素是司汤达小说的底色。在司汤达作品中,"炙热的感情往往被教士的外衣掩盖起来时,又有什么令人惊讶,甚至有什么大逆不道呢?司汤达的作品中的爱情在私下在牢房里或在殿堂的香火中开出了最艳丽的鲜花"②。而司汤达在其《意大利绘画史》导言中,也特别提及"意大利人这种远见卓识应归功于历代教皇。共和精神是由这类教皇传播开来的。"③又说"南方种族的神经组成,使他们对地狱苦难的感受异常强烈","他们是非常宗教性的民族"。④

---

① (法)泰纳:《艺术哲学》,傅雷译,安徽文艺出版社,1991年,第516页。
② (法)让－皮埃尔·理查:《文学与感觉》,顾嘉琛译,生活·读书·新知三联书店,1992年,第89页。
③ (法)司汤达:《意大利绘画史·导言》,载(英)凯·贝尔塞等著:《重解伟大的传统》,黄伟等译,社会科学文献出版社,1999年,第218页。
④ (法)司汤达:《意大利绘画史·导言》,载(英)凯·贝尔塞等著:《重解伟大的传统》,黄伟等译,社会科学文献出版社,1999年,第220页。

对20世纪法国哲学与文学影响深远的人物柏格森而言,宗教与道德也是其生命哲学与直觉主义理论离不开的对象,是他对时间与死亡和存在思考的归宿。法国哲学家勒维纳斯①在论及"死亡与时间"时,认为在柏格森那里,现行的时间是时间的空间化,原始的时间叫作持续,变异中的每一时刻都重负着全部的过去和全部的未来。持续被一种自我反省所亲历,每一时刻都在那里,没有什么是确定的,既然每一时刻都重构着过去。所以生命是持续,是生命力的冲动,应该把持续、生命力的冲动和创造的自由设想为整体。当然,生命冲动并不是柏格森所说的持续时间的最终含义。在《创造进化论》中,绵延被设想为生命力的冲动,而在《道德与宗教的两个来源》中,绵延变成了人类间的生命,绵延变成了一个事实:一个人可以像另一个人的内在性发出召唤。这就是圣徒或者英雄的使命,超越于物质的使命,这些英雄和圣徒将倒向一种开放的宗教,死亡在其中不再有意义。② 此外,在柏氏创造性情感理论即关于创造性情感及其直觉的关系上,我们看到,情感是理智的直接的起源,通过创造而不是通过冥想静思而达到。于是最伟大的灵魂远不是哲学家的灵魂,而是艺术家和神秘主义者的灵魂。作为上帝可利用和完美的仆人(这是生命冲动的特征),神秘的灵魂积极地充当整个宇宙,一切发生的如同在哲学直觉中还不确定的东西,在神秘直觉中获得了一种新的确定性,如同哲学所特有的"豁然性"延续为神秘的"确定性",然而,神秘主义的存在本身就提供了一种高于这种最终为了达到确定性的变化的豁然性,和作为方法的一切方面的外表和界限。③ 德勒兹作如是观。当然在柏氏那里,直觉既是外在的方法,也是内在的方法。

关于道德与宗教,我们还看到,柏氏从自由意志和创造观念出发,来阐释他的社会道德和宗教问题。在他的最后一部论著《道德和宗教的两个来源》中,他认为本能和智力或理性,生存的需要和理想主义,共同构成社会、心灵、道德和宗教的起源,所以社会的责任感产生于强制,而语言是构成强制性道德的阶梯。因为有语言或言语这层文饰,人类的道德就不可能是本能的、自然的。道德戒律,道德判断,无一不是通过人类的语言和言语进行的。因为道德不是通过法律来维系。

柏氏还把人类社会划分为封闭社会和开放社会两种形态。在前者中,"自我中心,内聚性,等级制度,以及领袖的绝对权威"是封闭性社会的主要特征;而后者中,他指出,"开放的社会原则上是能够包容全人类的社会"。这个社会与那种以保护一个

---

① 艾玛纽埃尔·勒维纳斯(Emmanuel lévinas,1906—1995),法国著名哲学家,著有《胡塞尔现象学的直觉理论》(1930)、《时间与他者》(1947)、《全体与无限》(1961)和《论进入心灵的上帝》(1982)。

② (法)勒维纳斯:《上帝·死亡和时间》,余中先译,生活·读书·新知三联书店,1997年,第58~59页。

③ (法)吉尔·德勒兹:《康德与柏格森解读》,张宇凌等译,社会科学文献出版社,2002年,第204页。

集团或者种族利益的社会为前提的封闭社会有着质的区别。这个社会的起因是人类的一种美好的理想,即友善地对待他人,广施博爱,在互助中共存等等。在柏格森看来,这样的理想主义产生于宗教,因而宗教成为从封闭社会走向开放社会,从强制的道德走向自觉自愿的道德的中介。① 因为宗教引起"最宁静的感情",这又与柏氏的"绵延"相吻合。因为绵延无声无息,在这种"最宁静的感情中",人的精神寄托不是由恐惧,而是由自由引起的。柏氏认为,现代民主制国家原则上应是一个"开放性社会"。然而,现代社会实际上还不是开放社会,因为国家是民族国家,它还不能包容全人类。于是现代社会本质上是封闭的社会。

另外,我们还应注意,柏氏与科学的关系。在科学与形而上学的关系上,我们知道,现代科学是从运动和"随便任意瞬间"相连而开始的。对柏格森来说,绵延成了现代科学的形而上学的对应物。他在《绵延与同时性》中讨论了爱因斯坦的相对论。德勒兹认为,实际上柏氏是希望借助于绵延的新特征而赋予相对论一个它所缺乏的形而上学。对柏格森来说,科学从来不是"归纳论"的,相反科学倒是要求一种形而上学,没有这种形而上学,科学就仍然还是抽象的、缺乏意义的、缺乏直觉的东西。

在20世纪上半期,还有一位对法国哲学与文学以及美国学界都发挥过重要影响的人物,那就是雅克·马利坦(1882—1973)。他最初是个新教徒,起初认为科学可以解决人生的问题,但后来这种科学主义的幻想破灭了,便转向柏格森的直觉主义哲学,后又受神秘主义诗人布洛伊的影响,改宗天主教。1914年,他被指定为巴黎天主教学院现代哲学教授,40年代赴美,曾任普林斯顿大学、芝加哥大学等校的教授。作为新托马斯主义的代表,他在哲学、美学及文学方面的成就颇丰。早在20世纪30年代,就曾发表了三篇演讲,而后结集出版,书名为《科学与智慧》。作为一本宗教哲学著述,他提出要以神学统治自然哲学和道德哲学。依照托马斯·阿奎纳的观点,智慧可分为思辨智慧和实践智慧。思辨智慧不是在形而上学中,而是在神圣的教育或启示神学中;而实践智慧则涉及人的行为的规范。神学高于形而上学与自然哲学,形而上学也高于自然哲学。而马利坦认为,自然哲学的智慧虽然低下,但是必要的,它可以作为神学的辅助学科替神学对世界的解释作具体的说明。马氏还指出:"东方智慧在本质上,它首先是一种上升,一种向上的运动,人力图通过这种运动进入超人的状态并进入神圣的自由之中。由此,我们能够理解苦行实践,严格的禁欲主义以及在东方可以看到的有关沉思和达致圆满的繁多的手段、诀窍和方法的真正意义。"②而"希腊智慧是人的智慧、理性的智慧……它是一种下界的智慧,尘世的智慧,我并没有说希腊智慧是理性主义的智慧,而是说它是理性的智慧,转向创造物的智慧"。"希腊智

---

① 尚新建:《重新发现直觉主义》,北京大学出版社,2000年,第179页。
② 马利坦:《科学与智慧》,尹今黎等译,上海社会科学出版社,1995年,第12页。

慧并不像东方智慧那样是在僧侣和教士传统的基础上形成的,希腊智慧并不发端于上帝和绝对的存在,它开始于事物,可感触的实在,事物的变化和运动以及以令人震惊的能力表现自身存在的多样性。"①不过,还有另一种智慧,即"《旧约》的智慧,它不像希腊智慧那样是人的智慧,这是一种寻求拯救和神圣、解放和自由的智慧,追求永生的智慧"②。最后,他指出:基督教世界中理性的活动,希腊和阿拉伯的科学传统,经院哲学的训导和客观性,基督教精神的深刻的实在论,所有这一切聚合为一种强大的科学冲动,我们今天人人受益于这种冲动。事实上,现代科学不仅为经验主义者和折中主义者所开创,而且为像大阿尔伯特这样富有智慧的博士们所开创,它使科学穿着哲学的服装。他还指出,16世纪以后的现代世界是一个智慧与科学相冲突的世界,并且科学取得了对智慧的胜利。因为文艺复兴时期一个追求世俗利益的伟大的精神运动,成了新的科学方法普遍成功的条件,也成了人们把科学置于智慧之上的条件。现代世界,科学已经成了圣洁、真理和精神性的最后庇护所,它不是智慧的精神性,它在实践中既可以转向"恶",也可以转向"善"。但在现象、科学和物理——数学科学中,仍然存在着尊严和美德,它们在本性上,就是神圣的。他还说,笛卡尔的革命也是发端于将哲学和神学的智慧分开来的努力,这集中表现在物理学领域,而非形而上学领域。笛氏的成就在于,否定了神学作为科学或作为认识方法的可能性。同时马氏还强调:"科学(已被变成了神)和金钱统治的警钟在现代社会诞生的同时已被敲响。"一方面,科学越来越倾向于自身的纯粹形式,另一方面它本身是善的,同任何发源于探寻真理的精神力量一样,科学在本性上是神圣的,同时科学也类似于艺术,于是摆在我们时代面前的问题,是在一种富有活力的精神和谐中,使科学与智慧得以调和,科学家仅仅求助于科学,是不可能获得关于自然界的本体论知识的。

另外在关于信仰和道德哲学方面,他指出人的行为领域——人的世界,人的自由的世界,其活动和文化的世界,都依赖于两种知识形式,他们来自智慧的两种类型,即道德神学和道德哲学。道德哲学它将被首先从自身给人性带来的完善性的角度予以判断,而道德神学不会包含关于纯粹的和单纯的认知科学的论证。他说,对神学家而言,中心问题是基督的奥秘的实体;对基督教哲学家而言,中心问题则是世界及其意义,基督教哲学较神学更适合于认识世界和世俗事物的特殊重要性。马氏的最终结论是从人类共同利益来看,近代以来所欠缺的就是基督教哲学的欠缺;反神学的理性主义者在哲学的伪装下,篡夺了思想的神圣地位,并最终使人类成为智慧的孤儿。

在道德哲学论中,马氏把自然德行与上帝的爱作为起点来讨论。他说,如果没有上帝的爱,那么自然德行就只是倾向,而不是真实的和在严格意志上的德行,只有上

---

① 马利坦:《科学与智慧》,尹今黎等译,上海社会科学出版社,1995年,第13~14页。
② 马利坦:《科学与智慧》,尹今黎等译,上海社会科学出版社,1995年,第16页。

帝的爱才能把许多德行连接在一起,成为一个坚强的有机统一体。于是他说,哲学家引导人正确地走向自然目的,神学家由于与有上帝之爱参与其中,他们指导人走向超自然目的。他看到人的行为既为高级理性所指导,也为低级理性所指导,前者服从于上帝与永恒的理性与规定,后者则服从于人和暂时的理性与规定。最后,马氏的设问是:"如果信仰使理性完善,就像神恩使自然完善一样,那么什么使理性在知识的行动中,失去主动性呢?是什么东西阻止了一种事物,把理性的科学和宗教的结果完美地结合起来呢?"①他没有直接回答,倒是说圣托马斯的世界是一个相互交流,相互渗透的世界,一种开放本质的世界,他不仅涉及物理世界,也涉及人所生活的世界,以及灵魂及其德行的宇宙。因此,马氏指出信仰在现代社会的境况与位置:"因为神恩没有破坏自然界,超自然的生活也没有破坏'公民的生活',当灵魂获得自然的道德德行时,这些自然的道德德行与被灌输进去的德行共存于真正的灵魂当中。"②最后,马氏总结道,道德哲学可有两种前途:它可以是神学的工具,当它与道德神学结合在一起,且为道德神学所使用和控制,由于这种结合而进入人的活动的整个范围,它被提高到道德神学所独有的观点而服务于道德神学的目的,也就是说,从人服从于神圣的天命与永恒生活方面来考察人的行为;它也可以为神学所提高却不成为神学的工具,这样它就是充分规定的道德哲学,换句话说,就是从人适应于世俗活动和自然目的这一方面来考察人的活动,通过它们与超自然的最后目的的关系而达到提高,而不是被取消。③

另外特别值得我们注意的是,马氏在艺术哲学方面的著述。他在《艺术与诗中的创造性直觉》一书中,也必然会注入其宗教哲学的思想元素。在第一章他就比较了东方艺术(主要是印度艺术与中国艺术)同希腊艺术的异同。他说:"东方艺术在本质上是宗教型或宗教思想的,因而这种艺术同事物交流,不是为事物,而是为某个其他(无形的和值得崇拜的)的实在。"④所以,"东方艺术专注事物和事物的纯客观性,而不是人和人的主观性"⑤。而希腊艺术,以最自觉和明显的方式追求美,它是一种"超宇宙价值的解放,这种解放是神的品性的参与,同时也是人类精神的进展在自我意识方面无与伦比的一步"⑥。希腊艺术拜倒在它所崇拜的人的形体面前,希腊艺术家没有中国艺术家那么多的"忘却自我"。而马氏在该书的最末一章"论创造性直觉的三次顿悟"中,也充分地表达了其艺术中的宗教意识——专论但丁的《神曲》。

关于艺术创作与文学作品中的宗教仪式,20世纪上半期还有一位文论家布朗肖

---

① (法)雅克·马利坦:《科学与智慧》,尹今黎等译,上海社会科学出版社,1995年,第185页。
② (法)雅克·马利坦:《科学与智慧》,尹今黎等译,上海社会科学出版社,1995年,第192页。
③ (法)雅克·马利坦:《科学与智慧》,尹今黎等译,上海社会科学出版社,1995年,第197~198页。
④ (法)雅克·马利坦:《科学与智慧》,尹今黎等译,上海社会科学出版社,1995年,第22页。
⑤ 同上引。
⑥ (法)雅克·马利坦:《科学与智慧》,尹今黎等译,上海社会科学出版社,1995年,第30页。

(1907—2003)论述得非常透彻。这在谈"敏感",谈"作品与死亡空间"以及"美与原始的体验"三章中表现得尤为突出。正如他在第一章所言,艺术创作的本质是一种"根本的孤独,它是一种宗教意义上的静心"或"澄明",所以他说,诗歌是一种练习,但这练习是精神的,是精神的纯洁性,是纯净之处即意识。他论"艺术与神性"颇具代表性。他回顾道:"从前,艺术曾是神的语言,在神已离去之后,艺术乃是神的不在场的语言。由于不在场,变得越来越深刻,由于它已成为自身的不在场和遗忘,艺术便设法成为自身的在场,但它首先是为人提供自我再认识的手段,自我取悦的手段。"①现在,艺术是那种人们称之为人文主义的东西,它通过主观状态的胜利体现出来:艺术成为一种心情,它是"对生活的评论",它是无用的激情。诗意意味着主观。于是,这就涉及"创造者便是艺术家要求取回的名称,因为他认为,这样就取得了神的不在场所留下的空位……这种幻想使艺术家认为,如果他担负起神的最起码的职能,即并非神圣的职能"。当然,"自称为创造者的艺术家,并不汇集神圣物的遗产,他仅仅在他的遗产中,加上了他的从属的杰出原则"。至于说到作品与神圣,布氏以为,当艺术是神的语言,当庙宇是神居住之处时,作品是看不见的,艺术是不为人知的。然而,它在神圣中说出不可言喻的东西,而诗人在歌声的掩饰和包裹之中,向社会传递着"没有看到的不可分解的火",于是,诗歌是掩饰物,它使火成为可见的,再使它从可见到的同一过程中,又把它掩饰和隐藏起来。所以,作品深藏在神的在场中,并通过神的不在场和黑暗又是在场的和可见的。所以,每当在神的后面或是以人的名义,作品要使自己被理解时,就犹如要宣告一种更伟大的开始。接着,布朗肖提出了设问:"为什么艺术与神圣有如此紧密的结合?"最后他指出:"诗人应当站在上帝不在场面前,他应当捍卫的正是这种不在场,而不是沉迷在其中,不是丢失它,诗人应当容纳的、捍卫的是神灵的不忠,正是在'忘怀一切的不忠的形势下'诗人同背离而去的神进行交流。"②

对整个20世纪法国哲学及文学与文论来说,都绕不过去的一个重量级人物便是萨特,其存在主义哲学与文学早已享誉全球。在此我们主要关注的是萨特与宗教之关系。显然他与梅洛-庞蒂都被视为法国无神论存在主义的代表。无神论成为萨特存在主义哲学与文学的主要出发点,据他自传性作品《文字生涯》的透露,虽然出生于一个体验的信仰宗教的家庭,但从12岁起,就认为"上帝并不存在",他还从历史上去寻找渊源:"大资产阶级在受到伏尔泰怀疑宗教的思想影响之后,孕育了抛弃基督教信仰的运动。"这当然是指启蒙运动在法国社会历史发展进程中的积极作用。其实,在萨特后来的成长中,对他影响最大者莫过于纪德,他为人们"所作的最宝贵的贡献,是把上帝的没落和死亡体验到底的决心"。③ 纪德在20岁时,就确定了他的信仰

---

① (法)布朗肖:《文学空间》,顾嘉琛译,商务印书馆,2003年,第220页。
② (法)布朗肖:《文学空间》,顾嘉琛译,商务印书馆,2003年,283~284页。
③ 萨特:《活着的纪德》,载《萨特文学论文集》,施康强等译,安徽文艺出版社,1998年,第315页。

或无神论,并终身矢志不渝,当然"把他引向他最终无神论的是生动的辩证法,这是一个缓慢的发展过程"。"在他作品中,上帝这个词的暧昧,即便在他只相信人的时候,也拒绝放弃这个词。"①萨特的如此评价不只是针对纪德,而且是包括他自己在内的那个时代这一类法国知识分子的写照。

从伦理学观点去认识萨特的无神论,我们会看到上帝不存在就意味着统一的伦理道德、善与恶的标准不存在,每个人自己选择自己的未来,他的无神论就是要打破一切既定的规范,去自由选择创造未来。可见萨特并非没有他的最高信仰,他的信仰就是自由,自由行动在他那里已达至近乎上帝的位置,他的上帝就是虚无,即"像这把人制造成某种上帝的自由的创造王国而超越"。②

在哲学思想上对萨特形成影响的另一位人物要数柏格森,尽管萨特几乎从来没有停止过与柏氏的争执。据萨特的研究者贝尔纳·亨利·列维说,萨特从柏氏那里汲取的东西,远比取之于海德格尔的要多。柏氏曾说过"尽管物质和自由是对立的",生命总会"有办法让他们协调起来",因为"生命就是穿插在必然性的自由,能使必然性转变为对自己有利",这正是萨特在《存在与虚无》中说的。在柏氏的《精神的力量》中,"物质是必然,意识是自由",萨特所提出的对立照样是对柏格森这一论断的呼应。柏格森说虚无的观念是"哲学思想中的动机,是看不见的动力",萨特的"虚无"同样是重复了柏氏《创造进化论》中对虚无的思考。

其实,最初对萨特哲学的探讨产生了决定性影响的,按萨特自己的话说"我是通过勒维纳斯才发现现象学的",③而最后的萨特也是勒维纳斯的信徒。④ 因为勒氏著

---

① 萨特:《活着的纪德》,载《萨特文学论文集》,施康强等译,安徽文艺出版社,1998年,第316页。然而就纪德的作品而言,充满着人道主义的宗教情怀,始终是贯穿其中的一根红线。《背德者》与《窄门》颇有代表性,这是两部相互对称的作品,在道德问题上体现两种截然不同的倾向,前者塑造了一个违反人的准则、人的道义与人的责任的缺德的人,一个在人的意义上的背德者,是资本主义条件下人性沉沦,精神文明危机的反映。后者则刻画了一对具有浓郁宗教情结的恋人,却最终遗恨终生的故事。这是"一份关于天真善良的心灵如何被宗教观念愚弄与戕害的证词,一份关于人的热情与生活愿望如何被宗教情怀窒息的证词,一份关于人性如何被天国的迷信扼杀的证词,当然,也是一份人心误入宗教神秘主义的迷经而不能自拔的证词"。(柳鸣九语)由此我们可以看出,这是纪德对基督教传统文化中反人性、反人道性质的清算,也是他对自己早年所受宗教教育的清算。
② 杜小真:《萨特引论》,商务印书馆,2007年,第165页。
③ 据美国学者加里·古廷在《20世纪法国哲学》(中译本,辛岩译,江苏人民出版社,2005年,第435页)中说,勒维纳斯的著作(《胡塞尔现象学的直觉理论》)是萨特读到的关于胡塞尔的第一本著述。
④ (法)贝尔纳·亨利·列维:《萨特的世纪:哲学研究》,闫素伟译,商务印书馆,2005年,第795页。勒维纳斯的"他者理论"即他人的超验性的观念,对别人的关心先于对直觉的关心,通过无限的观念即对正义的无限要求,确定了思想者和行动者的主体的特点,萨特的道德律令与此是同一的。不过他俩间的基本差异是关于自由的差异。

作的中心思想就是在他的神学思想统治下,向"他者"的不断超越,这意味着向人性的乌托邦寻求新的自由期望,向"他者"超越"表明'存在'本身的无限性和差异性",向"他者"超越"表明自由是无限的,也是不可或缺和不可剥夺的"。可见勒氏的他者理论使他将伦理学置于形而上学本体论之上,这样勒氏透过现象学走向了理想的伦理学世界,这是生活世界得以自由实现其节奏及和谐的条件,也是现实世界中生成得以产生希望的基础。①

最后,我们通过萨特一出无神论的哲理剧——《魔鬼和上帝》,来看其文学与神学关系的对话。该剧的寓意在于,通过一个古代人破除古代迷信的故事,揭示了当代人更应自主地破除当代迷信。我们看到该剧对绝对善恶观的否定,否定了它就是否定了有神论,成为走向无神论的途径和主要根据。当然他的伦理观是建立在他的人学观基础之上的。萨特设计了剧中主角格茨的三次选择就很说明问题:第一次从恶,选择了"魔鬼";第二次选择善,选择了"上帝";第三次则是在否定了宗教的上帝后,选择了"人"。这就反映出格茨从信仰上帝存在到否定上帝存在的转变过程。于是围绕不同思想信仰和行为的选择,表现人物之间信仰冲突和哲理论争。最后以格茨杀了海因里希为冲突的最高点,海因里希之死象征上帝理念的破灭,宗教神学的没落,就这样萨特以其生动艺术形象诠释了他的无神论的存在主义文学。②

最后,20世纪上半叶还有一位值得我们关注的人物,那就是科学家、哲学家和文学家的巴什拉。他表明了科学的力量在法国哲学与文学思想中的重要性,显示了科学与宗教在法国诗学生成中不可或缺的思想背景和原动力。我们先从巴氏思想背景来看,法国近代哲学从笛卡尔、帕斯卡开始,就存在着两大思想流派:一派是以科学和思想为思维中心,从哲学角度探寻科学知识的"理性哲学"(概念哲学)流派;另一派是从价值论层面入手,从心理和逻辑两个方向对人类精神活动进行分析,并且还包括科学所忽视的人类生存意义,即人类自由与宗教真理的问题,此派被称为"主体哲学"(意识哲学)流派。19世纪是孔德实证主义哲学盛行的世纪,他的《实证哲学教程》不仅是社会学诞生的标志,同时也包含着从数学到生物学等许多科学史和科学哲学的论述。不过他的晚年也经历了一种宗教的回归。以孔德为代表的这一流派奉行唯理智论的、理性主义的、分析的启蒙主义思潮,主张在社会中对科学理性具有的价值抱乐观的信念,当然也带来一种科学万能主义;不过另一方面,他们也坚决地批判迷信及宗教权威与教条性。

然而,到了20世纪,以柏格森为转折点"意识哲学"("主体哲学")成为现代法国

---

① 高宣扬:《勒维纳斯的伦理现象学》,载《当代法国哲学导论》,同济大学出版社,2004年,第208~210页。

② 杨昌龙:《人学与神学关系的形象思辨:论萨特的三幕剧〈魔鬼与上帝〉》,载《存在主义的艺术人学:论文学家的萨特》,西北大学出版社,1998年。

哲学的主流思想,此派与现象学和阐释学密切相关,又与20世纪中叶盛行的存在主义相共存,或者说存在主义是"意识哲学"发展的巅峰。总之,意识哲学具有直觉主义的、唯意志主义的综合特征,同时,具有强烈的形而上学倾向,在价值论、唯心论、宗教哲学、道德哲学等领域颇有建树。而巴氏则是20世纪上半叶法国哲学认识论的倡导者,不过,他的文论思想则横跨理性哲学与意识哲学的边界,是科学哲学同时又是诗化哲学,这是否意味着科学是方法化的诗,而诗又是伪装的科学。在此意义上,似乎说明巴氏不屈从科学与诗相互背离的状态,试图调和科学与诗,使之达至一种平衡。我们看到,在数学与哲学的关系上,他使数学哲学向数学实在论靠拢(《试论近似性认识》《热传导论》),但最终没有与之融为一体;在物理学方面,他研究了相对论和一般量子论问题(《相对论的归纳价值》《新科学精神》),可以说给他哲学带来实质性灵感的理论是相对论;在化学方面,以《耦合多元论》为代表,反映了他的化学哲学思想,摆在他面前的是面对物质现象的绝对丰富性,化学认识是如何追求多样性,同时又是如何化解多样性。多样性有两种类型,即形式多样性和质料多样性。从他的"实体飘忽不定"到"实体调和"的主张,反映了用量子论意义上的化学克服实在论的实体概念的雄心。在瞬间与非连续性上,他还对柏格森时间论提出了批判(《瞬间与持续》《持续的辩证法》),指出时间的本质存在于瞬间之中,他说柏格森在持续中发现时间的本质是错误的,时间的本质存在于瞬间之中,时间不是实数连续统一体的那样的连续。瞬间不是人为切断的结果,而持续才是人为延长的结果。这里他把时间的本质理解成瞬间,表面看来似乎是把持续的"过去"或邻近"过去"的联系理解成律动性波动,实际上《持续的辩证法》最后一章的题目就是"律动分析"。在此意义上,巴氏的时间论就与音乐理论有密切的联系了。我们看到他的"瞬间论"中有两个亮点:一是在否定时间持续的一次性时,附带着对"自我统一性即同一性"的否定;二是关于否定的观点。在他看来,所谓认识就是本质上具有论战性的东西,最有力的判断就是否定判断,由此,他给"否定"与"无"赋予了第一价值性的定位,于是后来他写就了《否定的哲学》。我们知道,通常肯定直接涉及事物,而否定是通过肯定而间接地涉及事物,从本质上看,否定的功能具有教育性和社会性意义。最后,在科学史的哲学方面,他的《现代物理学理论》对现象学和存在主义进行批判(但在短短的六年后,他就开始了现象学的转向,他的思想经历了从科学始,中经诗学的想象,后又回到科学哲学与"回归性历史")。他说,现象学非常简单地疏远科学思维和科学行为,现象学藐视原初的东西,几乎不接近在概念上把握的事物、反思的事物和技术性的事物。同时,还对存在主义发难:科学中存在着主体间性的明显必然性,将从科学哲学中排除一切设定的个体性问题,另外,他还提出了一种人工主义的哲学,证实了技术性媒介在现代科学中的必然性和本质性,最后,他总结说,在科学史中存在着以错误理论为研究对象的"淘汰的历史",还存在着以发挥创造性功能的理论为研究对象的"认可的历史",与此相对,他揭示出与"认识论障碍"构成一对的概念即"认识论行为"。正是由于它的存在,所以才指出促进科学创造的天才性的力量。当然,巴氏的科学理论缺乏社会学方面的基础,这是他的局限性所在。

接下来,再就与巴什拉相关联的人物略作一点延伸。成为巴氏研究对象之一的科学家彭伽勒(J. Poincaré,1854—1912),作为法国科学哲学的奠基人,身为法兰西科学院院士和法兰西学院院士,同时身处科学与人文两座金字塔的塔尖,他相信"只有通过科学与艺术,文明才体现出价值。"他的哲学著作包括《科学与假设》(1902)、《科学的价值》(1905)、《科学方法论》(1908)以及《最后的沉思》(1913)。他的科学哲学的反思的价值,就在于"意识到了关于自然和科学的局限性这一当前的哲学问题","他关于方法论论题的作品为探讨科学的新的哲学方法确立了一个典范",①即体现他的主导哲学思想的约定论,这是基于他对数理科学基础的批判性思考后提出来的,他认为"约定是我们精神自由活动的产物",它贯穿在整个科学创造活动中,但这种自由"并非放荡不羁,完全任意","并非出自我们的胡思乱想",而是要"充分发挥我们的能动性"。他重视直觉在科学中,尤其是数学中的功用。在他看来,直觉是发明的工具,逻辑是证明的工具。直觉又可分为"纯粹直觉"——主要是解析家的直觉,和"可觉察的直觉"即想象——主要是几何家的直觉。于是他的科学理性论这样认为:只有观察是不够的,还必须利用观察资料去做我们必须的概括工作,不可毫无先人之见地做实验,有时思想要超过实验;并且还表示,科学是用事实建立起来的,但搜集一堆事实并不是科学。这些已依稀见出后现代科学哲学的端倪。可见,彭氏的直觉与柏格森的直觉理论有许多共同之处,正如德勒兹所指出的那样:在柏格森那里,"直觉"已经上升到了"方法论"的地步,它已经具有排除问题、提出问题这样的组织能力与能动性。② 难怪中国现代诗人兼文学评论家梁宗岱,在其一篇重要的学术文章《非古复古与科学精神》中,对柏格森和彭伽勒青睐有加,并由此创生了他的现象学的认识论和一种新的主客观关系:"科学世界的客观的实体不在外面的世界,也不在我们的心内,而在两者的关系中。"③

我们还注意到,彭氏的《科学与方法》中有诸多亮点:一、专门讨论了偶然性问题,从自然哲学的高度洞见到混沌现象——处于不称平衡中,整个自然界在他看来好像都交付给了偶然性。他还说"偶然性并非是我们给无知取的名字"。"随意性也许完全不同于我们的偶然性,它可能与所有的定律相对立","显示出宇宙的不可逆性"。

---

① (美)加里·古廷:《20世纪法国哲学》,辛岩译,江苏人民出版社,2005年,第33页。
② (法)德勒兹:《柏格森主义》,法国大学出版社,1989年,第198页,转引自董强《梁宗岱:穿越象征主义》,北京出版社,2005年,第231页。
③ 梁宗岱:《非古复古与科学精神》,载《梁宗岱文集·评论卷》,中央编译出版社,2003年,第281页。

另外,他的"误差理论""相互作用关系"都与偶然性相关。① 这与他在第一章里谈论的"规则与例外""相似与差异"的观点前后相呼应。他的这一哲学思想及其种种观点,不仅显示了现代科学哲学的滥觞,也是后现代科学的滥觞,成了德里达们的"延异"理论"不确定性"的后现代思想的酵素。二、值得强调的是,他对数学研究后得出了"关系实在论":数学家研究的不是客体,而是客体之间的关系。这与他的科学美学或曰数学美观点是一致的。三、他认为科学美源于自然美,但科学美并不等于自然美,科学美包含:雅致、和谐、对称、平衡、秩序、统一、方法简单、思维经济。这里,和谐是他最看重的,和谐即关系。这一席话也许最能体现他的科学美学的道德哲学高度:"(科学)这种无私利地为真理本身的美而追求真理……能使人变得更为完善……我们难道必须抛弃科学而仅仅追求道德吗?"②简言之,在他看来,科学的美,就是"数学的创造",就是"数学的美感,数和形的和谐,几何学的雅致感。这是一切真正的数学家都知道的真实的审美感,它的确属于情感"③。最后,他还对空间问题作了思考,他把空间分为几何学空间和知觉的空间(视觉、触觉和动觉空间),他说,物质空间几何学的问题只能根据我们对某个约定的详细说明加以解决。

在巴氏之后,他的继承者康吉扬打破了累积性科学的观念,赞成非连续性研究。在他看来科学史不再是对真理所做的按部就班的揭示,相反,真理是以僵局和失败为标志的。而后现代哲学家米歇尔·塞尔(1930—)在其对科学与艺术的研究中,则又汇集了巴氏和康吉扬的思想,他的《万物本原》(1982,中译本由生活·读书·新知三联书店1996年出版)一书,就书写风格而言,本身就是一部后现代散文体的哲学书籍。他给人的启示在于:繁多性预示着多种可能性;思也是不确定的,隐含着诸多可能;时间也是不确定的,它不止有一种性质;生命是软弱的,强悍的是理性,它是一道枷锁;混乱是褒义还是贬义呢?他称混乱是积极的,确定即否定,因此确定性便不是肯定。④ 而他的科学四部曲——《交流》《干扰》《翻译》和《分配》,以科学为背景,关涉哲学与艺术,反映了后现代哲学研究学术范式:文史哲打通,并与科学融为一体。我们看到他的《交流》,将物理世界与精神世界联结起来,直觉与灵性,繁多与平等,语言与符号,都在"交流"的现象世界与精神世界中对接、博弈。通过《翻译》,塞尔告诉:"我们只能通过总体化的转移系统认识事物,理解事物,这样的系统至少有四个:

---

① (法)彭伽勒:《科学与方法》第一编第四章"偶然性",李醒民译,商务印书馆,2006年,第45-65页。
② (法)彭伽勒:《科学与方法》第一编第四章"偶然性",李醒民译,商务印书馆,2006年,第14页。
③ (法)彭伽勒:《科学与方法》第一编第四章"偶然性",李醒民译,商务印书馆,2006年,第34、40页。
④ 尚杰:《米歇尔·塞尔:后现代艺术与科学》,载《20世纪法国哲学的踪迹》,江苏人民出版社,2002年。

逻辑数学中的演绎、经验领域中的归纳、实践领域中的生产、文本空间中的翻译。"①他以科学的情形来作类比,科学的范式就是各种各样的转化。物质不灭,但是形态可变成固体、液体、气体等。数学把这样的关系变成了形式不一的等式,化学则是分子和原子反应的等式,生物和物种的进化也形成了类似"翻译"的链条,它由同化和异化构成。所以模仿与创造、读书与写字、原本与译本,都是孪生的关系。最后在《分配》中,他让我们看到了有序与无序的辩证统一,从近代文艺复兴至启蒙运动以来确立的理性、进步、科学、真理与光明的背面,从帕斯卡到卢梭,再到雨果、波德莱尔、纪德、巴什拉和萨特,包括塞尔本人,他们都在思考这背后的价值观危机与信仰的危机。因此在后启蒙时代,科学与理性,从圣坛上走了下来,人们试图重建信仰的力量,精神的力量。

其实,在20世纪法国文学与诗学的建构中,具有宗教情怀但又从不相信来世的道德哲学家是不乏其人的。限于篇幅,我们在此不能一一列举,但有两人在最后我们不得不提及。作为诺贝尔文学奖得主、小说家兼文论家的加缪(1913—1960),在他的《西西弗的神话》《世界是我们最初和最后的爱》等作品中,都充满着浓郁的宗教情怀和对社会现实清醒的认识。如他所言:"那些既不能在信仰上帝中,也不能在历史中获得安息的人,注定要为那些像他们一样的不能生活的人们而活着:为那些被欺侮的人们。"因此,"反叛,是生命运动本身,只要不弃绝生命,就不能否定它"。于是我们看到:"在思想的正午,反叛者拒绝神明以承担共同的斗争和命运。"②

我们不能忽视另一个人物,吕西安·戈德曼(1913—1970)作为西方新马克思主义的代表之一,在其《隐蔽的上帝》(1956)中,运用马克思主义的原理,纵论了文学及美学与宗教之关系。他首先从宗教层面出发,概论了他的悲剧观,他把上帝、世界与人置入悲剧中,做整体式地考察与探析,接着又从社会学与宗教的层面,来予以具体的剖析。另外,他还有两个专论部分十分精彩,一是论帕斯卡,二是论拉辛。关于前者,他指出了基督教在帕斯卡整个思想中所占的重要地位,然后分析了帕斯卡的认识论、伦理学和美学的特点;关于后者,则分析了拉辛的宗教题材的作品,以及拉辛作品悲剧意义中的宗教性和崇高性。

是的,20世纪下半叶,在法国,宗教性研究在道德哲学层面的发展又进入了一个新的阶段,从某种维度上,正是借助于与中国古代哲学思想或传统道德哲学的对话,以此来反思和超越法国乃至西方近现代启蒙思潮以来的主流道德哲学。我们看到,弗朗索瓦·于连(1951—)在其《圣人无意》中通过"中国"而走进(再认识)"西方"。他以17世纪中国哲学家王夫之对《易经》的评注(《周易内传》《周易外传》)为切入口

---

① 尚杰:《20世纪法国哲学的踪迹》,江苏人民出版社,2002年,第155页。
② (法)加缪:《加缪荒谬与反抗论集》,杜小真译,陕西师范大学出版社,2003年,第178、179、180页。

和参照,通过中国人关于"智慧"的认识,来破解西方传统哲学,重建现代哲学(后现代哲学)。在他看来,在中国,"智慧的思想是很早就在与宗教划清界限的过程中形成的,但是智慧的思想并没有像欧洲的理性一样,与宗教发生冲突;(欧洲)哲学把神学作为自己的对立面,但是智慧不曾有这样的对立面"。"如果我们从另一端去注意,从我们心目中的中国这个视角上来观察,我们就会看到,与宗教是近亲的不是智慧,而恰恰是哲学,是哲学通过启示与宗教保持着某种可疑的联系。"①于是,他指出:"只要欧洲没有认识到除了哲学之外,还有另外一种思想的可能性,那么欧洲(及其哲学)就不会摆脱其含糊性。"②换句话说,只要欧洲没有形成"智慧"的观念,把智慧看待成可以替代哲学的另一种思想,那么欧洲就无法摆脱前面说的模糊性。因为对"东方"的智慧,欧洲越来越经常地沉迷于幻想,甚至转而信奉东方的智慧(教派),却从来没有思考过什么是智慧。另一方面他还以对照的眼光说:"中国古人没有思考过上帝的奥义,认为'天'就是万物一统的。"而"欧洲传统属于神秘学的,与信仰的宗教传统有关"。而在另一部《道德奠基》中,他仍然以比较的眼光谈道"中国自本即显示出与西方最大的距离,这一文化与我们不属于同一个语言圈,它没有经历任何宗教型启明,亦不曾以对'存在'的追思作为其思想要义"。③ 他还指出中国古代思想的独特性:"同是从那些在古代文明兴起时最早出现的宗教性原始宇宙观出发,中国思想没有像欧洲思想那样向神学本体论发展(去寻求从'变化'中抽象出的'存在',或者设定一位造物主性的或者原动力性的上帝),中国思想发展了古代宇宙观的功'用'这一观念,并不断精华了其内在合理性(尤以古老的《易经》为最),也就是说它没有停留在原始宇宙观的层次上,而是不断升华了所谓'化'的思想,形成了'中庸'调和这样一种观念。所以,它是在这一基础上来构想终极价值的:'天',不离其道,所以能不断地化生万物变演大千,它既是现实之根底,又是善性之源泉。"④

而法国当代思想家勒维尔(1924—2006)与其皈依佛教的儿子里卡尔的对话——《和尚与哲学家:佛教与西方思想的对话》,也颇有代表性。里卡尔曾是诺贝尔医学奖得主弗朗索瓦·雅科布的弟子,并获得理学博士,但后来转向了佛教研究。在该书中我们看到有两大话题反映了当代法国文化界,从另一种文化或宗教的角度来审视西方人自身的文化的缺失,或重构现代精神的努力。第一个重要话题是关于"佛教与智慧、科学和政治"的话题。它表现了西方人关于宗教与科学和哲学的反思与体认。这

---

① (法)弗朗索瓦·于连:《圣人无意:或哲学的他者》,闫素伟译,商务印书馆,2004年,第76页。
② (法)弗朗索瓦·于连:《圣人无意:或哲学的他者》,闫素伟译,商务印书馆,2004年,第75页。
③ (法)弗朗索瓦·于连:《道德奠基:孟子与启蒙哲人的对话》,宋刚译,北京大学出版社,2002年,第13页。
④ (法)弗朗索瓦·于连:《道德奠基:孟子与启蒙哲人的对话》,宋刚译,北京大学出版社,2002年,第46页。

里,"和尚"引用现代物理学家薛定谔的话,来反思科学万能主义:"科学给我周围世界的图像是非常欠缺的。它提供了大量的只叙述事实的讯息,将我们的一切经验都放置在一个严密的秩序之中,这个秩序固然宏伟,但它对一切真正接近我们心灵、对我们具有重要意义的事物,则是可怕的缄默。"当然,他也看到了现代生态学兴起的力量与作用。他还说:"佛教不能接受科学认为自己在一切物质的和非物质的方面,都掌握了对世界的本质和现象的本质的最终解释,这是几乎形而上学式的狂妄自大。"①最后他还指出了人文科学也面临着两个危险:其一是"哲学的危险",即人们总想要建立一劳永逸的解释人类社会的所有功能的总的体系的野心;其二是"意识形态的危险"。

而"哲学家"则强调要区分科学与唯科学主义。他说科学研究者们只服从于知识的好奇心,在一开始并不是寻求有用性,在科学研究中存在着一种超然性,这就是一种智慧的形式。他还以为企图将一些科学标准应用到人类社会的一切事物上去,乃是对科学概念的偏移,同时他也承认科学在道德领域、智慧领域、在对个人平衡与安全得救的追求领域,都留下了一个真空。所以他赞叹与推崇法国历史上著名的三大道德学家——拉罗什富科(《道德格言集》)、拉布吕耶尔(《性格论》)和尚福尔(《格言与思想集》)的历史性贡献。另外,他把佛教进入西方的原因归之于"由于个人道德伦理和智慧的丧失留下的真空",并说佛教要在西方扎下根来应取决于两大因素,其一是佛教不是一种要求盲目虔诚的宗教,它不要求任何人排斥和谴责其他的学说,这是一种智慧,一种与宽容为标志的哲学;其二是佛教必须要能与西方科学认识、政治思考和政治行为方面所延续下来的两千多年的巨大投资并存。如果它不能与这第二个条件相适应,那它在西方就不会有持久的影响。这时他又援引了法国文学家兼哲学家西奥朗在其《法国文学肖像素描》的前言中的一席话作结:"当死亡之神魔试图以诱惑或威胁将世界帝国从佛陀那里夺取时,佛陀为了使他混乱,并使他偏离自己的企图,问了他许多话,其中一句是:你是不是由于知识而感到痛苦?"②

在20世纪末期,法国哲学家、思想家们仍然注视着宗教问题,在晚期资本主义文化逻辑的后工业时代,针对其演变与作用和价值,德里达(1930—2004)在欧洲学界关于当代"宗教问题"的论坛上,提交了题为《信仰和知识》的论文。他首先阐述了作为问题提出的语境,就后现代高度信息化的时代——"宗教和机械""宗教和网络""宗教和数码""宗教和虚拟时空"——的特征而言,宗教同时存在于反作用对立和重申的竞相许诺之中;同时他还站在时代和历史的高度,对宗教做知识考古学式的扫描和

---

① (法)让-弗朗索瓦·勒维尔、马蒂厄·里卡尔:《和尚与哲学家:佛家与西方思想的对话》,陆元昶译,江苏人民出版社,2000年,第245页。
② (法)让-弗朗索瓦·勒维尔、马蒂厄·里卡尔:《和尚与哲学家:佛家与西方思想的对话》,陆元昶译,江苏人民出版社,2000年,第277~278页。

解读:"以宗教的名义发生和讲述的一切应当保留着对这种命名的批判性回忆",于是"语言和民族在这里时构成所谓宗教激情的历史形体"。他提出了当今时代"宗教回归"问题的思考,使之"在纯然理性的限度内显现出来"——"当神学的话语采取否定神学的时候"。在他看来,"信仰过去并不总是,将来也不会总是可以与宗教同一的,也不与神学同一。任何神圣性和圣洁性,在'宗教'这个术语的严格意义上并不必然是宗教的"。于是他借用康德的"反思的信仰"来打开讨论的空间,因为"反思的信仰"从根本上讲不取决于任何历史的启示,并且与纯粹实践理性配当。他反对"教条的信仰",因为后者企求知识,而对知识和信仰之间的差异却一无所知。所以,德里达要在"纯然理性的限度内"思考一种不重新变成"自然宗教"的宗教。他的此般思考,"这种抽象化不否定信仰,并解放了一种普通的理性和与之不可分离的政治民主"。他要思考一种"宽容"从此何以成为可能,"这种宽容会尊重个别性的无限相异性的距离"。于是他严肃地指出,"人们仍然无视今无所谓'宗教的'或'宗教回归'的现象,若人们继续天真地把理性和宗教,科学与宗教,技术科学现代化性与宗教对立起来的话,如果人们继续相信这种对立,甚至相信这种不可调和性,也就是说如果人们停留在启蒙传统中,停留在三个世纪以来不同的启蒙传统之中的一个中,停留在某种批判的并且反宗教,反犹太-基督-伊斯兰教的警惕中,停留在某种伏尔泰、费尔巴哈-马克思-尼采-弗洛伊德-(甚至)海德格尔"的传统中,怎么能理解某些"今天的世界上由于宗教而发生的事情"。为此,他们态度是"必须表明宗教和理性有同一来源","宗教和理性是从这种共同的根源出发而共同发展的"。这与我们前面所涉及过的柏格森的《道德和宗教的两个来源》有异曲同工之妙。于是贯穿整个20世纪,"问题难说不正如今天一样,是要思考宗教、宗教的可能性,也就是说思考宗教永恒的不可避免的回归吗?"最后他指出:"所谓'宗教回归',不是一种宗教的简单回归,因为它包含了对宗教的一种彻底解构,而这是具两种倾向之一;面对这些,宗教的另外一种确定的自我解构,我冒昧地说是自我免疫。"于是他设想与呼吁:"宗教成为理性的守护者,成为光本身的影子,信仰的保证,可靠的需要,所有共享知识的创造所预设的可靠经验,以及所有科学技术中的检验行为。"①

我们还看到早在由德里达主持的这场"欧洲论坛"(1994)之前,美国学者魏因伯格就推出了他的以培根为中心,对"科学、信仰与政治"的三位一体的现代性困境之考量与解读。魏氏洞察到正是这位现代事业创立者之一的培根,却又未深陷现代事业之中,因而得以避免实际创立者们出于热情和偏爱导致的无知,他既站在我们现代世界之内也站在之外,清醒地认识到现代世界的局限性和问题。从培根那里,他让我们看到"现代世界的根源是现实主义的乌托邦和天真的乌托邦,现代科学事业是基督

---

① (法)德里达、(意)瓦蒂莫主编:《宗教》,杜小真译,商务印书馆,2006年,第3~88页。

教仁爱的最温驯的形式,是天真乌托邦主义的罪恶版"①。"政治哲学比自然科学更为根本。"魏氏接着指出:"培根在斯芬克司寓言中暗示自然科学最终不能统治宇宙,不可能通过科学达到不死、幸福。"②也许正是因为把新的自由许诺与对这种自由的局限性的现实主义认识如此巧妙地结合起来了,现代的另一位现实主义的乌托邦主义者卢梭,不称培根为有史以来最伟大的哲学家。正如魏氏所言:"与尼采和海德格尔相同的是,培根把现代事业理解成人类理性的宿命;与他们不同的是,培根在揭露其缺陷的同时,并没有颠覆现代理性主义,而是认为我们有可能认识人类命运的原因,从而让理性承担起理性带来的问题。"③

二、科学观念与无神论:现代中国诗学生成的主导性力量

对于科学观念或科学意识在中西方的形成与确立,进而影响社会变革和人们的精神世界,并且对文学思想产生重大影响,在中法之间,无论是在时间上还是历史文化语境上,都体现出各自不同的特色和差异。从发生学角度看,西方近代科学(包括法国)的出现和学科雏形的形成,大约是在 14 世纪至 17 世纪三百年间,而后经过 18、19 世纪的整合与跃进,至 19 世纪末已发展成为一种系统的学科体系,20 世纪以后的现代科学更是突飞猛进,蔚为壮观,形成了对传统科学的超越与更新,为现代及后现代哲学观奠定了坚实的基础,也给文学艺术观念的变革带来了深刻的影响。

就中国而言,西方意义上的科学(近现代科学)在近代以前是没有它的生存空间的,西方科学在中国的传播存在着明显的变异现象,因为在以伦理道德为核心的中国传统文化中,素无科学的地位。科学进入中国可追溯到 17 世纪,它是由耶稣会士引进的,当时主要集中在天文、地理、数学和物理等知识上,且传播的范围很窄,仅在皇朝的官僚学者圈内得以认同。事实上,晚明时期科学的传入仍被士大夫们视为技艺末流。到了 18 世纪后半期大部分时间,中国再次紧闭大门,现代科学的引介被推迟到 19 世纪。鸦片战争的一声炮响,又撞开了朝向西方的大门,洋务派官僚知识分子醒悟了,开始学习西方先进的科学技术,但主要停留在器物的层面上,尚未明白利用科学的利器去完成思想上的深刻变革。后来的维新变法运动使那些受西方文化浸润的知识分子意识到,从传统文化与现代化的整体框架上去翻译、引介西方 19 世纪的科学成果和科学思想。虽然维新变法中途夭折了,但变革的精神里,运用科学借助科

---

① (美)魏因伯格:《科学、信仰与政治:弗兰西斯·培根与现代世界的乌托邦根源》,张新樟译,生活·读书·新知三联书店,2008 年,第 410 页。
② (美)魏因伯格:《科学、信仰与政治:弗兰西斯·培根与现代世界的乌托邦根源》,张新樟译,生活·读书·新知三联书店,2008 年,第 426 页。
③ (美)魏因伯格:《科学、信仰与政治:弗兰西斯·培根与现代世界的乌托邦根源》,张新樟译,生活·读书·新知三联书店,2008 年,第 1~2 页。

学的理性精神,深远地影响着后世。"五四"新文化运动的兴起和实践,才是真正意义上的现代科学观念的确立,科学与民主的旗帜才飘扬在20世纪中国人思想文化的精神高地。①

这里,我们主要探讨一下"科学主义"在现代中国的兴起及其影响,因为中国特点的科学观构成了中国现代性的一个基本要素。从文化思潮意识上看,它大致经历了从"五四"新文化运动到20年代的"科玄之争",再到30年代的"科学化运动"和"新社会科学运动"这样几个阶段。

我们知道,1915年标志着"五四"新文化运动兴起的《科学》②和《青年》杂志(后更名为《新青年》),正式举起了科学的旗帜,使其成为现代中国人价值信仰的高地。新文化运动的倡导者胡适、陈独秀、鲁迅、李大钊等都深受进化论的影响,在他们看来,科学不仅是指导人们认识宇宙人生的指南,也成了反对封建旧文化、旧思想最重要的武器。以领军人物陈独秀、胡适为代表,提出的科学主张,由此形成了中国近代科学主义思想的两大路径——"科学决定人类社会乃至人生"和"科学方法至上"论。在胡适看来,"西洋近代文明的精神方面的第一特色是科学,科学的根本精神在于求真"。③陈独秀也认为:"科学有广狭二义:狭义的指自然科学而言,广义是指社会而言。社会科学是研究自然科学的方法,用在一切社会的人事的学问上,像社会学、伦理学、历史学、法律学、经济学等。凡用自然科学的方法来研究、说明的都是科学,这乃是科学的最大效用。"④

其实对科学的认识,胡、陈两人当时并非从自然科学和科学哲学学科发展而言,而是从实用的价值立场出发,把科学作为工具利器,来实现"五四"新文化运动的总目标。可以说他们分别从理论层面和文学实践层面对科学认识进行了阐释。除了上面所引强调科学求真的理性本质外,他们也肯定了科学的价值、作用和地位。陈独秀

---

① 对于"五四"启蒙精神之标志的"民主与科学",有学者认为对此口号不宜过高评价,以免造成对中国启蒙运动的误解,因为五四运动并不曾给中国人以多少民主意识,而"五四"后的革命斗争,包括所谓"民主运动",也从未把西方民主作为值得争取的目标。至于西方现代科学,自从通过学校教育引入中国后,始终在中国文化之外,成为一种行业性的专门知识,被给予了与技术性知识相类同的地位。见陈维杭:《启蒙与文化背景》,载《法国研究》(法国大革命200周年专号),1989年第4期。
② 1914年赵元任、任鸿隽和胡适等人在美国发起组织了中国科学社,并创办了《科学》杂志,次年1月在中国科学社同人的努力下,该刊在上海正式创刊发行。撰稿人不仅有自然科学家,还有人文社会科学家。任鸿隽在"发刊词"中阐明了科学在改造国民素质、造就现代国民心理上起到重要的启蒙作用。我们发现,以《科学》为中心的科学家们,并不只是注重科学"抽象的精神",只专注于探讨科学具有的价值和方法,而且担当起了开通民智和科学研究的双重任务。
③ 胡适:《科学与人生观序》,载《胡适文存》(2),黄山书社,1996年,第142页。
④ 陈独秀:《新文化运动是什么》,载《新青年》,第7卷第5号。

看到了欧洲近代优于中国的根本之道在于:"欧洲近代之所以优越他族者,科学之兴,其功不在人权之下,若舟之有两轮焉。"①他还特别看重科学法则与理性,并把科学置于与人权同等的地位。此外,还强调科学精神,在思想文化领域,则是要担负起对旧文化进行彻底批判的重任,用科学解决中国旧宗教和封建迷信的问题。在陈氏看来:"宗教之能使人解脱者,余则以为必先自欺,始克自解,非真解也。真能决疑,厥为科学。"②胡适也说:"科学发达提高了人类的知识,使人们求知的方法更精密了,评判的能力也更进步了,所以旧宗教的迷信部分渐渐被淘汰到最低限度,渐渐地连那最低限度的信仰——上帝的存在与灵魂不灭——也发生疑问了。"③

再有,他们还大力宣扬科学观念的核心层面之进化论思想,以此作为认识"五四"时期社会问题和文学问题的理论基点,实现批判旧传统、旧文化,确立新文化及现代文学地位之手段。无论是胡适《文学改良刍议》《建设的文学革命论》《文学进化观念与戏剧的改良》,还是陈独秀《法兰西人与近世文明》,都以此为红线一以贯之。以此论证文学改良和文学革命的历史必然性,进而提出文学进化论的观念,为确立白话文及现代文学的正宗地位摇旗呐喊。

事实上,他们是把科学看作一种认识论和方法论。胡适认为"科学的方法说来其实很简单。只不过'尊重事实,尊重证据。'在应用上,科学的方法只不过'大胆的假设,小心的求证。'在历史上,西洋这三百年的自然科学都是这种方法的成绩,中国这三百年的朴学也都是这种方法的结果"④。由此开创并奠定了现代的中国史学和文学研究的现代学术形态的基石和科学思维的方法论。当然,追溯胡适的科学主义精神,就会发现主要是受他的导师杜威的实证主义哲学及其欧洲的策源地法国的实证主义文学思想的影响——从孔德、泰纳、圣·伯夫到朗松、巴什拉。

从新文化运动的兴起到后来"科玄之争",科学主义得到了进一步的巩固和加强。这次由玄学(中学)发起的论争,以张君劢、梁启超为代表的"玄学派"一方和以丁文江、胡适等人为代表的"科学派"为另一方,本是让中国重新接续传统、反思科学原创的一次机会,但历史与时代的境遇使然,其结果是科学大获全胜。在此我们关注两个基本问题:一是"论争"的成因,在中国迈向现代性的过程中,对自身主体性和世界格局的设问,它反映了第一次世界大战后,中国学者以对战争的反思为契机,思考从对过去器物层面的崇拜,到由科技而昌盛强大的现实实力竞争的迷思所带来的弊端与缺失,并提出了质疑。当然这正好与欧美有识之士对科学(科技)崇拜的反思及人文精神与人类道德力量重建的思索形成共振。很明显,玄学派的意图是在反对科

---

① 陈独秀:《敬告青年》,载《新青年》,第1卷第2号。
② 陈独秀:《再论孔教问题》,载《新青年》,第2卷第6号。
③ 胡适:《我们对于西洋近代文明的态度》,载《胡适文存》(3),黄山书社,1996年,第4~5页。
④ 胡适:《自学的方法和材料》,载《胡适文存》(3),黄山书社,1996年,第93~94页。

学的顶礼崇拜,反对将科学普遍化、伦理化,视为万能。请看张君劢首先强调了精神和道德力量的主体性地位:"科学与人生观属于两个不同的世界,科学只能在物质世界里起作用。""在人的精神领域内,科学是无能为力的。"①他指出科学不能解决人生观的问题,而梁启超则在《欧游心影录》中说:"既然欧洲文明的核心是科学精神,那么,西方的社会危机就足以证明科学的破产。"这表明他也对科学万能提出了质疑,这显然是与"五四"及后来的"科学派"的观点针锋相对。② 在胡适看来:"我们也许不轻易信仰上帝的万能的,我们却信仰科学的方法是万能的。"可见,在科学派的心目中,科学已经不只是实证的具体知识形态,而被提升到价值—信仰体系的高度,赋予了某种世界观的意义。二是"论争"及科学在中国的悖论。一方面,正如胡适所言:"自从中国讲变法维新以来,没有一个自命维新人物的人敢公然毁谤'科学'的。"③就这场"论争"而言,诸方都证明自己的观点是如何符合"科学"的。可见,科学的霸权地位已经初见端倪,对科学的迷信也随之确立。诡吊的是,本来科学是号称反对迷信的,但它自身却成了现代社会最大的迷信。当然,另一方面,科学在中国的礼遇诚如我们前面所言,并非如同像法国及西方的历史文化语境那般。中国当时的现代教育水准及文化普及是相当滞后的,并且对植根于法国及西方文化与传统的实验科学及逻辑实证精神也是不以为然的,或知之甚少的。这并非是中国人的民族传统思维方式,更重要的是在历史的转折关头,面对中国的"存亡"与"保种",只有"师夷长技以制夷",用打败我们的敌人的东西来战胜敌人。于是,"救亡"压倒了"启蒙",本该是启蒙手段的"科学"却成了"救亡"的手段,而失去了其启蒙价值,科学便开始成为

---

① 张君劢:《人生观》的演讲,清华大学1923年2月。
② 梁启超早年信奉的是科学主义的科学文化观,但"一战"后西方科学文明的危机及"五四"后对中国的主体性的反思,导致他对科学主义由崇拜到质疑。事实上,早期的梁启超在严复的影响下(《原强》《天演论》的著译),就开始用科学进化论来阐发自己的思想。他流亡日本后又进一步写下了许多直接或间接论述达尔文进化论的文章。当然梁氏处于对当时中国救亡图存的现实需要,其真义并不在进化论的形而下的科学知识层面,而在其形而上的"道德"层面,也就是说,更关注的是政治哲学、思辨哲学的社会达尔文主义的理论。梁氏因此也推崇斯宾塞的进化哲学,正是由于颂德"未来主义"进化哲学对集体主义、未来主义的崇尚,使其更能满足中国当时的救亡保种的现实需要。可见,梁氏关注的主要不是进化论的科学内涵,而是其对于社会的现实意义。此外,梁氏在社会领域信奉进化论的另一个主要表现,是用进化论来改造中国旧史学并开启了中国的新史学(本书第一章有论述)。可以说从严复、梁启超到胡适、陈独秀等"五四"时代人物,由作为科学的进化论到作为哲学甚至意识形态的进化主义,反映了这样的一种思想倾向和对科学的泛化理解和形上提升,这与其说是一种科学理论,还不如说是一种价值信仰。于是,作为理性精神体现的科学知识、科学理论在此变为类似宗教信仰的东西,科学由此获得了世界观的意义。由此,我们看到,梁启超、严复为代表的维新人士,实是"五四"时期的科学主义派将科学"价值-信仰"化的先导。(参林和华《梁启超科学文化观中的科学主义之维》)。
③ 胡适:《科学与人生观序》,载《胡适文存》(2),黄山书社,1996年。

了新的迷信。

再有,事实上,科学思想或曰精神,在"五四"新文化运动之前的先驱者那里就已蕴含其间,严复、梁启超等人的文化实践就已说明。在严复看来,以西学的眼光观察中学,则中国的学问不能称之为学,核心问题在于中国的学问不是建立在科学的方法之上,中国的学问是以修身、治政为目的。因此,严复以西方近代科学为依据,提出了系统的学问方法:第一,考诸事实;第二,实行归纳分类;第三,对学问结论进行印证以巩固学问见解。① 因此,他译介西方学术思想,为中国思想的现代转型进而为中国现代文论及文学的催生,提供了历史的可能和思想的土壤。他以进化论和现代科学方法为背景,不仅为人们创造了宇宙和世界新的认识图式,而且为创造一种民族国家为内涵的社会提供了科学模式(本书第二章第三节第二部分有论述)。而梁启超的老师康有为,在1919年所写的《物质救国论》中,也认识到科学是现代文明的基石:"故今日者无论为强兵,为富国,无不在借物质之学。……故以其通贯言之,则数学及博物学也;以其事物研之,则机器工程学及土木工程学也。……由此者为新世界,则日升强;无此者为旧世界,则日渐灭。"这里的博物学接近一般的科学概念。萧公权先生认为康有为不但已经接触到后来"科玄"论战所讨论的问题,而且他的意见可以说是两派的综合:一方面说科学是现代文明的基石,另一方面要保留传统的价值。② 总之,这批先驱者们的科学观呈现出以下特征,并对后继的"五四"新文化运动产生影响:其一是他们追求"自强",即追求民族复兴的力量,所以经典物理学为代表的机械唯物论占据主流地位;他们追求变革,所以各种进化论和带进化论色彩的其他科学假说(如康德—拉普拉斯星云说),就成为其宇宙—历史观的基本骨架;其二是这些哲学家和思想家常常试图从数学和实验科学引出普遍的方法论。对机械论色彩的物理科学做了较好哲学解释的是严复,在《译天演论自序》中说:"大宇之内,质力相推,非质无以见力,非力无以成质。凡力皆乾也,凡质皆坤也。"这里严复所涉及的基本是经典物理学的概念:质和力,再与传统哲学命题进行互文式阐释,进而上升为哲学宇宙论和世界观。梁启超也试图用几何学的方式去创作其政治哲学论著——《实理公法全书》。可见近代科学的传播已不再停留在科学的具体内容而进入到方法论的层面,近代哲学家开始为科学的发展提供哲学基础;其三是进步论支配着人们对科学的认识,基本的历史氛围是科学乐观主义。严复之所以对"人定胜天说"如此深信,正是由于西方科技文化的示范作用,使之相信借助科学技术,人们可以解决物质生活难题。这些科学思想的遗产在"五四"时期的胡适、陈独秀那里得以继承和发扬。

科学主义在现在中国的兴起,是有其具体的历史文化语境的。从生成条件上讲,

---

① 张国刚:《中国学术史》"学术转型:近代学术萌芽"部分,东方出版中心,2002年,第602页。
② 高瑞泉:《中国现代精神传统》,东方出版中心,1999年,第248页。

与法国不同,它不是从哲学(自然科学)及其宗教文化走向科学哲学的,也没有经历近代科学革命的历史演进,从天文学、物理学的革命,从抽象的数学原理和几何学思维形态到实验科学的经验主义原则的创立,同时也没有处于像欧洲中世纪后期至文艺复兴时期的科学大发现与海外扩张的大国崛起的上升时期的国际大背景的条件,而是恰好与法国及西方相反,1840年前后的中国,却是传统的封建王朝由盛及衰的开始。由于长期的封建专制与清王朝的腐败和太平天国的农民革命战争,一方面内忧而言,使之国运衰退,政治经济处于黑暗专制与民不聊生的境地;科学滞后,非科学的东西盛行,鸦片贩卖代替了欧洲的工业革命;另一方面,外部条件看,又是西方的船坚炮利企图瓜分中国,对中国实行帝国主义和殖民主义侵略扩张的开始,鸦片战争、中日战争、中法战争,再到第一次世界大战,种种内忧外患,从洋务运动、戊戌变法到辛亥革命再到五四运动,对中国而言的时代课题就是救亡图存和启蒙与革命两大任务。人们懂得落后就要挨打,从洋务运动开始从器物层面入手,科学的价值和重要性凸显出来,故中国的科学主义首先是工具理性的科学救国论。另一方面,就启蒙角度而言,要推翻封建主义和清王朝的统治,就首先要开启民智,使民众成为"新民";从制度层面入手,戊戌变法的维新派要使中国成为法兰西或亚洲的日本那样的现代国家,就必须引进西方文化和文明的成果,其精髓就是科学与民主和共和制度,要实现其目标的基础就是教育与科技的投入——现代教育与媒介和工商业的兴起,京师大学堂的建立(1898年),江南机器制造局、福州船政局到翻译书局和现代报业的出现,但科学仍被视为仅具"器用"的实用价值。然而从辛亥革命到巴黎和会,在"保种"与"改制"和"保国"上,有识之士进一步认识到必须从"器物"到"制度"进而"思想"(观念)上的革命,故倚重科学,抬高科学的作用,就在于引进新文化,打倒旧文化的堡垒,让"民主"与"科学"成为新时代思想的旗帜。

确实,近现代中国科学主义的建立,是在两个层面上展开的:一是现实的时代的社会历史格局,二是思想史的内在发展。纵观中国现代性的起源,正如顾颉刚在其《中国近代学术思想界的变迁观》(1919)中所引郑浩的《中国学术穷通变化论》所言:"中国学问元、明后,腐败已甚,清代的学问,是由腐败而进于精辟的境界。""它虽无欧洲科学之传播,亦但有笛卡尔、培根其人生于期间……但从前所取得的路径,已有向科学方面走去之势,终是可信。中国的学问,向来是以礼乐兵农为实质,以文字书籍为形式;实质为形式所限,所以'居则为三皇五帝之书,用则为家国天下之政'。倘使事实与古文有所违忤,乃是事实自己的错谬,应当改造事实,使之合于古义。他们因为认定古义是不变的,所以也拿事实按捺住,不许它变。这一半因复古的形式太重,没有什么疑虑;一半因实物的考察不多,没有什么比较所致。一到了清代朴学家手里,便不然了。他肯就实物考察,做精密的说明,又因为好古物,所以要别伪存真,不管他圣经贤传都去仔细评量一回。……后来科学知识灌输进来,中国的学人对它很表景仰,就是顽固的人也得说声'西学为用',这便是清代朴学的功效,因为朴学是向科学方面走去的。"①余英时先生也曾总结说:从宋明理学到乾嘉朴学,自身有其一套历史的演变过程,这也是值得注意的,在此我们就不展开了。

对科学及科学意识在中国的生成及研究,学术界也有不同的看法。李约瑟博士认为中国科学在16世纪伽利略开启现代科学的时候,要远远领先于西方科学;但是这一良好的基础并没有使现代科学在中国得以诞生。那么,现代科学为什么没有在中国形成?李博士的观点是:没有出现欧几里得几何学,没有起支撑作用的哲学观念(儒家的伦理学倾向和道家的直觉方法都无助于对自然的理性研究),自然科学规律的欠发达,政治等级制(缺乏民主),等等。李慎之先生则认为"中国传统文化中有技术而无科学",其理由有二:"其一中国没有按严格的逻辑推理发展出来一套科学理论,绳绳相继,日新又新;其二中国没有发展出以数学作为各门科学的共同语言。"他区别技术与科学是对的,但断言中国古代没有科学则近于武断,如果他说中国没有从古代传统中自动发展出现代科学就比较中肯了。

海外学者谢文郁教授则对李约瑟的论点提出异议,他引用冯友兰先生的观点作为起点——冯氏在其《中国何以没有科学》一文中说:"中国哲学家并不需要科学的确定性,因为他们想要认识的是他们自己;因此他们同样也不需要科学的力量,因为他们想要征服的是他们自己。"②冯先生试图从中国的存在关怀的角度去理解中国科学,然而中国现代思想家受现代科学的魅力和力量的吸引,使自己与传统的存在关怀拉开了距离。在谢氏看来,对中国式存在关怀的探讨,不可避免地会涉及中国人的宗教意识和终极关怀,他以《庄子》《中庸》作为原始文本进行考察,发现它们之中包含着一种与作为现代科学基础的终极关怀完全不同的终极关怀,他的重点讨论了中国宗教及其对中国自然观念的影响。他说,在《庄子》那里,自然就是指"混沌"的生的状态,因此它是某种存在的最终基础,于是混沌就是道,自然亦即道的生的状态,在《齐物论》和《大宗师》里,"道"被描述为万物的本真状态,在其中一切都是同一的,一切都是可能的。还有,物质之间原本是没有区别的。一切就其本身来说,被称为"是"的东西都有其对立面"彼",因为在现象上,它们是彼此有区别的;但在本质上,庄子认为区别消失了,因为"是"和"彼"彼此相生。可见这种自然观念不鼓励对观察到的自然现象进行分类,任何对所观察到的现象进行精确描述的研究(就像现代科学所做的那样)都是可笑的,理由也很简单,这样会导致对万物进行分别。任何对自然的体系化(区分)都会导致人们向一个方向(一种可能性)发展,忽视其他可能性,帮助人们向一切可能性开放,是庄子思想的主要存在关怀。显然现代科学观念下的科学研究,

---

① 桑兵等编:《近代中国学术思想》,中华书局,2008年,第100页。
② 此文发表在《国际伦理学》杂志,1922年第32期,后收入1936年在上海出版的《中国哲学史录》中。

不可能满足这种存在关怀。在他看来,这种道家的自然观念培养了中国文化中的一种审美的价值意识。在庄子眼里,这一有区分的世界的基础是无区分的本真世界,对这种本真世界的渗入,在中国历史上产生了一种中国式的模糊性与和谐性为主导的审美意识,这在中国的绘画、文学与其他艺术形式中有着深刻的表现。

针对李约瑟认为儒家对科学的发展没有起到积极作用的观点,谢教授则认为儒家的自然观念有其特殊的表达方式,《中庸》开首语是:"天命之谓性,率性之谓道。"这里"性"赋予了一种新的含义,"性"是天(一种神圣的非人格化的存在)赋予的。"天下"之天指的是物理存在和社会存在的总体。当天与地在一起时,它指的是物理存在的总体。因此,"性"作为天命有两种基本意思:既指人的社会性,也指人的宇宙(物理)性。这样来理解"性",我们就能看到性与自然之间的相通了。所以在《中庸》里:"故君子不可以不修身,思修身不可以不事亲,思事亲不可以不知人,思知人不可以不知天。"这里的最后一句话要求人们知天,而天在单独使用时,常常指物理事件,《中庸》在讨论"至诚"时,提出了一种对物理世界的理解。它说:"惟天下至诚,为能尽其性;能尽其性,则能尽人之性;能尽人之性,则能尽物之性;能尽物之性,则能赞天地之化育,则可以与天地参矣。"由此可见,"儒家引导人们先是走向与自己的个人生活和社会生活直接有关的存在关怀,然后走向对物理环境的存在关怀,进而走向对宇宙总体(天地)的生存关怀。"①我们知道在现代科学兴起的过程中,物理世界的客观独立性是欧洲思想界的自然观念中的根本预设,而伽利略从事科学研究的存在关怀,就是要揭示上帝关于自然的数学真理。事实上伽利略的宗教意识在他的科学活动中起到了关键作用。这样,通过对中国文化中两个有影响学派的自然观念的初略考察,以及对欧洲思想界的自然观念和伽利略的宗教意识在科学活动中的作用的参照,这就不难理解冯友兰认为中国哲学家(科学家)从存在的角度并不关注对物理世界做独立的或客观的研究,因而中国不需要现代科学,这一论断是有其历史的"合法性"的。

然而中国人在接受现代科学的过程中,对自己的存在关怀进行了很大的调整,并形成了一种新的宗教意识——科学崇拜。这一历史的转折点发生在1848年的鸦片战争后,中国人开始意识到现代科学的力量。仅凭儒道两家的思想是不可能抵御西方的入侵。在这历史的关头,"五四"新文化运动举起了"科学与民主"的两面大旗,于是一种新的宗教意识即科学崇拜,占领了中国人走向现代世界的精神高地。

是的,科学主义在经历了"五四"即新文化运动的洗礼并大获全胜后,科学作为一种主流信仰获得了社会的普遍认同。但是,到了20世纪30年代,随着中国社会政

---

① 谢文郁:《传统宗教意识和中国科学发展》,载《自然辩证法研究》第19卷第7期。有关这部分的论述均参考谢教授的此文并受此启发。

治力量的发展变化,以及抗日战争的来临,整体上,科学主义的科学文化观,让位给了蕴含浓郁政治文化色彩的并具有话语主导权的"科学文艺论"。① 随着"左联"的成立(1930年3月)和革命根据地的发展与逐渐壮大,红色文艺以马列主义思想指导着中国革命实践和文艺实践。随之伴随着文学的社会科学化倾向,使得30年代的文学表现出在特殊的政治文化语境下,与社会科学结缘的现象,带来了文学形式和文学文体等方面的诸多变化。② 1930年1月出版的《新思潮》杂志上所载的一篇文章,指出了当时出版界的现状与文化界的反应:关于文艺理论的有关社会科学的出版物计有151种,而1929年关于社会科学的出版物统计表明:一、新兴的社会科学抬头,这一年已牢固地树立了它的存在权;二、关于经济学的书籍占多数;三、关于方法论——尤其是唯物辩证法这一类书籍的流行。这就意味着中国的读书界已经有更进一步去研究社会科学的需要之表示;四、关于苏联的研究的书籍和关于帝国主义的书籍占了不少的数目;五、关于历史方面——经济史、革命史及经济学史、社会思想史等也占了相当的数目。从这一点,可以看到中国的幼稚的思想界已经有了渐渐走上系统研究的道路之倾向了。③

我们还发现30年代文坛有两大现象较为突出:一是社会科学工作者与文学家之间的角色兼容,兴趣的融合和从事专业的相互交叉,许多从事社会科学的研究者转向文学或对文学给予了特别的关注;而许多文学家则表现出对社会科学的极大兴趣和探讨社会科学的极大热情。这些社会科学工作者转向文学后,由于自身的理论思维的优势和文学技法的弱势,使他们首选对文学批评的介入,不过多数只是借别人的作品来说话,其评论与作品本身是否贴切并不重要,他们的兴趣也并不是在艺术本身,而仍然是从他们作为社会科学研究者的目的出发。所以,茅盾对此后来有较为中肯的看法。他说,"阶级意识""斗争的情绪""时代的把握"等,"倒是当时社会科学研

---

① 程正民等《中国现代文学理论:文学理论教材与教学的历史沿革》(2005年)一书中,指出30年代一种带有特定政治倾向的"科学的文艺论"逐步建立了起来并逐渐成熟,其特质就在于运用唯物史观、唯物辩证法去理解文学,剖析文化现象。这种方法论很快占据了现代文学理论的主流,这一思潮和方法在中国兴起是有源头的:一是法国的科学实证主义正广泛的影响到人文科学研究乃至科学创作,一部分理论家开始尝试用社会学的方法解释文学的根本问题,把文学完全置于社会科学的框架中去理解。在当时的中国被经常引用的早期社会学研究著作是法国理论家居友的《从社会学见地来看艺术》(王任叔译,大江书铺,1933年);此外在中国现代文学理论中产生影响较早的一部"唯物史观文艺论"著作是伊可维支的《唯物史观的文学论》(戴望舒译,水沫书店"科学的文艺论丛书",1930年)。
② 朱晓进在其《政治文化与中国20世纪30年代文学》一书中,对此现象有专门一节的论述,笔者在此部分受其启发并参考了其论说。
③ 见《1929年中国关于社会科学的翻译界》,《新思潮》1930年1月第2、3期合刊。转引自朱晓进《政治文化与中国20世纪30年代文学》,人民出版社,2006年,第268~269页。

者评论文艺作者时常有的看法"，①他们并不太重视作品中所描写的是否是现实中存在的状况。另一方面，作家也与当时新兴社会科学结缘，"左联"作家与"社联"（社会科学家联盟）有密切关系。无论在组织关系上还是在当时文化战线所展开的思想斗争上，以及在介绍阐发马克思主义理论知识上，二者是既有分工又有合作。"左联"编有《文艺讲座》，"社联"就有《社会科学讲座》，前者关涉文艺，后者关涉政治、经济和哲学，两者都是介绍马克思主义或运用马克思主义观点来分析问题。而且，好些作者都在两本书中同时出现，如冯乃超、郭沫若、朱镜我等。此外，"左联"的钱谦吾（阿英）著有《怎样研究新兴文学》，"社联"的柯柏年则有《怎样研究新兴社会科学》，它们都是较为通俗的介绍马克思主义社会科学理论和马克思主义文艺思想的青年读物。

在30年代的作家和文艺界中，茅盾是有代表性的。他身兼作家和文论家的双重身份，自身有较高的社会科学方面的素养。他多次谈到作家具备社会分析能力的重要性。他曾说："生活经验的限制，使我不能不这样在构思过程中老是先从一个社会科学的命题开始。"②关于茅盾的这一创作特点，在当时及其后有许多评论者都予以指出，叶圣陶在《略谈雁冰兄的文学工作》一文中说："我有这么个印象，他写《子夜》是兼具文艺家创作与科学家写论文的精神的。"瞿秋白在《〈子夜〉与国货年》一文中也说："运用真正的社会科学，在文艺表现中国的社会阶级关系，这在《子夜》不能不说是很大的成绩。"

二是30年代作家文学创作的"社会科学化"倾向。一个明显特征首先就表现为创作的认识论上的原则观点，由此形成了一个以"社会分析"或"社会剖析"为主要特征的文学流派。③他们在作品中进行社会分析时，所依据的基本上都是自己当时所了解和掌握的社会科学知识和方法，于是理论的推导或带有某种先验的观念来创作，就成了当时的重要创作思路。

此外这种结缘还带来了30年代小说叙事模式的重要变化，即社会科学化影响倾向之下的"全局"观念和注重对"大背景"的把握，带来了文学叙事的宏大性，因而长篇巨著开始受青睐，长篇小说形式有了很大的发展，不仅仅有单篇的长篇小说，而且以"三部曲"形式出现的长篇小说也大为盛行。在此我们主要以茅盾和李劼人为考察对象，因为他们分别代表了20世纪30年代中国现代文学长篇小说主流与非主流的两种范型。这里还需强调一点，他们两人都深受法国现实主义文学的影响。我们知道法国的现实主义有两个维度：一是以客观真实性为原则，追求文学的真实性，以冷静和客观为圭臬，由此他们推崇实地考察、科学分析，后来发展为自然主义。这显然是受19世纪科学主义和实证主义哲学的影响。二是追求宏大叙事的历史主义原

---

① 茅盾：《我走过的道路》（中），人民文学出版社，1984年，第137页。
② 茅盾：《我怎样写〈春蚕〉》，载《青年知识》，1945年10月第1卷第3期。
③ 严家炎：《中国现代小说流派史》中《社会剖析小说》一章，人民文学出版社，1989年。

则。法国现实主义的宏伟性,表现在追求历史进程的整体性,富含社会生活的全景性特征上,它深深地烙上了泰纳文化历史主义学说和朗松实证主义文学与历史主义的痕迹。

茅盾不但在文学理论上倡导现实主义原则,他还认为法国现实主义和自然主义的写实精神、科学态度、实地考察的方法,是纠正明初小说逃避现实"向壁虚造"恶习的有效方法,是"五四"文学摆脱俗套,创立现实主义新文学的可模仿模式。而其创作也承袭了法国现实主义的精髓。他的长河式小说《蚀》《三部曲》《虹》《子夜》等,"在取材和叙述的历史性、时代性、目的性即探究社会历史发展的原因、作品结构的宏大谨严、再现社会生活的广阔性、丰富性、真实性上,都有浓厚的法国现实主义气息"①。同时,他的小说"'社会学'式的再现方式、叙事结构的恢宏、细节描写的精雕细刻等,都带有鲜明的法国文学的特征"②。

如果说茅盾小说的"社会学"式的再现方式,描绘的是横截面式的中国社会的"断代史",那么李劼人(1891—1962)则试图描绘《人间悲剧》《卢贡-马卡尔家族》式的历史性的长轴画卷,并成了中国现代长篇历史小说的先行者。我们知道,1919—1924年,李劼人留学法国,专攻法国文学,后来翻译了福楼拜的《包法利夫人》《萨朗波》,莫泊桑的《人心》,都德的《小东西》和左拉的《梦》等好些作家的作品。1925年他从法国归来就开始酝酿规划他的"大河小说",他曾在教育界和实业界谋事,既做教授又曾在重庆、乐山等地经营纸厂,这一点上,他和梁宗岱从事教学和医药实践的经历颇为相似,这在那时中国文人知识分子中是少有的,也正是这样的经历,使他们同法国现实主义和科学精神走得更近。回国十年后,他用三年的时间接连写出了《死水微澜》(1935年)、《暴风雨前》(1936年)和《大波》(1937年)三部巨著。这些作品冷静客观而又深刻地揭示了中国近现代史上社会转型的重大变迁。其时间跨度为1894—1911年这十几年的岁月。他从整体上全面而又生动地展示了中国传统社会结构的瓦解,新旧生活方式和道德观念的冲突与改变,开启了地方性书写与现代历史小说"宏大叙事"的可能性。

在《死水微澜》的开篇,作者展示了追求环境描写的"法国味"——讲究外部环境的"物理真实":先从宏观角度展示地理位置、风土人情,然后从局部细节进行精雕细刻,最后才引出人物。这种静态的历史的与全方位的描写,使李劼人小说的地方性书写的深描成为可能。另外还有一点值得注意,李劼人"三部曲"的主要人物的设计,都是道德上有重大缺陷的人,这种选择既不符合中国传统历史小说的模式,也与"五四"以后新文学的常态写作别有两样。我们注意到在法国小说中,塑造非道德的男女

---

① 杨联芬:《晚清至五四:中国文学现代性的发生》,第285~286页。
② 杨联芬:《晚清至五四:中国文学现代性的发生》,第293页。

角色,其冷静与客观的态度一向超越了道德的界地,他们不将人物置于道德法庭来进行审判,而是以超越道德评判的眼光,引导人们追溯人物犯罪与堕落的潜在的社会和人性的根源。正是由于这种追求客观性的姿态,使得他的作品超越了30年代革命文学的语境,真实地还原了那个时代人物的社会生活与精神世界的冲突、变迁与复杂性。也正是由于这一点,铸成了他在中国现代文学研究史上长期被遮蔽的命运。后来,同是留法的梁宗岱等人的命运也遭遇了类似尴尬的历史际遇。由此我们可以说,李劼人是"五四"以来,中国现代文学的现实主义作家中,忠实地继承了法国历史小说从精神到形态书写的最具代表性的作家。

在三四十年代红色文艺或曰革命文艺的话语系统的形成与确立中,从瞿秋白到毛泽东文艺思想的发展脉络看,马列主义思想尤其是"辩证法的唯物论",是指导文艺与现实关系的认识论的基本原则,这也成为后来革命文艺的理论与实践所遵循的基本"科学"原则。在瞿秋白那里,他通过卓越的译介工作,将马列的现实主义理论引入中国。他在中国不仅确立了"现实主义"的名称,还初步确立了马克思现实主义的话语系统。我们知道,真实性是现实主义的理论核心内容,瞿氏"把对真实性的追求看作是现实主义者的首要的、第一位的工作,他的真实观是建立在坚实的唯物主义反映论的基础之上的"①。他在译介马克思文论的基础上,还对"席勒式"和"莎士比亚式"这一对主要概念进行了准确的理论阐述。他指出,席勒晚年的作品违背了现实主义的真实性原则,在创作过程中,没有对客观现实生活进行清醒观察和如实地描写,而是从作家自我出发,主观热情和抽象观念淹没了现实主义本应具有的"真实",这样,他小说里的人物也就"只不过是主观的抽象的'思想'的号筒"。与之相反的,"莎士比亚化"最重要的是一切创作严格从客观现实出发,一切按照现实生活本来面目如实描写。这正是瞿秋白通过对以上两个重要概念的阐发而得出的现实主义真实观的基本内涵。其实,他关于现实主义"真实观"的见解,对20世纪30年代文学状况和创造倾向,有着极强的现实针对性和极其重要的理论指导意义。那时,一些革命文学不是从现实出发如实描写,而是凭空虚构,生编硬造,概念化、公式化的倾向十分突出,这些作品缺乏文学的审美价值,很难实现革命文学的战斗作用。可见,瞿秋白始终是以一个革命者的身份审视文学,他的目光并不主要聚焦在文学规律本身上,这与茅盾在20世纪二三十年代大力引介西方近现代科学精神,较为充分地强调客观细节描写的意义形成了认识论与方法论上的对照。这里,他的现实主义理论已不再是科学思潮下的客观性、细节真实性的表达,而是和唯物主义反映论联系在一起,成为对客观社会现实的本质属性和规律的根本认识的反映,他强调了超越于生活现象之上的对

---

① 此处及本部分对瞿秋白的探讨参考了郄智毅《论瞿秋白的现实主义文学观》一文,载《瞿秋白研究》(13),瞿秋白纪念馆编,上海社会科学出版社,2005年。

社会历史"本质"和"规律"的追求和表达。由此,"写实主义"和"现实主义"就有了严格的区分。瞿氏理论的重要意义在于:在对现实主义真实性的认识中,他没有把唯物辩证法看作是外在于现实主义的要求,而把其看作是现实主义本身应该具有的品质,是现实生活本身客观规律性的体现,于是,真实性的问题就与唯物主义反映论、辩证法的唯物论联系在了一起,而这一问题的最终解决,依然要从客观现实生活中去寻找。但怎样用艺术手段来表达这种认识,他认为,必须采用艺术独有的方式:"文艺作品应当经过具体的形象——个别的人物和群众,个别的事变,个别的场合,个别的一定地方的一定时间的社会关系,用'描写''表现'的方法,而不是用'推论''归纳'的方法,去显露阶级的对立和斗争,历史的必然和发展。这就需要深切的对于现实生活的了解。"①

由此联系到毛泽东文艺思想,他们之间存在着十分紧密的联系。在《在延安文艺座谈会上的讲话》中,首先是解决"文艺为什么人"的问题,即文艺的人民性和民族性这一主体性原则问题,体现出浓郁的中国特色的政治文化品格。其次,还指出了文艺批评的科学性问题[《讲话》(1942)中称之为"艺术科学的标准"],它应遵循马克思主义实事求是的科学态度和以艺术规律为基本准则的实践原则,《讲话》表述为政治和艺术的统一,革命的内容与尽可能完美的艺术形式的统一;《讲话》还特别强调了:"马克思主义只能包括而不能代替文艺创作中的现实主义,正如它只能包括物理科学中的原子论、电子论一样。"②这实则指出了文艺作品的特殊性——审美感性与理性的相统一。

毛泽东文艺思想的科学性,反映了一种先进的政治文化理念,其实质就是以马列主义真理为指导原则,同中国革命的具体实践相结合。他在《改造我们的学习》(1941)一文中就强调"马克思列宁主义是科学","没有科学的态度,即没有马克思列宁主义理论与实践统一的态度",就是"反科学的,反马列主义的主观主义的方法"。可见,这里"科学"就是一种革命的方法论和认识论,概括起来就是实事求是、理论联系实际的作风。毛泽东也没有离开科学谈新民主主义的文化建设,他在描绘新民主主义文化的特征时,指出一个重要的维度,就是"民族的、科学的、大众的文化"。那么何谓科学的呢?"它就是反对一切封建思想和迷信思想,主张实事求是,主张客观真理,主张理论和实践一致的。在这点上,中国无产阶级的科学思想能够和中国还有进步性的资产阶级的唯物论者和自然科学家,建立反帝反封建反迷信的统一战线。"③这种科学性即方法论,还体现在发展民族新文化,提高民族自信心方面的必要条件上,那就是在对待中国的传统文化时"剔除封建文化的糟粕,吸收民族性的精华"。

---

① 瞿秋白:《普洛大众文艺的现实问题》,载《瞿秋白文集》(文学编)第1卷,第476页。
② 《毛泽东选集》(第3卷),人民出版社,1991年,第874页。
③ 《毛泽东选集》(第2卷),人民出版社,1991年,第707页。

"中国现实的新文化也是从古代的旧文化发展而来的,因此,我们必须尊重自己的历史,决不能割断历史。但是这种尊重,是给历史以一定的科学的地位,是尊重历史的辩证法的发展,而不是颂古非今,不是赞扬任何封建的毒素。"①

历史地看,科学主义在三四十年代的红色文艺或革命文艺那里,主要体现在文学的社会科学化或辩证唯物主义与历史唯物主义的马克思主义科学观的政治文化品格的追求上。从其外部生长环境看,抗日战争、解放战争再到抗美援朝,进而到"文化大革命",文艺在中国社会大变革的历史洪流中,始终伴随着现代中国革命的各个历史阶段。它首先体现的是讲政治上——推翻"三座大山",科学是马克思主义的革命的世界观,科学是工具论——为革命事业服务的一种手段。然而具有宗教般的情怀,追求客观物理世界的自然科学或秉持怀疑的精神,追求超然独立的现代科学品格——爱因斯坦的相对论、量子力学等现代科学哲学观,离中国的社会现实和政治文化还相对较远,只有到了20世纪后半期中国现代社会出现新的转型——结束"文化大革命",改革开放,实现社会主义现代化强国的目标,革命的工作重心转移到经济建设轨道上,在实现中国的崛起,中华民族伟大复兴的历史时期,在现代科学及哲学观的影响下,从新时期的80年代中国文坛的"方法论热"开始,科学主义才再次降临,去催生新的充满生命力的更加丰赡而又深刻的、具有强烈时代气息的文学观或文学理论的形成和完型。② 对这一阶段及其21世纪的中国现代诗学的新进展的研究,已超出了本章论述的时间范畴,在此就不再展开了。

不过,也应该看到,在20世纪三四十年代,科学观念及精神也没有在中国文坛销声匿迹,科学作为现代文化的基本构成要素,已然在中国播下了它的现代精神火种。与毛泽东《讲话》发表的同年,诗人兼文学批评家梁宗岱在西南联大的《学术季刊》(1942年)的创刊号上,也发表了一篇在中国现代学术思想界罕见的专门以现代科学精神,观照中国现代学术的重要文章——《非古复古与科学精神》。③

值得关注的是,他以法兰西近代科学思想的发展为背景参照,探究为何中国的现代学术不发达——科学精神的匮乏。他指出其原因在于:尽管中国古代科学(技术)领先于法国乃至西方,三大发明自不待言,就是数学上的圆周率也在欧洲人之前,更不用说在法国数学家、哲学家及文学家帕斯卡的算术三角形发明之前,中国宋朝的杨辉早在13世纪就已创立了。④ 中国古代传统文化中,也不乏一些科学思想的意识存

---

① 《毛泽东选集》(第2卷),人民出版社,1991年,第708页。
② 关于新时期科学主义的兴起可参《方法论热:科学主义与人本主义的对抗》,载杜书瀛、钱竞主编:《中国20世纪文艺学学术史》(第4部)。
③ 此文详见《梁宗岱文集·评论卷》,中央编译出版社,2003年,第251~285页。本书中的引述均出自此处。
④ 李俨:《中国算学史》,上海书店,1984年。

在,它们与法国近代科学思想也是不谋而合的。梁氏还指出,《墨经》里有许多富有科学意识的思想,庄子那里(《秋水篇》),像帕斯卡的"两个无限"论,也有其透彻的阐发。而在《养生主》中,"指穷于为薪,火传也,不知其尽也",不也与新物理学"物质能量不灭律"所见略同吗?故关键因素在于,中国古代"始终没有被发现和组织为系统的科学,'五四'运动以后提倡科学的呼声虽然很高,并且还成立了许多研究院",但至今我们还是"科学落伍甚感没有科学的民族"。不过根本一点在于,"不仅由于缺乏科学方法,而更重要的是缺乏科学精神"。他认为由于我们的传统过于注重功利和实用,导致"学术上的超然性和客观性匮乏",必然结果是"对于抽象概括的推论之专致和对于细微的事物的浓厚兴趣"即"理想的头脑和实验的精神"缺失。

那么,怎样才能产生科学呢?他的看法是,第一步:"科学大多数的创获——定律底发见和假设底成立——实有待于那相当于我国底'机灵'和'预悟'的'洞见'和'直觉'——一种超常的组织的想象力与抽象力。"在此,他抓住了科学与学术或艺术的内在同一性的要害。这种"理想的头脑,这浮士德式的永远追求创造的精神",是为一切科学和学术活动所必需的原动力。同时他还看到了科学创造的方式和发展步骤,是有民族性或个性的。他列举了法国人彭伽勒和德国人高斯为例,两者都是数学家,但其推算方式和步骤却相反。所以,他强调:"除非我们学得人家的科学底科学方法尤其是科学精神,溯本探源,植根于我们民族性底深处,以期达到一个独创的阶段,否则我们将永远是没有科学的民族。"另外他还观察到,科学与艺术不仅绝非完全对立,而且是可以比翼双飞的,这种交融性在法国人那里可找到印证:"梵氏(瓦雷里)是现代欧洲最大的诗人,但普氏那(普鲁斯特)被数学界公认为'数学论证'法底真正灵魂,却得自他底暗示;反之,当我读普氏底科学论文的时候,除了不断底惊异于他对文艺的理解外,有些句子几乎使我疑心是梵氏底诗底前身。"此外,他还用自己留学欧洲的切身体会,来进一步阐释:"使我在文学尤其是图画音乐底欣赏上收切磋之效的,并不限于一些文学院的同学;反之,提起我对于科学理论兴趣的也不一定是理学院的学生。"

在他看来,要产生科学的第二个关键条件是要有实验的精神,为此他开出了三个必备条件,"一是要有真科学实验的可能,我们须有心灵上的自由","要不囿于成见,不惑于权威,不盲从,不迷信"。"二是须有坚定的信仰",这既是他观察到的法国人或欧洲人的现身说法,又有很强的针对性。因为中国人"不流于浅薄的怀疑主义,便流于盲目的迷信"。事实上,中国的百姓大都"能够同时信一个以上的宗教,因为他们的动机完全是功利的,希望同时得到各种神的祝福"。"三是必须有对事实的尊敬或知识上的谦逊,这也是蕴含在学术上的客观性里的。"所谓谦逊,在他看来"就是只求真理之所在,不问出处"。在此,我们可以把它与胡适当年的"大胆的假设,小心的求证"作比较,它们实为同一回事,只不过一个是借用美国人杜威之手,另一个则是以法国人的眼光来看待科学而已。

不过,梁氏更注重法兰西科学中的科学哲学意味,从他对彭伽勒和爱因斯坦及法国波动力学家德布罗意的推崇来看,他对现代物理学革命是了解的并有所思索,对决定论是不信任的,他领悟到"科学世界底客观的实体不在外面的世界,也不在我们的心内,而在两者底关系中"。"在爱因斯坦底宇宙底和谐里,绝对底唯心论和绝对底唯物论都被超过了,因为在那里面'物'和'心'不但互相和解了并且团结了。"他又接着说:"就是在量子论底对象——那无限小的宇宙——里也有类似的情形……以致空间这概念再不能和平常一样简单,我们再不能不把观察这件事实所引进那被观察者的东西计算在内了。"所以,"目光远大的哲学家","放弃了相信认识的终极性——以为世界上确有亘古不移的真理"。

由此可见,他从科学和科学哲学中所得到的启发,是一个中国学者、诗人、文学批评家,在20世纪上半叶中国知识界中最清醒、最诚挚的科学感悟与文学感悟和科学哲学感悟。因为直到20世纪末中国知识界才又重新接续了"五四"科学主义及后现代科学哲学。在此意义上,梁氏是现代中国知识界、文学界最值得研究的一位典型。① 遗憾的是,在过去中国现代文学的研究中,他几乎是长期地被忽略了的。

有意思的是,梁氏与胡适这两个同是信奉科学的人,却未必是知己。梁氏对胡适的西化观及经验主义大不以为然,在文中还多处对他发难。梁氏对科学真理的体认,还可见他借法国数学家彭伽勒的科学方法论之说来表现:"在原则未确定之前,应该选择那合规律的;'但一旦那条定律已经彻底证实,再无疑义的时候,那些完全符合这规律的事实便立刻变为无味的,因为它再不能教我们什么新的东西。那时候例外便

---

① 梁宗岱是"五四"时期的早期诗人,也是文研会的会员。他曾留学欧洲数载,游历了瑞士、法国、德国和意大利等国,归国后分别在北大、清华、南开、重庆复旦、中山大学和广州外语学院任教,直到1983年病逝于广州。他的经历丰富而又坎坷,始终处于主流话语的边缘,但求真的意志,对科学精神的坚守,在现代中国知识界、学术界及文坛上都是少见的。他的经历显示了"从诗歌创作走向制药实践,他以另一种方式实现着他的'提炼''升华'的志向,从精神走向物质,从书写走向行动,从'字句的炼金士'走向真正的物质的'炼金士',尝试着古代玄学与现代科学之梦,从而圆满地完成了他作为大自然与民众之间的媒介的神秘主义者角色"。(董强:《梁宗岱:穿越象征主义》)与其说他是神秘主义的"炼金士"不如说他更是位具有科学精神的斗士。他的科学思想的形成,大凡一是法国科学思想的滋润,其间从瓦雷里到彭伽勒再到柏格森、德布罗意;二是与他的兄弟之关系,两个弟弟都与数学结缘,一个曾在巴黎大学攻读数学,一个则在重庆复旦大学化学系,而后从事数学教学和研究工作。另外,他对医药学的兴趣最终直接促使他弃诗从药,致力于中草药的研究。还有一点颇值得注意,由于"文革"的遭遇他最终皈依了基督教,这也"应和"了法国科学思想的诞生是从中世纪宗教中走来,亦如他的法国诗人挚友瓦雷里所言:"如果没有宗教,科学也许不会存在。"宗教与科学都关乎信仰,梁氏一直践行了他是信仰的守护者。

变为重要了.'"①其实这与毛泽东讲辩证法、讲科学即理论联系实际、实事求是的精神是基本一致的。

以上我们分析和介绍了梁氏的此篇专论科学的文章,它是继新文化运动倡言和推崇科学主义之后,三四十年代那个历史阶段,中国学界或文坛鲜见的具有反思批判和建设性的且对中国当代学术界和文坛有深远影响的重要文章。我们看到,除了法兰西科学思想与精神的滋润,"五四"时期科学主义思想的时代氛围与激荡,以及此后中国学术界及文坛的现实实践外,这种独具慧眼与灼见,其实在鲁迅先生早年的思想中也有富有远见的深刻洞见。

1907年写于日本的那篇《科学史教篇》②(载《河南》1908年6月,后见鲁迅编辑的《坟》1926年),在鲁迅思想中占有重要地位。它标志着鲁迅短暂的科学时代的结束和他坚守一生的文学生涯的开始,这一转折被鲁迅称之为"弃医从文",因为它揭示了辛亥革命前后,中国所言的科学都是片面的肤浅的理解——实用主义的科学观,只能解决社会物质层面的问题而不能解决中国不受人欺负、独立富强成为现代中国的根本。

同是谈论科学的专文,这两篇文章发表的时间前后已相距长达三四十年之久,但其实质都直指一个关键点——"科学者"的精神及"科学者"的心。否则就会使科学在中国成为无本之木、无源之水,最终导致中国在走向现代化国家之路上,缺失真正的内在动力。此文呈现出两大论述线索:其一是表面上对西方科学史的简述,其二是揭示蕴藏在西方科学史背后的精神史及其科学发展的关联。而鲁迅关心的科学是"作为精神和伦理问题的科学",并且看到了欧洲近代科学的发展,是与宗教相生相克的,是同社会的发展和国家的兴衰密切相关的。同时还指出,科学的发现是与"超科学之力"或"非科学的理想之感动"相关联的。因为精神的自由与否会制约科学向前发展,在此鲁迅还拈来法国作为例子,他借用英国物理学家丁达尔(J. Tynall)的话说:"法国尔时,实生二物,曰科学与爱国。"虽然是科学"振作其国人者","震怖其外敌者",但深究之,为何法国科学在国家大难时勃兴并迅速用于实战且屡建其功?主要原因还在于,科学家们心中有一颗火热的爱国之心——"无不尽其力,竭其智能"。由此观之,鲁迅对科学关注,实际上是要打破当时国人对西方科学的片面的了解和盲目的崇拜,其精髓在于要从根本上认识到造成西方科学繁荣的民族精神特质。故在鲁迅那里,

---

① 转引自梁宗岱:《非古复古的科学精神》《梁宗岱文集·评论卷》,中央编译出版社,2003年,第278页。此段原文出自彭氏《科学与方法》一书第一编第一章,他接着还说:"我们不去寻求相似,我们尤其要全力找出差别……这不仅因为它们最引人注目,而且因为它们最富有启发性。"(中译本《科学与方法》,商务印书馆,2006年,第10页。)

② 笔者在此参考了郜元宝:《鲁迅六讲》(增订本)"科学、本根、神思"部分,北京大学出版社,2007年。

科学是作为"伦理"的科学即科学者的精神。

此外,该文还有一大部分是阐述科学与"神思"的关系,在这里"神思"有二义:其一是狭义的,指"艺文"方面;其二是广义的,则包括"艺文"在内的所有人类"非科学"或"超科学"的"精神""理想"。因此"神思"大于"艺文"。可见鲁迅并非是崇尚唯科学主义,他看到了科学也并非万能,科学不能代替一切,"科学发展归根到底还是靠人,只有科学、人文同时演进,才能致人性以全,不使之偏倚。故以见今日之文明也。"接着,我们还发现,鲁迅的《人之历史》,介绍了至19世纪末为止的西方科学对"人"的认识成果,追溯了进化论形成的历史;而《文化偏至论》则接着《科学史教篇》进一步深论:西方现代文明存在的困境及两种严重的"偏至",一是重物质轻精神;二是重"众数"而轻"个人",故他主张"尊个性而立精神",那么怎样才能"立人"或"立心"呢?首先要发展文艺,这就是《摩罗诗力说》的旨归了。

另外,重视科学精神尤其是在中国的生长作用,反映在社会科学领域,强调独立自主中国特色的学术,中国学术的主体意识与实事求是、遵循客观规律、理论联系实际的作风,在蒋廷黻先生《中国社会科学的前途》(1932年)[1]一文中的观点与态度,与我们在上面所述的毛泽东、梁宗岱的相关思想观点有许多相通之处,大有异曲同工之妙,它们之间构成了相辅相成的关系。他们三人在大半个世纪前所写的文章和指出的问题直到今天仍值得我们深思。

还有一个人物值得我们提及,作为《科学》杂志的创始人之一的赵元任(1892—1982)先生,其学术活动经历本身就体现了科学与艺术的交融,他是横跨理科与文科研究的典范,他不仅是中国现代语言学的开创者,也是中国现代音乐学的开拓者。他的学术研究及个人兴趣涵盖了数学、物理学、哲学、心理学、语言学和音乐学等许多学科。他于1925年在巴黎同刘半农相遇,他创作的那首《叫我如何不想他》(刘半农词),为徐志摩的《海韵》谱曲以及大量的音乐创作,为中国新诗、白话文的推广和中国现代音乐的发展做出了重要贡献。

的确,那个年代像梁宗岱这样关注西方现代物理学革命的人不会是多数,不过早在20世纪20年代的《少年中国》杂志,就推出过一期"相对论号"(三卷七期)专辑,[2]上面仅有三篇与"相对论"有关的文章的介绍。有意思的是,虽然此杂志的宗旨是"本科学的精神"为旗帜,但所载的科学文章甚少。事实上,"在五四时期极力提倡科学精神的大多是人文知识分子,真正从事科学研究的人并不多。他们提倡的'科学精神'基本上只是一种理性态度,真正在思想方法上受过科学训练的很少"[3]。从出

---

[1] 此文发表在《独立评论》29号,1932年12月4日,参见桑兵等编:《近代中国学术思想史》,中华书局,2008年,第265~268页。
[2] 吴小龙:《少年中国学会研究》,上海三联书店,2008年。
[3] 吴小龙:《少年中国学会研究》,上海三联书店,2008年,第82页。

版状况看，1946年中国80多家出版社共出书1461种（包括重印作品），①自然科学类（应用科学145种+基础科学64种）排位仅在文学（422种）、社会科学（343种）及史地（188种）之后居第四位，而且这些科学著作几乎全部相当于中学文化程度。这从一个侧面反映了中国在20世纪中叶左右对自然科学及科学意识的接受程度。

如果说上面梁氏一例，可作为有案可稽的40年代中国人文知识分子的现代科学意识与学术追求的正面意义上的典型的话，下面创造社成员成仿吾用数学的眼光和思维来看文学，在今天看来也许是另一种角度思考文学的多维视角，但在当时，可能一不符合传统的思维模式和阅读习惯，与时代脱节了；二还尚未达到将数学科学成熟完美地运用自如的程度。故他身上出现的下列两则案例，均被研究者视为当时文坛"尊科学弃人文"的负面典型：其一是成仿吾在20世纪20年代初用数学名词和公式解说文学的性质，可谓是"不顾条件地把自然科学的原则和方法运用到文学研究领域"；②其二是他"不顾文学的审美特征，搬用自然科学的手段分析文学现象或作品——分析郭沫若小说《残春》时，使用几何坐标图式的方法，其文字解说生涩难读，味同嚼蜡"③。我们姑且不论这一论断是否正确，但起码以数学或科学的意识去观照中国文坛和学术，从新文化运动到40年代的几十年间，在中国虽不能始终成为学术界的主流话语，且政治文化维度的权重越来越占据主导地位，但毕竟还是有一条不起眼的涓涓溪流默默地流淌着。

以上我们大致梳理了科学观念及科学主义，在中国现代思想界及文学界兴起与发展的脉络，并探寻了中国传统哲学与科学的独特关系，以及作为有代表性的"五四"先驱者们的近代科学意识及其历史贡献。当然，主要还是围绕"五四"新文化运动的倡导者陈独秀、胡适所创立的科学主义文化观，"科玄之争"的历史价值与意义，科学主义在中国的变异——三四十年代的"科学文艺论"的生成和文学的"社会科学化"倾向来展开。我们还特别探讨了瞿秋白到毛泽东文艺思想的马克思主义的科学态度和方法论，这是中国现代文论主流话语的科学观的中国式表达。它对当代中国特色的文论建设仍然有着深远的影响和积极的意义。另外一个重点是探讨了几位在中国现代文坛有分量的人物，所秉有的科学主义精神及其贡献，如鲁迅、茅盾、李劼人、梁宗岱和成仿吾等，特别指出他们与法国现代科学精神及科学哲学和现实主义文学观之间的关联性，同时也从多方位展示了他们对现代科学观的体认与理解，并且还把它们置于时代的历史语境中考察，从而显示出历史与现实语境的交错与张力。此

---

① 统计表详见（法）戴仁：《上海商务印书馆：1897—1999》，李桐实译，商务印书馆，2000年，第89页。
② 张清民：《科学主义与中国现代文学理论的兴起》，载《江西社会科学》，2008年3期，第105页。
③ 张清民：《科学主义与中国现代文学理论的兴起》，载《江西社会科学》，2008年3期，第106页。

外，还从媒介角度透过《少年中国》对西方现代科学的传播，来看其对中国的影响和国人对科学接受的态度。这样，我们就在外部时代因素与社会变革的关系和内在的历史文化语境中，从纵向和横向的比较和互文性中，揭示出科学主义在中国思想界和文论界的特殊位像。

同时在反映中国现代的精神世界建构的另一大核心指标，即中国人的信仰世界方面，众所周知，与法国不同，中国文化的基本精神是人文主义的，不是宗教神学的。中国文化的传统大抵是"无神的"，只是具有一种世俗性的宗教而已。五四运动及新文化运动以反对旧传统、反对封建迷信的宗教为己任，"打倒孔家店"成为那个时代的主旋律，随着现代中国革命选择了马克思主义，反对旧传统及宗教迷信，就与科学主义共同构成中国现代转型进程中的主要的重要思想力量资源。① 有关宗教与信仰在现代中国的位置，我们将在下一章中涉及。人们不会忘，标志着中国现代新诗的奠基作之一的《女神》，尤其是其中的《天狗》，体现了20世纪初期中国人特别是文人知识分子"崇高的转移"——崇高的不再是宗教和传统，而是"偶像破坏者"的个体，进而是国家和为新世界的创造发力的科学和进步的革命事业。

---

① 德国现代汉学家顾彬先生在其《20世纪中国文学史》中谈到中国革命的反宗教的世俗化了特征（中译本，第30页）。冯友兰先生在其《中国哲学简史》中则说："20世纪并不是一个热衷于宗教的世纪。在基督教传入中国的同时，或者说凌驾于基督教之上的是传来了科学，它和宗教正好背道而驰。"（新世纪出版社，2004年，第283页）美国汉学家夏志清先生也说："大部分的中国知识分子都瞧不起宗教，尤其是基督教。"（《中国现代小说史》，刘绍铭等译，复旦大学出版社，2005年，第66页）

第四章

潜对话：中法近现代诗学生成的价值域思考

在前面三章，我们分别从发生学、文本分析和过程论之发展比较三大层面入手，透过两国近现代诗学生成的历史文化语境，围绕通往现代之途的历史性抉择，审视诗学思想与诗学形态方面的政治文化向度与美学向度的追求；现代诗学品质里中法两国在整体上，如何面对科学与宗教并揭示其存在的和内在差异性；民族国家的现代性追求中相互作用和民族性与世界性的互动等命题，我们已尝试着对中法近现代诗学做了结构性的、共时性的和历时性的展开与比较。

下面我们将以开放的姿态，以中法近现代诗学生成的深层社会文化和空间结构及现代性追求相关联的各生成要素为平台，进行中法文化与文学比较的潜对话，以期显示出中法近现代诗学生成的价值域及其存在的意义。我们将围绕以下几大据点来展开：一是从社会转型和中介的作用来看中法近现代民族国家文学的诗学生成；二是从民族国家认同来看这种诗学的生成；三是从民族语言与修辞的角度来看这种诗学的生成；四是从启蒙叙事的复调性来看这种诗学的生成；五是从空间意识的表达与诗学的殊途同归，来加深我们对中法两国诗学精神及其美学价值的认识。

事实上，当今一些现实因素对比较文学与比较诗学研究形成了重大的影响和挑战：一是当下全球化时代，世界经济发展的重心逐渐向亚洲转移——从以日本的雁阵型模式为代表的"亚洲四小龙"经济的腾飞，到后来的中国、印度新兴经济体国家的崛起，以及东盟各国的经济发展，使得亚洲的气象更新令世界瞩目。由此，经济力量推力的作用与认知观念的发生变化，对包括诗学在内的东西方文学与文化的发展与交流和价值研判，都有着或多或少的影响；二是随着西方后现代文化的兴起，文化相对主义的盛行，欧洲中心论的式微，国外汉学或中国学的崛起与影响，非西方世界文化观念从边缘开始向中心投射；三是随着民族独立与民族解放运动在全球各大洲的基本完成，冷战的结束以及国际关系新格局中多极的世界与文化的多元格局的大致形成；四是在突飞猛进的信息社会里，高科技带来的大众传媒与互联网的巨大变化，使得"地球村"的信息资讯变得更为快捷和易于获取，意识形态的严格控制与单方面的宰制变得更为困难，这些都使比较诗学的方法与范式，已从过去那种经典式的以同质文化圈内的事实性影响研究，和较为封闭单一的文学本体论的研究的疆域，扩大到讲究跨学科、跨异质文明的平行研究的更大空间,为此我们有理由从以往只重文学文本的范式,拓展到文学文本和文化文本的互文性意义域,探讨共享的文化诗学与地缘文化学的比较诗学研究的新范式。

第一节 诗学生成与社会转型及中介的作用

我们认为中法两国的历史有着诸多相似性,而近现代诗学建构中的一些类似的共同经验,构成了中法文化发展与文学发展异质同构的历史记忆的一个维度。通过上面三章的探讨,我们发现,中法近现代诗学生成的根本,是一种社会文化生成与思想文化生成,它始终随着近现代社会的转型与文化的演进,并且在一种丰厚的区域文明和世界文明相互作用的背景下,将历史的遗产与时代的召唤有机地结合了起来;同样它们还呈现出一种借助文化交流中介性来对世界及自身予以观照和反思,如果从地理文化学与传播学角度观之,中法两国分别从意大利和日本,获得了对现代性的理解和民族国家文学的参照与反思,这是我们在考察中法近现代诗学生成时所不可忽视的重要因素。

一、迈向现代进程的同构与差异

从中法两国的民族国家的形成来看,当中世纪的欧洲还是支离破碎的一些小型政治单位(城邦、公国、王国等)并存时,中国却是并且一直是一个幅员辽阔的、其文化尚未中断过的具有民族认同感的统一的帝国了。穿过历史的隧道,11—16世纪的法国,是从中世纪基督教神学的共同体中,历经宗教改革、民族战争,随着近代科学的诞生和资本主义生产方式的兴起,进而步入欧洲早期的现代即文艺复兴时期,通过对"国家的发现"到"人的发现",初步确立了民族国家形态。作为近代民族国家的法国的形成,如同其他欧洲国家一样,是在区域内的政治竞争和经济竞争的关系中诞生的。

中法两国近现代诗学的生成,必然要植根于社会的变革或社会的转型之中。这一社会转型在两国均表现出政治文化向度的结构性类同。在法国,它首先表现为王权与神权的较量,与封建割据的地方民族主义的较量,人民联合王权与封建贵族的较量。从中世纪经文艺复兴再到古典主义,确立了绝对君主专制的法兰西国家。它以主体的高扬取代神权的崇拜,以人文主义取代封建禁欲主义,以追求人的幸福、尊严、责任和对国家的忠诚为己任。随后是启蒙时代为标志的新的意识形态,即民主共和与资产阶级政治文明同封建专制的较量;最终是大革命,实现了真正意义上的现代法兰西民族国家的转型。它不仅以《人权宣言》确立了自由、平等、博爱的资产阶级现代民主观念,而且还在政体和制度、文化上进行了全面的革新,使法兰西成为公民社会的资产阶级共和国,理性的精神、科学的精神,进步的观念、幸福的观念、祖国与世界主义的观念,都成为那个时代现代性的主流意识形态。再后来,随着资产阶级领导地位的确立,工业革命的推进,19世纪现代社会又发生了巨大变化,产生了新质,那就是社会的异化和人的异化的出现,新的阶级对抗出现;另一方面,王朝复辟与帝国的变奏,在19世纪的法兰西此起彼伏;同时,由于拿破仑对外战争既输出法兰西革命,同时也为自己树立了革命的对立面,反法联盟促使法国民族矛盾十分突出,这种内忧外患终于爆发了巴黎公社起义,无产阶级的政治力量正式登上历史舞台,于是走向现代进程中的法国,各种矛盾交织,处在冲突与矛盾之中。由此滋生的现代意识,也已不再是当年启蒙精神的颂歌与光明,而是交织着对大革命过后理想的失落感,狂热过后的忧郁感。实证主义与生命意志哲学观念的兴起,人们的观念从启蒙到大革命时的国家"宏大叙事",转向了个人的内心世界,去注重个人的生命意识、主体意识、批判意识和反抗精神,这种以个体来对抗社会、拯救世界仍然表现出对人类前途抱有一线希望,从哲学上讲,它仍然是本质主义的目的论的反映,故而19世纪的政治文化,在法国是一种符合形式的逻辑来展现的:一是社会批判意识,二是科学主义与生命意识(进化论与本质主义),三是激进主义与非理性主义(从雅各宾主义到柏格森主义),普遍主义与地方主义以及自由主义、空想社会主义的思潮。总的来说,就是人们对启蒙的遗产——普遍性真理和理性化提出了质疑。这里特别要指出,从社会学与政治学的"共同体理论"的视角来看,这个现代社会与传统社会的"共同体"发生了基础性的变化:在现代社会中,集体的基础价值,趋向于不再被单一地视为必须服从的超人类限制,宗教在社会构成中的地位不再那么显著,因而个人信仰趋向于成为个体的责任范畴,也就是说这个责任囊括了共同体的目标。这个责任推动着个人思考他们所期望在其中生存的社会类型,也推动其思考他们所希望给予特权的基础价值。于是过去曾被认为是既定的、自然而然的东西,一旦发现自身被揭露,成为隐瞒和理论灌输机制所造成的后果,那么那些处于不利地位的社会成员,就倾向于不再把他们的境况视为命运的使然,而要求进行重新调整自身。这也许能从一个侧面说明,19世纪的法国政治文化与之前的观念在社会层面的变迁的转折点。所以文学与诗学表现出从个人的主观来建构社会与世界,以审美的形态来回避或抗议外部世界的危机,体现为后来法兰克福学派所言的"审美的现代性对抗、启蒙的现代性对抗或对工具理性的现代性的批判"。20世纪后由于两次世界大战和后工业社会的高度异化,法国政治文化逐步向后现代的"现代性启蒙"转向,在哲学观念上对西方"罗格斯中心主义"和启蒙理性予以质疑,以相对主义、反基础主义为己任。在社会层面,这始终体现出大革命的政治遗产的基本观念,和对民族文化的维护与弘扬,及其对"世界主义"遗产的继承,并以超前的意识探讨"超民族国家"的"新欧洲梦"。

另外我们还要着重谈一下科学与宗教,在这一社会转型中体现出的信仰和价值观念的革命及其在文化变迁上的作用。随着近代科学的兴起,法兰西民族的人文主义和科学主义精神冲破了封建神学的牢笼,极大地改变了人们的认知模式和生活方式。人的主体地位确立和科学对社会进步的推动力已成为时代发展的主旋律。所以这一时期的文学与诗学及其哲学,都必然反映出日益强大起来的资产阶级反对封建主义的先进意识形态的特征。当然,从文化的深层结构看,法兰西近代文明依然脱离不了欧洲文明的精神共同体的源头——古希腊、罗马文化与基督教文化的浸润与洗礼,法国近代文学、哲学与科学都是在与宗教及神学的相互作用与斗争中成长起来的。宗教改革、加尔文的新教思想、科学革命汇同人文主义思潮,共同奠定了法国近代诗学与哲学开端的基础。宗教始终是文学、哲学与科学的生成背景之一。新世纪的人们与之作斗争是封建神权与教会的专制,但基督教信仰与宗教情结在人们的精神世界是不能没有的。而且在民族语言的诞生之时,宗教就为语言标准化开辟了道路并提供了强大的推动力,加尔文的法文《圣经》就促使了法兰西民族语言的确立。只不过从16至17世纪开始,伴随着近代科学的诞生,理性主义、人文主义与宗教情怀相互渗透,相互作用。我们看到世俗人文主义与宗教人文主义,从文艺复兴到浪漫主义,再到现代主义及后现代主义,代代相传,已成为法兰西民族诗学精神不可须臾的一种品质维度。当然,启蒙时代与大革命,使法国人的价值观与信仰又得到一次洗礼与提升,先后出现了像贝尔、梅利叶、孟德斯鸠、伏尔泰、狄德罗、达朗贝尔、霍尔巴赫、丰塔奈等这样无神论者或自然神论者。他们对宗教神学和封建制度进行了无情地批判,为大革命制造了舆论,促进了新的民族国家现代意识的诞生——自由、平等、博爱,而主权在民的现代政治理念——进步、发展、民主以及进步论、科学真理观、理性主义、共产主义的萌芽(共产社会主义),成为新世纪的主旋律,现代人的知音。19世纪至20世纪,一方面,随着工业革命发展的完成,科学技术的突飞猛进,物质文明与城市社会发展进步,科学主义、理性主义及实证主义思潮更为凸显,成为强势话语的一极。另一方面,由于工业革命的必然结果和市场经济的利润追逐,造成了城乡差异的进一步扩大与对立。资产阶级对无产阶级的统治和压迫更加得残酷,科学技术发展带来的诸多负面影响,这样若干因素综合作用下,加剧了社会危机和人民大众的生存危机,遂使得法国诞生了世界上第一个无产阶级的政权——巴黎公社。于是,从空想社会主义到马克思主义即共产主义意识形态在法国有了生存的空间;同时,国内战争与对外殖民战争以及两次世界大战,非理性主义、反科学万能主义和人们心中固有的宗教情结迸发了出来,成了与理性主义、科学实证主义对抗的强大力量。可以说,法国近现代文学与诗学的生成中,始终蕴含着对宗教神学观念的坚持与维护和对它的扬弃与批判两股力量的对峙与共存,科学精神(理性主义)及科学哲学与反智主义的生命哲学(非理性主义)的相互对峙与激荡。同时,马克思主义的传播和共产主义意识形态,也深刻影响到法国现代社会发展格局和人们的精神世界的创造,这在法国19—20世纪的历史进程中和文学与诗学的生成过程中都表现得十分突出。事实上,它已成了现代法国诗学资源不可或缺的沃土。

我们看到与法国近代社会转型大致处于同一时期的中国,则正是宋明时期的近代转型阶段:市民社会的兴起、儒学的更新——新儒学的诞生及理学和心学的确立,尔后,又出现了近代史上两次大规模的启蒙运动;面向海洋,亚欧海陆既通,商业日盛,而宗教输入又影响到中国人的科学知识。在这一过渡时期,两国都抱负着走向近代性或现代性的目标追求。法国汉学家谢和耐把宋明时期称之为中国近代的开端,同时,又喻之为"中国的文艺复兴"。他强调说:"11世纪的中国精英界人物,与其唐代的先驱者们之间的区别,就如同文艺复兴时代与中世纪的人物之间的差异一样。"① 但由于两国文化处于不同的文明体系的地缘政治及世界体系中,中国具有现代意义的民族国家意识的观念,是在19世纪中叶至20世纪初期,被迫在西方文明的不可逆转的巨大冲击下,在反抗列强的侵略与瓜分的历史条件下,在"救亡"与"启蒙"声中逐渐形成的。这就使我们对作为民族国家概念的中法两国,造成了理解上的混乱即时间上的错位和空间上的区位性差异,以及对民族国家与现代性关系的理解的差异性。

在走向现代的进程中,我们看到中国现代社会的转型,体现在政治文化向度上蕴含着多重性:第一,表现为从旧民主主义革命到新民主主义革命前后两个阶段的建构与实现;从传统封建帝国转型为共和制的民国(尽管是一个虚壳),从实际上半殖民地、半封建社会,转向完全独立自主的现代民族国家即中华人民共和国。第二,中国的现代转型是被迫的,其主体的儒教精神被中断,代之以西方文明的新质为主导,所以这种现代性的内部的张力和矛盾也是突出的;由于列强的侵略、民族的压迫,还表现为反帝、反殖民主义统治,争取民族的独立与解放的民族主义色彩;后来历史性地选择了共产主义意识形态与中国革命的实践相结合,形成了中国特色的现代政治文化的统一体,它战胜了各种主义——自由主义、无政府主义以及科学救国论、教育救国论,最终实现了民族国家的夙愿。第三,这种政治文化的冲突与格斗,表现出一种阶段性和层次性特征——其一是资产阶级意识形态与封建统治阶级意识形态的较量,其二是无产阶级意识形态与资产阶级意识形态的较量,其三是社会主义政治文明与资本主义政治文明的较量,以及后发型民族国家的意识形态与西方霸权主义意识形态之间的较量,还有宗教与科学的角逐。

在社会实践层面,它也表现出三种态度:一是中体西用与改良主义;二是全盘西化与反传统主义;三是马列主义与中国革命实践相结合的创造与实践。历史证明了

---

① (法)谢和耐:《中国社会史》,耿昇译,江苏人民出版社,1995年,第290页。

中国革命选择了第三种方式,实现其国家的统一与民族的解放,是正确的中国现代性的选择方向。所以正是由于中国的历史性转型,出现了现代社会的种种组织要素,其投射物就是具有物质和精神双重属性的文学与诗学文本的生产与传播,推动了民族国家的形成、发展与壮大。于是中国现代诗学的叙事,其主旋律不得不表现为民族国家的叙事,当然在这个宏大的乐章中蕴含着多重主题的多声部对位,或者说主导性的主题与复调式的对话。

不过,在此我们还要着重谈一下中国人的精神世界与追求,除了上面所指出的首先是具有了民族国家认同的观念外,中国现代文化精神建构最具核心价值意义的是信仰的选择与持有。诚然,与法国文化不同。罗素认为中国是一个非宗教的国家,梁漱溟说中国人是淡于宗教的民族,冯友兰则说中国人不是宗教的,是因为他们是哲学的。历史地看,中国文化的基本精神是人文主义的,不是宗教神学的。宗教神学不是中国文化的内核,儒、道两家才共同构成中国文化精神的内核。当然我们注意到,华裔美国学者安乐哲认为,"中国文化的传统既是"无神论"的,同时又具有深刻的宗教性",①因为它具有"超越"的本质。在牟宗三先生看来,②中国哲学的"天道"既超越又内在,此时它兼具宗教和道德的意味,宗教重超越,而道德重内在义。这与西方式的"两个世界"的超越是不同的,因为它既不独立于自然界,也不属于一神论。儒家的宗教感是拒绝了所谓的内在与超越之间,道德面与宗教面之间截然的本体性差异,同时肯定了人性与"天"之间的连续性和相互依存性,恰如"天人合一"所表达的那样,于是在达致儒家圣人境界的过程中,具有深沉宗教精神的人与"天道"之间便形成了一种契合。故儒家主人道而轻神道,以人为中心,以伦常为基础,所以它是伦理教化性的哲学。而道家哲学中的"超越与无限"是一种"纯粹的自我超脱",一种意愿的上升,一种来自生命力的冲动,它与神秘主义紧密相关。当然儒家作为一种"世俗性宗教"或曰一种道德哲学,一种积极入世而又超凡脱俗的思想信仰,使儒家的宗教性具有人文精神的本质特色,正因为儒家的价值取向是既入世又要根据道德理想而转世,它确有和世俗伦理泾渭分明的终极关怀。于是我们说它是中国精神的正宗,它代表了一种国民精神,中国历代学人即士大夫养成了以天下为己任的道德人格,同时又以道家哲学的自然主义作为个体生命的底蕴。于是在中国走向近现代的进程中,许多有识之士皆具有忧国忧民之心,这是民族国家认同的内在动力。

由于中国思想传统,其主潮是立德而非主智,知识本身没有独立的价值,所以追

---

① (美)安乐哲:《和而不同:比较哲学与中西会通》,北京大学出版社,2002年,第26页。天主教神学家汉斯·昆在其《中国宗教与基督教》一书也认为中国宗教不乏深刻的宗教性。当然在西方宗教学家看来"中国宗教"不仅有道教、佛教,也包括儒教,他们的出发点不是在教团意义上考虑问题而是突出其宗教性,所以常说中国的宗教是"世俗的宗教"或"世俗性的宗教"。
② 牟宗三:《中国哲学的特质》,中国台北学生书局,1963年,第20页。

求真理,在中国首先而且主要就不是指获得知识和理解,即追求一种纯粹理性——科学认识上的真理,而是指履行道德义务;又由于中国是个宗法制的社会,重集体性利益而非个人权益,在中国传统的社会文化中,从来没有个人和个人主义的地位,所以知识或个人生命就没有自己的价值,都只是完成仁论目的的手段,也正因为个人在中国从来都不是最后的、独立的实体,所以中国思想史上没有出现过原子论以及机械论,因此近代科学并未在中国诞生,也未从宗教中绽放出科学的花朵;也正因为中国思想家们的世界观,从来都是整体主义的和有机主义的,而非原子论式的或机械主义的,这就使得他们从来都不与个人或个体为出发点进行思考,所以我们的近代以降,难以出现像笛卡尔、帕斯卡那样的既是神学家,又是数学家、哲学家和文学家的精英了。

另外在知识界,科学不仅没有独立的概念,而且根本上变成依附于经学的工具,或只是作为经、史之学的一部分次要的内容(如天文、历法、数学)而被研究,只有到了近代的19世纪中叶以后,从鸦片战争到中日甲午战争,国人不得不追求西方的科学(技术),十年的洋务运动标志着中国现代化的开端,后来人们又认识到科学不再只是追求物质的强大,更是构成新世界图景的基本元素。所以从维新人士到"五四"一代的累积,科学与民主才真正成了现代中国人信仰世界的主宰。

同时也应该看到,中国社会的急速转型,西方文化的冲击,传统价值体系的崩溃,在新时代即将来临之际,各种主义学说纷纷在现代中国登场:有主张借用外国宗教的、有主张复兴佛教的、有主张引入国外科学的、有主张三民主义的、有主张无政府主义的,也有主张各种社会主义的。但时代和中国的历史语境,最终使中国共产党人选择了马列主义信仰,走科学社会主义道路。于是,在革命实践中诞生的毛泽东思想,就是中国化的马克思主义。它是马克思主义学说与中华民族优秀的传统文化相结合的产物,也成为追求进步的中国知识界和广大人民思想上的一盏明灯。毛泽东文艺思想既继承了"五四"精神的现代传统,又以马克思主义唯物辩证法和历史唯物主义为指针,在认识论和方法论上,解决了文艺创作与批评上的根本问题,他把马列主义基本原理同中国革命实践相结合,开创了中国特色社会主义道路的追求模式,使现代中国人的信仰和世界观找到了归宿,他将马克思主义科学概念与中国民间轻松愉快的语言风格相结合,便形成了"中国作风"和"中国气派",这最终成为了中国现代文学与文论的发展道路上的主要标识,对中国现代文论的建构起到了决定性的影响和指南针式的作用。当我们回过头来对照法国的启蒙运动,并试图总结启蒙精神对现代世界的经验作用时,就不难看到,毛泽东思想在哲学层面、文艺层面及美学层面,都与法国启蒙精神的遗产有着深刻的内在联系。在此意义上,我们是否也可以说"中国特色"的文论的建构与完善,也会具有一种独特的经验意义。

历史表明,中法两国在走向现代的历史进程中,都经历了内部的民族战争而走向统一和抵抗外敌入侵的卫国战争,以维护国家的领土完整和独立,这是民族认同的共性的一面。当然对法国而言,它有海外扩张的殖民争夺之战与帝国霸权的历史,尤其是在中国近代史上曾参与了西方列强对中国的掠夺,并强迫中国接受了不平等的国际条约体系。而中国的历史表明,作为内陆性的国家,同海洋性的国家是有区别的,它没有那种竞争意识和冒险意识,也没有西方式的海外殖民扩张的行为,它仅仅满足于追求文化的远播的"大同世界"。可以说,中国的第二个千年统治中所面临的主要挑战,不是创立一个与其政治对手竞争的全新国家,而是重建和改造一个农业帝国。中国国家的主要威胁不是外力入侵,而是内部瓦解,因此,维持和重建国内秩序是重中之重。于是,同法国文化在与他国的竞争中讲创新、吸纳和继承不同,中国文化以其"大一统"的惯性,更倾向以内部更新,而非面向世界。只是鸦片战争和甲午海战后,面对列强的虎视眈眈,新文化的形成才在"启蒙"和"救亡"中展开并获新生。

这里我们要强调的是,法兰西是以其文化民族主义和政治民族主义而著称于世的。从英法百年战争、大革命及拿破仑欧洲战争到两次世界大战,都极大地激发了法国的民族主义意识。但是,在现代世界体系建构中,它又积极倡导文化的多样性和多元文化共存的价值理念。而作为"天朝"的中国,在19世纪中叶以前,居于东亚文明圈的中心,始终沉浸在"朝贡体系"的优越感中,近代以前的征战多是华夏对"夷狄"之战,终以"文化中国"而使周边地区臣服,并于晚清将中国的地理版图扩至最大。但自鸦片战争与甲午战争、中法战争等一系列近代战争以后,使中国人感到了空前的民族危机、文化危机和政治危机,从而激起了中国人强烈的"救亡图存"与"现代启蒙"的双重诉求,具体表现在"强国梦"与"改造国民性"的主题上,这种反抗列强侵略与追赶西方现代化的心理(第三世界国家在追求现代进程中对西方的矛盾心理),已深深地渗透到了民族文学叙事与诗学建构中去。所以,中国现代诗学的创建期,其文本的生成就有鲜明的政治性、民族性、时代性、革命性和世界性的色彩,其战略目标显现出"破"与"立"的指向(实际上,以"破"为主导),其创建风格上体现出新与旧即保守与激进的激烈斗争的论辩性和新派力量的主导性胜利上,而这一切都与中国现代社会的转型,以及现代世界的形成密不可分。同样,法国近代诗学的形成,也表现出类似的结构性特征,只是它在文化的继承性上,在诗学的"立言"上,及其技术层面的本位上更予以强调和完善。

二、中法地缘文化的相似性结构

虽然中法两国在地理上相距遥远,历史的发展阶段也不对等,但透过表象我们仍能窥视出其地缘文化呈现出一种相似的结构。这种同构性表现在以下三个方面:

其一是文化共同体精神的滋养。在源头上,法国与意大利同属地中海文明——古希腊、罗马文明,而中日两国则共存于东亚文明圈,可见,中法两国都享有作为地缘文化共同体的相互作用与滋养。

其二是国家间民族文化的竞争。在迈向现代的早期,作为城邦制的意大利,鉴于海外贸易和金融市场的兴起,最早诞生出资本主义生产要素,同时也最早举起人文主义的火炬,文艺复兴的第一缕曙光,就在那里出现。是但丁、彼特拉克和薄伽丘使意大利民族语言与文学,从中世纪拉丁语世界和神学的王国中走了出来,在欧洲,这可谓开风气之先。然而,法国人不甘落后,自称是特洛伊的后裔,秉承雅典精神的真传,从杜贝莱、龙沙到拉伯雷等民族文化精神的先锋,喊出的口号是继承与扬弃、弘扬与创新,他们首先力争的是民族文化的自信心和主体地位,他们认为法语及其法国人的诗篇,不比意大利人差,今人应吮取古代先贤的优秀文化乳汁。同时,也要向意大利先行者学习,创造出胜过古人和别人的属于法兰西民族的先进文化。

中日间的文化渊源与近代的变数也是有目共睹的。古代中国是东亚文化圈的中心,儒家文明是其统治和思想建构的主轴并且对日本的政治、文化产生了重大影响。然而近代以降,两国都曾共同面临着西方列强的侵略和强加的不平等条约,但后来日本选择了革新之路。明治以后,坚决拥抱了西方文明,改革了制度,强壮了自身,从而一跃率先脱亚入欧,成为亚洲第一个现代性的民族国家。在此进程中,虽然"脱亚论"与"兴亚论"此起彼伏,但有一点,"变"与做东亚文明圈的盟主之地位,却是对立两派,互为表里的共同信念。于是,在两国间才有过去的"学生"做了今日之"先生"的角色转变。但不管怎样,日本现代文化所蕴含的东方主体意识、反思性与包容性是明显的,这也是他们能产生剧变,成为后起之秀的关键所在。反观中国,由于巨大的历史文化惯性和"天朝"的优越心态,根本上说是落后的封建制度及其闭关锁国的门户政策,让中国裹足不前,这种滞后性与西方19世纪以后的突飞猛进和日本明治维新后产生的剧变,形成了鲜明的对比。

历史地看,在世纪转折点上,中法两国在面对地缘文化的历史境遇上,还是有差异的。在文化的博弈中,如果说法国是要后来居上,追赶之切,倒是与日本相似。意大利的情形,则与中国同,具有一种文化的优越感。当然,从甲午一战、洋务运动、维新变革、辛亥革命直到"五四"新文化运动与新文学的兴起,中华民族肩负起"救亡"与"启蒙"的双重使命,已不再是以"我"为主的世界,而是要走向世界,实现中华民族的伟大复兴。虽然这个过程漫长,但中国人痛定思痛,不管留洋派是西洋或是东洋,还是旧派或本土派,建立独立的现代民族国家,确保中华民族在现代世界体系中的一席地位,就中国人而言,这就是根本和动力。于是,在19世纪末和20世纪初的转折期,中日两国在对待中西方关系上,呈现出一些共同点和差异性,在对待古今态度上的相似性和在东亚文化圈的现代建构上的互动性和竞争性。这样,日本之于中国的地缘文化意义就显现了出来:一方面,日本作为中国的"他者",提供一面审视我们自己的镜子;另一方面,以日本与中国构成"东亚文化共同体"的自我,以亚洲的身份去关注包括法国在内的西方这个"他者"。我们认为,这些由地缘文化引起的作用,是中日两国现代文学及诗学建构中不可忽视的因素。同样,中法两国所面对的各自地缘文化的相似性一面,也是过去中法比较诗学研究所忽略了的。这样的维度参与进来,不正说明世界诗学发展与格局的形成所显现出的整体性与丰富性和多样性吗?对此,尤为值得百年后的又一个新世纪的世界诗学或中法比较诗学的研究者们深思。

其三是战争的因素及其影响。在步入现代早期的进程中,与中国不同,法国对意大利是侵略国和掠夺者,以实现其在欧洲称霸的大国梦。战争带来了两国文化的流动与交往,如本书前面章节所述,法国由此得到了在文化等诸多领域,尤其是文学艺术、建筑园林等方面的启迪。当然,在制造、工业技术、金融业等方面,也是如此。而在中日关系的近代,反倒是过去作为"朝贡国"的日本,在应对西方文明的冲击与门户开放上,率先应对,成功转型,进而企图实现海外扩张、主导东亚乃至亚洲。它先后发动了侵略朝鲜半岛和中国的战争,特别是在19世纪末和20世纪初,陆续打败了清军和沙皇俄国军队,在后来那场20世纪上半叶的中日战争以失败告终,以及战后日本的经济腾飞与全面发展,也在民族关系与文化、现代教育与文学艺术、传统与现代、东方与西方等方面,对双方产生了深远的影响。

进一步讲,日本的中介性和参照性意义,正是从"东亚文化圈"的历史演变的意义域和日本在现代化进程中,对西方文明(尤其是与法国文化艺术的亲近)的追求,在实现高度现代化的同时对西方现代性的反思,以及日本文化主体意识的提升与民族文化传统的维护,这两大维度上体现出来,我们认为这种地缘文化的视角,透过日本与法国,日本与中国,乃至中国与法国的多重视野的重叠,更有助于我们理解中法民族国家文学及诗学建构的历史意义和现实意义。

另一方面,还应注意到在意大利之于法国,日本之于中国,中法两国那种固有的"文化霸权"(或曰文化优越论)和"世界中心主义观"在民族国家文学与诗学的想象和建构中,在与世界文化格局的形成与交往中,具有建构和阻碍的双重正负效应。这是我们今天必须要清醒面对的。

以上所说的社会历史的转型与地缘中介的媒介作用,透过现代性、民族性以及区域文明的整合,包括建设民族国家文学的革命诉求而使本国文化不断更新,这就是我们所说的中法两国文化与诗学异质同构的历史相似性的维度之一。不过这种现代民族意识与民族国家诉求的实现,由于中法两国不同文明体系和各自历史经历的不同,特别是在当今全球一体化的后现代时代,更具有内在的差异性和可再阐释性的时代意义。

第二节　诗学生成与民族国家认同的确立

一、民族国家认同是现代性的一个结果

诗学的形成与发展同民族国家共同体①的关系问题,是我们关注的焦点之一。按安德森的说法,民族国家是"想象的共同体"。它是通过民族的文化认同和文化传统的维系,来使这个共同体成为一个"实体"的。民族国家的核心是文化自主和主权的完整行使,在此意义上讲,民族国家认同是现代性的一个结果;同样与民族国家相伴而生的民族主义,也是现代化进程的产物。我们看到,在这一历史进程中,民族意识、民族文化、民族文学作为文化想象的必然结果,它可以从政治行政、学校教育和文学作品及文艺理论,到广泛使用的民族语言等软实力中反映出来,民族语言便成为民族国家的象征;同时外敌威胁更能促进民族意识的成长。所以民族意识与民族语言成了文化认同的主流形式。

在中法近现代诗学建构的起点和发展过程中,两国都认识到语言文字和教育机构,是培养民族感及现代民族国家认同的最佳载体。通过语言形式的革命,以方言和俗语逐步取代帝国与教会强加的居于统治地位的拉丁语或文言文,以民族的活的文字取代古典的僵死的文字(《文学改良刍议》《文学革命论》与《保卫和弘扬法兰西语言》)。这样便通过文学的国语,即白话文学或近现代法语,实现国语文学和国民文学的更大发展(《建设的文学革命论》),从而培育和形成了各自民族的现代文化意识(《人的文学》《讲话》与《诗艺》《〈克伦威尔〉序》《莎士比亚论》《什么是文学》)。所以后来的德国文化人类学者赫尔德曾说,"民族首先是通过语言而拥有自己的特点",斯达尔夫人则借助于法语和文学来定义一个国家。

二、知识分子及教育与社团是民族国家诗学建构的主体

从民族国家诗学的建构方向上看,两国从现代的起点至现代前期阶段的完型,还存在着一个共同点。我们看到,在法国从文艺复兴及古典主义到启蒙运动及大革命,

---

① 关于"民族国家"的概念的理解,在欧洲国家与中国是不一样的:欧洲的民族国家不是一个普适性的概念,在欧洲基本上一个民族构成一个国家形态,乃至语族与民族重合在一起,法国便是如此。而中华民族这个概念是近现代才有的,中华民族并不是指汉族或任何一个特定的民族,它包含中华人民共和国这个政治统一体中所有的民族,作为这样的现代民族的特点是语言、宗教、文化传统和民俗的多元性。民族国家是政治单位通过共同的价值、历史和象征性行为表达集体的自我意识,而民族主义是指特定的意识形态、社会运动和政治诉求。

尔后直到现代前期的完型;而中国则是从晚清至"五四"的思想启蒙与文学革命再到40年代的"文学共同体"时期直到新中国,一方面诗学家们着重语言的民族文化认同和对民族国家的认同的培养,如上面所述的杜贝莱、龙沙、布瓦洛、雨果、圣·伯夫、左拉、朗松、巴什拉、柏格森和萨特等,在中国则是从康、梁,到胡适、陈独秀、鲁迅、周作人、蔡元培、郭沫若、茅盾、成仿吾、瞿秋白、朱自清、闻一多、宗白华、朱光潜、梁漱溟、梁实秋,以及毛泽东、周扬、胡风、艾青等,他们的文艺理论思想及其主张,对民族政治文化层面的建设贡献是巨大的;另一方面,诗学建构的主体还强调诗学语言本身的建设,注重诗歌语言的纯洁与规范和诗歌艺术的特性和文学性,同时也高度关注空间诗学,无论是杜贝莱、萨比耶、龙沙、沃日拉、布瓦洛、雨果、拉马丁、马拉美、兰波、瓦雷里、巴什拉、萨特、普鲁斯特等对诗歌和语言的高度关注,还是中国的梁启超、胡适、钱玄同、郭沫若、朱自清、闻一多、朱光潜、宗白华、梁宗岱、卞之琳、艾青、康伯清等,对白话文即现代汉语和现代诗歌语言的建设,都围绕语言的高雅与规范,提高与普及,平民性、大众化和通俗化,发表见解和主张。然而,就语言学、修辞学和美学的角度看,法国近现代诗学的语言建设的积累和重视度要高于中国,这一直成为我们现代诗学及诗歌创作的一个软肋,反倒是我国古代文论对诗歌语言的关注不亚于法国。

我们发现历史上,中法近现代诗学生成的早期,往往是靠"社团"以及传媒与教育的普及力量来实现的。在法国文艺复兴时期,是"七星诗社"及法兰西学院、斯特拉斯堡大学以及后来的法语研究院为主体。在中国则是靠新文化运动策源地的北京大学及京沪一些高校和《新青年》《新潮》《小说月报》《文学旬刊》《晨报副刊》《学灯》《创造季刊》《少年中国》等报刊以及"文学研究会""创造社"和"新月社"等社团的大力推动,同时也应包括像《学衡》《甲寅》为代表的文化保守主义的反作用的合力。今天在新的历史时期,当我们在思考现代诗学如何生成,从历史走向未来,诗学与民族国家关系的建构,始终是我们绕不开的一个话题。我们应关注欧盟与东亚文化圈作为当今区域文明的积极力量。诗学在这里应是对人类命运的思考,那些发展理论、生态理论以及后国家时代和非西方的视角,都是我们在思考中法现代诗学建构和面对新世纪世界诗学发展格局所要思考的学术资源。它使我们注意到,透过诗学应看到文化的复数,现代化的复数。同时,我们要提防那种"文化霸权主义"与"文化部落主义"的极端心态。今天,世界文化及其文学理论只能在全球意识下,多元文化共存的进程中,才能得到健康发展。

三、国家、区域及超国家观念与诗学之构建

抚今追昔,在我们回溯中法近现代诗学的创建时,应充分意识到它的历史阶段性和当今全球一体化及其后现代社会的特征性诉求。从现代民族国家创立的早期,无论是意大利的托斯卡纳方言,法兰西岛大区方言还是中国以北方方言为基础的现代国语即白话文,这一系列的现代民族语言的创建和国语的统一,到后现代的全球一体化,一些西方学者所关注的地方性知识,本土化与全球化,文明冲突论,民族性与世界性等后现代语境下的世界性话题,从现代世界的形成至今六百来年,它仍是当今文化与诗学研究的一个焦点。我们讲中法近现代诗学生成的民族性与国家认同的意识,在今天乃是所谓软实力与国家形象的建构问题,只要它从人类命运的共同前提出发,从现代化的复数与文化的复数出发,从非西方世界的视角来丰富和建构世界,那么"民族"一词与"国家认同"就没有过时。在相当长时间内都会如此。

当然,近年来在西方思想界及文化人类学、社会学和新闻传播学界,出现了另一种声音,即"超国家"观念的兴起。霍布斯鲍姆就曾在1990年初预言:"未来的历史将主要是'超民族'和下民族的舞台。我们将看到民族国家和族群语言团体,如何在新兴的超民族主义重建全球化的过程中,被淘汰或整合到跨国的世界体系中。"① 最近的代表人物则是美国畅销书作者里夫金。按他的假设,以民族国家为基点的现代政治已然过渡到下一阶段,即随着经济全球化到来的时代,它打破了民族国家的界限。相应地,民族国家的政权,将让位于超地域性的政治实体(并非联合国模式,而是欧盟模式),公民权让位于普遍人权,一元化的文化融合让位于多元文化共存。这里,公民权的概念,已发生了巨大变化。英国政治哲学家马歇尔概括出公民权发展历史的三个阶段及其特征。他说,公民权赋予人们的在18世纪是民权,在19世纪是政治权利,而在20世纪是社会权利。民权保证私人财产权及其他相联系的权利,包括隐私权,携带武器权(如美国的情况),以及言论、宗教、新闻自由权等;政治权利将选举权从白人男性有产者扩展到女性、少数族裔和穷人;社会权利,包括医疗保障、接受教育和养老金的权利。而另一位社会学家乌尔瑞则开出了后现代时期的六种新型公民权,即文化公民权、少数族裔的权利、生态的公民权、世界主义的公民权、消费者的公民权和迁移的公民权。这样的新型范畴的公民权存在于民族国家边界之下、之外和之内,每一种都以自己的方式削弱了民族国家作为公民公约之排他性国度的新型的公民权,它正在将权利非地域化,并使它们在本质上和范围上都成为普世的。

这样一来,民族国家丧失了对本国公民所受待遇的绝对控制,并臣服于一个更高的权威,然而,联合国并不具备推行普遍人权的超地域权威,而这正是欧盟准备所享有的。② 其实,在里夫金之前,法国学者就对"民族之后"的未来提出了预测,德拉诺瓦就说,"现代民族的涌现为建立在人民主权基础上的代议制民主提供了框架。这种主权的未来取决于民族的演变和民族的重要性","人们从来没有放弃过,以更宽广或更有限的新实体超越民族的设想。通过欧洲联盟的建设,我们可以看出其中的可

---

① (英)霍布斯鲍姆:《民族与民族主义》,李金梅译,上海世纪出版集团,2006年,第183页。
② (美)里夫金:《欧洲梦》节译,载乐黛云、李比雄主编:《跨文化对话》(18辑),凤凰出版传媒集团,2006年。

能性与困难之处"。① 他还说:"虽然最早的民族国家出现在欧洲,但目前欧洲包含的民族成分依然大于国家成分,也就是说,无论从分裂还是统一的意义上来看,一切都不是一成不变的。"②而在国际新闻传播领域,则是围绕建立"国际(世界)信息传播新秩序",一些西方学者提出以西方"普遍人权"高于"国家主权"论,企图主宰世界信息传播的秩序。

另一个热点话题则是区域一体化概念。"二战"后,欧洲反思的一个核心问题就是"将各国的根本利益联系到一起,向超国家的欧洲机构让渡民族国家的某些主权"。这个"欧洲梦"的实体就是欧盟。它建立起了一个一体化的经济贸易市场,统一了货币,还建立起普遍人权体系,在现成的国际社会,人权与地域性的这种分离还尚无先例,而迄今为止,公民权却一直以排他性的形式与民族国家相联系。然而,这个新欧洲梦,将使国家这个概念发生变化。我们看到,事实上,这是对现成国际体系的挑战,这一"欧洲梦"是否能实现,至少迄今还处于理论性设想阶段。不过,就国际关系与世界经济文化新秩序而言,欧盟作为世界的一级,正如东亚作为世界的另一级一样,对多极的世界享有多元文化的共存和文化的多样性是具有积极的因素的。于是,对待作为区域一体化概念的欧盟,只有从多样性和复杂性出发,才能理解欧洲这一概念。

历史显现,欧洲已发生过两次惊人的变化:一是在 15—16 世纪之间,一是发生在 20 世纪中叶。只有在它们的多样性里,也只有通过这种多样性,欧洲才能获得整体的概念,这种欧洲的新意识具有两方面的抱负:一是文化的抱负,二是政治的抱负。在他们看来,为了拯救未来,必须拯救过去,这已被喻之为欧洲的第二次"文艺复兴"。

此刻反观东亚文化圈,也经历了两次变化:一是 19 世纪中叶至 20 世纪,近代以中国为中心的"中心—周边"朝贡体系的解体;一是 20 世纪中叶日本战败至 20 世纪末延续至今,东亚文化共同体的重新抬头。当然,它将以中日韩为主导的多元共存的新框架为蓝图,在国际社会上发挥积极的作用。于是,从 21 世纪能否是亚洲的世纪或太平洋的世纪的亚洲文化艺术,乃至包括诗学在内的新的东亚观或亚洲观,如何继承传统且兼收并蓄,创造出亚洲的、东方的、亦即世界的特色,则有待期待。日本学者加藤周一富有洞见地指出:"北美的墨西哥、美国、加拿大三国,现在经济上正走向一体化,欧洲也在结成联盟,亚洲却是一盘散沙。"于是他呼吁"中、日、韩等东北亚国家有必要联合起来","结成文化同盟","努力恢复曾经作为半国际语的、能够相互笔谈的区域语。中、日、韩三国共同使用汉字文化达千年以上"。所以,"汉字文化圈问

---

① (法)吉尔·德拉诺瓦:《民族与民族主义》,郑文彬等译,生活·读书·新知三联书店,2005年,第221页。
② (法)吉尔·德拉诺瓦:《民族与民族主义》,郑文彬等译,生活·读书·新知三联书店,2005年,第230页。

题","是有关今后亚洲文化发展方向的重要问题"。他接着还说："我认为有力的主轴是汉字文化。这不仅是现在的"处方",同时也能成为长期的文化构思。"①

说到这里,国内学者赵汀阳先生还建构了一种"欧亚"联盟新思维,②他倡导通过欧亚两种不同的文明体系的"文化重组"与"文化再造",产生出对抗亨廷顿的"文明的冲突"的"中和模式",试图为人类在21世纪"立命"。这一"立言"的方式及其理由又比上面所谈的"欧洲梦"的"新时代"的前景描绘,似乎更具有认知层面和观念的参考性与可适性意义。由此,中法比较诗学的研究从近现代的回溯,理应过渡到对未来的展望与预测的新维度——中法比较诗学理应关注中法现代诗学发展的文化战略,"温故而知新",才是我们从事中法比较诗学这一课题研究的文化学意义与"诗学"生成的意义。

围绕这一诗学建构的战略和策略,国人自90年代中后期以来,关注和回顾全球化浪潮的冲击,并试图努力与世界诗学文化论述生产中心关于全球化和后殖民批评理论展开热烈讨论和对话,问题是我们今天的现实是,一方面诗学建构存在着理论上的应对和实践层面的操作距离较大,另一方面则是我们怎样突破处在文化边陲两难的境地——不是本土文化的丧失便是狭隘的国族主义的滥情。我们认为朱耀伟先生的看法是有启发意义的。"在全球化论述的急速发展下,从前中心/边缘的批评模式已经不敷应用,更重要的是全球/西化/欧美和本土/国族/中国的定位"问题。在面对诗学与全球化和后国族主义的关系时,我们的思考和批判的重点,应该在于"这场零和游戏的规则及其合法化条件,洞察自己在场中的位置,并不停对它作出质问"③。这才有利于被压迫者辨认是敌人还是自己的影子,使第三世界与第一世界的较量中,如法农和斯皮瓦克所揭示的和需克服的那样,体现出"从内到外的抗衡力量",这也是中法比较诗学面对后殖民理论与批评,所应有的姿态和清醒的头脑。

---

① （日）加藤周一：《汉字文化圈的历史与未来》《对"汉字文化圈"构思的补充》《21世纪中国文化》,彭佳红译,中华书局,2007年。
② 相关文章见龚刚、张胜军：《跨文化对话》(19辑)上,凤凰传媒集团,江苏人民出版社,2006年。龚文是这样评述赵氏的新思维：Eurasia概念就是更有潜力的文化概念,因为它至少蕴含着一种最大化互惠的文化发展策略。赵文还论证说欧洲和中国文化都是具有伟大历史分量的文化,当这两种完全不同的厚文化传统相会时,能够产生相互反思能力的最大化发展,这种文化界面上的亲和力,比家庭相似的亲和力要更深刻。显然,赵氏试图建构的以欧亚概念为根基的"好的知识体系"是以它对一个"好的世界"即理想天下的灵魂视力为前提的,在他眼里,"好的文化"有着"以高贵德性、深刻思想和卓越品质所导向的整体精神境界"。这个境界的内涵表现为：一是扭转文化与精神领域的"低贱反对高贵"的现代性运动趋向,而使人类的生存复归于面向至善、高贵与幸福的古典精神；二是将亨廷顿式的文明冲突与持久对抗的"缺乏善意的期待",转化为康德式的对和平联盟和永恒和平的道义期许。
③ 朱耀伟：《全球化时代的国族主义：从(后)国族意识到中国论述》,载《当代西方批评论述的中国图像》,中国人民大学出版社,2006年。

第三节 诗学生成与民族语言和修辞的奠基

一、语言革命的双重使命与意义

就语言变革内在的民族学与政治学含义而言,中法两国近现代文学的语言革命,存在着相似性和差异性。德国语言学家沃尔夫认为:语言的体系决定了它对文化发展的内在建构形式具有权威性。他还认为:语言体系本身,决定了一个人在世界上发现什么以及对此有何想法。

从语言变迁来看,法兰西民族的祖先是高卢人,被罗马征服后,拉丁语代替了高卢语,古法语是通过通俗拉丁语演变而来的,近代法语是由法兰西岛大区方言发展而来,是从区域的方言而扩展到民族国家共同体统一的国语,这是异质性和同质性相结合的民族语言的生成。因为一方面法兰西民族文化的形成,经历了罗马帝国的统治与日耳曼异族入侵的史前史;另一方面,近现代法语是随着法兰西现代民族国家的确立和发展而形成的,它与法国近代史之前的中古法语是截然不同的两种语言形态和语话体系。故可以说这是一场法兰西民族语言史上的现代革命(语体异质性),如同中国现代白话文与古代文言文的质态的区别一样。

而中国新文化运动的白话语言承续了"大一统"封建帝国的非主流语言系统的白话文的形态,借助西方现代语言学的观念,革新者和教育部门权力机构通过行政手段,以理论预设的国语确立了民族语言在现代中国的地位与作用,可见中国正相反,这是古代与现代民族语言的重叠,是语言文化的同质性转换,但在语体上却是一场异质性革命。

其实,就现代语言学观点而言,语言既是"道",又是"器"。人的语言规定性,同时就是人的文化规定性。人在进入一种语言的同时,也进入一种文化。我们的语言分析,如果离开了其文化限度,就背离了语言乃至人的本性。德国语言学家浮士勒认为:"规则"不是科学,科学的语言不能把"规则"作为孜孜以求的目的,而应把"规则"的研究完全溶解于"风格"即美学的研究中。实证主义的语言研究把语言变成了一个"规则"的僵尸,而"风格论"的研究则要为这个语言的"僵尸"注入生命和活力。将这些语言事实与个人的精神活动联系起来,与整个民族精神联系起来,与文化、社会、历史的发展联系起来,这样中国"五四"白话文与法国近代法语的革命,在其各国的语言文化史上都既有工具层面又有思想层面的双重意义。中国而言,"五四"白话文运动主要是民族语言文化的现代性认同,它是思想解放运动,它导致了汉语言体系的根本变革,导致了中国文化和文学的现代转型。而晚清白话文活动和三四十年代语文大众化运动,则是语文改良运动、文化普及运动、文艺大众运动。① 不过,更准确地说后者的意义恐怕还不止于此,如果说"五四"的语言革命到文学革命,重点解决了民族国家认同的政治层面,而忽了文化层面的话,那么,后十年乃至四十年代到《讲话》的发表,则解决了现代语言与文学的文化认同层面的问题,即"民族形式""中国气派"的方向性命题。我们应该从这样一个角度去理解,语言的新旧形式之间的表面因果联系是肤浅的,语言发展变化的根本原因是语言的精神,一个民族的语法"规则"乃是以该民族文化精神的基本特征为建构基础的。

就法国而言,近代法语,既是工具层面对古法语的革命,更重要的是确立了法兰西民族语言的自主性与独立性,摆脱独霸欧洲的拉丁语一统天下的中古皇权帝国观与教权的绝对精神统治,并且随着现代社会的演进,大革命不仅促成现代法兰西民族国家的最终确立,也使作为国语的法语最终实现这一现代语言体系的转型。随着启蒙运动及大革命,推动了法国现代思想文化启蒙意识形态的确立,并且随着近代法语向现代法语完型及其普及,它与社会革命和政治革命成为互动,使法语的书面语逐步走向通俗的口语。历史地看,法语是法兰西文化的象征,故直到今天法国的文学与诗学都一直在捍卫法语的纯洁性。

我们还注意到这样一种"同构"现象:近代早期的法国乃至欧洲,所关注的语言的纯洁性和标准化,其实只是上层社会使用的语言,直到18世纪中叶至大革命后,这个关注的焦点才把普通民众使用的语言包含了进来。由于农村语言受到外来语汇的"污染"较小,故而农民以及他们的语言,在19世纪常被理想化为代表民族价值观的象征。19世纪初民俗学家及其他领域的知识分子,发起了"发现人民"及其文化的活动,②作家们表现出对高级语言和正式语言的纯洁性越发不安,因而反过来把大众语言视为纯洁语言的楷模。而20世纪的上半叶,中国现代白话文与文学的创立,尤其是三四十年代的语文大众化运动、大众文化以及民族形势的大讨论,均以中国的国情为依据,随着中国现代革命的深入与发展,以毛泽东的《讲话》为代表,指出了中国现代文艺发展的新方向——"新的人民的文艺"即工农兵为主体的人民性,它体现出革命性、民族性和大众性的统一,这种民族形势的"中国作风"和"中国气派"中,就明显包含了民间形式养分的吸收与创新,前面论述中瞿秋白、郭沫若、茅盾、闻一多、胡风、冯雪峰、巴人、艾青、李广田等人的言说已有清晰的阐释。因此,解放区文艺赵树理方向的发展,就是"中国特色"现代文艺的人民性的体现。从瞿秋白到毛泽东,革命文艺和红色文艺始终以"发现人民"为主轴,这可以说是中法文学与诗学或语言文化学上的"和而不同"吧。

---

① 高玉:《对"五四"白话文运动的语言学再认识》,载《中国现代文学研究丛刊》,2001年第3期。
② (英)彼得·伯克:《语言的文化史:近代早期欧洲的语言和共同体》,李霄翔等译,北京大学出版社,2007年,第245页。

二、诗学语言与修辞的本体论建构

当我们回顾中法近现代诗学生成的前期阶段,还有一个共性之处,那就是在诗学发展的本体论意义上,这些早期文本都十分重视语言及修辞层面的建设。在作为新文学运动的第一篇"宣言"《文学改良刍议》中的"八不主义",除第一与第四条外,其余所谈及的都是文学修辞问题。而《我之文学改良观》(刘半农)也关注文字与文学之文的修辞,涉及文字音韵与诗体格律,以及"文"的书写形式的革命,如分段、标点符号、横排等,这不仅是"文的形式"革命,即语言文字文体方面的大解放,更是体现了文学革命一开始就以"修辞革命"的形式而展开。不过,就胡适的整个文学思想和文学理论而言,从《刍议》开始至以后的文学研究及其主张,都带有明显的文学功能观的科学主义崇拜,这种观念导致他将科学的真等同于文学的真,结果是表现出文学的审美性功能的匮乏,这也表现在他的诗歌创作和诗体观还处于初创的阶段。相反,在鲁迅、周作人和梁实秋等人的文学创作和批评中,直到三四十年代这一维度的局面已形成一定的气候和景象,这也正是文学语言形态的现代转型的标志和文学革命的历史功绩。由此它开启中国现代诗学建构的修辞论维度,尔后,李思纯、闻一多、梁实秋、朱自清、饶孟侃、宗白华、朱光潜、梁宗岱、卞之琳和艾青等都十分关注新文学及新诗的规范与其不足。① 其实,中国古代挚虞的《文章流别论》、刘勰的《文心雕龙·情采》,特别是古代文论之"言意之辨""文质"之说,早就注重"言意"和"文质"特性与辩证关系。我们看到,文身、文德、文言,这"文"字一词由其始发义向着"言文"之说引申开来,走向文字审美之境;而"质"则从原初的抵押之义,引申出担保、信物、诚信乃至实质诸种含义,进而又过渡到事物的质材、质量、质体与质性。于是在儒家那里就注重"文质彬彬",而道家则崇奉"见素抱朴"和"复归于朴",这两种相持的文辞体性观始终是中国古代文学与诗学审美的内在精神要素。总之,"落实到诗歌语言文本的构造,由言说达意功能的认定,进而就文采、声律、体式、格调诸条件的讲求,及其与诗性生命内在关联的推究,构成中国诗学的文学形体观。"它们又与"诗性生命的本根、生命境象"组合成"言—象—意"的系统,并与气、韵、味、趣相穿插,形成民族传统生命论诗学的总体构架。②

然而,比较起来,随着中国革命历史进程的推进及其意识形态和新文艺理念居于主导地位,诗学语言与修辞论层面的建构,在中国现代诗学发展中就显得明显滞后,

---

① 李思纯有《诗体改革之形成及我的意见》,闻一多有《诗的格律》,梁实秋有《文学的纪律》,饶孟侃有《新诗的音节》,朱自清有《新诗杂话》(见《朱自清全集》第2卷)、《标准与尺度》《论雅俗共赏》《修辞学的比兴观》以及他对中日语言的研究比较(《朱自清全集》第3卷)。宗白华的《意境》、朱光潜、梁宗岱、艾青的《诗论》等。

② 陈伯海:《中国诗学之现代观》,上海古籍出版社,2006年,第403页。

而且也只能居于次要地位。对中国诗学语言的重视和积极建构的高潮,还是要等到新时期后的文学研究重心转向和整个当代中国文化生态的趋于和谐才有更大的发展。这方面法国及西方的形式主义诗学特别是结构主义诗学,在八九十年代涌入中国时,才使得中国现代诗学及翻译学注重语言本身及其美学维度的建设。

而法国近代诗学的第一篇宣言《保卫与弘扬法兰西语言》以及与其作者有渊源关系的"修辞派"的论著《修辞艺术》和与《保卫》齐名的《法语诗艺简论》和稍后的《法语修辞学》(1555)中,都十分重视法语的修辞与作诗技巧,如音韵、格律、诗体等,再到古典主义时马莱伯、布瓦洛的纯洁法兰西语言:沃热拉的《论法语》(1647)、迪普莱的《法语的自由》(1651)以及《法兰西科学院词典》(1694),而后的启蒙运动到大革命,从狄德罗的百科全书、卢梭的《论语言的起源》和里瓦罗尔的《论法语的普遍性》(1784)再到雨果、福楼拜、马拉美、兰波和圣·伯夫、朗松、普鲁斯特、巴什拉及萨特,而其后的结构主义和解构主义文论家们更是注重诗学的"语言学转向"的研究,如巴特、格雷马斯、热莱特、托多罗夫、德里达等,这里,还要特别提及法国学者让·絮佩维尔的《法国诗学概论》一书,①其重点则是落实到法国诗艺的修辞论、语言论及其诗歌艺术的发展史论上。是的,法国诗学从近代到现代,建立起了一套以诗歌语言和小说语言为中心的修辞学、语言学和美学研究相结合的完整体系,进而使近代法语跃进到现代法语,文学语言臻于完美,使得法语成为欧洲现代史上类似于中世纪拉丁语之于欧洲的地位作用。这对法兰西民族文化的语言身份与民族国家认同,起到了极大的推动作用。同时,我们还应看到,语言修辞已不再是或仅限于传统的、纯技巧的工具层面,它已然是进入了现代文学理论的本体层面,是言语在说人,语言的世界即想象的世界,也就是人的世界——行为与意志的审美世界。

三、跨文化视野与诗学的语言世界

首先,我们来审视中日两国语言近现代革命的东方学意义。记得启蒙时代一位法国文艺评论家里瓦罗尔写了一篇有名的《论法语的普遍性》之文,其中一句名言——Ce qui n'est par clari n'est par français.(习惯的说法是"不明晰者非法语",准确地说应是"不明晰者非法国式的"。)在我们考察东西方语言的差异时,一个明显的区别是西方语言概念是形成于口头语言对书写语言的压制的历史之上的,然而,德里达们的反"语音中心主义",解构了西方现代语言学的这种霸权地位,他从文字本身而不是通过语音来思考语言,这确实是一场革命性的颠覆。

是的,对欧洲人来说,所谓的语言首先是一种声音,是一种被称为罗马字母文字

---

① 原版名为 *Histoire et théorie de la Versification française*, Editions de L'Ecole, 1956. 中译本由洪涛译出,四川文艺出版社1990年出版。

的表音系统,它只是一种将语音视觉化的工具而已。于是,所有的词汇根据代表了文字的语音秩序,不管在什么样的语音场合,都被保证了正当的排列法,这种语音对文字的暴政,意味着一种直线式本质主义的目的论即"语音主义中心论"。为此,在作为符号的汉字所潜在的担负起的复数语音的可能性能面前,"语音中心主义"表现出茫然失措也就在情理之中了。

与作为表音文字系统的法语不同,汉语是表义的文字系统。汉字在欧洲人看来,只是一种体现被称作无秩序的秩序的东西,赋予汉字秩序的唯一的东西就是其形态,即笔画与部首。所以在欧洲眼里,汉语的这种"不明晰"或者"含混",却正是"表义文字"胜过"表音文字"的地方。

我们再来考察日语与汉语的关系问题。近代以前的日本,受惠于中华文化圈,中国文字早在公元2世纪初就传入越南、朝鲜,后通过朝鲜于公元3世纪又传到日本,汉字的发音随本国方言的发音体系变化就产生了日本汉语,正是日本借用汉字率先建立了自己的文字体系。日本人按汉字的意义或按汉字的发音,用汉字记录他们自己的口语,在这两种情况下,汉字或者被作为语义符号,或者被作为语音符号,这都被称为"假名"。日语中,存在着规范的片假名和平假名这两种纯语音单位,只能起辅助作用,汉字在行文中则起决定性作用。事实上,汉语是由多个层面的要素组合形成的汉字,然后再在这象形群中插入语音说明的,与之相对照,日语则是先从汉字剥离它的语音色彩,然后又在各个汉字上添加上别的语音符号。

另外,中日两国现代语言的转型当中,在如何对待欧化问题上有值得相互参照的经验。朱自清先生在三四十年代就曾写下了《日本语的欧化》和《日本语的面目》以及《中国语言的特征在哪里》等一系列文章,对此作了比较性的思考(见《朱自清全集》第3卷),在此恕不详述。

我们注意到,现代民族国家的语言,是分别从语言的"世界帝国"中分化出来的,法语是从拉丁语世界的语言霸权中独立出来,日语是从属于汉字文化圈的世界帝国中分化出来的,而中国的现代白话文又是从文言文帝国的语言体系中分化出来。就民族国家而言,考察语言与现代民族国家之关系,有两点是基础:一是从政治性层面看"国语的统一"的重要性,二是从文学或者美学的层面看"民族语言"的表现性与丰富性,即所谓的"文学的国语"。这里,假如美学的意义之于语言,是指感情优越于知识、道德而为最基本的东西的话,那么,本质上民族就是"美学"的。于是,我们通过语言来考察民族诗学也就具有了美学的意义和民族审美文化的意义。另外,国家之语言和民族之语言是两个既有联系又有差异的概念。正如法国国家语言与法国民族的语言之不同、作为"日本国家语言的国语"和作为"日本民族语言的日本语"也不可同日而语。当然,我们考察法国诗学的语言,应是法兰西民族语言的优美与丰赡,同法兰西国家语言的规范与普世性的高度统一。我们应该看到,国语是作为国家政策的性格的表现,是为国家服务的工具。故它的政治性因素很重要。另一方面,日本的国语和日本语的问题意识,既反映了与近代国家统一的语言之确立,又是与强有力的国民教育课题出现于近代国家的政治过程中而产生的,它要求民族语言的"纯化"和近代性的"合理化"。我们看到,日本从明治维新至20世纪上半叶,是其现代史上一段发展与扩张的历史时期,于是,作为国语的日语,便具有了迈向"确保东亚共荣圈"的重大任务。日本语的这种向海外输出,预示着作为"东亚共同语"的日本语的命运,如"二战"前日语之于朝鲜,这就是明显的殖民语言的霸权。总之,"国语"是"大日本帝国"国民的通用语言,即"大日本帝国"的标准语,它意味着一方面它是作为国家统治上的正式语言,另一方面是作为教育上之正式的标准语言。

透过上面的简析,我们由此可以思考,"五四"新文化运动时白话文作为国语的文学和文学的国语的重大建构意义。它的历史性和奠基性功绩在民族国家诗学的建构上是值得牢牢记住的。在新的千年之际,随着中国崛起和中国的国际文化交流的拓展与开放,包括像海外孔子学院和中国诗学在内的文化发展战略,也将在历史的、时代的、全球的多重视野中得以充分诠释。

另外还有一个值得关注和反思之点,是语言作为一种文化误读——民族国家的战略之策,这里我们以法国作家都德的《最后一课》在文学史中的话语意义的变化为例。此文的翻译是在"五四"前后,经由胡适转译为中文的(译名更名为《割地》,1921年载于《大共和时报》)。它作为国语生成的参照意义就不言自明了,对唤起中华民族的救亡意识,进而创造一个独立的、富强的现代中国,具有很强的民族政治文化意义。然而,作为一种语言的文化误读现象,法国人最新出版的《法国文化史》一书中,对此作了语言社会学的解读:当年都德笔下的那位老师及其留下的名言的叙事,是文人及其传媒的民族主义意识形态的建构,是作为民族国家语言的政治性的修辞手段而已。而日本的当代学者也在其《反"日语论"》一书中,对此例作了具有东方学意义的反思与追问。当代英国新文化史学家彼得·伯克也在其近著《语言的文化史》中声称,他要颠覆19世纪学界的一元论的民族主义语言史,代之而起的应是强调多元共同体和认同的语言社会史。因而地方语言、标准化语言、净化语言以及民族语言的问题,都在他的全球化语境下加以探讨和反思。我们中国的语言学界和诗学界,又如何应对中西共同面临的这一时代性的挑战和课题,这是值得我们加以高度关注和认真思考的。

第四节　诗学生成与启蒙叙事的复调性

从文化社会学的观点来看,对文化的既定秩序有两种解释途径,其一是技术和不同社会力量的相互作用,会产生出文化模式,并对权利进行分配;其二,也可将文化秩序理解成思想和符号的领域,因为它们是权利在社会中进行组织的中介。于是,我们对一定时代的文化研究可在两个层面着手,一是研究那些作为文化承担者的个体,二是研究塑造文化的思想和实践。

一、启蒙叙事与现代性[①]

从"五四"新文化运动和新文学的兴起,甚至再往上追溯到宋明两代直至晚清,又往下接续20世纪40年代《讲话》后形成的新文化与新文学的发展与革命的深化,就其思想观念而言始终有一根红线贯穿其中,那就是启蒙叙事的力量。我们在前面相关章节里就中国现代诗学生成的逻辑起点,以内外两种启蒙叙事的力量作了一个大致的梳理。若再把它与法国诗学生成的政治向度的完型,即以启蒙运动和大革命为标志的启蒙叙事,与中国走向现代民族国家进程的启蒙叙事略作比较,就能彰显两国诗学思想中对"现代性"的不同理解之策略。

正如有的学者所言,以法国革命为代表的"解放的承诺"和以黑格尔为代表的"真理的承诺",这两种"宏大叙事"对现代中国就产生了激进主义的政治传统和武断论的思想传统。从胡适《文学改良刍议》到陈独秀《文学革命论》,都表现出这种激进的、不可争辩的思想意识,打上了一种理性主义的启蒙和浪漫主义的狂飙运动的色彩。我们看到,在胡适的文本里,一方面强调情感是文学的灵魂,另一方面强调文学必须有高深的思想。如果说这是情感与理性并重的完整表达的话,那么在陈独秀那里则是一种"理性的非理性化的"叙事策略。由"五四"至40年代,逐渐形成了中国启蒙主义系统结构:它完成了从晚清以降而至的从形而上到形而下的叙事置换,即从人类学意义上的人性塑造落实为带有民族主义色彩的国民性塑造,从形而上意义上的人格建构落实为对现代社会自由人格具体内涵的探求。当然,我们注意到,近代启蒙与"五四"启蒙虽然都表现出以伦理解放、以国民性格重塑为核心的一致性,但它们之间仍有差异,前者是竭力强调情感解放的决定作用,后者则通过科学与民主的高扬,以理性的觉醒为启蒙精神制高点为标志。

我们还注意到,中国近现代文学的启蒙叙事表现出这样一些特征:他从人的本能欲望之发掘与提升,到人的自由意志的塑造,并进而实现创造性的自我。从逻辑上说,这是一条线型的结构,但通过理性与激情的互动又形成了一种动态的结构,从而使启蒙的过程成了一种复合式的结构,于是这就可以解释为何"五四"时期现实主义

[①] 关于启蒙与现代性的思考参:(美)杜赞奇:《从民族国家拯救历史》,王富仁:《中国的文艺复兴》,张光芒:《启蒙论》,(美)詹·施密特:《启蒙运动与现代性:18世纪与20世纪的对话》,(美)斯蒂芬·埃里克·布隆纳:《重申启蒙:论一种积极参与的政治》,(德)卡西尔:《启蒙哲学》,(美)安东尼·J·卡斯卡蒂:《启蒙的后果》。

与浪漫主义思潮,同时成为文学上的热点,"文研会"与"创造社"几乎同时崛起于文坛的现象。从这一生成的思想心理结构,我们也可以窥探到,中国现代启蒙主义文学所呈现的理性的浪漫主义与情感的理性主义的特征。

而以法国为代表的西方的启蒙,最核心的概念是真理与理性,但最终的目的却是道德的完善。法国的启蒙强调的是"自由""平等""进步""科学",是"主权在民""三权分立",是对现代性的褒扬多于对其的反思。法国的启蒙理性后面站着情感,社会后面站着个人,现实后面站着理想,就其表现状态来说,它呈现出一种多样性。一方面,以卢梭为代表,他是启蒙理论与文学同时并举,不仅在观念上,而且在文学创作上给法国乃至世界留下了深远的、不间断的影响。而狄德罗则以其《百科全书》和他对现代美学理论的贡献,尤其是在绘画、戏剧与音乐的现代意识方面,开启了法国现实主义文艺理论以及蕴含浪漫主义特质的新时代。另一方面,伏尔泰却是政治上的激进主义,文学上的保守主义,他所欣赏的是法国17世纪古典主义的典雅与秩序。法国的启蒙主义从伏尔泰、狄德罗到卢梭,在文学上都走向了世界主义。反观中国,如果说法国现实主义最大的作用和特点是批判的话,中国的现实主义则是由早期的批判现实、否定现实转变为后期的歌颂现实、肯定现实。另外,与法国启蒙时代文学的诗学建构相异,中国的现代文学的发生与发展,都始终是贯穿着这样一个特点——从"五四"时期理论先行,并产生极大影响,占据着重要的地位,到延安时期乃至新中国时期,仍然是由理论来指导文学创作实践,理论的话语意义与权威左右着文学史及其文学的生产。

同时还应看到,20世纪下半叶以来,法国思想界又掀起了一场新的启蒙高潮,更准确地讲,是处于后现代状况下的"反启蒙"或"后启蒙",它是对18世纪以来的启蒙"宏大叙事",即一种工具理性的精神,直线的进步观和唯科学观、绝对主义的真理观、本质主义的目的论等具有整体性的、同质性的思想观念的批判。它在几乎所有领域对传统与经典的叙事进行了解构或颠覆,这在哲学、史学、文学及美学领域,表现得尤为突出。这种以德里达、福柯、利奥塔、布尔迪厄等为代表的所谓的后现代诗学,从20世纪八九十年代开始进入中国,使中国诗学还未消化现代主义诗学,就匆忙地开始了后现代主义诗学的旅行的。于是中国现代诗学就在面临着三个不同时段和语境的情况下,与西方诗学交汇与碰撞。而在面对传统与后现代,中国现代诗学的主体性表现,似乎也从自身的古代传统和"他者"诗学中,被激活并正在形成中国特色的现代诗学。

二、民族文化复兴的叙事

我们看到从晚清到"五四"至40年代再到90年代,关于民族文化复兴的论述对中国现代诗学建构有着深层次的影响。辛亥革命时期,章太炎的"民族文化"的提倡,是一种传统的光大与文化民族主义的表述;梁启超的"新民说"与新文化的宣扬,则是一种现代民族国家的叙事;孙中山的"文化亚洲论",也是一种文化主义的叙事;胡适、陈独秀的"文化建设",蔡元培的"民族复兴",皆是政治民族主义与文化民族主义的结合;而王国维的"民族根脉"和"民族记忆",陈寅恪的"民族文化史"都是文化民族主义的一种坚守。

我们还记得,从胡适的《中国的文艺复兴》到李长之的《迎中国的文艺复兴》,再到毛泽东的《讲话》,它们的一个共性在于从中国的主体性出发,包容西方文明的成果及现代的进步观念,使中国像古典时期及现代的前期一样,在世界格局中占有重要的位置,现代中国必将要重返现代世界体系中,这一对现代性追求的逻辑,一直贯穿在20世纪的中国文学和诗学的想象和思考中,乃至半个多世纪后随着全球化和中国的崛起,对中国文化何去何从又一次提出了时代性的呼吁。无论是20世纪80年代的"文化热",还是90年代后的文化反思,我们看到,有关中国的文艺复兴,又成了一个热门的主题。① 记得《文艺报》大约从2002年起,一直延续到2007年不间断地在《理论与争鸣》版,展开对此问题的大讨论,先后大约有陈太胜、刘军宁、陈丹青等先生,从胡适到李长之,从"中国仍需道德重建"到"为启蒙精神戴上法律的面具"、"用法制精神升华启蒙精神",尤其是注意到当中国的经济崛起已成为现实,中国的综合国力在世界大幅度攀升,百多年的现代化追求已初步实现,但还剩一道命题有待交卷,那就是文艺复兴所确立的价值观,即"人的崛起""人的尊严"或按西方的说法"彻底解放的人"。而2003年王富仁先生也出版了一部《中国的文艺复兴》,他是接着胡适、李长之讲,是对"五四"的反思,更是对李长之以后和"新时期"中国文化及其文学的反思。

值得思考的是,作为民族文化复兴的标志——"五四"以来的"文艺复兴",一是不同于中国历代的文艺复兴,这一点胡适在其文中已阐发清楚:这是一种现代性的启蒙,将现代化同启蒙等同起来;另一方面,中国的文艺复兴,又不能等同于意大利或法国的文艺复兴。西方文艺复兴,是与中世纪神学的对立中发展起来的,但它继承古希腊、罗马的精神,是一种内驱力的使然,从文化源头上看,它们存在着一种前后的一致性。而中国的文艺复兴,主要是借助外来文化力量,即西方近代文明的撞击与传统文化的对立中发展起来。当然,传统中的"启蒙思潮"已成为一种动力因素,同时,也带有很强的民族文化认同色彩。这是一种西方文化冲击下,产生的特有的"文化还乡"现象。不过,中西文艺复兴,在面对共同的时代挑战上是一样的,即都处于由封建社会向现代社会变化发展的转型之际,并且这一历史的转型的完成,是经历了相当长的

---

① 对此问题的讨论,唐德刚曾写有《胡适与"中国的文艺复兴"》,载《胡适研究丛刊》第1辑,1995年。国内除了《文艺报》这个论坛以外,相关媒体还有《南方周末》报、人大复印资料《文化研究》月刊等阵地,如董德福发表的《"中国文艺复兴"的历史考辨》一文也在此刊上转载。

历史时期。它作为现代民族国家的完型,只有经历启蒙运动和大革命的洗礼才算真正地完成了——从封建专制到现代民主政治的确立的新的社会形态。这样,从精神文化上升到制度文化,再到物质文化,走完了一个完整的资本主义文明发展的过程。这一过程,西方整整用了三四百年的时间,而中国不仅在时间上只用了百年左右的光景,故它表现出一种速成性和粗糙性,而且其发展的过程,也成逆向式的即从追求物质文化,到制度文化,最后上升到精神文化。这就是五四运动爆发的逻辑。这也是中西方文艺复兴的差异所在。认识到这种差异性,才能明白作为民族国家的中国,其现代政治文化向度的建构的任务是十分艰巨的,同样,在此环境下,中国现代诗学的文化品格的塑型,也就不是简单的一次性的铸就所能完成的。

与此话题有关的,还牵涉到另一个问题,那就是瞿秋白当年为争取无产阶级文学的话语权的理论思考。这一观念,在后来毛泽东《讲话》精神中都已成为中国现代文学建设的合法性理论基础。只是后来新中国时期,尤其是"文革"时期,它走向了极端。新时期后,诗学发展的主流,又经历了一次非政治化回归,实现了文学本身的矫枉过正。然而,由于"文革"的极"左"思潮的作用,实际上切断了中国古代传统、现代传统和西方先进文明成果三大资源性养分。故而从一种极端封闭走向全面拥抱西方文化及其诗学,成了这一时期的主导性力量。而后,90年代,又经历了文化反思与诸种西方理论的旅行,人们从迷失和"失语"中开始寻找自我,对"文化霸权"有所警惕。于是,中国现代诗学,又一次冷静地思考从胡适、陈独秀倡导下的新文化运动与新文学运动,再到瞿秋白、毛泽东为建设中国新文化所作的具有中国特色的革命性推进。为此,中国选择的不同的现代性即"革命与重建",当然迥异于法国或者西方的现代性追求之路。这种中国文化主体性的立场的坚守,或者说一种中国经验的保持,是中国文艺复兴的根本所在,也是中国现代诗学建构的政治文化立场所在。

当然,应该看到,18世纪法国的启蒙,也是一个不断自我更新的过程。而法国诗学后期阶段,以福柯、德里达为代表的后现代思想,就是对启蒙现代性的一种反叛或者反省式的思考。它与法兰克福学派对现代性的启蒙理论一起,共同颠覆了西方现代主义的传统与诗学观念。不过,在这里,我们要思考的是,福柯的"知识考古学"对西方理性的解构,它的知识与权力理论所揭示的与葛兰西文化霸权理论,有着异曲同工之妙。它们对第三世界或非西方世界,怎样参与建构现代世界和保持民族自主性是有参考价值的。而压迫与反抗的主题,又一次浮现在现代性和全球化这些关键词的背后。如果说西方在其现代化过程中,从来就未曾离得开过非西方现代世界,特别是中国,那么,我们要反躬自问的是中国的"现代性",能否离开西方。而德里达,在面对"资本主义现代性全球胜利"和"意识形态终结论"的潮流,站出来大声疾呼捍卫"马克思主义幽灵"和革命传统,这反倒说明,中国现代性选择本身,就是对现代世界的非同质化,它对彰显文化的多元化具有积极的意义,因为这是现代文明自身的丰富性的表现。正如旅美学者刘康所言,它一开始就构成了对西方资本主义现代性的挑战,同时又是现代性全球经验不可分割的一个组成部分。而"文化革命"又是中国的"革命"主题中的一个根本方面。另外,哈贝马斯对晚期资本主义"正当性"的分析,也为我们提供了分析社会主义正当性的借鉴。它让我们思索,过去所忽视的也恰恰是社会文化系统中的动力危机,而其中,最重要的就是社会主义文化领导权的问题。

最后,我们的落脚点,是中国现代诗学精神应具有一种"中华性",即它结合世界的先进性和中国的特殊性,它既是对古典性和现代性的双重继承又是对它的双重超越,从而使中国诗学以自己独特的声音,成为世界诗学交响乐中的一个多声部,或多中心的一极。

在现代民族国家诞生之前,中国存在着若干类型的政治群体,其中之一就是"文化主义",它是与现代民族主义相对应的,它打上了儒家士大夫阶层的文化、意识形态、身份认同的标签,即主要是文化主义的形式,是对一切文明的道德目标和价值观念的认同。中国的"文化主义"是一种自然而然的与文化自身的优越性的信仰,只有到了19世纪晚期,面对"他者"的挑战,文化主义才衰弱,并迅速向民族主义发展。

反观法国,"民族的再生"(Régénération)在法国大革命时代是一个中心话语。在革命者看来,"革命"和"民族再生"是合二而一的,大革命不仅要使法兰西民族摆脱奴役,而且还必须把法国人变成"新人"。那时人人都怀有创造新民族的理想,这一革命的心态,与文艺复兴时期杜贝莱"宣言"的革命心态是一脉相承的。当然我们注意到,这种"民族的再生"是史无前例的,它没有榜样可遵循。然而强烈的民族自尊心和法国人特有的标新立异的心理,使他们认识到,必须抛开一切模式,走自己的路。古希腊、罗马人也好,刚获得独立不久的美国人也好,都没有跃上法国人"再生"的辞典,正如国民公会议员谢尼埃所言,欲按古代模式再造当代法国,无异于妄想把成人变成稚童,所以在实现法兰西民族再生的问题上,人们应该创造,而不应该剽窃,应该勇于创新,而不应拘泥于以往。这里"民族再生"的意思,当年杜贝莱所倡导的语言革命的创新意识,又统一在了追求民族国家意识形态的夙愿里。著名政论家孔多塞在将法国革命与美国革命作比较时指出,美国人搞革命为的是推翻外国贵族的压迫,而法国革命则相反,它旨在推翻本国贵族的压迫。一个是单纯的民族战争,一个则是为了等级或阶级而战的国内战争,于是针对法国革命这种复杂性,孔多塞特别强调这种"民族再生"要经过一个充满搏斗的过程,大革命如果不与旧传统决裂,不丢掉幻想直面现实,是不能成功的。所以充满理想主义精神的山岳党人,这种"决裂"的信念更为坚定。他们为实现这种民族再生,所付出的坚忍不拔的努力,实际上就是一场名副其实的"文化大革命"。

是的,在法国革命者的辞典中,有两种关于"民族再生"的概念,一是奇迹式的,即"新人"是在突然间"创造"出来的,不是慢慢"形成"的,也就是说,"新人"随着革命的冲动自然而然应运而生;另一种则是任务式的,即把"再生"看成是一种艰巨的任务,要真正实现"民族的再生"只有面对现实,脚踏实地,一步一步地走过来。我们再进一步追问就会发现,这两种"新人观",在革命的塑造上是有很大的差异性,按前者的逻辑,自大革命发生之日起,法兰西民族就已自动更新,人人都成了"新人";而在后一种逻辑看来,随着大革命的爆发而发生的,并非是法兰西民族整体上的更新,只是部分的更新,也就是出现了一部分"新人",他们在整个民族中,形成了一种与"旧人"共存的局面。而后一种才是法国大革命发生时的真实状态。所以公民的教育,共和精神的塑造,是法兰西民族国家追求的目标。事实上,文艺和教育,在整个大革命时期,都积极地充当了革命的宣传工具。法兰西民族语言的统一,也是在这时才真正地完成,树立了作为"自由的语言、平等的语言"的法语对各地"粗俗的方言俚语"的优势地位。《马赛曲》和《出征歌》也正是在这时诞生,后来前者成了法兰西共和国的国歌和民族符号的标志。

所以法国诗学,始终是一种文化民族主义和政治民族主义的复合体,这与中国民族主义从近代走向现代的经历,有相似之处,换句话说,这种根深蒂固的文化民族主义在中法两国现代文学叙事中始终潜藏着,并且成为诗学建构中文化战略的一种核心力量。

三、现代化与国家建设和民族主义研究的视野

我们注意到,在研究文学与现代民族国家之间的关系时,脱离不了这样一个框架背景,或者说一种视野。民族主义的新颖并不在于其政治自觉,而在于其世界性的民族国家体系,它视民族国家为唯一合法的政体形式,它拥有对外的主权,国家声称代表全民族成员,对内具有统治权和合法权,并以牺牲地方权力机构为代价;它是一种社会达尔文主义,将种族、启蒙历史及民族国家联系在一起,后来反帝,乃至社会主义和马克思主义也来支持民族国家;现代民族国家寻找统一根源时,并不从领土中寻找,而是从利用特定的原则,如语言、民族、宗教等来界定民族的叙述结构之中去寻找,用约塞夫·奈的话语表达方式来说,就叫作"软实力"的重要性。

事实是,20世纪中叶以后,作为民族演变主体的启蒙历史,在世界许多地方已被"多元文化主义"的潮流所泊打,世界的多极与一些民族国家的解体,就是一种新动向。所以,我们研究民族国家的现代诗学,是不能没有现代政治学与社会文化学的视野的置入。我们应对民族主义的来龙去脉有一个大致的把握,它经历了三个历史发展阶段和三种表现形态:一是文艺复兴时期,致力于文化的双重推进,实现欧美各主要民族国家的建立与发展;二是20世纪以来的亚非拉弱小民族的民族独立运动和民族文化认同,它与西方世界即欧美第一阶段的表现形态与诉求是有重要区别的;三是苏联解体后,冷战结束与全球化的进程,使全球区域内的各自民族增强了全方位的政

治与文化认同。似乎可以说民族主义毕竟不是一种终极性的思想意识,而是一种"中间层次"的观念与主张,现今,已出现一种超民族国家的理论主张与某些实践,如跨国(资本)公司,"民主高于主权"等。①

不过,现今的国际体系仍将维持很长时间,民族国家形式仍然是国际社会的主导性力量,民族国家文学及其诗学的生存与发展,也就必然不能超越时空,作为一国文学与诗学生产的主体,知识分子的主体性意识的形成与维护就显得十分重要。于是,国家建设与民族主义这两大主题,就成为我们对诗学生成关注的重点。

国家建设——政治现代化的维度。我们知道现代民族国家的建设是一个现代化发展的结果,国家建设则体现着现代化发展的政治方向。美国学者查尔斯·梯利在其主编的《西欧民族国家的形成》(1975)的经典之作中,提出了"国家建设"的概念。我们注意到,他区分了"国家建设"与"民族形成"两个概念。他认为18世纪欧洲国家的建设主要表现为政权的官僚化、渗透性、分化以及政权对下层社会控制的巩固;"民族形成"则主要体现为公民对民族国家的认可、参与、忠诚并承担义务。强大的民族国家的出现往往先于民族的形成。而社会学家吉登斯也指出,民族国家的本质特征在于"反思性监控"的全面化。"民族国家存在于由其他民族国家所组成的联合体之中,它是统治的一系列制度模式,它对业已划定边界(国界)的领土实施行政垄断,它的统治靠法律以及对内外部暴力工具的直接控制而得以维护。"②吉登斯特别强调现代民族国家的控制能力。可见他把"国家建设"作为着重的一面,而非以"民族形成"那一面为重心。正是在此意义上,我们才能理解民族国家作为现代基本政治单位的原因。事实上,国家建设是一个政治权力不断集中,国家对社会调控能力不断提高的过程,国家建设塑造了现代国家,它体现了一个社会共同体政治现代化的主要方面。可以说,正如历史学家布莱克所总结的那样,国家建设的主要特征表现在政治权力的集中化,法律规范的普及和公民在公共事务中作用的扩大。法国的历史发展正是这一理论的写照。当然,我们还注意到,民主政治化与国家建设,不是同一件事。民主政治只是现代国家的一种形式,在近现代民主政治出现以前,国家建设的历史进程就已经开始了,中国的情况大致如此。从清末开始,中国社会内部,面对西方列强的船坚炮利,首先就要求要建立一个现代民主的国家。实践证明,现代化是近现代中国社会与历史发展的基本主题,中国同别的后发型现代化国家一样,现代化运动经历了两大阶段。一是在迎接现代性挑战的背景下,重建现代民族国家;二是在以国家和政府的力量推动经济发展,实现向现代文明的结构转型。

---

① 高全喜:《论民族主义》,李鹏程等主编:《对话中的政治哲学》,人民出版社,2004年,第188~189页。
② (英)安东尼·吉登斯:《民族-国家与暴力》,胡宗泽等译,生活·读书·新知三联书店,1998年,第147页。

中国走向现代的社会转型,外部刺激固然重要,但这种外部因素是与特定的内部因素结合时才发生巨大作用。正是在西方刺激下,社会内部的知识精英集团,对整个现代化发展模式的主动选择对国家建设的领导作用,是不可忽略的。一位外国学者看到了法俄与中国的社会革命的差异性,①指出法国革命导致中央集权的、职业的官僚制国家和由财产所有者支配的社会秩序的共生现象,新政权为工业资本主义创造了条件;俄国的新政权需要增强国家的力量来对付其反对者,包括不满的农民;中国与前两者都不同,新国家政权的基础建立在农村而非城市,在共产党的领导下,农民成了国家重建强有力的力量。于是,我们就可以理解毛泽东《讲话》所强调的文艺为什么人的问题的战略性价值。不过,近现代中国的国家建设与社会革命,是在知识分子的主导下完成的。"主导"意味着并非只是知识阶层自身的觉醒,而是把这种觉醒转化为社会性、文化性与政治性的全面改造。这种改造当然包括了与社会其他阶级如农民的结合,所以政治是中国现代化建设的主要动力,现代化早期的首要政治任务,是通过革命建立主权独立与政权稳定的现代民族国家。

然而,中国现代化建设进程中的国家建设却存在着两重政治困境:一是推动整个社会发展的终极精神缺失,二是国家建设的主导社会力量缺失。近代中国没有一个社会阶层能够独立完成社会建设的重任。② 因为"五四"后的现代转型,基本上是与传统断裂了的。那么,这个传统中国,实际上它并不算一个国家,因为,它是由两个不同的结构组合而成的:其一是全国性的科层制度的上层结构,其二是庞大的无数异质性的地方社区。所以,中国人只有不变的"文化认同",而少有明显的"国家认同"。事实上,中国历史中,政治与文化的关系,比其他国家要显得密切得多。这一点,同法国有些相似。我们知道,19世纪英美的政治在社会中发挥的力量是很小的,而社会自发的力量,则对整个社会、整个国家政治产生了巨大的影响。在西方传统中,我们大致可以说政治和文化的关系一般不如中国这样密切。所以,中法近现代诗学生成在生产源和表现内容上,是有共性和差异的。中国主要是由有组织的团体或政治实体的政党的领导来发起与组织,来表现他们所倡导的文艺与社会的关系的主张。这里面具有官方色彩和具有民间性质的都兼而有之。而法国,主要是有文学社团如文艺复兴时期的"七星诗社",启蒙运动和浪漫主义及以后的文学,也主要是民间性社团或沙龙或个体担纲者,而古典主义时期及其他一些时期,代表官方色彩力量的有突出的和相对弱化的表现。但相较而言,在法国社会,文学与诗学生成的社会公共空间要大得多。尤其是启蒙时代和大革命后,往往是由民间组织或个体行为,来参与和表达文学对社会的诉求或愿望。

---

① 斯科奇波尔:《国家与社会革命》,刘北成译,台湾桂冠图书股份有限公司,1998年。
② 有关"国家建设"部分参考了刘晔:《革命与国家建设》,载《知识分子与中国革命》,天津人民出版社,2004年。

第五节　空间意识的表达与诗学审美的殊途同归

有了人类便有了对时空的探索与追寻，自然的面貌、人的存在方式、人的价值与意义，人类对过去、现在、未来的感知、体验和认识，都离不开"时空"的范型。于是，在古往今来的中外哲学家（无论是自然哲学还是科学哲学）、社会学家、政治学家、地理学家、文化学家，当然，还有大量的文学家，都从不同的角度，并以其特有的方式表达了他们对时空，也就是人的存在的本质思考。

在本论著的绪论中，我们曾涉及了作为一种思维方式或视角的地理学、社会学、政治学和文化学意义上的空间概念，即从地缘政治和地缘文明或文化地理的视野，去思考中法近现代诗学的生成与发展。在第三章，我们又以个案的方式分别论述了中法两国文论家，在诗学生产中，对时空的认知和体验及其诗学观的要旨。在本节，我们试图主要在文艺的层面上，审视中法两国对时空意识的特有把握和表达，以加深我们对中法诗学艺术精神的认知。我们将在以下三个方面展开：一是从文学地理空间的层面，二是从文体空间到媒介空间的层面，三是从诗歌及诗学作品的文本空间层面。从这三个层面来检视中法两国文学与艺术及其诗学研究中，所呈现出的空间意识的精神与美学价值之所在。

一、文学地理空间的中法叙事

法国现代文学研究中较早地通过地域空间，来审视文学的特征及其发展意义并对后世有较大影响的，大凡突出地表现在十八九世纪的启蒙运动到浪漫主义时期。伏尔泰在其《论各民族的精神与风俗》中，探讨了作为区域文明下的世界各民族的精神风俗特征及其对文学发展的影响。斯达尔夫人则在其《论德国》中，提出了著名的"南北文学"说，她接受了孟德斯鸠地理环境决定论的影响，把西欧文学划分为南方文学和北方文学。前者是指希腊、罗马、意大利、西班牙以及路易十四时代法国的文学，它崇尚古典、情调欢快、充满民族和时代精神；后者指"英国作品、德国作品、丹麦和瑞典作品"，"由苏格兰行吟诗人、冰岛寓言和斯堪的纳维亚诗歌肇始"，它们都表现出强烈的情感，讲究想象，富含哲理，透露出阴郁气质的色彩。然而，这只是表象，其背后的意义是南方文学代表着"古典诗"，北方文学代表着"浪漫诗"。具有浪漫气质的北方文学，胜过古典诗的南方文学，她认为成就最高的是英国文学和德国文学。其实，在她的《论文学》和上部作品中都清楚地表明了这种态度：否定古典主义文学的传统，以外国的浪漫主义文学为榜样。这一理论实际上就成为19世纪法国浪漫主义文学的先声，并反过来又对德国浪漫主义文学产生了影响。施莱格尔由此写下了

《论北方文学》。在法国其继承者泰纳也由此视角,提出了种族、环境和时代三要素的历史文化决定论。这种历史文化批评意识,浸润着文学地理空间意识,无论是他的《艺术哲学》还是《英国文学史》,都是将地域文化与民族心理同文学艺术的发展很好地结合了起来。他以种族、环境和时代为经线,以不同国家间文学艺术的影响与交流(即主要以欧洲诸国如意大利、尼德兰、希腊与法、德、英、美乃至东西方做对照比较)和诗歌、绘画、雕塑及音乐诸艺术间的特征与交流的对照做纬线,展开了他的文化与艺术哲学的空间性研究。另外,司汤达,在其名著《〈意大利绘画史〉导言》中,也以南北地域文化空间不同的精神气质和文化心理意识,来构筑意大利绘画艺术的生成之道及其特殊性。而象征主义之父波德莱尔,也将浪漫主义视为"北方的儿子",而"南方是自然主义的"。① 另外,卢梭在其名著《论语言的起源》中,也从地域文化的角度提出了他的"南北语言形成"之比较说,表现出对南方的重视。

后来,20世纪的"年鉴派"史学,更是以区域文明为单位,通过"长时段"(地理、气候、动植物和文化)来研究社会生活的"总体历史"和"比较历史"。布罗代尔(1902—1985)的第一部名著《地中海世界》,就是一部16世纪欧洲区域内先进国家间诸力量的博弈与互动的历史写照,而其另一部大作《法兰西的特征》的副标题,也表明了该书的方法与视野——"空间与历史"的关系,他从地理学、气象学、方言学、地名学、文化人类学的各种视角出发,论述了法国的地形地貌、陆地与海洋、边界与市镇、都市以及人口和制度等。请注意,就在布氏第一部著作发表的前后时代,也是诗学家巴什拉一系列的"空间诗学"兴起的时代,他从事物内部空间出发,即以其物质想象力,或"元素诗学"的妙笔,把科学世界与文学世界连接了起来(本书第三章第一节已有介绍)。

再后来,又有勒斐伏尔(1905—1991)和福柯(1926—1984)的《空间的生产》与《空间、知识、权力》著述的出现,这标志着他们的"空间知识"已将物质的空间、精神的空间和社会的空间相互联系了起来。勒氏的社会空间理论包含了物理的、精神的和社会的三要素,即我们所关心的逻辑—认识论的空间、社会实践的空间和感觉现象所占有的空间。他创造出了空间性的三元辩证法,打破了二元对立的认识论的界限。他将真实与想象、具体与抽象、实在与隐喻,置入了上述三个元素中去生成。这样,就把社会空间的物质生产与精神生产有机地紧密结合起来,由此,他对资本主义制度及其生产关系的批判,都以都市空间、市场的空间等形式展示了出来。而福柯在其《空间、知识、权力》中,针对以往空间性思考较多关注事物"内部空间"的特性,而转向了对其"外部空间"的关注,强调空间、知识、权力已渗透到当今一切公共形式里去,空间

---

① (法)波德莱尔:《什么是浪漫主义》,载《波德莱尔美学论文选》,郭宏安译,人民文学出版社,1987年,第218~219页。

成了一切权力运作的场所。①

在中国文学艺术及史学中,地缘文化的概念可以说从古至今一以贯之。众所周知,在文学上常有"南骚北风"之说,即南有《离骚》(长江流域文化的产物,凸显了南方文学的地域特色),北有《诗经》(黄河流域文明的结晶,凸显了以北方文化为主导的北方文学特色②);在画坛上,则是"南北二宗"说,董其昌在《画旨》中说:"画之南北二宗,亦唐时分也。"北宗重人工,精雕饰,讲真实细腻之美,在观念上受儒家思想影响较多;南宗重自然,讲天生化成,写画外想象之美,受老庄思想颇深;在音乐与戏曲上,又形成了"南柔北刚"的主要美学风格。③

从地域文化空间对中国学术文化做比较,也常有"南北说"。溯源而上,在《中庸》里,我们可见到对理想士人的南北形象的设问:"子路问强。子曰:'南方之强与?北方之强与?抑而强与?'宽柔以教,不报无道,南方之强也,君子居之。衽金革,死而不厌,北方之强也,而强者居之。"朱熹注云:"南方风气柔弱,故以含忍之力胜人为强,君子之道也。""北方风气刚劲,故以果敢之力胜人为强,强者之事也。"显然,这可称之为古代中国比较文化学的滥觞。而《世说新语·文学》中也谈及"北人学问渊综广博","南人学问精通简要","自中人以还,北人看书如显处视月,南人学问如牖中窥日"。《隋书·儒林传》则评说道:"南人简约,得其精华;北人深芜,穷其枝叶"。而明清之际,则有王夫之的"夷夏—南北"论,他也是从某种地缘政治视野来审视南北。晚清以降,梁启超曾言:"我中国有黄河、扬子江两大流,其位置性质各殊,故各自有其本来之文明,为独立发达之观,虽屡相调和混合,而其差别相自,有不可掩者。"④而近代文学家刘师培(1884—1919)对南北文风之不同,多从自然地理环境与社会人文背景的差异着手论述:"北方之地,土厚水深,民生其间,多尚实际;南方之地,水势浩漾,民生其间,多尚虚无。民尚实际,故所著之文不外记事析理二端。民尚虚无,故所作之文或为言志、抒情之体。"⑤同时他还从声音角度考察了南北方有别:"古代音分南北。河、济之间古称中夏,故北音谓之夏声,又谓之雅言。江汉之间古称荆、楚,故南音谓

---

① 关于文化地理学意义上的空间理论,可参陆扬:《西方空间理论》,载《文化研究导论》,复旦大学出版社,2006 年,第 15 章。
② 《诗经》中十五国风有"二《南》"(即《周南》《召南》)之地近于南方,它们不以国名而以地名谓之,证明是《诗经》中的另类,因此有人认为"二《南》"是南方最早的诗歌"(刘师培《南北文学不同论》)。
③ 胡兆量等编著:《中国文化地理概述》"语言、文学和艺术的区域差异",北京大学出版社,2006 年。
④ 梁启超:《中国古代思潮》,转引自陈序经《中国南北文化观》,台湾牧童出版社,1976 年,第 33 页。
⑤ 刘师培:《南北文学不同论》《刘师培中古文学论集》,中国社会科学出版社,1997 年,第 260 ~ 261 页。

之楚声,或斥为'南蛮鴃舌'。"(《孟子》)①王国维(1877—1927)先生也看到了南北文学思维与文学风格的差异性:"南人想象力之伟大丰富,胜于北人远甚。……以我中国论,则南方之文化发达较后于北方,则南人之富于想象,亦自然之势也。此南方文学中之诗的特质优于北方文学者也。"②钱穆(1895—1990)先生曾自憾于北方之学的终失其"纯粹"。然而,时代的发展,潮流的变迁,"南学""北学"主要以学言而非尽以人言,那种最具地域文化自觉的学人从事于南北沟通,促使"融合"之势所必至。事实上,从王逸的《楚辞章句》始,就可见其建立起了融合南北文学思想和文学风格的新的各种思想和批评标准。③

当然,海南人陈序经(1903—1967)先生的"南北文化的真谛"一章,④更是纵论一些古今中外关乎中国南北文化观之见解,他着重推荐了两人的南北文化观,其一是明代的海南人丘濬,丘氏指出了中国文化由北向南的发展趋向,同时坚信南方文化与北方文化并驾齐驱;其二是梁启超的论述:"北地苦寒硗瘠,谋生不易,其民族销磨精神,日力以奔走衣食,维持社会,犹恐不给无余裕以驰骛于玄妙之哲理,故其学术思想,常务实际,切人事,贵力行,重经验;南地则反是,其气候和其土地饶,其谋生易,其民族不必惟一身一家之饱暖是忧,故常达观于世界之外,不屑屑于实际,故不重礼法,不拘拘于经验……故其对于北方学派,有吐弃之意,有破坏之心,探玄理,出世界,齐物我,平阶级,轻私爱,厌繁文,明自然,顺本性,此南学之精神也。"⑤而序经先生的观点是,所谓"南北文化的真谛,不外是新旧文化"的差异与冲突,即"中西文化冲撞与融汇",也就是说"新文化的策源地差不多在南方",故"叫它南方文化,有什么不妥"。他从近代政治上的维新运动,到中西交通即商业贸易,新思想的传入,以及广州开中国新城市的纪元和中国人管理下的最西化的城市,再到与新文化运动相关者说起而论道。可见序经先生的理路在于,将西方异质文明的要素,置入他的南北文化差异论中。

我们还看到,陈寅恪(1890—1969)先生的民族文化史研究,其治史方法也有两大特色:一是"以时间、地理、人事之法",从地缘文化的视野出发看中国历史,着眼于中亚诸国间文化关系、"夷夏"文化间关系而展开论述;二是倡导以诗文证史,在史料中开拓了一新的领域,如《元白诗笺论稿》《柳如是别传》等。另外,叶维廉先生也著有《生活空间与文化空间的思索》,崔志远先生则有《乡土文学与地缘文化》一书的问世。王济洲先

---

① 刘师培:《南北文学不同论》《刘师培中古文学论集》,中国社会科学出版社,1997年,第260~261页。
② 王国维:《屈子文学之精神》,载《王国维论学集》,中国社会科学出版社,1997年,第316~317页。
③ 王济洲《王逸和〈楚辞章句〉》,载《文学遗产》,1995年第2期。
④ 陈序经《中国文化的出路》,中国人民大学出版社,2004年,第130~153页。
⑤ 梁启超《中国古代思想》,转引自陈序经《中国文化的出路》,中国人民大学出版社,2000年,第138页。

生在其《呼唤民族性：中国文学特质的多维透视》中，也谈及中国文化的地域差异和南北文学思想的冲突与融合。

我们注意到，在现代中国文学批评史上，众所周知的"京派"与"海派"之争，也是透过地域的亚文化特征来审视创作主体的文学精神及其风格的形成，当然，这背后更是关乎政治与意识形态的较量。沈从文（1902—1988）在其《文学者的态度》①中首先发难，引发了一场"京海论争"，并由此获得了"京派文人"的头衔。他在文中对"海派文学作风"给予猛烈抨击，他抓住"上海风气"的两个主要特征——文学的商业化和文学的政治化。他所不屑的"新海派作者"是那些出于商业利益而追逐时髦的作家，并且指出这种"海派"已不限于地域文化现象，它还有逐渐泛化与扩展成为一种文化流通和传播的普遍方式的趋向，对北方文坛和刊物已产生了影响；同时，他还对"革命文学"为主潮的文学政治化倾向的弊端十分警惕。在后来发表的一篇文章中，更进一步说："大多数青年作家的文章都'差不多'。文章内容差不多，所表现的观念也差不多，……凡事都缺少系统的中国，到这种非有独创性不能存在的文学作品上，恰见出个一元现象，实在不可理解。"因为"是作者太关心'时代'，已走上一条共通必由的大道。说得诚实一点，却是一般作者都不大长进，因为缺少独立识见，只知道追求时髦，所以在作品上把自己完全失去了。"②

苏汶率先应战，写下《文人在上海》一文，为"海派"辩护，并对"京派"的特征进行了分析。而后，鲁迅也参加了进来，著有《"京派"与"海派"》一文。③ 他将"京派"与"海派"的地域空间对立置换成社会身份的对立——"官的帮闲"与"商的帮忙"，以此针砭此类文人。此后，他又发表了《北人与南人》，更是从地域空间对峙的角度去挖掘其空间文化精神的内涵。随后，曹聚仁也应和苏汶和鲁迅，针对"京派文人"落后于时代，感受不到现代化的冲击，而描摹了两派的肖像图，颇有当年斯达尔夫人"南北说"中对法德浪漫主义文学评价的口吻："京派不妨说是古典的，海派也不妨说是浪漫的；京派如大家闺秀，海派则如摩登女郎。倘大家闺秀可嘲笑摩登女郎卖弄风骚，则摩登女郎亦可反唇讥笑大家闺秀为时代落伍。海派文人百无一是，固矣，然穿高跟鞋的摩登女郎，在街头往来，在市场往来，在公园往来，她们总是社会的，和社会相接触的，那些裹着小脚，躲在深闺中的小姐，不当对之有愧色吗？"④最后，杨晦的《京派与海派》一文，面对两派之争，以政治性与历史性话语的高度来作结："在京派挟着'五四'运动余威，威吓海派的时候，正是'五四'运动的精神对于京派的学者作家已经失去'五四'运动的内容，对于他们已经空虚，只剩下一个空壳供他们玩弄或者用一个他们最

---

① 此文发表在 1933 年 10 月 18 日《大公报·文学副刊》第 9 期上。
② 沈从文：《作家间需要一种新运动》，《沈从文批评文集》，珠海出版社，1998 年，第 29 页。
③ 此文发表在 1934 年 1 月 30 日的《申报·自由谈》上，署名为栾廷石，后收入《花边文学》。
④ 曹聚仁：《京派与海派》，载《申报·自由谈》，1934 年 1 月 17 日。

爱用的术语,供他们'欣赏'的时候。换句话说,这时候,他们已经差不多回到了旧日士大夫的路上,捧出旧日士大夫的传统,当作他们新油漆过的招牌了。至于被京派讥嘲的海派,这时候,早随工商业的进步,社会运动的发展,虽然还难免携带着上海滩上的泥沙,虽然还不能不使他们的作品商品化,在市场上找求销路,却已经从滩上的泥沙里拔出脚来,通过所谓文化商场,肩负起文化的使命,奔上社会变革运动的道路。"①这几乎成为后来中国现代文学革命叙事话语理论的"经典"定论,直到新时期以后的今天,这场历史上的论争才逐渐得以公正地评价。黄键的专著《京派文学批评研究》,是有关这段历史及其京派文学批评价值层面有说服力的论著,其观点与本书有关三四十年代中国文坛上"共生现象"说不谋而合。

日本学者也在意艺术的南北差异。东山魁夷在《南与北》一文中,也观察到绘画艺术的南与北两种风格的迥异并指出他们具有以下一些症候:南方似一个"圆柔的球体",具有柔性与弹性,同时又不失"综合性的,安定的,肯定生存的"品性,体现出一种浪漫的、理想的追求;北方则是一个"严峻的尖柱形状",这就点出它的刚毅与不妥协,所以"北方是分析性的,动荡的,对生存持否定倾向的"也就是说它具有理性的、批判性的风格特征。可以看出东山魁夷的"南北"一说并非遵循地理的物理空间来划分,而是从文化地理学或人文地理的视角之诸元素——地质、气候、时代等来考察其对各民族生活及其文化带来的影响。具体而言,他指出了爱琴海地区明朗的生命感和美索不达米亚文化的严峻感体现了南北艺术精神的各异;古希腊的人文主义和禁欲的基督教体现了鲜明的南北艺术精神向度;西班牙和佛兰德在地理位置和绘画艺术风格上也同样体现出南北风格的差异。此外,他还敏锐地觉察到中国的艺术整体感受是严峻的、北方式的,日本的艺术则类似于典雅的南方。最后,他总结到南北的问题实则是个人的精神气度问题。正如作为北欧人的梵·高,虽然住在南方,但他的绘画气质体现的是北方的热情;高更在海岛上创作的作品也不能单纯地认为都是南方性质。同样根植于日本的文化土壤之上,岸田刘生、大观、御舟是北方的,而满谷四郎、紫红、麦倦则属于南方。可见,作品的南北气质与作家本人的倾向有关,南方与北方风格的划分也不是绝对的、静止的,有时二者也体现一定的相对性和运动性。②

二、从文体空间到媒介空间:中法诗学的汇通

法国的现代文学艺术的空间意识,经历了从诗歌、绘画与音乐到小说,即从单一艺术门类走向寻求跨艺术门类的共同艺术规律的美学思考过程。作为诗歌大国,诗学理论的空间意识主要建立在通感、想象力、意境和空白论上。现代主义诗歌之父的

---

① 杨晦:《杨晦论文集》,北京大学出版社,1985年,第225页。
② 宋健林:《缪斯的沉迷——世界艺术名家传世精品》,改革出版社,1999年,第205页。

波德莱尔使诗歌的想象进入了"内心深渊"的潜意识状态,他让自然界与心灵的"森林"相应和,让我们的视觉、听觉、嗅觉、味觉和触觉相互渗透、转移,从而产生异样而全新的生命体验,创造了与自然相"契合"的超自然的理想世界。而马拉美、兰波则是在词语的感知世界里,拓展语言的表现空间,其"空白论"使虚与实、绝对与偶然、现象与本质、现实与超越达至对立统一的境界。从马拉美到瓦雷里都是主张诗人应该学习哲学,从而使其诗作充盈着哲学的意蕴与高度,同时,又从音乐、绘画、宗教、语言学等领域中广泛汲取营养,使其不同艺术门类打通,从而拓展诗歌艺术的表现空间。而普鲁斯特则从另一种文体方向,开创了现代小说的空间美学形态——"意识流"小说的跨越时空的蒙太奇叙事手法。对此,我们在第三章中就以"空间诗学"为名做有专题论述。普氏颠覆了传统的真实观,他的"非自主的记忆"展示了潜意识的空间化叙事,这一时间诗学的革命,是对传统的现实主义叙事的超越,而这样的表现方式和诗学观念,是与柏格森直觉主义理论和"绵延"学说,有着共同的现代美学品质。我们看到,后来的巴什拉的"空间诗学"也是将艺术的真实赋予了现象学美学的观照,他让意识与潜意识贯穿诗与意境的全身,让观念融入"元素诗学"和"梦想的斜坡"。

法国文学的空间理论是极为丰富的,一方面主要凸显在诗歌的通感与意境和小说"意识流"超时空的多元空间形态上,另一方面也表现在对绘画和音乐艺术的高度关注上。逆源而上,法国现代文艺理论的古典源头可追溯及文字复兴时期与法国关系密切晚年定居法国的意大利画家、科学家达芬奇那里。在其《画论》,《笔记》中特别探讨了诗与绘画及音乐艺术间的区隔。在《笔记》中他指出,诗用文字再现形状和景致,画家却直接用事物的准确形象来再造它们;绘画在效用和美方面都远胜于诗,绘画所产生的快感也远胜于诗。另外,在其《画论》中他认为,诗人在描述无形物体方面不及音乐家,因为诗人无法同时叙述不同的事物,达到声乐的和谐。[①] 18世纪,杜·博斯神父曾著有《关于诗和绘画的批评思考》(1719)。卢梭在其《论语言的起源》中,就从审美的角度,对绘画与音乐的语言色彩做了比较和剖析。而狄德罗则写下了《绘画论》(在前面第三章第一节中我们已有论述)。19世纪上半叶,浪漫主义文学的重要代表夏多布里昂,在其名著《基督教的真谛》(1802)中的第三部分"美术与文学"中,对音乐、绘画、雕刻和哥特式的教堂建筑加以评说、论证"基督教的和谐",以此表明基督教诗意的美。我们还看到,对启蒙运动的敬仰和对卢梭的崇拜,以及旅居意大利7年的经历,19世纪上半叶文学主将之一的司汤达,通过对意大利民族革命运动以及文学、音乐与绘画的关注,表达其文学理想和艺术见解。他首先以音乐家评传《海顿、莫扎特、梅达斯泰斯的生平》(1815)登上文坛,后来还出版了传记作品《罗西尼的一生》(1825)。当然更重要的是他那部著名的文论《拉辛与莎士比亚》,其

[①] 宋健林:《缪斯的沉迷——世界艺术名家传世精品》,改革出版社,1999年,第107页。

中就专门论述了《美术中的浪漫主义》。此外他还写下了另一部关于意大利艺术的著作——《意大利绘画史》(1817)，当然包括那篇著名的"导言"，在文中他分析了意大利近代绘画艺术诞生的土壤和条件，他从共和精神、公共舆论、宗教的作用、财富积累与商业贸易、国王的统治与对新兴艺术的保护等角度展开论述。由此诸种因素，造就了 15-16 世纪意大利绘画艺术的辉煌。有趣的是，在 20 世纪"意识批评"的健将让-皮埃尔·理查那里，发现和阐释了司汤达文学作品中绘画和音乐的元素及其所构筑的艺术世界和审美的穿透力。在此暂且不表，后面将要论及。当然，19 世纪还有一部享誉世界的文化艺术史家和批评家泰纳所著的《艺术哲学》，更是展示了艺术（绘画、雕塑、建筑、音乐）与文学的差异与交汇，纵论了艺术品的生成条件与本质和艺术中的理想以及欧洲艺术发展的进程。泰纳以种族、环境与时代为圭臬，强调艺术品中民族气质表现的重要性，他说在绘画中勾勒出一个民族的肉体结构与本能，其作用如同文学中表达一个民族形象的精神倾向和文化结构一样重要，达到殊途同归之妙效。他的"艺术中的理想"，一方面在艺术价值的道德层面表现为"我们最钦佩的是为大众服务的精神、爱国心、一切高尚的美德、诚实、正直、荣誉感、牺牲精神、为一切高瞻远瞩的世界观献身的名义之下，发展人类的文明"；另一方面也重视媒介（材料）特征的重要性。因为它决定了不同艺术表现的类型。他指出："不少英国画家的天赋都画意极少而文学意味极重，他们在肉身上只看到人的精神；色彩、素描、人体的真实性与美丽在他们作品中都居于次要地位。"他还说："他们不用画家的观点，而用历史家的观点，指出一个人物、一个时代的道德意识……用考古和心理学的材料组成的作品，只诉之于考古学家，而将好奇的人与哲学家排斥在外，充其量起着讽刺诗和戏剧的作用，于是，要么绘画侵入了文学的范围，或者更准确地说，文学侵入了绘画。"在他看来，媒介的特性才是关键，一件造型艺术的作品，它的美首先在于造型的美，任何一种艺术，一旦放弃它所特有的引人入胜的方法，而借用别的艺术的方法，必然降低自己的价值。他强调人体外部的细节是调和雕塑家和画家的宝库，正如心灵是戏剧家与小说家的宝库。他说："色彩之于形象犹如伴奏之于歌词，不但如此，有时色彩仅是歌词，而形象仅是伴奏；色彩从附属品已变为主体。"同时他也关注各艺术门类的流变和不同媒体艺术的相互渗透，他用一句话就轻松带出：艺术家不过是一个有才华的、有趣的、时髦的即兴画家，正当大家不再重视肉体的力，而转到情感方面的时候，正当音乐兴起的时候，绘画便结束了。至于"渗透"则表现为"一种绘画成功的时候就会跃出绘画的范围，绘画变为一首诗，艺术家所表现的是一种宗教情绪，一些哲理的参悟，一种人生观；他把造型艺术固有的对象——人体牺牲了，他把人体属于了一个观念或者属于艺术的别的因素"①。总之，泰纳的高超就表现在他完美地游走在文学与

---

① 泰纳：《艺术哲学》，傅雷译，安徽文艺出版社，1991 年，第 487 页。

艺术之间、文学史与绘画史之间，他注重一种艺术通观与比较，中心与辐射，或渊源与影响——意大利及古希腊、罗马，同法国及欧洲的艺术关系，最终归结为精神文化要素的结构与生产力上。

在19世纪下半叶，波德莱尔那里留给我们大量的关于绘画艺术和音乐的精彩论述，他从浪漫主义及其象征主义的审美中，比较了法国浪漫主义绘画大师德拉克洛瓦和浪漫主义文坛领袖雨果之异同。他分别在《1846年的沙龙》和《1859年的沙龙》中，论及了几大主题：一、"论德拉克洛瓦"，二、"论色彩"，三、"论肖像画"，四、"论风景画以及宗教画、历史画和雕塑"。另外他还发表了关于法国漫画家和外国漫画家等多篇文章。① 而他在谈及瓦格纳音乐的革命性时，②一方面将瓦氏音乐的成功和魅力的价值，视作如同雨果的戏剧和德拉克洛瓦的绘画在法国所取得的划时代意义一样；另一方面，他还指出了这位艺术家身上的艺术特质——以一种双重的方式，即诗的方式和音乐的方式来思想，因为"在两种艺术中，一种艺术开始活动的地方，正是另一种艺术达到极限的地方"，③因此，在引导艺术革命上，瓦格纳当之无愧，特别是他关于《音乐的信》，使其成了集诗人、音乐家和批评家为一身的大家，于是音乐家的瓦格纳通向了艺术哲学家的大道："瓦格纳通过运用一种以完全出乎意料的方式成功地扩大了音乐的王国和抱负，并使它具有道德和精神的意义……他用旋律画出了他的人物的性格及其内在的激情。他强迫我们的沉思和记忆进行如此持久的活动，仅仅通过这一点就使音乐的行动脱离了朦胧的感动的领域，在它的魅力上，增加了某些精神的快乐。"④在他论说德拉克洛瓦的绘画艺术时，指出这一"神奇的成就，依靠的绝不是怪相、精细和方法上的取巧，而是整体性色彩、主题和素描之间的深刻全面的协调以及他的人物的激动人心的手势……他的色彩的这种协调常常使人想到和声与旋律，他的画给人的印象往往是近乎音乐的"。那么，德氏的绘画意味着什么呢？它说明了那个世纪的忧郁和热情，它表现了一种超自然主义，换句话说"要是去掉他，就等于去掉了一个观念和感觉的世界，历史的链条就会出现一个过大的空白"。⑤ 这也意味着德氏本质上就是文学的，或者说他"像一切大师一样，是学问（即一个全面的画家）和率真（即一个全面的人）的令人赞叹的混合"。

---

① （法）波德莱尔：《波德莱尔美学论文选》，郭宏安译，人民文学出版社，1987年。
② 《理查·瓦格纳和〈汤豪舍〉在巴黎》，载《波德莱尔美学论文选》，郭宏安译，人民文学出版社，1987年，第551~574页。
③ （法）波德莱尔：《理查·瓦格纳和〈汤豪舍〉在巴黎》，《波德莱尔美学论文选》，郭宏安译，人民文学出版社，1987年，第560页。
④ （法）波德莱尔：《理查·瓦格纳和〈汤豪舍〉在巴黎》，《波德莱尔美学论文选》，郭宏安译，人民文学出版社，1987年，第574页。
⑤ （法）波德莱尔：《欧仁·德拉克洛瓦》，载《波德莱尔美学论文选》，郭宏安译，人民文学出版社，1987年，第382页。

进入20世纪,法国文学空间理论的河床更是呈现出一派波澜壮阔的景象,"意识批评"流派的健将让－皮埃尔·理查,就有两部著作(《文学与感觉:司汤达与福楼拜》1954和《夏多布里昂的风景画》1967)生动地阐释了文学空间里绘画与音乐元素的力量及其审美作用。在前部论著中理查认为:一、司汤达及其文学作品意识的世界即感觉世界,在人与物的边缘打通内在性与外在性,他看到"司汤达在让他的主人公走上温情之路时,发现了这些难易察觉的魅力:绘画和音乐通过模糊和抑扬,使司汤达懂得渐进真理的演化过程。戏剧远不是在连接,而是在并列和分割,正如他喜欢雕塑一样,司汤达热爱过分的和凝固的真实"①。二、司汤达拒绝这种世界的单调、冷漠即概念的世界,他说,科学可能导致千篇一律,导致厌倦,因此认识的胜利伴随着新奇的欠缺。人们付出巨大的努力,在模糊的领域中征服了这个世界。那么怎样躲避这种知识的厄运呢?第一种方法当然可以毁掉"知识",因为一种明智的和有意识的"无知"的策略,它可能拯救了多样化和未来的兴趣,这个策略实际上就是靠艺术领域来实现的,所以在他看来,观察事物而不去认识它们,享用它们而不去穷尽它们,这就等于想象。想象防止软弱无力的认识。三、司汤达尤其想通过美术的经验解决或至少缓解割裂着他的矛盾,美术对于他也不仅仅只是扩展了雄心、科学或爱情,对他来说艺术的享受是一种特有的经历,因为他使司汤达重新并且极其清晰地面对他的基本问题,它又使司汤达得以给这个问题找出某种珍贵的内在的答案。于是,在小说创作中,司汤达首先大刀阔斧地勾勒出主线,也就是他称之为"肌腱"的东西,然后下一步再来磨平棱角、装扮点缀。因为对一切躯体来讲,首先要有一副骨骼,那么司汤达所钟爱的画家是怎么做的呢?他们要使僵硬的外形变得柔和,剔除画面上的平庸,感化一个仍然凝固着的世界。在他看来,"表现力就是整个艺术"——只有表达的要求区别着必要的和最不必要的东西。绘画开辟了渐次地把现实的心灵和目光引向想象,把具体细部引向朦胧和梦幻中的投影的道路。因此,任何一幅动人的画都像伟大的爱情一样,应当是推动人们从现实走向想象,从平坦向纵深发展,鼓励人们去漫游。四、音乐是一种温柔的绘画,完美干冷的性格是不能理解它的。音乐起始之处,正是绘画终止之地。如果说绘画是赋予想象的,多愁善感,对于准确性的一次渐进的征服;那么音乐一开始便把我们置身于完全的不确定之中,音乐并不表示任何明确的实在。正如司汤达所言,音乐只是自身的激情,它启发人们模糊的想象或是诗人回忆起昔日的幸福。同音响相比,歌词起的作用,类似在绘画中素描与色彩相较所起的作用,它对歌曲起限制作用,赋予它准确性,同样也限定它的外在意义。乐曲担负着表达歌词的责任,同样歌词阐释着音乐,一首曲调的意义,就是从这两个对立因素的争

---

① (法)让－皮埃尔·理查:《文学与感觉:司汤达与福楼拜》,顾嘉琛译,生活·读书·新知三联书店,1992年,第39页。

斗中脱颖而出:歌词将音乐拉向清晰的表达,而乐曲却将它挽留在模糊的启迪中。音乐能同时是模糊的,又是精确的,因为它旨在表现细腻之处,即运动中的细节,在音乐中对融合的爱好和对区分的渴求得到了调和。司汤达的内心,正是分享这两个方面。司汤达认为音乐的巨大魅力在于它那不可逆转的性质,它迫使听众向前看,而不是向后看。在音乐中有一种展望式的涌现,一股即兴的力量,一种自由的威力,它们总是推动听众向着彼岸的前景,使听众处在一种永久的活力之中。所以画家和音乐家,正是通过给我们的感官准备新奇的东西,为我们创造新的观察和理解方法,使我们陶醉。正是在此意义上,司汤达的经验,在今天还如此富有教义和新鲜感,因为它坚持不渝地拒绝按逻辑进行重建,拒绝给出抽象的定义。

而在欧美影响颇大的"新托马斯主义"的领军人物,法国著名哲学家、美学家和文艺家马利坦在其名著《艺术与诗中的创造性直觉》(1953)中,着力论述了"艺术"与"诗"的区别与不可分割性,中心问题关乎创造性直觉即诗性直觉以及诗性经验、诗性意义的探讨。他特别关注绘画与诗之间的创造性直觉,现代诗与音乐的内在化和诗性经验——作曲家、画家与诗人的禀性。他的这种诗性认识使我们把上至卢梭、狄德罗、波德莱尔、瓦雷里,下至巴什拉、让-皮埃尔·理查、加洛蒂、巴特、利奥塔等法国文论家们关于诗歌、绘画、音乐及艺术与诗的美学思考连接起来。另外,更让我们关注的是马氏特别推崇中国传统的诗性经验,[①]他还比较了东方艺术(中国艺术和印度艺术)同希腊艺术的异同,他说中国艺术专注于事物,但未成为事物的俘虏,相反却俘虏了事物,并赋予他们的生命和运动形式。他举中国古代画家谢赫绘画"六法"为例,第一法是让生命力表现艺术家在事物中所捕获的独特的精神共鸣,第二法是如果表现骨架的画法在全部技法中最为重要,达到了创作画的程度,好比一条笔迹,那是因为这些生动而活泼的画痕,表达了在事物中所顿悟到的生命的运动和它的结构的和谐。同时,他还说中国艺术区别于印度艺术的一个特征是"对于时空的淡漠",这使得中国画特别近似于音乐,在音乐中休止符像声音一样特别重要。此外,他还说,东方艺术家的个性在事物中被忘却和被丧失的越多,他在作品中被呈现和被复兴的也就越多。东方艺术是西方的个人主义的对立物,它绝不谈及"我"。东方艺术主要朝向群体,主要表达超自然的内容。当然,这般关于诗与艺术的真知灼见,在本书第三章中所观照过的法国现实主义诗学里也令人瞩目,加洛蒂对毕加索的现代绘画艺术与现实的话语意义,圣琼-佩斯的诗与音乐和思想的内在一致性都进行了哲学的、美学的和社会学的思考与打通,如他所言:"诗人在人的边界上作证,似乎它是存在的本身的声音,'这是一首从未唱过的海之歌,是我们身上的海将它歌唱'。"这使得佩

[①] (法)马利坦:《艺术与诗中的创造性直觉》,刘有元等译,生活·读书·新知三联书店 1992年,第198页。

斯作品里音乐和思想的这种特殊的类似性,把一种独特的风格和一种生动倾注给了我们。

我们还看到存在主义文学大师萨特,也关注绘画与雕塑的空间意识与艺术生命,他探讨了艺术创作与审美中的距离感问题。在论及《贾科梅蒂的绘画》一文中,他首先抓住了"距离"在绘画艺术创作及其审美中的这一关键点,说到"距离并不是一种随意的隔开,甚至也不是退缩。它是一种被环境、礼节和对困难的认可所需要的东西。它又是吸引力和排斥力的产物……贾科梅蒂从一种充盈的实体中创造着真空……雕塑品本身已经决定了观众在欣赏时所必需的距离……距离空间形成于客观情势之中……'虚无'是世界万物之间的普遍距离……真空永远先于其客观对象之前而存在,除非它为屏障所隔"①。其实在他早期的现象学研究初始阶段的成果《想象》中,就批判了柏格森和泰纳的把影像视为物的观点,他要避开形而上学的难题,去探讨物质如何获得形式,感觉的被动性是如何被精神的自发性发动的。他认为:"单靠物质是不能区分影像和知觉的,一切都取决于这种物质活跃化的样式,也就是说取决于在意识最内在的结构中活动生命的形式。"②按胡塞尔的说法,意向对象的本质归结到意向活动意识的本质。于是,影像只有在它自己本身就是综合而非成分的情况下,才能进入意识流。当然影像是某种类型的意识,影像是一种活动,而非一个物。影像是对某物的意识。萨特借贾氏之口还说道:"空间是一种剩余品,这个剩余品是把多种因素并列起来的共存体……雕塑就是从空间中修剪多余的东西,使它高度精练,并从它的整个外形中提取精要。"③另外值得一提的是:"五百年以来,画家们已经把他们的画布填充到爆满的地步……贾科梅蒂则是通过把世界赶出自己画布而开始他的艺术生涯的……贾科梅蒂的每一幅画都使我们回到虚无这一创造的时刻。"④这同中国绘画与书法艺术中讲究虚实关系——"知白守黑"或曰"计白当黑"即一种以虚为实的空间美学追求是不谋而合的。最后萨特的结论是:"通过反叛古典主义,贾科梅蒂使自己的雕塑品恢复了一种想象的、不可分的空间。他对相对性的明确认可已经呈现出绝对。这个事实表明,他是首先按照自己看到的——从一定距离上看到的那样去塑造人物的。他授予自己的塑像以绝对距离的称号,就如同他作为一名画家时赋予自己油画中的人物以绝对距离一样。"⑤由此他跃进了幻想的王国,实现了艺术的解放。令人高兴的是,继萨特之后,当代旅法画家程抱一、赵无极将中国古代

---

① (美)韦德·巴斯金编:《萨特论艺术》,冯黎明等译,上海人民美术出版社,1996年,第47~49页。
② (法)让-保罗·萨特:《想象》,杜小真译,上海译文出版社,2008年,第111页。
③ (美)韦德·巴斯金编:《萨特论艺术》,冯黎明等译,上海人民美术出版社,1996年,第84页。
④ (美)韦德·巴斯金编:《萨特论艺术》,冯黎明等译,上海人民美术出版社,1996年,第50页。
⑤ (美)韦德·巴斯金编:《萨特论艺术》,冯黎明等译,上海人民美术出版社,1996年,第86页。

书法、绘画艺术的美学观及其蕴含的空间审美意识引入到法国,激起了中法艺术界与美学界的共鸣,稍后我们将涉及这一话题。

另一位与萨特相关联的重要的现象主义哲学家梅洛-庞蒂,把胡塞尔海德格尔化,使其哲学成为一种感性的哲学,一种感性的诗学。在他看来,文学艺术的探索与哲学的探索在方向上大体一致,因此把文学艺术作为他身体现象学的绝佳例子。后来他进而认为文学艺术不再是哲学主题的工具,他们自身就成了哲学的形式。他的文学和哲学思考集中体现在《塞尚的疑惑》和《眼与心》及《散文世界》里。他指出塞尚的绘画告诉我们的是知觉的统一性,进而还有世界的统一性。世界不过是与我的身体和别的身体具有相同性质的东西,它展现的因此不是主体与客体之间的单向的认知关系,而是人与自然之间的"可逆的"艺术关系。因此他在《眼与心》阐发了身体是心灵诞生的空间和其他所有现有空间的"模子"。于是给出艺术显示在画家和可见者之间。①其实庞氏的空间诗学,从知觉经验出发,通过绘画艺术的双向交互性,揭示了人与自然,与他人,与世界的关系问题,他有关绘画的理论不过是其《知觉现象学》的"艺术品"而已。

对空间意识的审美文化的意蕴的探讨,在后现代文论家那里也不乏其人。罗兰·巴特(1915—1980)就对媒介艺术十分关注,他从符号学与美学的角度去探秘和解码照片、绘画、音乐及其形体艺术。他写下了《绘画是一种言语活动吗?》《图像修辞学》《音乐、嗓音、语言》以及《雷吉肖和他的身体》和《狄德罗、布莱希特、爱森斯坦》等篇章。② 在《狄德罗》一文中,巴氏从"狄德罗的整个美学体系是建立在对于戏剧场面与绘画的同一识别之基础上"谈起,"完美的剧本是绘画的延续","画面(绘画画面、戏剧画面、文学画面)是一种纯粹的切划,它在将其全部的无名称的周围情况都压抑到虚无之中,并将一切它使之进入其范围的东西都显露出本质、得到明确阐释、被人理解"。接着,他进入到布莱希特的戏剧和爱森斯坦的电影世界,指出他俩的"构图"已脱离剧本,并且看到形象的"部分器官"游离的情况,由此而演绎出作品的抽象意义。于是,这样的切划就与狄德罗的整一性有了差异。最后,巴氏总结道:"在戏曲、电影和传统的文学中,事物总是被从某个地方看到,这便是表演的几何基础:必须有一个可崇拜的主题以便切划画面。而它的起源根由一直就是法则:社会法则、自然法则、意义法则。从此,任何战斗艺术便只能是再现性的,符合法则的。为了使再现真正地摆脱起源并超越其任何本质而继续是再现,需要付出的代价是很昂贵的:比死还不如。"③这样,爱森斯坦、布莱希特便与狄德罗汇合在一起。然而巴氏提出的问题

---

① 杨大春:《杨大春讲梅洛-庞蒂》,北京大学出版社,2005年,第139页。
② (法)罗兰·巴特:《显义与晦义——批评文集之三》,怀宇译,百花文艺出版社,2005年。
③ (法)罗兰·巴特:《显义与晦义——批评文集之三》,怀宇译,百花文艺出版社,2005年,第98页。

是:"在一个尚未找到自己歇息之处的社会里,艺术怎样才可以停止是玄学的呢? 也就是说,艺术怎样才可以是蕴含的、可读的、再现的呢?"显然,巴氏是站在后现代的立场上,对传统的经典美学的一种质疑。于是,巴特以其特有的眼光看到"帕拉斯剧院不是一个普通的企业,而是一部作品,那些参加过对其构想的人,都理所当然地是艺术家"。这与普氏的《追忆》有异曲同工之妙,现代艺术就是关于它自身的创造,一种"文化的虚构物的魅力"①。另外,巴氏对卓别林喜剧电影的评论还格外引起我们的注意。他的视点已穿透了符号的表征,直逼影像背后的意识形态话语意义。在他看来,《摩登时代》触及了无产阶级主题:"卓别林呈现的是一种原始的无产阶级,置身于革命之外,使得后者的表现力量极具震撼,没有哪一个社会主义者的作品,能够将工人阶级的屈辱情境表现得如此淋漓尽致而又宽容。"他强调说:"卓别林主角才能战胜一切:因为他逃避一切,他回避任何一种隐名合伙人,而且除了自己决不在任何人身上投资任何东西。他的无政府心态,在政治层面上是可以公诸讨论的,这或许正代表艺术领域里最有效的革命形式吧。"②

另一位后现代论者利奥塔(1924—1998)则有《崇高之后,美学的状况》,文中探讨了绘画、音乐及其语言艺术的物质性与写作的美学。另外,他还有一篇《保存与色彩》的精彩篇章,在文中他特别提及两位对法国现代文学颇有影响力的人物:一位是对现代绘画艺术及其美学观有重要影响的狄德罗,说"他以文字打开画面,像打开展览馆之门。就像在展览馆里一样,不仅仅眼睛而且整个身体都动起来了,不仅仅在色彩的面前,而且置身其中。每一幅幻景般掠过的风景都是一个'自然'的展示"③。所以,狄氏的画论④的革命性贡献就是消解了或淡化了"自然与文化(大自然其实也是一座色彩陈列馆)之间、现实与形象之间、立体与平面之间的对立"⑤。这显然不是所谓的现实主义的模仿说或再现说能包含得了的,这是利氏后现代审美观视角的一种现代性置换,因为利氏还看出了:"在将自然风景当作展品的同时,狄德罗作了相反的暗示——展览就是风景。"⑥这就是对后现代的拼贴与文本互文性观念的诠释。另一位被他提及的则是深受17世纪画家德·凡尔梅(1632—1675)绘画影响的现代"意识流"小说家普鲁斯特。这里我们看到作为一种门类艺术的法国绘画,对作为语言艺术的小说的影响和启示,因为正是画家凡尔梅的"一块黄色就可能中断马赛尔的意愿和情节",这是一种"灵魂"的中断,即一种颜色的思想的作用的结果。另外,在文中利

---

① (法)罗兰·巴特:《罗兰·巴特自述》,怀宇译,百花文艺出版社,2002年,第256、257页。
② 引自《贫苦阶级与无产阶级》,载(法)罗兰·巴特:《神话:大众文化诠释》,许蔷蔷等译,上海人民出版社,1999年,第37~38页。
③ (法)利奥塔:《非人——时间漫谈》,罗国祥译,商务印书馆,2000年,第164页。
④ 详见狄德罗1767年的《沙龙随笔》,应《文学通讯》而写的画评。
⑤ (法)利奥塔:《非人——时间漫谈》,罗国祥译,商务印书馆,2000年,第164页。
⑥ (法)利奥塔:《非人——时间漫谈》,罗国祥译,商务印书馆,2000年,第164页。

氏更进一步在绘画的空间、陈列的空间、文化的空间之间,保持和延续着与自我的对话,即一种保存、记忆的文化学层面的思考。

最后,就法国文学空间理论的丰富性,还应强调其第三方面的维度,那就是梅洛-庞蒂、巴什拉①、布朗肖②和让-皮埃尔·理查们意义上的空间诗学,它融合了科学性、哲学性、文学性与美学性的视域,让诗学成为科学精神与文学精神的结晶,如巴什拉所言:"哲学能期待的是诗学与科学互为补充。"这样的空间诗学,呈现出来的是哲学与文学在最初行动中的深刻的相似性,是文学的文学,意识的意识,在著作以内有存在,在存在以内有世界。在这样的空间里,物的中心即精神的中心,内在性和外在性在它们进行交流的场所相互渗透。在法国现代诗学的生成中,在这一军团的行列里,当然还有像朗松以及后现代的大家们如福柯、德里达、利奥塔、布尔迪厄和鲍德里亚等这样的一班耕耘者们的贡献。这就使得语言的空间转向了话语、知识与权力的构成主义的历史语境主宰的文化诗学范型的空间。其中尤为经典的是福柯通过一幅西班牙画师之油画——《侍女》,形象地阐释了"表征"理论及其新型的主体间性观念。画作中的公主似乎是画面的中心和"主体",但真正被画家所画之人——国王和王后,却缺席于画面之中,他们的缺席通过镜子中的映像被间接地表征出来。由此,福柯论证道,此画的意义产生于出席者和缺席者的复杂交互作用中。观者对画的理解,取决于其所置身的位置,是从画外观看或是进入画中观看。两个位置实则对应着两种绘画叙事的模式,这就使得观者在两个"主体"间徘徊,绘画的空间和意义不再确定和绝对,而是处于悬而未决的状态。最后,福柯认为,画面的组合,即画中表征的话语,为了使自身具有意义域,其实已经为观画者潜在的设定了一个画外主体—位置,只有从这个主体—位置出发,画作才能被正确的理解。③

再看中国,则不仅在文学空间领域,而且在媒介空间领域同样表现非凡。就古代文学的空间表达而言,紧扣"情"与"意境"这两大核心概念,从魏晋南北朝表现出"文的自觉"的开始,曹丕的《典论·论文》中,就以"文以气为主"开篇,钟嵘的《诗品》将诗提升到至尊的地位:"气之动物,物之感人,故摇荡性情,形诸舞咏。"于是,"动天地,感鬼神,莫近于诗"。而中国古代文论的集大成者刘勰的《文心雕龙》,一方面从天、地、人的宇宙观与自然观来看意象的生成(《原道》);另一方面又从阴阳相生与通感来看意象的生成:"春秋代序,阴阳惨舒,物色之动,心亦摇焉。""物色相召,人谁获安?""岁有其物,物有其容;情以物迁,辞以情发。""况清风与明月同夜,白日与春林共朝哉!是以诗人感物,联类不穷。流连万象之际,沈吟视听之区;写气图貌,既随物

---

① 详见本书第三章第一节第二部分,巴氏在有关"空间诗学"里的论述。
② (法)莫里斯-布朗肖:《文学空间》,顾嘉琛译,商务印书馆,2003年。
③ 斯图尔特·霍尔编:《表征——文化表象与意指实践》,徐亮、陆兴华译,商务印书馆,2003年,第50~61页。

以宛转;属采附声,亦与心而徘徊。"(《物色》)进而更直接论及诗歌意境的是王昌龄,他提出了物境、情境、意境的"三境说"。接着,司空图在其《诗品》中指出了诗歌中的美(风景),是这幅"风景"和静观它的人之间的神遇,即一个过程和一种相遇的结果。正如他在写给朋友的书信中所言:"戴容州云:'诗家之景,如蓝田日暖,良玉生烟,可望而不可置于眉睫之前也。'象外之象,景外之景,岂容易可谭哉。"这一"景外之景"就是"外师造化,中得心源",也就是冲虚之气。而严羽的"韵外之致"更使意境得以照亮:"夫诗有别材,非关书也;诗有别趣,非关理也。""所谓不涉理路,不落言筌者,上也。诗者,吟咏情性也。盛唐诸人惟在兴趣,羚羊挂角,无迹可求。故其妙处透彻玲珑,不可凑泊,如空中之音,相中之色,水中之月,镜中之象,言有尽而意无穷。"(《沧浪诗话》)到了现代美学的先驱者王国维那里,他提出:"词以境界为最上。有境界则自成高格,自有名句。有有我之境,有无我之境。""有我之境,以我观物,故物皆著我之色彩。无我之境,以物观物,故不知何者为我,何者为物。无我之境,人惟于静中得之;有我之境,于由动之静时得之。"(《人间词话》)

  "五四"以后,现代文论家们在建构文学理论空间里面,将古代传统理论资源与西方理论资源结合起来,古为今用,中西互证,像宗白华的《论艺境》、朱光潜的审美"移情说""感通说",以及其后的钱钟书的《通感》都使中国的艺境论和通感理论毫不逊色于法国,并且由诗之思位移到了画之思。在此,我们要特别提及朱光潜先生,他从文学的空间层面,到艺术门类的戏剧,以至诗文乐画,纵横驰骋,思接万千。就文学层面而论,在文体上,他分别就对话体、书信体、日记体等的发展变化与特征作了中西比较与梳理。如他的《谈对话体》一文,第一次从文体学的角度,对中国文章中的对话现象进行了理论探讨,并从中西对话体的不同特点,谈到中西文章的不同形态,进而说明了中西思想方式的相异之处。同时,他还用对话体的形式撰写了《诗的实质与形式》《法朗士和布吕纳介的对话》等文章。关于书信体,他梳理了"书牍"之别及其历史,并指出中国书牍的风格呈三种类型——古文派、骈俪派和帖札派,而最家常亲切且最能尽书牍功用的当推后一派;同时,还从中西之间进行比较,指出现当代书信体小说的出现,完全是受西方影响后产生的。另外,在现代文学史上,朱先生还是第一个从中西比较的角度,写下了《日记》一文,并对日记的起源、特点、价值等问题作了理论描述,指出:"在西方,纯粹个人的日记最早起源于文艺复兴时期,法国两部当时的日记都不知作者的姓名,一部的作者是一位牧师,另一部的标题是《一位巴黎市民的日记》。"而"在中国,找遍《四库全书》都没有'日记'一目,可见直到清朝乾隆年间,人们仍认为日记没有什么流传价值。日记在中国的印行已是清朝中晚期的事了"。并说,正如书信曾对近代小说产生很大影响一样,日记也对近代小说的演讲起到了较大的推动作用。① 总之,他强调文体是一个涉及社会学、心理学、文艺学等诸多方面的综合研究课题。他对"对话体"的张扬,意在强调尊重不同观点,开展百家争鸣的必要;对书信体和日记的分析,意在宣传直抒胸臆,明快清新的、家常亲切的风格;至于论及戏剧,朱先生早在1933年春就用英文撰写了《悲剧心理学》,这也是他的博士学位论文,他特别分析了中印诸民族戏剧发展与西方戏剧发展的不同道路。尤其就中国为什么没有产生悲剧的原因作了考察。当然值得商榷的是,他用西方悲剧理论的标准来衡量中国戏剧,是有失偏颇的。

中国的诗画理论尤为发达。前面第三章我们已谈及过了宗白华的艺术空间理论及艺境理论。下面我们着重谈一下朱光潜先生。他在其《诗论》中分别探讨了诗与散文、诗与音乐、诗与绘画的异同,指出"诗与散文的分别不能单从形式上见出,也不能单从内容上见出,而是同时在形式和内容上见出"。而"诗与乐,虽然它们都用声音,但区别在于音乐只用声音,它所用的声音只有节奏与和谐两个纯形式的成分;诗所用的声音是语言的声音,而语言的声音都必须伴有意义。诗不能无意义,而音乐除较低级的'标题音乐'外,无意义可言"。② 另外,诗与乐虽然都表现情绪,但音乐表现的情绪是抽象的,诗歌表现的情绪由于受语言意义的影响,多是具体的。他还以崔颢的古诗《黄鹤楼》为例,特别指出诗歌虽然注重声律的音乐美,但它既以语言为媒介就不能不注意语言的特性,不能离开语言所表现的意义和情感去讲声音节奏。而关于诗画问题的探讨,朱先生首先指出莱辛对诗画特质的讨论存在明显不足:其一是莱辛的立论依据没有脱离西方传统的"艺术及模仿"的窠臼;其二是莱氏只注意到作品与媒介和材料的关系,而对于作品和作者的关系则语焉不详。他认为随着近代艺术的发展,诗画都是向抒情与写意方面延伸。"画家用色彩而能产生语言声音的效果,诗人用语言声音而能产生形色的效果。"③此外,朱先生结合中国传统文论和中国画实际,对莱辛的"画宜于描绘物体,诗宜于叙述动作"的理论作了重要补正。可见,他对中西两种文化和艺术都了然于心,且自觉融汇中西,从而探讨跨越中西文化的共同艺术规律。

朱自清先生也有《逼真与如画》一文的探讨。钱钟书先生还在30年代写下了《中国诗与中国画》一文,虽然他对中国古代"诗画一律"持否定态度,但他对艺境与通感作为中国艺术的精髓是不否认的,而且有贯通古今中外的深入的阐发。于是,在他的《七缀集》里,我们看到他同时收录了《中国诗与中国画》《通感》等谈艺的文章。其实,在中国的现代新诗创作与文论中,郭沫若较早谈及诗歌、音乐和绘画之关系,他从音乐、诗歌、舞蹈同出一源(《文艺论集·文学的本质》1925)到诗歌与音乐的区别

---

① 钱念孙:《朱光潜与中西文化》,安徽教育出版社,1995年。
② 朱光潜:《诗论·诗与乐》,生活·读书·新知三联书店,1984年,第123页。
③ 朱光潜:《诗论》,生活·读书·新知三联书店,1993年,第152页。

(《文艺论集·论诗三札》1921)再到论诗中画和画中有诗(《文艺论集·生活的艺术化》1923),把古典文论、画论与美学融为一体。而闻一多、艾青、李金发都有由绘画入诗的经历,他们都讲究诗歌语言的"音乐美""绘画美"和"建筑美"。今天致力于中法比较文学研究的学者郭宏安,在对法国浪漫主义文学与象征主义文学研讨时,特别关注波德莱尔的绘画美学理论,写下了《诗人中的画家和画家中的诗人——波德莱尔论雨果和德拉克洛瓦》,他将中国古代画论与文论之思的资源,与法国浪漫主义绘画艺术及其美学观相观照,互为发现,互为阐释,是一篇将传统与现代、中国与法国接续起来通观的、有分量的诗画文论之说。另外,杜青钢的《米修与中国文化》也对诗人的诗画艺术特性与中国传统文化加以对接与互释。

事实上,苏东坡所言的"诗画一律",正是中国诗歌艺术与绘画艺术的最重要的表征。正如宗白华所言,中国画的第一特色体现在画与书法之关系上,因为"骨法用笔"不仅是谢赫画论中"六法"之一,还在于笔之用,呈现出人格风度及个性情感;同时绘画也与文字同源,它讲究形象、轮廓即结构之美,所以传神写形,流露个性,便体现出一种"气韵生动"的境界。在他看来,中国画的第二个特色,便是融诗心、诗境于画境,这样才能抒写出胸中之逸气,这就是我们常说的中国画以书法为骨干,以诗境为灵魂,"超以象外,得环其中"的本真。中国画的第三个特色,便是在艺术表象的背后,体现出中国人最根本的宇宙观,即《周易》所言的"一阴一阳为之道"。中国画正是凭着一实一虚,一明一暗的流动的节奏,表现了道家美学思想"虚实相生""大言不美"的精髓,在此意义上,我们说中国诗与画的空间意识是一致的。这种不同媒介艺术观念之位移与渗透,早在古人那里就有严羽的"以禅喻诗"和董其昌的"以禅喻画"的形象表述。因为,在禅同诗与画之间的连接点就是一个字——悟。我们看到,在《庄子》里边,这种"庄周梦蝶""鱼乐之辩"都是"无与有""虚与实"的物我两忘。而严羽与董其昌的美学观都追求一种极致之美,即恬淡、虚静之美。这本是庄子"虚静、恬淡、寂寞无为者,万物之本也"。(《天道》)。

当然,诗画之间,作为艺术表现形态是有差异的:一个是时间艺术,一个是空间艺术;一个是主观表现,一个是客观呈现;诗的机制是"感",画的机制是"见"。不过,诗画融合的形式也是历史悠久、有目共睹的,这表现在:一为题画诗的兴盛,于是便有苏轼评王维的名言"诗中有画,画中有诗";二为把诗作为画的题材,这是宋代画家郭熙在《林泉高致》中正式提出的,故而有他的名言"诗是无形画,画是无形诗";三是北宋科举取士,以诗为题也在制度上为诗画融合创造了条件。

我们还注意到,法籍华人程抱一把中法艺术审美的精髓融入他的文学艺术的空间意识中。在他的《中国诗画语言研究》①一书中,分别就中国诗与画的语言做了富

---

① (法)程抱一:《中国诗画语言研究》,涂卫群译,江苏人民出版社,2006年。

有历史学的、美学的和哲学的比较研究。他首先认为中国绘画艺术是以书法为基础的,书法则是文字的王国,文字又体现了中国人的空间意识。他说道:"(文字)从起源时起,便显示出所表示的语音与趋于形体运动的生动形象之间,在线性要求与向空间逃逸的欲望之间,呈现着矛盾与辩证的关系。""这样一个文字系统,在中国决定了一整套的表意实践,除了诗歌之外还有书法、绘画、神话以及在某种程度上包括音乐。""各门艺术并没被隔离开来,一位艺术家专门从事诗歌-书法-绘画三重实践,仿佛它们是一门完整的艺术。""通过从事这门艺术,一位中国人重新找到自己深层生存的韵律节奏,并与物质元素相交融。通过这些有意味的笔画,他寄托自己的一切:刚与柔、激越与宁静、紧张与和谐。"

他还从"虚"的概念看中国绘画艺术。他说:"虚,是一种至为生机勃勃的、活跃的因素,它与生气和阴阳交替之原则的思想联系在一起,构成了杰出的发生转化的场所;在那里,'实'将能够达到真正的圆满……在一个既定的系统内引入间断性和可逆性,从而使这一系统的构成单位超越僵硬的对立和单向的发展,同时为人提供了一种以整体化的方式接触宇宙的可能性。"另外,他还谈及了"虚"与音乐的空间形态之关系:"在音乐演奏中,'虚'由某些切分节奏来表达,但首先由无声来表达,通过打断词序的展开,它创造出这样一个空间,这空间则使声音得以自我超越并达到一种声外之声(即《淮南子》第一卷:'无形而有形生焉,无声而五音鸣焉')。"而在诗歌中,虚的引入通过取消某些语法词,如虚词,以及在一首诗的内部设立一种独创性的形式——对仗来实现,这样它们在语言的线性和时间性进展中造成中断和逆转,表露出诗人试图在主体和客体之间创造出一种开放的交互关系,并将经历的时间转化为灵动的空间欲望。然而,正是在绘画中"虚"以最可见和最全面的方式得以显示,它可占据三分之二的画面,在它内部流动着把可见世界和不可见世界联系起来的气息,由于有了这种冲虚,山可以进入虚中以便融化为波涛,而水经由虚则可以升腾为山。①

事实上,在程氏这样的华人融入西方他国之前,中国近代史上王韬、黎庶昌和薛福成游历欧洲尤其是法国后,对西洋的了解促使他们对中国的美学加以思考,于是写实画类型及其美学作为中国画现代性进程中的重要参照,对中国文艺的现实性追求,在"五四"前后这种现代性体验便得以积淀和延续。②

下面,我们集中关注一下中法文学艺术空间意识的聚焦点。第一,在山水诗的艺术和普鲁斯特小说的空间之间,我们发现中法诗学空间意识的异同。中国古代的山水诗艺术,是要把现象中的景物从其表面看似凌乱不相关的存在中释放出来,使它们原有的新鲜感和物自性原原本本地呈现,让它们"物各自然"地共存于万象中。道家

---

① (法)程抱一:《中国诗画语言研究》,涂卫群译,江苏人民出版社,2006年,第321~322页。
② 王一川:《中国现代性体验的发生》中关于王韬等人与西画和写实美学,北京师范大学出版社,2001年。

的这种"虚以待物"与"神与物游",与普鲁斯特"意识流"的绵延和巴什拉的"元素诗学"虽在"语句"上相异,但在"语法"上是相同的,它们都是要进入人的内部世界或内宇宙,以绵延即时间的空间化来表现"物我同一"的现象学直观,只不过中国古典诗画偏重于在语法上的灵活性与时态上的朦胧性,而法国"意识流"小说则重在运用语言的时态手法,展示时空的跳跃与心理时间的真实。

第二,巴什拉与中国的空间诗学之关联。从"元素诗学"到"现象学转向",巴什拉诗之哲学空间意识与现代中国文人的空间意识擦出了火花。除了像宗白华、朱光潜、梁宗岱等人外,当下国内学者沉睡式的空间意识思考颇具代表性。它既是哲学的,也是诗学的,抑或一种诗画哲学。这种哲学与诗学的相生与圆融,更具存在主义空间诗学的意蕴。在他看来:自由就是空间,空间就是自由,空间首先是以自由来呈示自身的。自由还表现为一种自律的运动,自由即逍遥,逍遥即流动,自由和运动的特质又反过来增加空间的效能和功用,并能赋予空间最完美的形式。另一方面,空间不仅表现为自由和运动的方式,还表现为虚实的特质,虚实因素既能平衡和调节空间的律动和涵括,又能增大单位空间的容量和功能。再有,空间不仅表现在自由、运动、虚实等特质上,还表现在呼吸与爽明的特质上,空间就是呼吸,呼吸就是空间。此外,语言还是空间的一个巨大受益者,一方面空间首先要借助语言来进行描述和抒发感受才能得以呈现,另一方面语言本身首先是被空间当作清晨窗口和浓缩载体来珍藏,所以语言既是空间的载体和受益者,又是空间的改变者和魔术师。再有,空间在另一层意义上也是一个存在物自身占有某个坐标位置和场所,于是存在者的自在空间不仅自身是处于变动中,而且更受周围语境空间的变化而变化,它的不变是相对的,看似不变的改变才是绝对的。① 这不也是一种诗化哲学的表达吗?科学精神与辩证法、实证与想象、词与物,像一道道桥梁连接着中法诗学的存在者们。

第三,鲁迅的精神空间与利奥塔的后现代空间。鲁迅是中国传统社会空间概念的第一个挑战者,②因为他的作品揭露的是中国传统文化空间里没有个体的空间,只有"食人肉"的空间,他重视关于人的思想之独立和焕发一种潜在的生命力的问题。他呼唤,生命与精神的自由是中华民族精神空间的本质。而利奥塔的空间,③则是"重写现代性的空间","重写"这个词意味着回到起点,回到假设没有任何先入之见的开端之意。"re"(重新)代替了前缀"post",也亦意味着"返回"之意。由此,利氏强调:"现代性就是现代的时间。它自身就包含着自我超越,改变自己的冲动力。"于是,对现代主义,并不是真正"重写"它,现代主义使用一种永恒的重写性文字,自写的、自

---

① 沉睡编著:《文化中国》,社会科学文献出版社,2004年。
② 王富仁:《游离于世界史系统之外的中国人所特有的空间与时间概念》,载沉睡编著:《文化中国》,社会科学文献出版社,2004年。
③ (法)利奥塔:《非人——时间性漫谈》"重写现代性",罗国祥译,商务印书馆,2000年。

我录入的;"'重写',就是录入画中的不可能画出的元素。"当然,命名为重写的东西与当代意识形态市场上叫作后现代性或后现代主义的东西无关,后现代性已不再是一个新时代,"它是对现代性所要求的某些特点的重写,首先是对建立以科学技术解放全人类计划的企图的合法性的重写",于是,他说"追忆"就是要在"尚未""不再"和"现在"中展开时间。重写现代性就是拒绝写这些假定的现代性。由此看来利奥塔的"重写"是对资本主义的后工业社会的文化空间的质疑与批判,而鲁迅呼唤的现代精神空间则是中华民族主体性精神境界的捍卫与提升。

三、诗歌文本空间:诗与思的交融与对话

中国现代诗人艾青与卞之琳不仅亲自参与了中国现代新诗创作,而且对中国现代诗学发展之路进行了认真的思考。下面我们仅选取他们诗作中的一例,来窥视中国诗歌文本的艺术空间意识。

卞之琳在其《距离的组织》一诗中写道:
想独上高楼读一遍"罗马兴亡史",
忽有罗马灭亡星出现在报上。
报纸落,地图开,因想起远人的嘱咐。
寄来的风景也暮色苍茫了。
(醒来天欲暮,无聊,一访友人罢。)
灰色的天,灰色的海,灰色的路。
哪儿呢? 我又不会向灯下验一把土。
忽听得一千重门外有自己的名字。
好累啊! 我的盆周没有人戏弄吗?
友人带来了雪意和五点钟。

这首颇有象征派如艾略特诗风的篇章,酷似普鲁斯特"意识流"小说的手法,在一种介乎于意识和无意识的地带——午梦的绵延中,诗人在报纸的方寸空间瞥见了一颗古代之星——一篇谈论着罗马灭亡文章的报纸滑落在地,梦中为他打开了远方的罗马地图,同时,诱发他想起了远方朋友的来信,透过信中的风景卡,展示了遥遥的异域风光,这时,一个声音把他从似睡非睡中惊醒,于是,他从梦幻中又回到了现实,醒时的五点钟欲有雪的来临。此刻,梦中的景色如同远人寄来的风景卡,把过去和现在、历史和现实、自我和他者连接了起来。我们看到在这一节短短的诗中,诗中有画,画中有诗,意象就在这一幕幕的蒙太奇的并置中得以实现。

我们在艾青创作的大量诗歌当中,单就其诗名与题材的选择,可看出艾青诚如巴什拉一样,建立起他的"元素诗学"空间:水的元素——他的成名作《大堰河——我的保姆》,水与乳汁代表了人民和母亲的形象。土的元素——《雪落在中国的土地上》,

展示了北方土地的坚硬,对严寒的抵抗,意味着中华民族对外来入侵的抵抗。火的元素——《向太阳》《火把》和《光的赞歌》这一系列,以光和热预示着中华民族的力量和决心,他们以坚韧、顽强的意志,勇于战斗和献身;而《火把》这首长诗则以大量富有戏剧性的对话,电影蒙太奇的手法,将一个脆弱的女青年成长的过程和精神的洗礼,在民族斗争的滚滚洪流中,被这个时代的火把照亮,这长龙般的火把,不正是中华民族抗日的伟大力量吗?最后,是季节与植物的元素——《冬天的沼泽》虽然并非艾青抗战时期的代表作,但它已被译成多种文字而流传,诗人用冬天的寒冷与沼泽的陷落感,唤起人们对沦陷区人民生命的关注,诗中"干枯""荒芜""霜草"和"沼泽"都与植物的生长与死亡密切相关,诗人以一位画家的眼光为沦陷区人民塑造了一座雕像,这再次证明了"诗是无声的画,画是有形的诗"这一中国诗画美学的魅力。

而法国诗人兼文论家巴什拉,在其《大地与意志的幻想》及《大地与休息的幻想》中,构筑起了他的"土的理论"。他所塑造的大地意象,使其成为一名副其实的"大地思想家"。在他的诗中,大地具有坚定不移的实在感,和他诗学中其他元素相比,土是最具抵抗性的一种元素,同时,他还研究了与土的坚硬性相关的矿物质,如宝石和石头以及橡树般坚硬的植物性。另外,在土的坚硬和稳固的结晶——水晶中,我们看到纯度和透明性,"在宝石的世界中,光与物质不对立,物质甚至把光引入它的中心"。当然,"土作为深度表现和作为容纳和迷念表现出来的侧面,还有内密性、黑暗、洞穴、迷宫、泥土等具有负面意义的、不可知的特征"。

是的,我们不能忘记巴氏的诗性存在,他的作品《火的精神分析》与《烛之火》,仿佛为我们提供了一幅诗人与物质世界展开对话的肖像画卷。在灯和白纸的两极,一个孤独的辛劳者,在白纸铺开的桌面前,孤独犹如广袤的沙漠,而我们的人生亦如一张白纸,它有可能遭遇意识的奇遇,孤独的奇遇。然而,"思想的任何生成,任何未来,都属于精神的再建过程中"。

是的,这是一种蒙田式的恬静、冥思与自省,普鲁斯特式的追寻与重现,其背后依稀浮现着笛卡尔式的对神的虔诚,帕斯卡式的理性时代最优异的宗教情怀的守望。在我们眼前,巴氏对火的物质性与精神性的写照,是那样地令人神往:

在火苗中,空间在活动,时间在翻滚。当烛光抖动时,一切都随之抖动。火的变幻难道不是一切变幻中最富有戏剧性的、最活跃的变幻吗?……火苗对于孤单的人来说就是一个世界,于是,如若火苗的遐想者与火苗对话,他就是与自己对话,他就是一个诗人。遐想者把世界放大,把世界的命运放大,同时他思索火苗的命运,他放大着语言,因为语言表达的是一种世界之美。火苗单独地是一种伟大的在场……

此刻,帕斯卡的那篇《追思》,又仿佛展现在我们面前,其开头便是大写的"火"字,叙述的是对确定性、感受力和巨大的欢乐的体验,以及一种克服所有孤独的、和平宁静的状态。这样的体验和经验的获得,在诗人看来,不是在抽象的"哲学家和学者的上帝"那里,而是在活生生的耶稣基督的上帝那里。

　　当然,火的隐喻,光的向往,是人类对其自身命运的共同思考,在太平洋彼岸,20世纪中国现代新诗的代表,从郭沫若到艾青,以火的遐想者和传播者为己任,从自我救赎的文学到解放的文学即创造的文学,叙写着中华民族走向现代征程的解放寓言,亦如鲁迅在漫漫长夜里的呐喊,正是这些"旷野的呐喊者",在文学暨诗学的世界里,将光明与黑暗两极互相交错与博弈的火花,放大给世界,放大给人类生存的共同境遇,放大给语言的世界。

　　是的,中法近现代诗学之炬,在太平洋和地中海之滨交相辉映,彼此照亮并惠及宇宙。正如光是黑暗的启示,诗学之思则是民族文学与文化的启示和镜子。

结　语

在行将结束对中法近现代诗学生成版图的"国际旅行"之际，心中不免升腾起几分欣慰和留恋之情。欣慰的是，我们着重审视和考察了中法两国近现代诗学生成的发展轨迹，从其肇始出发，直到 20 世纪中叶前后，对这两个跨洲的、具有不同文化身份与传统的、异质文明的国度，从其初创期的民族语言革命及近现代诗学形态自身的建构，到发展阶段及完型期的现代性革命叙事与诗学现代品质的创生的双重目标追求中的诗学生成及其实践形态，通过深层次的结构性比较和阶段性的重点区域的"深描"，以及诗学文本空间的细读与梳理，在这种多维度的立体观照中，进行着平行式的、对话式的和勘探式的回溯、考量、比较和总结。

一、比较诗学史的整体观与中法诗学生成的主体性构建

当我们从中法比较诗学史的角度出发，就会意识到在中法近现代诗学生成中，由于欧亚大陆在发展阶段上与我们存在着社会、政治、文化和经济上的不对称性，我们不能在中法间简单地做加减法式的比较，应该看到在时空上，不同文明体系和发展形态对两国诗学生成都起到了至关重要的作用，这成为本书在史学上做整体观照时所必须具备的"生产准入证"。

事实上，两国近现代诗学的生成是多重因素合力的作用使然，它不是一个自话自说的封闭圈，而是开放的体系，具有某种相似性的结构，并且是可以形成一个潜在的、有效的对话平台。在法国，我们一是将诗学生成置于欧洲近现代思想文化与社会发展的大背景下，来看其在诗学精神共同体中的贡献及其相互的影响，和对现代性社会与文明进步所做的示范性和积极性贡献；二是着力阐明法兰西具备了近代民族国家的特征：它体现出社会转型的早熟性，表现出政治民族主义与文化民族主义的鲜明性特征，以及两者在国家形成中的合力与作用；三是从地缘文化和媒介学角度，指出法国近代诗学生成的另一个重要因素，是在先它一度的意大利文艺复兴的光芒及其追求独立的民族国家文学的影响与互动中，形成了具有民族竞争意识和高度的民族认同和文化认同的诗学品质。

在中国，首先解决的是认清它的近现代性生成的内外动力性要素。我们秉持这

样一种观点,中国的近现代性早在宋明时期就开始萌芽与兴起并形成自己的特色:以它为中心的东亚区域文明的体系,在资本主义现代体系前期,成为现代世界中的重要一极,它与欧洲文明体系是并行的,甚至比之更具先进性。后来这一优势,在相对于欧洲的后期逐步丧失,并在很长一段时间内滞缓、中断,直到鸦片战争后,随着西方文明的冲击,民族生存面临着巨大的危机,现代民族国家意识才得以确立,现代社会转型才从断裂处形成新质,在这样的内在与外来挑战的双重动力的合力作用下,中国又参与到世界体系的现代进程中。于是,中国近现代诗学的品质,首先是从近现代思想文化及知识转型中去寻找其根基;其次,是受促进其转型的外来动力,包括作为媒介因子的日本的中介和作为现代性参照系的欧洲文明代表之法国图腾的启迪和影响。

我们注意到,在面对传统与现代这个问题上,中法两国诗学生成与发展显现出各自不同的经验和某种内在的相似性:从法国现代诗学建构的前期阶段的近代起点出发,到现代诗学的完型的总体特征来看,核心问题仍然是民族文化认同与民族国家认同相统一,从拉伯雷、杜贝莱、龙沙、蒙田到笛卡尔、帕斯卡、布瓦洛、伏尔泰、狄德罗和卢梭,再到斯达尔夫人、雨果、圣·伯夫、左拉、波德莱尔、马拉美、朗松、普鲁斯特、蒂博岱、巴什拉和柏格森、纪德、萨特乃至当代的福柯、德里达和于连等精英身上,坚守与开放相得益彰,这表现出一是对法国文化精神独特性和普遍性这一传统精髓的坚持和维护;二是与欧洲梦的前景之预设相通——超民族国家的普世文化价值观的探究。

而中国现代诗学建构的前期阶段,首先是一种民族国家文学的建构,一种告别传统的现代性建构,它始终是与民族独立与民族解放这个目标相联系的。只有当中国完成从独立到融入现代世界体系后,中国诗学的当代阶段才有时间深刻反思传统与现代、东方与西方、本土与全球这样一些根本性的和普遍的问题。当然,在这一历史进程中,关于东西方文化的冲突与价值观的争论一直绵延不绝。总之,在法国,这种诗学生成的状态更多的是对遗产的维护与创新,即表现为一种连续性与超越;在中国现代诗学的早期阶段,则主要表现为异质文化的开新和对传统的扬弃,尽管也有某种程度的潜在性联系,但主要表现为一种非连续性。

在考察和分析中法近现代诗学生成的文本层面上,就第一阶段而言,即在法国以16—18世纪诗学文本为中心,它标志着法国现代诗学的早期阶段的起点亦即近代阶段;在中国则是以20世纪初的"五四"新文学革命理论成果为中心,亦即现代诗学的开创阶段。就法国方面而言,我们完成了以三个中心为基点的探讨:一是,首次完整、系统、深入地分析了法国近代诗学的这篇奠基之作——《保卫》,它体现了法兰西民族国家文学的竞争意识、文化意识、艺术意识和语言创新意识的先进性和对传统与现代、自主与借鉴的综合驾驭能力。直到今天,这一文本显示的精神,仍然是法国当代文化发展的根基;二是,从语言与文化的角度,阐述近代诗学形成中的民族文化与民族政治意识相结合的民族国家意识,这已成为近代诗学文本的政治文化品格;三是,着眼于诗学研究的整体观,一方面,从过去传统的法国诗学研究中孤立的、单一的、局部的或点上的封闭状态中走出来,即从过去独立分割的,甚至是过多强调对立一面的文艺复兴和古典主义研究的误区,以及把它们与启蒙运动及大革命割裂开来的做法,走向将这三个时段视为一个整体,以民族国家诗学及其语言的现代完型为最高宗旨,来看其内在的一致性和在法国诗学史上的地位和作用;另一方面,从诗学文本生成的场域论角度,全面分析近代诗学的互文性意义,及其多维的整体性品格和精神向度。

今天,我们从中国的角度,以中国学者的眼光来考察,法国这个富有代表性的欧洲现代民族国家文学基石的诗学建构的生存与发展模式,这无论是在法国诗学史上,还是在欧洲诗学史上,乃至世界诗学史上,都具有历史的和现实的意义。追求具有自主性、创新性和个性特色,并兼具科学意识和宗教情怀的民族文学的诗学品格,是法国近现代诗学留给后世的历史性遗产。

法国近代诗学的生成,首先是民族文学的诗学生成,是独立的法兰西面对从中世纪整齐划一的拉丁世界,走向近代欧洲新时代的民族国家诉求和民族文化诉求的战略性选择。《保卫》这篇法国近代诗学史上真正具有价值意义的首篇宣言,不仅是修辞诗学的和语言诗学的,更是民族文化诗学的旗帜。

法国近代诗学的生成,是整体性生成。通过文艺复兴上自中世纪下至古典主义,再到18世纪的启蒙时代和大革命时完型,它是民族语言与民族国家认同的近代性的完成,是宗教精神与近代科学相互作用的结果,是文化民族主义和政治民族主义的有机结合;而启蒙时代又是法国现代诗学文化品格的最初酿成与开端,在这个整体性里,体现了统一性与差异性的张力特征;这一整体性里蕴含着丰富性、层次性、对立性和前瞻性,无论是萨比耶与杜贝莱、龙沙和布瓦洛,还是蒙田与笛卡尔、拉伯雷与帕斯卡,也无论是孟德斯鸠与伏尔泰,还是狄德罗与卢梭,这种混合着对峙与一致、传统与近代、专制与民主、统一与分裂、民族与世界、继承与创新的诗学精神,铸成了法国近代诗学理性与激情并重,蕴含着宗教情怀与科学精神并存的独特性、民族性、世界性、美学性、创新性、现代性和包容性熔为一炉的文化品格和精神向度;同时法国近代诗学一开始就打上了鲜明的论战风格的烙印。这些特质至今仍然是法国现代诗学的基本品质。

我们以"长时段"的整体性之动态眼光放眼望去,法国近代诗学的生成,是人文主义观念和现代科学的精神结晶,从拉伯雷对人的主体地位的肯定、对知识与理性的崇尚到蒙田的怀疑论哲学的兴起,知识的相对性、认识的有限性、存在的偶然性与未完成性,这种反思与批判的意识与他的幸福观、解放论的感觉主义和审美的判断力的洞见,再到他的继承者帕斯卡以其辩证哲学的思维,突破笛卡尔理性主义的局限,强调直觉精神和非理性主义,并成功地建构起他的关于人的哲学,在这种文学与哲学、科学和宗教的相互关联的动态把握中,人的本质存在和人类的命运,在哲学认识的层面、伦理学和心理学层面,以文学的表现形态予以传达。这三位泰斗的思想成就,极大地提升了法兰西近代诗学在世界近代诗学中的思想品格和精神高度,这才是法国近代诗学的近代性的价值完成。

法国近代诗学的建构,不是一个孤立的、封闭的纯文本体系,它的达成是由法国的近代性追求所规定的,它是文学及诗学内部建构与社会文化领域近代转型的外部发展合力的结果。如果没有传媒及教育的全国范围的兴起与推动,没有作为统一国语的近代法语的确立与民族国家认同,没有知识信仰领域地走出中世纪的神龛与对新世纪的崭新瞭望和自身反思的科学精神,没有启蒙运动和大革命的提升——信仰自由和良心自由的原则,作为一种新的积极的宗教力量的表现,这种力量是启蒙世界独一无二的特征,无论是法国近代诗学的第一篇宣言,还是其后近代诗学文本的价值完成,都失去了它的历史归属性和现代的反思性与启迪性的意义。

就中国现代文学基石的诗学建构的这一早期阶段的起点而言,本论著形成了三个结构性层面的阐释:一是以诗学的现代性追求为尺度,来看中国现代文学革命的首篇宣言,并且结合文学革命其他三大纲领性文件所构成的早期现代诗学建构的互文性意义与品质,来看胡适、陈独秀们文论建构与严复、康有为和梁启超等先驱者们的思想与文论的互文性,这样,我们就让晚清与"五四",在现代性背景下连成了一体,体现出近现代文论思想内在的一致性——有别于传统文化的现代科学精神与民主意识的崭新追求和民族主体意识重构的决心与努力;二是突出胡适与陈独秀文学革命理论建构的法国视野,强调了被以往文学史和文论史上忽略了的胡适与法国近代诗学首篇宣言的关联性,而陈独秀"文学革命论",则折射出了法国革命式的激进锋芒和浪漫主义与现实主义的精神气质;同时还关注了新文学激进派与其对立派、文化守成主义的堡垒——"学衡派",以及梁实秋的新古典主义与通过白璧德新人文主义而来的法国资源的关联,从这看似对立的两方面,审视法国文论资源是怎样参与到中国近现代文学与诗学生成的进程中;三是强调传播学与文学生态学意义上所促成的新文学理论生成的场域意义,这主要体现在:(1)晚清启蒙思想的内驱力的促进;(2)现代教育与传媒的力量,从文学外部增强和扩大了现代文论的生成机制及影响;(3)《新青年》和《学衡》所代表的新旧势力所反映的"文白之争",正是这种对立的文论生产机制,对中国现代文论的品质与维度来说,是一种激荡与完善;(4)翻译的参与与西学知识的新质,成为近现代诗学生成的资源性力量。

同时我们还从发展论的角度,论述和比较了中法现代诗学形态生成过程中的演进和追求,抓住各自诗学发展阶段的特征性及其它们之间内在的相互联系与作用。一方面关注形成现代诗学品格的多维要素与时代语境的历史意义;另一方面总结、归纳和分析了具有代表性的现代诗学文本的价值体系、美学意蕴和社会功能;再一方面还着重分析比较了两国现代诗学发展中的相似性和差异性,如关于启蒙精神与革命叙事、知识分子角色的话语意义、现实主义诗学的多维空间,以及科学与宗教在两国现代诗学建构中的不同位像和差异。

当然,我们还在更为宽广的视域中,就两国近现代诗学生成进行了潜对话。于是,我们设置了从诗学生成的机制上,看两国近现代社会的转型和地域文化的作用与影响;从诗学追求的目标上,体现出民族国家的文化认同与政治认同;从诗学表现的内容与范畴上,一方面着力于民族现代性语言地位的确立,即"国语的文学"和"文学的国语"的建设与运用。而早期的诗学领地的开垦,中法两国都不约而同地集中在对诗歌和小说的关注上,因为诗歌是两国文学最早、最成熟的标志,文学的语言即诗的语言,它是各民族自身及其文化赖以生存的护身符。而小说则是用日常的口语反映大众生活和人民的向往,它是体现民族文化认同和人类命运共同体的风向标,这样,诗学就在语言与修辞的世界里肩负起自己的使命。另一方面,还着力指出了中国现代诗学的民族新文化建设及中国特色的革命文艺的主导性话语意义,同时又致力于诗学的现代性追求和符合时代发展的美学观念的革新,特别审视分析了中法诗学的空间意识的表达及其经验的分享。在诗学的功能上,我们还特别从语言学、社会学、文化学和美学层面,去探视两国近现代诗学生成的共时性结构。

此刻,当我们回首在研究之初所设定的目标,中法两国虽然面对现代性的挑战,在时间和空间上各有差异,其诗学在内容和形式上存在着异中有同,同中有异,但在实现民族国家理想和对现代性追求的经验分享上,中法两国诗学能找到共同的话语和对话的途径,因为它是我们走向未来的保障。于是,在法国从现代早期的近代起飞,中经启蒙运动及大革命再到19世纪至20世纪中叶的现代诗学的逐渐完型;在中国,从近代转型到"五四"现代文学及诗学的兴起,进而到三四十年代文学的共生和新文艺方向及民族形式的中国特色的初步确立,再到新中国社会主义文艺的意识形态的主导和当代中国文学及诗学的中国特色的初步探索与追求,通过这样一种平行式的或曰结构性的发展比较与探究,现在看来,这些预设已基本上实现,并呈现出以下三大亮点:

一、首先在我们设定的时段范围内,清晰而又简略地勾勒出了中法两国近现代各自诗学发展历程的脉络和特征,它们既呈现出某种相似性又蕴含着差异性。其实,这种描述诗学史的方式和话语表达的姿态,本身就暗含了一种比较的眼光和对两国诗学内在的和外在的生态环境的立体式把握的雄心;然后通过这种有目的的呈现,进而发现与揭示出这种具有相似性结构下的"微言大义"。这样的好处是既使我们对两国近现代诗学发展的轨迹有清晰的认知,又可对两国间业已存在的或暗含的、具有相似意义的诗学结构和特征,有充分的了解和把握。

二、在我们所限定的中法近现代诗学生成的前期阶段,凸显了两次诗学发展的高潮:第一次,是在各自国家近现代诗学兴起的起点上,显现并形成一个完整的发展结构模式,即与民族国家的形成与发展相吻合的趋势性变化;第二次是出现在各自国家现代诗学发展过程中具有质的飞跃的推进性展开阶段,即具有真正意义的、符合两国各自诗学品质特色的和具有生成世界性普遍意义的、或对话意义的发展模式的确立和形成阶段。这样,我们就既抓住了两国近现代诗学发展脉络的要害,又看到了它们之间所形成的,相互发现与相互对话的诗学的可能;同时也在更高层次上,丰富和完善了世界诗学发展的图景,或预示着未来发展前景中的种种可能性话题的场域。

三、在对两国近现代诗学生成与发展的比较中,我们还形成了一些核心性或战略性概念,也就是说,我们发现了一些具有历史意义和现实意义的视点,这样使我们的比较,不至于沦为流水账式的记录而过于宽泛,也不至于流于形式而成为只是为了比较而比较的卖弄。于是,通过对比性展示,我们获得了两国近现代诗学在生成的起点上,在对民族国家认同的目标追求前提下,大都经历了相似的从语言文字的革命到思想观念的革命,完成了民族文化认同和民族国家认同的革命叙事,确立了现代诗学的基本品格和路径,创立了文学的规范及其与时代相符的审美形态,体现了近代科学与理性精神的烛照。当然在法国更是伴随着宗教信仰的追求与人的主体意识的确立,其背后是蒙田、笛卡尔和帕斯卡的理性与非理性哲学的激荡及其宗教关怀,这样的独特品质的浸润与催化。而在中国,这一现代转型则突出表现为反抗旧文化、旧传统和封建迷信,以西方的现代文明与先进文化及科学与民主来开创新文化与新文学的崭新天地。

在两国诗学的展开和推进阶段,我们首先去探寻了从思想启蒙到革命叙事以及知识分子角色的功能与意识形态和权力的关系的合作与较量,与现代诗学的发展与生成之间的互动和作用,这样,我们就在中法现代诗学共同面对的几大关键性命题上展开和延伸——现代性与启蒙同诗学的关系、知识分子的角色和功能与诗学的关系、继承与创新同两国未来的发展模式即"中国的文艺复兴"与欧洲的"第二次文艺复兴"的区域性或全球性意义;其次还探讨了诗学观念的现代转型与变迁,展示了现代主义美学观念的生成和中国现代诗学革命范型的确立;同时我们还为两国诗学空间场域设定了一个共时段,展示了法、苏、中三国对现实主义诗学空间建构的观念变迁和中法两国关于文学的空间意识的表达与诗学审美追求及其经验的分享。另外,还特别注意两国近现代诗学生成中的内在品质的差异性即宗教与科学在各自国家产生的不同作用与影响。最后,我们还特别指出两国根据自身的历史和发展现状,逐步形成了符合各自国情的具有本国特色的现代诗学发展形态。正是透过这样的诗学生成,让我们看到了中法两国抑或东西方,在追求各自民族国家发展道路时,对怎样回答和实现现代性、民族性,以及应对全球性的呼唤与挑战,所表现出的认知和选择的姿态。对此,这不正是我们比较的目的吗?所以说,这样的比较就是一种对话,一种发现!

　　此刻,我们特别记起陈寅恪先生的治史之道。在他看来,中外交流应是一种调和(harmonization),不是一种对抗(confrontation)。历史研究,尤其是中外关系史研究,应该以推动互相了解,建立民族间的和谐为目的,不应为沙文主义(chauvinism)服务。他还同时强调中国文化在走向成熟的发展过程中,也必须汲取和融化异域文化。他对能调和两种文化而又能保存中国性的知识分子寄予厚望。

　　总之,通观中法近现代诗学主要是现代诗学的前期阶段的生成史,我们看到:在诗学生成的动力上,为了实现现代民族国家这一崇高目标,法国是自然地源自其自身内部文化的需要而显示出主动性和积极性,中国则是迫于西方列强的入侵和西方文化的冲击,而表现出被动性与消极性和矛盾性。在诗学生成的策略上及诗学的建设上,两国均表现出具有十分浓郁的政治文化向度。在法国,首先是从封建皇权那里夺回世俗的王权,从封建贵族那里夺回资产阶级的权力,后来在19世纪下半叶至20世纪以后,又表现为两种意识形态的斗争;在中国,首先表现为反帝、反封建和反殖民主义的斗争,后来也表现为两种意识形态的斗争。

　　特别值得一提的是,启蒙运动的历史价值和普遍意义,它不仅对法国乃至对世界和中国的现代思想与哲学思维以及文艺发展的形态都是有着积极的参考意义。人们常说18世纪是理性的世纪、自然科学的世纪、哲学的世纪。作为法国大革命的先声,这个时代的精神——科学与民主的精神,反对基督教会的精神专制和蒙昧主义;用大自然来取代上帝,用物理学来代替神学、用理性来取缔信仰并倡导建立一种道德宗教以及"人民主权"概念的提出和表现出的崭新的美学诉求——不仅使法国的哲学焕然一新,而且它"反对17世纪的形而上学,反对从原理、原则和公理演绎出现象和事实,而主张从现象和事实上升到原理和原则",[①]正是这一转折,"启蒙运动极大地推动了西方思想的世俗化进程,促进了科学的蓬勃发展"。是的,启蒙哲学的主导倾向是唯物主义和无神论。达朗贝尔亲自缔结了自然科学和人文科学的联盟,他在其《哲学原理》中表达了新的哲学思维方式的发现和应用,伴随而来的那种激情及宇宙的景象使我们的观念发生了某种升华;他还催生了大革命建立了一种新形态的国家意识形态的民主政治;同时也对文艺美学产生了深远的影响。而在狄德罗的《哲学思想录》(1746)中,"企图反对欲望是徒劳的,企图消灭欲望更是可笑之至,因为这样做只会破坏理性的高傲的基础。诗歌、绘画和音乐中,一切卓越的东西,艺术和道德中一切崇高的东西,都出自这一源泉。因此,我们不应削弱情感,而应强化情感,因为欲望之和谐的平衡,而非欲望的毁灭,乃是灵魂的真正力量之所在"。[②] 这种新的认识论,

---

① (德)E·卡西尔:《启蒙哲学·译者前言》,顾伟铭等译,山东人民出版社,1988年,第4页。本部分以下所引均出自此书。
② 狄德罗:《哲学思想录》,1746年,第一节以下。

"不仅影响了启蒙时代的伦理学,还影响了当时的宗教哲学和美学,并赋予这些知识领域中的重大问题以新的意义"。启蒙哲学所提出的新的空间概念,这种相对性的思想,不仅渗进了科学思想,而且在一般文学史中也大为流行。狄德罗的《盲人书简》意在说明人体器官组织的每一偏差,如何必然导致精神生活的彻底改变,这种偏差不仅影响感觉实践和感性实在的型式,同样的改变还发生在人格的各个方面,包括理智方面和道德方面、审美方面和宗教方面,所以我们必须"放弃普遍有效性和客观性的一切要求,但如果我们认识到并且承认,真和美'与其说是客观的,不如说是主观的',它们不是事物的属性,而仅仅是事物与思考他们的人之间的关系"。这既体现了法国政治文化的品质和成就,也对中国现代社会的转型与变革以及中国现代诗学的生成,提供了强大的精神动力和崭新的美学范式的借鉴。于是,这种无神论与科学的认识论和有机整体的观念,以及人民性原则和走向大众美学的旨趣,几乎都与后来毛泽东文艺思想以及中国现代诗学发展的一些理念有着内在的一致性。

再聚焦中国现代文论的发展阶段,值得关注的一个重要现象,是三四十年代,从鲁迅精神的影响和瞿秋白到毛泽东文艺思想的发展与成熟,逐步形成了革命文艺或红色文艺的话语主导权地位,并确立了民族文化发展的目标框架和价值坐标体系。直到20世纪的60年代,从延安文艺到新中国文艺,这条主线一直试图探索一条具有浓郁政治文化色彩和鲜明民族形式诉求的,具有中国特色的文论范式,它秉持启蒙理性精神和马克思辩证唯物主义与历史唯物主义,追求文学的人民性和民族性,崇尚实践理性和无神论的革命信仰,同时也体现了本土固有的儒家传统文化的精髓。这与法国诗学所特有的神秘主义和宗教情怀的品格维度是截然不同的,它的重心不在超越的精神和对自然科学及科学哲学的诉求和表达上。当然,在现代中国文论里,同时还有处于边缘地位的话语形态的存在:如继承"五四"科学与民主精神的作家和文论家们,他们大都具有西方文化视野和学术背景,像朱自清、梁宗岱、卞之琳、李健吾、艾青等,当然还包括新古典主义者的梁实秋,他们都融贯中西,坚守文艺批评的美学价值和艺术价值。另外也有一些作家、诗人及文论家注意到宗教与文学的关系:鲁迅、周作人都分别讨论过宗教产生的根源以及对中国民众宗教意识的影响;郭沫若早期诗歌文中混合着神秘主义及泛神论思想,[①]不过诗人如是说:"泛神论便是无神,一切

[①] 朱自清在《〈中国新文学大系·诗集〉导言》中曾说,郭沫若的诗"有两样新东西,都是我们的传统里没有的",其一便是"泛神论"。不过学者黄修己认为郭沫若很难称为泛神论者(《中国现代文学研究史》(上),广东人民出版社,2008年)。

的自然只是神的表现。我即神,一切自然都是自我的表现。"①另外,许地山及其小说②以及包括沈从文在内的"京派"作家的创造都具有浓郁的宗教意识和宗教情怀,当然冰心、丰子恺更不用说;而艾青的诗歌创作也极具宗教意识,宗白华的生命哲学里也蕴含着对科学、哲学不能解开宇宙之谜的关注,他把艺术同哲学、科学、道德及宗教进行比较,赞赏道家生命哲学的超越精神。简言之,整体上来说,中国现代文学及诗学,由于其自身文化传统的非宗教性主导意识,更主要的是,现代中国人的世界观及认识论是崇尚科学与先进文明的力量,准确地讲马列主义、毛泽东思想的唯物辩证法和历史唯物主义,成为革命文艺或红色文艺的精神支柱与信仰,并形成中国现代文学及诗学的主导性力量,进行反帝反封建反殖民文化的斗争,遂使封建迷信及种种宗教观在现代中国的式微。

二、诗学演进的形态与现代性品质的生成与追求

在诗学生成的形态上,法国是以自身内部的更新为主轴,是继承中的否定,流派间呈现出竞争与超越的态势,从早期的近代诗学包括文艺复兴、古典主义和启蒙时代及大革命时期,到19世纪以后的现代诗学的兴起和发展包括从浪漫主义、自然主义与现实主义,以及以象征派为代表的现代主义诗学的演进;而中国则表现为现实主义的平民文学即为"人生的艺术"和追求想象的浪漫主义艺术,以及通过借鉴法国象征艺术和德国表现艺术等西方现代艺术而来的中国的现代艺术之间的紧张与对峙,但由于当时的文学与时代和意识形态难分难解,文学背后渗透着现代(西方文明和马克思主义学说)与传统(本土的文化与传统知识范型)的较量,流派间的对立与论争打上强烈意识形态的烙印,这突出表现在走什么样的道路上,即追求和建立什么样的现代民族国家的认知和目标上,在这样一个面对西方文明的冲击和殖民主义侵略,面对马克思主义的普遍真理和中国社会由传统转向现代,由分裂走向统一的历史境遇中,革命的叙事即国家的独立、民族的解放,中国现代文学的民族形式,大众文艺或工农兵文艺,在革命家和知识分子的共同确认中,居于主导性地位。这样,革命文学与文学革命相交织,在20世纪上半叶呈现出"文学共生"格局。当然,知识分子与意识形态和知识分子与文学的关系,对不同的人有不同的追求,并对文学的生产论述产生一定的影响。

在此,我们不得不提及,虽然我们抓住了中国文学革命叙事这根主导性的红线,

---

① 郭沫若:《〈少年维特之烦恼〉序引》,《创造系列》第1卷第1期,1922年5月,转引自黄修己等:《中国现代文学研究史》(上),广东人民出版社,2008年,第57页。
② 美国汉学界研究中国现代文学的先行者和权威夏志清先生在其《中国现代小说史》中指出,许地山关注的是慈悲和爱这个基本的宗教经验,他不仅著有一部未完成的《道教史》,短篇小说《玉官》很成功地采用了理解人生的宗教观点,超越了当时文学作品中流行的人道主义和"义愤填膺"的情绪,还说只有沈从文具有同样的宗教情怀。

但中国文学及其诗学的现代性追求,事实上还有一根"暗线"在涌动,这是在新时期以前的文学史与文论史中常常会在有意或无意间所忽略了的,换句话说,它是一种"被压抑了的现代性"。其实从"五四"文学革命的十年再到三四十年代西方种种现代主义文学思潮及其理论,包括经由日本变体和改造后的现代主义文学与文论,都在中国文学及诗学建构中得以或多或少地展现,而对这一条线索,我们在本书中没有作为重点来展开,系统而又全面地加以论述和比较。虽然它只是作为中国现代文学及诗学生成过程中的一个因子,并且还产生了不小的成果,已融入中国现代文学及诗学的母体中,但比起主流或主导性文学及诗学的叙事来,在当时及新时期以前,的确显得苍白而又不合时宜。当然这是针对当时中国社会的发展即救亡与解放的时代语境和后来的意识形态的制约而言的。如果说在本论著的学术思维场及结构性的布局中,这是一种值得探讨的疑点或不足的话,它既具有一种历史叙事的"正当性",但也可能存在遮蔽时代的"合法性",并且更重要的是,它还在新时期以后中国现代诗学的后期发展阶段复活了,在文学及诗学史上,人们重新把这根断线的珍珠连缀了起来,研究者们大都强调存在一种学术性的渊源关系,去发掘中国文学和诗学的现代性。所以,当我们面对中国文学与诗学的这个"现代性"时,其实它是一个复合型的概念,文学形式的自主性与独立性,与民族形式和"中国特性"的革命性叙事一起,构成了现代诗学的主体性意识,这是无疑的了。

在我们看来,在诗学生成与统治权力和主流意识形态的关系上,法国在大革命前,从16世纪的近代诗学正式兴起到17世纪的古典主义,它都与维护王权的统治和维护国家的统一密切相关,呈现出与权力合作共谋的态势,把它看作是工具也好,喉舌也罢,在时代的向前发展上,两者是基本一致的,具有一种历史的进步性;其后的启蒙运动开始,从封建专制一统天下中,出现了一种异质性的力量即现代性的因子——民主政治文明的力量,这是法国乃至西方现代文明的标志,这也可看作是法国现代诗学开始质的飞跃的起点。于是,诗学在这时就表现出反叛和一种否定性关系,再到后来,又诚如法国后现代学者所指出的那样,表现出对晚期资本主义"合法性"的质疑和对体制化生存的无奈与同消费社会文化的随波逐流。

我们看到,从18世纪下半叶至19世纪,法国诗学理论的殿堂大为改观,它不仅真正具有了现代诗学的品质,而且就其规模和广度而言形成了各种流派纷呈,各种理论争奇斗艳,不同的体裁的理论与观念,竞相迭起,你中有我,我中有你,呈现出继承、否定和超越的态势。从那时起,文学及诗学相对独立了,它与权力有合作也形成对峙,往往成为一种与社会现存秩序相对抗性的力量来推动社会向前发展。它时常还表现为一种阶段性的不对称性,资产阶级借启蒙精神和人民的力量,当然包括文学的力量推翻了封建专制,建立了资产阶级的民主共和国。然而,大革命后的境况对人民的生活来说,并未从根本上得到改观,工业化的推进带来的弊端与经济恶化导致社会矛盾的冲突日益加剧,当年的启蒙的光明和对大革命的憧憬已被眼下的失落与绝望所取代。于是,人们的生存危机感与社会危机感爆发出来了,在这种世纪性的大背景下,浪漫主义运动要抒发其在政治上和文学上的自由主义,即反对维护封建专制主义形态的"古典主义"的桎梏及其美学原则,建立起了崭新的现代美学及文艺理论观。我们看到,在这种充满激昂与忧郁的两股精神力量中,依然透露出呼吁和要求社会前进的心声,这就体现出这个时代仍未对未来彻底绝望而寄予理想和期望的底色。与此同时,浪漫主义史学的诞生,开启了法国现代史学的新纪元,米什莱的史学对法国现代文学精神的塑造,圣·伯夫文学批评范式的影响力,都使浪漫主义及其诗学充满活力和影响力。

而自然主义和现实主义的诗学,在实证主义哲学思潮的作用下,表现出了一种科学主义的精神和态度,其文学实践,揭露和批判了资本主义社会的异化和资产阶级的贪婪,体现了下层人民作为资产阶级的对立面或无产阶级力量的兴起与自觉的意识。

以象征主义为代表的现代主义文学及诗学观的崛起,标志着文学更转向人的内心世界去反抗这个社会的异化,它具有反实证主义和科学主义的倾向,它以现代美学,以现代艺术特有的表现方式来对抗资本主义日益深化的社会危机和由此造成的种种异化现象,以表达他们对整个现存的社会秩序和文学秩序的反抗,在这个意义上说,现代主义诗学是对抗性的和否定性的。

到了20世纪,更是法国诗学的黄金时代。如果说19世纪是"批评"的世纪,20世纪则是"理论"的世纪。它呈现出以现代主义诗学为主导的包括现实主义和马克思主义文艺理论在内的一种多元共存的诗学景观:在继承了上个世纪的实证主义和历史主义精神,文学史研究及文学理论,依然是以从法盖到朗松的学院派主导性文论观为代表,它以对法兰西民族精神的弘扬和文学优秀传统的继承与捍卫为宗旨。而柏格森倡导的生命哲学与直觉主义,催生了"意识流"小说理论、超现实主义文艺理论、普鲁斯特的现代小说理论和现代艺术的美学观,同时还有蒂博岱的"博学批评"和对"科学主义"的反动的巨大冲击力。此外,存在主义哲学思潮在两次世界大战间及战后的法兰西兴起,带来了存在主义文学及其文论,从萨特、加缪到波伏娃,其影响力在法国和包括中国在内的世界各地都是巨大的和深远的。而弗洛伊德的精神分析学与马克思主义的学说相结合,产生了法国的精神分析理论,从夏尔·莫隆和费尔南代兹到萨特和拉康,当然还包括蒂博岱在早期所作的贡献——"他探讨精神分析学为我们了解伟大的作品的可能所作出的贡献。"(法约尔:《法国文学评论史》)

法国"年鉴派史学"的革命和马克思主义学说的遗产,还催生了法国的马克思主义文论与批评。从早期阿拉贡、马尔罗到加洛蒂等人的现实主义理论到后期戈尔德曼和埃斯卡皮的"文学社会学"以及阿尔都塞的意识形态批评;再后来,由结构主义哲学而引发的文学思潮,使法国诗学迎来了一次巨大的转向,它专注于文学的形式及本体的自身建设，它再次回到语言形式本身，这是个多少个世纪以来一直萦绕着法国诗歌研究者的世纪性的终极性问题。从拉伯雷、杜贝莱、龙沙、蒙田到布瓦洛、卢梭，再到雨果、波德莱尔、马拉美、兰波和魏尔伦，都始终关心语言王国的意义和创造力。不过，结构主义的语言革命，已不再是传统的、技巧上的语言修辞，而是涉及和确立语言及形式，就是文学本身的现代语言观和美学观这一根本性问题，它使得结构主义理论超越了文学实践，是理论形态的一次现代语言学意义上的革命性转型，并成为一段时间内的主导性文学理念。于是，我们看到，罗兰·巴特的叙事学理论，结构主义的话语理论，热奈特和托多罗夫的小说叙事理论，以及麦茨的电影符号学理论和格雷马斯的语义学理论盛行于法国及全球。然而，由于这些理论是站在与传统的那种倡导文学与社会相密切关联的理念的对立面，而造成了过分的矫正作用，由此，它切断了文学与社会必然联系的纽带——"文本以外无其他"，也就是说，结构主义文论最终不得不死于自己的足下。

我们看到，从结构主义自身及其内部的裂缝中，又出现了一股否定性力量——解构主义理论诞生了，它以罗兰·巴特、布朗肖、福柯和德里达等为代表，同时，它又与德国的法兰克福学派理论，和法国自身的马克思主义文论的更新结合了起来，汇成了一股浩浩荡荡的对"晚期资本主义的文化逻辑"，即全球资本主义的后工业社会危机的批判性力量，并对资本主义社会的"合法性"予以了彻底解构。在这股巨大的后现代浪潮中，当然，还包括利奥塔、列斐伏尔、布尔迪厄和鲍德里亚等对"宏大叙事"和本质主义以及目的论、决定论、反映论等绝对真理和普遍真理的质疑与拒绝，对资本主义社会的后工业文明和后现代社会的消费文化作了深刻的揭示。从这时起，它标志着法国诗学真正进入到一个崭新的历史阶段，即后现代主义诗学的历史阶段，呈现出后现代主义思潮的主导性力量，它从根本上颠覆了法国传统的、经典的文学理论，甚至包括现代主义的文学理论与美学观。

而中国自"文革"结束，新时期以来，翻开了中国现代化进程的崭新一页，也标志着中国现代诗学进入到后期发展阶段。在文学与权力的关系上，这时的文论体现出思想解放运动的先锋性，成为向现代化进军的鼓点，并与主流意识形态保持了一种和谐和"共谋"的关系，这使得它在政治上处于中国现代诗学诞生以来，除"五四"时期以外的最佳生态环境期。通观这时的文学及文论，大致维持着这样一种"一与多"的关系，即以马克思主义为指导的社会主义的主导性意识形态的文论观，与非马克思主义的体现西方现代文明思想的种种文论观的"共生并存"，并形成了多种文学思潮的涌入与更迭的局面。事实上，新时期中国现代诗学后期阶段的真正开端，应是从反思中国现实主义文论的局限与简单化或单一化的弊端，同时对西方现代诗学的大规模译介、引进并在移植与逐渐追求本土化过程中形成的。它先后经历了从"审美论转向""主体性转向""语言论转向"和"文化研究的转向"的历史过程，才逐步成熟并最终赋予了中国气象。

是的,正是 1989 年的那场风波和东欧剧变的现实,以及西方后现代主义的种种理论的涌入,又使得中国现代诗学面临着自身的根本性问题和尴尬。事实上,政治、社会和学术不是一个绝缘体,中国改革开放的巨大成就和综合国力的极大提升,特别是伴随着 21 世纪来临的中国的崛起,当然,主要是经济的崛起,这一切,使中国在世界上的地位与角色比过去任何时候的分量都大得多。这一切,促使中国现代诗学从较长一段时间的盲目和冲动中冷静了下来,深度思考"我们是谁""我们要到哪里去"这样的根本性问题。它要回答百年以来中国人追求现代化和民族国家强盛梦想这个目的性问题。所以在现代诗学中,"传统与现代""全球化与本土化""东方与西方"成了极为重要的时代性的关键词。中国现代诗学的后期发展正是围绕着这一根本性的、历史性的和时代性的话题而展开争论、对话和重建:一方面,对"五四"的传统我们经过反思后超越它、延续它;另一方面,延安文艺精神和 60 年代已初露端倪的中国现代文论建设的"中国特色"在 20 世纪 90 年代末至 21 世纪的今天,又得以延续性思考,并沿此方向也许成为中国现代诗学未来发展的主导性模式。中国现代诗学后期建设,所呈现出的这种丰富性、复杂性、矛盾性和困惑性,这本身就是一种诗学生成的成熟表现。当然,它要完成中国现代诗学的真正转型,并且像法国诗学那样具有原创性、辐射性、特殊性和普世性,从而参与到世界诗学的对话中来,并对世界诗学作出应有的贡献,这是还有很长一段路要走的。

对这些问题的思考,对中国现代诗学后期的发展与走向的研究,以及上面所做的对法国现代诗学后期状况的展望,应是本论著关于中法现代诗学后期阶段发展比较研究中的题中之义。这,正是我们在欣慰之余,所要表达的留恋或者说不舍之情的意思。之所以不舍,是因为这第一次的旅行尚未抵达终点。如果说前面已经走过的是远眺的话,那么,我们还需要有近观,唯有这样,才能全面地显示中法现代诗学发展历程的全貌。我们期待着实现这一目标的那天的到来!

总之,中法近现代诗学的生成,首要是民族诗学的精神共同体或民族国家现代性价值追求的文学思想的生成;其次是近现代诗学自身品格与形态的自主创生、反思、超越与完善的诗学形式生命追求的生成,其诗学品格上赫然体现了两国诗学皆具有的诗性智慧与鲜明政治文化向度的特色,不过在诗学品格上,法国更具诗性哲学、诗性宗教、诗性科学的色彩;而中国,则由于其自身的历史文化背景和时代的挑战与冲击,文化的断裂与现代的启蒙,马列主义学说及其意识形态的主导性,使其主流诗学趋向于一种对革命的、民族的、科学的和大众的现代诗性智慧的追求。这是我们在结束中法近现代诗学的比较时,应必须注意到两国诗学品格存在着较为鲜明的内在差异性。

三、中法诗学的对望与互鉴

我们还应看到,法国现代诗学自 20 世纪以降,尤其是 20 世纪中后期开始,法国文学的危机或诗学的危机症候表现得尤为突出：一是表现出"信仰的危机"，故而结构主义诗学兴起；二是传统诗学"合法化"危机，故而解构主义及后现代诗学登场，它对西方诗学中"逻格斯中心主义"经典传统的反叛，对18世纪启蒙运动的工具理性与现代性启蒙表示怀疑，用审美的现代性来对抗启蒙的现代性。这些是本书还未来得及全面展开的法国景观。而对中国现代诗学，我们也应抱有警惕和反思之心。对中国现代诗学建构中过去被遮蔽的应加大力度总结和反思：一是主流诗学意识形态被无限放大后，所导致的诗学生成维度的薄弱或缺失或单一性或封闭性；二是西方文明的冲击，现代文化的兴起所导致的传统断裂，今天传统儒学的现代性怎样在现代诗学的建构中发挥重要作用，已成体现中国特色的重要一极，从而使中国现代诗学参与到现代世界文化意义的建构中去，其现代性的转换（儒家人文精神）与中国诗学的复兴，正是20世纪后半叶新时期以来至今的诗学要努力思考的。①

由此，我又注意到邻国日本学者对新世纪的展望及其所具有的历史意识——思考"儒教的现代性"："儒教作为一个大的思想体系是世界上最初的世俗价值体系。这样的体系在欧洲到了近代才开始存在。……而且文化的世俗化是现代世界动向的特征之一。领先这文化世俗化的是儒教文化。儒教不把神搬出来，而是保持某个价值观……当今不能照搬儒教的价值体系，但有必要思考怎样重新组合这些有问题的论点，同时寻找出有积极意义的观点。儒教里有一种类似人道主义的思想。"②

最后还需指出，中法两国在近现代文学与诗学生成中不仅有相互眺望，还可以相互发现、相互对话。其实早在五百多年前，法国近代诗学的奠基者之一、文艺复兴时期的大文豪蒙田就曾提到过中国，另一位不仅是法国近代科学与诗学的创建者，而且至今仍然对法国当代诗学影响力不减的集科学家、哲学家、文学家于一身的帕斯卡，在他的《思想录》中也曾发问"摩西还是中国？"。后来法国近代哲学家、物理学家和法国科学院院士的马勒伯朗士，也曾写下了《一个基督教哲学家和一个中国哲学家的对话》，当然更不用说启蒙时期的大哲人孟德斯鸠、伏尔泰等，19世纪浪漫主义时期的雨果，现实主义的代表巴尔扎克、福楼拜，象征主义诗人们，以及20世纪更多的文学家们都把眼光投向了东方，投向中国，像诺贝尔文学奖得主、大诗人圣·琼-佩斯，还有文学家萨特，以及法国现代主义诗学大家巴特、德里达等，都差不多曾亲历中国或对中国文化表有关切和了解，从而建立起他们关于中国的种种文化想象；此外中法

---

① 就我观察，杜维明先生近些年着重思考了这一问题，他的《儒家人文精神与宗教研究》和李大华先生的《中国宗教的超越性问题》（见《理性主义及其限制》，生活·读书·新知三联书店，2003年）以及方克立主编的《中西会通与中国哲学的近现代转换》（商务印书馆，2003年）均值得参考。另外，《杜维明学术专题访谈录》（复旦大学出版社，2001年）、《第四座桥：跨世纪的文化对话》（新世界出版社，1999年）也值得一看。

② （日）加藤周一：《21世纪与中国文化》，彭佳红译，中华书局，2007年，第307~308页。

哲学比较,中法文化比较,中法文学比较的学者,像研究十七八世纪启蒙时代的学者维吉尔·毕诺的《中国对法国哲学思想形成的影响(1640—1740)》,法国比较文学的泰斗艾金伯格(安田朴)的《中国文化西传欧洲史》,法国文学史家朗松的《18世纪法国哲学形成中经验所起的作用》(载《每月评论》,1910年1月和4月),以及弗朗索瓦·于连的多部关于中国古代思想的论著——《迂回与进入》《道德奠基》《圣人无意》,和曾任法国驻华大使馆的文化参赞郁白(Nicolas Chapuis)的《悲秋:古诗论情》,都无不体现出对中国文化与文学敏锐的洞察力和炽热的情怀,当然还有一批研究汉学的法国学者们,更是传播中国文化的助推者。

反观中国,从现代文学及文论的创始者那里,胡适就对法国近代诗学的首篇宣言《保卫》给予了积极的评价,陈独秀写下了《法兰西人与近世文明》的篇章,鲁迅、周作人、茅盾、郭沫若、郑振铎、朱光潜、梁宗岱、卞之琳的论说,以及一批受法国象征主义影响的诗人们,像艾青、闻一多等,和像巴金、李劼人等受惠于法国现实主义与自然主义,具有广泛影响力的现代小说家,当然还包括毛泽东文艺思想里的人民性及大众文艺发展方向的思考,都可以说无不包含法兰西近现代文明与文化,科学与民主,启蒙与现代性,文学与艺术等诸多领域的优秀成果的借鉴、吸纳与弘扬。事实上,中国对法国的接受,也并非是盲目照搬与复制,在文学上,像朱光潜、梁宗岱、艾青、卞之琳、李健吾和李劼人等人都是中西合璧,融会贯通之大家。在他们身上凸显出中国性即中国的主体意识。在学术思想上,像朱谦之①、牟宗三②、杜维明、叶秀山③等,都强调中西哲学及文化交流之中国性,即中国经验的独特性,并重视中国对欧洲(西方)思想影响的一面。可以说中法两国的这种互识与互补,共同构成了人类精神文明成果的重要组成部分,并将继续为世界文学与诗学的多样性发展作出积极的贡献。

最后,要说本论著还有什么遗憾的话,那就是我们虽然善于抓住从"民族国家文学基石的诗学生成"这一主导性视角来切入,并在较为清晰而又在相当概括性的框架内来实现我们这个预定的目标,即以结构性对称的大视野这一场域论和为实现上述主导性目标而形成的几个关键点的核心层面为中心来展开,但与中法两国近现代诗学的丰富性和复杂性,以及多元文化价值域的开放性相比,书中还有许多来不及涉及和论述的层面和维度,亦即不同诗学观的维度。这样看来,上述的不足,既是本书"抓大放小"的优点,也是它的缺点,好在我们还能在今后下一阶段的研究中来弥补和充实它,期待着有更多的关注中法比较诗学的研究性著作参与到我们的对话中来。

---

① 朱谦之:《中国思想对欧洲文化的影响》,商务印书馆,1940年。
② 他著有《周易的自然哲学与道德涵义》(1935)、《历史哲学》《智的直觉与中国哲学》(1974)、《中国哲学的特质》(1963)、《中国哲学之十九讲》(1983)、《中西哲学之会通十四讲》(1990)等。
③ 叶秀山:《中西智慧的贯通:叶秀山中国哲学文化论集》,江苏人民出版社,2002年。

参考文献

一、中文著作类

1. 中文原著

艾青:《艾青选集》(第3卷),四川文艺出版社,1986年。

步近智、张安奇:《中国学术思想史稿》,中国社会科学出版社,2007年。

曹顺庆:《中西比较诗学》,北京出版社,1988年。

曹顺庆:《中外比较文论史》,山东教育出版社,1998年。

曹而云:《白话文体与现代性——以胡适的白话文理论为个案》,上海三联书店,2006年。

陈宝良:《明代社会生活史》,中国社会科学出版社,2004年。

陈伯海:《近四百年中国文学思潮史》,东方出版社,1999。

陈崇武:《法国史论文集》,学林出版社,2000年。

陈传才:《文艺学百年》,北京出版社,1999年。

陈厚诚、王宁主编:《西方当代文学批评在中国》,百花文艺出版社,2000年。

陈建华:《中国革命话语考论》,上海古籍出版社,2000年。

陈乐民:《欧洲文明的进程》,生活·读书·新知三联书店,2003年。

陈梦家:《中国文字学》,中华书局,2006年。

陈平原:《中国现代学术之建立:以章太炎、胡适之为中心》,北京大学出版社,1998年。

陈平原、山口守主编:《大众传媒与现代文学》,新世界出版社,2003年。

陈圣生:《现代诗学》,社会科学文献出版社,1998年。

陈思和:《中国新文学整体观》,上海文艺出版社,2001年。

陈太胜:《象征主义与中国现代诗学》,北京大学出版社,2005年。

陈文海:《法国史》,人民出版社,2004年。

陈晓明:《表意的焦虑》,中央编译出版社,2003年。

陈晓明:《无边的挑战》,时代文艺出版社,1993年。
陈旭光:《中西诗学的汇通》,北京大学出版社,2002年。
陈序经:《中国文化的出路》,中国人民大学出版社,2004年。
程正民:《巴赫金的文化诗学》,北京师范大学出版社,2001年。
程正民、程凯:《中国现代文学理论知识体系的建构》,北京大学出版社,2006年。
沉睡编:《文化中国:剧变背景下的中国前沿论辩》,社会科学出版社,2004年。
董学文主编:《西方文学理论史》,北京大学出版社,2005年。
丁景唐主持:《中国新文学大系·文学理论集》(1927—1937),上海文艺出版社,1987年。
杜书瀛、钱竞主编:《中国20世纪文艺学学术史》(1~4卷),上海文艺出版社,2001年。
杜小真:《远去与归来:希腊与中国的对话》,中国人民大学出版社,2004年。
杜小真:《萨特引论》,商务印书馆,2007年。
方克立主编:《中西会通与中国哲学的近现代转换》,商务印书馆,2003年。
冯俊:《法国近代哲学》,同济大学出版社,2004年。
冯契:《中国近代哲学的革命进程》,上海人民出版社,1989年。
冯友兰:《中国哲学简史》,新世界出版社,2004年。
冯芝祥编:《钱锺书研究集刊》(第2辑),上海三联书店,2000年。
高瑞泉:《中国现代精神传统》,东方出版中心,1999年。
葛雷、梁栋:《现代法国诗歌美学描述》,北京大学出版社,1996年。
葛兆光:《中国思想史》,复旦大学出版社,2000年。
辜鸿铭:《中国人的精神》,外语教学和研究出版社,1998年。
顾忠华:《韦伯〈新教伦理与资本主义精神〉导读》,广西师大出版社,2005年。
郭宏安等:《20世纪西方文论研究》,中国社会科学出版社,1997年。
郭延礼:《近代西学与中国文学》,百花洲文艺出版社,2000年。
郭延礼:《20世纪中国近代文学研究学术史》,江西高校出版社,2004年。
郭延礼主编:《中国文学精神》,山东教育出版社,2003年。
郭绍虞主编:《中国历代文论选》,上海古籍出版社,1980年。
国玉奇:《地缘政治学与世界秩序》,重庆出版社,2007年。
韩毓海:《20世纪的中国:学术与社会·文学卷》,山东人民出版社,2001年。
何兆武:《中国印象》,广西师范大学出版社,2001年。
何兆武:《中西文化交流史论》,中国青年出版社,2001年。
何兆武:《西方哲学精神》,清华大学出版社,2002年。
何兆武等主编:《当代西方史学理论》,上海社会科学出版社,2003年。

何培忠:《当代国外中国学研究》,商务印书馆,2006年。
洪子诚:《中国当代文学史研究讲稿》,生活·读书·新知三联书店,2002年。
洪子诚:《中国当代文学史》,北京大学出版社,1999年。
胡风:《胡风评论集》,人民文学出版社,1984年。
胡经之、张首映主编:《西方20世纪文论选》,中国社会科学出版社,1989年。
胡明:《胡适思想与中国文化》,广西师范大学出版社,2005年。
胡适:《中国的文艺复兴》,湖南人民出版社,1998年。
胡兆量:《中国文化地理概述》(第2版),北京大学出版社,2006年。
黄键:《京派文学批判研究》,上海三联书店,2002年。
黄晋凯主编:《象征主义·意象派》,中国人民大学出版社,1989年。
黄曼君:《中国近百年文学理论批评史(1895—1990)》,湖北教育出版社,1997年。
黄仁宇:《中国大历史》,生活·读书·新知三联书店,1997年。
黄宗智:《中国研究的范式问题讨论》,社会科学文献出版社,2003年。
季进:《钱锺书与现代西学》,上海三联书店,2002年。
贾植芳、陈思和主编:《中外文学关系史资料汇编》(1898—1937),广西师范大学出版社,2004年。
蒋孔阳、朱立元主编:《西方美学通史》,上海文艺出版社,1999年。
金丝燕:《文学接受与文化过滤——中国对法国象征主义诗歌的接受》,中国人民大学出版社,1994年。
李赋宁总主编:《欧洲文学史》,商务印书馆,1999年。
李健吾:《李健吾文学评论选》,宁夏人民出版社,1983年
李建权:《日本精神》,新华出版社,2007年。
李欧梵:《徘徊在现代与后现代之间》,上海三联书店,2000年。
李欧梵:《现代性的追求》,生活·读书·新知三联书店,2000年。
李欧梵:《未完成的现代性》,北京大学出版社,2005年。
李鹏程:《对话中的政治哲学》,人民出版社,2004年。
李世涛:《民族主义与转型期中国的命运》,时代文艺出版社,2002年。
李世涛:《自由主义之争与中国思想界的分化》,时代文艺出版社,2002年。
李遇春:《权力、主体、话语:20世纪40~70年代中国文学研究》,华中师范大学出版社,2007年。
李怡:《中国现代新诗与古典诗歌传统》,西南师大出版社,1999年。
李庆:《日本汉学史》(三卷)上海外语出版社,2004年。
李泽厚:《中国现代思想史论》,安徽文艺出版社,1994年。

李兆忠:《看不透的日本》,东方出版社,2006年。
李振声:《梁宗岱批评文集》,珠海出版社,1998年。
梁启超:《清代学术概论》,东方出版中心,1996年。
梁启超:《梁启超全集》第3册,北京出版社,1997年。
梁启超:《中国近三百年学术史》,中国书店,1985年。
梁启炎:《法语与法国文化》,湖南教育出版社,1999年。
梁宗岱:《梁宗岱文集》(4卷),中央编译出版社,2003年。
刘禾:《跨语际实践:文学、民族文化与被译介的现代性》,宋伟杰等译,生活·读书·新知三联书店,2002年。
刘禾:《跨语际书写——现代思想史写作批判纲要》,上海三联书店,1999年。
刘康:《全球化与民族化》,天津人民出版社,2002年。
刘若愚:《中国的文学理论》,四川人民出版社,1987年。
刘润清:《西方语言学流派》,外语教学与研究出版社,2002年。
刘煊:《中西交汇与文艺创造》,陕西师范大学出版社,2000年。
刘晔:《知识分子与中国革命》,天津人民出版社,2004年。
刘志琴:《晚明史论》,江西高教出版社,2004年。
柳鸣九、郑克鲁等主编:《法国文学史》,人民文学出版社,1979年。
柳鸣九选编:《法国自然主义作品选》,天津人民出版社,1987年。
柳鸣九:《20世纪现实主义》,中国社会科学出版社,1992年。
柳诒徵:《中国文化史》,上海古籍出版社,1982年。
卢善庆:《中国近代美学思想史》,华东师范大学出版社,1991;
鲁迅:《中国小说史略》,北京:人民文学出版社,1952年版。
鲁迅:《鲁迅全集》第4卷,人民文学出版社,1981年。
陆扬:《欧洲中世纪诗学》,上海社科院出版社,2000年。
陆扬:《文化研究导论》,复旦大学出版社,2006年。
於可训:《当代诗学》,湖南人民出版社,2000年。
吕一民:《法国通史》,上海社科院出版社,2002年。
罗钢:《历史汇流中的抉择》,中国社会科学出版社,2000年。
罗芃等:《法国文化史》,北京大学出版社,1997年。
罗志田:《裂变中的传承:20世纪前期中国文化与学术》,中华书局,2003年。
罗志野:《西方文学批评史》,广西师范大学出版社,1991年。
马新国主编:《西方文论史》,高等教育出版社1994年初版,2002年修订版。
茅盾:《茅盾文艺杂论集》(上),上海文艺出版社,1981年。
牟宗三:《中国哲学19讲》,上海古籍出版社,1997年。

南帆:《后革命的转移》,北京大学出版社,2005 年。
南京大学中国现代文学研究中心编:《中国现代文学传统》,人民文学出版社,2002 年。
庞朴主编:《中国儒学》,东方出版中心,1997 年。
潘翠菁:《西方文论辨析》,中山大学出版社,1984 年。
潘颂德:《中国现代新诗理论批评史》,学林出版社,2002 年。
彭斐章:《中外图书交流史》,湖南教育出版社,1998 年。
濮之珍:《中国语言学史》,上海古籍出版社,2002 年。
阮炜:《地缘文明》,上海三联书店,2006 年。
钱穆:《中国文化史导论》,商务印书馆,1994 年。
钱国红:《走近"西洋"和"东洋":中日世界意识形成的比较研究》,商务印书馆,2009 年。
钱林森:《20 世纪法国作家与中国》,南京大学出版社,2001 年。
钱林森:《法国作家与中国》,福建教育出版社,1995 年。
钱念孙:《朱光潜与中西文化》,安徽教育出版社,1995 年。
钱锺书:《七缀集》,生活·读书·新知三联书店,2002 年。
钱中文:《文学理论:走向交往与对话的时代》,北京大学出版社,1999 年。
钱婉约:《从汉学到中国学——近代日本的中国研究》,中华书局,2007 年。
瞿秋白:《瞿秋白文集》(2),人民文学出版社,1953 年。
尚杰:《20 世纪法国哲学的踪迹》江苏人民出版社,2002 年。
尚杰:《尚杰讲狄德罗》,北京大学出版社,2008 年。
尚新建:《重新发现直觉主义》,北京大学出版社,2000 年。
史忠义:《20 世纪法国小说诗学》,社会科学文献出版社,2000 年。
孙政:《战后日本新国家主义研究》,人民出版社 2005 年。
沈福伟:《西方文化与中国》,上海教育出版社,2003 年。
申小龙:《汉语与中国文化》,复旦大学出版社,2003 年。
盛邦和:《解体与重构:现代中国史学与儒学思想变迁》,华东师大出版社,2002 年。
孙玉石:《中国初期象征派诗歌研究》,北京大学出版社,1985 年。
孙玉石:《中国现代主义诗潮史论》,北京大学出版社,1999 年。
谭好哲:《文艺与意识形态》,山东大学出版社,1997 年。
汤一介、杜维明主编:《百年中国哲学经典》(1898—1978),海天出版社,1998 年。
童庆炳等主编:《文学经典的建构、解构和重构》,北京大学出版社,2007 年。
涂卫群:《从普鲁斯特出发》,社会科学文献出版社,2001 年。

汪晖:《现代中国思想的兴起》,生活·读书·新知三联书店,2003年。

王春元、钱中文主编:《法国作家论文学》,生活·读书·新知三联书店,1984年。

王本朝:《中国现代文学制度》,西南师范大学出版社,2002年。

王德威:《想像中国的方法:历史·小说·叙事》,生活·读书·新知三联书店,1998年。

王宁:《超越后现代主义》,人民文学出版社,2002年。

王尔敏:《中国近代思想史论》,社会科学文献出版社,2003年。

王珂:《百年新诗诗体建设研究》,上海三联书店,2004年。

王珂编:《东亚共同体与共同文化认知》,人民出版社,2007年。

王列生:《世界文学背景下的民族文学道路》,安徽教育出版社,2000年。

王齐洲:《呼唤民族性:中国文学特质的多维透视》,中国社会科学出版社,2000年。

王荣江:《近代科学的发生及其相关问题的研究》,中国科学出版社,2008年。

王先明:《近代新学——中国传统学术文化的嬗变与重构》,商务印书馆,2000年。

王晓明:《20世纪中国文学史论》,东方出版中心,1997年。

王瑶主编:《中国文学研究现代化进程》,北京大学出版社,1996年。

王一川:《中国现代性体验的发生》,北京师大出版社,2001年。

王永生:《中国现代文学理论批评史》,贵州人民出版社,1986年。

王岳川:《中国镜像:90年代文化研究》,中央编译出版社,2001年。

王运熙:《中国文学批评史》,上海古籍出版社,1985年版;

王运熙主编:《中国文论选》,江苏文艺出版社,1996年。

王正毅:《世界体系论与中国》,商务印书馆,2000年版。

王钟陵主编:《20世纪中国文学史论文精粹》,河北教育出版社,2001年。

伍蠡甫主编:《西方文论选》(上、下),上海文艺出版社,1979年;

伍蠡甫主编:《现代西方文论选》,上海译文出版社,1983年。

温儒敏:《中国现代文学批评史教程》,北京大学出版社,1997年。

闻一多:《闻一多选集》(第2卷),四川文艺出版社,1987年。

吴岳添:《法国文学的流派变迁》,北京大学出版社,1995年。

吴二持:《胡适文化思想析论》,东方出版社,1998年。

向天渊:《现代汉语诗学话语》(1917—1937),西南师范大学出版社,2002年。

萧华荣:《中国诗学思想史》,华东师大出版社,1996年。

徐善伟:《东学西渐与西方文化的复兴》,上海人民出版社,2002年。

许悼云:《中国文化与世界文化》,贵州人民出版社,1991年。

许道明:《中国现代文学批评史新编》,复旦大学出版社,2002年。

许冠三:《新史学九十年》,岳麓书社,2003年。

许志英、邹恬主编:《中国现代文学主潮》,福建教育出版社,2001年。

杨大春:《身体·语言·他者:当代法国哲学三大主题》,生活·读书·新知三联书店,2007年。

杨东莼:《中国学术史讲话》,江西教育出版社,2005年。

杨联芬:《晚清至五四:中国文学现代性的发生》,北京大学出版社,2003年。

杨念群:《新史学:多学科对话的图景》,中国人民大学出版社,2003年。

杨善民:《文化哲学》,山东大学出版社,2002年。

杨周翰等主编:《欧洲文学史》(上、下),人民文学出版社,1964、1979年。

杨义等:《中国新文学图志》(上、下),人民文学出版社,1997年。

叶维廉:《中国诗学》,生活·读书·新知三联书店,1992年。

叶渭渠:《日本文化史》,广西师范大学出版社,2005年。

殷国明:《20世纪中西文艺理论交流史论》,华东师范大学出版社,1999年。

殷海光:《中国文化的展望》,上海三联书店,2002年。

袁行霈等主编:《中华文明史》,北京大学出版社,2006年。

余虹:《中国文论与西方诗学》,生活·读书·新知三联书店,1999年。

余英时:《中国思想传统及其现代变迁》,广西师大出版社,2004年。

余英时:《重寻胡适历程》,广西师大出版社,2004年。

于语和、庾良辰主编:《近代中西文化交流史》,山西教育出版社,1997年。

乐黛云、王宁主编:《西方文艺思潮与20世纪中国文学》,中国社会科学出版社,1990年。

赵澧、徐京安主编:《唯美主义》,中国人民大学出版社,1998年。

赵家璧主编:《中国新文学大系·建设理论集》(1917—1927),上海文艺出版社,2003年。

《中国新文学大系·文学论争集》(1917—1927),上海文艺出版社,2003年。

赵京华:《日本后现代与知识左翼》,生活·读书·新知三联书店,2007年。

章安祺主编:《西方文艺理论史精读文献》,中国人民大学出版社,1996年。

张德祥:《现实主义当代流变史》,社会科学文献出版社,1997年。

张隆溪:《道与罗格斯》,四川人民出版社,1998年。

张隆溪:《中西文化研究十论》,复旦大学出版社,2005年。

张骥:《文化与当代国际政治》,人民出版社,2003年。

张静庐:《中国现代出版史料甲编》,中华书局,1954年。

张首映:《西方20世纪文论史》,北京大学出版社,1999年。

张旭东:《批评的踪迹》,生活·读书·新知三联书店,2003年。

张芝联:《法国史论集》,生活·读书·新知三联书店,2007年。

张芝联:《20年来演讲录》,生活·读书·新知三联书店,2007年。

张哲俊:《东亚比较文学导论》,北京大学出版社,2004年。

张君劢:《明日之中国文化》,中国人民大学出版社,2006年。

张君劢:《新儒家思想史》,中国人民大学出版社,2006年。

张广智:《史学:文化中的文化》,上海社会科学院出版社,2003年。

郑敏:《结构—解构视角:语言·文化·评论》,北京:清华大学出版社,1998年。

郑敏:《诗歌与哲学是近邻:结构与解构诗论》,北京大学出版社,1999年。

郑家栋:《断裂中的传统》,中国社会科学出版社,2001年。

郑家建:《中国文学现代性的起源语境》,上海三联书店,2002年。

郑克鲁:《法国诗歌史》,上海外语教学出版社,1996年。

郑克鲁:《现代法国小说史》,上海外语教学出版社,1998年。

郑振铎编:《插图本中国文学史》(上下册),北京出版社,1999年。

郑振铎编:《文学大纲》,广西师范大学出版社,2003年。

周策纵:《五四运动:现代中国的思想革命》,江苏人民出版社,1996年。

周发祥:《中外文学交流史》,湖南教育出版社,1999年。

周海波:《中国现代文学批评史论》,上海人民出版社,2002年。

朱东润:《中国文学批评史大纲》,上海古籍出版社,2001年。

朱光潜:《朱光潜全集》,安徽教育出版社,1993年。

朱立元主编:《当代西方文艺理论》,华东师大出版社,2005年。

朱国华:《文学与权利—文学合法性的批判性考察》,华东师范大学出版社,2006年。

朱晓进:《政治文化与中国20世纪30年代文学》,人民出版社,2006年。

宗白华:《宗白华全集》,安徽教育出版社,1994年。

庄锡华:《20世纪中国的文艺理论》,上海三联书店,2000年。

邹振环:《影响中国近代社会的100种译作》,中国对外翻译出版公司,1996年。

中国现代文化学会编:《东西方文化交融的道路与选择》,四川人民出版社,1993年。

中央马列著作编译局:《马克思恩格斯·德意志意识形态》,人民出版社,2003年。

中央文献编辑委员会:《毛泽东选集》,人民出版社,1991年。

2. 中文译著

(英)阿伦·布洛克:《西方人文主义传统》,董乐山译,生活·读书·新知三联书店,1997 年。

（美）安乐哲:《和而不同:比较哲学与中西会通》,北京大学出版社,2002 年。

（法）安田朴:《中国文化西传欧洲史》,耿昇译,商务印书馆,2000 年。

（法）安田朴:《比较文学之道:艾田伯文论选集》,胡玉龙译,生活·读书·新知三联书店,2006 年。

（德）奥尔巴赫:《模仿论》,吴麟绶等译,百花文艺出版社,2002 年。

（美）昂利·拜尔:《方法、批评及文学史:朗松文论选》,徐继增译,中国社会科学出版社,1992 年。

（法）昂利·彭伽勒:《科学与方法》,李醒民译,商务印书馆,2006 年。

（加）昂热诺主编:《问题与观点:20 世纪文学理论综论》,百花文艺出版社,1999 年。

（法）巴比耶:《书籍的历史》,刘阳等译,广西师大出版社,2005 年。

包亚明主编:《现代性与空间的生产》,上海教育出版社,2003 年。

包亚明主编:《权力的眼睛:福柯访谈录》,上海人民出版社,1997 年。

（法）巴什拉:《梦想的诗学》,刘自强译,生活·读书·新知三联书店,1996 年。

（法）巴什拉:《火的精神分析》,杜小真等译,生活·读书·新知三联书店,1992 年。

（法）巴什拉:《科学精神的形成》,钱培鑫译,江苏教育出版社,2006 年。

（法）柏格森:《形而上学导论》,刘放桐译,商务印书馆,1963 年。

（法）柏格森:《材料与记忆》,肖聿译,华夏出版社 2003 年。

（法）柏格森:《创造进化论》,肖聿译,华夏出版社 2003 年。

（法）柏格森:《笑与滑稽》,乐爱国译,广东人民出版社,2000 年。

（古希腊）柏拉图:《柏拉图文艺对话集》,朱光潜译,人民文学出版社,1963 年。

（法）贝尔纳·亨利·列维:《萨特的世纪:哲学研究》,闫素伟译,商务印书馆,2005 年。

（法）布尔迪厄:《艺术的法则:文学场的生成和结构》,刘晖译,中央编译出版社,2001 年。

（美）布尔斯廷:《发现者》,吕佩英等译,上海译文出版社,2006 年。

（法）布吕奈尔等:《20 世纪法国文学史》,郑克鲁等译,四川文艺出版社,1991 年,《19 世纪法国文学史》,郑克鲁等译,上海人民出版社,1997 年。

（法）布罗斯:《发现中国》,耿昇译,山东画报出版社,2002 年。

（法）布朗肖:《文学空间》,顾嘉琛译,商务印书馆,2003 年。

（美）布鲁姆:《西方正典》,江宁康译,译林出版社,2005 年。

（美）布鲁姆:《批评、正典结构与预言》,吴琼译,中国社会科学出版社,2000 年。

（英）卜立德：《一个中国人的文艺观：周作人的文艺思想》，陈广宏译，复旦大学出版社，2001年。

（美）本尼迪克特·安德森：《想象的共同体：民族主义的起源与散布》，吴叡人译，上海世纪出版集团，2005年。

（德）本雅明：《发达资本主义时代的抒情诗人：论波德莱尔》，张旭东译，生活·读书·新知三联书店，1989年。

（英）彼得·伯克：《法国史学革命：年鉴学派》（1929—1989），刘永华译，北京大学出版社，2006年。

（英）彼得·伯克：《语言的文化史：近代早期欧洲的语言和共同体》，李霄翔等译，北京大学出版社，2007年。

（荷）彼得·李伯庚：《欧洲文化史》，赵复三译，上海社会科学院出版社，2004年。

（美）彼德·赖尔：《启蒙运动百科全书》，刘北成、王皖强译，上海人民出版社，2003年。

（法）毕诺：《中国对法国哲学思想形成的影响》，耿昇译，商务印书馆，2000年。

（日）柄谷行人：《日本现代文学起源》，赵京华译，生活·读书·新知三联书店，1997年。

（法）波德莱尔：《波德莱尔美学论文选》，郭宏安译，人民文学出版社，1987年。

（丹）勃兰兑斯：《19世纪文学主流·法国的反动》，张道真译，人民文学出版社，1986年。

（丹）勃兰兑斯：《19纪文学主流·法国的浪漫派》，李宗杰译，人民文学出版社，1982年。

（英）查尔斯·查德威尔：《象征主义》，周发祥译，昆仑出版社，1989年。

（法）程抱一：《中国诗画语言研究》，涂卫群译，凤凰出版传媒集团，2006年。

（法）达维德·方丹：《诗学：文学形式通论》，陈静译，天津人民出版社，2003年。

（英）丹皮尔：《科学史》，李珩译，广西师范大学出版社，2001年。

（美）丹尼尔·贝尔：《资本主义的文化矛盾》，赵一凡等译，生活·读书·新知三联书店，1989年。

（美）道格拉斯·诺斯：《西方世界的兴起》，厉以平等译，华夏出版社，1999年。

（法）德里达：《德里达中国讲演录》杜小真译，中央编译出版社，2003年。

（法）德里达：《论文字学》，汪堂家译，上海译文出版社，1999年。

（法）德里达：《马克思的幽灵》，何一译，中国人民大学出版社，1999年。

（法）德里达：《书写与差异》，张宁译，生活·读书·新知三联书店，2001年。

（法）德里达：《〈友爱的政治学〉及其他》，胡继华译，吉林人民出版社，2006年。

（法）德勒兹：《康德与柏格森解读》，张宇凌等译，社会科学文献出版社，2002年。

（法）笛卡尔:《谈谈方法》,王太庆译,商务印书馆,2000年。

（法）笛卡尔:《第一哲学沉思录》,庞景仁译,商务印书馆,1986年。

（法）狄德罗:《狄德罗美学论文选》,张冠尧等译,人民文学出版社,1984年。

（法）狄德罗:《狄德罗哲学选集》,商务印书馆,1997年。

（法）狄德罗:《狄德罗文选》,陈修斋等译,上海三联书店,1991年。

（法）蒂博岱:《六说文学批评》,赵坚译,生活·读书·新知三联书店,2002年。

（法）蒂费伊·萨莫瓦约:《互文性研究》,邵炜译,天津人民出版社,2003年。

（美）杜赞奇:《从民族国家拯救历史》,王宪民译,社会科学文献出版社,2003年。

（法）杜贝莱:《捍卫和弘扬法兰西语言》(节选),齐香译,载《文艺理论译丛》1958年第3期。

（法）杜尔凯姆（涂尔干）:《教育思想的演进》,李康译,上海人民出版社,2003年。

（德）E·卡西尔:《启蒙哲学》,顾伟铭等译,山东人民出版社,2007年。

（德）恩斯特·卡西尔:《国家的神话》,华夏出版社,2003年。

（法）法约尔:《法国文学评论史》,怀宇译,四川文艺出版社,1992年。

（法）费尔南·布罗代尔:《法兰西的特性:空间和历史》,顾良译,商务印书馆,1994年。

（荷）佛克马:《文学研究与文化参与》,俞国强译,北京大学出版社,1996年。

（法）弗朗索瓦·傅勒:《思考法国大革命》,孟明译,生活·读书·新知三联书店,2005年。

（法）弗朗索瓦·多斯:《法国20世纪思想主潮》,季广茂译,中央编译出版社,2004年。

（法）福柯:《知识考古学》,谢强等译,生活·读书·新知三联书店,1998年。

（法）福柯:《必须保卫社会》,钱翰译,上海人民出版社,1999年。

（法）福柯:《词与物》,莫伟民译,上海三联书店,2001年。

（加）弗莱:《批评的剖析》,陈慧等译,百花文艺出版社,1998年。

（法）伏尔泰:《论各民族的精神与风俗》(简称《风俗论》),梁守锵译,商务印书馆,1995年。

（法）伏尔泰:《哲学辞典》,王燕生译,商务印书馆,1997年。

（日）高坂史朗:《近代之挫折:东亚社会与西方文明的碰撞》,吴光辉译,河北人民出版社,2006年。

（斯）高利克:《中国现代文学批评发生史》,陈圣生译,社会科学文献出版社,1997年。

（美）格罗斯:《公民与国家:民族、部落和族属身份》,王建娥译,新华出版社,

2003年。

（美）格里德：《胡适与中国的文艺复兴》，鲁奇译，江苏人民出版社，1995年。

（德）顾彬：《20世纪中国文学史》，范劲等译，华东师范大学出版社，2008年。

（法）古斯塔夫·勒庞：《革命心理学》，刘训练译，吉林人民出版社，2004年。

（德）海德格尔：《在通向语言的途中》，孙周兴译，商务印书馆，1995年。

（英）韩歇尔：《日本小史：从石器时代到超级强权的崛起》，李忠晋等译，世界图书出版社，2007年。

（英）汉默顿：《伟大的思想——塑造人类文明的力量》，李鹏译，九州出版社，2004年。

（德）汉斯·昆等：《诗与宗教》，李永平译，生活·读书·新知三联书店，2005年。

（美）郝大伟：《中西哲学文化比较—期望中国》，施忠连译，学林出版社，2005年。

（德）胡塞尔：《欧洲科学危机和超验现象学》，张庆熊译，上海译文出版社，1988年。

（英）怀特海：《科学与近代世界》，何钦译，商务印书馆，1989年。

（英）霍布斯：《利维坦》，杨昌裕译，商务印书馆，1997年。

（美）霍尔顿：《欧洲文学的背景》，王光林译，重庆出版社，1991年。

（日）吉野耕作：《文化民族主义的社会学：现代日本自我认同意识的走向》，刘克申译，商务印书馆，2004年。

（法）吉尔·德拉诺瓦《民族与民族主义》，郑文彬等译，生活·读书·新知三联书店，2005年。

（美）加里·古廷：《20世纪法国哲学》，辛岩译，南京：江苏人民出版社，2004年。

（法）加缪：《加缪荒谬与反抗论集》，杜小真译，陕西师范大学出版社，2003年。

（日）加藤周一：《21世纪与中国文化》，彭佳红译，中华书局，2007年。

（法）基佐：《法国文明史》(4卷)，沅芷等译，商务印书馆，1995年，

（日）金森修：《巴什拉：科学与诗》，武青艳等译，河北教育出版社，2002年。

（法）纪德：《纪德文集·文论卷》，桂裕芳等译，花城出版社，2001年。

（美）卡尔·博格斯：《知识分子与现代性的危机》，李俊译，江苏人民出版社，2002年。

（美）卡特琳娜·克拉克等：《米哈伊尔·巴赫金》，语冰译，中国人民大学出版社2000年。

（英）凯·贝尔塞：《重解伟大的传统》，黄伟，社会科学文献出版社，1999年。

（美）科恩：《科学革命史》，杨爱华等译，军事科学出版社，1992年。

（意）克罗齐：《作为思想和行动的历史》，田时纲译，中国社会科学出版社，2005年。

（法）克洛德·皮舒瓦：《波德莱尔传》，董强译，世纪出版集团，2007年。
（英）肯尼斯·韩歇尔：《日本小史》，李忠晋等译，世界图书出版公司，2007年。
（英）昆庭·斯金纳：《近代政治思想的基础》，奚瑞森等译，商务印书馆，2002年。
（法）拉伯雷：《巨人传》，成钰亭译，上海译文出版社，1981年。
（法）勒内·基拉尔：《浪漫的谎言与小说的真实》，罗芃译，生活·读书·新知三联书店，1998年。
（美）雷纳·韦勒克《近代文学批评史》，杨岂深等译，上海译文出版社，1997年。
（荷）李伯庚：《欧洲文化史》，上海社科院出版社，2001年。
（法）利奥塔：《后现代状况：关于知识的报告》，岛子译，湖南美术出版社，1996年。
（法）利奥塔：《非人：时间漫谈》，罗国祥译，商务印书馆，2000年。
（法）龙沙：《〈法兰西亚德〉序》，曾觉之译，载《文艺理论译丛》人民文学出版社，1958年。
（法）龙沙：《诗艺简论》，曾觉之译，载《文艺理论译丛》，人民文学出版社，1958年。
（日）莲实重彦：《反〈日语论〉》，贺晓星译，南京大学出版社，2005年。
（美）列文森：《儒教中国及其现代命运》，郑大华等译，中国社会科学出版社，2000年。
（美）刘若愚：《中国的文学理论》，田守真、饶曙光译，四川人民出版社，1987年。
（德）卢克曼：《无形的宗教》，覃方明译，中国人民大学出版社，2003年。
（澳）罗·霍尔顿《全球化与民族国家》，倪峰译，世界知识出版社，2006年。
（美）罗伯特·B·马克斯：《现代世界的起源》，夏继果译，商务印书馆，2006年。
（法）罗杰·加洛蒂：《论无边的现实主义》，吴岳添译，百花文艺出版社，1998年。
（法）罗兰·巴特：《神话：大众文化诠释》，许蔷蔷等译，上海人民出版社，1999年。
（法）罗兰·巴特：《罗兰·巴特自述》，怀宇译，百花文艺出版社，2002年。
（法）罗兰·巴特：《显义与晦义——批评文集之三》，怀宇译，百花文艺出版社，2005年。
（德）罗曼·赫尔佐克：《古代的国家》，赵蓉恒译，北京大学出版社，1998年。
（英）罗素：《西方的智慧》，崔权醴译，文化艺术出版社，1997年。
（美）罗兹·墨菲《亚洲史》（第4版），黄磷译，海南出版社，2004年。
（美）罗兹曼：《中国的现代化》，比较现代化课题组译，江苏人民出版社，2003年。
（法）吕克·费里：《宗教后的教徒》，周迈译，中国人民大学出版社，2007年。
（法）吕西安·戈德曼：《隐蔽的上帝》，蔡鸿滨译，百花文艺出版社，1998年。

(俄)M·巴赫金:《巴赫金文论选》,佟景韩译,中国社会科学出版社,1996年。
(法)马克·布洛赫:《法国农村史》,余中先等译,商务印书馆,2003年。
(英)玛里琳·巴特勒:《浪漫派、叛逆者及反动派》,黄梅等译,辽宁教育出版社,1998年。
(意)马斯泰罗内:《欧洲政治思想史》,黄华光译,社会科学文献出版社,1998年。
(德)马文·克拉达:《福柯的迷宫》,朱毅译,商务印书馆,2005年。
(法)梅洛-庞帝:《哲学赞词》,杨大春译,商务印书馆,2000年。
(法)蒙田:《蒙田随笔全集》,潘丽珍、马振骋、陆秉慧等译,译林出版社,1996年。
(法)米歇尔·雷蒙:《法国现代小说史》,徐知免等译,上海译文出版社,1995年。
(法)米歇尔·莱马里等主编:《西方当代知识分子史》,顾元芬译,凤凰出版传媒集团,2007年。
(法)米歇尔·布莱等主编:《科学的欧洲》,高煜译,中国人民大学出版社,2007年。
(法)莫兰:《反思欧洲》,康征译,生活·读书·新知三联书店,2000年。
(日)内藤湖南:《中国史通论》,夏应元等译,社会科学文献出版社,2004年。
(意)尼科洛·马基雅维里:《君主论》,潘汉典译,商务印书馆,2005年。
(美)欧文·白璧德:《法国现代批评大师》,孙宜学译,广西师范大学出版社,2002年。
(法)帕斯卡:《思想录》,何兆武译,商务印书馆,1997年。
(法)帕斯卡:《致外省人信札》,姚蓓琴译,上海社会科学院出版社,2002年。
(丹)裴特生:《19世纪欧洲语言史》,钱晋华译,科学出版社,1958年。
(英)佩特:《文艺复兴:艺术与诗的研究》,张若冰译,广西师大出版社,2002年。
(法)皮埃尔·布迪厄:《艺术的法则》,刘晖译,中央编译出版社,2001年。
(捷)普实克:《普实克中国现代文学论文集》,李燕乔等译,湖南文艺出版社,1987年。
(法)普鲁斯特:《驳圣伯夫》,王道乾译,百花洲文艺出版社,1992年。
(美)乔伊斯·阿普尔比:《历史的真相》,刘北成译,中央编译出版社,1999年。
(比)乔治·布莱:《批评意识》,郭宏安译,百花洲文艺出版社,1993年。
(英)琼斯:《剑桥插图法国史》,杨保筠译,世界知识出版社,2004年,第105页。
(法)让·贝西埃等主编:《诗学史》,史忠义译,百花文艺出版社,2002年。
(法)让·诺安:《笑的历史》,果永毅译,生活·读书·新知三联书店,1986年。
(法)让·纳内:《西方媒介史》,段慧敏译,广西师大出版社,2005年。
(法)让·絮佩维尔:《法国诗学概论》,洪涛译,四川文艺出版社,1990年。
(法)让-皮埃尔·里乌等主编:《法国文化史》,杨剑译,华东师大出版社,

2006 年。

（法）让－皮埃尔·理查：《文学与感觉：司汤达与福楼拜》，顾嘉琛译，生活·读书·新知三联书店,1992 年。

（法）让－弗朗索瓦·勒维尔等：《和尚与哲学家：佛家与西方思想的对话》，陆元昶译,江苏人民出版社,2000 年。

（法）让－伊夫·塔迪埃：《普鲁斯特和小说》，桂裕芳等译,上海译文出版社,1992 年。

（法）让－伊夫·塔迪埃：《20 世纪的文学批评》，史忠义译,百花文艺出版社,1998 年。

（法）让－雅克·卢梭：《论人类不平等的起源和基础》，高煜译,广西师范大学出版社,2002 年。

（法）让－雅克·卢梭：《论语言的起源》洪涛译,上海人民出版社,2003 年。

（美）芮尔伟·韩森：《开放的帝国》，梁侃译,江苏人民出版社,2007 年。

（法）萨特：《萨特文学论文集》，施康强等译,安徽文艺出版社,1998 年。

（法）萨特：《萨特哲学论文集》，潘培庆等译,安徽文艺出版社,1998 年。

（法）萨特：《词语》，潘培庆译,生活·读书·新知三联书店,1989 年。

（美）萨义德：《知识分子论》，单德兴译,生活·读书·新知三联书店,2002 年。

（爱尔兰）塞·贝克特：《普鲁斯特论》，沈睿等译,社会科学文献出版社,1999 年。

（美）史华兹：《寻求富强：严复与西方》，叶凤美译,江苏人民出版社,1995 年。

（美）史景迁：《文化类同与文化利用》，廖世奇等译,北京大学出版社,1997 年。

（荷）斯宾诺莎：《笛卡尔哲学原理》，王荫庭译,商务印书馆,1997 年。

（美）斯蒂芬·布隆纳：《重申启蒙：论一种积极参与的政治》，殷杲译,江苏人民出版社,2006 年。

（美）斯特龙伯格：《西方现代思想史》，刘北成译,中央编译出版社,2005 年。

（美）苏珊·邓恩：《姊妹革命－美国革命与法国革命启示录》，杨小刚译,上海文艺出版社,2003 年。

（法）索绪尔：《普通语言学教程》，高明凯译,商务印书馆,1980 年。

（法）泰纳：《艺术哲学》，傅雷译,安徽文艺出版社,1991 年。

（美）汤姆·罗克摩尔：《黑格尔思想历史导论》，柯小刚译,北京大学出版社,2005 年。

（美）梯利：《西方哲学史》，葛力译,商务印书馆,2000 年。

（法）托多洛夫：《批评的批评》，王东亮等译,生活·读书·新知三联书店,1988 年。

（法）托多洛夫：《巴赫金对话理论及其他》，蒋子华等译,百花文艺出版社,

2001年。

（法）瓦雷里：《文艺杂谈》，段映红译，百花文艺出版社，2002年。

（法）汪德迈：《新汉文化圈》，陈彦译，江西人民出版社，2007年。

（美）王国斌：《转变的中国：历史变迁与欧洲经验的局限》，李伯重等译，江苏人民出版社，1998年。

（美）韦德·巴斯金编：《萨特论艺术》，冯黎明等译，上海美术出版社，1989年。

（美）韦勒克：《文学理论》，刘象愚等译，生活·读书·新知三联书店，1984年。

（美）韦勒克：《近代文学批评史》（1—7卷），杨岂深、杨自伍译，上海译文出版社，1997、2006年。

（英）沃尔什：《历史哲学导论》，何兆武等译，广西师范大学出版社，2001年。

（美）卫姆塞特：《西洋文学批评史》，颜元叔译，中国人民大学出版社，1997年。

（美）威尔·杜兰等：《路易十四时代》，台北幼狮文化公司译，东方出版社，2007年。

（美）魏因伯格：《科学、信仰与政治》，张新樟译，生活·读书·新知三联书店，2008年。

（法）谢和耐：《中国社会史》，耿昇译，江苏人民出版社，1995年。

（美）夏志清：《中国现代小说史》，刘铭铭等译，复旦大学出版社，2005年。

（古希腊）亚里斯多德：《诗学》，杨周翰译，人民文学出版社，1984年。

（法）雅克·勒高夫：《中世纪的知识分子》，张弘译，商务印书馆，1999年。

（法）雅克·马利坦：《艺术与诗中的创造性直觉》，刘有元等译，生活·读书·新知三联书店，1991年。

（法）雅克·马利坦：《科学与智慧》，尹今黎等译，上海科学院出版社，1995年。

（法）雅克·韦尔格：《中世纪大学》，王晓辉译，世纪出版集团，2007年。

（法）伊夫·瓦岱：《文学与现代性》，田庆生译，北京大学出版社，2001年。

（法）雨果：《莎士比亚论》，丁世忠译，团结出版社，2001年。

（法）雨果：《我生命的附言》，赵克非译，团结出版社，2003年。

（荷）伊拉斯谟：《愚人颂》，刘曙光译，北京图书馆出版社，2000年。

（加）伊尼斯：《帝国与传播》，何道宽译，中国人民大学出版社，2003年。

（法）于连：《迂回与进入》，杜小真译，生活·读书·新知三联书店，1998年。

（法）于连：《圣人无意：或哲学的他者》，闫素伟译，商务印书馆，2004年

（法）于连：《道德奠基：孟子与启蒙哲人的对话》，宋刚译，北京大学出版社，2002年。

（英）约翰·汤姆林森：《全球化与文化》，郭英剑译，南京大学出版社，2000年。

（英）约翰·B·汤普森《意识形态与现代文化》，高铦等译，译林出版社，2005年。

（法）约瑟夫·祁雅理:《20世纪法国思潮》,吴永泉等译,商务印书馆,1987年。

（英）泽尔丁:《法国人》,严颌芸等译,上海译文出版社,1998年。

（美）詹姆斯·施密特:《启蒙运动与现代性》,徐向东译,上海人民出版社,2005年。

（日）竹内好:《近代的超克》,孙歌编、李冬木等译,生活·读书·新知三联书店,2005年。

（日）子安宣邦:《东亚论:日本现代思想批判》,赵京华译,吉林人民出版社,2004年。

（日）中村雄二郎:《日本文化中的恶与罪》,孙彬译,北京大学出版社,2005年。

二、外文著作类

Andrieux, J-Y., *Patrimoine et Histoire*, Paris: Belin, 1997.

Aristote, *Poétique*, Paris: Gallimard, 1990.

Bachelard, G., *La Flamme d'une Chandelle*, Paris : PUF, 1961.

Bachelard, G. *La Poétique de l'Espace*, Paris : PUF, 1957

Bachelard, G., *La Psychanalyse du Feu*, Paris: Gallimard, 1938.

Bakhtine, m., *L'Oeuvre de F. Rabelais et la Culture Populaire au Moyen Age et sous la Renaissance*, Paris: Gallimard, 1970.

Barrès, M., *Une Tradition dans la Modernité*, Paris: Champion, 1991.

Barthes, R., *Mythologies*, Paris: Seuil, 1957.

Barthes, R., *S/Z*, Paris: Seuil, 1970.

Barthes, R., *Essais Critiques*, Paris: Seuil, 1971.

Barthes, R., *Le Plaisir du texte*, Paris: Seuil, 1973.

Barthes, R., *Fragment d'un Discours Amoureux*, Paris: Seuil, 1977.

Barthes, R., *L'Obvie et l'obtus*, Paris: Seuil, 1982.

Beaumarchais, D. et Rey, A., eds., *Dictionnaire des Littératures de la Langues Française*, Paris: Bordas, 1984.

Belmont, N., *Mythes et Croyances dans l'ancienne France*, Paris: Flammarion, 1973.

Bray, R., *La Formition de la Doctrine Classique en France*, Paris: Librairie Nizet, 1951.

Brunel, P., *Histoire de la Littérature Française*, t, II, Bordas (lmprimé sur Bergerlevrault à Nancy), 1982.

Brunot, F., *Histoire de la Langue Française*, t, I, Paris : Armand Colin, 1907, rééd, 1966.

Cabanes, J-L., *Critique, Littéraire et Science Humaines*, Toulouse：Privas, 1974.

Cohen, J., *Structure de le langue Poétique*, Paris：Flammarion, 1966.

Compagnon, A., *Le Démon de la Théorie*, Paris：seuil, 1988.

Derrida, J., *La Dissémination*, Paris：seuil, 1992.

Dreminger & Brogram, eds., *The New Princeton Encyclopedia of Poetry and Poetics*, Princeton：Princeton University Press, 1993.

Du Bellay, J., *La Défense et Illustration de la Langue Française*, Paris：L'Estrée, Depot legal, 4e trimsetre, 1948.

Duby, G., *Histoire de la France*, Paris：Librairie Larouse, 1970.

Eagleton, T., *Literary Theory：An Introduction*, Oxford：Blackwell. 1999.

Escarpit, R., *Une Sociologie de la Littérature*, Paris：Flammarion, 1968.

Fayolle, R., *La Critique*, Paris：Colin, 1978.

Foucault M., *Une Archeologie des Sciences Humaines*, Paris：Gallimard, 1966.

Friedrich, H., *Structures de la Poésie Moderne*, Paris：Editions Denoel/Gonthier, 1976.

Furet, F., *Penser la Révolution Française*, Paris：Gallimard, 1978.

Genette, G., ed., *Esthétique et Poétique*, Paris：seuil, 1992.

Genette, G., *Fugure, t, I – III*, Paris：Seui, 1966.

Gillot, H., *La Querelle des Anciens et des Modernes en France, de la Défense et Illustration de la Langue Française aux Paralleles des Anciens et des Modernes*, Paris, 1914.

Girardet, R., *Le Nationalisme Français* (1871 – 1914), Paris：Suil, 1983.

Greimas, R. A., ed., *Essais de Sémiotique poétique*, Paris：Librairie Larouse, 1972.

Gutmann, R. A., *Introdution à la Lecture des Poètes Français*, Paris：Librairie Nizet, 1967.

Jakobson, K., *Huit questions de poétique*, Paris：Suil, 1977.

Kibedi varga, A., ed., *Théorie de la littérature*, Paris：Picard, 1981.

Kristeva, J., *La révolution du langue poétique*, Paris,：seuil, 1974.

Lagarde, A. et Michard, L., eds., *Les Grands Auteurs Français du Programme XI X – XXe siècle*, Paris：Bordas, 1973.

Lanson, C., *Etudes d'histoire littéraire*, Paris：Champion, 1930.

Lecercle, J-L., *J-J Rousseau：Modernité d'un Classique*, Paris：Larousse, 1973.

Lecourt, *Aux Sources de La Culture Française*, Paris：la Découverte, 1997.

Loi, M., *Roseaux sur le Mur：Les Poètes Occidentalistes Chinois* (1919 – 1949), Paris：Gallimard, 1978.

Mansuy, M., *Gaston Bachelard et les éléments*, Paris：Corti, 1967.

Martin, J-C., *Religion et Révolution*, Paris：Anthropos, 1994.

Michel, F., *La France et Les Français*, Paris：Gallimard, 1972.

Michel, F., *Modernité dans les classiques*, Paris：Larousse Université Press, 1973.

Michel, P., *Religion et Politique, la Grande Mutation*, Paris：Albin Michel, 1994.

Nicolet, C., *La République en France, Etat des Lieux*, Paris：Seuil, 1992.

Norris, C., *Deconstruction：Theory and practice*, Londres：Methuen, 1982.

Payen et Weber., eds., *Manuel d'histoire Littéraire de La France*, t, I, Paris：Editions Sociales, 1971.

Poulet, G., *L'Espace Proustien*, Paris：Gallimard, 1986.

Platon, *Protagoras, Gorgias, Menon*, Paris：Gallimard, 1984.

Pivot, B., *Les Critiques Littéraires*, Paris：Flammarion, 1968.

Raoul G., *Le Nationalisme Français*, Paris：Seuil, 1983.

Raymond, M., *De Baudelaire au Surréalisme*, Paris：Corti, 1940.

Raymond, M., *Le Roman depuis la Révolution*, Paris：Colin, 1967.

Richarde, J. – P., *Poésie et profondeur*, Paris：Seuil, 1955.

Richarde, J. – P., *L'Univers Imaginaire de Mallarmé*, Paris：Seuil, 1961

Richarde, J. – P., *Proust et le Monde Sensible*, Paris：Seuil, 1974.

Richet, D., *La France Moderne, l'Esprit des Institution*, Paris：Flammarion, 1973.

Rrigaud, J., *Lexception Culturelle, Culture et Pouvoirs sous La Ve République*, Paris：Grasset, 1995.

Rousseau, J-J., *Les Œuvres complètes*, t, V, Paris：Gallimard, 1995.

Scherer, J., *Le Livre de Mallarmé*, Paris：Gallimare, 1957

Selden, R., *A Reader's Guide to Contemporary Literary Theory*, Kentucky：University Press of Kentucky, 1986.

Suberville, J., *Histoire et Théorie de la Versification Française*, Paris：Editions de l'école, 1956.

Thibaudet, A., *Physiologie de la Critique*, Paris：Librairie Nizet, 1971.

Thibaudet, A., *Réflexion sur la Critique*, Paris：Gallimard, 1939.

Todorov, T., *Critique de la Critique*, Paris：Seuil, 1985.

Todorov, T., *M. Bakhtine, le Principe Dialogique*, Paris：Seuil, 1981.

Verger, J., ed., *Histoire des Universités en France*, Toulouse：Privat, 1986.

后 记

十年前的今天当我敲完这本书的最后一字,总算遂了为中法互办文化年和中法建交45周年献礼之愿(该书为国家社科基金"十五"规划项目的课题成果)。回想起来自20世纪80年代在四川文艺出版社组织翻译出版法国文学及国外著名诗歌丛书的编辑工作(相继出版有《20世纪法国文学史》《法国文学批评史》《法国诗学概论》"法国文学译丛"以及"获诺贝尔文学奖诗人丛书""20世纪外国名诗人袖珍丛书"等)至20世纪90年代中期之后调至四川大学文学与新闻学院执教,我与法国文学的传播和研究结缘已有近40个春秋。

令我意想不到的是这么一部十年前出版的学术著作,中国书籍出版社的编辑老师专门登门拜访,希望这本书可以再版,这让我感到既高兴又欣慰!我仿佛又感受到了改革开放之初出版家们意气风发的胸襟和当年那股浓浓的文化热之氛围与温度。尽管十年的光阴已逝,但此书初心犹在,不忘使命。这是贵社不计出版利润得失,在21世纪的第二个十年决定再版此书的缘由。因为它的背景是2019年,恰逢中法建交55周年和习近平总书记访法开启中法关系向前发展的新时代,而今年又是中法互办旅游文化年的大好时光,此书的再版发行将对增进两国人民尤其是青年一代在文化艺术上的相互理解与交流会有所裨益。

是的,当你走近此书,你会感到一个学人的赤诚之心和与时代对话的期望,虽然时隔有年,但本书在以下几方面仍能牵引着时代与学术思考的目光与关切。首先,学术的敏锐力体现了研究者的活力与著作的创新性。我从编辑的角色到教师身份的转换中,亲身感受到了传媒的力量在开启民智与跨文化传播与交往中的重要作用。于是在面对中法诗学的生成与比较时,这一观察路径沿着历史发展的步伐始终相随。其次,运用跨学科的文化诗学研究范式,这就突破了传统国别文学研究的窠臼与僵化单一;它融合了文化地理学、历史学、政治学、哲学、社会学、传播学、美学与文学和艺术等学科的方法与视野,通过比较的方法和文学研究的整体性思维与法国年鉴学派的长时段视角,打通和诠释中法两国近现代诗学生成与发展的路径。再次,注重比较文学的共时性与差异性研究,指出两国文学及其诗学生成的动力是源于现代民族国家的兴起与这个共同体的主体意识与民族自信的信念;而文学与诗学的发展正是在对本国与国外优秀文化资源的继承、弘扬、吸纳与超越中曲折前行。最后,以空间场域理论审视诗学的生成与发展,作为一种历史的同构现象,在宏观、中观和微观层面显示出两个不同文明和文化的国度,在发展过程中的关联性与差异性特征,这里面激荡政治的、宗教的、科学的、民族的、审美的以及外来的中介性(地缘的)因素在场的刺激、制约,抑或稀释与缺席,同时还特别关注到一种共振与差异——存在着文学与艺术、科学与文艺、宗教与文艺、民族文化与文艺、外来文化与传统文化的相汇与冲突、跨界与杂糅、博弈与交融的图景。所以,也正因为如此,考虑到再版期留给我的时间十分短促,我想让读者窥视到我当年学术研究的原貌与轨迹,对本书就不做较大的改动,但在四个方面必须认真对待:一是更正了本书初版存留的排印错误;二是为了使书名既简捷又能彰显此项研究的学术范型,此版将原书名《中法近现代诗学生成之道比较研究》更名为《诗学生成比较研究——以中法近现代诗学为视角》;三是在书中局部地方尤其是后半部分位置补充和完善了多处要点的内容阐释,同时还对初版的"结语"部分进行了提炼与整合,分别列出了三个小标题,使内容的主题意义阐释得更加明确;四是在后记中就中法诗学的可持续性研究提出延展性和深描的设想与路径。

  的确,由于当时相关研究资料的局限,若今天来做此项研究,还可引用和借鉴更多的法国等国外学者的最新理论研究资源,如运用记忆理论,从哈布瓦赫的集体记忆到扬·阿斯曼的文化记忆,尤其是法国历史学家皮埃尔·诺拉关注的作为文化事件的历史记忆在法兰西民族精神生活中的地位与作用,①考察和阐释中法两国近现代诗学生成的经典文本与事件,也许就更有历史的现场感和体验感。同样,法国大革命的后续性多维度研究成果也会拓宽和深化中法近现代诗学生成与发展的关联性研究视角与意义,如从出版史、阅读史角度,更深地关注与拓展媒介在启蒙与革命中扮演的角色与作用的力度——一种新的政治文化之于中法两国文坛的考量②。倘若进一步跟进卢梭的作品,你会发现,"富人、权贵、知识分子和女人都身望扫地,而在他们腾出来的宝座上,'有美德的人'和'有美德的国家'已经登基为王。"③,则为我们提供了"革命文化"在近代思想史上的历史性作用与局限的参照。再有,基于法国近现代文学与诗学的两大精神传统——一是源自现代民族国家的源头,二是源自法国大革命的源头。这两大精神传统将更深刻和全面地诠释其与文学和诗学共同体的关系,法国历史学家伊波利特·泰纳著作④和匈牙利学者费伦茨·费赫尔(东欧新马克思主义布达佩斯学派的重要成员)主编的关于法国大革命与现代性的诞生之多维视角的观照,颇具历史的纵深感和全球意识与政治哲学的意蕴⑤,它使我们更深入地理解

---

① 它使民族史得以具象化——包括历史文本、博物馆、纪念牌、人物、城市等符号场所,这些都体现了法国的文化特征,有利于促进公民们的民族身份认同、文化认同与国家认同(见皮埃尔·诺拉主编的《记忆之场:法国国民意识的文化社会史》,南京大学出版社,2017年。)
② 见罗杰·夏蒂埃《法国大革命的文化起源》,译林出版社,2015年。
③ 卡罗尔·布拉姆《卢梭与美德共和国:法国大革命中的政治语言》,商务印书馆,2015年。
④ 《现代法国的起源》五卷本,吉林出版集团,2015年。
⑤ 《法国大革命与现代性的诞生》,黑龙江大学出版社,2010年。

大革命中的国家、民族与阶级(在霍布斯鲍姆看来法国大革命是一场阶级革命和资产阶级革命;沃勒斯坦则从世界体系的角度来解读法国大革命,认为它促进了资本主义世界经济作为一种世界体系在意识形态上的转变并创造出一套文化制度;蒂利和斯科克波认为大革命是对民族—国家的巨大强化。)大革命的意识形态遗产——1.康德与法国大革命的对话性思考。① 2.黑格尔与法国大革命关系考。正是黑格尔把法国大革命纳入自己的历史哲学中后,才使大法国革命成为欧洲历史上的伟大转折点。也就是说法国大革命被视为以实现自由为目标的世界性斗争的一部分。学者傅勒也指出,法国大革命作为如此巨大而深刻的事件,它不仅与由专制主义君主政体所构成的民族国家相关,也与旧世界相关的现代民主之特殊性的核心要素关联。3.该书主编在其导论中就"现代性的诞生"做出了以下论断:"法国大革命创造了一种普遍的政治行动框架,且因这种框架而保持着关于现代性的主导性叙事……现代性可以被看作各种典型叙事的汇总,而这些叙事的传播远远超出了民族的界限,并且完全征服了其他民族和民族的想象力,从而成为其他民族和民族想象力的蓝图。"可见,以上的成果资源对我们深入进行中法近现代诗学比较研究注入了更多的活力和能动性。

事实上,初版的问世并非是一个句号。我始终如一地关注中法文学艺术前行的步伐。在后来的科研与教学中,我继续拓宽了中法研究在传媒领域的关联性考察,如其一,在影视媒介方面,注重"中华人民共和国《国歌》的创作与法兰西共和国及其国歌的关联性探讨(见《国家公关时代:视听媒介与国家形象塑造》,四川大学精品立项教材,四川大学出版社2015);其二,聚焦"新时期以来中法纪录片的跨文化传播与对话"(《纪录片历史与文本研究》四川大学研究生教材建设项目2016—2019);其三,专注个案的跟踪——"中法经典艺术的跨界与融合:《洛神赋》与《一个牧神的午后》之考察"(四川大学创新课程"科学与艺术融合的创意与实践"2018、博士课程"艺术批评学专题研究"之板块2019)。

我深知中法诗学比较的国别研究道路且长,此书的研究只是在此领域拓展性的起点。假以时日,有两项任务在向我招手,一曰关注中法现当代诗学生成中的生态主义境遇及其跨文化传播的媒介记忆;二曰跨学科研究中的敦煌学——中法诗学现当代研究之媒介记忆的比较研究。我愿更多的国内外同行和读者们支持和参与到人类精神世界的伟大创造和未知世界的不懈探索中来。

侯洪谨记于2020年立春

---

① "大革命激发了康德哲学中的政治维度""他才是现代第一位政治哲学家"。他把共和制视为人类自由未来的一种可能性,并且指出了共和制与民主制之间的区别,他特别关注共和制的道德特征,在他看来若没有美德(美德学说的两条重要原则,一是规定了个人完善其自身的义务——自然和物质文化的原则,二是明确了个人对他人目标的义务——协作的原则,这就给幸福这一社会问题提供了一个公共空间,这成为康德政治哲学和道德哲学的精髓所在),共和制就不能存在。